MONSTRUEUX

DU MÊME AUTEUR

Disparitions
Éditions du Rocher, 2002
et « 10-18 », 2004

Out
Seuil, 2006
et « Points », n° P1726

NATSUO KIRINO

MONSTRUEUX

ROMAN

TRADUIT DE L'ANGLAIS
PAR VINCENT DELEZOIDE

ÉDITIONS DU SEUIL
27, rue Jacob, Paris VIe

COLLECTION DIRIGÉE
PAR ROBERT PÉPIN

La première édition de *Monstrueux*
a paru sous le titre グロテスク *(Gurotesku)*,
chez Bungei Shunju, Tokyo

ISBN : 4-16-321950-1

La présente édition a été traduite depuis l'édition anglaise,
parue sous le titre *Grotesque*, chez Harvill Secker,
an Imprint of The Random House Group Limited, Londres.

ISBN : 9781843432708

ISBN : 978-2-02-093199-1

www.seuil.com

I

LA FAUNE DE MES ENFANTS FANTÔMES

I

Chaque fois que je croise un homme, je me prends à imaginer l'aspect qu'aurait notre enfant si l'idée nous venait d'en faire un ensemble. C'est pratiquement devenu une seconde nature. Que l'homme soit beau ou laid, vieux ou jeune, une image de notre rejeton apparaît dans mon esprit en un éclair. J'ai les cheveux châtains et fins comme de la plume, si les siens sont d'un noir de jais et bien épais, j'imagine que ceux de notre enfant seront d'une couleur et d'une texture parfaites. N'est-ce pas ainsi que cela fonctionne ? Je commence toujours par imaginer le meilleur des scénarios possibles, mais bientôt des visions d'horreur surgissent à l'exact opposé du spectre.

Et si ses sourcils broussailleux se retrouvaient au-dessus de mes yeux aux doubles paupières caractéristiques ? Ou ses énormes narines au bas de mon nez délicat ? Ses genoux cagneux sur mes jambes à la courbure robuste, ses orteils aux ongles carrés au bout de mes pieds gracieusement arqués ? Le temps que tout cela me passe par la tête, j'ai les yeux rivés sur l'homme qui, transpercé par mon regard, finit souvent par croire que je m'intéresse à lui. Je ne saurais vous dire le nombre de fois où pareilles rencontres se sont terminées sur des malentendus assez gênants. Il n'empêche : ma curiosité finit toujours par prendre le dessus.

Quand un spermatozoïde et un ovule s'unissent, il en résulte une cellule entièrement nouvelle – une vie commence. Ces êtres neufs arrivent au monde sous toutes les formes et dans toutes les tailles. Mais que se passerait-il si, au moment de s'unir, le spermatozoïde et l'ovule étaient pleins d'animosité l'un pour l'autre ?

La créature qu'ils produiraient ne serait-elle pas contraire aux attentes et, de ce fait, anormale ? Et à l'inverse, s'il existait entre eux une grande affinité, leur produit ne serait-il pas plus splendide encore qu'eux-mêmes le sont ? Il ne peut y avoir aucun doute là-dessus. Cela dit, qui peut savoir de quelles intentions un spermatozoïde et un ovule sont animés au moment de leur rencontre ?

C'est en de tels moments que le diagramme de mes enfants hypothétiques me vient à l'esprit. Vous avez déjà vu des diagrammes de ce genre : ce sont ceux que l'on trouve dans les livres de biologie ou de sciences de la terre. Vous vous souvenez, je le sais, de ces schémas qui reconstituent l'aspect et les caractéristiques supposées d'une créature disparue en s'appuyant sur des fossiles découverts profondément enfouis dans la terre. Ces tableaux comportent presque toujours des illustrations en couleurs de plantes et de bêtes, avec en fond la mer ou le ciel. Pour tout vous dire, depuis ma plus tendre enfance ces illustrations me terrifient, parce qu'elles donnent à l'imaginaire l'apparence du réel. Je détestais tellement ouvrir ces livres de cours que j'avais pris l'habitude de rechercher d'abord les pages qui comportaient de tels graphiques, et de les étudier attentivement. Peut-être est-ce là une preuve de l'attirance que l'on éprouve pour ce qui nous effraie.

Je me rappelle encore la recréation artistique de la faune découverte dans le schiste de Burgess. Imaginé à partir des fossiles cambriens exhumés dans les Rocheuses canadiennes, le tableau est rempli de créatures invraisemblables qui s'ébattent dans la mer. L'*Hallucigenia* rampe sur le fond sédimenteux de l'océan, le dos hérissé d'épines si nombreuses qu'on pourrait la confondre avec une brosse à cheveux ; il y a aussi l'*Opabinia* avec ses cinq yeux – elle s'enroule et se contorsionne au pied de rochers et d'à-pics escarpés. L'*Anomalocaris*, avec ses membres antérieurs en forme de crochets, rôde, elle, dans l'obscurité des grands fonds, en quête de proies. Le diagramme de mes fantasmes ressemble fort à cela. Il montre des enfants qui s'ébattent dans l'eau – des enfants étranges conçus dans mes unions fantômes avec les hommes.

Pour une raison qui m'échappe, je ne pense jamais à l'acte qu'hommes et femmes doivent accomplir pour produire ces enfants. Quand j'étais plus jeune, mes camarades se moquaient des garçons qu'elles n'aimaient pas en disant des choses du genre : « Rien que de penser que je pourrais le toucher, j'en ai la chair de poule ! » Moi, je ne pensais pas ce genre de choses. J'avais pris l'habitude d'occulter complètement l'acte en lui-même pour m'intéresser directement aux enfants, et à ce dont ils auraient l'air. On pourrait dire que mon approche de tout cela est assez particulière !

En y regardant de près, on s'aperçoit tout de suite que je suis une « sang-mêlé ». Mon père est un ressortissant suisse d'origine polonaise. Il paraît que son grand-père, un pasteur, avait fui les nazis et s'était réfugié en Suisse, où il était mort. Mon père avait une petite affaire – il était importateur en pâtisseries et friandises occidentales. L'intitulé en lui-même est assez alléchant, mais en réalité mon père se contentait d'importer des chocolats et des biscuits de qualité médiocre, rien de plus que des amuse-gueules bon marché. Et il avait beau être connu pour ses douceurs à l'occidentale, pas une fois dans toute mon enfance je n'ai eu la permission d'y goûter.

Nous menions une vie très frugale. Nos repas, nos vêtements et même mes affaires de classe étaient tous fabriqués au Japon. Je ne suis pas allée dans une école internationale, mais à l'école publique japonaise. Mon argent de poche était strictement rationné et le budget consacré aux dépenses de la maison était largement inférieur à ce que ma mère aurait pu tenir pour suffisant.

Mon père n'avait jamais réellement décidé de passer le reste de sa vie au Japon avec ma mère et moi. Il était tout simplement trop radin pour repartir. Il refusait de dépenser le moindre yen inutilement. Et c'était lui, bien sûr, qui décidait de ce qui était utile et ce qui ne l'était pas.

J'en veux pour preuve qu'il conservait malgré tout dans la région de Gunma un chalet de montagne où nous passions tous nos week-ends. Il aimait consacrer ces journées-là à la pêche et au farniente. Pour le dîner, nous avions coutume de manger du *bigos* préparé exactement selon ses instructions. Le *bigos* est une sorte de ragoût campagnard polonais fait de choucroute, de légumes et de viande. Ma mère, une Japonaise de souche, détestait le préparer, aucun doute là-dessus. Il paraît que lorsque, son affaire faisant faillite, mon père décida de rapatrier toute la famille en Suisse, elle se mit à faire cuire tous les soirs une marmite de riz blanc japonais, mon père lui servant une mine renfrognée à chaque fois qu'elle l'apportait à table. J'étais restée toute seule au Japon, donc je n'en suis pas certaine, mais je soupçonne que c'était pour se venger de mon père et de son *bigos* – ou, plus exactement, de son égoïsme et de sa radinerie.

Ma mère me racontait qu'elle avait travaillé un temps à ses côtés. Alors je me laissais aller un moment à des visions romantiques, imaginant l'éclosion d'un amour délicat entre le fringant propriétaire étranger d'une petite entreprise et la jeune femme du cru qui l'aidait dans sa tâche. La véritable histoire est la suivante : ma mère avait été mariée avant leur rencontre et, son couple tombant à l'eau, elle était revenue vivre dans la région d'Ibaraki, dont elle était originaire. Elle avait alors travaillé comme femme de ménage dans la maison de mon père, et c'est comme ça qu'ils s'étaient rencontrés.

J'ai longtemps voulu demander au père de ma mère de me donner plus de détails, mais aujourd'hui il est trop tard pour ça. Il est sénile et a tout oublié. Pour lui, ma mère est encore en vie, et toujours la jolie petite collégienne d'antan ; mon père, ma petite sœur et moi n'existons même pas.

Mon père est un Blanc de type européen et l'on pourrait dire qu'il est de petite stature. Il n'est pas particulièrement attirant, pas laid non plus. Les Japonais qui le connaissent auraient bien du mal, c'est certain, à le reconnaître parmi les passants d'une rue européenne. De la même manière que pour les Blancs tous les « Asiatiques » se ressemblent, pour un Asiatique mon père est le type même de l'homme blanc.

Dois-je le décrire plus précisément ? Il a le teint clair, un peu rougeaud par endroits. Ses yeux sont mémorables en ce qu'ils sont d'un bleu délavé, mélancolique. Et aussi capables d'éclairs d'une intense cruauté. Ce qu'il a de plus beau, physiquement, ce sont ses cheveux châtains qui brillent de reflets dorés. Ils ont viré au blanc depuis, j'imagine, et commencent à se faire plus rares sur le dessus. Il porte des costumes d'homme d'affaires aux teintes sombres. Si vous croisez un jour un type blanc, d'âge mûr et vêtu d'un vieil imperméable beige même au plus froid de l'hiver, il s'agit sûrement de mon père.

Il avait des bases assez solides en japonais pour suivre une conversation de difficulté moyenne, et il fut un temps où il aima ma Japonaise de mère. Quand j'étais petite, il me répétait toujours : « Quand ton papa est arrivé au Japon, il avait prévu de rentrer à la maison le plus vite possible. Mais il a été frappé par la foudre, elle l'a paralysé et il a été incapable de repartir. Cet éclair, c'était ta maman. »

Il me semble que c'est la vérité. Enfin… il me semble plutôt que c'était la vérité. Mes parents nous ont gavés, ma sœur et moi, de rêveries romantiques comme d'autres l'auraient fait de bonbons. Petit à petit, les rêves ont fondu comme neige au soleil, pour finir par s'évaporer complètement. Je le raconterai en temps utile.

L'image que je me faisais de ma mère quand j'étais petite et celle que j'en ai aujourd'hui sont radicalement différentes. Petite, j'étais convaincue d'avoir la plus belle maman du monde. Maintenant que j'ai grandi, je me rends compte que sur le plan physique elle n'était pas particulièrement belle, tout juste ordinaire en fait, même pour une Japonaise. Elle avait une grosse tête et des jambes courtes ; son visage était plat et sa silhouette laissait à désirer. Trop gros, son nez et ses yeux lui encombraient le visage, ses dents de devant dépassaient et elle avait un caractère insignifiant. Elle cédait à mon père sur tout et n'importe quoi.

Mon père la tenait sous son contrôle. Qu'elle ose lui répondre et il répliquait par une salve d'insultes. Maman n'était pas intelligente ; en réalité, c'était une perdante-née. Comment ? Vous me trouvez trop dure avec elle ? Pas moi – l'idée ne m'a même pas effleurée. Pourquoi suis-je aussi impitoyable avec ma mère ? Eh bien, gardez donc cette question en tête et laissez-moi continuer mon histoire.

Celle dont j'ai vraiment envie de parler, c'est ma sœur. Car j'en avais une, née un an après moi. Elle s'appelait Yuriko. Je n'ai aucune idée de la meilleure façon de la décrire, mais s'il fallait que je le fasse en un mot, ce serait celui de monstre. Elle était belle à faire peur. Vous doutez peut-être qu'une personne puisse être si belle qu'elle en devient monstrueuse. Après tout, être belle est de loin préférable à être laide – du moins si l'on en croit le consensus général. J'aimerais donner aux gens qui partagent cette opinion l'occasion d'apercevoir Yuriko, juste une fois.

Tous ceux qui la rencontraient étaient d'abord terrassés par l'émotion que suscitait son incomparable beauté. Puis, peu à peu, cette beauté absolue leur semblait plus monotone et bientôt sa simple présence, sa perfection même, commençait à les inquiéter. Si vous croyez que j'exagère, la prochaine fois je vous apporterai une photo. J'ai gardé cette image d'elle toute ma vie durant, et pourtant j'étais sa grande sœur. Et je suis persuadée que vous en conviendrez avec moi.

De temps à autre me vient cette pensée : n'est-ce pas parce qu'elle a donné naissance au monstre Yuriko que ma mère est morte ? Quoi de plus effrayant pour deux personnes au physique ordinaire que d'engendrer un être dont la beauté dépasse l'entendement ? Un vieux conte populaire japonais évoque le cas de deux milans qui donnent naissance à un aigle. Sauf que Yuriko n'était pas un aigle. Elle ne possédait ni la sagesse ni le courage dont l'aigle est le symbole. Elle n'était pas particulièrement futée, ni d'ailleurs vraiment méchante. Elle était simplement gratifiée d'un visage à la beauté diabolique. Ce fait, à lui seul, tracassait sûrement ma mère à n'en plus finir, vu que ses traits à elle étaient ordinaires, asiatiques. J'avoue que moi aussi, ma sœur m'agaçait un peu.

Pour le meilleur ou pour le pire, mon allure est telle que l'on sait au premier coup d'œil que j'ai du sang asiatique dans les veines. C'est peut-être pour cela que les gens aiment bien mon visage. Il est juste assez étranger pour que les Japonais le trouvent intéressant et juste assez « oriental » pour charmer les Occidentaux. En tout cas, c'est ce que je me dis. Les gens sont bizarres. Des visages imparfaits, on dit qu'ils ont du caractère et un certain charme. Celui de Yuriko inspirait la peur. Au Japon comme à l'étranger, la réaction qu'il provoquait était identique. C'était toujours elle que l'on remarquait au milieu de la foule, alors que nous sommes nées avec à peine un an d'écart. C'est étrange, vous ne trouvez pas, ce hasard qui règne sur la transmission des gènes ? Yuriko n'était-elle qu'une mutation ? C'est peut-être cela qui me pousse à m'imaginer des enfants hypothétiques chaque fois que je regarde un homme.

Vous le savez probablement déjà, mais Yuriko est morte – il y a deux ans environ. Assassinée. On a retrouvé son corps à moitié nu dans un appartement délabré de l'arrondissement de Shinjuku, à Tokyo. On n'a pas tout de suite su qui l'avait tuée. Mon père n'eut pas vraiment l'air effondré en apprenant la nouvelle et n'a pas remis les pieds au Japon non plus – pas même une fois. À ma grande honte, alors même que sa jolie petite Yuriko devenait grande, celle-ci s'abaissait déjà à faire commerce de son corps. À la fin, c'était une vieille pute usée.

Vous vous imaginez sans doute que la mort de Yuriko me bouleversa – croyez bien qu'il n'en fut rien. Ai-je détesté son assassin ? Non. Comme mon père, je me moquais bien de connaître la vérité. Yuriko avait été un monstre toute sa vie ; il était tout naturel que sa mort fût peu commune. Moi, en revanche, je suis parfaitement ordinaire. Le chemin qu'elle avait suivi était très nettement différent du mien.

Je conçois que mon attitude puisse faire froid dans le dos. Mes explications jusqu'ici ne vous ont-elles pas suffi ? C'était une enfant dont le destin, dès le départ, était d'être différente. La chance illumine peut-être les vies de ces femmes-là, mais son ombre portée est obscure, et longue. Il était inévitable qu'un malheur lui arrive tôt ou tard.

Mon ancienne camarade de classe, Kazue Satô, fut assassinée moins d'un an après la mort de Yuriko. Elle est morte exactement de la même façon. On avait abandonné son cadavre dans une chambre, au rez-de-chaussée d'un immeuble du quartier de Maruyama-chô, dans Shibuya, ses vêtements en désordre. Dans les deux cas, il a été établi que plus de dix jours s'étaient écoulés avant que les corps ne soient découverts. Je ne veux même pas imaginer dans quel état ils devaient être.

J'avais entendu dire que Kazue travaillait la journée dans une société tout à fait légitime, mais que, la nuit, elle se prostituait. Les rumeurs et les sous-entendus virevoltèrent pendant des semaines après l'incident. Fus-je horrifiée lorsque la police annonça que le coupable était le même dans les deux affaires ?

Eh bien, pour être honnête, la mort de Kazue m'a beaucoup plus choquée que celle de Yuriko. Elle et moi avions été camarades de classe. En plus, Kazue n'était pas jolie. Elle n'était pas belle pour un sou et pourtant elle est morte exactement dans les mêmes circonstances que Yuriko. Impardonnable.

On pourrait sans doute dire que j'ai servi d'intermédiaire entre Kazue et Yuriko, que j'ai, disons, contribué à leur longue accointance et donc, à terme, à sa mort. Qui sait si la mauvaise fortune de Yuriko ne s'est pas insinuée dans la vie de Kazue ? Pourquoi le pensé-je ? Je n'en sais rien. Je le pense, c'est tout.

Je connaissais un peu Kazue. Nous étions dans la même classe au sein d'un prestigieux lycée privé pour jeunes filles. En ce temps-là, Kazue était si maigrichonne qu'on entendait presque ses os grincer, et elle était connue pour son port résolument disgracieux. Elle n'était pas du tout attirante. Mais elle était intelligente et récoltait de bonnes notes. Elle était du genre à se lancer devant tout le monde dans des laïus interminables, étalant son intelligence dans le seul but d'attirer l'attention. Fière, elle devait être la meilleure en tout. Elle savait pertinemment qu'elle n'était pas jolie et c'est pour cela, à mon avis, qu'elle voulait toujours qu'on s'extasie sur ses autres qualités. Il émanait d'elle une noirceur insondable, une énergie négative si palpable que j'aurais pu la tenir dans ma main. C'est justement parce que j'y étais sensible que Kazue avait été attirée vers moi. Elle m'avait accordé sa confiance et commença bientôt à saisir la moindre occasion pour venir me parler. Elle m'avait même invitée chez elle, une fois.

Après que nous eûmes toutes les deux intégré l'université dont dépendait notre lycée, le père de Kazue était mort subitement et Kazue avait changé. Elle s'était dévouée à ses études corps et âme et n'avait pas tardé à prendre ses distances. Avec le recul, je sais que c'est probablement parce qu'elle s'intéressait plus à Yuriko qu'à moi. Ma sublime petite sœur, d'un an ma cadette, était devenue le sujet de discussion préféré des étudiants.

Quoi qu'il en soit, il semble qu'il se soit passé quelque chose entre ces deux-là. Deux femmes si complètement opposées en termes de beauté, d'intelligence et de parcours, qui tombent dans la prostitution et finissent par se faire tuer, puis abandonner par le même homme ? Plus on y réfléchit, moins il paraît probable de trouver récit plus bizarre. Les mésaventures de Yuriko et de Kazue ont changé ma vie de manière irrévocable. Des gens que je n'avais jamais vus auparavant eurent vent des rumeurs et vinrent fourrer leur nez dans mes affaires, me bombardant de toutes sortes de questions indiscrètes sur ces deux-là. Écœurée, je ne desserrais pas les dents, refusant de parler à qui que ce soit. Mais aujourd'hui ma vie est finalement rentrée dans l'ordre. J'ai trouvé du travail ailleurs et voilà que, tout à coup, j'ai terriblement envie de parler de Yuriko et de Kazue. Je ne compte pas me taire avant d'avoir fini, tant pis pour ceux qui voudraient m'interrompre ; avec mon père en Suisse et Yuriko morte, je suis seule au monde. Je crois avoir besoin de quelqu'un à qui parler, ou peut-être ai-je plus simplement besoin de me remémorer cette drôle d'histoire.

J'ai encore les vieilles lettres de Kazue et d'autres choses auxquelles je peux me référer, et même s'il me faut un certain temps pour raconter toute l'histoire, je ne compte pas m'arrêter avant de vous l'avoir livrée entièrement – et dans le moindre détail.

2

Laissez-moi passer un instant en avance rapide. Cela fait maintenant un an que je travaille à mi-temps à la mairie d'arrondissement de P., qui se situe dans la partie la plus orientale de la ville. Juste en face, sur la rive opposée du fleuve, s'étend la préfecture de Chiba.

L'arrondissement compte quarante-huit crèches agréées, dont la plupart tournent déjà au maximum de leur capacité : les admissions s'y font donc uniquement sur liste d'attente. Mon travail, au sein de la section Petite enfance de la division des Affaires sociales, consiste à enquêter sur les candidats préinscrits. « Cette famille a-t-elle vraiment besoin d'envoyer son enfant à la garderie ? » Voilà le genre de questions auxquelles mes enquêtes sont censées répondre.

Il y a en ce bas monde quantité de mères incroyables. Et je ne parle pas seulement de celles qui n'hésitent pas à laisser leur gosse à la crèche simplement parce qu'elles ont envie d'aller s'amuser un peu : il y en a qui ont tellement l'habitude de se reposer sur les autres qu'elles n'ont aucune confiance en leur capacité à être de bonnes mères. Elles préfèrent laisser à une institution le soin d'élever leur enfant. Il y a aussi les familles de grippe-sous qui, rechignant à payer pour y envoyer leur rejeton – alors même qu'elles s'acquitteront bientôt sans broncher des frais d'inscription exorbitants de son école privée –, protestent que c'est au système public d'aide sociale d'en assumer la charge. Comment les mères d'aujourd'hui peuvent-elles être aussi dépravées ? Cette question, à elle seule, me plonge dans un profond désarroi.

« Pourquoi une personne aussi remarquable que vous s'occupe-t-elle de tâches aussi triviales ? » On me pose la question, de temps en temps. Mais je ne suis pas si belle que ça. Comme je l'ai déjà indiqué plus d'une fois, je suis mi-européenne, mi-asiatique, mais, mon visage étant quand même nettement plus asiatique qu'européen, on le trouve de ce fait beaucoup moins intimidant. Je n'ai pas les traits de mannequin de Yuriko, ni son corps de déesse antique. Et puis je ne suis guère plus, désormais, qu'une femme d'âge mûr un peu rondouillarde. Sans compter qu'au travail on m'oblige à porter un uniforme bleu marine qui n'est pas des plus flatteurs ! Et pourtant, il y a un homme qui, semble-t-il, s'intéresse à moi, tellement même que c'est devenu un problème.

Voilà environ une semaine, un certain Nonaka m'a dit quelque chose. Ce monsieur a environ cinquante ans et travaille aux Affaires sanitaires. Normalement, il est censé travailler dans le bâtiment principal de l'administration. Mais de temps en temps il trouve un prétexte pour faire un tour du côté de la section Petite enfance, dans l'annexe – que tout le monde ici appelle le bureau de l'Outre-mer – afin de bavarder un moment avec mon chef de section. À l'occasion de ces visites, il ne manque jamais de jeter quelques regards furtifs dans ma direction.

Je crois savoir que le chef et lui jouent dans la même équipe de base-ball. Le chef est bloqueur et M. Nonaka joue deuxième base, quelque chose comme ça. En fait, je me moque de ce qu'ils font ; simplement, ça m'énerve un peu de voir quelqu'un dont la section n'a aucun lien avec la nôtre débarquer ici pendant les heures de bureau et sans autre justification que l'envie de bavarder un peu. « On dirait que tu lui as tapé dans l'œil, à ce M. Nonaka ! » me répète ma collègue, Mme Mizusawa, qui a huit ans de moins que moi. J'ai même eu droit, toujours de sa part, à quelques plaisanteries qui ont achevé de me dégoûter.

Et chaque fois M. Nonaka porte le même coupe-vent gris ; il a le teint terreux et la peau sèche, probablement à cause de toutes les cigarettes qu'il fume. Ses yeux ont un reflet huileux et, chaque fois qu'il me dévisage, je sens son regard noir et brûlant me transpercer comme si quelqu'un m'appuyait un fer rouge sur la peau. Ça me rend malade. Un jour, M. Nonaka m'a dit : « Quand vous parlez, votre voix est haut perchée, mais quand vous riez, elle devient grave. Eeh heh heh heh. Voilà comment vous riez. » Et il a continué avec quelque chose du genre : « Sous vos dehors de femme policée et bien convenable, je suis sûr qu'en fait vous êtes une vraie cochonne. » Ça m'a prise complètement par surprise. Qu'est-ce qui pouvait autoriser un parfait inconnu à me tenir ce genre de propos ? Je suis sûre que ma consternation s'est lue sur mon visage. M. Nonaka s'est retourné vers le chef, l'air un peu perplexe, et puis ils sont sortis ensemble quelque part.

Je suis allée me plaindre auprès de mon chef en lui déclarant que pour moi les propos de M. Nonaka relevaient clairement de la loi sur le harcèlement sexuel, ce qui a paru le plonger dans un profond embarras. Oh, je sais bien ce qui se passe là-dedans ! pensai-je. Juste parce que j'ai du sang étranger dans les veines, tu penses que je suis plus vindicative qu'une Japonaise normale ! Avec les Occidentaux, tout se termine toujours en procès, pas vrai ?

« J'en conviens, ce genre de propos est fort déplacé entre collègues », a-t-il fini par déclarer après avoir longuement réfléchi et avec l'air de dire qu'il n'y avait pas lieu de s'inquiéter.

Après quoi, il s'est mis en devoir de réorganiser les papiers qui jonchaient son bureau et s'est montré très occupé à faire semblant de remettre de l'ordre. Je ne voulais pas déclencher une dispute et n'ai rien ajouté. Si je l'avais fait, je n'aurais réussi qu'à le mettre en colère.

N'ayant pas apporté de déjeuner avec moi ce jour-là, je décidai de me rendre à la cafétéria du bâtiment principal, à deux pas de là. J'évite en général les endroits où les gens se réunissent ; je n'y allais donc que rarement. Mais le bâtiment était neuf et disposait d'un foyer fort agréable pour les employés. Un bol de *ramen* n'y coûtait que deux cent quarante yens, et l'on pouvait avoir le plat du jour pour quatre cent quatre-vingts yens. En plus, j'avais entendu dire qu'on y mangeait bien.

J'étais donc en train de saupoudrer mon bol de *ramen* de piment moulu quand le chef de section s'est approché dans mon dos.

– Ça va être trop épicé avec tout ce piment ! m'a-t-il lancé.

Il avait sur son plateau le plat du jour : poisson frit et chou braisé. Les pétales de bonite séchée perchés sur un monticule de chou ressemblaient à des copeaux de métal et le chou me rappelait le *bigos*. Des scènes de mon enfance se sont mises à défiler dans ma tête : la table du dîner au chalet de montagne – le silence de mort, ma mère visiblement effondrée et mon père qui mangeait avec un appétit interdisant toute conversation. Emportée par ces souvenirs, je fus complètement ailleurs pendant au moins une minute, mais apparemment le chef de section ne remarqua rien.

– Allons nous asseoir là-bas, vous voulez bien ? a-t-il repris enfin, le visage éclairé par un large sourire.

Le chef de section a quarante-deux ans et, sous prétexte de s'entraîner à rattraper la balle pendant l'heure du déjeuner, il arrive tous les matins au bureau en tenue de sport et arpente le couloir toute la journée avec ses tennis qui couinent à chaque pas. C'est le genre d'individu à se préoccuper constamment de son apparence et à entretenir son bronzage ; bref, il est si plein de vigueur que c'en est déprimant. D'ordinaire, je ne m'entends pas très bien avec ce type d'hommes, mais je me laissai bientôt aller à ma vieille habitude. Quelle tête aurait eue notre enfant s'il nous était venu à l'idée d'en avoir un ?

Si ç'avait été une fille, elle aurait eu ma peau claire. Son visage, un mélange entre le menton carré du chef de section et l'ovale de mon visage, aurait été joliment arrondi. Elle aurait eu le nez légèrement retroussé du chef de section et mes yeux marron, et aurait hérité des épaules tombantes de son père. Bras et jambes robustes, pour une fille, sa vitalité en aurait pourtant fait quelque chose de charmant. J'étais agréablement surprise.

J'ai suivi le chef jusqu'à la table. Dans l'immense salle résonnaient les conversations des employés et l'agitation du personnel de la cafétéria qui courait dans tous les sens, chargé de plateaux et autres ustensiles, mais j'avais l'impression que tout le monde me regardait. Depuis ce qui est arrivé à Yuriko et Kazue, tout le monde est au courant de tout. Je ne supportais plus l'idée qu'on puisse être en train de me dévisager.

– À propos de ce qui s'est passé tout à l'heure… dit le chef en scrutant un instant mon visage. M. Nonaka n'entendait rien de choquant par là. Il essayait seulement d'être amical, à mon avis. Si ça, c'est du harcèlement, alors on pourrait en dire autant de la moitié des propos tenus par les hommes, non ? Vous ne croyez pas ?

Il me souriait. Ses dents étaient courtes, comme celles d'un dinosaure phytophage – c'est du moins ce que je pensai en observant sa bouche. Je me rappelai le schéma représentant la vie au crétacé. Notre fille aurait sûrement eu des dents semblables. Dans ce cas, la forme de sa bouche aurait été assez disgracieuse. Ses doigts, surtout aux articulations, auraient été étrangement boudinés et, sur ses grandes mains, auraient un aspect anguleux pas vraiment féminin. Si la fille que le chef de section et moi aurions pu avoir m'avait paru plutôt mignonne un peu plus tôt, elle s'était déjà muée en tout autre chose. Je sentais ma colère monter de minute en minute.

– Je vous rappelle que le harcèlement sexuel concerne également ce type d'atteintes à la réputation de la victime.

J'avais protesté aussi vivement que possible, mais le chef de section me contra d'un ton mesuré.

– M. Nonaka n'essayait pas de porter atteinte à votre réputation. Il a simplement fait remarquer que votre voix était différente selon que vous parlez ou que vous riez, rien de plus. Naturellement, ce genre de taquinerie n'étant pas convenable, je vous prie de l'en excuser. Vous voulez bien qu'on en reste là ? s'il vous plaît ?

– D'accord.

Je me résignai. Je savais qu'il n'y avait rien à gagner à poursuivre cette discussion. C'est que, voyez-vous, il existe deux sortes de personnes : les gens observateurs et les imbéciles. Le chef de section appartenait à la seconde catégorie.

Il mastiqua son poisson frit avec ses toutes petites dents, tandis que d'épais morceaux de pâte à beignet pleuvaient sur son assiette avec un bruissement mat. Il me posa un certain nombre de questions inoffensives et générales sur la charge de travail que représentait mon mi-temps. J'y répondis le plus brièvement possible. C'est alors que, baissant brusquement le ton, il déclara :

– J'ai appris pour votre petite sœur. Ç'a dû être terrible, pour vous.

C'étaient ses propres mots, mais bien sûr il voulait dire qu'à cause de Yuriko je devais être particulièrement sensible aux remarques et aux actions de mon entourage. J'ai rencontré beaucoup d'individus comme lui… le genre d'hommes qui croient pouvoir comprendre ce que je ressens. Avec mes baguettes, je repoussai de côté les oignons blancs qui flottaient au-dessus de mes nouilles et restai muette. Les oignons puent et j'ai horreur de ça.

– J'ignorais tout de cette histoire, enchaîna-t-il, et j'ai été drôlement choqué ! C'est vrai que son assassin est l'homme qu'on a arrêté pour le meurtre de l'Office Lady l'année dernière ?

J'examinai son visage, consternée. Les coins de ses yeux étaient abaissés et dégoulinaient presque de curiosité. L'enfant que j'aurais eu avec lui devint une brute hideuse.

– L'enquête est encore en cours. Ils ne peuvent rien affirmer avec certitude.

– Il paraît que vous étiez amies. C'est vrai ?

– C'était une camarade de classe.

Kazue et moi avions-nous été amies un jour ? Il faudrait que j'examine la question plus longuement.

– Cette affaire, le « meurtre de l'O.L. », comme ils disent, me passionne. J'imagine que vous entendez souvent ça autour de vous. C'est tout simplement stupéfiant. Qu'est-ce qui a pu la pousser à faire quelque chose d'aussi indigne ? Comment pouvait-elle abriter d'aussi sombres penchants ? Je veux dire… n'était-ce pas une femme ambitieuse, employée par un groupe de réflexion d'une entreprise de B.T.P. d'Otemachi ? Et avec un diplôme de l'université de K., en prime ? Comment cette femme qui appartenait à l'élite des employés a-t-elle pu soudain tomber dans la prostitution ? Je suis sûr que vous en savez quelque chose.

Et voilà ! Tout le monde avait déjà oublié Yuriko. Qu'une femme aussi magnifique, certes à l'exclusion de toute autre qualité, multiplie les passes jusqu'au troisième âge, et l'on ne trouvait pas matière à s'étonner. Mais que Kazue sombre dans la prostitution, en revanche, et tout le monde se creusait la tête pour comprendre. Une carrière prometteuse le jour, et la nuit le trottoir. Partout les hommes devenaient fous à force de tourner et retourner le problème. Cela dit, que le chef de section étale ainsi au grand jour sa curiosité me parut particulièrement vulgaire. Il avait dû remarquer mon expression, car il se mit à bafouiller des excuses.

– Oh, désolé, je suis incorrigible.

Puis il ajouta, sur le ton de la plaisanterie :

– Ce n'est pas du harcèlement sexuel, je vous en prie, ne vous fâchez pas.

La conversation porta ensuite sur ses matchs de base-ball du dimanche. Quand il m'invita à assister à l'un d'entre eux un jour, j'acquiesçai poliment et terminai mon *ramen* en faisant de mon mieux pour paraître détendue. Enfin j'avais compris : M. Nonaka ne s'intéressait pas à moi. Il s'intéressait à l'affaire Yuriko-Kazue. Partout où je vais, ces deux scandales me poursuivent.

Juste au moment où je pensais avoir enfin trouvé un travail digne d'intérêt ! J'étais écœurée par cette inquiétante suite d'événements au bureau, mais n'avais pour autant aucune envie de démissionner. Ce n'était pas seulement pour le travail en lui-même. Après une année entière passée à travailler au même endroit, je commençais en fait à trouver un certain réconfort dans la régularité de mes horaires.

Après avoir obtenu mon diplôme universitaire, et avant que je ne trouve ce travail à la mairie d'arrondissement de P., j'ai fait toutes sortes de choses. J'ai travaillé un moment dans un commerce de proximité, j'ai fait du porte-à-porte pour vendre des abonnements à un guide d'études mensuel. Le mariage ? Non. Ça ne m'a jamais effleuré l'esprit. Je suis vraiment fière de mon statut de femme mûre, indépendante et employée à temps partiel.

Cette nuit-là, avant d'aller me coucher, je rêvassai à l'enfant que j'aurais eu avec M. Nonaka. Je l'ai même dessiné au dos d'un dépliant publicitaire. L'enfant était un garçon à la peau très sèche. Il avait les lèvres épaisses et bavardes de M. Nonaka, ainsi que des jambes courtes et robustes qui lui donnaient une démarche pesante. De mon côté, il héritait de grandes dents d'un blanc éclatant et d'oreilles légèrement pointues. J'étais contente de voir que ces traits lui donnaient un air démoniaque. Puis je repensai à ce que M. Nonaka m'avait dit : « Quand vous parlez, votre voix est haut perchée, mais quand vous riez, elle devient grave. Eeh heh heh heh. Voilà comment vous riez. »

Son observation m'avait choquée ; je n'avais jamais fait attention à ma façon de rire. J'essayai donc de rigoler comme ça, toute seule. Sans grande surprise, le rire que je sortis n'avait pas grand-chose de naturel. Je tentai de me rappeler lequel de mes deux parents me l'avait transmis. Mais comme je ne pense pas les avoir jamais entendus rire ni l'un ni l'autre, je n'avais aucun moyen d'en juger. Il faut dire que, l'un comme l'autre, ils ne riaient que très rarement. Yuriko, elle non plus, n'éclatait jamais de rire. Elle se contentait d'esquisser un sourire mystérieux, peut-être parce qu'elle savait que c'était de cette façon que sa beauté se dévoilait sous son meilleur jour. Vraiment, quelle famille ! Brusquement, les événements d'une journée d'hiver me revinrent en mémoire.

3

Voyons voir. J'ai aujourd'hui trente-neuf ans, ça devait donc être il y a environ vingt-sept ans. Nous passions nos vacances familiales du Nouvel An au chalet de Gunma – notre « résidence secondaire », devrais-je dire. C'était une maison parfaitement ordinaire, en aucune façon différente des fermes environnantes, mais mon père et ma mère parlant toujours de notre « chalet à la montagne », c'est aussi comme ça que je l'appelais.

Quand j'étais petite, j'attendais impatiemment nos week-ends au chalet. Mais une fois entrée au collège, c'était devenu une corvée. J'avais horreur de toutes ces manières que faisaient les gens de la campagne avec ma sœur et moi, avec nous tous en fait : silencieusement, ils se comparaient à nous. C'était surtout le cas avec les paysans du coin. Mais bon… comme il n'était pas question que je reste seule à Tokyo pendant les vacances du Nouvel An, j'étais allée à Gunma, à contrecœur, dans la voiture que conduisait mon père. C'était ma première année au collège ; Yuriko était encore en primaire.

Notre chalet était situé dans une petite enclave qui comptait une vingtaine de villas de vacances de tailles et de styles variés, groupées au pied du mont Asama. À l'exception d'une famille japonaise depuis trois générations, presque toutes les maisons appartenaient à des hommes d'affaires étrangers mariés à des Japonaises. Bien que tacite, la règle voulait que les Japonais de souche ne soient pas admis. Le résultat était un village où les Occidentaux pouvaient échapper un temps à leurs étouffantes boîtes japonaises pour reprendre leur souffle. Il devait bien y avoir d'autres enfants métisses comme ma sœur et moi, mais soit ils étaient trop vieux, soit ils n'habitaient plus au Japon, parce qu'il était rare que l'on croise d'autres jeunes. Ce Nouvel An-là, nous étions les seuls enfants, comme d'habitude.

Le jour du réveillon, ma famille et moi étions allés faire du ski dans une station toute proche. Sur le chemin du retour, nous nous étions arrêtés près d'une source chaude avec un bain en plein air. Comme toujours, c'était mon père qui en avait eu l'idée. Je pense que ça l'amusait beaucoup de voir les gens effrayés par sa présence étrangère.

La piscine d'extérieur avait été creusée à proximité d'un torrent. Le bassin du milieu était mixte, mais il y avait de part et d'autre de celui-ci deux bassins cloisonnés réservés à l'un et l'autre sexe. Celui des femmes était isolé par une haie de bambous pour qu'on ne puisse pas le voir de l'extérieur. Dès que nous eûmes commencé à nous déshabiller dans les vestiaires communs, j'entendis s'élever les premiers chuchotements :

– Regarde un peu cette fille-là.

– Elle est si jolie qu'on dirait une poupée !

Dans les vestiaires, dans le couloir qui menait aux bains et même dans le nuage de vapeur qui s'élevait de ces derniers, les femmes murmuraient entre elles. Les plus vieilles dévisageaient Yuriko ouvertement et sans la moindre réserve ; d'autres, plus jeunes, n'essayaient même pas de dissimuler leur étonnement et s'échangeaient des coups de coude. Les enfants, eux aussi, s'approchaient au plus près pour se planter, bouche bée, devant le corps nu de Yuriko. C'était chaque fois la même histoire.

Depuis qu'elle était tout bébé, Yuriko avait pris l'habitude de se faire reluquer par de parfaits inconnus. Elle se déshabillait sans la moindre hésitation. Son corps, encore peu développé et enfantin, ne montrait même pas l'ébauche d'une poitrine. Et pourtant, avec son visage minuscule et son teint clair, elle ressemblait à s'y méprendre à une poupée Barbie. Pour moi, c'était comme si elle portait un masque.

J'avais prévu d'ôter mes vêtements, puis de les plier soigneusement avant d'emprunter l'étroit passage qui menait au bassin extérieur, en profitant du fait que tout le monde avait les yeux rivés sur Yuriko.

– C'est votre fille ? avait soudain lancé une femme d'un certain âge depuis la chaise où elle était assise.

Elle devait être restée trop longtemps dans l'eau presque brûlante parce qu'elle semblait avoir très chaud et éventait sa chair rose en agitant une serviette humide.

Les mains de ma mère s'arrêtèrent au-dessus de sa tête tandis qu'elle retirait ses vêtements.

– Mon mari est étranger, alors bon.

La femme jeta un regard dans ma direction. Je baissai les yeux sans rien dire. L'idée de retirer ma culotte me semblait à présent insolite. Je n'étais pas comme Yuriko. J'en avais plus qu'assez de ces regards curieux dont je faisais l'objet. Si j'avais été seule, je n'aurais pas autant attiré l'attention. Mais simplement parce que j'étais là avec ce monstre de Yuriko, il m'était impossible de passer inaperçue. La femme continua sur sa lancée :

– Votre mari n'est donc pas japonais ?

– C'est exact.

– Voilà qui explique tout ! Je n'ai jamais vu une fille aussi jolie !

– Merci.

Une vague de fierté déferla sur le visage de ma mère.

– Par contre, ça doit vous faire tout drôle d'avoir une fille qui ne vous ressemble pas du tout.

La femme avait lâché cela sur un ton badin, marmonnant comme pour elle-même. Le visage de ma mère s'affaissa.

– Dépêche-toi donc, me dit-elle en me poussant doucement dans le dos.

Quand je vis à quel point son visage s'était durci, je compris que les mots de la femme l'avaient atteinte au cœur.

Dehors, la nuit était tombée et les étoiles brillaient. L'air s'était nettement rafraîchi. Un nuage de vapeur blanche flottait au-dessus des bains. Je ne voyais pas le fond du bassin ; c'était un peu irréel, comme un étang aux eaux noires. En son centre, un corps blanc scintillait.

Yuriko faisait la planche sur l'eau fumante, les yeux rivés vers le ciel. Femmes et enfants, plongés dans l'eau jusqu'aux épaules, l'entouraient et l'observaient en silence. En regardant son visage, je fus horrifiée. Je ne l'avais jamais vue aussi belle. C'était presque une déesse. C'était la première fois que je vivais une telle expérience. Elle ressemblait plus à une effigie qu'à un être humain et semblait trop parfaite pour être une créature de ce monde.

Ma mère l'appela :

– Yuriko, chérie ?

– Oui, mère ?

La voix claire de Yuriko rebondissant sur la surface de l'eau, les yeux rivés sur elle se tournèrent soudain vers ma mère et moi. Puis ils revinrent sur Yuriko, pivotèrent de nouveau vers moi : c'étaient des yeux qui s'employaient à comparer, qui débordaient de curiosité. Je savais qu'il ne leur faudrait pas longtemps pour comprendre laquelle de nous deux était supérieure à l'autre. Yuriko voulait montrer aux gens qui l'entouraient qu'elle n'était en rien comme sa mère et sa sœur, et c'est pour ça qu'elle avait répondu ainsi quand ma mère l'avait appelée. Ma petite sœur était comme ça. Oui, je l'avoue. Je n'ai jamais ressenti ne serait-ce qu'un soupçon d'amour pour elle. Et ma mère, sans aucun doute, devait régulièrement lutter contre ce sentiment bizarre que la femme rose venait d'évoquer. J'observai le visage de Yuriko. Ses cheveux châtains mouillés encadraient un front d'une blancheur exceptionnelle. Ses sourcils étaient parfaitement arqués. Ses grands yeux étaient légèrement orientés vers le bas. Elle n'était encore qu'une enfant, mais l'arête de son nez était droite et parfaitement dessinée. Ses lèvres étaient pleines comme celles d'une poupée. Même parmi les enfants de couples mixtes, un visage aussi parfaitement proportionné que le sien n'était pas chose courante.

J'avais, moi, les yeux tournés vers le haut et le nez aquilin, comme mon père. Et, pour couronner le tout, j'avais le corps trapu et grassouillet de ma mère. Pourquoi étions-nous si différentes ? Je n'arrivais pas à m'expliquer comment Yuriko avait pu hériter d'un visage qui était à ce point supérieur à celui de ses deux parents. Je cherchais frénétiquement une trace d'eux dans ses traits, mais j'avais beau chercher, la seule conclusion possible était qu'il devait s'agir d'une sorte de mutation génétique.

Yuriko se retourna pour me regarder. Étrangement, cette beauté qui, plus tôt, semblait si incroyable qu'on l'aurait crue divine avait complètement disparu. Sans réfléchir, je poussai un cri.

Ma mère sursauta et se tourna vers moi.

– Qu'est-ce qu'il y a ? me demanda-t-elle.

– C'est Yuriko, Maman. Sa tête… Elle me fait peur !

J'avais soudain compris ce que c'était : les yeux de Yuriko ne renvoyaient aucune lumière. Même les yeux des poupées ont toujours un petit point blanc peint au milieu pour suggérer la lumière. Cela donne à leur visage un air doux et charmant ; les yeux de Yuriko, eux, étaient comme deux étangs sombres. La raison pour laquelle elle m'avait paru si belle auparavant était que la lumière des étoiles s'y était reflétée.

– Ne parle pas comme ça de ta petite sœur !

Ma mère me pinça violemment le bras sous l'eau. La douleur me fit crier à nouveau, encore plus fort.

– Si tu le penses vraiment, c'est toi qui me fais peur ! dit-elle avec un dégoût manifeste.

Elle était en colère. Elle n'était déjà plus que l'esclave de Yuriko. Je veux dire par là qu'elle était en adoration devant la beauté de sa fille. Elle semblait complètement désemparée de voir que le destin lui avait donné une enfant si adorable. Si elle m'avait avoué qu'elle aussi avait peur de Yuriko, j'aurais peut-être fini par lui accorder ma confiance. En l'occurrence, elle se trouvait dans un tout autre état d'esprit. Je n'avais pas un seul allié au sein de ma famille. Voilà comment je voyais les choses au collège.

Ce soir-là, une grande fête de réveillon était prévue chez les Johnson. D'ordinaire, ma sœur et moi n'avions pas la permission de participer aux soirées des adultes, mais comme nous étions les seuls enfants de tout le village ce jour-là, on nous avait invitées. Yuriko, mes parents et moi nous engageâmes sur le sentier sombre qui menait à la maison de nos voisins. La neige tombait doucement. Le trajet nous prit plusieurs minutes et Yuriko, qui adorait les festivités en tout genre, sautilla tout du long, soulevant joyeusement la neige tombée à terre.

Johnson était un homme d'affaires américain qui ne possédait ce chalet que depuis peu. Son visage était agréablement buriné, ses cheveux d'un châtain doré. C'était le genre d'homme à être beau même en jean, comme Jude Law, l'acteur. Mais j'avais entendu dire qu'il était un peu timbré.

C'est ainsi qu'un jour il s'était attaqué à coups de hache aux jeunes arbres plantés devant la fenêtre de sa chambre parce que, selon lui, ils lui bouchaient la vue du mont Asama. Il avait ensuite coupé, au-dessus des racines, quelques plants de bambou nain et les avait plantés dans la terre à l'endroit où les arbrisseaux se trouvaient auparavant, sans même s'embêter à les repiquer correctement. Le paysagiste de la communauté était furieux. Johnson, bien sûr, était, lui, ravi de l'aspect de ses bambous. Je me rappelle avoir entendu mon père s'esclaffer :

– Il n'y a vraiment qu'un Américain pour se satisfaire d'une solution à aussi court terme !

La femme de Johnson était une Japonaise qui répondait au prénom de Masami. Il semble qu'elle ait rencontré Johnson alors qu'elle travaillait comme hôtesse de l'air. Belle et pleine de vitalité, elle trouvait quand même le temps d'être gentille avec Yuriko et moi. Elle ne sortait jamais sans une couche de maquillage savamment appliquée et un énorme diamant au doigt, même pour une promenade en montagne. Elle s'en servait comme d'une armure, un comportement dont l'étrangeté me semblait flagrante.

Une fois arrivée à la fête, je vis que les épouses japonaises avaient quitté la pièce principale où se tenait la soirée et s'étaient entassées dans la minuscule cuisine, une habitude bien curieuse à mes yeux. L'une après l'autre, elles se vantaient de leur propre cuisine. On aurait presque dit qu'elles se chamaillaient.

De temps à autre, des femmes étrangères venaient rendre visite à l'une des familles du village. Quand c'était le cas, elles seules prenaient place sur le canapé du salon, conversant avec élégance, tandis que les hommes blancs se rassemblaient autour de la cheminée, buvaient du whisky et discutaient en anglais. C'était bizarre de voir ces groupes former des sphères si parfaitement distinctes. Une seule femme japonaise s'aventurait parfois dans le cercle des hommes : Masami. Elle se tenait alors à côté de Johnson et de temps en temps j'entendais le trille sirupeux de sa voix haut perchée se détacher sur les murmures monotones des hommes.

Dès que nous fûmes entrés, ma mère se dirigea immédiatement vers la cuisine, comme si elle était impatiente d'aller occuper le terrain. Les hommes attirèrent mon père devant la cheminée et lui mirent un verre d'alcool entre les mains. À court d'idées, ne sachant pas ce que j'étais censée faire, je suivis ma mère dans la cuisine, jouant des coudes pour m'insérer dans le cercle de femmes au foyer qui s'y agglutinaient.

Yuriko, elle, s'agrippa à Johnson et s'appuya contre ses genoux alors qu'il se tenait devant la cheminée. Elle faisait de son mieux pour s'attirer ses bonnes grâces. Le diamant de Masami étincelait, recevant la lueur du feu et renvoyant des éclats de lumière qui caressaient les joues de Yuriko. C'est à cet instant qu'une idée folle fit irruption dans mon esprit. Et si Yuriko n'était pas vraiment ma sœur? Et si en fait c'était la fille de Johnson et de Masami? Ils étaient si beaux, tous les deux. Je ne peux pas l'expliquer clairement, mais si ç'avait été le cas j'aurais pu accepter Yuriko. Même sa beauté monstrueuse aurait pris une dimension plus humaine. Qu'est-ce que j'entends par « humaine » ? En voilà une question! Ce que je veux dire, je crois, c'est que ça l'aurait rendue plus ordinaire, comme si elle n'avait été qu'une vilaine petite bête nuisible, une taupe ou quelque chose de ce genre.

Malheureusement, Yuriko était bien la fille de mes médiocres parents. N'était-ce pas là ce qui faisait d'elle un monstre, une beauté trop parfaite? Yuriko me lança un regard plein d'autosatisfaction. Regarde ailleurs, espèce de tarée! pensai-je et j'éprouvai soudain un sentiment d'angoisse. Quand je baissai la tête en laissant échapper un soupir, ma mère me jeta un regard mauvais. Je l'imaginai en train de me dire au fond de son cœur : « Tu ne ressembles pas du tout à Yuriko! »

Sans prévenir, je me mis à rire comme une folle. Comme je ne m'arrêtais pas, les femmes rassemblées dans la cuisine, stupéfaites, se tournèrent toutes vers moi pour me regarder. *Le problème n'est pas que je ne lui ressemble pas! C'est qu'elle ne me ressemble pas!* Cette réponse, j'en étais sûre, était le moyen idéal de contrer ma mère. L'existence de Yuriko nous avait toutes les deux forcées à adopter des positions contraires. J'éclatai de rire quand j'en pris conscience. (Je ne sais pas si mon rire de collégienne était ou non ce même rire grave auquel M. Nonaka des Affaires sanitaires faisait référence.)

Une fois les douze coups de minuit sonnés, après que tout le monde eut levé son verre à la nouvelle année, Yuriko et moi fûmes priées par notre père de rentrer toutes seules à la maison. Ma mère était toujours dans la cuisine et ne semblait pas vouloir en bouger. L'expression de son visage était tellement niaise que je fus soudain convaincue que, si on lui avait cloué les pieds, elle aurait été capable de rester toute sa vie exactement à l'endroit où elle se trouvait. Elle me rappelait la tortue qu'on gardait dans ma classe, à l'école primaire. Tous les jours, elle étendait ses petites pattes tordues dans l'eau boueuse de son terrarium, levait son gros nez et reniflait l'air poussiéreux de notre classe avec un air parfaitement idiot et les narines tremblantes.

L'assommante rétrospective télévisée de l'année écoulée venant de commencer, je cherchai mes bottes boueuses dans le tas des chaussures jetées en vrac sur le sol du vaste hall d'entrée. Dès que la neige fond, les routes de montagne se changent en boue, de sorte que même les étrangers adoptent la coutume japonaise qui veut qu'on enlève ses chaussures avant d'entrer chez quelqu'un. Mes vieux caoutchoucs rouges étaient glacés quand j'y glissai le pied. Yuriko se mit à faire la moue.

– Notre chalet à nous, on appelle ça un chalet, mais c'est pas un vrai. C'est juste une vieille baraque ordinaire, dit-elle. J'aimerais bien qu'on ait une cheminée comme les Johnson. Ce serait super.

– Pourquoi ?

– Masami a dit que l'année prochaine on pourrait faire la fête chez nous.

– Aucune chance. Papa est trop radin.

– Oui, même que Johnson a été drôlement surpris. Il n'arrive pas à croire qu'on aille dans une école japonaise. Pourquoi est-ce qu'on doit vivre comme des Japonais alors qu'on est si différents de tous les autres ? C'est exactement comme il a dit. Moi aussi, on m'embête tout le temps en me traitant de *gaijin*, en me demandant si je parle japonais et tout ça.

– C'est pas à moi qu'il faut venir t'en plaindre.

J'ouvris la porte brutalement et, passant devant elle, je m'engageai dans l'obscurité. Je ne sais pas pourquoi j'étais si en colère. L'air glacial me mordait les joues. La neige ne tombait plus et la nuit était noire. Les montagnes étaient bien là – dressées au-dessus de nous, elles nous encerclaient de leur présence alors même que, dissoutes dans l'obscurité, elles demeuraient complètement invisibles. Sans autre lumière que celle d'une lampe torche, les yeux de Yuriko devaient à nouveau s'être changés en mares sombres. Je ne pouvais me résoudre à la regarder. Je fus bientôt effrayée à la seule idée que je marchais seule dans l'obscurité avec un monstre. Je serrai fort la lampe de poche et me mis à courir.

– Attends-moi ! s'écria Yuriko. Ne me laisse pas !

Au bout d'un moment elle arrêta de crier, mais j'avais trop peur pour me retourner. J'avais l'impression de tourner le dos à un étang mystérieux, de sentir quelque chose ramper hors de l'eau et se lancer à ma poursuite. Énervée que je l'aie distancée, Yuriko me courait après. Quand je me retournai enfin, sa figure était juste devant moi. J'étudiai lentement son visage blanc de statue, désormais éclairé par la lumière qui se reflétait sur la neige. Ses yeux étaient la seule partie de son visage que je ne pouvais pas distinguer. J'étais terrorisée.

– Qui es-tu ? Hein ? Tu vas me dire qui tu es ?

– Pourquoi tu me demandes ça ?

– T'es un monstre !

Elle se mit en colère.

– Ah bon ? Ben toi, t'es un thon !

– J'espère que tu vas mourir !

Et sur ce, je repris ma fuite. Yuriko s'agrippa à la capuche de mon manteau et tira avec une telle force que je me retrouvai entraînée vers l'arrière. Mais je réussis enfin à la repousser de toutes mes forces. Elle était plus petite que moi et je l'avais prise de vitesse. Elle lâcha ma capuche et tomba à la renverse, les bras battant l'air, dans un tas de neige au bord du chemin.

Je courus jusqu'à la maison sans me retourner et, une fois à l'intérieur, fermai la porte à clé. Au bout de quelques minutes monta le bruit pathétique de coups frappés à la porte, comme dans la version animée d'un conte pour enfants, et je fis semblant de ne pas entendre.

– S'il te plaît ! Ouvre ! Il fait froid dehors.

Elle pleurait.

– Ouvre la porte ! S'il te plaît. J'ai peur.

– C'est toi qui fais peur à tout le monde ! Bien fait pour toi !

Je courus dans ma chambre et me réfugiai dans mon lit. J'entendais Yuriko tambouriner assez fort sur la porte pour la défoncer, mais je plongeai la tête sous les couvertures. Qu'elle crève de froid ! pensai-je. C'est vrai, je le désirais du plus profond de mon cœur.

Je m'endormis peu après, avant d'être réveillée par une odeur désagréable, aigre, une odeur d'alcool. Quelle heure était-il ? Mes parents se tenaient dans l'encadrement de la porte et semblaient en pleine dispute. Mon père était ivre. À cause de la lumière du couloir derrière eux, je ne pouvais pas distinguer leur expression. Mon père voulait me tirer du lit et me sonner les cloches, mais ma mère l'arrêta. Il protesta :

– Elle allait laisser sa petite sœur mourir de froid !

– Mais non, voyons. Et puis, Yuriko n'a rien.

– Oui, mais je veux savoir pourquoi elle a fait une chose pareille.

– Elle se sent inférieure à sa sœur, c'est tout, plaida ma mère à voix basse.

En entendant cela, je me demandai ce que j'avais fait pour mériter une famille pareille et ne pus retenir mes larmes.

Vous vous demandez sûrement pourquoi je ne me suis pas élevée contre les propos de ma mère, n'est-ce pas ? Peut-être était-ce que je ne pouvais pas nier que je me sentais effectivement inférieure. La nature de mes sentiments m'échappait encore, à l'époque. Et peut-être refusais-je d'admettre que je haïssais vraiment Yuriko. Enfin quoi, c'était ma petite sœur ; n'étais-je pas censée l'aimer ? J'avais trop longtemps souffert du joug vicieux du sens du devoir, sens qui me plaçait, de fait, dans l'obligation morale de l'aimer.

Mais après le cirque auquel j'avais assisté aux bains, puis de nouveau à la soirée, j'étais libérée de la pression que j'avais ressentie. Je ne pouvais pas la supporter plus longtemps. Il fallait que je dise ce que j'avais sur le cœur.

Aucun signe de Yuriko le matin suivant. Ma mère était au rez-de-chaussée et versait du kérosène dans le poêle avec un air renfrogné. Mon père était assis à la table du petit déjeuner, mais en me voyant arriver il se leva et vint à ma rencontre, l'haleine chargée de café.

– As-tu vraiment dit à ta sœur que tu voulais qu'elle meure ?

Voyant que je tardais à répondre, il leva sa paume épaisse et l'abattit violemment sur mon visage. Le bruit sec de la claque fut si fracassant que j'en eus mal aux oreilles. Ma joue rayonnait de douleur. Je me couvris le visage des deux mains pour dévier les coups suivants, car j'avais pleinement anticipé ce genre de réaction. Il me frappait depuis que j'étais toute petite. Il commençait par me battre, puis les coups laissaient place à une pluie d'insultes. Il n'était pas rare que de tels épisodes se terminent chez le médecin.

– Songe à tes péchés, m'ordonna-t-il.

Chaque fois que mon père nous corrigeait, que ce soit ma mère, Yuriko ou moi, il nous ordonnait de songer à nos péchés. Il ne croyait pas vraiment aux excuses.

À la maternelle, j'avais appris que lorsqu'on a fait une bêtise il faut demander « pardon ». Ce à quoi la partie lésée répond : « Ce n'est pas grave. » Mais à la maison, ça ne se passait jamais comme ça. Ces mots-là n'existant pas chez nous, la punition dégénérait toujours en une mise en scène épique. Yuriko avait un visage terrifiant… pourquoi était-ce à moi de « songer à mes péchés » ? Mon indignation devait se lire sur mon visage parce que mon père me gifla à nouveau de toutes ses forces. Du coin de l'œil, j'aperçus le profil pincé de ma mère tandis que je m'écroulais par terre. Elle n'essaya pas de venir à mon secours. Elle fit mine d'être complètement absorbée par sa tâche, versant lentement le kérosène dans le poêle pour ne pas en perdre une goutte. Après m'être relevée, je m'enfuis à l'étage et m'enfermai dans ma chambre.

Plus tard dans l'après-midi, un silence de mort s'empara de la maison. Apparemment, mon père était sorti quelque part et je quittai ma chambre sur la pointe des pieds. Je ne trouvai pas ma mère. Profitant de ce moment propice, je me faufilai dans la cuisine et avalai un reste de riz à même l'autocuiseur en me servant de mes doigts comme d'une cuillère. Je sortis le jus d'oranges du frigo et vidai la brique d'un trait. Puis je trouvai la cocotte contenant le *bigos* qui restait du déjeuner. Le gras de la viande s'était solidifié à la surface, formant des amas blancs qui ressemblaient à des mollards. Je crachai dans la cocotte. Ma salive mêlée de jus d'oranges s'accrocha aux lambeaux de chou trop cuit. J'étais contente de moi. Mon père aimait particulièrement son *bigos* quand le chou était trop cuit.

Je relevai la tête lorsque j'entendis la porte d'entrée s'ouvrir. Yuriko était revenue. Elle portait le même blouson que la veille au soir et un bonnet de mohair blanc que je n'avais jamais vu et qui devait appartenir à Masami. Un peu grand pour elle, il lui tombait sur le front et lui couvrait presque les yeux. Le parfum de Masami emplit la pièce. J'étudiai encore une fois les yeux de Yuriko pour confirmer ma découverte de la veille. Ah, cette fille magnifique aux yeux si inquiétants ! Yuriko n'essaya même pas de m'adresser la parole avant de monter dans sa chambre. J'allumai la télé et m'installai sur le canapé. Je regardais un jeu télévisé du Nouvel An vaguement comique quand Yuriko entra dans la pièce, serrant contre elle un sac à dos et sa peluche Snoopy adorée.

– Je vais chez les Johnson. Je leur ai dit ce que tu m'as fait et ils m'ont dit que c'était trop dangereux de rester ici et que je devrais venir habiter chez eux.

– Fantastique. Comme ça, tu n'es plus obligée de revenir à la maison.

J'étais soulagée. Pour finir, Yuriko passa toutes les vacances chez les Johnson. Une fois, je croisai Masami et Johnson sur la route. Ils me firent tous les deux un signe de la main en me disant « bonjour ! », le visage rayonnant. Je leur rendis leur bonjour sans hésiter avec un grand sourire. Mais dans mon cœur je pensais : imbécile de Johnson ! Et toi, Masami, t'es vraiment une pauvre conne !

Je m'en fichais bien que Yuriko ne revienne plus jamais. Pour ce que j'en avais à faire, elle n'avait qu'à devenir la fille débile de ces débiles de Johnson !

4

L'année suivante, le commerce de mon père fit faillite. Et pas seulement son commerce : ce furent toutes ses affaires qui tombèrent à l'eau. À mesure que les Japonais s'enrichissaient, la demande du public allait vers des sucreries de plus en plus sophistiquées et plus personne ne voulait des bonbons de qualité médiocre dont mon père avait fait sa spécialité. Il fut contraint de fermer boutique. Il lui fallut vendre tous ses biens pour rembourser les emprunts en cours. Évidemment, il dut aussi se séparer du chalet à la montagne. Et vendre notre petite maison des quartiers nord de Shinagawa, puis notre voiture, bref, tout.

Une fois la clé mise sous la porte, mon père décida de retourner en Suisse pour prendre un nouveau départ. Son frère cadet, Karl, était propriétaire d'une bonneterie à Berne et avait besoin de quelqu'un pour l'aider à gérer ses comptes ; il fut donc décidé que nous partirions tous nous installer en Suisse. Cette décision intervint juste au moment où je préparais les examens d'entrée au lycée. Je visais alors l'admission dans une école d'élite, le genre d'institution qui n'aurait jamais accepté de prendre une demeurée comme Yuriko. Je parle ici de l'école que Kazue et moi avons fréquentée. Appelons-la seulement lycée pour jeunes filles de K., c'est mieux, vous ne croyez pas ? C'était le cours préparatoire d'élite affilié à l'université de K.

J'implorai mon père de me laisser emménager chez mon grand-père maternel, qui vivait dans l'arrondissement de P., au moins le temps de passer les examens d'entrée au lycée. Et si j'étais reçue, je pourrais faire l'aller-retour tous les jours entre le lycée et son appartement. De toute façon, j'étais déterminée à faire échouer toutes les tentatives visant à m'expédier en Suisse avec Yuriko.

Mon père resta d'abord dubitatif face à ma requête, se plaignant que le lycée de K. était très cher et que tout cela coûterait bien plus que ce qu'on pouvait se permettre. Mais comme Yuriko et moi ne nous parlions presque plus – depuis l'incident du chalet –, il décida finalement que c'était ce qu'il y avait de mieux à faire. Je lui fis signer un contrat stipulant que si j'étais admise à l'école de mon choix il promettait de transférer sur mon compte les fonds nécessaires pour couvrir les frais de scolarité jusqu'à ce que j'obtienne mon diplôme. Ç'avait beau être mon père, il ne faisait jamais rien sans un accord écrit.

Il fut donc décidé que j'habiterais à P., chez mon grand-père, qui vivait seul dans une petite résidence à loyer subventionné. Il avait soixante-six ans. Pas très grand, il avait les jambes et les bras délicats et une silhouette menue. On ne pouvait pas s'y tromper, c'était bien le père de ma mère. Il était de ce genre d'hommes qui s'emploient toujours à paraître à la mode, même s'il n'était pas franchement riche : où qu'il aille, il portait toujours un costume et plaquait ses cheveux poivre et sel en arrière à la gomina. L'odeur de gomina imprégnait tout son appartement, à tel point que j'étouffais presque.

Je n'avais jamais vraiment eu l'occasion de connaître mon grand-père et j'étais nerveuse à l'idée de vivre avec lui. Mais une fois mon emménagement effectif, mes craintes n'eurent plus d'importance. Mon grand-père passait ses journées à radoter d'une voix suraiguë. Ce n'est pas comme s'il avait besoin de moi pour lui faire la conversation, il se parlait surtout à lui-même. Plus précisément, il répétait les mêmes choses encore et encore, jacassant à n'en plus finir. Je le soupçonnais d'être ravi de partager son foyer avec quelqu'un d'aussi taciturne que moi. Je n'étais qu'un réceptacle pour ses caquetages incessants.

Sans doute avait-il été ennuyé qu'on lui dépose aussi soudainement une petite-fille devant sa porte. Mais il ne fait aucun doute qu'il était reconnaissant de la pension que lui versait mon père. À l'époque, mon grand-père vivait chichement de sa retraite. De temps à autre, il se faisait quelques billets grâce à de menus travaux qu'il effectuait pour le voisinage ; c'était une sorte d'homme à tout faire à demeure. Mais je soupçonne que tout cela lui suffisait à peine pour vivre.

Quel avait été son métier ? Difficile à dire. Quand nous étions petites, ma mère nous disait que, plus jeune, Grand-Père était très fort pour attraper les voleurs de pastèques et qu'il avait donc décidé de rentrer dans la police et de devenir inspecteur. Pour cette raison, j'étais certaine qu'il serait très strict et au début j'eus peur de lui. Mais en fait c'était tout le contraire. Mon grand-père n'avait jamais été inspecteur. Qu'avait-il été ? C'est ce que je m'apprête à vous expliquer. Cela risque de prendre un moment ; je vous demande encore un peu de patience.

– Ce n'est pas facile d'aller voir Grand-Père parce qu'il est inspecteur de police, nous racontait ma mère. Il est très occupé. Et puis, il a toujours autour de lui tout plein de gens qui ont fait des choses affreuses. Cela ne veut pas dire que votre grand-père est méchant. Pas du tout. Il arrive souvent que des gens méchants soient attirés par les gens gentils. Par exemple, des gens qui ont enfreint la loi viennent parfois lui rendre visite pour s'excuser et lui dire comment ils comptent s'amender. Mais il y en a toujours qui sont mauvais jusqu'au trognon. Des gens qui pourraient en vouloir à votre grand-père de les avoir arrêtés et qui viennent le voir uniquement pour se venger. Ce serait dangereux pour des enfants d'être là quand ce genre de choses arrive.

En écoutant ma mère raconter ces histoires comme si elle parlait d'un pays lointain, j'étais toujours très excitée, m'imaginant des scènes tirées des séries policières de la télévision. Mon grand-père, un inspecteur de police ! Je m'en vantais toujours quand mes amies passaient à la maison. Mais Yuriko, elle, n'avait jamais l'air très impressionnée et demandait toujours à ma mère pourquoi Grand-Père était inspecteur. Elle ne devait pas trouver qu'avoir un grand-père inspecteur soit particulièrement palpitant ; je n'ai aucune idée de ce qui se passait dans sa tête. Mais ma mère lui faisait toujours la même réponse : « Votre grand-père était très fort pour attraper les voleurs de pastèques. Son père possédait des champs immenses dans la préfecture d'Ibaraki… c'est là que rôdaient les voleurs. »

Je passai, avec succès, le concours d'entrée au lycée pour jeunes filles de K. juste avant que mes parents s'envolent avec Yuriko pour la Suisse ; je chargeai donc dans une camionnette mon futon, mon bureau, des fournitures scolaires et quelques vêtements, puis je quittai les quartiers nord de Shinagawa pour m'installer dans l'appartement à loyer subventionné de mon grand-père. L'arrondissement de P. se situe dans la partie la moins élevée de Tokyo, dans ce qu'on appelle la ville « basse ». Le paysage y est presque entièrement plat, avec très peu de grands immeubles. Un certain nombre de rivières traversent l'arrondissement, le découpant en sections plus petites. Les grandes levées le long des rivières sont les seuls éléments qui viennent obstruer l'horizon. Les bâtiments construits autour ne sont pas très hauts, mais à cause des levées ils confèrent au quartier une ambiance oppressante. C'est un endroit vraiment étrange, en fait. Juste derrière les levées, un immense volume d'eau s'écoule, le plus souvent à un train paisible. Chaque fois qu'il m'arrivait de grimper sur ces levées pour plonger mon regard vers l'eau brunâtre de la rivière en contrebas, je m'imaginais toute la variété des formes de vie qui tournoyaient sous la surface.

Le jour de mon emménagement, mon grand-père alla nous chercher deux choux à la crème au magasin tout proche. Pas de ceux qu'on pouvait trouver dans une vraie pâtisserie, non, ceux dont la pâte durcie est remplie d'une crème dont j'ai horreur. Ne voulant pas blesser Grand-Père, je me forçai et fis mine d'en savourer chaque bouchée. En mangeant, j'étudiai son visage et tentai de déterminer en quoi il ressemblait à ma mère. Ils avaient la même carrure fluette, mais leurs visages n'avaient rien de commun.

– Maman ne te ressemble pas, Grand-Père, dis-je. De qui tient-elle le plus dans la famille ?

– Oh, ça, ta mère, elle ne ressemble à personne. Elle a sûrement hérité cette tête-là d'un ancêtre mort depuis bien longtemps.

Tout en me répondant, il démantibula la boîte en carton, puis l'aplatit en suivant les instructions imprimées sur le côté. Il la déposa enfin, avec son papier d'emballage et sa ficelle, sur le dessus du placard de la cuisine.

– Moi non plus, je ne ressemble à personne.

– Bah, c'est souvent comme ça, dans la famille.

Grand-Père était un homme d'habitudes. Il se levait tous les matins à cinq heures pile et commençait à s'occuper des bonsaïs qui encombraient le balcon et l'espace exigu du vestibule. Cultiver des bonsaïs était son passe-temps favori. Il passait deux heures à s'en occuper chaque matin. Il nettoyait ensuite la pièce, puis allait prendre son petit déjeuner.

Dès son réveil, il commençait à jacasser dans son patois d'Ibaraki. Puis, tandis que je me lavais le visage ou me brossais les dents, il poursuivait ses élucubrations.

« Oh, en voilà un beau tronc. Regarde-moi ça ! Quelle force ! Quelle longévité ! Doit y en avoir, dis donc, des pins comme ça, le long de l'autoroute de Tokaido, oui, madame. Quelle chance j'ai d'avoir un si beau bonsaï. Ou peut-être que tout ça, c'est grâce à mon talent. Oui, je suis sûr que c'est ça. Il faut être un peu fou pour arriver aussi loin. Un peu fou ? C'est tout moi, ça. »

Je jetais un coup d'œil dans sa direction, pensant qu'il s'adressait à moi, mais il avait toujours les yeux rivés sur son bonsaï et se faisait la conversation tout seul. Et tous les matins il disait à peu près la même chose.

« Ceux qui ne sont pas vraiment fanatiques peuvent bien essayer tant qu'ils veulent, ils n'auront jamais mon talent et leurs bonsaïs n'auront jamais la même allure que ceux d'un vieux fou dans mon genre ! Qu'est-ce que ça change ? Pour commencer… »

Je finis par arrêter de me retourner chaque fois qu'il ouvrait la bouche. J'avais compris qu'il ne me parlait pas. S'il posait une question, il y répondait lui-même. De mon côté, j'étais complètement grisée par ma réussite au concours d'entrée et par cette nouvelle vie qui s'annonçait. Après tout, je m'en fichais bien de ses bonsaïs ! Je feuilletais la brochure du lycée et m'abandonnais aux rêveries enivrantes de ce que serait mon avenir dans mon beau lycée pour jeunes filles de K.

Je laissai mon grand-père où il était et fis un tour par la cuisine pour me faire un petit toast – que je tartinai ensuite généreusement de beurre, de miel et de confiture. Mon père n'était pas là pour me reprocher d'en mettre trop. Je me sentais complètement libérée ! Mon père était un tel grippe-sou qu'il nous faisait toujours la leçon sur ce qu'on mangeait et combien on en mangeait. Nous avions le droit à deux morceaux de sucre dans notre thé, pas plus. Et seulement à une petite traînée de confiture sur notre pain. Si nous avions envie de miel, nous n'avions droit à rien d'autre. Et ses idées sur la manière de se tenir à table étaient tout aussi rigides. Interdit de discuter à table. Coudes rentrés et dos droit. Interdit de rire la bouche pleine. Quoi qu'on fasse, il trouvait moyen de se plaindre. Désormais je pouvais m'affaler sur ma chaise, l'œil torve, devant mon petit déjeuner, et Grand-Père n'y trouvait rien à redire. Il restait planté dans la véranda à parler à ses arbres.

« Il faut avoir de l'inspiration, tu sais. C'est essentiel. L'inspiration. Le “souffle divin”. C'est vrai, regarde donc dans le dictionnaire si tu ne me crois pas. Tu verras que ce n'est pas seulement une question d'élégance. L'élégance peut donner vie à ton travail, pas de doute là-dessus. Mais elle ne s'apprend pas. Et il faut aussi avoir du talent. Tous ceux qui réussissent ont du talent. Et donc je dis, ce talent-là, je l'ai. J'ai été inspiré. »

Mon grand-père traça à la hâte les idéogrammes chinois du mot « inspiration » dans l'air devant son visage. Puis il forma le mot « fanatique ». Je bus mon thé et le regardai en silence. Après un long moment, il s'aperçut que j'étais assise à la table de la cuisine.

– Il n'en resterait pas un pour ton grand-père ?

– Si, mais maintenant il est froid.

Je lui montrai le toast du doigt. Il était froid et sec, mais il s'y attaqua avec un plaisir manifeste et se mit à le mâchonner avec ses fausses dents en envoyant voler des miettes un peu partout. Dès que je le vis, je compris que les histoires que me racontait ma mère sur sa prétendue carrière d'inspecteur de police n'étaient que mensonges. Je ne me l'explique pas encore très bien, mais même pour la jeune fille de quinze ans que j'étais, le genre d'homme auquel appartenait mon grand-père était parfaitement évident. C'était le genre d'homme à ne jamais penser qu'à lui-même. Il était impossible qu'il ait pu traquer quelqu'un d'autre pour l'inculper d'un crime, quel qu'il fût.

Le dentier de mon grand-père n'était pas bien ajusté et il avait visiblement du mal à mâcher ; il plongea donc son toast dans son thé jusqu'à ce qu'il soit complètement détrempé. Une partie du pain tomba dans sa tasse, mais il la vida quand même d'un trait.

Je pris mon courage à deux mains et lui demandai :

– Dis, Grand-Père, tu penses que Yuriko est inspirée ?

Il focalisa son attention sur la véranda et le grand pin noir, puis il me répondit en termes peu équivoques :

– Pas le moins du monde. Yuriko-chan est bien trop jolie pour cela. C'est peut-être une plante de jardin. Une jolie fleur. Mais certainement pas un bonsaï.

– Et donc une fleur, si jolie soit-elle, n'est jamais inspirée ?

– Exactement. L'inspiration, c'est l'atout du bonsaï. Mais c'est uniquement parce que quelqu'un s'en occupe, tu sais. Regarde là-bas, le pin noir. Ça, c'est de l'inspiration. Tu vois ? Un vieil arbre nous donne une leçon de vie. C'est étrange, non ? L'arbre a peut-être l'air rabougri, mais il n'en est pas moins vivant. Il supporte le passage du temps. Les humains sont les seuls êtres à atteindre le summum de leur beauté quand ils sont jeunes. Un arbre, peu importent les années, on le tord, on le ligature, et même s'il a naturellement tendance à résister, peu à peu il finit par se plier à ta volonté. Et quand cela arrive… eh bien, c'est comme si la vie en jaillissait à nouveau, n'est-ce pas ? L'inspiration réside là où l'on commence à sentir le miraculeux. C'est bien comme ça qu'on dit, non ? Miracle ?

– Oui, je crois.

– Et en allemand, on dit comment ?

– J'en sais rien.

C'est reparti pour un tour, pensai-je en faisant semblant d'admirer le balcon où il se tenait. Je ne comprenais presque jamais ce que racontait Grand-Père et commençais à en avoir marre de l'écouter. Tout ce qui l'intéressait, c'était le vieux pin desséché qu'il avait posé en plein milieu du balcon. Les racines en étaient torturées et hideuses, et les branches couvertes de fils de fer enchevêtrés. Avec ses aiguilles rassemblées en touffes serrées qui ressemblaient à des casques, l'arbre se trouvait en permanence en travers du passage. Il avait la même forme que les vieux pins tordus qu'on retrouve dans tous les mauvais films de samouraïs. Et pourtant il était inspiré alors que la sublime Yuriko ne l'était pas ! Que pouvait-il y avoir de plus parfait ? J'adorai mon grand-père pour ce qu'il avait dit. Et priai qu'on me laisse vivre avec lui à jamais.

Mon grand-père étant l'homme qu'il était, il gagnait aussi à m'avoir à ses côtés. J'allais bientôt comprendre pourquoi. Certains jours il courait en tous sens, comme pris de panique, pour cacher tous ses bonsaïs dans le placard. Le troisième dimanche de chaque mois, à onze heures du matin, un homme du voisinage passait lui faire une petite visite. Il débarquait avec une régularité d'horloge. Grand-Père avait entouré sur son calendrier le troisième dimanche de chaque mois au feutre rouge vif pour ne pas oublier. Ces dimanches-là, aussitôt qu'il avait fini de converser avec ses bonsaïs, il se mettait à réorganiser le contenu de son placard et à déplacer son bazar aux quatre coins de l'appartement. Même si le ciel était chargé et qu'il menaçait de pleuvoir d'une minute à l'autre, il me faisait pendre mon futon dehors, sur le séchoir – histoire de faire un peu de place dans le placard. Puis il s'employait frénétiquement à ranger ses bonsaïs dans l'espace qu'il venait de libérer. Des objets en tout genre s'amoncelaient alors sur le balcon. Ce qu'il n'arrivait pas à caser dans le placard, il l'emportait chez des amis qu'il avait dans la résidence. Le remue-ménage mensuel de Grand-Père m'avait d'abord laissée perplexe. Pourquoi tenait-il tant à cacher ces choses qui manifestement faisaient toute sa fierté ?

Le visiteur que mon grand-père recevait tous les mois était un vieil homme au visage doux. Ses cheveux blancs plutôt rares étaient coiffés proprement vers l'arrière ; sa chemise grise et sa veste marron s'accordaient avec beaucoup de goût. Seule la monture épaisse et noire de ses lunettes était un peu trop voyante. S'il s'excusait chaque fois d'arriver chez grand-père les mains vides, c'était juste pour la forme : pas une fois il n'apporta un petit cadeau à son hôte, comme l'exige pourtant la coutume. Quand le vieil homme arrivait, mon grand-père se redressait sur sa chaise et l'accueillait de la manière la plus distinguée possible. Pour une raison ou pour une autre, ces jours-là, il ne voulait pas m'avoir dans ses pattes. Dès que quelqu'un d'autre venait le voir, il insistait pour m'avoir à ses côtés et s'étendait longuement sur mes prouesses, visiblement fier d'avoir une petite-fille à moitié européenne, et qui fréquentait le lycée pour jeunes filles de K. par-dessus le marché. Mon grand-père connaissait beaucoup de monde. Il y avait le courtier en assurances, le vigile, le concierge de l'immeuble, et tous les autres amateurs de bonsaïs. Il en passait presque tous les jours. Le seul dont il refusait que je m'approche était ce vieux monsieur. Je ne pouvais pas m'empêcher de trouver cela étrange.

Les jours où ce visiteur était attendu, Grand-Père était nerveux. Il me demandait si je n'avais pas des devoirs à faire. Je mettais la table pour le thé, puis je faisais mine de retourner dans ma chambre, mais j'écoutais toujours leur conversation, une oreille collée à l'écran coulissant. Coupant court aux amabilités d'usage, le vieil homme commençait tout de suite à l'interroger.

– Comment vont vos affaires ce mois-ci ?

– On fait aller. Je vous en prie, ne vous inquiétez pas pour moi. Je suis affreusement confus de vous recevoir dans ce vieil appartement crasseux. En réalité, ma petite-fille est venue vivre ici et nous ne nous en sortons pas trop mal, même s'il faut compter chaque sou et s'en tenir aux choses les plus simples. Bien sûr, nous avons nos petits désaccords – elle est lycéenne et je ne suis qu'un vieux croulant. Il fallait s'y attendre, non ? Mais nous nous entendons plutôt bien.

– Votre petite-fille, dites-vous ? Eh bien, on peut dire que vous ne vous ressemblez pas beaucoup ! J'ai toujours voulu vous demander qui c'était et puis je me suis dit : et si c'était une jeune maîtresse ? J'aurais été très embarrassé si ç'avait été le cas et je ne voudrais pas avoir l'air de mettre mon nez dans vos affaires...

Le vieil homme parlait d'un ton sec et plein de sous-entendus. Ils se mirent à rire de concert.

– Eeh, heh heh heh !

C'était donc ça ? Je tiens ce rire de mon grand-père ? Grand-Père avait une voix aiguë quand il parlait, mais son rire était étonnamment grave, presque graveleux. Il baissa soudain le ton.

– Non, non, c'est l'aînée de ma fille. Son père est étranger, vous comprenez ?

– Ah, un Américain ?

– Non. Européen. Ma petite-fille parle couramment l'anglais, l'allemand et toutes sortes de langues, mais elle a décidé qu'elle voulait faire ses études en japonais. Elle m'a dit qu'elle était japonaise et qu'elle comptait bien étudier et grandir au Japon. Elle a donc insisté pour venir ici quand sa famille est partie. Mon gendre travaille pour le ministère suisse des Affaires étrangères. Il n'y a que l'ambassadeur qui soit au-dessus de lui. C'est vraiment un gendre formidable, quel dommage qu'il ne parle pas un mot de japonais ! Mais il arrive quand même à communiquer par signes et par télépathie. Ça existe vraiment, la télépathie, vous savez ? Mon gendre sait toujours exactement ce que je pense. Pas plus tard que l'autre jour, il m'a envoyé deux montres de Suisse. Des objets d'une grande inspiration, vous voyez ? Connaissez-vous la dérivation du mot « inspiration » ? Les idéogrammes s'écrivent ainsi.

Je me mordis la lèvre pour ne pas éclater de rire en entendant ses élucubrations.

Le visiteur soupira.

– Non, je ne crois pas que cette dérivation me soit familière.

– On pourrait dire qu'elle exprime une référence à ce qui est animé par un souffle divin ou surnaturel, un mélange d'élégance et de puissance.

– Bien, alors c'est un mot très positif, n'est-ce pas ? Mais parlez-moi plutôt de la famille de votre petite-fille. Où sont-ils en ce moment ?

– Ce qui s'est passé, c'est que le gouvernement suisse avait besoin de mon gendre, alors on l'a rappelé là-bas avec sa famille.

– Très impressionnant !

– Bof, pas tant que ça. Un poste aux Nations unies, ou même dans une banque, aurait été plus prestigieux, vous savez.

– Tout de même, ces nouvelles me rassurent sur votre compte… au moins, pour l'instant. On m'avait dit que vous commenciez à retravailler à droite à gauche, mais je suis sûr que vous vous tiendrez tranquille. Vous n'allez pas recommencer vos arnaques, hein ? Vous devez penser à votre petite-fille, désormais.

– Non, non, ça ne risque pas de m'arriver. Je me suis amendé.

Regardez donc autour de vous. Pas le moindre bonsaï en vue. Non, ça, je ne toucherai plus jamais aux bonsaïs.

Grand-Père avait adopté un ton plein de contrition. En entendant cela, je compris qu'il avait dû monter une sorte d'escroquerie avec ses bonsaïs et que le vieux monsieur était une espèce de contrôleur de probation. Il rendait visite à mon grand-père une fois par mois pour s'assurer que ce dernier avait renoncé à ses anciennes combines.

Aujourd'hui, quand j'y repense, je comprends que Grand-Père était en liberté conditionnelle et que la présence dans son foyer d'une petite-fille ayant l'âge d'aller au lycée avait dû l'aider à paraître plus digne de confiance aux yeux de son contrôleur. Il avait besoin d'embobiner son officier de probation et moi, j'avais besoin de rester au Japon. Chacun de nous deux ayant besoin de l'autre pour atteindre son but, nous étions, d'une certaine façon, les meilleurs complices du monde. Pour couronner le tout, avec lui, je pouvais m'étendre à loisir sur tous les défauts de Yuriko. Ce furent là véritablement les plus belles années de ma vie.

Un jour, peu après ce dimanche-là, je croisai par hasard le chemin de ce contrôleur. C'était pendant les vacances de printemps, la « semaine dorée », et je rentrais de l'épicerie, perchée sur mon vélo. Un car de touristes était arrêté le long du vieux mur d'enceinte d'une vaste propriété et le monsieur que j'avais vu chez mon grand-père était en train de saluer un à un les passagers qui y grimpaient. Ils étaient tous d'un âge assez avancé ; chacun tenait un bonsaï serré contre sa poitrine, le visage rayonnant de satisfaction. Mon œil fut attiré par le panneau accroché non loin de là :

JARDIN DE LA LONGÉVITÉ

C'était donc là qu'ils cultivaient des bonsaïs ? Je fixai l'écriteau, captivée par la vue des arbres miniatures. Quand le bus s'engagea sur la route, le vieil homme remarqua ma présence.

– Eh bien, quelle chance de te trouver ici, s'exclama-t-il. Ça tombe bien, j'avais l'intention de m'entretenir un instant avec toi… si ça ne te dérange pas, bien sûr.

Je descendis de mon vélo et m'inclinai poliment. En jetant un coup d'œil à la propriété à travers le grand portail au toit couvert de tuiles – il était aussi imposant que ceux qu'on trouve généralement à l'entrée des temples –, j'aperçus un magnifique manoir bâti selon les principes d'élégance discrète du style *sukiya* rustique. À côté s'élevait une adorable maison de thé. Il y avait également dans le jardin une serre en panneaux de plastique transparent, dans laquelle un certain nombre d'hommes plutôt jeunes arrosaient les plantes au tuyau, ou retournaient la terre. Le Jardin de la Longévité n'avait pas grand-chose d'une pépinière, on aurait plutôt dit un parc très bien entretenu. Les bâtiments, le terrain, tout était somptueux. Même pour moi, il était évident que tout cela devait représenter des dépenses faramineuses. Avec son tablier bleu marine impeccable noué par-dessus sa chemise et sa cravate, le contrôleur de probation n'avait pas vraiment l'air à sa place, comme un maire de grande ville habillé pour un atelier poterie. Il avait échangé ses lunettes à monture noire contre une paire de solaires vert foncé à monture en écaille.

Il commença à m'interroger sur ma famille. Je pensais qu'il essayait de vérifier l'histoire que lui avait racontée mon grand-père. Mes parents avaient-ils vraiment déménagé en Suisse ? s'enquit-il, un soupçon d'inquiétude dans la voix. Je lui assurai que c'était bien le cas.

– Que fait ton grand-père toute la journée ?

– Ses travaux de bricolage l'occupent apparemment beaucoup.

C'était la vérité. Pour une raison ou une autre, depuis mon arrivée, grand-père était submergé de demandes du voisinage.

– Ça fait plaisir à entendre. Quel genre de travaux ?

– Oh, il se débarrasse des chats errants morts que les gens retrouvent, il s'occupe d'appartements quand les propriétaires n'y sont pas, il arrose les plantes, ce genre de choses.

– Eh bien, tant qu'il laissera les bonsaïs tranquilles, je n'aurai rien à lui reprocher. Il n'y connaît absolument rien et n'a rien à faire dans ce métier. Il volait des pots à droite à gauche, tu sais, et il les revendait comme les siens. Il en achetait d'autres pour quelques sous sur le marché de nuit et allait ensuite les revendre à des prix exorbitants. Il a causé pas mal d'ennuis et a dû extorquer au moins cinquante millions de yens si l'on fait l'addition.

Je soupçonnai que ses pigeons avaient tous, de près ou de loin, quelque chose à voir avec le contrôleur de probation. Lui-même était probablement spécialisé dans les bonsaïs ; ou alors il travaillait pour le domaine. Et c'était probablement lui que grand-père avait volé. Peut-être avait-il commencé par négocier une vente pour le compte du Jardin et fini par s'évanouir dans la nature avec la recette. Ce vieil homme était probablement chargé de garder un œil sur mon grand-père, pour s'assurer que celui-ci se tiendrait dorénavant à l'écart des bonsaïs. Il allait sûrement continuer à le surveiller encore un long moment. Ça me faisait pitié pour Grand-Père.

Des centaines de bonsaïs étaient alignés avec une précision d'orfèvre sur d'épaisses planches de bois à travers toute la propriété. Parmi eux se trouvait un grand pin qui ressemblait à celui que mon grand-père chérissait tant. Mais selon mon estimation celui-ci était beaucoup trop imposant, et sûrement beaucoup trop cher, pour que celui de mon grand-père résiste une seconde à la comparaison.

– Désolée de vous demander ça, mais vous êtes sûr que mon grand-père ne connaît rien aux bonsaïs ?

– C'est un amateur, au mieux.

Il renifla avec mépris, son expression chaleureuse s'assombrissant tout à coup.

– Mais alors, si c'est vrai, les gens qu'il arnaquait devaient être extrêmement riches.

Je pensais que s'il y avait des gens assez riches pour tomber dans les combines de mon grand-père, leur manque total de discernement concernant ses bonsaïs adorés avait dû le rendre fou de rage. Je m'imaginais mal que des gens soient effectivement prêts à dépenser autant d'argent pour un simple bonsaï ; il me semblait que les arnaqués étaient pires que leur arnaqueur. Bien sûr, le contrôleur ne voyait pas les choses de cette façon. Il pointait furieusement sa main en l'air d'un côté puis de l'autre.

– Dans ce quartier, il y a beaucoup de gens qui sont devenus riches grâce aux indemnisations qu'ils ont reçues en renonçant à leur licence de pêche. Toute cette zone était sous l'océan, autrefois.

– Sous l'océan ?

J'en eus le souffle tellement coupé que j'en oubliai complètement les bonsaïs. Il me vint soudain à l'esprit que l'amour qui s'était embrasé lorsque mes parents s'étaient rencontrés, ainsi que l'énergie qui s'en libérait, s'étaient dissipés au moment même de ma conception. La nouvelle forme de vie qui allait devenir moi aurait dû être relâchée à cet instant précis dans la mer qui s'était ouverte entre eux. Je m'en doutais déjà depuis un moment. Et là, j'étais libre, enfin relâchée dans cette nouvelle vie que je partageais avec mon grand-père, une vie qui était la mer elle-même. Ma décision d'aller habiter avec mon grand-père dans ce minuscule appartement imprégné de l'odeur de sa gomina, le fait d'avoir à supporter ses bavardages incessants et de vivre dans une pièce encombrée de bonsaïs était pour moi la mer – la mer, exactement. Cette congruence fortuite me rendait heureuse, et c'est ce qui me décida à rester dans le quartier.

Une fois rentrée à la maison, je racontai à Grand-Père ma rencontre avec le contrôleur au Jardin de la Longévité. Surpris, il se mit à me questionner à son tour :

– Qu'est-ce qu'il t'a dit sur moi ?

– Qu'en matière de bonsaïs tu n'es qu'un amateur.

– Merde ! grommela-t-il. Et d'abord, il y connaît que dalle, celui-là ! Son « érable véritable » avec lequel il a gagné le concours d'arrondissement était une imposture. Ah ! Rien que d'y penser ça me file une hernie ! Tout le monde est capable de jeter des fortunes par les fenêtres pour s'offrir un bel arbre. Qu'il s'en vante, de ses cinq millions de yens ! Il suffit d'un coup d'œil pour voir qu'il n'a aucune idée de ce qu'est l'inspiration.

À partir de ce jour, mon grand-père passa des journées entières sur le balcon, à parler à ses bonsaïs.

Je ne l'appris que plus tard, mais le contrôleur avait autrefois travaillé pour la mairie d'arrondissement. Il avait trouvé un poste de guide au Jardin de la Longévité au moment de prendre sa retraite et s'était porté volontaire pour surveiller la liberté conditionnelle de mon grand-père. Il est mort depuis. En apprenant son décès, mon grand-père et moi avons senti s'évanouir l'énorme rocher qui pesait sur nos têtes.

Mon grand-père ? Il est toujours en vie, mais c'est aujourd'hui un vieillard sénile qui passe le plus clair de son temps à dormir. Il ne sait absolument pas qui je suis. Je lui change ses couches et peine comme une folle pour m'occuper de lui, mais il ne sait que me montrer du doigt en me demandant qui je suis. De temps à autre il me prend pour ma mère et dit des choses du genre : « Tu as intérêt à faire tes devoirs, sinon tu finiras voleuse ! » Et chaque fois je suis tentée de lui répondre : « Non mais, regardez-moi qui parle ! C'est toi qui as fini par devenir un voleur, je te rappelle. » Comme je pourrai continuer à habiter dans son appartement à loyer subventionné aussi longtemps qu'il vivra, il vaut mieux que je ne sois pas trop dure avec lui.

Oh oui, je veux que mon grand-père ait une vie longue et frugale. Le mot « inspiration » semble s'être totalement évaporé de son esprit. Il y a deux ans, j'ai commencé à m'épuiser à force de m'occuper de lui en permanence, et j'ai fini par devoir le placer à la maison de retraite de Misosazai, qui est gérée par l'arrondissement.

Mon grand-père faisait réellement des travaux de bricolage et je ne me contentais pas de répondre au téléphone à sa place. Quand je le pouvais, j'étais heureuse de lui donner un coup de main. Ça me plaisait vraiment, d'autant plus que je n'avais pas eu beaucoup de contacts avec d'autres gens jusqu'alors. Presque personne ne venait nous rendre visite quand j'étais petite. Mon père préférait fréquenter des compatriotes et, même avec eux, il évitait en général d'associer sa famille aux festivités. Ma mère, elle, ne connaissait personne dans les environs. Elle n'avait pas une seule amie. Elle ne venait jamais discuter avec nos professeurs ni s'asseoir au fond de la classe. Inutile de dire qu'elle n'appartenait pas aux associations de parents d'élèves. Voilà le genre de famille que j'avais.

Je n'aurais jamais pensé que Yuriko puisse revenir de Suisse un jour et tout foutre en l'air. Mais voilà, quatre mois après son arrivée en Suisse, ma mère s'était suicidée. Avant sa mort, elle m'avait écrit un certain nombre de lettres, mais je ne lui avais jamais renvoyé ne serait-ce qu'un petit mot. Vous avez bien lu : pas un seul.

J'ai conservé quelques-unes de ces lettres et serais ravie de vous les montrer. J'ai beau les avoir lues et relues, il ne me serait jamais venu à l'esprit qu'elle puisse se suicider. C'est parce que je ne l'avais jamais crue capable de dissimuler une telle réserve de souffrances. Avant qu'elle ne se décide finalement pour le suicide, je ne m'étais même jamais doutée qu'elle veuille en finir avec ce monde. Mais ce qui m'étonna vraiment, c'est qu'elle ait eu le courage de le faire.

Comment vas-tu ? Pour nous trois, tout va bien. Tu t'entends bien avec ton grand-père ? Il est beaucoup moins indécis que moi, alors j'imagine que ça doit bien coller entre vous. Mais je veux que tu saches que tu n'as pas à lui donner un sou de plus que les quarante mille yens que nous avons promis de lui verser tous les mois. Il faut que tu te débrouilles de ton côté car on ne peut pas t'aider d'ici. Je vais quand même virer un peu d'argent sur ton compte. Il s'agit de ton argent de poche, alors pas un mot à ton grand-père. Et s'il s'arrange pour te soutirer un prêt, pense bien à lui faire remplir une reconnaissance de dette. Ce sont les instructions de ton père, je ne fais que transmettre.

À propos, comment ça marche à l'école ? Je n'arrive pas à croire que tu aies intégré un lycée aussi prestigieux ! Je me vante de ta réussite chaque fois je croise un Japonais ici. Et même si Yuriko n'a encore rien dit, je suis sûre qu'elle est folle de jalousie. Continue à briller dans tes études ; c'est une très bonne motivation pour Yuriko ! Tu pourras toujours faire mieux qu'elle grâce à ton cerveau.

J'imagine que les fleurs des cerisiers sont désormais presque toutes tombées. Les cerisiers Yoshino me manquent. Ils devaient être si beaux au plus fort de leur floraison. Je n'ai pas encore vu un seul cerisier à Berne. Je sais qu'ils sont là, en fleur, quelque part ; à la première occasion, j'irai me renseigner auprès d'un membre de l'Association des ressortissants japonais. Même si ton père n'a pas eu l'air très content de me voir adhérer à l'ARJ, ni à la Ligue des femmes japonaises, d'ailleurs.

Il fait encore froid ici. On ne peut pas sortir sans manteau. Le vent sur l'Aare est glacial et le froid est si mordant que souvent je me sens seule. Je porte le manteau beige que nous avons acheté en solde aux grands magasins d'Odakyû. Je suis sûre que tu t'en souviens. Il est vraiment trop léger pour le temps qu'on a par ici, mais il m'a valu beaucoup de compliments. Les gens d'ici s'habillent vraiment très chic. Ils se tiennent toujours bien et ont toujours l'air très dignes.

Berne est une vraie ville de contes de fées, mais c'est beaucoup plus petit que ce à quoi je m'attendais, et ça m'a vraiment surprise au début. J'ai aussi été très étonnée de voir que des gens venus de beaucoup de pays différents vivent ici. Au début, je me promenais dans les rues et j'étais émerveillée par tout ce que je voyais, mais dernièrement je me suis un peu lassée. Le plus clair de notre argent passe dans tes frais de scolarité et ta pension, nous ne pouvons donc pas nous acheter quoi que ce soit et nous sommes obligés de vivre aussi frugalement que possible. Yuriko est en colère et prétend que tout ça, c'est parce que tu as eu le droit de rester au Japon. Mais ça ne m'inquiète pas plus que ça. Tu auras besoin de ton cerveau pour avancer dans la vie.

Notre maison se situe dans un nouveau quartier de la ville. La bonneterie de Karl est à deux pas. Juste en face de chez nous, il y a un immeuble avec des appartements minuscules à côté d'un terrain vague. Ton père est content parce qu'on est dans les limites de la ville, mais pour moi on pourrait tout aussi bien être en banlieue. Pourtant, si j'aborde le sujet, même discrètement, ton père entre dans une rage folle. Où qu'on aille, les rues de Berne sont propres et l'on n'y trouve que des gens très grands qui parlent un langage incompréhensible. En plus, tout le monde est très agressif. Ç'a été une sacrée leçon pour moi.

L'autre jour, il m'est arrivé une drôle d'aventure. Je fais toujours bien attention à la signalisation quand je traverse la rue, mais il faut quand même prendre garde aux véhicules qui tournent. Alors que j'étais en train de traverser, une voiture a manqué de si peu de me rentrer dedans que l'ourlet de mon manteau s'est retrouvé coincé dans son pare-chocs et que la doublure s'est un peu déchirée. La conductrice s'est arrêtée et est sortie de sa voiture. Je croyais qu'elle allait s'excuser, mais au lieu de ça elle a commencé à me crier dessus. Je ne comprenais pas ce qu'elle disait, mais elle n'arrêtait pas de montrer mon manteau du doigt en hurlant. Elle disait peut-être que c'était de ma faute parce que j'avais essayé de traverser la rue avec mon manteau ouvert au vent! Je lui ai dit que j'étais désolée pour le désagrément et je suis rentrée à la maison. Quand j'ai raconté ça à ton père, il s'est mis en colère contre moi. « Il ne faut jamais admettre qu'on est en tort ! Dès que tu t'excuses, tu perds la bataille. Tu aurais au moins dû exiger qu'elle te donne de quoi faire réparer ton manteau ! » C'est là que j'ai compris que l'incapacité de ton père à reconnaître ses torts lui vient d'avoir grandi dans ce pays ; ça aussi, ça a été une bonne leçon.

Trois mois ont passé depuis que nous sommes arrivés. Les meubles que nous avons expédiés sont enfin arrivés, ce qui m'a procuré un peu de réconfort. Mais ils ne conviennent pas vraiment dans notre appartement moderne. Ton père en fait une maladie. « On aurait dû se contenter de racheter des meubles ici ! Ces meubles japonais ne valent pas un clou ! » Je lui répète qu'il n'a aucune chance de gagner assez d'argent pour en acheter de nouveaux et qu'il devrait plutôt arrêter un peu de se plaindre. Mais ça le rend encore plus furieux et chaque fois il me dit qu'on aurait dû en discuter plus tôt. Je crois que ton père est peu à peu en train de redevenir l'homme qu'il était avant d'arriver au Japon. Il est toujours en colère. Maintenant qu'il est revenu dans son pays, il est encore plus strict sur la façon de faire les choses et s'énerve à la moindre erreur que je fais.

Récemment, Yuriko et lui se sont mis à sortir souvent ensemble, sans moi. Yuriko a l'air d'apprécier. Elle s'entend très bien avec le fils aîné de Karl (il travaille aussi dans la fabrique de ton oncle) et ils passent beaucoup de temps ensemble.

J'ai été vraiment surprise en voyant à quel point tout était cher ici. Beaucoup plus que ce à quoi je m'attendais. Quand on va manger au restaurant, on en a au moins pour deux mille yens par personne et la nourriture n'est pas si bonne que ça. Quelque chose d'aussi basique qu'un nattô, *les fèves de soja fermentées que j'aime tant, peut coûter jusqu'à six cent cinquante yens ! Incroyable, non ? Ton père dit que c'est à cause des droits de douane. Mais apparemment, ici, tout le monde a un très bon salaire.*

Autre sujet… le nouveau travail de ton père ne semble pas avoir aussi bien démarré qu'il l'espérait. J'ignore si c'est parce qu'il ne s'entend pas avec les autres employés ou parce que l'entreprise de l'oncle Karl ne marche pas très bien en ce moment, ou autre chose. En tout cas, il fait la tête dès qu'il rentre à la maison et, quand je lui pose des questions sur son travail, il refuse de me répondre. Si tu étais avec nous, je crois que vous vous chamailleriez en permanence. C'est une bonne chose que tu sois là où tu es. Yuriko, elle, fait semblant de ne s'apercevoir de rien.

L'autre jour, nous sommes allés rendre visite à l'oncle Karl. J'avais fait un grand bol de chirashi *pour leur apporter. La femme de Karl, Yvonne, est française. Ils ont deux enfants. D'abord un fils, qui travaille à la fabrique. Il a vingt ans et s'appelle Henri. Ils ont aussi une fille, qui est au lycée. Ils m'ont dit son nom, mais je l'ai oublié. Elle ressemble comme deux gouttes d'eau à Yvonne. Elle a les cheveux blond clair et le nez crochu. Karl a dit quelque chose comme : « Alors comme ça, en épousant une Orientale, on peut vraiment obtenir des filles sublimes, hein ? » Yvonne a fait une drôle de tête.*

Ce qui me rappelle ceci : chaque fois que ton père et moi sortons nous promener avec Yuriko, nous suscitons des réactions étranges. Les gens que nous croisons dans les parcs nous inspectent avec curiosité, tous autant qu'ils sont. Finalement quelqu'un nous a demandé dans quel pays nous avions adopté Yuriko. Il y a ici des gens qui viennent de toutes sortes de pays et apparemment l'adoption est plutôt à la mode. Quand je leur dis que Yuriko est ma fille biologique, ils n'ont pas l'air de me croire. Ils doivent avoir du mal à accepter qu'une Orientale d'apparence aussi commune soit capable de produire une beauté comme Yuriko et cette idée a l'air de beaucoup les énerver. « Tu exagères toujours ! » me dirait ton père. Mais je n'y peux rien. Je le crois sincèrement. Je pense qu'ils n'arrivent tout simplement pas à accepter qu'un membre de la race jaune puisse donner naissance à quelque chose d'aussi parfait. J'éprouve une certaine satisfaction à pouvoir leur dire : « Non, Yuriko n'est pas adoptée. C'est moi qui l'ai mise au monde. »

S'il te plaît, écris-moi, au moins pour me dire comment tu vas. Ton père t'enverra lui aussi des nouvelles bientôt. Transmets mes amitiés à ton grand-père.

2

UN BOSQUET DE GYMNOSPERMES

I

Gazette de Tokyo,
édition du matin

« Tokyo, 20 avril 2000

Le 19 avril, peu après dix-huit heures, le corps d'une femme a été découvert dans l'appartement n° 103 de la résidence La Villa verte, dans Maruyama-chô, arrondissement de Shibuya. C'est le concierge qui a découvert le corps et appelé les secours.

Les recherches lancées par le bureau des enquêteurs du quartier général de la police municipale, en coopération avec le commissariat d'arrondissement de Shibuya, ont permis d'établir l'identité de la victime : Kazue Satô, trente-neuf ans, résidente du quartier de Kita-Toriyama dans l'arrondissement de Setagaya et employée de la Compagnie d'architecture et d'ingénierie G.

À en juger par les marques découvertes sur son cou, le bureau des enquêteurs a évoqué un possible décès par strangulation et conclu à un homicide. Une enquête a été ouverte.

Selon les premiers rapports, la victime aurait été aperçue pour la dernière fois le 8 avril, vers seize heures, en train de quitter son domicile pour une destination inconnue.

Le corps a été découvert dans une pièce de six tatamis inoccupée depuis le mois d'août dernier. La porte de l'appartement vacant n'était pas fermée à clé et le corps de Satô a été retrouvé couché sur le dos, au centre de la pièce. Son sac à main a également été retrouvé sur les lieux ; à en croire les témoins, celui-ci aurait dû contenir autour de quarante mille yens le jour de sa mort, mais son portefeuille était vide. Elle portait les mêmes vêtements que ceux avec lesquels on l'avait aperçue plus tôt ce jour-là.

Mlle Satô travaillait pour la Compagnie d'architecture et d'ingénierie G. depuis sa sortie de l'université de K. en 1984. Elle était affectée à la direction générale des recherches. Célibataire, elle vivait avec sa mère et une sœur cadette. »

En lisant cet article, je sus immédiatement qu'il s'agissait bien de la Kazue Satô que j'avais connue au lycée. Évidemment, un nom comme Kazue Satô n'est pas rare et j'aurais pu me tromper. Mais j'en étais convaincue. Il ne pouvait pas y avoir d'erreur. Comment pouvais-je en être aussi sûre ? Parce que, un peu moins d'un an plus tôt, juste après la mort de Yuriko, Kazue m'avait appelée. Ce fut le dernier coup de fil que je reçus d'elle.

– C'est moi, avait-elle dit. Kazue Satô. Euh… j'ai appris que Yuriko-chan s'était fait assassiner.

Je n'avais pas entendu Kazue depuis l'université et pourtant c'était la première chose qui lui était sortie de la bouche.

– C'est vraiment un choc !

J'étais choquée moi aussi, mais pas par la mort de Yuriko, ni tellement par le fait que Kazue m'avait appelée, comme ça, de nulle part. J'étais surtout désarçonnée parce que j'avais l'impression qu'elle riait à l'autre bout du fil. Son rire bas, presque un murmure, me poursuivait comme le bourdonnement d'une abeille. Peut-être espérait-elle que son gloussement passerait pour une tentative de consolation, mais je le sentis soudain qui suintait dans ma main agrippée au combiné. J'ai déjà dit, n'est-ce pas, que la mort de Yuriko ne m'avait pas particulièrement surprise ? Mais à ce moment, et à ce moment seulement, je sentis un frisson descendre le long de ma colonne vertébrale.

– Qu'est-ce qui te fait rire comme ça ?

– Oh, rien, répondit Kazue d'une voix exagérément détendue. Mais toi, j'imagine que tu es triste, n'est-ce pas ?

– Pas vraiment, non.

– Ah oui, c'est vrai.

Son intonation indiquait qu'elle était parfaitement au courant de ce que je ressentais.

– Yuriko-chan et toi n'étiez pas particulièrement proches, si je me souviens bien. C'était comme si vous n'étiez même pas de la même famille, vous deux. D'autres n'auraient jamais remarqué que vous étiez sœurs, mais moi, je l'ai tout de suite vu.

– Alors, qu'est-ce que tu deviens, ces temps-ci ?

– Devine.

– J'ai entendu dire que tu avais trouvé un boulot dans une boîte d'ingénierie après l'université.

– Tu serais surprise si je t'annonçais que Yuriko-chan et moi étions en fait dans la même branche ?

Détectant dans sa voix une note de triomphe, je restai interdite. J'avais encore du mal à associer le nom de Kazue avec des mots comme hommes, prostitution, ou même sexe. On m'avait dit qu'elle travaillait pour une entreprise très réputée, où elle faisait une carrière exemplaire. Voyant que je tardais à répondre, elle me lança ceci en guise d'adieu, avant de raccrocher :

– Moi, en tout cas, je compte bien faire un peu plus attention.

Je restai un moment à contempler le téléphone en me demandant si la personne à qui j'avais parlé était vraiment Kazue. N'aurait-ce pas pu être quelqu'un d'autre, un simple canular ? La Kazue que je connaissais n'aimait pas les énigmes. Elle s'exprimait toujours d'un ton décidé, arrogant, et sans cesser de scruter nerveusement les visages de son auditoire, terrifiée qu'elle était à l'idée d'être prise en défaut. Elle était incroyablement hautaine quand elle parlait des sujets étudiés en cours. Mais dès que la conversation déviait vers les dernières tendances de la mode, les restaurants ou les petits copains, elle se fermait comme une huître, abandonnait ses airs supérieurs et se fondait dans le décor. Voilà la Kazue que je connaissais. Le décalage entre sa confiance en soi et son insécurité était tel que j'en avais presque pitié pour elle. Si Kazue avait changé, cela voulait dire qu'elle avait trouvé de nouvelles armes pour mener sa bataille contre le monde.

C'est de cela que vous voulez que je parle, non ? Bien sûr, j'ai tout à fait l'intention de revenir à Kazue et Yuriko en temps utile, mais je ne peux pas m'empêcher de m'écarter du sujet. Je suis désolée. Toutes ces digressions sur ma personne n'ont vraiment rien à voir avec l'affaire qui nous occupe. Je dois vous avoir fait bâiller jusqu'aux larmes ; je suis sûre que vous préféreriez de loin m'entendre parler de Yuriko et Kazue.

Mais qu'ont fait ces deux-là pour vous intéresser à ce point, si je peux me permettre ? Je sais, j'ai déjà posé cette question. C'est seulement que j'ai du mal à comprendre la fascination qu'elles suscitent. Est-ce parce que l'homme accusé de ces deux crimes – un Chinois répondant au nom de Zhang – est un immigré clandestin ? Est-ce à cause des rumeurs selon lesquelles il aurait été accusé à tort ?

Suggérez-vous que Kazue, Yuriko et cet homme souffraient tous les trois d'obsessions distinctes, bien que toutes également dégoûtantes ? Pour ma part, je n'y crois pas. Mais je suis convaincue que Kazue et Yuriko aimaient toutes les deux ce qu'elles faisaient, et Zhang aussi. Non, non, je ne dis pas qu'il aimait tuer. En fait, je ne sais même pas si c'est bien l'assassin, et n'ai d'ailleurs pas particulièrement envie de le savoir.

Il est probable que cet homme ait eu des relations avec les deux. N'a-t-il pas déclaré s'être offert leurs services pour une somme dérisoire ? À peine deux ou trois mille yens, d'après ce qu'il a dit. Si c'est vrai, elles devaient attendre autre chose de lui. Je veux dire qu'il devait bien y avoir une autre raison pour que Yuriko et Kazue acceptent de faire ce qu'elles avaient fait. Voilà pourquoi je pense qu'elles prenaient du plaisir avec lui. Pourquoi sinon auraient-elles accepté de se vendre à si bas prix ? N'était-ce pas ça, le moyen qu'elles avaient trouvé de résister au monde ? C'est ce que je voulais dire tout à l'heure en parlant de Kazue. Mais cette méthode-là était largement au-dessus de mes forces.

Pendant les trois années que j'ai passées avec Kazue Satô au lycée, puis quatre de plus ensuite, à l'université, ma famille était en proie à des changements considérables. Un facteur important fut le suicide de ma mère en Suisse, juste avant les vacances d'été de ma première année au lycée. (Je crois me rappeler vous avoir montré une lettre de ma mère, non ? Je vous parlerai d'elle plus en détail, là aussi, le moment venu.)

La famille de Kazue avait traversé une crise similaire. Son père était mort subitement alors qu'elle était à l'université. Comme nous ne nous voyions déjà plus beaucoup à cette époque-là, je ne suis pas sûre des circonstances exactes, mais il semble qu'il avait fait une hémorragie cérébrale et qu'il s'était écroulé dans ses toilettes. Voilà pourquoi la situation familiale et la position de Kazue au sein de l'école n'étaient pas très différentes des miennes.

Je me référais à l'instant à notre position au sein de l'école et crois pouvoir affirmer que nous y étions les seules à avoir subi des événements aussi résolument différents de ceux que toutes les autres élèves avaient connus. Il semblerait donc tout à fait naturel que nous ayons été attirées l'une vers l'autre.

À la sortie du lycée, nous avions toutes les deux réussi notre concours d'entrée à l'université de K. Comme vous le savez déjà certainement, le lycée pour jeunes filles de K. est extrêmement sélectif et n'accepte que celles qui obtiennent les meilleurs scores aux concours nationaux. Kazue avait sans aucun doute travaillé dur pour préparer son concours au collège public de son quartier et avait été reçue. J'ignore si c'était un coup de chance ou un coup du sort, toujours est-il que j'avais été admise moi aussi. Ma propre motivation, bien sûr, à donner tout ce que j'avais pour réussir le concours d'entrée était alimentée par mon désir de fuir Yuriko. Je ne faisais pas de fixation particulière sur le lycée pour jeunes filles de K. Pour Kazue, c'était différent. Du jour où elle était entrée à l'école primaire, elle avait arrêté ses vues sur le lycée de K. et, comme elle devait me l'avouer plus tard, elle s'était entièrement vouée à ses études précisément pour arriver à cette fin. C'est là qu'est la différence entre elle et moi, et c'est une énorme différence.

L'institution scolaire de K. couvre tous les niveaux de l'école primaire à l'université, ce qui veut dire que ceux qui réussissent à entrer au rez-de-chaussée, dès l'école primaire, peuvent en pratique se laisser glisser jusqu'au niveau universitaire sans subir la pression infernale de nouveaux concours nationaux. Ce type si particulier de structure scolaire est connu sous le nom d'« escalier roulant ». L'école primaire acceptait les filles et les garçons, mais n'admettait que quatre-vingts enfants environ. Au collège, le nombre d'élèves était doublé. Au lycée, on séparait les filles des garçons et l'on doublait à nouveau la taille des classes. Bref, parmi les cent soixante lycéennes que compte, bon an mal an, la division des jeunes filles, une moitié vient à peine d'intégrer le système au niveau lycée, tandis que l'autre moitié occupe le terrain depuis plus longtemps, l'école primaire ou le collège.

L'université, en revanche, accueille des étudiants venus de tout le Japon et les personnalités qui revendiquent l'université de K. comme *alma mater* sont innombrables. Elle est si réputée que les amis de mon grand-père, quel que soit leur âge, s'étranglaient tous d'admiration à la simple mention de ce nom. Il est vrai que cette institution n'accepte pas n'importe qui. C'est aussi la raison pour laquelle les étudiants déjà engagés dans la filière – ceux qui finalement se hisseront sans peine jusqu'à la prestigieuse université de K. – ne se sentent plus. Plus tôt ils ont intégré le système, plus leur élitisme est redoutable.

C'est très précisément à cause de ce système d'escalator que les parents les plus fortunés s'acharnent à y placer leurs enfants dès l'école primaire. J'ai entendu dire que l'intensité avec laquelle ils abordent ces concours initiaux confine parfois à l'hystérie. Bien sûr, je n'ai pas d'enfants moi-même et aucun rapport avec tout cela et ne peux donc pas me prétendre experte en la matière.

Quand je crée mes enfants imaginaires, les fais-je parfois entrer à l'école primaire de K. ? C'est ça, votre question ? Absolument pas. Jamais. Mes enfants se contentent de nager dans une mer imaginaire. La mer est d'un bleu parfait, exactement comme dans les illustrations inspirées des fossiles cambriens. Là, sur le sable au fond de l'océan, autour des rochers isolés, tout obéit aux lois de la survie du plus fort et les êtres vivants n'existent que pour procréer. C'est un monde très simple.

Au début de ma vie commune avec Grand-Père, je rêvais constamment à ce que serait mon avenir d'élève du très coté lycée pour jeunes filles de K. Mon imagination battait la campagne ; les scènes s'y jouaient en succession ininterrompue. J'éprouvais un plaisir certain, comme je l'ai déjà dit, à m'abandonner à ces rêveries. J'intégrais des clubs, je me faisais des amies et menais la vie ordinaire des filles ordinaires. Mais, ces doux rêves, la réalité allait bientôt les mettre en pièces. Pour faire court, ce sont les cliques qui m'ont tuée. Il faut comprendre qu'on ne pouvait pas devenir l'amie de n'importe qui. Les activités des clubs étaient elles aussi régies par une hiérarchie tacite, qui séparait nettement les clubs les plus demandés des autres, plus marginaux. Le mode de classement reposait, bien entendu, sur ce même esprit d'élitisme.

Avec l'âge et le recul, cela me paraît évident. Parfois, la nuit, quand j'ai du mal à trouver le sommeil et qu'il m'arrive pour une raison ou une autre de repenser à Kazue, je suis prise d'une révélation soudaine, eurêkaesque, en songeant à certaines choses qu'elle avait faites. Même si cela peut ressembler à un nouveau détour, il faut que je vous raconte plus en détail ce que j'ai vécu au lycée.

À commencer par les cérémonies d'intégration. Je me souviens encore de la stupéfaction muette que je ressentis en voyant toutes les nouvelles élèves dressées comme des statues dans le grand amphithéâtre où l'événement avait lieu. Les première année étaient divisées en deux groupes distincts : celles qui avaient déjà suivi des études dans le système K. et les autres, pour qui c'était la première fois. Au premier coup d'œil, les deux groupes se démarquaient nettement l'un de l'autre. La longueur de nos jupes d'uniforme nous classait définitivement dans le second.

Celles qui venaient juste d'arriver, après avoir toutes brillamment réussi le concours d'entrée, portaient des jupes qui, en parfaite conformité avec le règlement officiel de l'école, tombaient juste au milieu du genou. Quant à l'autre moitié, à savoir celles qui avaient intégré le système dès l'école primaire ou le collège, elles avaient toutes des jupes qui leur découvraient une bonne partie de la cuisse. Bien sûr, je ne vous parle pas de ce que portent les jeunes filles d'aujourd'hui, ces jupes si minuscules qu'on les distingue à peine. Non, ces jupes-là étaient coupées à l'endroit précis où s'opérait l'équilibre parfait avec les chaussettes montantes bleu marine de grande marque qu'elles portaient. Leurs jambes étaient longues et fines et leurs cheveux avaient la couleur des châtaignes. De délicates boucles d'oreilles en or scintillaient à leurs oreilles. Leurs accessoires de coiffure, mais aussi leurs sacs et écharpes étaient tous d'un goût exquis et elles possédaient toutes des petits gadgets hors de prix que je n'avais jusqu'alors jamais eu l'occasion de voir de près. Leur élégance sophistiquée fit grosse impression du côté des nouvelles venues.

Une telle différence n'est pas du genre à s'aplanir lentement avec le temps. Il n'y a aucun moyen de se l'expliquer, sinon que nous, les nouvelles, manquions totalement de quelque chose que les autres filles semblaient posséder depuis leur naissance : la beauté et l'aisance. Nous étions trahies par nos jupes trop longues et nos cheveux trop courts, d'un noir d'encre, sans reflet. Beaucoup d'entre nous devaient porter d'épaisses lunettes pas franchement flatteuses. En un mot, les dernières arrivées n'étaient pas cool.

On avait beau exceller en classe ou sur les terrains de sport, impossible de se racheter une fois qu'on était classée comme « pas cool ». Pour moi qui étais venue étudier, être cool ou pas n'avait jamais eu aucune espèce d'importance. Mais chez d'autres, ce terme était à l'origine d'une anxiété considérable. Je dirais qu'une bonne moitié des élèves qui intégraient le cursus au niveau lycée se retrouvait d'office à flirter dangereusement avec les limites du pas cool. Et donc, toutes autant qu'elles étaient, elles se donnaient toutes les peines du monde pour échapper à cette funeste étiquette et tenter de se fondre dans le groupe des élèves installées.

La cérémonie d'intégration commença. Nous autres nouvelles écoutâmes avec sérieux et attention tout ce qui se disait. En comparaison, les élèves issues de l'école primaire maison faisaient seulement semblant d'écouter. Elles mâchaient des chewing-gums, chuchotaient entre elles et se comportaient comme si elles n'étaient absolument pas concernées par ce qui se disait. Loin de garder leur sérieux, elles se trémoussaient, incroyablement précieuses, comme des chatons enjoués. Et s'efforçaient de ne pas jeter un seul regard dans notre direction.

Par contraste, les nouvelles, voyant la manière dont les initiées se comportaient, se sentaient plus nerveuses encore. Elles se prenaient à réfléchir aux années difficiles qui les attendaient. Les visages se figeaient, les mines se faisaient de plus en plus sombres. Déconfites, elles commençaient à pressentir que les règles qu'elles avaient observées jusqu'alors n'étaient plus valables. Qu'elles allaient devoir en apprendre de nouvelles.

Vous pensez peut-être que j'exagère. Si c'est le cas, vous vous trompez. Pour une fille, l'apparence peut être une forme efficace d'oppression. Une fille a beau être intelligente et bourrée de talents divers, ce ne sont pas là des attributs que l'on distingue au premier coup d'œil. La cervelle et le talent ne font jamais le poids face à un physique franchement alléchant.

Je savais que j'étais, et de loin, plus intelligente que Yuriko, et cela m'agaçait terriblement de ne jamais avoir l'occasion d'impressionner quelqu'un par mon intelligence. Yuriko, qui n'avait rien pour elle à part l'envoûtante beauté de son visage, n'en faisait pas moins une très forte impression chez tous ceux qui se trouvaient à son contact. Grâce à Yuriko, je m'étais moi aussi découvert un talent certain : une incroyable capacité à nourrir mon ressentiment. Mais si mon talent surpassait, et de loin, ceux des autres, c'était un don qui n'impressionnait que moi. J'étais, je l'avoue, en extase devant tout ce talent. Je le polissais religieusement tous les jours. Et parce que je vivais avec mon grand-père et que j'avais l'occasion de l'aider de temps à autre dans ses petits boulots, j'étais résolument différente de toutes les autres élèves, qui quittaient et retrouvaient tous les jours une famille parfaitement normale. C'est précisément pour cette raison que je réussis à rester en retrait et à profiter du spectacle de la cruauté de mes nouvelles camarades.

2

Dans les quelques jours qui avaient suivi la cérémonie d'intégration, un nombre croissant de filles étaient arrivées à l'école en jupe courte.

Kazue fut l'une des premières. Mais ses chaussures et son sac à livres, complètement inadaptés à cette nouvelle longueur de jupe, trahissaient au premier coup d'œil sa tentative d'intrusion. Les initiées, voyez-vous, dédaignaient la sacoche de l'élève ordinaire. Elles arrivaient à l'école avec des cabas de Nylon léger suspendus à l'épaule, ou bien un de ces petits sacs de voyage très chics qu'on ne voyait pas encore beaucoup à l'époque. Certaines portaient des sacs à dos *made in USA*, d'autres trimballaient de gros sacs Boston. Étaient-ce des Vuitton ? En tout cas, les filles qui en avaient ressemblaient à s'y méprendre à des étudiantes d'université en transit entre deux cours. Pour que le look soit complet, elles portaient des mocassins marron et des chaussettes montantes Ralph Lauren bleu marine. Certaines arrivaient chaque jour avec une montre différente. D'autres laissaient des bracelets d'argent – sans aucun doute offerts par leurs petits amis – poindre sous les manches de leur uniforme. Il y avait aussi celles qui piquaient dans leurs cheveux permanentés de petites épingles ornementales aussi pointues que des aiguilles, ou qui portaient des bagues dont les diamants étaient aussi gros et transparents que des perles de verre. Même si les lycéennes n'étaient pas censées avoir le droit d'accessoiriser leur tenue aussi librement que de nos jours, ces filles-là s'arrangeaient quand même pour se disputer férocement le titre d'élève la plus tendance de l'école.

Kazue, elle, garda sa sacoche et ses mocassins noirs. Ses chaussettes bleu marine étaient à l'évidence parfaitement ordinaires. Son porte-cartes rouge était totalement puéril, et, avec ses barrettes noires dans les cheveux, elle était, en deux mots, « pas cool ». Elle traînait dans les couloirs en essayant de cacher sa sacoche trop commune et les jambes maigres et disgracieuses qui sortaient de sa jupe trop courte.

Elle était d'une beauté tout au plus moyenne. Ses cheveux noirs épais formaient sur sa tête une masse oppressante, une espèce de casque sombre et lourd. Ils étaient coupés si court que ses oreilles étaient découvertes, les poils drus qui repoussaient sur sa nuque me faisant penser aux plumes rebelles d'un poussin tout juste sorti de l'œuf. Cela dit, elle ne semblait pas particulièrement bête. Elle avait le front large, un visage intelligent, et ses yeux rayonnaient du genre d'assurance qu'on s'attendrait plutôt à observer chez une première de la classe issue d'une grande famille. Et puis à quel moment, me demandais-je, avait-elle pris l'habitude de sonder timidement du regard tous ceux qui l'entouraient ?

J'ai vu une photo d'elle dans un hebdomadaire de faits divers peu de temps après son meurtre. On l'y voyait dans un *love hotel* en compagnie d'un homme, le genre de photo qui en dit aussi long que l'article. Le corps nu et maigre de Kazue se livrait à la curiosité des lecteurs, sa grande bouche figée dans un large sourire. J'étudiai méticuleusement la photographie à la recherche d'une trace de la Kazue que j'avais connue, mais n'y découvris qu'un nouvel indice de son obscénité – pas celle dont on parle en faisant référence à un luxe excessif, ou même au sexe. Non, le vice absolu du monstre.

Au début de notre scolarité au lycée pour jeunes filles de K., je ne connaissais pas son nom et n'avais pas particulièrement envie de le découvrir. À l'époque, les nouvelles venues formaient encore un seul groupe ; elles avaient toutes l'air si flétries et si ternes qu'il était impossible de les différencier. Pour celles qui avaient étudié jour et nuit afin d'intégrer le lycée dans l'espoir d'y voir leur intelligence enfin reconnue, tout cela devait être particulièrement décourageant. Je crois enfin comprendre ce que

Kazue a dû ressentir. Son passage à l'âge adulte s'est fait dans un contexte d'humiliation permanente. Ça l'a probablement beaucoup perturbée.

Vous voulez en savoir plus sur mes relations avec elle ? D'accord, très bien. J'ai entendu pour la première fois le nom de Kazue suite à certain incident. C'était par une journée pluvieuse du mois de mai. Le cours de sport venait de s'achever. Ce jour-là, nous étions censées jouer au tennis, mais à cause de la pluie nous avions dû rester dans le gymnase et nous exercer à la danse. Nous étions toutes en train de nous changer dans les vestiaires lorsqu'une camarade souleva du bout des doigts une chaussette esseulée et lança à la cantonade :

– C'est à qui, ça ? Qui a perdu une chaussette ?

C'était une chaussette bleu marine du type même de celles que tout le monde ou presque était susceptible de porter. Sauf que celle-ci arborait un logo Ralph Lauren au niveau de l'élastique.

Les autres feignirent la plus parfaite indifférence. Aucune ne semblait particulièrement inquiète à l'idée d'avoir pu perdre quelque chose – sûrement parce qu'à l'inverse de moi elles pouvaient toujours aller se racheter ce qu'elles voulaient. C'est pour ça que je trouvais bizarre que cette fille fasse un tel chambard pour une pauvre chaussette. Elle la tendit à ses amies, qui l'examinèrent.

– Non mais, regardez-moi ça ! Regardez !

Les rires emplirent la pièce. D'autres filles s'approchèrent pour jeter un œil, formant un cercle autour du casier à chaussettes.

– Mais c'est qu'elle est pratiquement brodée !

– Un vrai chef-d'œuvre !

La propriétaire de la chaussette avait pris un mi-bas bleu marine ordinaire, puis elle avait brodé le bord supérieur avec du fil rouge dans un motif qui ressemblait au logo Ralph Lauren.

La fille qui avait retrouvé la chaussette ne recherchait pas sa propriétaire dans le but charitable de lui restituer son bien. Elle voulait seulement savoir à qui appartenait cette chose. C'est pour cela qu'elle avait ameuté tout le vestiaire. Personne ne vint la réclamer. Toutes les nouvelles se changèrent en silence, les anciennes ne parlant pas davantage. Mais leurs visages trahissaient la joie qu'elles éprouvaient en pensant à la scène qui ne manquerait pas d'avoir lieu au moment du retour en classe.

Après la gym, il y avait cours d'anglais. La plupart des élèves revêtirent leur uniforme en quatrième vitesse et sortirent des vestiaires avec entrain. À ce moment précis, il n'y avait plus aucune distinction entre anciennes et nouvelles. Dès qu'il s'agissait d'humilier quelqu'un, toutes se rangeaient naturellement dans le même camp.

Seules trois élèves s'attardaient encore dans les vestiaires : une ancienne toute menue, Kazue et moi. Kazue traînassait… plus encore qu'à son habitude. Je compris que c'était elle qui avait brodé le logo sur sa chaussette. C'est alors que l'ancienne s'approcha de Kazue et lui tendit quelque chose.

– Tiens, tu vas avoir besoin de ça, dit-elle.

C'était une paire toute neuve de chaussettes bleu marine. Kazue se mordit la lèvre avec un air inquiet. Elle devait se rendre compte qu'elle n'avait pas le choix.

– Merci, répondit-elle enfin d'une voix à peine audible.

Quand nous entrâmes toutes les trois dans la salle de classe, nos camarades firent comme si de rien n'était. La véritable identité de la brodeuse de chaussette resterait peut-être un mystère. Mais elles avaient bien ri. Et ça n'était probablement pas terminé. Le plus petit acte de malveillance enflait et se répandait dans toute l'école en une escalade qui débouchait invariablement sur un déchaînement de méchanceté aussi absolue qu'incontrôlable.

Ayant échappé à une situation fort embarrassante, Kazue arborait désormais une expression d'indifférence. Ce jour-là, comme d'habitude, elle fut la première à lever la main. On l'appela donc au tableau pour lire à haute voix un passage du livre de cours. Dans la classe, certaines avaient passé plusieurs années à l'étranger, et beaucoup d'autres étaient très fortes en anglais. Mais il en fallait plus pour arrêter Kazue. Avec son assurance, elle levait la main sans la moindre hésitation. Je regardai un instant la fille qui lui avait prêté les chaussettes. Elle fixait son livre d'un œil somnolent, une main sous le menton. J'ignorais encore son nom, mais elle était plutôt mignonne malgré ses dents de devant un peu proéminentes. Pourquoi avait-elle aidé Kazue ? J'étais déconcertée. Pas que j'aurais cautionné la cruauté ou les brimades. Et je ne détestais pas particulièrement Kazue. Simplement, elle m'énervait. Elle venait de faire quelque chose d'absolument stupide et pourtant elle était là, à se comporter comme si de rien n'était. Elle agissait de manière totalement éhontée. Essayait-elle de jouer à la plus maligne ? De manipuler son monde ? Même moi, je n'aurais pas pu le dire.

Après le cours, alors que je sortais mon manuel de littérature classique de mon sac, Kazue vint à ma rencontre.

– À propos de ce qui s'est passé tout à l'heure…

– De quoi tu parles ?

Voyant que je prétendais n'avoir aucune idée de ce à quoi elle faisait allusion, Kazue devint rouge de colère. *Tu sais très bien de quoi je parle*, devait-elle se dire.

– Tu dois penser que ma famille est pauvre.

– Je m'en fiche pas mal.

– J'en doute. C'est juste que j'en avais assez de devoir écouter toutes ces âneries sur qui a ou n'a pas ce petit logo à la con sur ses chaussettes.

Je compris alors que Kazue avait brodé ses chaussettes non pas parce que sa famille était trop modeste pour lui en offrir de vraies, mais parce qu'un certain rationalisme l'y avait poussée. Personnellement, je trouvais que cette logique, certes très personnelle, de Kazue, à force de vouloir s'ajuster à tout prix à celle de notre école de riches, finissait par sombrer dans le ridicule. Elle avait la petitesse chevillée au corps et c'est pour ça que je ne l'aimais pas.

– C'est tout, dit-elle.

Et elle retourna s'asseoir. Je ne voyais plus que les chaussettes toutes neuves qui enserraient ses mollets rachitiques. C'était le signe extérieur de richesse, le symbole du lycée pour jeunes filles de K. : un logo rouge. Je me demandai ce que Kazue préparait d'autre. La fille qui lui avait prêté les chaussettes rigolait avec ses amies, mais dès qu'elle croisa mon regard elle se retourna et baissa les yeux comme si on l'avait surprise en train de faire quelque chose d'inavouable.

Je décidai aussitôt d'aller lui parler. J'appris qu'elle s'appelait Mitsuru et qu'elle avait intégré le système K. au collège.

Et c'est ainsi que les nouvelles comme les anciennes commencèrent l'année scolaire sans parvenir à réconcilier leur opposition polaire. En cours, les anciennes s'asseyaient toujours côte à côte, se vernissaient les ongles et riaient à gorge déployée. Quand venait la pause de midi, elles sortaient ensemble dans des restaurants à l'extérieur du campus, où elles jouissaient d'une liberté phénoménale. Une fois les cours terminés pour la journée, les garçons de l'autre section du lycée de K. les attendaient devant la sortie. Certaines d'entre elles, celles qui sortaient avec des étudiants de l'université, se laissaient enlever dans des BMW, des Porsche et d'autres automobiles étrangères hors de prix. Les garçons qui les attendaient avaient des manières qui rappelaient étrangement les leurs. Ils étaient élégants et dégageaient une assurance assise sur la richesse. Eux aussi formaient une bande pour le moins licencieuse.

Un mois après mon arrivée à l'école, nous eûmes droit à notre premier examen. Les nouvelles étaient résolues à ne pas se laisser damer le pion pour ce qui était des études. Elles avaient assez souffert comme ça de la pression constante des anciennes. Les plus studieuses – qui s'attelaient sans relâche à leurs études pour réussir à surpasser les anciennes – étaient particulièrement déterminées, mais elles n'étaient pas les seules. Toutes les nouvelles s'étaient appliquées avec un zèle particulier à la préparation des examens. Notre détermination à réussir était d'autant plus grande que nous avions entendu dire que les dix premières verraient leurs noms affichés au tableau d'honneur. Les nouvelles y voyaient une occasion de retrouver un peu de dignité. Elles auraient alors le droit de revendiquer une place de choix parmi la crème des grosses têtes.

J'avais décidé dès le départ que le jeu n'en valait pas la chandelle. Parce que je savourais encore ma liberté nouvellement gagnée sur Yuriko, je n'étais pas vraiment préoccupée par ce qui se passait à l'école. Tant que je n'arrivais pas bonne dernière, je me fichais un peu des examens, bref je n'étudiais pas. Je n'en avais vraiment pas grand-chose à faire de me retrouver en bas de tableau, tant que je ne me faisais pas renvoyer de l'école – c'était tout ce qui comptait. Je continuai donc à vivre ma vie comme avant – ce en quoi je me rapprochais d'ailleurs des anciennes –, sans vraiment me soucier des examens.

Le dimanche précédant les épreuves, toutes les anciennes s'étaient retrouvées dans la maison de vacances de l'une d'entre elles pour comparer leurs notes, du moins c'est ce que prétendait la rumeur. Une fois encore, la classe était séparée en deux groupes parfaitement distincts.

Une semaine plus tard, les résultats furent imprimés et affichés à la vue de toutes. La plupart des élèves qui se classaient parmi les dix meilleures – comme l'avaient prédit les nouvelles – appartenaient à ce dernier groupe. Mais le plus incroyable, c'était que parmi les trois premières se trouvait une élève qui avait intégré l'école au collège. La cinquième place revint à une fille qui était dans le système K. depuis l'école primaire. Le meilleur score était celui de Mitsuru. Cette répartition des scores fit grande impression chez toutes les nouvelles. Même si elles s'en sortaient mieux en moyenne que les élèves qui étaient dans le système depuis l'école primaire, comment se faisait-il qu'elles n'aient pas réussi à surpasser celles qui y étaient entrées au collège ? Les filles les plus mondaines, les plus charmantes, les plus riches étaient là depuis l'école primaire. Les élèves les plus aptes à se fondre dans le décor et les plus douées pour les études étaient celles qui avaient intégré le système au niveau du collège. Et les plus mal armées, dans tous les domaines, étaient celles qui venaient de débarquer au lycée. Mais le classement défiait les attentes initiales de ce dernier groupe d'élèves, et toutes regardaient autour d'elles avec des mines déconfites.

– Tu ne joues pas au tennis ? m'avait demandé Mitsuru au cours de gym suivant.

Dans le mois qui avait suivi mon arrivée au lycée pour jeunes filles de K., quelques anciennes avaient, à l'occasion, daigné m'adresser la parole. Quand venait l'heure des leçons de tennis, les filles qui appartenaient à l'équipe du lycée se massaient sur le court central comme s'il leur appartenait. Celles qui n'aimaient pas le tennis, ou qui ne voulaient pas attraper de coups de soleil, s'affalaient sur les bancs tout proches et s'abandonnaient aux bavardages. Celles enfin qui, comme moi, n'avaient pas envie de se retrouver associées au groupe des bancs traînaient autour du grillage qui entourait les courts, feignant d'attendre qu'une occasion de jouer se présente. Et Kazue ? Elle tapait la balle sur un des cours annexes avec d'autres nouvelles. Comme elle avait horreur de perdre, elle se lançait à la poursuite de chaque balle avec un acharnement spectaculaire, laissant échapper en chemin d'étranges soupirs et grognements. Les élèves qui paressaient sur les bancs tuaient le temps à coups de commentaires moqueurs sur elle.

– Si, mais c'est pas vraiment mon truc, répondis-je.

– Moi non plus, dit Mitsuru.

Elle était fine, mais avait les joues rondes et ses deux incisives supérieures un peu trop longues lui donnaient des airs de rongeur. Ses cheveux châtains lui tombaient en fines bouclettes sur les épaules. Son visage, constellé de taches de rousseur, était adorable. Mitsuru avait beaucoup d'amies.

– Et c'est quoi, ton truc ?

– Rien du tout, dis-je.

– C'est comme moi, alors.

Elle caressa du bout de ses doigts fins le cordage de sa raquette.

– Ah non, toi, tu es douée pour les études. D'ailleurs, c'est pas toi qui as eu la meilleure note à l'examen ?

– Oh, ça, c'est rien, dit-elle avec indifférence. Pour moi, c'est juste un passe-temps. Je projette de devenir médecin.

Elle se tourna vers Kazue. Celle-ci portait un short et des chaussettes montantes bleu marine.

– Pourquoi tu lui as prêté tes chaussettes ?

– Je me demande.

Mitsuru pencha la tête de côté.

– Je n'aime pas le bizutage.

– Parce que c'était du bizutage ?

Je me rappelai avec quel calme Kazue était entrée dans la classe après la pause ce jour-là. Je doute qu'elle ait eu la moindre idée de l'humiliation publique que Mitsuru venait de lui épargner, simplement en lui prêtant une paire de chaussettes. Elle en était loin. D'ailleurs, si tout le monde avait su à qui appartenait la fameuse chaussette, ça ne l'aurait pas empêchée d'affronter froidement tous les regards posés sur elle, le visage figé en une grimace de défi. Après tout, ce n'étaient que des chaussettes !

Les cheveux de Mitsuru frémissaient doucement sous la brise et dégageaient une odeur sucrée d'après-shampoing.

– Évidemment que c'était du bizutage. Tout le monde s'amuse aux dépens de celles qui n'ont pas beaucoup d'argent.

– Reconnais quand même que c'est assez stupide de broder soi-même ses chaussettes, dis-je d'un ton un peu maussade.

Je voulais voir comme elle réagirait.

– D'accord. Mais il faut comprendre ce qu'elle ressentait, non ? Personne n'aime se couvrir de ridicule à ce point.

Hésitant sur la meilleure manière de contrer mon argument, Mitsuru se mit à remuer la terre desséchée de la pointe d'une de ses tennis. La plus intelligente des élèves de première année du lycée révéla soudain un visage troublé par mes paroles. J'en ressentis un minuscule éclat de pur bonheur. En même temps, je fus saisie d'une affection profonde pour Mitsuru.

– Bien sûr, ce que tu dis est vrai, mais je n'ai pas eu l'impression que ça la préoccupait vraiment. Et puis, ce qui faisait rire tout le monde dans les vestiaires, c'était qu'une idiote soit allée jusqu'à broder elle-même une chaussette ! Je crois que c'était fait sans méchanceté. Dès qu'un groupe se trouve uni par une convention tacite et décide d'agir, c'est du bizutage.

– Mais alors pourquoi celles qui sont déjà montées en grade complotent contre celles qui viennent juste d'arriver ? Pourquoi tout le monde fait-il semblant de l'ignorer ? Et d'abord, n'es-tu pas l'une d'entre elles ?

Mitsuru laissa échapper un long soupir.

– C'est vrai, là-dessus, tu as raison. Je ne sais pas pourquoi tout le monde fait semblant de ne rien voir.

Elle se mit à tapoter d'un doigt ses grandes dents de devant en songeant à ma question. Je devais me rendre compte un peu plus tard que chaque fois qu'elle faisait ce geste, cela voulait dire qu'elle délibérait en secret pour savoir si elle devait dire quelque chose ou se taire. Elle leva la tête d'un air résolu.

– En fait, la question n'est pas là. C'est parce que leurs situations sont très différentes. Comme elles sont issues de milieux très différents, elles voient la valeur des choses d'une manière diamétralement opposée.

– Bien sûr, dis-je en regardant les filles du club de tennis se renvoyer avec enthousiasme la balle d'un jaune éclatant de part et d'autre du filet.

Raquettes, tenues, chaussures, elles avaient tout acheté sur leurs deniers propres et leur matériel n'avait rien à voir avec celui fourni par l'école. Il était bien plus cher que tout ce qu'il me serait probablement donné d'avoir.

– Répugnant, un parfait exemple de notre société de classes. Et ça doit être pire ici que n'importe où ailleurs au Japon. Les apparences dirigent tout. C'est pour ça que les personnes admises dans le premier cercle ne se mélangent jamais à celles qui gravitent autour.

– Le premier cercle ? C'est quoi ?

– Celles qui ont intégré l'école en primaire sont les vraies princesses, les pur jus, celles dont les pères sont à la tête d'énormes cartels. Elles n'auront pas besoin de travailler un seul jour de leur vie. D'ailleurs, pour elles, avoir un boulot serait une indignité absolue.

– Ce n'est pas un peu vieux jeu ? grommelai-je avec mépris.

Mais Mitsuru poursuivit le plus sérieusement du monde :

– Oui, je suis d'accord ; bien sûr. Mais c'est la façon dont le premier cercle voit son système de valeurs. C'est peut-être un peu déconnecté de la réalité, mais comme elles n'en démordent pas tous les autres finissent par se laisser convaincre.

– D'accord, mais pour celles qui gravitent autour d'elles ?

– Ce sont les filles des cadres, répondit Mitsuru avec une note de tristesse dans la voix. La fille d'un simple salarié ne pourra jamais appartenir au premier cercle. Elle aura beau être intelligente, ou posséder un talent considérable, ça ne changera rien. On ne la remarquera même pas. Si elle essaye de s'insinuer en leur sein, on se moquera d'elle. De plus, même si elle est raisonnablement intelligente, mais moche, et qu'en plus elle n'est pas *cool*, elle ne vaut pas beaucoup mieux qu'un déchet par ici.

Un déchet ? Comment pouvait-on penser ça ? Je n'étais pas membre de la classe supérieure que Mitsuru m'avait décrite.

Je n'étais même pas une fille de cadre, dont le statut, au moins, aurait été assuré. Je n'étais clairement pas dans le premier cercle, ni même membre d'un de ses satellites. Je n'étais même pas sûre de correspondre à la catégorie des exclues. Étais-je donc en dessous du déchet ? La fatalité voulait-elle que je passe ma vie de l'autre côté de la rivière, face au paradis, à regarder le tourbillon étincelant des créatures célestes sur l'autre rive ? C'était comme si je venais de découvrir un plaisir aussi nouveau qu'intime. En y réfléchissant bien, c'était probablement là mon destin.

– Il y a une manière et une seule d'intégrer le premier cercle, reprit Mitsuru en se tapotant à nouveau les incisives avec son ongle.

– Ah bon ? Laquelle ?

– Pour celles qui jouissent d'une beauté incomparable, elles font parfois une exception.

Pouvez-vous imaginer ce que je pensai à cet instant ? Bien sûr. Je pensai à Yuriko. Que se passerait-il si Yuriko était admise dans cette école ? Avec sa beauté monstrueuse, qui pourrait bien lui tenir tête ?

Tandis que je pensais à Yuriko, Mitsuru me chuchota à l'oreille :

– J'ai entendu dire que tu habitais l'arrondissement de P. C'est vrai ?

– C'est vrai. Je prends le train à la station K.

– Il n'y a aucune élève de cette école qui habite à P. Mais il y a deux ou trois ans, j'avais entendu dire qu'une des élèves venait d'un arrondissement voisin.

L'endroit où je vivais avait un jour été sous la mer. C'était un quartier très agréable aux rues joliment aménagées, qui abritait bon nombre de gens excentriques et de personnes âgées. Mais y vivre n'était pas particulièrement commode, surtout quand tous les jours on devait faire l'aller-retour vers une école où le statut social avait une telle importance.

– Je vis avec mon grand-père dans un appartement à loyer subventionné, avouai-je à Mitsuru, surtout pour la provoquer. Mon papi est retraité, alors pour assurer les fins de mois il fait un peu de bricolage dans le quartier.

Je passai sous silence le fait qu'il était en liberté conditionnelle, l'impact de mes propos étant déjà largement suffisant.

Mitsuru se pencha pour remonter ses chaussettes qui tombaient et marmonna, sans grande conviction :

– Je n'aurais jamais pensé qu'il pouvait y avoir ce genre d'élèves ici.

– Même parmi les exclues ?

– Les exclues ? répéta-t-elle. Mais enfin, tu es une extraterrestre, ici ; tu ne t'en rends pas compte ? Personne ne se moque de toi, personne n'essaye de t'embêter. Toi, tu fais ton petit bonhomme de chemin sans te soucier de quoi que ce soit !

– Eh bien, je suis soulagée de te l'entendre dire.

Mitsuru me décocha un large sourire, découvrant ses grandes dents de devant.

– Bon, d'accord, je vais te dire la vérité… mais je ne la dirai qu'à toi. La vérité, c'est que ma maison se trouve elle aussi dans l'arrondissement de P. Ma mère m'a fait promettre de ne rien dire à personne ; elle loue un appartement dans l'arrondissement de Minato… rien que pour moi. Et, bien sûr, on prétend en être propriétaires. Ma mère vient tous les jours y faire le ménage, la cuisine et la lessive.

– Pourquoi faites-vous tout ça ?

– Parce que sinon je serais une cible facile.

– Ben alors, tu es comme les autres : enfermée dans ton mensonge.

Mitsuru prit un air honteux.

– Tu as raison. Je déteste ça. Je me déteste d'avoir accepté de jouer cette comédie. Et je déteste aussi ma mère, pour la même raison. Mais si on refuse de coopérer dans une école pareille, on attire l'attention sur soi. Il n'y a pas trop le choix.

J'en étais convaincue, Mitsuru avait tort. Pas de coopérer, non ; si elle avait envie d'aller aussi loin, qui pouvait le lui reprocher ? Non, ce que je veux dire, c'est que Mitsuru s'était trompée dans ses remarques sur Kazue. Je ne peux pas vraiment l'expliquer, mais c'était un peu comme essayer de mélanger de l'huile avec de l'eau. Kazue n'arriverait jamais à s'immiscer dans le premier cercle, mais elle n'en était absolument pas consciente. Si les autres l'asticotaient sans cesse, c'est parce qu'elle refusait de reconnaître où était sa place. Elles ne se moquaient pas de sa naissance, ni de ses conditions de vie, ni de son échelle de valeurs. Elle n'était donc pas victime d'un bizutage. Je me trompe ?

Mitsuru, elle, avait un temps été victime de bizutage et en gardait une peur considérable. Mais en louant un appartement dans l'arrondissement très classieux de Minato et en cachant le fait que sa famille habitait celui de P., elle se rendait complice des agissements des initiées. Et, parmi les initiées, elle était l'une de celles qui fréquentaient au plus près les filles du premier cercle.

– Alors, comment ça se fait que tu sois si bonne en classe ?

– Eh ben… (Elle fronça les sourcils comme si on l'avait chargée d'un lourd fardeau.) Au début, c'est vrai que j'étais décidée à ne pas me laisser surpasser. Et puis j'ai fini par aimer ça. Et il n'y avait pas vraiment grand-chose d'autre qui me tentait. Je ne me suis jamais intéressée à la mode ou à mon look comme le font les autres. Et les garçons ne m'attiraient pas plus que ça. Je n'ai intégré aucun club. Je ne pensais pas non plus spécialement vouloir devenir médecin. Mais j'avais entendu dire que le club des prémédecine était fréquenté par les élèves les plus intelligentes. Alors je me suis dit que, si c'était le cas, j'y trouverais peut-être de quoi satisfaire ce manque que je ressentais.

Mitsuru était honnête. Je n'avais jamais rencontré quelqu'un d'aussi honnête auparavant.

– Ce manque… c'était quoi, exactement ?

Elle parut défaillir et se mit à scruter mon visage. Ses yeux d'un noir d'encre brillaient comme ceux d'un petit animal sans défense.

– Peut-être que c'est quelque chose en moi, une espèce de démon.

Un démon ? Nous avons tous nos démons, j'imagine. Toutes proportions gardées, j'aurais très bien pu couler une vie pleine d'un bonheur serein sans jamais avoir à connaître le mien. Mais avoir été élevée au côté de Yuriko avait fait prendre à mon démon des proportions titanesques. Je comprenais bien comment il s'était emparé de moi. Mais comment un démon aurait-il pu s'accrocher à Mitsuru ?

– Es-tu en train de dire que tu es en proie à de sinistres motivations, ou est-ce simplement que tu n'aimes pas perdre ?

Mitsuru eut l'air étonnée par ma question.

– Eh bien, je ne sais pas…

Perplexe, elle leva les yeux vers le ciel.

– Tu es la personne la plus déterminée que je connaisse, lui annonçai-je.

– Vraiment ?

Son visage devint tout rouge. Elle était gênée. J'essayai d'alléger un peu l'atmosphère en changeant de sujet.

– Ton père est employé de bureau ? C'est-à-dire… tu fais partie des satellites ?

Elle acquiesça.

– Il est dans la location d'immobilier commercial.

– Ça doit pas mal rapporter.

– Il a reçu une grosse indemnité quand on lui a racheté sa licence de pêche et il s'est embarqué dans une autre affaire. À l'époque, il paraît que c'était lui le patron de pêche. Mais il est mort quand j'étais petite.

Même si sa famille venait de la mer, Mitsuru avait appris à ramper sur la terre ferme, comme un dipneuste, ce poisson capable de respirer de l'air. Une image me vint d'elle, de son corps fin et pâle en train de ramper dans la boue limoneuse et collante. Brusquement, j'eus envie de me lier d'amitié avec elle. Je décidai de l'inviter à la maison.

– Ça te dirait de venir me rendre visite un jour ?

– Carrément. Dimanche prochain, ça t'irait ? Je dois aller à mes cours de prémédecine chaque soir après l'école… à vrai dire, je compte essayer d'intégrer la faculté de médecine de l'université de Tokyo.

L'université de Tokyo ! Elle venait juste d'apprendre à ramper sur la terre ferme et voilà qu'elle s'attaquait déjà à une montagne ! C'est ainsi que naquit au plus profond de moi le désir de faire de Mitsuru l'objet central de mes études. Il était trop étrange qu'une telle créature ait pu naître de cette école, une créature douée d'une bonté et d'une gentillesse qui la distinguaient de nous toutes. Et pourtant dans son cœur rôdait un démon plus grand encore que chez les autres.

– Je suis sûre que tu vas y arriver !

– Moi, je ne sais pas. Et après, même si on m'accepte ? Ce sera encore des batailles à mener.

Elle commençait juste à dire quelque chose quand l'une des filles du club de tennis se retourna et l'appela depuis le court.

– Mitsuru ! Tu veux prendre ma place ? Je suis fatiguée.

Je suivis du regard Mitsuru qui s'élançait vers le court. Sa silhouette menue et ses hanches assez hautes donnaient à son corps une agréable symétrie. Elle se saisit de sa raquette comme s'il s'était agi d'une lourde masse et échangea quelques mots avec son amie. Elle avait les bras et les jambes si blancs et fins qu'on aurait pu croire qu'ils n'avaient jamais vu la lumière du jour. Mais c'est très exactement sur la ligne de service de son adversaire que sa première balle atterrit. Elle fit un beau bruit sec et sonnant avant de repartir de son côté. Même en l'absence de critères objectifs d'évaluation, je décidai immédiatement que Mitsuru avait un jeu incomparable. Ses jambes étaient rapides et elle utilisait intelligemment la surface du court. Le match terminé, elle serait certainement gênée de s'être abandonnée à ce point dans la partie et d'avoir ainsi dévoilé ses talents considérables. Mitsuru n'était pas un bonsaï. Sa beauté n'avait rien de comparable à celle d'un bonsaï, dont l'attrait découle de la volonté farouche qu'il oppose aux entraves méticuleuses qui le contraignent. Comment mon grand-père décrirait-il la beauté de Mitsuru ? me demandai-je.

Un écureuil. Cette image me vint soudainement : un écureuil malin qui fait provision de noix et les enterre pour repousser les attaques de la faim durant les mois d'hiver. L'écureuil était exactement ce que je n'étais pas. Moi, j'étais l'arbre. Une plante ligneuse, c'est sûr, un arbre aux ovules nus, aux graines dénuées d'ovaires : une gymnosperme. Un pin, disons, ou un cèdre. Quoi qu'il en soit, je ne serais pas le genre d'arbre à fleurs à inviter les oiseaux et les insectes à venir orner mes branches. J'étais un arbre qui existait pour lui et pour lui seul. Un vieil arbre, au tronc large et coriace, et quand le vent soufflait dans mes branches le pollen accumulé là-haut se disséminait de son propre chef. C'était l'analogie la plus juste, je le constatai. Instantanément, un sourire se dessina sur mes lèvres.

– Qu'est-ce qu'il y a de si drôle ? fit derrière moi une voix pleine de colère.

Kazue se tenait près de la fontaine et me dévisageait. Je me dis que cela faisait un moment qu'elle m'observait et cette prise de conscience suscita chez moi un certain agacement. Je ne pouvais m'empêcher d'imaginer un arbre difforme chaque fois que je pensais à elle.

– Rien à voir avec toi. Je me souvenais juste d'un truc marrant, c'est tout.

Kazue essuya la sueur qui lui coulait sur le front et me dit avec un regard mauvais :

– T'étais en train de discuter avec cette fille, Mitsuru, et vous n'avez pas arrêté de me regarder en rigolant.

– Ça ne veut pas dire qu'on se moquait de toi !

– De toute façon, je m'en fiche. C'est juste que ça me met en colère de penser que quelqu'un comme toi puisse se payer ma tête !

Elle avait craché ces derniers mots avec un venin incroyable. Voyant bien qu'elle essayait de me ridiculiser, je lui répondis avec le plus grand sérieux en dissimulant adroitement mes véritables sentiments :

– Je ne sais vraiment pas de quoi tu parles. On n'était pas en train de se moquer de toi, rien à voir !

– Alors ça, vraiment, ça m'énerve. Mais quelle bande de pestes. Des vraies gamines !

– Quelqu'un t'a fait une crasse ?

– Qu'est-ce que ça peut me faire de toute façon ?

Kazue abattit sa raquette sur le sol avec une force surprenante, soulevant un nuage de poussière qui enveloppa ses chaussures de tennis et recouvrit de terre ses lacets blancs. Les filles assises sur la rangée de bancs se retournèrent pour la regarder et détournèrent aussitôt les yeux pour fixer le sol à nouveau. Très probablement, elles ne trouvaient aucun intérêt à la conversation de deux gymnospermes aussi quelconques (Kazue appartenait elle aussi à une espèce de pin ou de cèdre, sombre et incapable de produire des fleurs). Après que Kazue eut dévisagé les autres élèves avec une hostilité contenue, elle me demanda :

– Tu as l'intention d'intégrer un club ? As-tu déjà choisi lequel ?

Je secouai la tête en silence. J'avais rêvé de m'engager dans nombre de clubs, mais une fois que j'avais vu comment cela se passait en réalité, j'étais revenue sur mes ambitions. Ce n'était pas tant que j'avais peur des exigences mesquines que les membres de longue date faisaient peser sur leurs cadettes ; tous les clubs étaient pareils sur ce point. Mais dans cette école les clubs n'obéissaient pas à une hiérarchie stricte. Ils fonctionnaient selon une structure interne complexe qui s'étendait aussi verticalement. Il y avait des clubs réservés au premier cercle, d'autres pour les satellites, et ceux qui accueillaient toutes les autres.

– Non, j'habite avec mon grand-père, alors je n'ai pas besoin de participer à quoi que ce soit.

Sans y réfléchir, voilà les premiers mots qui sortirent de ma bouche ! Mon grand-père et ses amis jouaient donc le rôle des élèves de dernière année et l'aide que je lui apportais pour ses bricolages était mon activité extrascolaire.

– Qu'est-ce que tu veux dire par là ? Explique-toi.

– Aucune importance. Et puis ça ne te regarde pas.

Une expression rageuse envahit le visage de Kazue.

– Tu es en train de me dire que je me dispute avec toi uniquement parce que j'aime ça ? Que je m'énerve dans le vide ?

J'avançai les épaules et les haussai. J'en avais plus qu'assez de Kazue et de son complexe de persécution. Et puis, si elle connaissait déjà la réponse, quel intérêt y avait-il à me poser cette question ?

– Ce que je veux dire, c'est pourquoi faut-il que tout soit aussi injuste dans cette école ? C'est vicieux ! Elles ont déjà désigné le vainqueur avant même que la partie ait commencé !

C'était maintenant à mon tour de poser la question :

– De quoi tu parles ?

– Figure-toi que je voulais faire partie du club des pom-pom girls. J'ai déposé mon dossier de candidature, et avant même d'y jeter un œil elles m'ont jetée, comme ça, direct. Tu ne trouves pas ça injuste ?

Stupéfaite, je ne pus que la dévisager. Il était évident qu'elle ne comprenait rien dès qu'il s'agissait d'elle-même ou de l'école. Elle se croisa les bras sur la poitrine et fit une moue renfrognée en observant la fontaine à eau. Un ruissellement continu s'écoulait paresseusement du robinet.

– Le robinet est ouvert ! cria-t-elle, excédée.

Mais c'était elle qui avait oublié de le refermer.

Je me fis violence pour ne pas éclater de rire. Pas encore adultes nous-mêmes, nous cherchions déjà à nous protéger d'éventuelles atteintes en inversant les rôles aux dépens de ceux que nous percevions comme les agresseurs et en lançant l'attaque nous-mêmes. Mais cela devenait épuisant d'être constamment prise pour cible et celles qui s'accrochaient à leurs blessures ne survivraient sûrement pas longtemps. C'est ainsi que, de mon côté, je travaillais à aiguiser mon ressentiment et Mitsuru son intelligence. Pour le meilleur et pour le pire, Yuriko, elle, avait hérité dès le départ d'une beauté monstrueuse. Mais Kazue… Kazue n'avait rien de cultivable. Je ne ressentais absolument aucune compassion pour elle. Comment vous expliquer ? Pour aller droit au but, Kazue était souverainement ignorante, insensible, inadaptée et totalement dépassée par les dures réalités qu'elle devait affronter. Comment était-il possible qu'elle l'ignore ?

Une fois encore, je suis sûre que vous trouverez mon jugement particulièrement brutal ; il est pourtant exact. Même s'il faut tenir compte du fait qu'elle était encore assez immature, il y avait en Kazue une insensibilité qui confinait à la violence. Elle manquait totalement de la prévenance de Mitsuru, sans jouir pour autant de mon extrême froideur. En dernière analyse, il y avait quelque chose en elle de fondamentalement faible. Kazue ne recelait aucun démon ; en cela elle ressemblait à Yuriko. Elles étaient toutes deux à la merci de tout ce qui passait sur leur chemin, ce que je trouvais affreusement prévisible. Plus que toute autre chose, je voulais planter un démon dans leur cœur.

– Pourquoi tu ne vas pas te plaindre ? lui demandai-je. Pourquoi tu n'en parles pas pendant l'heure de vie de classe ?

Le professeur principal n'y faisait jamais rien d'autre que l'appel, suivi d'un point sur le programme de la journée. C'était à peu de chose près une perte de temps. Il était en plus extrêmement mal vu, pour une élève, de soulever un débat pour ensuite tenter d'obtenir un consensus. Mais Kazue se jeta sur ma suggestion avec avidité.

– Mais bien sûr ! Quelle excellente idée. Merci, je ne l'oublierai pas.

À cet instant, nous entendîmes la cloche sonner la fin du cours. Kazue s'en alla. Elle ne me dit même pas au revoir.

Je fus soulagée de la voir partir, et bien contente d'avoir terminé la leçon de tennis sans avoir eu à faire autre chose que discuter. Les cours de sport et d'économie domestique du lycée de K. pour jeunes filles étaient plutôt tranquilles. Les instructeurs ne s'occupaient que de celles qui s'y intéressaient explicitement.

C'était là la doctrine pédagogique des professeurs du lycée de K. pour jeunes filles. *Indépendance, autonomie et respect de soi.* Ils encourageaient les élèves à faire tout ce qu'elles voulaient, car elles seules étaient responsables de leur propre développement. Les règles étaient souvent laxistes et l'on s'en remettait pour presque tout à la capacité des élèves à l'autodiscipline. Les instructeurs, pour la plupart, étaient eux-mêmes des diplômés de K. S'étant nourrie de cette pureté absolue, la doctrine pédagogique qu'ils prêchaient était parfaitement abstraite. Ils s'employaient à instiller en nous la croyance selon laquelle tout était possible. Magnifique leçon, vous ne trouvez pas ? Mitsuru et moi nous raccrochâmes toutes deux à cet enseignement. J'avais mon ressentiment et Mitsuru son intelligence. Au contact l'une de l'autre, nos qualités s'affirmèrent, et nous les nourrîmes, et luttâmes pour nous tenir debout sans aide aucune au sein de ce monde corrompu.

3

Il était encore tôt en ce matin pluvieux de janvier quand arriva le coup de fil m'annonçant la mort de ma mère. J'avais fini de préparer le déjeuner que j'allais emporter à l'école et commençais juste à préparer le petit déjeuner. Un toast à la confiture et du thé. La même chose tous les matins.

Mon grand-père était sur le balcon, en pleine conversation avec ses bonsaïs, comme d'habitude. Au plus fort de la saison des pluies, les bonsaïs avaient tendance à attirer les insectes et les moisissures et demandaient donc une attention particulière. Grand-Père était si occupé avec ses bonsaïs (il en oubliait même la pluie) qu'il n'entendit pas le téléphone.

Une fois le beurre fondu sur le toast brûlant, il me fallait commencer à étaler la confiture de fraises. Il était essentiel que je l'étale de manière à ce que les graines noires soient équitablement réparties, mais je devais aussi prendre garde à ce qu'elle ne déborde pas des bords du toast. Tout était dans le timing parce qu'il était essentiel aussi que je plonge deux fois mon sachet de thé Lipton dans ma tasse, puis que je l'en retire. Comme j'étais très occupée par mes préparations, j'appelai mon grand-père d'une voix rageuse en entendant le téléphone :

– Tu comptes aller répondre un jour ?

Il se retourna pour me regarder par-dessus son épaule. Je lui montrai le téléphone.

– Réponds au téléphone. Si c'est Maman, dis-lui que je suis déjà partie à l'école.

Dehors, le ciel était gris et la pluie tombait si dru qu'on ne voyait même pas le dernier étage de l'immeuble à l'autre bout de la résidence ; il était perdu dans le brouillard. Parce qu'il faisait si sombre, nous avions gardé la lumière allumée depuis le matin. Il ne faisait ni jour ni nuit et l'atmosphère était sinistre. Il ne m'était pas venu à l'idée de me demander pourquoi ma mère pouvait m'appeler à cette heure. Le décalage horaire avec la Suisse était de sept heures ; il devait donc être minuit là-bas. Étant donné qu'ils n'appelaient jamais aussi tôt le matin, il me vint soudainement à l'idée que Yuriko était peut-être morte et mon cœur bondit à cette perspective.

Grand-Père décrocha enfin.

– Oui, c'est lui-même… Ah, bonjour, ça fait un bail. Merci pour tout ce que vous avez fait dernièrement.

Puis il parut soudain chercher ses mots. Le voyant ainsi hébété, je pensai que l'appel venait de l'école. Je retirai immédiatement le sachet de thé de ma tasse et le posai sur la soucoupe. Le thé n'avait pas encore assez infusé. J'avais mal jugé. Grand-Père me fit signe de venir d'un air perplexe.

– C'est ton père. Il dit qu'il a quelque chose à t'annoncer. Je n'ai rien compris à ce qu'il raconte. C'est que du charabia. Mais il a parlé d'une nouvelle importante dont il ne peut pas discuter avec moi.

Je n'avais encore jamais reçu un coup de fil de mon père. Peut-être allait-il me dire qu'il voulait arrêter de payer mes frais de scolarité. Je me préparai à une dispute.

– Ce que je vais te dire va probablement te faire un choc, mais je ne peux pas faire autrement. C'est très dur pour nous tous, mais on va surmonter cette épreuve… cette tragédie qui s'abat sur notre famille.

Son préambule s'étirait à n'en plus finir. D'habitude il s'appliquait à présenter les choses dans le bon ordre, de manière à ce que ses mots aient un maximum d'impact sur son interlocuteur. Mais là, peut-être parce qu'il avait quitté le Japon depuis un moment et qu'il s'était réhabitué à parler sa langue maternelle, son japonais s'était détérioré. Finalement, n'en pouvant plus, je lui lançai :

– Qu'est-ce que tu essayes de me dire ?

– Ta mère est morte.

La voix de mon père, bien que chargée de tristesse, s'éleva, dévoilant la confusion qui embrumait son cœur. Puis un silence de mort se fit à l'autre bout de la ligne, je n'entendais même pas la voix de Yuriko derrière lui, rien.

– Comment c'est arrivé ? demandai-je calmement.

– Suicide. Je suis rentré à la maison il y a peu et ta mère était en train de dormir. Elle était déjà au lit. J'ai trouvé étrange qu'elle ne se soit pas réveillée en m'entendant entrer, mais c'était déjà arrivé avant. Depuis quelque temps, elle n'était pas bavarde. Quand je me suis approché, j'ai vu qu'elle ne respirait pas. Elle était déjà morte. Le médecin pense qu'elle a avalé une poignée de somnifères cet après-midi et qu'elle est morte vers sept heures du soir, alors que la maison était vide. C'est tellement triste que je supporte à peine d'y penser.

Puis, avant de s'étrangler, il bredouilla dans un japonais approximatif :

– Je n'arrive pas à croire qu'elle se soit suicidée. J'imagine que c'est de ma faute. Elle a dû faire ça par délit.

Par *délit*, il entendait bien sûr *dépit*.

– Ce n'était pas de ta faute, répondis-je fraîchement. C'est seulement qu'elle a été forcée de s'exiler en Suisse.

Ces mots le mirent en colère.

– Parce que tu penses que c'est de ma faute si on ne s'entend pas bien toi et moi ? Tu es en train de me dire que c'est moi qui suis en tort ?

– Ben, tu n'es pas complètement innocent.

Après un instant de silence, sa colère retomba graduellement et son chagrin sembla prendre le dessus.

– Nous avons vécu dix-huit ans ensemble. Je n'arrive pas à croire qu'elle soit partie la première.

– Je suis sûre que ça doit être un choc.

– Tu n'es pas triste que ta mère soit morte ? me demanda-t-il brusquement.

Je n'étais pas triste. C'est étrange, mais j'avais l'impression d'avoir perdu ma mère depuis longtemps. J'avais fait tout mon deuil d'elle quand j'étais petite et je ne m'étais pas sentie particulièrement triste ou abandonnée quand elle m'avait quittée au mois de mars pour partir en Suisse. Lorsque j'appris la nouvelle de sa mort, j'avais déjà l'impression qu'elle était partie loin, très loin de moi, et la peine que j'éprouvai était donc différente de celle de mon père. Mais ce fut quand même bizarre de l'entendre me poser cette question.

– Bien sûr que je suis triste.

Cela sembla le satisfaire. Brusquement sa voix perdit de sa force.

– Je suis sous le choc. Yuriko aussi ; elle vient juste de rentrer il y a un petit moment. Elle est vraiment bouleversée. Je crois qu'elle est en train de pleurer dans sa chambre en ce moment.

– Qu'est-ce qu'elle faisait pour rentrer aussi tard ? demandai-je sans réfléchir.

Si Yuriko avait été à la maison, elle aurait peut-être découvert ma mère à temps.

– Elle avait un rendez-vous... avec un ami du fils de Karl. Moi, j'avais une réunion au bureau ; ça a duré beaucoup plus longtemps que prévu et je ne pouvais pas m'en aller.

Mon père balbutiait ses excuses. De désarroi sa bouche débordait de mots enchevêtrés. Je n'arrivais pas à imaginer qu'il ait jamais vraiment parlé avec elle. Elle devait sûrement se sentir très seule, mais ça ne me troublait pas plus que ça. Quand on n'est pas capable de supporter la solitude, on n'a pas d'autre choix que de mourir.

– Nous avons décidé que le service aurait lieu à Berne, donc on va t'envoyer un billet d'avion. Mais je ne vais pas payer un billet à ton grand-père. Je veux que tu le lui expliques.

– Désolée, mais j'ai mes examens de fin de trimestre qui approchent et je ne peux pas tout lâcher comme ça. Pourquoi tu ne proposes pas à Grand-Père de venir à ma place ?

– Tu n'as pas envie de dire adieu à ta propre mère ?

Je lui avais déjà fait mes adieux : depuis longtemps, je n'étais alors qu'une petite fille.

– Pas particulièrement, non. Attends. Je te passe Grand-Père.

Ce dernier, ayant petit à petit compris ce dont il était question, s'approcha du téléphone avec une mine affligée. Mon père et lui commencèrent à évoquer les diverses démarches dont il faudrait s'occuper. Il déclina l'offre qui lui était faite de venir assister à l'enterrement. Je mordis dans mon toast, il était froid, et avalai mon thé faiblard. J'étais en train de ranger le déjeuner que je m'étais préparé avec les restes du dîner de la veille dans ma sacoche quand Grand-Père entra dans la cuisine. Son visage était pâle, marqué par la colère et le chagrin.

– Il l'a tuée, ce salaud !

– Qui ça ?

– Ton père, bien sûr ! Je veux aller à l'enterrement, mais je ne peux pas. Ça me brise le cœur. Je ne peux même pas aller à l'enterrement de mon unique enfant.

– Vas-y, si tu veux y aller.

– Impossible. Je suis en liberté conditionnelle. Et maintenant je suis seul au monde.

Il s'assit sur le sol de la cuisine et se mit à pleurer.

– D'abord ma femme et maintenant ma fille. Qu'est-ce qui cloche avec ce monde ?

Je posai mes mains sur ses épaules frêles et le berçai doucement. Je savais que mes mains allaient sentir la gomina, mais je m'en fichais. Comme je vous le dis. J'éprouvais pour mon grand-père quelque chose qui ressemblait à de l'amour. Il me laissait toujours faire ce que je voulais.

– Mon pauvre papi. Mais il te reste encore tes bonsaïs.

Il tourna la tête pour me regarder.

– Tu as raison. Comme tu es courageuse de rester aussi calme. Tu es vraiment forte. Moi, je suis perdu. Mais toi… je peux compter sur toi.

Cela faisait déjà un bon moment que je l'avais compris. Durant les quatre mois qui s'étaient écoulés depuis que j'avais emménagé chez lui, il avait commencé à compter sur moi pour les travaux ménagers, le bricolage, et même pour ses relations avec les autres locataires de la résidence. Il se reposait sur moi pour tout. S'oubliant entièrement, il ne voulait plus s'occuper que de ses bonsaïs. Il le voulait à tel point qu'il en était presque malade.

Pendant ce temps, mon esprit était comme pris dans un tête-à-queue. Je me demandais comment nous allions maintenir nos comptes à flot. Et si mon père exigeait que je le rejoigne en

Suisse ? Comment pourrais-je m'en sortir ? Et s'il décidait de revenir vivre au Japon avec Yuriko ? Que se passerait-il ?

Ces deux scénarios étaient, l'un comme l'autre, peu probables. Je me dis que Yuriko et mon père resteraient à Berne même sans ma mère. Il n'allait certainement pas me faire venir, sachant que je ne m'entendais pas avec Yuriko. La dernière lettre que ma mère m'avait envoyée montrait qu'elle se sentait probablement très seule à Berne, comme si elle était la seule Asiatique de la famille. Je fus plus qu'heureuse d'avoir refusé de partir avec eux. Je poussai un soupir de soulagement.

Mais quelques minutes plus tard, je reçus un autre coup de fil, de Yuriko cette fois.

– Allô, sœurette ? C'est toi ?

C'était la première fois depuis des mois que j'entendais sa voix. Elle était plus rauque, plus adulte, peut-être parce qu'elle parlait en chuchotant, comme si elle avait peur qu'on l'entende. Je n'avais pas de temps à perdre avec ça.

– Il faut que j'aille au lycée, j'ai pas le temps de discuter. Qu'est-ce que tu veux ?

– Notre mère vient de mourir et toi, tu vas en cours ? Ça ne te fait rien, ou quoi ? Il paraît que tu ne seras pas là non plus pour l'enterrement. Tu es sérieuse ?

– Pourquoi ? Tu trouves ça bizarre ?

– Un peu que je trouve ça bizarre ! Nous devons porter le deuil ; c'est papa qui l'a dit. Je vais rester à la maison pendant quelques jours et bien sûr il faudra que j'aille à l'enterrement.

– Tu fais ce que tu veux. Moi, je vais au lycée.

– Pour Maman, tu pourrais faire un effort.

La voix de Yuriko était pleine de réprobation. Mais mon empressement à me rendre au lycée n'avait rien à voir avec elle ni avec ma mère. Bien au contraire ; j'étais pressée parce que c'était ce jour-là qu'avait choisi Kazue pour parler de la discrimination dont elle avait été victime lorsqu'elle avait voulu intégrer l'équipe des pom-pom girls. Je doute qu'il y ait jamais eu quelqu'un au lycée pour jeunes filles de K. pour soulever ce genre de question. C'était une occasion absolument unique et j'aurais été vraiment déçue de rater ça.

Non que, pour moi, un tel événement eût été plus important que la mort de ma mère. Il ne s'agissait pas de ça. Mais c'était moi qui avais semé la graine et je voulais voir de mes propres yeux comment Kazue allait se sortir de cette situation. La mort de ma mère, c'était fait, c'était du passé. Même si je m'absentais un an de l'école, ça ne la ferait pas revenir. J'interrogeai pourtant Yuriko sur le comportement de ma mère ces derniers temps :

– Est-ce qu'elle avait changé récemment ?

– Ouais, on aurait dit qu'elle souffrait d'une espèce de névrose, répondit-elle entre deux sanglots. Elle avait beau se plaindre du prix du riz, elle en faisait une pleine cocotte tous les soirs, bien plus qu'on ne pouvait en avaler. Elle savait que ça énervait Papa et elle le faisait exprès pour ça. Et elle avait arrêté de lui préparer son *bigos*. « C'est bon pour les cochons », disait-elle. Puis elle a arrêté de sortir. Elle restait à la maison, assise en silence dans le noir sans allumer les lumières. Chaque fois que je rentrais, je croyais qu'il n'y avait personne, j'allumais la lumière et elle était là, assise à table, les yeux grands ouverts. C'était vraiment bizarre. Parfois aussi, elle me fixait des yeux et me demandait : « De qui es-tu vraiment la fille ? » Pour te dire la vérité, papa et moi ne savions plus trop comment nous y prendre avec elle.

– J'ai reçu des lettres d'elle qui étaient assez étranges, c'est pour ça que je te demande.

– Des lettres ? Et elles disaient quoi ?

Yuriko bouillonnait de curiosité.

– Rien d'important. Pourquoi tu as appelé ?

– Il y a quelque chose dont je voulais te parler.

C'est curieux, pensai-je, instinctivement sur mes gardes, et je ne pus m'empêcher de m'attendre au pire. Dehors, le ciel s'était encore assombri et la pluie s'était faite plus forte. J'allais être trempée avant même d'arriver à la station de métro. Il était déjà trop tard pour que j'arrive à temps pour l'appel ; résignée, je m'assis par terre sur le tatami. Grand-Père avait disposé des pages de journal un peu partout dans la pièce exiguë et commençait à rentrer ses bonsaïs. La porte-fenêtre donnant sur le balcon étant grande ouverte, le rugissement de la pluie emplissait la pièce. Je dus élever la voix.

– Tu entends la pluie ? C'est le déluge, ici.

– Non, j'entends rien. Tu entends Papa qui pleure ? Lui aussi, il fait un sacré boucan.

– Je ne l'entends pas.

– Je ne peux pas rester ici, maintenant que Maman est morte.

– Pourquoi ? hurlai-je soudain.

– Eh bien… Papa va sûrement se remarier bientôt. Je sais tout. Il voyait une autre femme plus jeune à l'usine, une Turque. Il est persuadé que personne n'en sait rien. Mais Karl, Henri et les autres… tout le monde est au courant. C'est même Henri qui me l'a dit. D'après lui, la fille turque est enceinte, donc je suis sûre que Papa va l'épouser dès qu'il pourra. C'est pour ça que je ne peux pas rester ici. Je rentre au Japon.

Prise de panique, je me levai d'un bond. Yuriko revenait au Japon ? Et moi qui venais juste de lui échapper ! Ça faisait à peine quatre mois.

– Et tu comptes habiter où ?

– Pourquoi pas avec vous ?

Sa voix s'était faite plus cajoleuse. Je suivis du regard Grand-Père qui s'affairait à traîner ses bonsaïs dans le salon, les épaules trempées par la pluie, et répondis très clairement :

– Il n'en est pas question.

4

D'un pas résolu, je me dirigeai sous la pluie battante vers l'arrêt de bus. L'eau s'écoulait de part et d'autre de la route goudronnée en torrents aussi rapides qu'infranchissables. Au premier faux pas, je pouvais me retrouver trempée jusqu'aux mollets. Le bus que je prenais tous les jours gronda dans mon dos en remontant la rue avant de me dépasser, ses vitres embuées par le souffle des passagers. J'imaginai à quel point l'humidité à l'intérieur devait être désagréable.

À quelle heure passerait le prochain ? M'amènerait-il au lycée à temps pour l'appel ? Quoi qu'il en soit, ça n'avait plus aucune importance. La voix de Yuriko passait et repassait en boucle dans ma tête. *Qu'est-ce que je vais faire ? Qu'est-ce que je peux faire ?* C'était la seule chose à laquelle j'arrivais encore à penser.

Si Yuriko rentrait au Japon et qu'elle n'avait nulle part où aller, il nous faudrait bien vivre à nouveau ensemble comme deux sœurs. Sans autres parents pour l'aider, elle aurait pour seul point de chute l'appartement minuscule de Grand-Père. Rien que d'y penser, j'eus la chair de poule. Dès l'instant où j'ouvrirais les yeux chaque matin, elle serait là, sur le futon juste à côté du mien. Ses yeux noirs me regarderaient et il faudrait que je prenne mon thé et mon toast à la confiture avec Grand-Père et elle. Merde !

Yuriko détesterait l'odeur de la gomina bon marché de Grand-Père. Elle s'énerverait de voir tous ces bonsaïs encombrer les lieux et trouverait que nos petits coups de main au voisinage étaient une corvée. Et dès qu'elle se serait fait connaître dans le quartier, vous pouvez être sûrs que dans toute la résidence, et jusque dans les rues commerçantes, on en crèverait de curiosité. L'équilibre confortable que mon grand-père et moi avions instauré volerait en éclats. Grand-Père pourrait même retourner à ses activités criminelles !

Mais ce que je haïssais par-dessus tout, c'était d'être à nouveau subjuguée par le monstre Yuriko, d'être enveloppée par sa présence. Je n'étais plus en sécurité nulle part. Soudain je repensai à ma mère et à son suicide.

Ils doivent avoir du mal à accepter qu'une Orientale d'aussi pauvre apparence soit capable de produire une beauté comme Yuriko et cette pensée a l'air de beaucoup les énerver. La raison qui avait poussé ma mère à mettre fin à ses jours n'avait rien à voir avec la solitude, ni avec le fait que mon père la trompait. N'était-ce pas à cause de Yuriko ? Du seul fait de son existence ? Quand j'appris que Yuriko revenait au Japon, une colère inexplicable monta en moi. J'en voulus à ma mère de s'être suicidée et je haïs mon père pour son infidélité ; puis, tout aussi soudainement, je commençai à compatir au destin de ma mère et même à ressentir une certaine affinité avec elle. Des larmes m'en vinrent aux yeux. Dehors, sous la pluie, je réussis pour la première fois à pleurer sa mort. Peut-être aurez-vous du mal à le croire, mais je n'avais que quinze ans. Même moi, j'avais mes moments de faiblesse.

J'entendis derrière moi le bruit d'une voiture qui approchait, fendant l'eau sur la chaussée. Pour éviter de me faire tremper, je me réfugiai sous l'auvent d'un magasin de literie en attendant qu'elle me dépasse. C'était une énorme voiture noire, du genre de celles qu'utilisent les envoyés du gouvernement et qu'on ne voyait que très rarement dans le quartier. La voiture ralentit et s'arrêta à ma hauteur. La vitre s'abaissa.

– On te dépose ?

Mitsuru grimaça lorsque la pluie battante l'atteignit au visage. Comme je la regardais d'un air incrédule, elle me fit signe de monter :

– Allez, dépêche !

Je refermai mon parapluie et montai dans la voiture. Il y régnait un froid glacial et une odeur de parfum bon marché flottait dans l'habitacle. Elle devait appartenir à sa conductrice, une femme d'âge mûr aux cheveux ébouriffés. Celle-ci se retourna pour me regarder.

– C'est toi, la fille qui habite dans la résidence à loyer subventionné de l'arrondissement P. ?

Sa voix était si grave et si rauque qu'on aurait cru qu'on lui avait passé la gorge au papier de verre.

– Oui.

– Enfin, Maman, c'est pas un peu malpoli ?

Mitsuru s'efforça d'essuyer mon uniforme trempé avec son mouchoir tout en tançant sa mère. Celle-ci, concentrée sur la signalisation devant elle, n'offrit en réponse ni excuse ni sourire. C'était donc elle, la mère de Mitsuru ? Étant naturellement fascinée par les relations humaines et les fonctionnements de l'hérédité, je l'observai attentivement à la recherche de ressemblances avec mon amie.

Ses cheveux décoiffés semblaient se dresser sur une vieille permanente. Sa peau très mate ne montrait aucune trace de maquillage. Elle portait un long vêtement de jersey gris, on ne pouvait pas appeler ça une robe ; cela ressemblait plus à une chemise de nuit. Je ne voyais pas ses pieds, mais j'étais sûre qu'elle portait des sandales avec des chaussettes ou une vieille paire de tennis sales.

La mère de Mitsuru, elle ? Était-ce possible ? Elle était encore pire que la mienne ! Découragée, je comparai leurs deux visages. Mitsuru sentit mon regard et se tourna vers moi. Nos yeux se rencontrèrent. Elle hocha la tête, comme résignée. Sa mère sourit, découvrant une rangée de dents minuscules qui non seulement ne ressemblaient en rien à celles de Mitsuru, mais étaient en plus mal assorties à son visage.

– C'est plutôt inhabituel, non, pour quelqu'un d'ici d'aller à ce lycée ?

La mère de Mitsuru était de ces femmes qui ont abandonné quelque chose. On pourrait dire, je crois, qu'il s'agissait de sa réputation et d'un minimum de tenue en société. Pendant la cérémonie d'intégration, j'avais observé en douce les parents des autres élèves. Ils étaient dans l'ensemble assez riches et s'efforçaient de l'afficher le plus discrètement possible. Ou peut-être devrais-je dire qu'ils excellaient dans l'art d'étaler leur richesse en la dérobant aux regards. Quoi qu'on puisse y voir, la notion clé était la richesse.

La mère de Mitsuru, elle, semblait parfaitement étrangère à ce genre d'attitude. Peut-elle y avait-elle cédé autrefois avant d'y renoncer, de s'en éloigner définitivement. Les parents des enfants de riches étaient ceux qui manifestaient le plus de fierté devant l'intelligence de leurs rejetons. Même les cadres supérieurs se refusaient à une telle ostentation. Mitsuru m'ayant confié que sa mère lui avait ordonné de ne jamais dire à personne qu'elle habitait dans l'arrondissement de P., un tel laisser-aller de sa part était complètement inattendu. J'avais toujours pensé qu'elle serait un peu plus soucieuse de son apparence.

– Tu as pleuré ? demanda Mitsuru.

Je la regardai un moment sans répondre. Dans ses yeux se lisait une mauvaise humeur que je ne lui connaissais pas. Je venais de voir son démon. Juste là, l'espace d'un instant, je l'avais attrapé par la queue. Était-elle embarrassée ? Elle évita mon regard.

– J'ai reçu un coup de fil tout à l'heure. Ma mère est morte.

Le visage de Mitsuru s'assombrit. Elle tordit sa lèvre entre ses doigts comme si elle cherchait à dévisser sa bouche de son visage. J'attendis le moment où elle se mettrait à tapoter ses grandes incisives avec son ongle, comme à son habitude. Je me sentis engagée dans un conflit avec elle. Mais elle abdiqua complètement.

– Je suis désolée, dit-elle.

– Alors comme ça, ta maman est morte ?

La mère de Mitsuru s'était retournée pour m'observer depuis le siège du conducteur et me parlait d'une voix qui n'était guère plus qu'un chuintement. Elle avait un langage plutôt brutal. On aurait cru entendre les gens qui traînaient avec mon grand-père. Francs, ouverts et plus concernés par la substance que par la façade.

– Oui.

– Elle avait quel âge ?

– Cinquante, environ... je crois. Non, elle avait peut-être encore la quarantaine.

Je ne connaissais pas l'âge exact de ma mère.

– Elle avait donc à peu près mon âge. De quoi est-elle morte ?

– Elle s'est suicidée.

– Pourquoi ? À cause de son changement de vie ?

– Je n'en sais rien.

– Une mère qui se suicide laisse toujours ses enfants dans un sacré pétrin ! Tu devrais t'absenter de l'école. Qu'est-ce que tu fais dehors ?

– C'est vrai. Mais ma mère est morte à l'autre bout du monde, alors il n'y a pas grand-chose que je puisse faire à rester chez moi.

– Mais tu n'as aucune raison de t'obstiner à aller en cours, surtout sous un tel déluge.

La mère de Mitsuru étudiait mon visage dans le rétroviseur, ses yeux perçants enfoncés dans leurs orbites m'examinant de haut en bas, centimètre par centimètre.

– Il faut que je sois à l'école aujourd'hui.

Ne voulant pas mentionner Kazue et son discours sur la discrimination, je m'arrêtai là. La mère de Mitsuru parut se désintéresser de mon besoin de faire mon deuil.

– Une seconde, reprit-elle. Tu es moitié-moitié ?

– Maman ! Quelle différence ça fait ? s'écria Mitsuru. (Elle finit par coincer son doigt sous sa lèvre et je l'entendis se tapoter nerveusement les dents avec son ongle.) Sa mère vient de mourir. Arrête un peu avec tes questions !

Mais la mère de Mitsuru n'était pas prête à se taire.

– Tu habites avec ton grand-père, n'est-ce pas ?

– C'est ça.

– Et ton grand-père est japonais ?

– Oui.

– Et ta mère aussi est japonaise. Alors d'où vient l'autre moitié ?

Pourquoi tant de curiosité ? Mais ses questions ne me dérangeaient pas, au contraire. C'était le genre de questions que tout le monde avait envie de poser sans jamais oser le faire.

– De Suisse.

– Ma foi, en voilà un beau mélange !

Elle avait dit cela avec un sourire, mais il était évident qu'elle n'en pensait rien. Mitsuru me chuchota à l'oreille :

– Je suis vraiment désolée que ma mère soit si malpolie. Ne sois pas vexée.

– Je ne le suis pas.

La mère de Mitsuru se retourna à nouveau pour nous regarder.

– Tu m'as l'air d'être une dure à cuire. Mitsuru, elle, c'est un vrai rat de bibliothèque. C'en est ridicule. Je veux entrer en médecine à l'université de Tokyo, qu'elle me dit ; elle est drôlement têtue. Elle ne supporte pas qu'on la dépasse. Et elle est fermement résolue à n'être dupe de personne. C'est la seule chose dont elle se soucie. Bref, un jour, elle m'a annoncé qu'elle n'habiterait plus ici, puis elle s'est trouvé un studio pour elle toute seule. Vu l'odieux bizutage qu'on lui a fait subir au collège, elle a dû apprendre à se défendre. Mais je regrette vraiment de ne pas l'avoir fait renoncer à cette satanée école.

– Pourquoi t'a-t-on embêtée ? demandai-je nonchalamment.

La mère de Mitsuru répondit avant même que cette dernière ait ouvert la bouche :

– Parce que sa mère tient un bar, voilà pourquoi !

Elle arrêta la voiture juste devant le portail de l'école en prenant bien soin d'attirer l'attention des élèves qui arrivaient. Elle cherchait à tout prix à agacer sa fille. Quand je la remerciai de m'avoir déposée, elle me dit :

– Dis bien à ton grand-père de passer au bar la prochaine fois qu'il sortira. Je lui ferai un prix. Le Fleuve Bleu, juste en face de la gare.

Je n'en étais pas sûre, mais je soupçonnais que son bar faisait partie d'une chaîne de cabarets.

– Vous avez des bonsaïs là-bas ?

– Pourquoi ça ?

– Grand-Père préfère leur compagnie à celle des femmes, voilà pourquoi.

La mère de Mitsuru ne savait pas vraiment quoi penser de ma blague et se tourna en tendant le cou pour me dire quelque chose, mais je ne l'entendis pas parce que Mitsuru avait déjà claqué la portière. Elle m'abrita avec son parapluie tandis que j'ouvrais le mien.

– Ma mère est un sacré numéro, hein ? Ça l'amuse de jouer la méchante. Moi, je n'en peux plus. Faire autant d'efforts pour dire des choses aussi odieuses, ça ne peut être que le fait d'un lâche, tu ne crois pas ?

Elle parlait d'un ton calme et mesuré. J'acquiesçai, laissant entendre que je comprenais parfaitement. Sa mère n'était pas à la hauteur de son idéal. C'était pareil pour moi. Les enfants ne choisissent pas leur mère.

– Ça va aller ? me demanda Mitsuru avec un regard inquiet.

– Ça va. J'ai le sentiment que ma mère et moi avons été séparées il y a bien longtemps.

– Je vois ce que tu veux dire. J'ai l'impression d'avoir dit adieu à la mienne depuis un moment. Je ne fais plus que me servir d'elle, comme chauffeur entre autres.

– Je sais.

– Tu es vraiment bizarre.

Elle avait levé les yeux vers moi en disant cela, mais elle aperçut bientôt l'une de ses amies qui lui faisait signe.

– Il faut que j'y aille.

– Attends deux secondes.

Je m'agrippai à sa blouse. Elle se retourna pour me regarder.

– Quand on t'a fait des problèmes, ta mère a dit que tu t'étais défendue. Comment ?

– Eh bien, dit-elle en faisant signe à son amie de partir sans elle pour pouvoir poursuivre notre conversation, je leur ai prêté mes notes.

– Mais alors… tu laisses les autres se servir de toi, non ? Comment peux-tu être aussi gentille avec toutes celles qui t'ont prise pour cible ?

Mitsuru tapota d'un doigt ses grandes dents de devant.

– Tu ne le répètes à personne, d'accord ? Les notes que je prête ne sont pas mes vraies notes.

– Comment ça ?

– J'en ai deux jeux. Mes vraies notes sont beaucoup plus complètes, plus détaillées que celles que je leur donne à voir. L'autre jeu contient quelques points essentiels, comme ça elles ne se doutent de rien. Mais leurs notes sont falsifiées.

Elle chuchotait, comme si elle avouait un fait embarrassant. Et pourtant le ton de sa voix était si enjoué qu'il dissimulait à peine sa jubilation.

– C'est leur audace qui est le plus insupportable. Comme elles ont l'habitude d'intimider le monde, elles ne se gênent pas pour emprunter des notes. La meilleure façon de résister à leur effronterie est de s'affirmer au maximum et de passer un marché. Parce que je leur laisse copier mes notes, elles ont arrêté de s'en prendre à moi ; c'est un échange de bons procédés. Ces filles-là comprennent vite les choses. Elles ont tout de suite vu que j'étais autre chose qu'une pauvre petite qu'on pouvait bousculer. Je pouvais leur être utile, elles ont transféré leur agressivité sur une autre.

Elle sourit et haussa légèrement les épaules.

– Tu n'as pas idée de ce qu'est le bizutage au collège. Ç'a été terrible. Pendant une année entière, personne ne m'a adressé la parole. Les seuls qui me parlaient étaient les professeurs et les femmes qui travaillent à l'intendance. C'est tout. Même les autres filles qui avaient intégré cette année-là s'y mettaient. Elles pensaient que bizuter une nouvelle les rendrait populaires.

La première cloche se fit entendre. Nous nous dirigeâmes rapidement vers notre salle de classe. L'heure de vie de classe était sur le point de commencer. J'avais beau me creuser, je ne comprenais pas comment on pouvait s'en prendre à une fille aussi mignonne que Mitsuru.

– C'est juste que je ne comprends pas pourquoi ils t'ont prise pour cible.

– Parce que ma mère était venue assister aux cours pendant la période d'orientation. Et voilà comment elle s'est présentée devant tous les membres de l'association des parents d'élèves : « Je suis ravie que ma fille fasse enfin partie de l'école de K. Cela fait longtemps, très longtemps qu'elle voulait y entrer. J'espérais qu'elle l'intégrerait en primaire, mais quand ça n'a pas marché, j'ai rêvé qu'elle serait admise au collège. Je l'ai vue travailler dur et ça a payé. Alors j'espère que vous allez toutes bien vous entendre avec ma petite fille et devenir de très bonnes amies. » C'était juste sa façon à elle de dire bonjour. Mais, dès le lendemain, j'étais devenue une cible. Ce matin-là il y avait un dessin de ma mère au tableau. Elle portait un costume rouge vif avec un énorme diamant au doigt et, à côté du dessin, il était écrit : *Finalement, elle est à K. !* Mais ce que ça voulait dire, c'était que, même si j'étais entrée à l'école primaire, je ne serais jamais devenue l'une d'entre elles.

– Je comprends parfaitement.

– Qu'est-ce que tu crois comprendre ?

– Le problème avec ta mère.

J'avais l'intention d'ajouter que je savais qu'elle avait honte de sa propre mère. Mais Mitsuru fronça les sourcils :

– Je suis désolée… je veux dire, pour ta mère. Qu'elle soit morte aujourd'hui, tout ça.

– Non, c'est pas grave. Tu sais, on aurait bien fini par être séparées un jour ou l'autre.

– Cool. T'es vraiment cool, comme fille.

Mitsuru rit gaiement. Nous comprenions toutes les deux que quelque chose était passé entre nous à ce moment précis et que nous étions les seules à pouvoir l'apprécier. À partir de ce jour-là, j'entretins une douce affection pour Mitsuru.

J'entrai dans la salle de classe et me mis immédiatement à chercher Kazue du regard. Elle avait les yeux rivés sur le tableau noir, le visage pâle et tendu à l'extrême. Dès qu'elle me vit, elle se leva et s'avança vers mon bureau de son habituelle démarche saccadée.

– Hé, dit-elle, j'ai l'intention de lancer notre débat ce matin.

– Ah bon ? Bonne chance.

– Toi aussi, tu diras quelque chose, non ?

Elle scrutait mon visage. Ses minuscules yeux bordés de cils noirs m'étudiaient. Alors que je lui rendais son regard, ma haine pour elle fut démultipliée. Quelle imbécile, vraiment ! Plus elle s'enfoncerait ici, plus j'arriverais à imaginer une autre vie pour Mitsuru et moi. Vous trouvez mon attitude déplacée ? C'est pourtant comme ça que les choses tournaient dans mon monde.

– Bien sûr que je te soutiendrai, lui répondis-je sans en penser un mot.

Elle eut l'air soulagée. Ses yeux pétillaient.

– Génial ! Qu'est-ce que tu vas dire ?

– Je pourrais confirmer que ce que tu dis est vrai. Qu'est-ce que t'en penses ?

– D'accord. Si je commence, tu lèves la main, d'accord ?

Tout en parlant, elle promenait un regard désespéré à travers la pièce. Les nouvelles étaient toutes assises élégamment sur leurs chaises et attendaient l'arrivée de l'instructrice; les filles du cercle, agglutinées à l'arrière de la classe, chuchotaient entre elles.

– Bon, c'est parti.

Kazue se retourna vers son siège, l'air confiant. Puis la porte de la classe s'ouvrit et le professeur de vie de classe entra d'un pas léger. C'était l'instructrice chargée de nous enseigner les classiques et nous l'appelions toutes « Hana-chan ». Célibataire, proche de la quarantaine, en gros. Elle portait toujours un tailleur bien coupé bleu marine ou gris avec un chemisier à col blanc. Invariablement, une mince rangée de perles ornait son cou. Elle tenait un calepin vert sombre à la main et ses joues étaient pâles, dénuées de toute trace de maquillage. Ayant intégré l'école de K. dès le primaire, elle avait poursuivi jusqu'à l'université et était manifestement fière de cette tradition.

Kazue, visiblement agitée, se rua vers sa chaise. Je ne la quittai pas des yeux.

– Bonjour, jeunes filles! nous lança Hana-chan de sa voix légèrement nasale au débit précipité.

Puis elle jeta un regard languissant vers la fenêtre. La pluie n'avait pas cessé.

– Il paraît que ça devrait s'éclaircir avant ce soir. Mais j'ai des doutes…

Kazue inspira profondément et se leva. Je l'observai du coin de l'œil. Hana-chan, surprise, se tourna vers elle. Je fixai le dos de Kazue, l'encourageant par télépathie. *Vas-y! Dis-le!* Finalement, la voix épaissie par le flegme, Kazue se lança:

– Euh… il y a une chose dont j'aurais aimé qu'on discute. C'est à propos des clubs.

Kazue me lança un regard anxieux, mais je fis mine de ne pas savoir ce qu'elle attendait de moi et posai le menton dans ma paume ouverte. C'est alors que les filles de l'équipe de pom-pom girls se pressèrent vers l'avant de la classe. Kazue les observa, incrédule. Les filles se mirent en rang et, se tenant bien droites, commencèrent à chanter « Joyeux anniversaire ». En un rien de temps, tout le monde se joignit à elles. Les filles qui dirigeaient le chœur faisaient presque toutes partie du club, la plupart d'entre elles ayant intégré l'école primaire en même temps. Hana-chan s'éparpilla en grands éclats de rire.

– Comment avez-vous su que c'était mon anniversaire ?

Celles qui en avaient commencèrent à agiter leurs pompons et à faire claquer des papillotes à pétards, bientôt accompagnées par des applaudissements et des hourras. Au bruit des pétards, Kazue se laissa retomber sur sa chaise. Une élève, très mignonne avec ses cheveux longs relevés aux pointes, tira de derrière son dos un bouquet de roses et le fourra entre les mains d'Hana-chan.

– Oh, je suis si contente !

– On voulait toutes porter un toast à votre santé à l'occasion de votre quarantième anniversaire.

Quand diable avaient-elles fait tous ces préparatifs ? me demandai-je. Déjà elles tiraient des canettes de soda d'un sac en papier et en distribuaient à tout le monde.

– Ouvrez toutes vos canettes et buvons à la santé de notre professeur ! Joyeux anniversaire !

Certaines étaient un peu perplexes et se demandaient s'il était bien permis de boire dans une salle de classe. Mais comme personne ne voulait jouer les rabat-joie, elles firent toutes mine de s'amuser. Je bus une gorgée de soda qui pétilla sur ma langue et enroba mes dents d'une épaisse couche de sucre. Kazue grimaçait sous l'humiliation.

– *Sensei*, un discours !

Emportées par leur enthousiasme, les élèves insistaient, cajolaient.

– Eh bien, je suis tout simplement stupéfaite.

Hana-chan serra le bouquet de roses sur sa poitrine.

– Mais avant tout, merci à toutes ! Aujourd'hui, oui, j'ai quarante ans ! Je suis sûre que je dois vous paraître incroyablement vieille. J'ai fait mes études ici, moi aussi, vous savez. Ma prof de vie de classe, lorsque j'étais en première année au lycée, avait exactement le même âge que moi aujourd'hui. Pour moi, c'était une antiquité, alors j'imagine que c'est la même chose pour vous. C'est un peu déprimant.

– Vous n'avez pas l'air vieille ! cria une des élèves et toute la classe résonna de rires.

– Eh bien, merci beaucoup ! C'est vraiment un privilège de vous avoir dans ma classe ! *Indépendance, autonomie et respect de soi*, voilà une devise qui devrait vous être utile pour l'avenir. Vous avez toutes beaucoup de chance. Mais c'est justement pace que vous avez cette chance que nous pouvons vous apprendre à être fières et autonomes. Alors voilà, travaillez dur et continuez à grandir !

Quel discours lamentable ! Mais il fut accueilli par des applaudissements et des sifflets si sonores que l'enseignante de la salle attenante passa la tête à la porte pour voir ce qui se passait. Je savais, moi, que personne n'était réellement ému. Hana-chan ? On se payait simplement sa tête.

Quand je me tournai vers Mitsuru, celle-ci avait les mains jointes sur la poitrine et regardait Hana-chan, le visage tordu de sourires.

Sentant mon regard posé sur elle, elle se retourna pour me faire face et fronça le nez. Je me sentis soudain heureuse, comme si Mitsuru et moi étions complices. Kazue ne pouvait qu'observer la scène, tous ses espoirs de débat cruellement anéantis par les pom-pom girls.

À la fin des cours, ce jour-là, je ramassai mes affaires et me dirigeai vers la sortie. Le ciel était bleu aussi loin que l'on pouvait voir, comme si la tempête du matin n'avait jamais eu lieu. Je me rappelai brusquement que Yuriko allait revenir au Japon et me dirigeai vers la station de métro, d'humeur maussade.

– Attends-moi !

Je me retournai et vis Kazue qui se hâtait lourdement à ma poursuite. Elle portait d'épaisses bottes de caoutchouc bleu marine et les élèves derrière elle se donnaient des coups de coude et se moquaient d'elle.

– Je suis dégoûtée que ça se soit passé comme ça aujourd'hui, dit-elle. Toi aussi, hein ?

Il aurait été plus juste de dire que j'étais déçue, mais j'acquiesçai. Kazue abattit un bras sur mon épaule.

– Tu es pressée de rentrer chez toi ?

– Pas vraiment.

– En fait, à vrai dire… c'est aussi mon anniversaire aujourd'hui.

Kazue avait approché sa bouche de mon oreille. Je sentis l'humidité douceâtre de sa transpiration.

– Joyeux anniversaire.

– Tu ne veux pas venir chez moi ?

– Pourquoi ?

– Ma mère m'a dit que je pouvais inviter des copines de l'école.

J'étais curieuse de voir sa mère. Le jour même où j'avais appris la mort de la mienne, j'avais rencontré la mère de Mitsuru et voilà que j'avais l'occasion de rencontrer celle de Kazue.

– Allez, s'il te plaît ! Juste un moment. Je ne peux pas lui dire que personne n'a voulu venir.

Un air piteux se répandit sur son visage, comme si elle revivait ce qui s'était passé en vie de classe. Sur la base des quelques mots que Kazue avait réussi à caser avant d'être interrompue, il était désormais de notoriété publique au lycée que Kazue avait tenté de soulever la question de la discrimination au sein des clubs. Elle était sur le point de devenir la nouvelle Mitsuru, la prochaine cible des tortures, et elle n'avait pas l'expérience de cette dernière pour y faire face. À peine cette pensée m'avait-elle traversé l'esprit que j'entendis Kazue prononcer ce même nom.

– Tu t'entends bien avec cette fille… Mitsuru… non ? Tu crois que tu pourrais lui demander de venir, elle aussi ?

J'étais presque sûre que Mitsuru avait prévu de passer son après-midi à étudier. Elle était partie dès qu'elle avait pu.

– Non, elle est déjà rentrée.

– Les élèves les plus brillantes sont toujours occupées, n'est-ce pas ? dit-elle d'une voix teintée de déception.

– Oublie-la. Elle ne t'aime pas, de toute façon.

Ce mensonge lui cloua le bec.

– Tu n'es pas obligée de venir non plus, dit-elle en regardant par terre.

– Non, ça ne fait rien. Je t'accompagne.

5

Empruntant une des lignes de chemin de fer privées, nous descendîmes à la périphérie de l'arrondissement de Setagaya, dans une gare si petite qu'elle n'avait qu'un seul quai. Kazue s'engagea dans une rue résidentielle qui ressemblait exactement à ce que j'avais imaginé – calme, paisible même, et bordée de maisons de taille raisonnable. Il n'y avait certes aucun manoir luxueux en vue, mais pas de barres d'immeubles non plus.

Dans chaque parcelle, d'élégantes plaques ornaient le portail, derrière lequel s'étendait une modeste pelouse. Tous les dimanches, les pères de ces familles devaient certainement y perfectionner leur swing au son du piano qui s'échappait des fenêtres du salon. On m'avait dit que le père de Kazue était un *salaryman*, je me dis qu'il avait dû souscrire un emprunt sur trente ans pour financer l'achat de sa maison. Kazue se hâtait, le pas lourd et l'air grincheux, comme si le fait que je la suive commençait à l'ennuyer. Mais elle se mit bientôt à m'indiquer tous les bâtiments importants qui jalonnaient le chemin.

– Ça, c'est le collège où j'étais ; un collège municipal, dit-elle fièrement. Et là, regarde cette vieille maison, c'est là que je prenais mes leçons de piano.

Sa petite visite guidée commençait sérieusement à me taper sur les nerfs.

Une fois que nous fûmes arrivées au bout de la rue, elle me fit signe de m'approcher d'une autre maison.

– Et là, c'est chez moi, lâcha-t-elle, l'air triomphant.

C'était une imposante structure sur deux niveaux, entourée

par un mur en pierre d'Otani, gris et décrépi. La maison était peinte en marron et le toit couvert de lourdes tuiles. Le jardin était planté d'un fouillis d'arbres et de buissons, le terrain plus grand et mieux orienté que ceux des maisons environnantes.

– Quelle maison impressionnante ! Vous la louez ?

Kazue eut l'air déconcertée par ma question. Puis elle gonfla la poitrine et répondit :

– Nous louons le terrain, mais la maison est à nous. J'habite ici depuis que j'ai six ans.

Des trous en forme de losange ornaient de loin en loin le mur de pierre, peut-être pour la ventilation. Profitant de ces ouvertures, je jetai un œil au jardin où poussaient çà et là des azalées, des hortensias et d'autres buissons assez ordinaires. Des plantes en pot comblaient chaque coin et recoin du jardin.

– Eh, toi aussi, tu as des bonsaïs ! lançai-je sans réfléchir.

Mais à y regarder de plus près, ce que j'avais pris pour des bonsaïs n'était en fait que des « jardinières du pauvre », comme les appelait mon grand-père, de simples soucis en pot, quelques plants de myosotis, des pâquerettes et d'autres fleurs qu'on pouvait trouver en devanture chez n'importe quel fleuriste.

Accroupie, une femme à lunettes s'occupait des fleurs, chassant d'une main les moustiques tout en pinçant les fleurs fanées de l'autre.

– Maman.

Entendant Kazue l'appeler, la femme se retourna. Je la dévisageai, prise de curiosité. Ses lunettes étaient cerclées de métal argenté et elle avait les mêmes cheveux noirs et rêches que Kazue, coupés en un carré terminé par deux mèches pointues qui couraient le long de ses joues. Elle avait un visage étroit aux traits plus symétriques que ceux de sa fille.

– Tu as amené une amie ?

Elle arbora un sourire de pure façade qui poussa la monture de ses lunettes au-dessus de ses sourcils. Elle avait la mâchoire supérieure nettement proéminente ; n'avais-je pas vu pas quelque part un poisson avec une gueule comparable ? À quoi ressemblerait son père ? Ma curiosité prenant le dessus, je décidai de rester au moins jusqu'à son retour.

– Fais comme chez toi.

– Merci.

La mère retourna à ses pots. On ne peut pas dire que son accueil ait été très chaleureux. Peut-être s'inquiétait-elle de me voir débarquer juste à l'heure du dîner. Peut-être Kazue n'avait-elle pas prévenu qu'elle ramènerait quelqu'un à la maison. Peut-être n'était-ce même pas son anniversaire. Kazue m'aurait-elle menti ? Je voulais le lui demander, mais avant que j'en aie eu le temps elle passa une main dans mon dos et me poussa quasiment à l'intérieur.

– Allez, entre.

Le comportement infantile de Kazue commençait à m'énerver au plus haut point. En plus, j'ai horreur qu'on me touche.

– Tu veux voir ma chambre ?

– Je m'en fous.

Il n'y avait presque aucune lumière allumée dans la maison. Je ne sentis rien qui pouvait indiquer que le dîner était prêt. La maison était aussi silencieuse qu'une tombe, ni télé ni radio allumée. Une fois mes yeux accoutumés à la pénombre, je constatai que si la maison était impressionnante de l'extérieur, l'intérieur était fait de placages bon marché. Et pourtant, il y régnait un ordre absolu. Je ne décelai pas le moindre grain de poussière, ni dans l'entrée ni même dans l'escalier. À travers toute la maison flottait une odeur d'économie. À force d'habiter avec Grand-Père, j'avais appris à rogner sur toutes les dépenses et savais reconnaître la frugalité dès que je la sentais. Dans cette maison, chaque recoin suintait l'économie, mais il s'en dégageait quelque part un air d'ostentation. C'était ce dévouement à la frugalité lui-même qui était imprégné d'ostentation, comme si tous ces efforts d'économie étaient en soi exubérants.

Kazue me précéda dans l'escalier. Les marches grincèrent. L'étage se composait de deux pièces. La plus grande, au-dessus de l'entrée, était la chambre de Kazue. Son lit était coincé contre le mur, son bureau planté au milieu de la pièce. Elle n'avait ni télé ni chaîne stéréo. Sa chambre était spartiate, comme celle d'une résidence universitaire. Quelques vêtements éparpillés ici et là. Lit en désordre, à peine recouvert d'une couette de futon froissée.

Ses livres de cours et autres ouvrages de référence s'entassaient dans sa bibliothèque et elle avait fourré ses vêtements de sport dans un espace vide. La pièce était aussi encombrée et chaotique que le jardin et la maison étaient soignés et coquets. Elle ressemblait trait pour trait à son occupante.

M'ignorant royalement tandis que je regardais autour de moi d'un air incrédule, Kazue jeta ses chaussures par terre et s'assit à son bureau. Au mur, des feuilles tirées d'un bloc-notes portaient divers slogans. Je les lus d'une voix puissante :

– *La victoire n'est possible que par ton seul pouvoir ! Aie confiance en toi. Reste fixée sur ton but ! Deviens une élève de K. !*

– Je les ai mis là après le concours d'entrée au lycée. Puisque j'ai été admise, ils témoignent de mon succès.

– On dirait que tu es une sacrée gagneuse, rétorquai-je avec une pointe de cynisme.

Elle se contenta de grimacer.

– J'ai vraiment travaillé dur, tu sais.

– Je n'ai pas affiché ce genre de slogans sur mes murs, moi.

– Ouais, ben, t'es bizarre.

Elle posa ses yeux sur moi et fixa intensément mon visage.

– Pourquoi je suis bizarre ?

– Tu as une façon bien à toi de faire les choses.

Elle avait énoncé chaque mot très nettement et s'en tint à cette déclaration. Je voulais m'enfuir et rentrer à la maison aussi vite que possible. Je m'inquiétais pour Grand-Père, à cause de l'impact que la mort de ma mère devait avoir eu sur lui. Pourquoi diable avais-je accepté de venir ? Je fus soudain submergée par le regret.

J'entendis des pas approcher furtivement, comme si un chat grimpait l'escalier. La mère de Kazue, plantée juste derrière la porte, l'appela.

– Kazue, chérie. Je peux te parler une minute ?

Kazue quitta la pièce et elles discutèrent à voix basse dans le couloir. Je collai mon oreille à la porte.

– Qu'est-ce que tu comptes faire pour le dîner ? Je ne m'attendais pas à ce qu'on ait de la visite, il n'y a pas assez.

– Mais Papa a dit qu'il rentrerait tôt ce soir et que je devais inviter une amie.

– Oh, je vois. C'est celle qui s'est classée première de ton groupe ?

– Non.

– Elle s'est classée combien, alors ?

Leurs voix se firent si basses que je ne les entendis plus. Cette histoire d'anniversaire n'était-elle qu'une ruse ? Kazue avait-elle simplement l'intention de montrer Mitsuru à son père ? Avait-elle essayé de m'utiliser comme appât pour attirer Mitsuru chez elle ? N'étant pas une élève particulièrement remarquable, je n'avais visiblement aucune valeur dans cette famille. La mère de Kazue redescendit l'escalier sur la pointe des pieds. C'était comme si elle essayait de ne pas réveiller quelqu'un.

– Excuse-moi, dit Kazue en revenant dans la pièce.

S'appuyant contre la porte pour la refermer, elle ajouta :

– Tu restes ici pour le dîner, n'est-ce pas ?

J'acquiesçai sans la moindre honte. Après leur petite réunion au sommet, j'étais curieuse de voir le genre de repas qu'ils concocteraient pour l'invitée importune que j'étais. Kazue se mit à feuilleter un de ses livres, visiblement mal à l'aise. Les pages étaient toutes annotées et presque noires de taches d'encre.

– Tu es fille unique ?

Kazue balaya ma question d'un revers de main.

– Non, j'ai une petite sœur. Elle prépare ses concours d'entrée au lycée en ce moment.

– Elle va intégrer le lycée de K., elle aussi ?

Kazue haussa les épaules.

– Elle n'est pas assez intelligente pour ça. Mais il faut la voir s'appliquer, c'est à vous fendre le cœur ! Dommage qu'elle ne soit pas aussi brillante que moi. Ma mère dit toujours que c'est parce qu'elle tient plus d'elle. Pourtant, elle est diplômée d'une université féminine ; en fait, elle dit ça pour faire plaisir à mon père. Elle a fréquenté une très bonne université. Mais bon, j'ai de la chance de tenir de mon père parce que lui est allé à l'université de Tokyo, la meilleure de tout le Japon. Et ton père à toi ? Il était dans quelle université ?

– Je ne crois pas qu'il soit allé à l'université.

Kazue me regarda, stupéfaite comme je m'y attendais.

– Ah bon, et dans quel lycée, alors ?

– Sais pas.

Je n'avais aucune idée du genre de formation que mon père avait pu recevoir en Suisse.

– Bon, et ton grand-père, alors, celui avec qui tu habites ?

– Il n'est même pas allé au lycée.

– Et ta mère ?

– Je ne crois pas qu'elle soit allée plus loin que le lycée.

– Alors tu es leur étoile de l'espoir !

– Leur quoi ?

Que pouvions-nous bien espérer ? Je penchai la tête de côté. Kazue me dévisagea comme si je m'étais soudain transformée en extraterrestre. Jusque-là elle pensait, j'en suis sûre, que nous avions les mêmes ambitions. Mais Kazue n'était pas du genre à se soucier des opinions divergentes que d'autres pouvaient avoir.

– Bon, mais il faut que tu essayes de faire de ton mieux, non ? Si tu essayes vraiment, vraiment très fort, tu y arriveras.

– Arriver ? Où ça ?

– Eh bien, à la réussite !

Elle observa d'un œil perplexe les devises accrochées à son mur.

– Depuis l'école primaire, mon but ultime était d'entrer au lycée pour jeunes filles de K. C'est une école vraiment parfaite. Si tu travailles sérieusement et que tu viens d'une bonne famille, tu peux entrer au lycée de K. et après à l'université. C'est pratiquement automatique. Si j'arrive à finir dans les dix premières de la classe, je pourrai être admise à la faculté d'économie de l'université de K. J'accumulerai tout un tas de A+ et à la sortie j'aurai un poste dans une très grande entreprise.

– Et une fois embauchée, tu feras quoi ?

– Qu'est-ce que je ferai ? Eh ben, j'y travaillerai, bien sûr ! C'est génial, non ? On vit à une époque où les femmes peuvent travailler où elles veulent. Ma mère, en son temps, n'a pas eu cette chance, alors elle veut que je fasse ce qu'elle n'a pas pu faire.

J'entendis la mère de Kazue appeler du bas de l'escalier. Celle-ci quittant de nouveau la pièce, je détectai l'odeur piquante de la sauce *soba* qui refroidissait. Quelques minutes plus tard, Kazue reparut avec un plateau à la peinture écaillée, du genre de ceux que les livreurs utilisent pour porter des plats préparés. Il était chargé de deux assiettes en lattes de bambou recouvertes d'une montagne de nouilles, ainsi que de deux petites coupelles de sauce *soba*.

– Puisque tu as fait tout ce chemin pour venir, nous avons décidé de t'offrir un festin. Ma mère a commandé des nouilles, juste pour nous deux, alors mangeons-les ici.

Pas vraiment ma conception d'un repas pour un invité, mais je me gardai bien de le lui dire. Je suppose que chaque maisonnée a un concept différent de l'hospitalité. Cela me ramenait à l'impression d'avarice que j'avais ressentie en pénétrant dans la maison.

Kazue sortit et revint dans la pièce en serrant contre elle une chaise avec un coussin rose attaché à l'assise, le genre de chaise qui accompagne un bureau d'étudiante. C'était probablement celle de sa petite sœur. Kazue m'invita à m'y asseoir. Assises côte à côte devant le bureau, nous commençâmes à aspirer bruyamment nos nouilles.

Tout à coup, la porte s'ouvrit en grand.

– Qu'est-ce que tu fais avec ma chaise ?

Sa sœur, s'apercevant de ma présence, baissa timidement la tête. Ses yeux se posèrent sur les deux assiettes de *soba* et son expression se chargea de rancœur quand elle prit conscience qu'elle n'en aurait pas. Son visage et son corps étaient une version réduite de ceux de Kazue, mais ses cheveux longs lui tombaient au milieu du dos.

– Une copine est venue me rendre visite. Je dois te l'emprunter un moment. Rassure-toi, je te la rapporterai quand on aura fini de manger.

– Et comment je suis censée faire mes devoirs ?

– Je t'ai dit que je te la rapporterai quand on aura fini.

– Tu n'as qu'à manger debout !

Elles continuèrent à se chamailler sans jeter un regard dans ma direction. Après qu'elle fut partie, je demandai :

– Tu l'aimes bien, ta petite sœur ?

– Bof.

Mal à l'aise, elle joua un moment avec ses nouilles, les saisissant entre ses baguettes avant de les laisser retomber.

– Elle sait très bien qu'elle n'est pas aussi intelligente que moi, alors elle est jalouse. Et si elle rate son prochain contrôle, tu peux être sûre qu'elle dira que c'est de ma faute parce que je lui ai piqué sa chaise ! C'est vraiment une sale gosse.

Elle termina ses nouilles avant moi, puis elle avala d'un trait la fin de sa sauce noirâtre. À ce stade, j'avais perdu l'appétit et m'amusais à glisser mes pauvres baguettes jetables dans leur étui de papier, puis à les en retirer, puis à les y remettre. Manger des nouilles *soba* dans la chambre défaite de Kazue me parut soudain incroyablement lamentable. L'air était chargé de poussière, la pièce n'ayant visiblement pas été nettoyée depuis des lustres. Ça empestait comme la tanière d'un animal. Je repensai à l'appel de Yuriko ce matin-là, à la manière dont elle avait décrit le comportement de ma mère ces derniers temps.

Ma mère : assise dans le noir, les yeux grands ouverts, enfermée dans une pièce sans lumière. Ses nerfs fragiles... je me demandai si j'en avais hérité. Ç'aurait été une bénédiction s'ils s'étaient transmis à Yuriko, mais, comparée à moi, Yuriko n'était pas une fille compliquée et exprimait ses désirs sans détour. S'il y en avait une qui tenait de notre mère, c'était bien moi.

Kazue se tourna pour me faire face.

– Tu as des frères et sœurs ?

– J'ai une petite sœur, répondis-je avec amertume.

Il me suffisait de penser à elle pour être aigrie.

Kazue avala sa salive. Elle semblait s'apprêter à me poser d'autres questions, mais je la coupai avec une des miennes :

– Tu n'aurais pas dû avoir des nouilles *soba* au dîner, normalement. Qu'est-ce que tu aurais mangé si je n'étais pas venue ?

– Hein ?

Kazue recula brusquement la tête, comme pour dire : pourquoi faut-il toujours que tu poses des questions bizarres ?

– Simple curiosité.

Je me demandais bien quel genre de repas sa mère et elle auraient préparé. Auraient-elles fait des croquettes à base de boue et de feuilles d'hortensia hachées, avec une petite salade de feuilles de pissenlit ? La mère de Kazue devait être du genre à aimer jouer à la maîtresse de maison. Elle paraissait complètement détachée du monde réel, accomplissant ses tâches ménagères plus comme un robot que comme une vraie personne.

– Il n'y a que mon père, toi et moi qui avons droit à du *soba* ce soir. Ma mère a dit qu'elle et ma sœur mangeraient des restes. On ne commande à dîner que très rarement ; rien que pour ces quelques nouilles, on en a eu pour trois cents yens. C'est idiot ! Mais là, on les a commandées spécialement parce que tu es venue.

Je levai la tête vers le plafonnier, me rendant soudain compte que la pénombre du soir s'insinuait dans la pièce. Au milieu du plafond au placage jaunâtre se trouvait un de ces néons fluorescents aveuglants qui aurait été plus à sa place dans un immeuble de bureaux. Quand Kazue l'alluma, il émit un faible bourdonnement comparable à celui d'une créature volante qui bat des ailes. La lumière fit apparaître un contour noir sur le profil de Kazue. Incapable de résister, je demandai :

– Alors pourquoi n'y a-t-il des nouilles que pour trois ?

Dans les yeux minuscules de Kazue, une étincelle s'alluma.

– Parce que dans cette maison, il y a un ordre aux choses. C'est comme le test qu'on fait avec le chien, non ? On aligne les membres de la famille et on lâche le chien pour voir vers qui il va en premier. Et le premier, c'est le patron. C'est comme ça. Tout le monde perçoit naturellement l'ordre des choses… qui a le plus de prestige et d'autorité, je veux dire. Et on observe cet ordre instinctivement. Pas besoin de l'expliquer, tout le monde y obéit. Tout se décide en fonction de cet ordre… comme, euh… qui a le droit de prendre son bain en premier et à qui reviennent les meilleurs morceaux. Mon père passe en premier ; c'est tout naturel, non ? Et moi, je suis en deuxième position. Avant c'était ma mère la deuxième, mais depuis que je me suis hissée parmi les meilleures de ma classe d'âge au classement national, j'ai pris sa place. Donc maintenant mon père vient en premier, moi en deuxième, puis ma mère, et enfin ma sœur. Si ma mère ne fait pas attention, ma sœur risque bientôt de lui passer devant.

– Vous déterminez l'ordre de préséance dans votre famille en fonction des résultats aux tests nationaux ?

– Disons que nous nous classons en fonction de l'effort fourni.

– Mais puisque ta mère ne va jamais passer de concours d'entrée, ce n'est pas un peu injuste pour elle ?

Mères et filles mises en concurrence les unes avec les autres. Avait-on jamais vu quelque chose d'aussi absurde ? Mais Kazue était parfaitement sérieuse.

– C'est inévitable. Ma mère a perdu contre mon père dès le départ et personne dans notre famille ne peut prendre le dessus sur lui. J'ai étudié aussi dur que je le pouvais et aussi loin que je me souvienne. Ma plus grande joie dans la vie, c'est d'améliorer mes notes. Ça fait bien longtemps que j'ai décidé de tout faire pour surclasser ma mère. Tu sais, elle dit toujours qu'elle n'a jamais eu l'ambition de faire carrière, mais je crois qu'elle voulait devenir médecin quand elle était jeune. Son père ne l'aurait jamais laissée faire ; en plus, elle n'était pas assez intelligente pour entrer en faculté de médecine. Mais elle l'a toujours regretté. Être élevée pour ne devenir qu'une femme, c'est lamentable, tu ne trouves pas ? C'est ce qu'elle dit toujours. Elle se sert du fait qu'elle est une femme pour se justifier de n'avoir rien fait de sa vie. Mais si tu t'y emploies à fond, c'est possible de réussir, même en étant une femme.

– Tu es en train de me dire que, quoi qu'il arrive, il suffit de se donner à fond pour réussir ?

– Oui, évidemment. Si tu fais ton maximum, tu seras récompensée.

Ah bon ? Eh bien, sache que tu es désormais dans le monde du lycée pour jeunes filles de K., ma petite, et tu auras beau essayer tant que tu voudras, tu ne l'auras jamais, ta récompense ! Nous vivons dans un monde où presque tout ce que tu pourras entreprendre se terminera en échec. Je me trompe ?

Voilà ce que je voulais dire à Kazue. De plus, j'avais envie de lui donner une bonne leçon. Si jamais elle avait l'occasion de poser les yeux sur une fille comme Yuriko, avec sa beauté monstrueuse, tous ses efforts, si prodigieux fussent-ils, se révéleraient parfaitement ridicules. Kazue contemplait les slogans accrochés à son mur avec une détermination inflexible.

– Tu crois que c'est vrai simplement parce que ton père le dit ?

– C'est une sorte de code familial. Ma mère y croit, elle aussi. Et les professeurs, à l'école, te diront tous la même chose. C'est la vérité, un point c'est tout.

Elle me jeta un regard étonné, ses petits yeux moqueurs posés sur moi et traversés de couleurs vives.

– En parlant de mères… tu sais ce qui m'est arrivé aujourd'hui ?

Le moment me paraissait bien choisi pour lui asséner la nouvelle. Je jetai un œil à ma montre, impatiente de rentrer. Il était sept heures passées.

– Tout ce que je sais, c'est que c'était l'anniversaire d'Hanachan, répondit Kazue avec un petit rire.

Et puis, comme si elle se rappelait l'heure de vie de classe, son visage se figea en une grimace.

– Ma mère est morte.

Kazue sauta sur sa chaise sous l'effet de la surprise.

– Ta mère est morte ? Aujourd'hui ?

– Ouais. Enfin, techniquement, c'est arrivé hier.

– Tu ne devrais pas être chez toi ?

– Si, bientôt. Je peux passer un coup de fil ?

Sans un mot, Kazue pointa un doigt vers l'escalier. Je descendis avec précaution, sans faire de bruit, l'escalier obscur en direction d'un mince faisceau de lumière qui s'échappait d'une porte fermée. J'entendis le bruit d'une télé. Frappai à la porte.

Une voix d'homme répondit d'un ton irrité :

– Quoi ?

Son père. J'ouvris la porte. Le seul élément marquant du salon exigu était ses murs lambrissés. La jeune sœur de Kazue, sa mère et un homme d'âge mûr, assis sur le canapé qui faisait face au poste, se retournèrent d'un seul bloc pour me dévisager. Les plats entreposés sur l'étagère à l'autre bout de la pièce étaient de ceux que l'on trouve dans tous les supermarchés. Quant à la salle à manger, tout comme le canapé et les fauteuils, elle avait été achetée en kit et à bas prix. Si les filles de K. pouvaient voir ça, pensai-je, elles auraient de quoi rire pour une semaine. Kazue serait finie !

– Je peux utiliser votre téléphone ?

– Certainement.

La mère de Kazue me montra du doigt la cuisine plongée dans l'obscurité. Là, juste après la porte, se trouvait un vieux téléphone noir à cadran rotatif. À côté de l'appareil, une petite boîte frappée de l'inscription DIX YENS. Les parents de Kazue, toujours assis, me suivirent du regard avec l'air d'attendre quelque chose. Personne ne prit la peine de me dire qu'il ne fallait pas que je m'inquiète de ce que ça coûterait. Je partis donc à la pêche dans les poches de ma jupe d'uniforme et en sortis une pièce de dix yens à glisser dans la boîte. La pièce fit un bruit sec en tombant. Apparemment, les visiteurs étaient rares dans cette maison. Faire payer le téléphone aux invités était une plaisanterie de fort mauvais goût, pensai-je en composant le numéro sur le cadran grippé tout en inspectant attentivement la famille de Kazue.

Sa petite sœur, celle qui par ma faute avait été privée de sa précieuse chaise, était à présent assise à table et griffonnait furieusement les pages d'un bloc-notes ouvert devant elle. Perchée derrière son épaule, sa mère lui fit remarquer quelque chose à voix basse. Elles levèrent toutes deux la tête pour me regarder, puis recommencèrent à observer fixement le bloc-notes. Le père de Kazue regardait une sorte de jeu télévisé, l'air plutôt détendu dans son tricot de corps et son bas de pyjama. Au premier coup d'œil, il était évident qu'il avait choisi la chaîne complètement par hasard et que, même s'il avait les yeux rivés sur le poste, il ne faisait absolument pas attention à ce qui s'y tramait. Il agitait ses jambes nerveusement de haut en bas. Il devait avoir une bonne quarantaine d'années. Il était petit, avait le teint rougeaud et ses cheveux coupés en brosse se faisaient rares. Au premier abord, il ressemblait à un petit bouseux rondouillard. J'eus l'impression de m'être fait rouler. Comme le seul homme japonais que je connaissais était mon grand-père, les pères japonais m'intriguaient. Et puis j'avais eu hâte de savoir quel genre d'homme était le père de Kazue, surtout en sachant qu'il régnait sur sa femme et ses filles du haut de son trône de Numéro Un au classement familial. Quelle déception !

Le téléphone sonna et sonna et quelqu'un décrocha enfin.

– Grand-Père ?

– Où étais-tu encore fourrée ?

La personne à l'autre bout du fil n'était pas mon grand-père. C'était une voisine, la courtière en assurances.

– On a un problème. La pression sanguine de ton grand-père est montée en flèche et il doit garder le lit. Il semble qu'il y ait eu une dispute entre ton père et ta sœur et c'est ce qui a déclenché sa crise. Ils ont appelé une bonne dizaine de fois et ça l'a tout retourné. Ton grand-père a toujours été une bonne poire, tu sais. Eux, ils ont réussi à se calmer, mais lui a commencé à se sentir mal et après, quand il a vu que tu ne daignais pas rentrer à la maison, il a commencé à s'inquiéter pour toi !

– Je suis désolée. Comment va-t-il ?

– Ça va mieux. Il a demandé à l'intendant de m'appeler et je suis venue tout de suite. Ça l'a un peu aidé à se calmer. Il dort comme un bébé. C'est bien dommage, ce qui est arrivé à ta mère. C'est dans ce genre d'occasions qu'on est bien content d'avoir une assurance, tu sais.

Voyant que cette conversation pouvait durer indéfiniment, je lâchai :

– Je rentre tout de suite.

Mais rentrer à la maison depuis Setagaya m'obligeait à traverser tout Tokyo. Cela prendrait une éternité.

– Ça va te prendre combien de temps ?

– Au moins une heure et demie.

– Dans ce cas, tu ferais mieux d'appeler ta sœur avant de partir.

– Que j'appelle Yuriko ? C'est urgent ?

– Ça l'est. Elle a dit qu'ils devaient partir pour le funérarium et qu'elle ne pouvait pas attendre. Quoi qu'il en soit, il y a quelque chose qu'elle veut te dire.

– Mais je suis chez quelqu'un, là.

– Et alors ? Dis-leur que tu leur rembourseras le coût de l'appel. Ça ne peut pas attendre que tu sois rentrée.

– Bon, OK.

À propos de quoi mon père et Yuriko pouvaient-ils bien se disputer ? Quelque chose d'horrible avait dû se passer, je ne voyais pas d'autre explication.

– Excusez-moi, mais j'aurais besoin de passer un appel international en Suisse, annonçai-je à la mère de Kazue. Une urgence, apparemment.

– Une urgence ?

La mère de Kazue me lança un regard méfiant, les yeux plissés derrière ses lunettes à monture argentée.

– Ma mère est morte hier soir et ma petite sœur a besoin que je l'appelle.

La mère de Kazue, visiblement choquée, se tourna vers son mari. Celui-ci me jeta un regard tranchant. Les coins de ses yeux se relevèrent, mouillés d'indignation. La lumière qui s'en échappait était brûlante et suggérait une intention de s'en prendre à quiconque croiserait leur regard.

– C'est terrible, dit-il d'une voix sombre et lourde d'insinuations. Je me demande si tu ne pourrais pas passer par l'opérateur. Comme ça tu pourras demander le prix de l'appel une fois que tu auras fini. Ce serait préférable pour nous deux.

Le premier à décrocher une fois que l'opérateur m'eut connectée fut mon père, qui était encore en état de choc.

– C'est l'affolement total, ici ; c'est vraiment *terrible.*

Il avait balbutié ce dernier mot en anglais.

– La police est venue et m'a posé toutes sortes de questions. Ils trouvent très étrange que je sois sorti au moment où ta mère est morte, mais quoi de plus naturel dans ces circonstances, tu ne trouves pas ? Ta mère avait perdu l'esprit, tu sais. Ça n'a rien à voir avec moi. Je me suis énervé et j'ai dû me défendre pour prouver mon insouciance. Ç'a été affreux. Vraiment *terrible.*

Là encore, le mot anglais.

– C'est triste, mais aussi très, très amer. C'est très douloureux d'être suspecté comme ça.

– Papa, tu veux dire *innocence*, non ? Tu as dû prouver ton *innocence.*

– Inconscience ? Quoi ?

– Laisse tomber. Pourquoi est-ce qu'ils te soupçonnent ?

– Je ne veux pas en parler. Ce n'est pas le genre de choses dont on parle avec sa fille. Mais ils vont m'envoyer un inspecteur à quatre heures. Je suis fou furieux.

– Bon, et l'enterrement ?

– C'est pour après-demain, à trois heures.

Mon père avait à peine réussi à terminer sa phrase que Yuriko prenait le combiné. Je me demandai si elle lui avait arraché des mains. Je l'entendis l'invectiver en allemand.

– C'est moi, Yuriko. Dès que l'enterrement sera fini, je rentre au Japon. Papa est devenu impossible. Il prétend que le choc pourrait déclencher une fausse couche chez sa maîtresse turque, alors il l'a ramenée ici… oui, à la maison ! Alors que le cadavre de Maman est encore là ! Du coup, j'ai parlé à la police. Je leur ai dit que la maîtresse de papa était la première responsable de la mort de Maman. C'est pour ça que les inspecteurs sont venus. Bien fait pour lui !

– C'était vraiment stupide de ta part, Yuriko. Tu es en train de transformer tout ça en *soap opera* !

– Peut-être, mais cette fois il est allé trop loin !

Elle se mit à pleurer. Il avait dû y avoir du scandale depuis que je leur avais parlé le matin même.

– La mort de Maman a été subite ; c'est normal que papa soit sous le choc. Je me fiche de savoir combien de femmes il ramène à la maison, il faut que tu te détendes. Lui, au moins, il a quelqu'un pour l'aider à traverser cette mauvaise passe.

– Mais de quoi tu parles, enfin ?! Tu as perdu la tête ?

Elle était furieuse.

– Comment peux-tu être aussi insensible ? Maman est morte ! Et toi, tu n'es pas là, alors tu ne peux pas comprendre ce qui se passe. Maman se suicide et lui, il ramène cette femme à la maison. Dans quelques mois, toi et moi on va hériter d'un petit frère ou d'une petite sœur. Bien sûr que je suis furieuse ! La mort de Maman pourrait bien avoir un rapport avec le fait que Papa avait une maîtresse. C'est comme s'il l'avait tuée de ses propres mains. Ou plutôt comme si cette femme l'avait fait. C'est la goutte qui fait déborder le vase. Je coupe les ponts avec ce type une bonne fois pour toutes !

La voix suraiguë de Yuriko parcourut les dix mille kilomètres qui séparent la Suisse du Japon et se glissa du vieux combiné noir jusque dans le salon lugubre de la maison de Kazue.

– La mort de Maman est la conséquence de ses problèmes à elle.

Un petit rire du nez m'échappa.

– Tu dis que tu vas couper les ponts avec papa, mais tu n'as pas d'argent. Si tu rentres au Japon, tu n'auras nulle part où aller et tu ne seras pas inscrite à l'école.

Je devais faire tout mon possible pour empêcher son retour. Mais qu'est-ce que mon père pouvait bien avoir dans le crâne, pour ramener sa maîtresse enceinte à la maison le jour même de la mort de Maman ? Même moi, j'étais choquée. Je remarquai que la famille de Kazue, assise dans le salon, retenait son souffle, les yeux rivés sur moi. Je rendis au père de Kazue son regard accusateur et refusai de détourner les yeux. Honte à toi d'avoir introduit une conversation pareille dans ma maison ! semblait-il me dire. J'essayai de couper court à l'échange.

– Bon, nous en reparlerons plus tard.

– Non, il faut se décider maintenant. Les flics vont arriver d'une minute à l'autre et il faudra que je les accompagne quand ils emporteront le corps de Maman au funérarium.

– En tout cas, pour le Japon, tu oublies, hurlai-je dans le combiné. C'est hors de question !

– Tu n'as pas à me dire ce que je dois faire. Je rentre, un point c'est tout.

– Pour aller où ?

– Je m'en fiche. Si je ne peux pas aller chez vous, je demanderai aux Johnson.

– Comme tu voudras. Vas-y, demande-leur.

– Tu ne penses vraiment qu'à toi, hein ? dit-elle.

Mais oui, ces imbéciles de Johnson : ils seraient parfaits pour Yuriko ! C'était comme si l'on m'avait retiré un énorme poids des épaules. Tant que je n'avais pas à la voir, je me fichais bien que ma sœur soit au Japon ou en Suisse. Tout ce que je voulais, c'était préserver la vie paisible que je menais avec Grand-Père.

– Appelle-moi quand tu seras rentrée.

– Tu t'en fous complètement. Tu t'en es toujours foutue.

Vexée, je raccrochai le téléphone. Il semblait que nous avions discuté dix bonnes minutes. La famille de Kazue évitait de croiser mon regard. J'attendis que l'opérateur rappelle pour m'informer du tarif. Et j'attendis, attendis et attendis encore. J'avais cru que l'appel arriverait d'une minute à l'autre. Quand le téléphone sonna enfin, le père de Kazue bondit à travers la pièce avec une agilité remarquable et décrocha avant que j'aie pu faire un geste.

– Il y en a pour dix mille huit cents yens. Si tu avais appelé après huit heures, ç'aurait été moins cher.

– Désolée. Je n'ai pas autant d'argent sur moi. Vous permettez que je le donne demain à Kazue ?

– Je te prierai de t'en assurer.

Il parlait d'une voix posée, professionnelle. Je le remerciai avant de quitter le salon. J'entendis la porte s'ouvrir derrière moi tandis que, du pied de l'escalier, dans la pénombre de l'entrée, je contemplais les marches plongées dans l'obscurité. Le père de Kazue m'avait suivie. Un mince filet de lumière s'infiltrait à présent du salon dans le vestibule par l'interstice qu'il avait ouvert. Mais personne ne dit mot. Le salon était aussi silencieux qu'une crypte, comme si les deux autres retenaient leur respiration pour mieux entendre ce qu'il allait me dire. Lui, qui était plus petit que moi, s'avança et pressa dans ma paume un petit bout de papier. Après examen, je m'aperçus que c'était le montant de ce que je leur devais pour le coup de fil : 10 800 ¥, en caractères propres et nets.

– J'aimerais te dire quelque chose.

– Oui ?

La lumière de ses yeux, particulièrement intense, semblait exiger que je me plie à sa volonté. J'en avais presque le vertige. Ses premières remarques délivrées d'un ton insipide étaient visiblement destinées à m'amadouer.

– Tu as été admise au lycée pour jeunes filles de K., j'imagine par conséquent que tu es une demoiselle tout à fait respectable.

– Je suppose.

– Et tu as travaillé très dur pour le concours, non ?

– Je ne me rappelle plus.

– Kazue a toujours été une élève appliquée, depuis son entrée au primaire. Par chance, c'est une fille intelligente et elle aime étudier. Qu'elle en soit arrivée là n'est que justice. Mais je ne crois pas qu'il suffise de travailler dur. C'est une jeune fille, après tout, et j'aimerais qu'elle fasse un peu plus attention à son apparence. Maintenant qu'elle fréquente le lycée de K., je voudrais qu'elle fasse preuve d'un peu plus de distinction. Qu'elle essaye, si tu vois ce que je veux dire. De son côté, elle fait toujours ce qu'il faut pour ne pas me décevoir. Je tiens donc beaucoup à elle. Comme je suis son père, j'ai du mal à avoir un jugement impartial. Mes deux filles sont tellement soumises que je m'inquiète pour elles. Mais toi, tu es différente. Comparée à ma fille, tu parais beaucoup plus sûre de toi. Comme je travaille dans une très grande entreprise, je suis un bon juge des caractères. Je peux repérer la personnalité de quelqu'un à un kilomètre. Où travaille ton père ?

Il me toisait d'un œil mauvais. Sans même essayer de dissimuler le fait qu'il me jaugeait. J'étais sûre qu'il trouverait que le travail de mon père n'avait aucune valeur et décidai donc de mentir.

– Il travaille dans une banque en Suisse.

– Et où ça ? À l'Union de banques suisses, peut-être ? À moins qu'il ne soit au Crédit suisse ?

– On m'a demandé de ne pas divulguer cette information.

Déboussolée et à court d'idées, j'avais fait de mon mieux pour répondre sans me trahir. Le père de Kazue poussa un court grognement et hocha la tête. Son visage parut un instant inondé de respect. Se sentait-il remis à sa place ? Je me surpris à trouver notre échange assez agréable. C'est vrai, moquez-vous si cela vous chante, je me prenais à dire le genre de choses que mon grand-père, l'escroc, inventait toujours en parlant du travail de son gendre. J'avais su m'adapter aux sens des valeurs de cet homme. Je ne connaissais personne avec une opinion aussi tranchée de ce qui avait ou non de la valeur. Mais j'étais terrifiée à l'idée qu'il puisse me forcer à adopter sa logique tordue. Après tout, je n'avais que quinze ans à l'époque.

– Kazue m'a dit que c'était toi qui l'avais poussée à engager la discussion sur les clubs. Ma fille étant du genre à tout prendre très au sérieux, elle fait toujours de son mieux. Elle est capable de s'appliquer naïvement à n'importe quelle entreprise qu'on lui aura soufflée. Et tu le savais, non ? Mais c'est moi qui contrôle ma fille, vu ? Il vaut mieux que tu te tiennes à l'écart.

Je tentai l'attaque frontale.

– Monsieur, vous n'êtes pas au courant de ce qui se passe dans notre lycée et vous ne savez rien de mon amitié avec Kazue, alors pourquoi me poser une telle question ?

– Il y aurait donc de l'amitié entre Kazue et toi, hein ?

– Il y en a.

– Quoi qu'il en soit, tu n'es pas une amie convenable pour mes filles. Je suis désolé de ce qui est arrivé à ta mère. Mais, si j'ai bien compris, les circonstances de sa mort ne sont pas considérées comme normales. J'ai choisi le lycée de K. pour Kazue parce que je savais que je ne pouvais pas me tromper. J'étais certain qu'elle se ferait des amies convenables. Kazue est une fille saine, issue d'une famille normale.

Il sous-entendait bien sûr que la mienne n'était pas normale. Yuriko et moi n'étions pas saines. Je me demande ce qu'il aurait dit si Mitsuru était venue.

– Cela me paraît injuste. Je…

– Assez. Ce que tu as à dire ne m'intéresse pas.

On pouvait voir la colère brûler sous ses paupières levées. Une colère qui ne s'adressait pas à moi en tant qu'enfant, mais en tant que force extérieure susceptible de menacer sa fille.

– Bien sûr, votre amitié pourrait se révéler être une bonne leçon pour Kazue. Elle en apprendrait certainement beaucoup sur la société. Mais je crois qu'il est trop tôt pour elle, et de plus ta famille n'est pas bien en vue. Je dois aussi penser à ma fille cadette. Je suis donc au regret de te dire que je ne veux plus jamais te revoir ici.

– Je vois.

– Je te prie aussi de ne pas m'en tenir rancune.

– Bon.

C'était la première fois que je me trouvais aussi nettement rejetée par un adulte. Il aurait tout aussi bien pu dire : « Tu n'es rien. » Ça me fit un choc.

Mon père avait bien sûr largement usé et abusé de son autorité paternelle. Mais parce qu'il était un étranger au Japon, il n'était jamais vraiment parvenu à communiquer cette autorité au monde extérieur. Mon grand-père était un repris de justice timide et faisait tout ce que je lui disais de faire. C'était en fait ma mère qui, aux yeux du reste de la société, représentait notre famille.

Or ma mère n'avait aucune influence sur sa maisonnée et cédait à mon père sur tout. Par conséquent, à me trouver devant quelqu'un qui tenait aussi résolument à la rigidité et à l'absurdité des conventions sociales, je fus forcément impressionnée. Pourquoi ? Parce que le père de Kazue n'était pas dupe une seconde du système de valeurs qu'il défendait ; au contraire, il était parfaitement conscient de s'en être armé uniquement pour garantir sa survie.

Le père de Kazue ne voulait évidemment rien savoir des affaires internes au lycée pour jeunes filles de K. Il ne se souciait pas le moins du monde de l'impact que cela pourrait avoir sur sa fille et de toutes les souffrances qui pourraient en résulter. Ce type était un salopard égocentrique. Là-dessus au moins, il était parfaitement transparent, même pour la lycéenne que j'étais. Mais Kazue, sa mère et sa sœur, toutes vivaient dans l'ignorance la plus complète de ses intentions et de son caractère ; et pourtant, il était capable de pressentir les intentions malfaisantes que Mitsuru et moi nourrissions, de les retourner contre nous, et de s'en servir pour protéger sa famille. Pour lui, protéger sa famille revenait à se protéger lui-même. En ce sens, je ne pus m'empêcher de jalouser Kazue et son père puissant. Dominée par sa volonté inflexible, Kazue avait une foi absolue en ses valeurs. Quand j'y repense aujourd'hui, je comprends que le pouvoir qu'il exerçait sur elle s'apparentait à de la manipulation mentale.

– Il ne me reste plus qu'à te souhaiter un bon retour chez toi, conclut-il.

Je m'engageai dans l'escalier avec l'impression que le père de Kazue me poussait dans le dos. Après m'avoir observée un moment, il se retira dans le salon en claquant la porte derrière lui. Les ténèbres de l'entrée ne m'en parurent que plus profondes.

– Tu en as mis du temps !

Kazue était vexée qu'on l'ait fait attendre. Elle avait apparemment essayé de tromper son ennui en gribouillant sur le bloc-notes ouvert devant elle sur son bureau. Elle avait dessiné une pom-pom girl en minijupe, le bâton en l'air. Voyant que je regardai son dessin, elle s'empressa de recouvrir la page de ses mains, comme une petite fille.

– Il m'a laissée passer un appel à l'étranger.

Je montrai à Kazue la note que son père avait rédigée à mon intention.

– Je te donnerai l'argent demain.

Kazue jeta un œil au montant.

– Waouh ! C'est pas donné. Euh… je me demandais… Elle est morte comment, ta mère ?

– Elle s'est suicidée… en Suisse.

Kazue baissa les yeux comme pour chercher par terre les mots qui lui manquaient, puis elle releva la tête.

– Je sais, c'est horrible à dire, mais je t'envie un peu.

– Pourquoi ? Toi aussi, ça te plairait que ta mère soit morte ?

Sa réponse ne fut guère plus qu'un murmure :

– Je déteste ma mère. J'ai remarqué récemment qu'elle se conduisait comme si elle était la fille de mon père plutôt que sa femme. C'est pas des façons de se comporter pour une mère ! Mon père n'a de l'espoir qu'en ses filles, en nous, quoi… alors c'est vraiment agaçant de la voir traîner dans nos pattes.

Elle débordait de joie à l'idée qu'elle seule serait capable de se hisser à la hauteur des attentes de son père. Kazue, c'était la fille parfaite, et si parfaitement dévouée qu'elle ne voyait d'autre raison de vivre que de le satisfaire.

– Oui, j'imagine qu'il n'a pas besoin d'une troisième fille.

– Tu l'as dit ! Et je pourrais aussi faire sans ma petite sœur !

Sans y penser, je laissai échapper un petit rire de connivence. Ma propre famille était loin d'être normale, je n'avais pas eu besoin du père de Kazue pour m'en rendre compte. Kazue, de son côté, était bien trop endoctrinée pour le comprendre un jour.

Alors que je m'apprêtais à sortir de la maison, une main se cramponna à mon épaule. Le père de Kazue m'avait suivie jusque dehors.

– Attends une minute, toi. Tu m'as menti. Ton père n'a jamais travaillé pour l'Union de banques suisses, ni rien de ce genre, n'est-ce pas ?

L'éclairage public se reflétait mollement dans ses petits yeux. Il avait dû apprendre ça de Kazue. Je restai clouée sur place. Il continua :

– C'est mal de mentir. Je n'ai pas menti une seule fois de toute ma vie. Le mensonge est l'ennemi de la société. Tu comprends ? Si tu veux éviter que je signale ton comportement à l'école, ne t'approche plus jamais de Kazue.

– Je comprends.

Je suis persuadée qu'il resta dehors à m'observer jusqu'à ce que j'atteigne le coin de la rue. Quatre ans plus tard, il succombait en un rien de temps à une hémorragie cérébrale, faisant de notre rencontre imprévue la première et la dernière. Après sa mort, la fortune familiale déclina rapidement. J'ai probablement été témoin de la fragilité de ce foyer, puisque j'avais eu l'occasion de l'observer quelques années à peine avant sa chute tragique. Et pourtant j'arrive encore à sentir sur ma nuque le regard qui, ce soir-là, m'avait transpercée comme une balle de revolver.

Au bout d'une semaine, mon père m'appela pour m'informer que l'enterrement s'était bien passé. Yuriko, elle, ne donnait pas signe de vie. Convaincue que ses projets de retour au Japon avaient été contrecarrés d'une manière ou d'une autre, je passai les jours suivants sur un petit nuage. Jusqu'au moment où, par une soirée si chaude qu'on aurait pu croire que les grandes vacances avaient commencé, je reçus un coup de fil de la dernière personne que je m'attendais à entendre : la femme de Johnson, Masami. Trois années s'étaient écoulées depuis le Nouvel An que nous avions passé à la montagne.

– Bonjoouur ! C'est la sœur de Yurikoo ? C'est mooii ! Massaamy Johnson !

Elle allongeait démesurément ses voyelles et prononçait les *s* de son prénom comme l'aurait fait une étrangère. J'en eus la chair de poule.

– Ça fait un bail.

– Je ne savais pas que tu étais restée toute seule au Japon ! Tu aurais dû m'appeler ! J'aurais été heureuse de t'aider de quelque manière que ce soit. Quel dommage que tu sois aussi réservée. Écoute, je suis vraiment désolée pour ta mère. C'est terrible.

Je bafouillai à peine un :

– Merci de votre soutien.

– En fait, je t'appelle pour tout autre chose. Tu connais la nouvelle ?

– Quoi donc ?

– Yuriko va venir habiter chez nous ! Au moins tant qu'elle sera au collège. Nous avons une chambre d'amis et nous adorons ta sœur depuis qu'elle est toute petite. Bien sûr, il faudra qu'elle change d'école. Elle m'a dit qu'elle voulait aller à K., comme toi. Alors je m'en suis occupée. Je me suis renseignée sur ce qu'il lui fallait pour s'inscrire en tant qu'élève revenant de l'étranger et elle a été acceptée. Je viens juste de l'apprendre aujourd'hui. Ce n'est pas génial ? Yuriko et toi, vous serez dans la même école ! Mon mari est très content de voir que cela se goupille si bien. Il dit que K. est une très bonne école, et puis c'est à deux pas de chez nous !

Je n'arrivais pas à en croire mes oreilles. J'avais travaillé comme une folle dans le seul espoir d'échapper définitivement à Yuriko et voilà qu'elle s'insinuait à nouveau dans ma vie comme un gaz toxique ! Je poussai un profond soupir de désespoir. Yuriko avait le Q.I. d'un cloporte, mais sa beauté lui vaudrait toujours d'être traitée avec des égards particuliers. Sur ce point, le système scolaire de K. ne faisait pas exception.

– Où est Yuriko en ce moment ?

– Elle est juste à côté. Une minute. Je te la passe.

– Coucou, sœurette ? Tu es là ?

Je lui avais défendu de revenir au Japon, et voilà le résultat. Sa voix insouciante contrastait franchement avec celle de la petite fille éplorée que j'avais entendue quelques heures après la mort de notre mère. Clairement, elle se délectait de toute l'attention que les Johnson pouvaient lui offrir, vautrée dans le luxe tape-à-l'œil de leur maison de Minato-ku, en plein centre-ville.

– Alors comme ça, tu t'es fait transférer à K. ?

– Oui. J'irai en septembre. C'est super, non ? On sera dans la même école.

– T'es arrivée quand ?

– Hmm, il y a une semaine, à peu près. Papa va bientôt se remarier.

Elle avait dit cela calmement, sans la moindre trace d'amertume, comme si tout allait bien en général puisque tout allait bien pour elle.

– Comment va Papi ?

Une main serrée autour du combiné, je me tournai vers mon grand-père. Il était captivé par ses bonsaïs, complètement inconscient de la conversation qui se déroulait juste à côté de lui. Il s'était beaucoup calmé ces derniers jours.

– Ça va.

– Hmm.

Sa réponse, si l'on peut appeler ça une réponse, trahissait la plus complète indifférence.

– Je suis vraiment contente de ne pas être allée vivre avec vous dans l'arrondissement de P. Je vais faire de mon mieux pour me débrouiller toute seule ici.

Mais oui, bien sûr. Cette fois elle serait vraiment seule au monde. Quelle blague ! Ne voyant aucun intérêt à pousser plus loin la conversation, je raccrochai, totalement anéantie.

6

Les événements rapportés jusqu'ici sont ceux que j'ai personnellement vécus. Yuriko et Kazue, et le père de Kazue, sont toujours présents dans ma mémoire. Mon récit est bien sûr un peu partial, mais il fallait s'y attendre, non ? Je suis à présent la seule à pouvoir raconter ce qui s'est passé et me voilà, en parfaite santé, employée à la mairie d'arrondissement. Mon grand-père qui, je l'ai déjà dit, a la maladie d'Alzheimer, est parti s'amuser au pays imaginaire, où ni le temps ni les lieux n'ont d'importance. Il ne se rappelle même plus s'être occupé un jour de bonsaïs. Il a vendu son chêne chéri et son pin noir ; à moins qu'ils n'aient dépéri comme les autres, et fini à la poubelle.

L'évocation de ces bonsaïs me ramène à un dernier aspect de ma rencontre avec le père de Kazue que j'ai oublié de mentionner : il fallait que je rembourse le coût de mon appel à l'étranger, soit dix mille huit cents yens.

N'ayant pas autant d'argent sur moi ce soir-là, j'avais promis de les rembourser plus tard. Mais c'est devenu un problème. À l'époque, mon argent de poche se limitait à trois mille yens par mois. Une fois achetées les fournitures scolaires indispensables, cahiers, stylos, ce genre de choses, il ne me restait presque rien. Mon père m'envoyait quarante mille yens par mois en plus des frais de scolarité. Mais je donnais tout à Grand-Père. Après tout, j'habitais chez lui. Évidemment, il gaspillait tout dans ses bonsaïs, en achetant de nouveaux ou divers accessoires pour ceux qu'il avait déjà. Quoi qu'il en soit, je n'avais jamais imaginé qu'un appel international puisse coûter aussi cher et, en rentrant de chez

Kazue ce soir-là, je m'étais creusé la cervelle tout le long du chemin pour trouver un moyen de payer.

De temps en temps on recevait un appel de Suisse, mais bien sûr c'était mon père qui réglait la facture et d'ailleurs ça ne durait jamais très longtemps. Nous n'étions pas le genre de famille à avoir de longues discussions. Même si je demandais à mon père de m'envoyer de quoi payer, l'argent mettrait un moment à arriver au Japon. Je n'avais pas le choix, il fallait que je demande à Grand-Père de me prêter cette somme.

Mais, de retour à l'appartement, je le trouvai dans son lit. Il ronflait déjà, pressé de se remettre de cette montée subite de sa pression sanguine. Notre voisine, la vendeuse d'assurances, était restée pour le surveiller.

– Tu leur dois combien ? Mais pourquoi tu n'as pas appelé en P.C.V. ? glapit-elle quand je lui parlai du coup de fil.

– C'est vous qui m'avez dit d'appeler de là-bas, vous vous souvenez ? Vous auriez dû me dire d'appeler en P.C.V. Qu'est-ce que j'en sais, moi, des appels internationaux ?

– C'est vrai.

Elle téta sa cigarette et recracha la fumée par un coin de sa bouche pour qu'elle ne m'arrive pas dans la figure.

– Mais quand même, c'est horriblement cher. Qui était au téléphone quand l'opérateur a confirmé le coût de l'appel ?

– Son père.

– Et s'il avait menti ? Il a pu voir une bonne occasion d'en profiter, vu que tu n'es qu'une gamine. Et même s'il n'a pas essayé de t'arnaquer, la plupart des gens auraient eu assez pitié de toi, avec ta mère qui est morte et tout ça, pour t'en faire cadeau, histoire de te faire leurs condoléances. En tout cas, moi, c'est ce que j'aurais fait. C'est la seule conduite convenable selon moi. Mais j'imagine que cela doit dépendre des gens.

La dame des assurances était particulièrement près de ses sous. Il me fallut un moment pour admettre qu'elle était capable de gestes de charité. Et pourtant, l'ombre d'un doute causé par ses paroles s'étira bientôt sur mon cœur. Le père de Kazue m'avait-il menti ? Même si c'était le cas, je n'avais aucune preuve. Je regardai le bout de papier que j'avais fourré dans ma poche : ma note de téléphone. La dame des assurances me l'arracha des mains avec ses doigts épais. Elle resta bloquée sur le chiffre, puis laissa éclater son indignation :

– Je n'arrive pas à croire qu'on puisse écrire une somme pareille et tendre ça à un enfant : un enfant dont la mère lui a été enlevée subitement et dont le grand-père est cloué au lit. Mais quel monstre ! Dans quelle branche il travaille ? S'il a les moyens d'envoyer sa gosse dans ton école, il doit être riche. Je parie qu'ils ont une belle maison.

– Je ne peux pas vraiment vous dire. Il m'a dit qu'il travaillait pour une très grande compagnie. Et c'est vrai qu'ils avaient une belle maison.

– Normal… l'avarice des riches.

– Ça n'y ressemblait pas.

L'atmosphère de frugalité mesquine qui régnait dans la maison de Kazue flottant un instant dans mon souvenir, je hochai la tête de gauche et de droite.

– Sinon, j'ai bien l'impression qu'il ne s'agit que d'un cadre lambda qui essaye d'avoir l'air riche avec un salaire médiocre. Ou alors, c'est un sacré radin !

Dès qu'elle fut parvenue à cette conclusion, la dame des assurances rassembla ses affaires en hâte et prit congé, visiblement peu désireuse d'attendre que je me décide à lui demander un prêt. Sentant une colère indomptable monter en moi, j'envoyai la boule de papier rebondir contre le mur.

Le matin suivant, dès que je la vis en classe, Kazue commença à me presser de la rembourser.

– Mon père m'a dit de te dire de faire attention à ne pas oublier que tu nous dois de l'argent pour ton coup de fil d'hier.

– Je m'excuse. Je peux te le donner demain ?

Je me rappelle encore la manière dont ses yeux avaient déconstruit mon visage. Elle n'avait manifestement aucune confiance en moi. Mais eux, étaient-ils vraiment honnêtes avec moi ? Enfin bon, une dette est une dette. Je savais qu'il me faudrait la rembourser. À la fin des cours, je me dépêchai de rentrer et de prendre un arbre dans la collection de bonsaïs de mon grand-père, un nandina assez petit pour être transporté. Mon grand-père en était particulièrement fier ; il décrivait avec plaisir la couleur magnifique des baies rouges qu'il portait durant les mois d'hiver. Un luxuriant tapis de mousse verte recouvrait la terre à la base de l'arbre nain. Il était planté dans un pot en terre émaillée bleu nuit. Mon grand-père était absorbé par un combat de sumo retransmis à la télé. Ne pouvant pas espérer une meilleure occasion, je sortis de l'appartement sans un bruit, le bonsaï sous le bras. Je le plaçai ensuite dans le panier de ma bicyclette et pédalai aussi vite et fort que possible vers le Jardin de la Longévité.

La nuit tombait et le jardin était sur le point de fermer. Le contrôleur de probation se tenait devant l'entrée principale et saluait ses derniers clients. Il eut l'air surpris de me voir rouler vers lui avec le bonsaï.

– Bonsoir, dis-je le plus poliment possible. Je me demandais si vous voudriez bien m'acheter ce bonsaï.

Il sembla ennuyé.

– C'est ton grand-père qui t'envoie ?

Je secouai énergiquement la tête.

Il sourit. Je compris qu'il voulait se venger de Grand-Père.

– Je vois. Eh bien je vais t'en donner un bon prix. Que dis-tu de cinq mille ?

Déçue, je levai deux doigts.

– Vous ne pourriez pas m'en donner deux billets ? Vingt mille yens ? Grand-Père dit que c'est un très beau nandina.

– Jeune fille, ce bonsaï ne vaut pas ce prix-là.

– Bon, très bien. J'irai le vendre ailleurs.

L'officier de probation doubla son prix sur-le-champ, offrant dix mille yens. Je contrai en disant que le pot à lui seul devait bien en valoir autant. Après y avoir réfléchi, il s'avança en me disant d'une voix cajoleuse :

– Ça doit être lourd.

Et de glisser ses mains autour du pot, par-dessus les miennes. La peau rêche de ses mains, lustrée comme un cuir savamment travaillé, était étrangement chaude. Révoltée, je retirai les miennes instinctivement, laissant échapper le pot. À ce moment, le bonsaï glissa entre nous et le pot éclata en tombant sur une pierre du jardin. Les racines du nandina, libérées de leur esclavage, se détendirent dans toutes les directions. Alarmés, les jeunes gens qui nettoyaient le jardin levèrent le nez pour voir ce qui se passait. L'officier de probation, en proie à une grande agitation, se pencha pour ramasser les morceaux, ce qu'il fit, tout en me jetant de temps à autre un regard plein d'appréhension.

Finalement je réussis à négocier le tout pour trente mille yens, pot cassé compris. Je décidai de déposer sur mon compte épargne tout l'argent qui me resterait une fois réglée ma facture de téléphone. Sait-on jamais, je pourrais avoir besoin de trouver rapidement du liquide pour une sortie de classe ou autre chose. Au lycée, nous étions sans cesse appelées à participer financièrement à toutes sortes d'occasions, de la fête annuelle de l'école aux anniversaires. Toutes les autres s'y pliaient sans arrière-pensée. Ce petit matelas supplémentaire sur mon compte épargne me protégerait dans les temps difficiles.

Mon grand-père ne s'aperçut de rien cette nuit-là, mais le lendemain matin, en sortant sur le balcon, il poussa un cri déchirant.

– Monsieur Nandina ! Où es-tu passé ?

Je continuai de préparer mon déjeuner comme si de rien n'était. Grand-Père se précipita dans le salon encombré et courut en tous sens à la recherche du bonsaï. Il ouvrit le placard en grand, puis alla inspecter les étagères qui couraient sous le plafond de l'autre pièce, plus petite. Il chercha même jusque dans l'entrée et fouilla le placard à chaussures.

– Je ne le trouve nulle part ! Un si gentil bonsaï. Où peut-il bien être ? Allons, assez joué, sors de ta cachette ! S'il te plaît, monsieur Nandina. Excuse-moi si je t'ai négligé. Je ne l'ai pas fait exprès. Mais tu comprends, ma fille vient de mourir, alors c'est très difficile pour moi. J'ai le cœur brisé. Je suis désolé, vraiment, crois-moi. Allez, sors de ta cachette. S'il te plaît, arrête de bouder.

Grand-Père fouilla tout l'appartement comme un forcené, jusqu'à l'épuisement, je crois. Déconfit, les épaules rentrées, il fixa un point dans le vide.

– Il est parti la guider vers le prochain monde, dit-il.

Mon grand-père avait une longue pratique de la crédulité d'autrui, mais pas une seule fois il ne lui vint à l'esprit de me soupçonner, pas plus que la dame des assurances, le vigile ou la quantité de gens qui l'entouraient en permanence. Voyant que c'en était fini de cet absurde incident, je partis pour l'école le cœur léger. Ma petite visite chez Kazue avait été à l'origine de problèmes en cascade.

Pourtant, quand on y repense, le suicide soudain de ma mère a eu pour effet de disperser la famille tout entière. J'habitais chez Grand-Père, Yuriko avait atterri chez les Johnson et mon père était resté en Suisse, où lui et sa Turque avaient mis une nouvelle famille en route. Pour lui, le Japon serait toujours associé à la mort de ma mère. J'appris un peu plus tard que la jeune Turque avait tout juste deux ans de plus que moi. On m'apprit ensuite qu'elle avait donné naissance à trois enfants, que des garçons. Le plus d'âgé d'entre eux a aujourd'hui vingt-quatre ans et joue, paraît-il, dans une équipe de football en Espagne. Comme je ne l'ai jamais vu et que je n'entends rien au football, j'ai l'impression que nous vivons sur deux planètes différentes.

Dans mon monde d'hypothèses, Yuriko, moi et nos demi-frères nageons tous vigoureusement dans le bleu lumineux des eaux saumâtres. Pour extraire une nouvelle analogie de la faune cambrienne du schéma de Burgess que j'aime tant, Yuriko, avec son visage rayonnant, est la reine du monde aquatique. Elle doit donc être un des animaux qui dévorent tous les autres. Ce qui ferait d'elle une *Anomalocaris*, l'ancêtre des crustacés – un genre de créature qui possède des membres antérieurs massifs, comme les homards. Viennent ensuite mes jeunes frères, qui ont certainement les sourcils noirs et fournis du fait de leurs origines moyen-orientales et seraient comme les insectes qui vivent empilés les uns sur les autres – soit ça, soit des créatures de type méduse qui dérivent au gré des courants. Moi ? Sans aucun doute, je serais l'*Hallucigenia*, la bête qui rampe dans la boue du fond des océans, est couverte de sept paires de piquants et fait immanquablement songer à une brosse à cheveux. L'*Hallucigenia* était un charognard ? Je l'ignorais ! Elle se nourrissait donc des cadavres de toutes les créatures ? Eh bien, cela me correspond parfaitement, moi qui ne vis qu'en salissant la mémoire des cadavres de mon passé.

Mitsuru et moi ? Mitsuru a fini par réussir son concours d'entrée à la faculté de médecine de l'université de Tokyo, comme elle l'espérait. Mais après, sa vie a pris une direction aussi différente qu'imprévue. Mitsuru est paraît-il en bonne santé – aux soins de la pénitentiaire. Une fois par an, je reçois une carte de vœux, largement caviardée par les censeurs, mais je n'ai encore jamais répondu. Vous voulez que je vous raconte ? Je prendrai soin de le faire dès que j'en aurai terminé avec cette partie de mon récit.

Poursuivons. L'autre jour donc, il m'est arrivé quelque chose de totalement inattendu. Jusqu'à aujourd'hui, je ne voulais en parler à personne, mais puisque je dois continuer cet exposé, je n'ai d'autre choix que de tout révéler. Cela s'est passé une semaine avant l'ouverture du procès. Les deux meurtres avaient été regroupés – par commodité, j'imagine – sous l'intitulé unique : « L'affaire du tueur des meublés ». Au début, les grands médias s'étaient étendus à loisir sur le meurtre de Kazue, ou le « Meurtre de l'employée d'élite ». Mais une fois le lien établi entre Zhang et l'autre meurtre, celui de Yuriko, les gros titres changèrent du jour au lendemain. Yuriko avait été assassinée la première, mais tant que l'affaire ne concernait qu'une prostituée en fin de course, la presse n'avait aucune raison de lui consacrer ne serait-ce qu'une manchette.

On venait d'apprendre qu'un typhon hors saison menaçait Tokyo. C'était une journée assez déconcertante. Un vent exceptionnellement chaud balayait la ville avec un râle inquiétant et dont l'intensité ne cessait d'augmenter. Depuis la fenêtre du bureau où je travaille, je vis la tempête éventrer les sycomores comme si elle cherchait à arracher chaque feuille de sa branche. Elle renversa comme une rangée de dominos les vélos qui se trouvaient sur le parking. C'était une journée assez éprouvante pour les nerfs, et je dois dire que les miens étaient plutôt à vif.

Je regagnai ensuite mon poste, derrière le comptoir du bureau des consultations Petite Enfance. Mais personne ne venant me demander une place en crèche, je me laissai aller à mes pensées. Avec ce typhon qui approchait, elles se limitaient à une idée, envahissante : je voulais rentrer chez moi. Puis une femme plutôt âgée est apparue de l'autre côté du comptoir. Elle portait un tailleur gris expertement coupé, chic et très discret. Une paire de lunettes de lecture cerclées de métal était perchée sur son nez. Elle devait avoir environ cinquante-cinq ans. Ses cheveux grisonnants étaient maintenus par un chignon serré et elle affichait des manières sévères, un peu comme une Allemande. À mon guichet, je n'avais d'habitude affaire qu'à de jeunes mères, qui souvent traînaient leur bambin derrière elles. Pensant que cette femme venait inscrire un petit-fils à la garderie, je lâchai d'un ton ouvertement réticent :

– Je peux vous aider ?

À ces mots, la femme laissa échapper un grognement et retroussa les lèvres. Ses dents avaient un aspect qui me parut familier.

– Ma chérie, tu ne me reconnais pas ?

Même après que j'eus soigneusement examiné son visage, aucun nom ne me venait à l'esprit. Sa peau – qui ne portait pas la moindre trace de maquillage – était brune. Elle ne portait pas de rouge à lèvres. C'était une vieille femme sans maquillage avec une tête de poisson. Comment aurais-je pu la distinguer de toutes les autres femmes de son âge ?

– C'est moi, Masami. Masami Johnson !

Je fus si surprise que je laissai échapper un petit cri. Je ne me serais jamais attendue à ce que Masami devienne cette femme discrète, à l'allure modeste. La Masami de mes souvenirs aurait dû rester voyante toute sa vie, comme un accident dans le paysage. C'était bien elle qui autrefois se baladait sur les sentiers de montagne de la préfecture de Gunma avec un énorme diamant au doigt, elle qui ne sortait jamais sur les pistes sans le plus rouge de ses rouges à lèvres. Elle qui avait mis son vaporeux bonnet de mohair sur la tête de Yuriko. Elle qui possédait un T-shirt design orné d'une tête de léopard si réaliste qu'elle faisait fuir les enfants. Elle encore qui parlait anglais avec des intonations telles qu'elle aurait aussi bien pu crier : « Eh ! Regardez-moi ! » Toujours est-il que sa transformation me convainquit aisément qu'elle venait se renseigner sur les écoles maternelles. Je sortis donc le cahier des inscriptions et annonçai, en faisant de mon mieux pour dissimuler ma stupéfaction :

– Je ne savais pas que vous habitiez l'arrondissement.

– Oh non, non répondit-elle avec le plus grand sérieux. J'habite à Yokohama maintenant. Je me suis remariée.

Je ne savais même pas qu'elle avait divorcé. Dans mon esprit, Masami et Johnson faisaient partie de ces gens dont je pensais être définitivement débarrassée.

– Je ne savais pas. Quand avez-vous divorcé ?

– Cela fait un peu plus de vingt ans.

Elle tira une carte de visite très élégante de ce qui semblait être un étui en argent massif et me la tendit.

– Voilà ce que je fais maintenant.

COORDINATRICE ET CONSULTANTE :
COURS PRIVÉS D'ANGLAIS.

Et son nom avait changé de Masami Johnson en Masami Bhasami.

– J'ai épousé un Iranien qui travaille dans l'import-export. Et j'ai ma propre petite affaire : j'engage des professeurs et je les réaffecte sur divers contrats de cours particuliers de conversation. C'est vraiment très agréable.

Je fis semblant d'examiner sa carte de visite, le temps pour moi d'intégrer ce fait nouveau. Pourquoi diable avait-elle débarqué ici pour me voir après vingt-sept ans de silence ? Et pourquoi justement un jour comme celui-là ? Tout cela était vraiment trop étrange. Pour couronner le tout, elle s'était plantée devant moi avec un large sourire et m'adressait un regard plein de nostalgie.

– Ça me fait tellement plaisir de te revoir ! Voyons. La dernière fois que nous nous sommes parlé, c'est quand Yuriko t'a appelée pour te dire qu'elle était admise au collège de K. Ça doit bien faire au moins vingt ans !

– Sans doute.

– Eh bien… comment ça s'est passé pour toi ?

– Très bien. Merci.

Merci, vraiment, merci de t'en inquiéter, pensai-je avec amertume tandis que je lui répondais avec un cérémonial convenu. C'était très bizarre de la voir débarquer. Elle n'avait certainement pas fait tout ce chemin pour me parler de ses cours d'anglais ! Voyant que je n'arrivais plus à cacher mon expression dubitative, elle déballa enfin toute la vérité :

– Après notre séparation, Johnson a vraiment touché le fond. Lui qui était un des traders les plus prometteurs de la place de Tokyo, une fois que sa carrière a pris l'eau, il s'est retrouvé à donner des cours d'anglais pour des cacahuètes. Et puis, bien sûr, Yuriko a été assassinée.

Il y avait dans sa voix quelque chose de tranchant, comme un effort constant pour contenir une émotion déplacée : la haine. Puis, les yeux fixés sur moi et mon air stupéfait, elle déclara :

– Tu ne savais pas, n'est-ce pas, mon cœur ? Johnson et moi nous sommes séparés à cause de Yuriko.

Je me rappelai soudain l'expression du visage de Johnson, assis devant la cheminée de son chalet de montagne ce soir-là, il y avait si longtemps, alors que Yuriko, appuyée contre ses genoux, lui faisait son numéro de charme. Elle n'était encore qu'en primaire à l'époque. Johnson, lui, dégageait tant de charme et de maîtrise de soi avec ses cheveux châtains ébouriffés et son jean délavé. Je me retrouvai à imaginer la tête d'un enfant né de ces deux-là. L'image que je concoctai était si adorable et attachante que cela suffit à me paralyser l'esprit. Yuriko avait beau être morte, elle parvenait toujours à exercer sur moi un certain contrôle. C'était insupportable.

Percevant toute la haine dissimulée dans mon regard, Masami poursuivit :

– Alors, comme ça, tu ne savais vraiment pas. Et moi qui étais si bonne avec elle, moi qui m'en occupais si bien ! La voir me planter un poignard dans le dos comme ça ! Ça m'a rendue folle, vraiment, au point qu'il m'a fallu aller consulter un psychiatre à l'hôpital pendant un moment. Non mais c'est vrai, alors que je m'étais donné tant de mal pour la faire rentrer à K. ! Pour lui préparer son déjeuner tous les jours en m'arrangeant pour qu'il soit si fabuleux que personne n'oserait jamais se moquer d'elle. Et tout l'argent de poche que je lui ai donné, crois-moi, ce n'était pas rien ! Et toujours je m'assurais qu'elle ait assez d'argent quand elle sortait. Sans compter ce que j'ai dû débourser pour qu'elle intègre l'équipe de pom-pom girls, laisse-moi te dire que c'était une sacrée somme. Si j'avais une chance de récupérer tout cela aujourd'hui, dis-toi bien que j'essaierais !

C'était donc ça. Elle venait récupérer sa mise ! Je baissai la tête, incrédule, et tentai d'éviter son regard.

– Je suis vraiment désolée, dis-je.

– Oublie ça ! Tu n'aurais pas pu y changer grand-chose. Yuriko et toi n'avez jamais été proches de toute façon. C'est toi qui étais la plus maligne, à mon avis. Tu as toujours vu clair dans son jeu.

À en croire Masami, j'aurais pu faire une belle carrière de voyante. Elle fouilla dans son sac, en sortit un calepin et le déposa devant moi sur le comptoir. À sa couverture, tenue en place par un autocollant en forme de lys blanc, je vis qu'il avait appartenu à une petite fille. Là où les bords s'étaient décollés, l'autocollant était noir de crasse.

– Qu'est-ce que c'est ? demandai-je.

– C'était à ta sœur. On peut dire que c'est son journal intime. On dirait qu'elle a continué à le tenir jusqu'au bout. Je suis désolée de te faire une surprise aussi douteuse, mais il me donne la chair de poule. Si je suis venue aujourd'hui, c'est pour te le donner. Je crois qu'il vaut mieux que ce soit toi qui l'aies. Johnson l'a conservé, je ne sais pas pourquoi, et un jour, sans prévenir, il me l'a envoyé en disant qu'il ne savait pas quoi en faire vu qu'il ne lisait pas le japonais. Quand Yuriko a été assassinée, il a dû avoir un accès de mauvaise conscience. Cela dit, il ignorait probablement qu'elle y avait écrit des choses sur lui.

Les lèvres de Masami se tordirent sur ces derniers mots.

– Vous l'avez lu ?

– Certainement pas, dit-elle en secouant vigoureusement la tête. Je ne m'intéresse pas aux journaux intimes des autres… et encore moins à ceux qui sont aussi remplis de cochonneries que celui-ci.

Elle ne semblait pas consciente de la contradiction inhérente à ses propos.

– Très bien. Je le prends, dis-je.

– Quel soulagement ! J'aurais trouvé vraiment trop étrange de le donner à la police. J'ai vu que le procès allait bientôt commencer, alors ça m'a travaillée. Bon, et bien voilà. Je te le laisse. Merci. Prends bien soin de toi.

Elle agita une main bronzée en signe d'adieu. Jeta un coup d'œil au ciel par la fenêtre et tourna les talons. Je suis sûre qu'elle voulait à tout prix rentrer chez elle et s'extraire de ce lieu inconnu avant l'arrivée du typhon. Ou peut-être ne voulait-elle pas passer une minute de plus à discuter avec quelqu'un d'aussi lié à Yuriko. Quoi qu'il en soit, elle prit la fuite le long du couloir.

Le chef de section se planta derrière moi et examina le carnet.

– Une demande ? Ou alors une réclamation ?

– Ni l'un ni l'autre. Ce n'était rien, vraiment.

– Ah vraiment ? En tout cas, elle n'avait pas l'air d'être là pour parler de garderies.

Je m'empressai de placer les deux mains sur le calepin. Dès l'ouverture du procès du tueur des meublés, je serais à nouveau la cible de regards inquisiteurs. Le chef de section était déjà persuadé que je faisais de la rétention d'informations.

– Patron, dis-je, je pourrais partir un peu plus tôt aujourd'hui ? Je suis désolée, mais je m'inquiète pour mon grand-père.

Le chef de section acquiesça sans mot dire et retourna s'asseoir à son bureau près de la fenêtre. À cause de l'étrange humidité qui régnait ce jour-là, même le bruit de ses chaussures de sport sur le sol était terne, comme assourdi. Ayant obtenu sa permission, je me dépêchai de rentrer, luttant de toutes mes forces contre le vent. Les rafales étaient si puissantes que les deux roues de mon vélo décollaient pratiquement de la route. Bientôt, l'automne s'installerait et l'on pourrait attendre les vents glacés du nord. Mais ce jour-là, dans la moiteur ambiante, je me sentais brûlante et poisseuse. Cependant la sensation de nausée qui tenaillait mon ventre n'avait rien à voir avec la météo, et tout à voir avec le fait qu'une personne comme Yuriko ait pu laisser un journal derrière elle.

Lorsqu'elle était encore sur les bancs de l'école, Yuriko était si mauvaise en composition qu'elle devait se faire aider. Et elle ne prêtait jamais la moindre attention aux choses qui l'entouraient parce qu'elle manquait totalement de curiosité. Le journal d'une fille aussi égocentrique et demeurée qu'elle devait déborder d'autoportraits infantiles. Yuriko avait toutes les peines du monde à construire une phrase cohérente ; comment diable avait-elle pu tenir un journal ? C'était sûrement l'œuvre d'un imposteur. Mais de qui ? Et, plus important, de quoi avait-elle bien pu parler à longueur de pages ? Ma curiosité piquée au vif, j'avais l'intention de m'y plonger aussi vite que possible.

Ce journal, le voici. Le journal intime de Yuriko. Pour être tout à fait franche, je préférerais ne pas avoir à vous le montrer. S'il donne quantité de détails sordides sur sa vie dissolue, il est également farci de mensonges sur ma mère et moi. Tout cela signé Yuriko ! Je n'arrive pas à croire qu'elle ait pu écrire de telles horreurs. Il est vrai que l'écriture ressemble à la sienne. Mais je reste convaincue qu'il s'agit d'un faux.

Si vous me promettez de ne pas en croire un mot, je vous laisserai voir ce qu'elle a écrit. Mais vous devez vraiment me le promettre. Il s'agit purement et simplement d'une affabulation. Un certain nombre de caractères chinois qu'elle a utilisés dans son récit ne sont pas les bons[1]. Il y aussi des passages dans lesquels elle a oublié des idéogrammes et d'autres où ils sont mal tracés, voire impossibles à déchiffrer. J'ai dû réécrire ces passages.

1. Le japonais a plusieurs systèmes d'écriture, dont un qui fait appel aux caractères chinois *(NdT)*.

3

UNE PUTAIN-NÉE, JOURNAL DE YURIKO

I

Il était une heure de l'après-midi quand le téléphone a sonné. Encore au lit, j'ai répondu avec tout le charme que j'ai pu mobiliser, pensant que cela pouvait être un client. C'était ma sœur. Je ne l'appelais jamais. Mais elle, elle m'appelait deux à trois fois par semaine. Elle avait clairement du temps à perdre.

– Je suis occupée, rappelle-moi plus tard, lui ai-je répondu sèchement, me préparant à lui raccrocher à la figure.

Mais elle, du tac au tac :

– Je te rappellerai ce soir.

Ce n'est pas comme si elle avait quelque chose d'important à m'annoncer. Je crois qu'elle voulait juste voir si j'étais avec un homme. C'était la seule raison de son appel. Et je le sais parce que, tout de suite, elle m'a demandé :

– Tu es seule ? J'ai l'impression que tu as quelqu'un avec toi.

Un jour que Johnson était venu, ma sœur avait appelé pendant que nous le faisions. Elle avait laissé un message interminable sur mon répondeur : « Yuriko, c'est moi. Je viens d'avoir une super idée. Pourquoi on n'habiterait pas ensemble ? Réfléchis. Étant donné nos emplois du temps respectifs, ça devrait marcher sans problème. Je travaille la journée et je finis avant la tombée de la nuit. Comme tu travailles la nuit, tu dormiras à la maison pendant que je serai au travail. Et puis quand j'irai me coucher, tu seras déjà sortie. Si tu rentres avant que je me réveille, on pourra passer des journées entières sans se croiser. On économiserait pas mal sur le loyer. Et on pourrait faire la cuisine et manger les restes chacune à notre tour pendant plusieurs jours de suite. Qu'est-ce que t'en dis ? Tu ne trouves pas que c'est une super idée ? Quel appartement on devrait garder ? J'aimerais bien savoir ce que tu en penses, d'accord ? »

– Eh mais, ce ne serait pas ta sœur ? avait demandé Johnson.

– Ouais. Hein que ça te rappelle des souvenirs ? avais-je répondu en réprimant un éclat de rire.

– C'est elle qui nous a poussés l'un vers l'autre, notre petit Cupidon à nous, avait-il lancé dans un japonais impeccable, en pouffant de rire.

Nous étions vautrés sur le lit, pliés de rire, ce qui avait rapidement mis un terme à nos ébats.

– Cupidon, hein ? Je doute qu'elle voie les choses comme ça.

Mon laideron de sœur aînée et son caractère tordu ! Pour me remettre dans l'ambiance, Johnson s'est penché sur moi et a déposé un baiser dans mon cou. J'ai incliné la tête et accueilli ses lèvres en admirant les petites taches brunâtres qui constellaient ses larges épaules. Son corps s'est épaissi et alourdi, et ses magnifiques cheveux sont presque tous tombés. Il a déjà cinquante et un ans.

Quand nous nous sommes vus la première fois, je n'étais qu'une petite fille, mais j'ai immédiatement su que cet homme avait envie de moi. Il ne parlait pas encore très bien le japonais à l'époque et je ne savais pas un mot d'anglais. Mais nous arrivions quand même à comprendre implicitement ce que l'autre voulait dire.

Dépêche-toi de grandir ! Voilà ce qu'il pensait.

D'accord ; attends-moi.

Chaque fois que ma grande sœur me tourmentait, j'allais me réfugier chez les Johnson. Même au milieu d'un coup de fil d'affaires important, même s'il avait des invités, dès qu'il me voyait, le plaisir illuminait son visage. Malgré elle, ma sœur mérite donc qu'on la remercie de m'avoir poussée, à force de persécutions, dans les bras de Johnson. Le plus gros obstacle qu'il m'a fallu surmonter était les gentillesses de Masami. C'était la femme de Johnson, une ancienne hôtesse d'Air France. Johnson avait cinq ans de moins qu'elle et il était son obsession absolue. Elle était subjuguée par sa stabilité financière et sa situation, et crevait de trouille qu'il ne la plaque. Donc, si Johnson m'avait à la bonne, il fallait qu'elle s'efforce d'en faire autant. Elle n'arrêtait pas de me couvrir de bonbons et d'animaux en peluche. Ce que je voulais vraiment, c'était les vernis à ongles Revlon alignés sur sa coiffeuse. Mais tant qu'elle était là, je devais me conduire en petite fille. Je comprenais que c'était mieux pour tout le monde.

J'avais donc sauté de joie en entendant mon père m'annoncer que je pouvais rester chez les Johnson, le jour où ma sœur et moi avions eu notre grosse dispute. Johnson et moi, nous nous sommes alors laissés entraîner à faire quelque chose de très risqué. Nous avons mis un somnifère dans le verre de Masami. Une fois qu'elle s'est mise à ronfler, nous avons passé toute la nuit à nous faire des câlins dans le lit, juste à côté d'elle. À d'autres moments, quand elle était dans la cuisine à faire griller de la viande ou autre chose et qu'elle avait le dos tourné, je m'asseyais devant la télé du salon et Johnson venait me caresser. Je gardais toujours mon jean, mais il frottait ses mains contre mon entre-jambe. Et il mettait mes mains autour de son truc, une fois qu'il était dur. C'était le premier homme que je touchais à cet endroit-là. J'étais convaincue que Johnson serait mon premier amant.

Dès le début, j'étais certaine que je n'aurais jamais un garçon japonais comme amant. Pour commencer, ils se tenaient toujours à l'écart, apparemment terrifiés par ma présence parce que j'étais métisse, et ainsi quelque peu hors de portée. Mais cela les poussait à se mettre en groupe pour me jouer de méchants tours. Le pire était de tomber sur un groupe de lycéens dans le train. Ils me pelotaient chaque fois si violemment qu'ils me tiraient presque les cheveux et je n'avais pas d'autre choix que de subir. Une fois, un groupe de garçons m'a encerclée, puis ils m'ont arraché ma jupe. Ces leçons-là, je les ai eues dès le plus jeune âge. J'ai appris que pour survivre il n'y avait qu'une manière de combattre les hommes.

– Bon, je ferais mieux d'y aller, je vais être en retard à mon cours.

Johnson a pris une mine dépitée et s'est redressé, son énorme corps plié en deux. Sa corpulence était telle que, chaque fois qu'il s'allongeait sur mon lit étroit, la moitié de son corps dépassait et semblait sur le point de glisser par terre. Johnson était professeur d'anglais. Il enseignait dans un cours privé en face d'une station de la ligne d'Odakyu. D'ici, il mettait un peu plus d'une heure à y aller par l'express. Il m'avait dit qu'une douzaine de femmes s'entassaient dans sa salle de classe, toutes des femmes au foyer du quartier.

– Un prof de conversation anglaise de cinquante et un ans n'est jamais très populaire, tu sais. Elles voudraient toutes avoir un petit jeune tout mignon. Pourquoi est-ce qu'il n'y a que des femmes jeunes qui veulent apprendre l'anglais au Japon ? Si je veux enseigner, il faut que j'aille me perdre dans une petite ville de province. Sans ça je n'aurais pas d'élèves.

Le jour où Masami a demandé le divorce, Johnson a perdu sa dignité, sa réputation, son argent et tout le reste. On l'a renvoyé de son travail de négociant en titres. La prestation compensatoire qu'il devait payer était si exorbitante qu'il aurait eu plus vite fait de se faire arracher directement la peau des fesses. Sa famille, une illustre lignée du nord-est des États-Unis, lui a tourné le dos et formellement interdit de me revoir. Masami, bien sûr, avait déballé tout notre linge sale devant le tribunal, dévoilant notre relation au monde entier. « Plus encore qu'un traître, mon mari est un criminel. Il a abusé de la jeune fille de quinze ans qu'on avait placée sous sa protection. Dès que j'avais le dos tourné, ces deux-là en profitaient pour faire leurs affaires, et sous mon toit. Vous vous demandez comment j'ai pu ne pas me rendre compte de ce qui se passait alors que cela a duré aussi longtemps ? J'y tenais, moi, à cette enfant ! Je l'aimais beaucoup. Je n'aurais jamais imaginé qu'elle puisse faire une chose pareille. J'ai été trahie non seulement par mon mari, mais également par cette fille. Alors, vous pouvez imaginer ce que je ressens aujourd'hui ? »

Après cela, Masami a décrit en long et en large la manière dont elle avait découvert notre petit jeu. Elle ne nous a pas fait grâce du moindre détail, divulguant tous nos petits secrets. Masami a présenté un témoignage si complet que le juge et les avocats en ont eu les joues rouges d'embarras.

J'en étais encore à ressasser le passé quand Johnson, qui avait fini de s'habiller, me donna un baiser sur la joue.

– À plus tard, mon amour.

– Ciao, chéri.

Ces mots de séparation – toujours les mêmes – étaient presque devenus une plaisanterie.

J'allais encore travailler à l'époque. Sous la douche, tandis que je me lavais de la sueur de Johnson et de ses autres fluides corporels, j'ai repensé à l'étrange destin qui nous était échu à tous les deux. J'avais eu beau vouloir le contraire, Johnson n'avait pas été mon premier. Le sang qui coule dans mes veines est bien plus enclin à la lascivité que ce qu'on pourrait tenir pour la norme. Mon premier homme fut Karl, le frère cadet de mon père.

2

C'est très clair aujourd'hui. Plus jeune, j'étais abondamment dotée de ce je-ne-sais-quoi qui attire les hommes mûrs. J'avais le pouvoir de réveiller chez eux ce qu'on appelle le complexe de Lolita. Mais le destin a voulu que, les années passant, il me soit de plus en plus difficile de conserver ce charme enfantin. Il ne m'a pas abandonnée d'un seul coup. Jusqu'à trente ans, j'ai toujours été capable d'en faire usage, dans une certaine mesure. Et parce que je possède de naissance une beauté qui surpasse de loin celle des autres femmes, je suis toujours attirante, malgré mes trente-six ans. Mais aujourd'hui j'officie dans des bars à hôtesses minables et me prostitue quand l'occasion se présente. Il faut croire que, dans le vrai sens du terme, je suis devenue laide.

Mon sang lascif ne me laisse pas d'autre choix que de convoiter les hommes. Et même si je deviens banale, laide, vieille, aussi longtemps que la vie animera mon corps je continuerai à les désirer. C'est mon destin, tout simplement. Même si les hommes ne s'émerveillent plus en me voyant, même s'ils ne me désirent plus, même s'ils me rabaissent, il faut que je les aie dans mon lit. Ou plutôt, je veux les avoir dans mon lit. C'est la contrepartie d'un attribut divin que nul ne peut conserver éternellement. On pourrait peut-être dire que mon « pouvoir » n'est guère plus qu'un péché.

Mon oncle Karl vint nous accueillir à l'aéroport de Berne avec son fils, Henri. Nous étions au début du mois de mars et l'air était encore piquant de givre. Karl portait un manteau noir et Henri une doudoune jaune. Un doux duvet cotonneux commençait à poindre autour de ses lèvres. Karl, lui, ne ressemblait en rien à mon père maigrichon aux cheveux dorés. Il avait des cheveux noirs, il était solide. Avec ses yeux en amande et ses cheveux noirs, il avait presque un petit air asiatique. Karl enveloppa mon père dans ses bras, heureux de le revoir, puis il serra la main de ma mère.

– Bienvenue ! Bienvenue à la maison. Ma femme veut que vous veniez chez nous dès maintenant.

Mère acquiesça timidement, arrachant sa main à celle de Karl dès qu'elle le put. Incapable de camoufler son embarras, Karl posa les yeux sur moi et eut un mouvement de recul. Je compris en un instant. Karl était exactement comme Johnson.

Lorsque Johnson et moi nous étions rencontrés, j'avais douze ans et lui vingt-sept. J'avais beau l'entendre murmurer dans son cœur, *Dépêche-toi de grandir*, je n'avais encore aucune réponse à lui offrir. Mais quand j'ai rencontré Karl, j'avais déjà quinze ans. Je reconnus sur-le-champ l'envie qui s'attardait dans son regard et décidai qu'il était temps d'y répondre.

Je devins bientôt amie avec Henri, qui était, en âge du moins, plus proche de moi ; il avait vingt ans. Il m'emmenait au cinéma, au café, sur les pistes où ses amis et lui allaient skier. Chaque fois que l'un d'entre eux demandait : « C'est qui, elle ? », il répondait : « C'est ma petite cousine, alors pas touche ! » Mais les sorties avec Henri m'ennuyèrent très vite. Tout ce qu'il voulait, c'était m'exhiber.

Je remarquai alors un fait étrange. Avec les garçons comme Henri ou les camarades de mon âge, je ne parvenais pas à exercer le même pouvoir d'attraction surnaturel dont je jouissais auprès des hommes adultes. C'était presque comme s'ils n'étaient pas touchés par mon charme. Pour les garçons, je n'étais qu'une fille comme les autres, pas une déesse. Malgré leurs attentions, je n'avais pas le pouvoir d'allumer dans leurs yeux la même lueur d'excitation que je trouvais chez les hommes plus âgés. Lassée par Henri, j'ai commencé à imaginer des moyens de me retrouver seule avec Karl.

Un après-midi, j'ai sonné chez Henri en rentrant de l'école, prétextant un malentendu sur l'heure à laquelle nous avions convenu de nous retrouver. Je savais qu'à cette heure-là Henri serait encore à l'usine. Je savais aussi que ma tante Yvonne serait à la boulangerie où elle travaillait à mi-temps, et que la petite sœur d'Henri serait encore à l'école. Personne d'autre ne serait à la maison. Mon père m'avait dit que Karl avait dû rentrer chez lui peu après midi pour voir son comptable. Il eut l'air étonné de me voir.

– Henri ne rentre pas avant trois heures.

– C'est vrai ? J'ai dû mal comprendre l'heure qu'il m'a donnée. Qu'est-ce que je vais faire ?

– Tu veux entrer pour l'attendre ? Je peux te faire un café.

Je ne pus m'empêcher de remarquer que sa voix chevrotait.

– Eh bien, du moment que je ne dérange pas…

– Aucun problème. Nous étions justement en train de terminer.

Karl me conduisit dans le salon. Le comptable était en train de rassembler ses papiers. Je m'assis sur le sofa recouvert d'un drap de coton uni, puis Karl m'apporta une tasse de café et une assiette de cookies que ma tante avait faits. La seule chose que les cookies de ma tante avaient de bon était leur généreuse teneur en sucre. À part ça, ils étaient immondes.

– Tu t'es habituée à ton école ?

– Oui. C'est gentil de vous en soucier.

– Et tu n'as pas l'air d'avoir de problème avec la langue.

– Henri m'a appris.

Karl venait toujours en jean à l'usine, mais ce jour-là il portait une chemise blanche immaculée avec un pantalon gris et une ceinture de cuir noir. Cet accoutrement d'homme d'affaires ne lui allait pas ; il avait l'air empesé, peu à son aise. Il s'était assis en face de moi, mais ne tenait pas en place, ses yeux glissant rapidement sur mes jambes, s'attardant sous ma jupe d'uniforme, puis remontant vers mon visage. La tension devenait lassante. Je commençai à me dire que j'avais été stupide de croire que je pouvais forcer Karl à passer à l'acte. Mais, juste au moment où je regardais ma montre, il me dit d'une voix rauque de désir :

– Ah, si seulement j'avais l'âge d'Henri !

– Pourquoi ?

– Parce que tu es charmante. Tu es la fille la plus ravissante que j'aie jamais rencontrée.

– Parce que je suis à moitié japonaise ?

– Eh bien, disons simplement que je suis fou de toi depuis le premier jour.

– Je t'aime bien, oncle Karl.

– Quel dommage que ce soit tabou.

– Comment ça, « tabou » ?

Il rougit comme un écolier. Je me levai et allai m'asseoir sur ses genoux, les bras enroulés autour de ses épaules, comme je l'avais fait si souvent avec Johnson. Son truc raide se pressait contre mon derrière. C'était exactement comme avec Johnson. Serais-je vraiment capable d'accueillir en moi quelque chose d'aussi dur et épais ? Ça ferait vraiment mal !

– Aaah.

Je laissai échapper un petit soupir à l'idée de ce que cela pourrait donner. C'était le signal que Karl attendait. Il plaqua ses lèvres sur les miennes en un baiser affamé. Les mains tremblantes, il tira impatiemment sur les boutons de mon chemisier et les crochets de ma jupe. Tous deux tombèrent par terre à côté de nous, avec mes chaussures et mes chaussettes.

Une fois qu'il m'eut tout enlevé hormis mes sous-vêtements, il me souleva dans ses bras et me porta jusqu'à la chambre. C'est là que j'ai perdu ma virginité, sur le matelas ferme du lit en chêne qu'il partageait avec sa femme. J'eus beaucoup plus mal que ce à quoi je m'attendais, mais en même temps j'éprouvai un plaisir si total que je sus que j'aimais cela plus que de raison.

– Mon Dieu. Comment ai-je pu violer une enfant ? Ma propre nièce, en plus !

Karl se retira si précipitamment qu'il me jeta pratiquement hors du lit, puis il se couvrit le visage avec les mains et bredouilla comme s'il avait mal. Qu'y avait-il de si horrible à ce que nous venions de faire ? me demandai-je. J'avais trouvé cela merveilleux. J'étais déçue de voir Karl, submergé par ses regrets, revenir aussi vite à la réalité. Mais, de son côté, Karl aussi était désenchanté. La stupeur et l'admiration que j'avais trouvées dans son regard avaient disparu au moment où il en avait fini avec moi. Pour la première fois, je remarquai que les hommes qui m'étreignent finissent toujours, et sans exception, avec une expression vide dès qu'ils ont terminé, comme s'ils avaient perdu quelque chose. C'est peut-être pour cela que je suis toujours en quête d'un nouveau partenaire. Pour cela aussi que je suis devenue prostituée.

Après ce jour-là, Karl et moi nous vîmes souvent en cachette. Une fois, je ne me souviens plus quand, il m'a fait monter dans sa Renault lorsque je rentrais de l'école et a roulé, avec moi sur la banquette arrière, sans m'adresser un seul regard. Nous nous sommes arrêtés devant un chalet qui appartenait à un de ses amis, au pied d'une montagne. C'était la basse saison et il n'y avait personne alentour. Le chalet était sombre et l'eau coupée. Soucieux de ne pas salir la moquette, nous avons recouvert le sol de vieux journaux avant d'entamer notre pique-nique à base de vin et de tranches de salami entre deux morceaux de pain. Karl m'a déshabillée et m'a fait prendre diverses poses sur le couvre-lit blanc du grand lit. Il a pris des photos avec un appareil reflex. Quand il s'est décidé à me rejoindre sur le lit, ma passion était aussi engourdie que mon corps.

– Oncle Karl, j'ai froid.

– Il va falloir faire avec.

Bien avant que nous ayons commencé à faire l'amour, je savais que ce n'était pas un comportement acceptable pour deux personnes du même sang. Et nous étions du même sang. La personne à qui nous devrions toujours cacher notre relation, c'était mon père, le frère aîné de Karl. Nous avions peur de sa réaction. Inévitablement, dès qu'il avait terminé, Karl marmonnait nerveusement : « Si mon frère l'apprend, il me tuera. »

Les hommes vivent selon des règles qu'ils se sont fixées eux-mêmes. Et, parmi ces règles, il y en a une qui veut que les femmes ne soient qu'une marchandise qu'il leur appartient de posséder. Une fille appartient à son père, une femme à son mari. Pour eux, les désirs propres aux femmes représentent un obstacle, et mieux vaut les ignorer. D'ailleurs, le désir est toujours le fait de l'homme. C'est son rôle que de faire des avances aux femmes et de protéger les siennes des avances des autres. J'avais été séduite par un membre de ma famille. De toutes les règles du monde des hommes, celle-ci était le grand tabou. Et, pour cette raison, Karl était terrifié.

Je ne voulais pas être la propriété de qui que ce soit. Pour commencer, mon désir n'était pas une de ces affaires dérisoires qu'un homme pouvait facilement protéger. Mais ce jour-là Karl était différent. Il dénigra mon père.

– Mon frère n'est pas ce qu'il prétend être. Il est incapable de tenir les comptes. Quand je lui en ai fait la remarque, il s'est énervé. Pour ne rien arranger, la manière dont il traite sa femme est impardonnable. Il fait comme si elle n'était qu'une gouvernante.

Karl n'aurait pas compris si je lui avais expliqué que c'était ma mère qui voulait absolument jouer la bonne. Depuis qu'elle avait débarqué en Suisse, elle était devenue de plus en plus gênée par son statut de Japonaise. Tous les jours, elle préparait des plats japonais à base d'ingrédients hors de prix et, si on n'arrivait pas à finir tout ce qu'elle avait préparé, elle mettait les restes au congélateur. Très vite, le congélateur a été plein à ras bord de boîtes Tupperware remplies de *hijiki* à l'eau et de *nikujaga* en ragoût ou de rondelles de racines de bardane. Ces boîtes en disaient long sur la mélancolie de ma mère et me laissaient un mauvais pressentiment.

– Oncle Karl, est-ce que tu détestes mon père ?

– Non, je le méprise. Ne le répète à personne, mais il a une maîtresse, une Turque. Je sais tout. Il a un faible pour les cheveux noirs et les yeux sombres.

La femme en question était une immigrée venue chercher du travail en Allemagne. Incapables de contenir leur passion, mon père et elle échangeaient des regards brûlants à longueur de journée.

– À ton avis, comment Maman réagirait-elle si elle l'apprenait ?

Karl sembla froissé par ma question. Sans aucun doute, il était aussi inquiet que moi de ce que ma mère ferait si elle savait pour nous. Karl et moi ; mon père et sa maîtresse turque… Nous avions, semble-t-il, beaucoup de choses à lui cacher. Mais personne ne les lui révélerait. Ma mère avait perdu toutes ses amies en partant pour la Suisse et elle était incapable d'apprendre la langue. Elle se retirait toujours plus profondément dans sa coquille et refusait d'en sortir.

– En tout cas, ce n'est pas moi qui lui dirai.

– Mais ça ne te fait rien que je le sache ?

Il leva sur moi des yeux pleins d'étonnement. Je détournai le regard et contemplai le plafond sombre du chalet de montagne.

Ma mère me haïssait. Mettre au monde une fille si différente d'elle en apparence l'avait précipitée dans un abîme dont elle n'était jamais ressortie. Elle vivait toujours avec ce choc. Dès que j'avais atteint une certaine maturité, les choses n'avaient fait qu'empirer et, quand il avait été décidé que nous irions vivre en Suisse, ma mère était devenue la seule Asiatique de la famille. Elle avait donc commencé à se rapprocher de ma sœur qui, vivant toujours au Japon, était plus asiatique que moi, du moins à ses yeux. Le bien-être de ma sœur la préoccupait grandement. Elle répétait constamment : « Je m'inquiète pour cette enfant. Vous ne croyez pas qu'elle puisse penser que je l'ai abandonnée ? »

Ma sœur, bien sûr, n'en pensait rien. Si ma mère avait abandonné quelqu'un, c'était moi. Je ne ressemblais à personne de la famille. On m'avait donc livrée à moi-même. Les seuls à se soucier de moi étaient les hommes qui me désiraient. Enfant, j'eus pour la première fois l'impression que ma vie avait un but en voyant que les hommes me convoitaient. Voilà pourquoi je les convoiterai toujours. Avant même de commencer à me soucier de mes devoirs ou d'autres préoccupations scolaires, je commençai à entretenir des liaisons secrètes avec des hommes. Et ce sont les hommes qui encore aujourd'hui me donnent la preuve dont j'ai besoin pour me sentir vivante.

Un soir, j'arrivai en retard à la maison. Karl m'avait déposée dans une petite rue de peur d'être repéré s'il arrêtait sa voiture devant notre immeuble. Je parcourus dans la nuit le chemin qui me séparait de l'immeuble. Une fois arrivée, j'ouvris la porte et allai tout droit dans ma chambre. Il était déjà dix heures passées et l'appartement était plongé dans le noir le plus complet, ce qui me parut assez bizarre. En jetant un œil dans la cuisine, je ne vis aucune trace de repas. Pas un jour ne se passait sans que ma mère ne prépare un plat japonais ou un autre. Trouvant cela étrange, j'allai vers sa chambre et jetai un coup d'œil par la porte entrouverte. Je l'aperçus dans la pénombre. On aurait dit qu'elle dormait, je refermai donc discrètement la porte sans chercher à l'appeler.

Une demi-heure plus tard, quand mon père rentra, j'étais dans la baignoire, tout occupée à me laver de ma soirée avec Karl. Il tambourina à la porte de la salle de bains. Karl et moi étions découverts ! Ce fut la première pensée qui me traversa l'esprit. Mais il n'en était rien. Mon père était venu me dire que Maman avait un drôle d'air. Il semblait complètement bouleversé. Courant à toutes jambes vers la chambre, je savais déjà dans mon cœur que ma mère était morte.

Quand nous vivions au Japon, elle n'avait pas pris une seule fois le parti de ma sœur contre les accès de colère de mon père. Mais une fois arrivée en Suisse, elle ne pensait plus qu'à elle. Je méprisais sa lâcheté. Je haïssais sa négligence.

Voici ce qui arriva un jour. J'avais invité quelques camarades de classe à venir me voir à l'appartement. Ma mère refusa de sortir de sa cuisine.

– Je voudrais te présenter, implorai-je en la tirant par la main.

Mais elle se dégagea brusquement et me tourna le dos.

– Tu n'as qu'à leur dire que je suis la bonne. Je ne te ressemble pas et ce serait trop compliqué de leur expliquer.

Compliqué. C'était son mot préféré. Apprendre l'allemand, c'était trop compliqué. Tout ce qui était nouveau était trop compliqué. Ma mère s'était si peu habituée à Berne qu'il lui arrivait fréquemment de se perdre quand elle s'aventurait en ville. Il ne se passa pas longtemps avant que sa personnalité subisse une sorte d'effondrement. Mais je ne comprends toujours pas ce qui l'a poussée à vouloir mourir. Elle était alors dans un tel état d'abattement que le plus petit événement aurait suffi à lui faire péter les plombs. Était-ce le riz qu'elle n'avait pas réussi à cuire correctement quelques jours plus tôt ? Le prix exorbitant du *nattô* ? Ou bien la maîtresse turque de mon père ? Ma liaison avec Karl, peut-être ? À vrai dire, je m'en fichais. J'avais depuis longtemps perdu tout intérêt pour les affaires de ma mère.

Mais je suis sûre d'une chose. Karl comme mon père ressentirent un certain soulagement en apprenant sa mort. Puis ils commencèrent, chacun de leur côté, à se dire avec effroi que c'était de connaître leurs crimes qui l'avait poussée au suicide. Ils ont dû passer tout le reste de leur existence à se débattre avec ce sentiment de culpabilité.

Ce n'est pas mon cas. Sa mort m'apporta une meilleure compréhension des conséquences de l'égoïsme des adultes. Ce n'était pas ma faute si mes parents avaient produit une enfant d'une telle beauté, un miracle comme moi. Et pourtant, c'était à moi d'en assumer le fardeau. J'en avais plus qu'assez. Je ne voulais certainement pas qu'on me fasse porter le chapeau pour la mort de ma mère. Ce qui fait que lorsque mon père amena sa maîtresse turque chez nous, je me sentis soulagée : cela me donnait une excuse pour exiger qu'on me donne la permission de rentrer au Japon. Je me moquais de savoir si je reverrais ma grande sœur. De toute façon, elle me détestait. En plus, Johnson venait de rentrer de son voyage d'affaires à Hong-Kong et m'attendait. Pourquoi ne pas aller habiter chez lui ? Je n'étais plus pucelle et je voulais voir à quoi ressemblerait la baise avec lui. J'en avais tellement envie que c'était à peine supportable.

3

Pour une nymphomane comme moi, j'imagine qu'il n'y a pas de boulot plus approprié que la prostitution ; c'est le destin que les dieux m'ont donné. Si violent, si laid qu'un homme puisse être, au moment de passer à l'acte je ne peux faire autrement que l'aimer. Plus encore, je me dois d'accéder à tous ses désirs, même les plus inavouables. En fait, plus mon partenaire est tordu, plus je suis attirée vers lui parce que la pleine satisfaction de ses demandes est la seule façon que j'ai de me sentir vivante.

C'est ma principale vertu. C'est aussi mon plus grand défaut. Je ne peux me refuser à personne. Je suis le vagin incarné, la matérialisation de l'essence féminine. Si je me refusais un jour à un homme, je cesserais d'être moi.

J'ai souvent tenté de m'imaginer ce qui pourrait, au bout du compte, me perdre. M'écroulerai-je, terrassée par une crise cardiaque ? M'éteindrai-je après une longue agonie ? Serai-je tuée par un homme ? Ce ne peut être que l'un des trois. Je ne dis pas que je n'ai pas peur. Mais puisque je ne peux pas m'arrêter, c'est moi, sans doute, qui serai responsable de ma propre destruction.

Le jour où je l'ai compris, j'ai décidé de tenir un journal. Il ne s'agit pas d'un compte rendu quotidien ni d'une liste de rendez-vous, j'y consigne les choses pour moi seule. Pas une page de ce que j'ai écrit ne relève de la fiction. D'ailleurs, je ne sais pas écrire de fiction ; cela dépasse mes capacités de création. Je ne sais pas qui lira ce recueil, mais je compte le laisser ouvert sur mon bureau avec une note qui dira *Pour Johnson*. Il est le seul à avoir la clé de mon appartement.

Il me rend visite quatre ou cinq fois par mois. C'est le seul homme que je reçoive gratuitement. Et c'est le seul homme avec qui j'aie jamais entretenu une relation aussi longue. Si on me demandait si je l'aime, je pourrais aisément répondre *oui*. Et tout aussi aisément *non*. En réalité, je ne sais pas. Ce qui est sûr, c'est que Johnson, d'une certaine façon, me fait vivre. Peut-être est-ce le besoin d'une figure paternelle ? Peut-être. Johnson est incapable d'arrêter de m'aimer, il est donc un peu comme un père. Mon vrai père, bien sûr, ne m'a jamais aimée. Ou du moins son amour pour moi était-il entravé.

Je me rappelle le moment où je lui ai demandé de me laisser repartir au Japon. C'était tard le soir, environ une semaine après la mort de ma mère. J'entendais l'eau qui s'échappait du robinet de la cuisine, goutte après goutte. Je ne sais pas si le robinet avait commencé à fuir juste quand ma mère était morte, ou s'il avait toujours fui et qu'elle le resserrait bien consciencieusement chaque fois. Mais il me sembla soudain que le robinet avait toujours fui. Cela me terrifia, c'était comme si ma mère essayait de nous dire : *je suis toujours là*. J'eus beau appeler dans tous les sens, je ne réussis pas à faire venir un plombier pour le réparer. Ils étaient tous trop occupés. Chaque fois qu'une goutte d'eau s'écrasait dans l'évier, mon père et moi nous tournions vers la cuisine.

– C'est à cause de moi que tu veux rentrer au Japon ? me demanda-t-il sans oser me regarder dans les yeux.

Il était évident qu'il se sentait un peu coupable d'avoir amené Ursula, sa copine turque, à la maison ; ne me demandez pas pourquoi elle avait un prénom allemand ! D'un autre côté, il m'en voulait de l'avoir dénoncé à la police.

Je l'avais appelée uniquement sous le coup de la colère. Ma mère était là, allongée dans son cercueil, et il avait fallu que mon père traîne sa maîtresse, enceinte, jusque dans la maison de Maman ! Mais si je condamnais son manque d'égards, je ne doutais pas une seconde de son innocence. Mon père n'était pas assez fort pour se salir les mains avec un tel crime. Son désir n'était pas assez puissant pour le pousser jusqu'au meurtre. Il n'était donc pas du tout surprenant de le voir rester en retrait pendant que ma mère s'effondrait lentement sur elle-même. Et lorsqu'il n'avait pas pu le supporter plus longtemps, il s'était enfui. Quand la femme avec qui il s'était enfui était tombée enceinte, il n'avait eu d'autre choix que d'accepter ce fardeau. Mon père était un lâche.

– Ça a moins à voir avec toi qu'avec moi.

– Qu'est-ce que je suis censé comprendre ?

Il me regardait d'un air perdu. Toute vie s'était vidée de son regard bleu pâle.

– Je ne veux pas rester ici.

– C'est à cause d'Ursula ?

Il parlait à voix basse. Ursula s'était assoupie dans la chambre d'amis. La moindre tension pouvant provoquer une fausse couche, on nous avait ordonné de la garder au calme. Ursula était venue de Brême toute seule avec un visa de travail et mon père n'était pas assez riche pour se permettre de la laisser bien longtemps à l'hôpital.

– Ce n'est pas à cause d'Ursula.

Ursula était encore plus effrayée que lui par la mort de ma mère et en souffrait beaucoup. Elle croyait que c'était de sa faute si ma mère s'était suicidée. Elle n'avait que dix-sept ans. Chaque fois que je lui parlais, je lui trouvais une honnêteté et une simplicité tout enfantines. Je n'étais pas fâchée contre elle. Il me suffisait de lui dire qu'elle n'avait rien à voir avec la mort de ma mère pour la voir transportée de joie. Mon père poussa un soupir de soulagement en entendant ma réponse. Mais il ne parvenait toujours pas à me regarder dans les yeux.

– C'est bien. J'avais peur que tu penses que ma faute était trop grande pour être pardonnée.

Ah, il n'était pas le seul à se sentir coupable ! Entre l'infidélité de Karl et la mort de ma mère, j'avais grandi bien vite.

– Ce n'est pas une question de pardon. Je veux simplement rentrer au Japon.

– Pourquoi ?

Ce n'était pas seulement parce que je voulais revoir Johnson. J'avais aimé ma mère. Maintenant qu'elle n'était plus là, pourquoi rester en Suisse ?

– Je n'ai aucune raison de rester ici maintenant que Maman est morte.

– Je vois. Donc, tu as décidé d'être japonaise, c'est ça ? marmonna-t-il sans essayer de cacher sa déception. Ça risque d'être difficile pour toi là-bas, avec ton allure d'Occidentale.

– Peut-être. Mais japonaise, je le suis.

Dès cet instant, mon destin fut pratiquement scellé. J'allais vivre en Japonaise, dans un pays à l'air humide et épais. Les enfants me montreraient du doigt en criant : *« Gaijin ! Gaijin ! »* Et les filles chuchoteraient dans mon dos : « Les métisses sont peut-être mignonnes aujourd'hui, mais elles montrent leur âge plus vite que nous. » Et les lycéens me harcèleraient. Tout ça, je le savais. Voilà pourquoi il fallait que je bâtisse autour de moi un mur de protection aussi épais que celui que ma sœur avait conçu. Puisque j'étais incapable d'y parvenir toute seule, je décidai d'utiliser Johnson.

– J'ai demandé à Johnson si je pouvais aller habiter chez lui.

– L'Américain ?

Mon père fit une vilaine grimace.

– Ce n'est pas une mauvaise idée, mais ça va coûter très cher.

– Il a dit qu'il m'offrirait gratuitement le gîte et le couvert. Alors, je peux ? S'il te plaît ?

Mon père n'acquiesça pas.

– Ma sœur, elle, tu la laisses bien rester au Japon !

Mon père haussa les épaules, résigné.

– Elle ne s'est jamais vraiment attachée à moi.

C'est parce que ces deux-là étaient bien trop semblables. Nous restâmes assis sans parler. Le robinet détraqué crevait le silence, goutte après goutte. Mon père se mit soudain à crier, comme si le bruit lui était devenu insupportable :

– Bon, d'accord ! Tu n'as qu'à y aller.

– Comme ça tu pourras être heureux ici avec Ursula.

Je n'avais pas vraiment l'intention de terminer notre conversation sur ces mots, mais une expression de tristesse avait traversé son visage.

Le lendemain, je séchai les cours et appelai Johnson à son bureau. Il ne savait pas encore que j'avais obtenu la bénédiction de mon père. Il eut l'air enchanté que je l'appelle.

– Yuriko ! Comme ça me fait plaisir de t'entendre. Quand on

m'a retransféré à Tokyo, je pensais qu'on pourrait se revoir. Mais on a dû se rater de peu. J'ai été très déçu d'apprendre que tu étais partie vivre en Suisse. Comment ça va chez vous ?

– Ma mère s'est suicidée et mon père vit avec sa maîtresse. J'ai vraiment envie de rentrer au Japon, mais je n'ai nulle part où aller. Et plutôt crever que d'aller vivre avec ma sœur. Je ne sais vraiment pas quoi faire.

Je n'essayais pas de jouer sur sa compassion. Je tentais de le séduire. Une fille d'à peine quinze ans, essayer de séduire un homme qui en avait le double ! Il inspira profondément, puis il eut une grande idée.

– Pourquoi tu ne viendrais pas habiter ici, chez nous ? Ce sera comme au chalet. Tu seras la petite fille qui cherche à se protéger des persécutions de sa sœur. Tu pourras rester aussi longtemps que tu voudras.

Je poussai un grand soupir de soulagement, puis m'inquiétai de la réaction de Masami. S'ils avaient eu un enfant, il leur serait difficile de m'héberger moi aussi.

– Que va dire Masami ?

– Elle sera très contente, je te le promets. Masami est folle de notre jolie petite Yuriko. Mais qu'est-ce que tu comptes faire pour l'école ?

– Je n'ai rien décidé.

– Bon, alors je vais demander à Masami de s'en occuper. Yuriko, viens habiter chez nous !

Les murmures suppliants de Johnson étaient ceux d'un homme réagissant à la séduction. Je me laissai tomber en arrière dans le canapé, soulagée. J'eus soudain la sensation étrange qu'on m'observait et levai les yeux pour trouver ceux d'Ursula posés sur moi. Elle me fit un clin d'œil. Au ton de ma voix, elle avait compris ce que je faisais. Je hochai la tête en souriant. Je suis comme toi. Moi aussi, à présent, je vais vivre en exploitant les faveurs d'un homme. Elle esquissa un sourire et disparut prestement dans la chambre. Depuis ce jour, le robinet de la cuisine cessa de fuir. Ursula s'était décidée à le refermer bien à fond. Quand mon père n'était pas dans les parages, elle marchait d'un pas léger. Difficile de croire qu'elle avait besoin de repos.

La veille du jour où je devais quitter la Suisse, dans l'après-midi, Karl vint me voir en cachette en profitant du fait que mon père était à l'usine. Il pressa ses lèvres sur les miennes en un long baiser, là, dans ma chambre, sous le regard de mes poupées et de mes ours en peluche.

– Je suis triste, Yuriko, dit-il, je ne pourrai plus te voir. Tu ne veux pas rester ? Pour moi ?

Ses yeux étaient pleins de feu, mais aussi très calmes. Il ne faisait guère de doute que mon départ et la mort de ma mère le délivraient de tous les regrets et de la culpabilité qu'il avait pu éprouver.

– Moi aussi je suis triste. Mais je ne peux pas faire autrement.

– Tu veux bien qu'on le fasse maintenant ? Une dernière fois ?

Karl commença à défaire la boucle de sa ceinture.

– Ursula est dans la maison !

– C'est pas grave. On peut le faire sans qu'elle entende.

Il balaya d'une main les peluches de mon lit et m'allongea de force sur le matelas étroit. J'étais incapable de bouger sous son poids. Puis j'entendis frapper à la porte.

– Yuriko ? C'est Ursula.

Sans attendre que Karl ait le temps de se redresser et de défroisser ses vêtements, je tendis le bras et ouvris la porte en grand. Ursula m'adressa un sourire complice, Karl lissa ses cheveux vers l'arrière et se leva, faisant mine d'être absorbé dans la contemplation de la fenêtre comme s'il avait toujours été là. De l'autre côté de la rue s'étendait sa fabrique de bas.

– Oui, Ursula, qu'est-ce qu'il y a ?

– Si tu ne comptes pas emmener tes ours en peluche avec toi, je me demandais si je pouvais les récupérer.

– Je m'en fiche. Prends ce que tu veux.

– Merci !

Ursula ramassa en vitesse le koala et l'ours jetés par terre avant de lancer un regard soupçonneux à Karl.

– Quoi de neuf, patron ?

– Oh, je suis juste venu dire au revoir à Yuriko.

Elle me fit un clin d'œil comme pour dire : Mais bien sûr ! Ursula était ma complice. Dès qu'elle fut partie, Karl tira une enveloppe de la poche arrière de son jean avec un air résigné. Je l'ouvris et trouvai les photos de nu qu'il avait prises de moi, ainsi que quelques billets de banque.

– Elles sont belles, tu ne trouves pas ? Je me suis dit que tu pourrais les garder en souvenir. Et l'argent, c'est mon cadeau d'adieu.

– Merci. Dis-moi, où as-tu caché les copies de ces photos ?

– Je les ai collées derrière mon bureau, à l'usine.

Il semblait très sincère en le disant. Puis il ajouta :

– Je vais économiser pour venir au Japon.

Mais Karl n'est jamais venu, pas une fois. Et il est très rare que je repense encore à lui ces derniers temps. Mon premier homme ; mon premier client, aussi. J'ai toujours les photos. Je fixe l'objectif en prenant la pose de la *Maja desnuda* de Goya, le visage apparemment figé, étendue sur les draps, la peau blanche à en être translucide. J'ai le front large et une moue aux lèvres. Les pupilles de mes yeux grands ouverts reflètent quelque chose que j'ai perdu depuis : la peur des hommes et un désir farouche. Je semble projeter une certaine inquiétude concernant le destin qui sera le mien. Aujourd'hui, je ne connais plus ni peur, ni désir, ni inquiétude.

Assise devant mon miroir, je me maquille. Le visage que je vois dans la glace est celui d'une femme qui a vieilli à une allure terrible depuis ses trente-cinq ans : c'est moi. Impossible désormais de recouvrir les rides autour de mes yeux et de ma bouche, peu importe le nombre de couches de fond de teint dont je me tartine. Et ma silhouette ronde et légèrement trapue ressemble en tout point à celle de ma grand-mère paternelle. Plus je vieillis, plus je suis consciente du sang occidental qui irrigue mon corps.

Au début, j'ai été mannequin ; après, j'ai longtemps travaillé dans un club qui ne louait les services que de belles étrangères. Certains diraient que j'étais une call-girl de luxe. De là, j'ai été envoyée dans un club hors de prix, le genre d'endroit dont un simple *salaryman* n'oserait franchir le seuil. Mais à mesure que les décolletés de mes robes se faisaient plus plongeants, je plongeai moi-même d'établissements minables en bars sordides. Aujourd'hui, je dois me résigner à courir les clubs destinés aux hommes qui ont un penchant pour les « femmes mariées » et les hôtesses plus mûres. Qui plus est, il faut que je me démène juste pour me vendre à bas prix. Autrefois, je me trouvais de la valeur simplement en sachant qu'un homme me désirait, mais plus maintenant ; non seulement mes revenus ont fondu, mais je comprends qu'il faut chercher plus loin, plus profond, les raisons qui pourraient justifier mon existence en ce monde. Le regard plongé dans le miroir, j'observe mes yeux qui ont perdu leurs contours et trace un trait épais avec mon eye-liner. Je le fais pour recréer mon masque éclatant de professionnelle.

4

Ma sœur a dit qu'elle me rappellerait plus tard dans la soirée. J'aurais aimé pouvoir sortir avant. J'aurais voulu éviter d'entendre sa voix déprimante. Qu'est-elle en train de faire ? me demandé-je. Dériver d'un job minable au suivant, à la recherche du travail idéal. Comme si ce genre de travail existait. Ou peut-être, oui, peut-être existe-t-il, c'est la prostitution ! Je ris toute seule et me regarde dans la glace. Si vous en êtes capables, ne vous gênez surtout pas. C'est un boulot dont les subtilités sont difficilement saisissables. Je suis prostituée depuis que j'ai quinze ans. Je ne peux pas vivre sans hommes et pourtant les hommes sont mes pires ennemis. Ils m'ont ruinée. Je suis une femme qui a détruit sa féminité. À quinze ans, ma sœur aînée n'était qu'une lycéenne ordinaire, de celles qui bossent jusqu'à l'épuisement.

Une idée folle me vient subitement. Et si elle était encore vierge ? La petite sœur est pute, la grande est vierge. Ce serait trop drôle. À présent, je suis curieuse de savoir. Je compose son numéro.

– Allô ? Qui est-ce ? Allô ? C'est toi, Yuriko ? Allez, c'est qui ?

Elle a décroché à la seconde où le téléphone s'est mis à sonner.

– Allô ! Allô !

Ma sœur essaye désespérément de savoir qui l'appelle ; son téléphone ne doit jamais sonner. Sa solitude se répercute jusque dans mon combiné. Je lâche le téléphone et me tords de rire en entendant sa voix qui résonne encore à l'autre bout du fil. Je n'arrive pas à décider si elle est vierge ou lesbienne !

Après avoir raccroché, je commence à réfléchir à ce que je vais porter ce soir au club. Mon appartement se compose d'une chambre, d'un salon qui fait aussi office de salle à manger et d'une petite cuisine. Pas beaucoup de place. Le placard sert aussi de dressing ; je n'ai pas tant de robes que ça, de toute façon. Quand je travaillais à Roppongi, dans les clubs pour étrangers, j'avais une tonne de robes magnifiques. Mes Valentino et mes Chanel valaient près d'un million de yens pièce. J'ai dû être longtemps à la tête d'une petite fortune rien qu'en vêtements. Je me glissais dans l'une ou l'autre de mes magnifiques toilettes et y agrafais sans même y penser un diamant aussi gros qu'une perle de verre. Puis j'enfilais des sandales dorées si extravagantes qu'il était impossible de marcher avec. Je ne mettais jamais de bas, par égard pour les clients qui aimaient m'embrasser les orteils. Je prenais un taxi depuis mon appartement. Après le boulot, la voiture d'un client me conduisait à l'hôtel, et de l'hôtel je rentrais à la maison en taxi. Mes muscles n'étaient sollicités que lorsque j'étais au lit avec un homme.

Mais une fois déchue de ce monde-là, mes vêtements eux aussi se sont changés en fripes bon marché qu'on trouve à n'importe quel coin de rue. Je suis passée de la soie au polyester ; des cachemires aux laines mélangées. Et je n'ai pas d'autre choix aujourd'hui que de serrer mes jambes fatiguées dans des collants de second choix achetés en solde. Des jambes capitonnées d'une graisse qui refuse de disparaître malgré toutes les heures passées à faire de l'exercice.

Ce qui a le plus changé, c'est la qualité de mes clients. Dans le premier club où j'ai officié, c'étaient des acteurs, des écrivains, des jeunes gens qui se disaient entrepreneurs. Beaucoup d'entre eux étaient chefs d'entreprise ou d'éminents VIP étrangers. Dans le club suivant, ç'a été surtout des hommes d'affaires qui pouvaient dépenser sans compter et tout faire passer en notes de frais. De là, je me suis retrouvée à servir des *salarymen* qui venaient dépenser leurs maigres émoluements. À présent tous mes clients sont soit des tordus qui cherchent des dingues, soit des types sans le sou. Par dingues, j'entends monstrueuses. Il y a en ce monde des gens qui préfèrent la beauté une fois qu'elle n'est plus, ou les miettes d'une abondance envolée.

Avec ma beauté et mon désir monstrueux, je vais sans doute devenir, à proprement parler, une bête immonde. Ma laideur n'a fait que s'accroître avec l'âge. Mais, comme je l'ai déjà écrit bien des fois, je ne me sens pas seule. Telle est la vraie image de la femme qui fut jadis magnifique. Ma sœur a sans doute pris beaucoup de plaisir à suivre mon déclin. C'est pour ça qu'elle n'arrête pas de m'appeler.

J'ai encore des choses à dire sur Johnson.

Quand il est venu m'accueillir à l'aéroport international de Narita, il avait l'air crispé ; et Masami se tenait juste à côté de lui, résolument rayonnante. Une vraie étude de contrastes ! Johnson portait un costume sombre, une chemise blanche et la cravate de son ancien régiment, et il se tapotait nerveusement la lèvre inférieure avec l'index. Je ne l'avais jamais vu accoutré de cette façon. Masami, elle, avait une robe de lin blanc, peut-être pour mieux souligner sa peau cuivrée et l'étalage impressionnant de breloques dorées qui lui pendaient aux oreilles et au cou et lui ceignaient les poignets comme les doigts. Le crayon noir appliqué au coin de ses yeux était beaucoup trop sombre. Difficile de savoir quel genre d'expression elle arborait. Était-elle sérieuse ou espiègle ? Voilà pourquoi je me mis vite à l'observer chaque fois qu'elle se maquillait, car selon la manière dont elle s'y prenait je pouvais déduire – bien mieux qu'en l'écoutant – son humeur du jour. Cet après-midi-là, elle exhibait une joie exagérée.

– Yuriko ! Cela fait si longtemps que nous ne t'avons pas vue. C'est fou ce que tu as grandi !

Johnson et moi échangeâmes un regard furtif. Désormais âgée de quinze ans, j'avais gagné vingt bons centimètres depuis l'école primaire. Je mesurais un mètre soixante-dix pour un peu moins de cinquante kilos. Et je n'étais plus vierge. Johnson me serra timidement dans ses bras. Son corps tremblait légèrement.

– Je suis si content de te revoir, dit-il.

– Merci beaucoup, monsieur Johnson.

Il m'avait déjà dit de l'appeler Mark, mais je préférais Johnson. « Cet imbécile de Johnson » : voilà comment ma sœur, sous le coup de la colère, l'avait appelé juste avant de me raccrocher au nez. Chaque fois que j'y repensais, je murmurais dans le silence de mon cœur : « Johnson, mon homme providentiel ». Il était ma seule ligne de défense.

– Crois-tu que nous devrions attendre ta sœur ?

Masami promena autour de l'aéroport un regard dubitatif. Elle n'avait pas besoin de se donner cette peine. Je ne lui avais même pas annoncé l'heure de mon arrivée.

– Je n'ai pas eu le temps de l'appeler avant de partir. Et puis, il paraît que mon grand-père ne se sent pas très bien.

– Ah, j'ai failli oublier !

Masami n'avait même pas entendu ce que je venais de dire.

– L'examen d'admission est cet après-midi, dit-elle en me serrant joyeusement le bras. Il faut qu'on se dépêche de rentrer à la maison. Le collège de K. est prêt à t'accepter sous le régime des *kikokushijo*, les élèves qui rentrent au pays après une longue absence. De chez nous, ce sera vraiment très pratique pour toi d'aller là-bas. Et en plus, je pourrai me vanter de connaître une fille qui fréquente une école aussi cotée. Je suis absolument ravie que tu sois revenue à temps pour passer l'examen.

K. L'école où était ma sœur. Je ne voulais pas aller dans ce genre d'endroits. Mais cette grande frimeuse de Masami était bien décidée à m'y faire entrer. Je cherchai de l'aide du côté de Johnson, mais il se contenta de hocher la tête.

– Il va falloir faire avec, au moins pour ça.

– Faire avec.

C'était exactement ce que m'avait dit l'oncle Karl au chalet le jour où il avait pris les photos. Je me mordis la lèvre, résignée. Masami m'entraîna par la main avant de me pousser sur la banquette arrière de sa Mercedes trop voyante. Tout contre moi, sur les sièges de cuir beige, je sentis la cuisse chaude de Johnson se frotter à la mienne. L'incident du chalet. Notre secret. Mes yeux devaient danser de joie d'avoir redécouvert un tel bonheur. Et j'attendais tous ceux que nous réservait la suite. La vie ne se déroule jamais comme prévu. Mais on est libre de rêver.

Sur le chemin de la maison, la Mercedes s'arrêta pour laisser descendre Johnson, qui devait aller au travail. J'étais désormais entre les mains de Masami. Elle me traîna jusque dans les bureaux du collège de K., dans l'arrondissement de Minato. Le bâtiment principal en pierre semblait très ancien. Les immeubles dont il était flanqué étaient plus modernes ; le lycée se trouvait dans celui de droite. Sans y penser, je commençai à chercher ma sœur des yeux. On ne s'était pas vues depuis notre séparation, au mois de mars. Cela faisait plus de quatre mois. Si j'entrais au collège de K., elle serait sûrement démoralisée. Je ne pouvais qu'imaginer sa colère. Elle avait travaillé comme une folle pour entrer dans cette école, et tout ça dans le seul but de s'éloigner de moi. Sa petite ruse était transparente. En m'entendant ricaner, Masami fit une interprétation de mes sentiments qui était complètement à côté de la plaque :

– Allez, Yuriko-chan, souris ! Tu es si jolie quand tu souris ! Si tu souris, tu es sûre de réussir ton entretien. Enfin… c'est censé être un test sur table, mais c'est vrai seulement sur le papier. Je suis sûre qu'ils vont vouloir te garder plus longtemps… tu es si jolie. Ç'a été la même chose quand j'ai passé mon examen d'hôtesse de l'air. La concurrence était rude, mais c'est les filles qui avaient le plus beau sourire qui ont été choisies.

Je doute qu'un examen pour devenir hôtesse de l'air et le concours d'entrée de cette école puissent avoir quoi que ce soit de comparable. Mais voyant que ça ne servirait à rien de me disputer, je décidai de me contenter d'un petit sourire douceâtre, plus facile. Et si j'étais acceptée ? Mon père n'aurait pas les moyens de me payer cette école. Mais Johnson était d'accord pour régler la moitié de mes frais de scolarité. Ne valais-je pas déjà guère mieux qu'une prostituée ?

Il devait y avoir une dizaine d'élèves venus passer l'examen réservé aux *kikokushijo.* Ils avaient tous dû partir à l'étranger à cause des affaires de leur père. J'étais la seule métisse, et certainement la plus mauvaise du groupe au niveau de l'examen écrit. Je n'ai aucune passion pour les études. En plus, c'est à peine si j'ai assez de vocabulaire pour mener une conversation ordinaire en anglais ou en allemand.

Ce soir-là, j'étais tellement épuisée que j'eus une poussée de fièvre. La maison de Johnson était située juste derrière le centre des impôts de Nishi Azabu. La chambre que Masami m'avait préparée se trouvait à l'étage. Les rideaux, le dessus-de-lit et même les oreillers étaient tous taillés dans le même tissu à fleurs, visiblement très à son goût. Je n'avais pas vraiment d'opinion en matière d'ameublement intérieur et trouvais cette débauche de couleurs un peu excessive, mais qu'est-ce que ça pouvait bien me faire ? À l'instant où je me glissai sous les couvertures, je tombai dans un profond sommeil. Je me réveillai au milieu de la nuit, consciente d'une présence dans la pièce. Johnson était là, debout à côté de mon oreiller, en T-shirt et pantalon de pyjama. Dans un murmure étouffé, il me demanda :

– Yuriko ? Comment ça va ?

– Je suis juste très fatiguée.

Il se pencha vers moi et me chuchota à l'oreille :

– Dépêche-toi d'aller mieux. Je t'ai enfin capturée.

Capturée. Une femme, enfin, prête à être consommée. À moins d'accepter mon destin, je ne serais jamais heureuse. De nouveau, le mot *liberté* émergea au fond de mon esprit. J'avais quinze ans. Et en un instant j'étais devenue vieille.

Le lendemain matin, le collège de K. appela pour dire que j'étais admise. Masami était folle de joie. Après avoir téléphoné au bureau de Johnson pour lui annoncer la bonne nouvelle, elle se tourna vers moi, complètement surexcitée, et me dit :

– Il faut qu'on annonce ça à ta sœur !

J'ai été obligée de lui donner le numéro de mon grand-père. Je savais que j'allais forcément revoir ma sœur un jour ou l'autre. Après tout, nous étions désormais au Japon toutes les deux. Mais je savais aussi qu'elle me détestait. Et, de mon côté, je lui rendais bien la pareille. Nous n'avions rien de commun. Nous étions comme les deux faces d'une médaille. Ma sœur réagit exactement comme je m'y attendais.

– Si par malheur on devait se croiser à l'école, tu n'as pas intérêt à me dire bonjour. Je suis sûre que tu es très contente de toute cette attention autour de toi. Mais moi, je suis obligée de faire tout ce que je peux simplement pour survivre.

Moi aussi, je faisais tout ce que je pouvais simplement pour survivre. Mais je n'avais aucun moyen de le lui faire comprendre.

– Décidément, tu es une sacrée veinarde.

– Je veux voir Grand-Père.

– Eh ben lui, il ne veut pas te voir. Il te déteste. Il dit que tu n'as aucune inspiration. Que tu n'es pas capable de courir après ton but comme une forcenée.

– C'est quoi, l'inspiration ?

– Espèce d'abrutie. Je suis sûre que ton Q.I. ne dépasse même pas les cinquante !

Ainsi s'acheva cette conversation avec ma sœur. Quand les cours reprirent à la fin de l'été, elle fit semblant de ne pas me connaître. Quand j'abandonnai mes études en terminale, tous les liens entre le système scolaire de K. et moi furent rompus. Pendant des années, je n'ai même pas eu l'occasion de revoir ma sœur. Et voilà que maintenant elle m'appelle à tout bout de champ. Je me méfie de ce qu'elle pourrait avoir derrière la tête.

5

Lorsqu'ils m'ont pris sous leur aile, Masami avait trente-cinq ans et Johnson cinq de moins. L'unique objectif dans la vie de Masami était de garder un œil sur Johnson afin de s'assurer qu'il ne se désintéresserait jamais d'elle. Puisque Johnson se voulait mon protecteur, Masami se mit en devoir de s'assurer qu'il savait qu'elle s'occupait bien de moi. Elle semblait craindre que l'amour qu'il avait pour elle refroidisse si elle venait à négliger le moindre détail dans sa tâche.

Si je n'étais pas d'accord avec elle, je n'étais pas vraiment en mesure de m'en plaindre auprès de Johnson. Et même si je l'avais fait, il est peu probable qu'il lui en aurait tenu rigueur. Chacun courait après sa propre satisfaction. Pour Masami, qui n'avait pas d'enfant, j'étais un animal domestique. Pour Johnson, j'étais un jouet. Voilà à quoi tenait toute mon existence. J'étais née pour qu'on use de moi à loisir.

Je devais porter les vêtements que Masami m'achetait comme si je les aimais de tout mon cœur, même s'ils étaient souvent roses et pleins de fanfreluches, ou brodés de manière si voyante de logos de grandes marques que c'en était embarrassant, même s'ils étaient ridicules au point que dans la rue les gens se retournaient sur mon passage. Masami adorait me déguiser dans des accoutrements si curieux qu'ils faisaient tourner toutes les têtes.

Mais, pour une raison qui m'échappe, elle ne m'a jamais acheté le moindre sous-vêtement, pas même des chaussettes. Elle ne voyait pas l'intérêt de m'acheter des vêtements que Johnson ne verrait pas. Je devais me payer tout cela avec la misérable pension de mon père. De temps à autre, quand je commençais à en avoir marre d'économiser des bouts de chandelle, je répondais aux hommes qui m'approchaient dans le but de leur soutirer un peu d'argent. *Enjo kosai*, ou « rencontres subventionnées ». À l'époque il n'y avait pas encore de mot pour ça.

Masami était facilement manipulable. Si on lui faisait un compliment du genre : « Oh, quelle délicieuse enfant vous avez là », elle mettait son masque maternel et jouait le bonheur éperdu. Quand mes professeurs l'informaient que « Yuriko n'est pas assez sûre d'elle », elle expliquait de sa plus belle voix de martyre : « Elle vit une période très difficile depuis que sa mère s'est suicidée. » Quand je ramenais des amies à la maison, elle replongeait dans ses habitudes d'hôtesse de l'air, nous offrant à chacune le service de première classe. Je n'avais qu'à faire semblant de me soumettre et tout allait au mieux.

Je devais manger tout ce qu'elle me préparait et m'exclamer chaque fois que c'était délicieux. C'était vrai pour ses beignets, qu'elle saupoudrait si généreusement de sucre glace qu'on aurait dit de la neige. C'était aussi vrai des plats français recherchés qu'elle préparait suite à ses leçons de cuisine hebdomadaires. Et puis il y avait les déjeuners qu'elle concoctait chaque soir, pour l'école le lendemain : ridiculement ostentatoires. Je me répète probablement, mais ce n'est vraiment que dans mon cœur que je pouvais jouir de ma liberté, une liberté que personne d'autre ne pouvait voir. C'est pour cette raison, je crois, que je trouvais autant de plaisir, un tel sentiment d'affirmation, à la tromper en allant avec Johnson.

Celui-ci jouait à merveille son rôle de mari enamouré. Quand il était avec Masami, il la tirait vers lui et serrait ses bras autour de ses hanches. Après le dîner, il l'aidait toujours à débarrasser la table. Pendant le week-end, il me laissait tous les soirs seule à la maison pour l'emmener au restaurant. Ces soirs-là, il s'enfermait avec elle dans leur chambre et ils passaient la nuit ensemble. Masami n'avait pas la moindre idée de ce que Johnson et moi faisions derrière son dos. Jusqu'à ce que ça arrive.

Johnson faisait toujours l'amour avec moi tôt le matin. Masami, à cause de sa faible tension artérielle, ne se réveillait pas facilement. C'est Johnson qui s'occupait du petit déjeuner. Il se glissait en silence dans mon lit alors que je dormais. J'aimais bien sentir ses caresses sur mon corps encore à moitié endormi. Mes doigts se réveillaient les premiers, puis les pointes de mes cheveux ; lentement, très lentement, la chaleur s'élevait dans mon corps jusqu'à ce que je brûle, jusqu'à ce que je n'y tienne plus qu'à peine, mon corps saturé de chaleur. À peine avait-il terminé qu'il plongeait le nez dans mes cheveux en susurrant :

– Ah, Yuriko, ne grandis jamais.

– Pourquoi ? C'est mal de grandir ?

– Ce n'est pas ça. C'est juste que je te préfère comme tu es maintenant.

Mais bien sûr, j'ai grandi. Déjà, dans les années précédant mon entrée au lycée, j'avais atteint une taille respectable. Ma poitrine avait pris du volume et ma taille s'était beaucoup affinée. De petite fille je m'étais transformée, pratiquement du jour au lendemain, en jeune femme. J'avais peur que Johnson ne se lasse de moi, dès lors que je n'avais plus rien d'une enfant. En réalité, ce fut l'inverse. Il commença à se glisser dans mon lit dès la nuit tombée. Il me désirait tellement qu'il ne se maîtrisait plus. Masami – dont la silhouette mince, obtenue au prix de régimes drastiques, se pliait merveilleusement aux dernières modes – ne pouvait pas satisfaire son désir.

Mon corps, désormais féminin à la perfection, séduisait les jeunes hommes, sans parler des autres plus âgés. Sur le chemin de l'école, j'étais constamment abordée par des hommes intéressés. Je n'en rejetais aucun. Mon sentiment d'indépendance se perpétuait en mon for intérieur. Il ne se manifestait jamais à l'extérieur.

Bon, voilà encore que je vais trop vite. Les grandes vacances se terminèrent, laissant place à une nouvelle année scolaire. J'intégrai le collège de l'institution K., où je fus placée dans le groupe Est des élèves de troisième année. L'enseignant chargé de mon groupe était Kijima, le professeur de biologie qui avait reçu les candidats lors des entretiens d'admission. Lui aussi devait en pincer pour moi ; dans sa chemise blanche parfaitement amidonnée, il me lançait des regards si pénétrants qu'il aurait aussi bien pu me forer directement un trou dans le corps.

– J'espère que tu vas rapidement t'adapter à la façon dont on fait les choses par ici, et que tu vas te plaire à K. S'il y a quelque chose que tu ne comprends pas, quoi que ce soit, n'hésite surtout pas à me demander.

Je levai la tête pour trouver un regard pétillant derrière ses lunettes à monture métallique. Kijima, comme pris de panique, détourna soudain le regard et me demanda, les yeux baissés :

– Il paraît que tu as une grande sœur qui est aussi chez nous ?

J'acquiesçai en lui donnant son nom. Je me doutais qu'il allait se précipiter vers le lycée pour voir comment elle était. Il serait déçu de constater que ma grande sœur et moi n'avions, physiquement parlant, rien en commun. Ou peut-être un soupçon allait-il naître en lui. Peut-être se mettrait-il à me chercher des défauts à moi aussi. Le visage de ma sœur ne ressemblait pas du tout au mien, et tous ceux qui découvraient notre lien de parenté se montraient très curieux.

Dès la fin de l'étude, les garçons et les filles (l'école K. était mixte jusqu'au lycée) s'agglutinèrent autour de moi avec une franche curiosité. Je fus très surprise par la simplicité enfantine de leurs manières. Ils étaient pourtant censés appartenir à l'élite des enfants de leur âge, mais leur soif de découverte avait pris le pas sur toute autre considération.

– Comment peux-tu être aussi jolie ? me demanda le plus sérieusement du monde un des garçons.

– Et ta peau, on dirait une poupée de porcelaine ! dit une des filles en me caressant la joue avec la paume de sa main. Tu es de la même couleur que les porcelaines allemandes de Meissen.

Elle tendit son bras par-dessus le mien pour comparer. Une autre encore s'exclama : « Ce que t'es mignonne, c'est dingue ! », puis elle tendit les bras comme pour m'enlacer. Les garçons me fixaient, hébétés, se pressant autour de moi en un cercle serré jusqu'à ce que je sente leur chaleur se répandre sur ma peau. Mais, malgré tout l'engouement que je pouvais provoquer auprès d'eux, ils n'étaient en définitive que des garçons.

À ce stade, je décidai de jouer l'enfant innocente tant que je serais dans cette école. J'avais compris qu'il valait mieux m'abstenir d'engager la conversation avec les autres élèves. Détournant le regard, je poussai un long soupir, me rendant compte que personne ici ne me comprendrait jamais vraiment. Puis, alors que j'allais baisser les yeux, je croisai le regard d'un garçon aux cheveux courts qui était resté assis en retrait, sur le côté. Il avait le front plissé, ce qui lui conférait un air de maturité et d'expérience. On aurait dit qu'il me critiquait du regard. C'était le fils de Kijima, le professeur principal.

Kijima fils fut le premier homme à ne manifester aucun désir à mon égard. J'en fus immédiatement consciente. Il fut aussi la deuxième personne à me détester, la première étant bien sûr ma sœur. Tout comme elle, Kijima parvenait à me faire sentir qu'en sa présence mon existence n'avait aucun but. Sachant que ma seule raison de vivre était de susciter le désir des autres, je m'employai à débarrasser lentement ma peau de son regard insistant. Ton père me veut, lui, pensai-je. J'avais toujours manqué de la force de caractère et de la volonté suffisantes pour tenir tête à quelqu'un de cette façon, mais là, pour la première fois, je canalisai mes émotions vers une cible unique : le fils Kijima.

L'heure du déjeuner sonna. Un groupe d'élèves se retrouva pour aller manger dehors et mit un temps fou à revenir. Je m'assis seule et mangeai le déjeuner que m'avait préparé Masami. Mais j'avais beau manger et manger, le déjeuner ne semblait pas vouloir se terminer. Je cherchai des yeux une poubelle dans la salle de classe.

J'entendis alors une voix au-dessus de moi.

– Eh ben, en voilà un repas bien sophistiqué ! Tu attendais des invités ?

Une fille aux boucles serrées teintes d'un brun rougeâtre examinait mon déjeuner. Elle tenta de se saisir d'une portion de mousse de crevettes aux olives logée dans un coin de la boîte, mais la mousse lui glissa entre les doigts, atterrit sur la table et se figea enfin, scintillant sous les rayons du soleil de mi-septembre en un amas plutôt pitoyable. Elle ramassa l'olive.

– C'est drôlement salé !

– Tu peux la finir si tu veux.

– Non. C'est pas très bon.

Elle me dit s'appeler Mokumi, prénom peu répandu, mais tout le monde la surnommait Mokku. Son père était propriétaire d'une célèbre marque de sauce de soja, et elle était plus effrontée et prétentieuse que tous les autres.

– Alors, ton père est blanc ?

– Oui.

– Eh ben, si les sang-mêlé donnent d'aussi bons résultats, je vais devoir finir par m'en faire faire un, déclara-t-elle sans rire. Mais ta grande sœur n'est pas belle du tout, n'est-ce pas ? Toute la classe est allée faire un tour au lycée pour voir à quoi elle ressemblait. C'est vraiment ta sœur ?

– Eh oui.

Mokku referma violemment le couvercle de ma boîte à déjeuner sans même daigner me demander si ça m'embêtait.

– C'est vraiment incroyable. Quand on est allés la voir, elle nous a fait une affreuse grimace. C'est une vraie morue ; non, franchement, elle fait peur à voir. On a été très déçus. Elle ne te ressemble pas du tout. Je parie qu'elle te déçoit, toi aussi.

Ce genre de situations n'était pas rare pour moi. Les gens qui me rencontraient pour la première fois se faisaient toujours toutes sortes d'idées délirantes sur mon compte. Ils s'imaginaient que j'avais une vie de poupée Barbie, dans une maison de rêve avec un papa épatant, une jolie maman, un grand frère plutôt mignon et une grande sœur sublime qui me protégeaient. Mais ensuite, quand ils voyaient ma grande sœur – qui n'avait rien à voir avec l'image qu'ils s'en étaient faite –, leur fantasme médiocre se trouvait désintégré. Ils se mettaient aussitôt à me mépriser : pour tous, je n'étais plus qu'une poupée, un jouet.

Je regardai autour de moi. Les élèves qui avaient été tellement excités par mon apparition le matin même étaient de retour dans la classe, assis à leur table. Tous s'efforçaient de ne pas regarder dans ma direction. Mon existence même était désormais une énigme. J'étais devenue une créature suspecte.

Pile à ce moment-là, quelque chose atterrit et roula sur mon pupitre. Une boule de papier. Je la ramassai et la fourrai dans une poche de ma veste. Puis me demandai qui l'avait lancée. La fille assise à un rang de moi sur le côté avait ouvert son livre d'anglais et l'examinait studieusement. Mais le fils Kijima, assis devant elle, se retourna pour me regarder. C'était donc lui. Je pris la boule de papier au fond de ma poche et la rejetai vers lui. Pas besoin de lire le mot pour savoir ce qu'il disait. Il avait vu ma sœur. Il s'imaginait que nous étions pour ainsi dire une seule et même personne.

Après les cours, Mokku vint à ma rencontre et m'attrapa par la manche.

– Viens avec moi. J'ai promis aux terminales de leur montrer la nouvelle.

Elle m'entraîna dans le couloir où m'attendait une fille de dernière année avec un bronzage doré et une queue-de-cheval. Yeux étroits, bouche large, un visage marquant qui respirait l'assurance.

– Tu es bien Yuriko, je me trompe ? Moi, c'est Nakanishi. Je suis présidente de l'association des pom-pom girls. Je veux que tu rejoignes notre club.

– Mais je n'ai aucune expérience.

L'idée d'intégrer un club ne m'était jamais venue à l'esprit et cette perspective ne m'intéressait que très moyennement. En premier lieu, je n'avais pas d'argent. Et je n'aimais pas du tout le genre d'activités qui se pratiquent en groupe.

– Tu ne mettras pas longtemps à apprendre. Et puis tu seras l'attraction principale. Les élèves du lycée et les étudiants de l'université seront ravis.

– Je n'ai aucune confiance en moi.

Nakanishi m'ignora et releva ma jupe d'uniforme pour examiner mes jambes.

– Tes jambes sont longues et jolies. Tu es vraiment une beauté parfaite. Il faut absolument qu'on te montre à tout le monde !

Les mots de Johnson résonnèrent dans ma tête. Yuriko est parfaite. Parfaite, même sous la ceinture.

Mokku, en retrait derrière Nakanishi, insista :

– La présidente du club des pom-pom girls est venue te voir en personne pour te recruter. Tu ne peux pas refuser.

Ma lenteur à réagir l'irritant, elle retroussa les lèvres. Comme je tardais encore à répondre, Mokku ricana et dit :

– Peut-être que Yuriko est arriérée, ou quelque chose.

Nakanishi lui donna un coup de coude.

– Mokku, tu vas trop loin !

– Mais elle est si mignonne ! Si en plus elle était intelligente, ce serait vraiment pas juste !

– Laisse-lui le temps, dit rapidement Nakanishi pour essayer de la calmer. Tout ça va trop vite pour elle, elle est sûrement un peu perdue. Il y a beaucoup de matchs prévus pour le mois d'octobre et on va être très occupées de toute façon.

La présidente des pom-pom girls s'éloigna avec Mokku. Au fur et à mesure qu'ils remarquaient la présence de Nakanishi dans le couloir, les élèves attiraient son attention par des cris suraigus. Respectueux, ils faisaient clairement tout leur possible pour se faire bien voir d'elle. Ce genre de jeux m'insupportait. J'envisageai de demander à Johnson de soutirer à un médecin un certificat quelconque qui pourrait me tenir à l'écart de l'équipe. Mais je pensai ensuite à quel point Johnson serait ravi de me voir défiler dans mon joli petit uniforme.

À ce moment précis, je sentis un nuage noir s'étendre au-dessus de ma tête. Kijima.

– Pourquoi tu as jeté ma lettre avant même de la lire ?

6

Pour un garçon, Kijima avait un beau visage délicatement sculpté. Son regard était aussi tranchant qu'une lame finement affûtée; l'arête de son nez, très mince. Sa beauté laissait une impression de vide et d'excès à la fois. Et à n'en pas douter certaines choses manquaient chez lui, tandis que d'autres étaient présentes en trop grande abondance. Peut-être était-ce une combinaison d'orgueil et de malaise intérieur. Quoi qu'il en soit, ce déséquilibre le faisait paraître à la fois pathétique et effronté.

– Alors ? T'as perdu ta langue ?

Il se mordait la lèvre de colère. Plus tôt, quand je m'étais retrouvée cernée par les autres élèves de la classe, j'avais répondu à toutes leurs questions par un hochement de tête et un vague sourire, au mieux par un ou deux mots, docile, passive. Kijima était le seul à qui je refusais obstinément une réponse. J'imagine que c'est ce qui l'énervait.

– Je ne réponds pas aux inconnus quand ils m'abordent avec une telle impertinence, lui lançai-je.

Quand il comprit qu'il s'agissait d'une rebuffade, un sourire plein de mépris apparut sur ses lèvres.

– Eh bien, comment sied-il que je vous aborde, Votre Altesse ? Et pourquoi faudrait-il que je respecte quelqu'un d'aussi obtus ? Mon père a ramené des fiches à la maison l'autre jour et j'ai vu tes résultats au test. Tu es probablement la personne la plus bête qui ait jamais été admise à K. Ils n'ont accepté quelqu'un d'aussi stupide que pour une raison, à cause de ton apparence. Tu le sais, non ?

– Qui m'a acceptée ?

– L'école.

– Non. Ce n'est pas l'école qui m'a acceptée. C'est ton père. Le professeur Kijima.

Ma remarque avait fait mouche. La silhouette élancée de Kijima se mit à trembler, et il fit un pas en arrière.

– Ton père a des vues sur moi, tu le sais. Tu n'as qu'à lui demander quand tu rentreras à la maison, hein ? Pourquoi pas ? Ça doit être dur d'avoir ton père comme prof principal.

Il fourra les mains dans ses poches, jeta par terre un regard plein de colère et se balança nerveusement d'un pied sur l'autre. Que j'aie une grande sœur si différente de moi était certainement une tache sur mon image, mais pour Kijima c'était bien pire. Son propre père serait discrédité en tant que professeur principal à mesure qu'il deviendrait la cible des potins. Et Kijima perdrait sa position dominante dans la classe. Nous étions tous les deux face au même dilemme. Il réfléchit un instant à la situation avant de lever les yeux à nouveau. Ayant enfin trouvé la riposte adéquate, il laissa la victoire empourprer son visage.

– Notre maison est pleine de spécimens de papillons et d'autres insectes parce que mon père est biologiste. Pas surprenant qu'il ait voulu t'ajouter à sa collection. Tu es d'une espèce assez insolite.

– Et moi, je parie que ton père n'a jamais voulu t'ajouter à sa collection. Tu n'es pas vraiment digne de son attention.

J'avais touché son point faible. Son beau visage vira au rouge carmin avant de pâlir sous la colère.

– C'est ce que tout le monde croit. Ils pensent que je suis nul en classe.

– Évidemment. C'est comme ça que ça marche, les rumeurs.

– Et toi, tu es du genre commère ?

– Et pas toi, peut-être ? C'est bien toi qui t'es précipité pour aller voir ma sœur et revenir te moquer de moi avec les autres.

Il donna l'impression d'avoir une repartie coincée en travers de la gorge. Je n'étais pas par nature du genre à charger la première, contrairement à ma sœur. Mais là, je ne sais pas pourquoi, je m'étais sentie obligée de l'attaquer. Pourquoi ? C'est très simple. Il me détestait autant que ma sœur. Et donc je le détestais aussi. Une première. Chez Kijima, il n'y avait aucun désir. Et, sur ce plan précis, c'était le seul homme différent que j'avais jamais rencontré. Il était peut-être homosexuel. Mais ce soupçon-là ne devait m'atteindre que bien plus tard.

– Alors pourquoi avoir jeté ma lettre sans la lire ? Tu as cru que je t'avais écrit une lettre d'amour ? Tu crois que tous les mecs sont amoureux de toi ?

– Pas vraiment, non.

Je haussai les épaules comme j'avais souvent vu Johnson le faire.

– Et puis je savais très bien que tu me parlerais de mes notes au test d'admission.

– Comment tu le savais ?

J'inclinai la tête de côté.

– Parce que je te déteste, sifflai-je.

J'allais bien m'amuser dans cette école, à attendre de voir comment les choses évolueraient. Je laissai Kijima cloué sur place et m'élançai d'un pas léger vers le fond du couloir. Alors que j'avançais vivement, des visages curieux se levèrent sur mon passage, puis passèrent à l'arrière-plan. À la porte de chaque salle de classe devant laquelle je passai s'agglutinaient des visages d'élèves badauds.

– Moi aussi, je te déteste.

Kijima courait derrière moi. Je l'entendis souffler comme un démon. Vexée, je refusai de répondre.

– J'ai encore une question pour toi. Qu'est-ce que tu cherches ? Je veux dire, ici. Tu es venue pour étudier ? Ou pour t'amuser avec tes copines des clubs ? Les deux, peut-être ?

Je m'arrêtai net dans mon élan et me retournai pour le regarder bien en face.

– Eh bien, disons… pour le sexe, je crois.

Il me fixa d'un air incrédule.

– Alors comme ça, t'aimes ça ?

– J'adore.

Il apprécia du regard les contours de mon visage et de mon corps. On aurait dit qu'il venait de découvrir un spécimen d'une espèce rare.

– Dans ce cas, tu vas avoir besoin d'un partenaire. Je peux t'être utile.

Quoi ? C'est du moins ce qu'exprima le regard que je lui retournai. J'entrevis un T-shirt juste sous le col de sa chemise blanche. Son pantalon gris d'uniforme était impeccablement repassé. Rien ne dépassait, mais il donnait l'impression d'être étrangement débraillé.

– Je serai ton manager. Non… ton agent.

Ce n'est pas une mauvaise idée, pensai-je. Ses beaux yeux scintillaient.

– Tu as déjà été approchée par l'équipe des pom-pom girls. Tu vas recevoir des invitations à d'autres clubs. Tu es tellement visible que tu voudras être une star. Je suis sûr que tu ne sais pas quels clubs t'apporteraient le plus d'avantages. Moi, je peux me renseigner. Je peux enquêter pour toi sur le genre de connaissances que tu pourrais faire dans chacun.

Il se retourna vers le groupe d'élèves qui s'était formé dans un coin du couloir et nous regardait discuter.

– Regarde ceux-là. Il y a une fille du club de patinage, une du club de danse, un type du club de voile et un autre du club de golf. Une créature exotique comme toi, ils veulent tous que tu les rejoignes, juste pour te montrer. Et pas seulement aux garçons des clubs du lycée et de la fac, non, à ceux des autres écoles aussi. Ils veulent tous qu'on sache que l'école de K. est également réputée pour sa beauté. Ils ont déjà les cerveaux et les moyens. Il ne leur manquait que la beauté.

J'interrompis son petit discours :

– Alors, à quel club tu me conseilles d'adhérer ?

– Ben, si c'est du sexe que tu veux, il te faut un club qui soit bon pour ça. Et comme les pom-pom girls sont le groupe le plus voyant, c'est à mon avis celui qui t'irait le mieux. Et puis regarde : Nakanishi est venue personnellement te recruter, alors tu ne peux pas te permettre de la snober.

Je n'offris aucune résistance ; devenir un jouet, après tout, c'était mon destin. Néanmoins, j'étais curieuse de savoir pourquoi Kijima se préoccupait autant de mon bien-être.

– Tu veux m'aider, c'est ce que tu viens de dire. Qu'est-ce que ça te rapporte ?

– Si j'étais ton manager, j'y gagnerais du respect, dit-il avec un sourire pervers. Dans moins d'un an, je serai dans la section garçons. La concurrence là-bas est encore pire. Il faut affronter des élèves qui viennent de l'extérieur. Et ce ne sera pas seulement pour les notes. La moindre petite chose sera une compétition. Mais je suis sûr d'en sortir par le haut. Tu sais pourquoi ? Parce que je t'aurai, toi. Tu seras mon arme. Tous les garçons du lycée voudront te voir en privé. Les élèves ici – les garçons comme les filles – croient tous que le monde leur appartient sous prétexte qu'ils ont de l'argent. Je coordonnerai les transactions. Qu'est-ce que tu en dis ?

Tout compte fait, c'était très tentant. Je hochai la tête :

– D'accord. Et ta commission ?

– Quarante pour cent. C'est trop ?

– Je m'en fiche. J'ai une seule condition. Tu ne dois jamais m'appeler chez moi.

Il regarda mes chaussures d'uniforme flambant neuves.

– Tu vis avec un Américain, non ? J'en déduis qu'il n'est pas de ta famille.

Je fis non de la tête. Il sortit un petit agenda de sa poche.

– Un amant ?

– Quelque chose comme ça.

– Tu ne ressembles pas pour un sou à ta sœur et tu ne vis pas avec elle. Tu es une fille compliquée.

Il inscrivit quelque chose dans son agenda, puis déchira la page et me la tendit.

– Ce sera notre point de rendez-vous. C'est un café dans Shibuya. Arrange-toi pour y passer après les cours.

Et voilà, en un rien de temps, Kijima était devenu mon premier mac. Même après qu'il fut entré au lycée de garçons et moi dans celui des filles, il continua à me présenter à d'autres garçons du lycée et de l'université. Il avait beaucoup de goût et de discernement. Une fois, il s'arrangea pour que je me joigne à l'équipe de rugby à l'occasion d'un camp d'entraînement nocturne, et ce sur requête spéciale des président et vice-président du club. Une autre fois, il me mit en relation avec le professeur responsable du club de voile. Et je ne couchais pas seulement avec les élèves de K., j'étais aussi disponible pour les élèves, étudiants, anciens et même professeurs d'autres écoles. Quels qu'ils soient et où que j'aille, tous les mâles que je rencontrais voulaient coucher avec la petite star des pom-pom girls. De son côté, Kijima arrangeait tout cela merveilleusement, m'évitant ainsi toute complication une fois que c'était fait. J'ai continué à travailler avec Kijima jusqu'au jour où je me suis mise à mon compte.

Pour sceller notre accord ce jour-là, nous achetâmes deux Coca-Cola à la boutique de l'école et allâmes nous asseoir sur un banc pour porter un toast à notre alliance. La toute nouvelle équipe de natation synchronisée s'entraînait dans la piscine, sous la direction d'une femme qu'on avait fait venir de l'extérieur. Kijima jeta un œil aux pince-nez transparents des nageuses et éclata de rire.

– Cette femme était dans l'équipe olympique, dit-il. Elle prend cinquante mille yens pour une leçon et vient ici trois fois par semaine. Incroyable. Mais c'est pas tout. L'entraîneur de l'équipe de golf est un pro qui a joué dans le British Open. Ils se disent sûrement que s'ils se font bien voir de l'école maintenant, ils pourront y faire entrer leurs gosses plus tard.

– Et ton père ? Lui aussi en a profité ?

– Oui. (Il évita mon regard.) Il a passé un accord, discrètement, pour faire du soutien à domicile chez une fille du lycée. Sa famille envoyait le chauffeur pour le conduire à chaque leçon. Ils le payaient cinquante mille yens pour seulement deux heures. On s'est servi de l'argent pour partir en vacances à Hawaï. Tous les élèves sont au courant.

Je me rappelai l'avoir entendu dire que les élèves d'ici étaient convaincus que tout s'achetait. J'allais sûrement faire un malheur en tant que jeune prostituée. Je levai la tête vers le ciel de septembre au-dessus de Tokyo, où quelques nuages de chaleur traînaient encore. Gris smog, ils semblaient enveloppés dans la chaleur qui s'élevait de la métropole. Kijima finit son Coca et se tourna vers les terrains de sport. Une nuée de filles vêtues de shorts bleu marine traversaient le stade en courant. Il me tapota l'épaule.

– Je vais te montrer un truc marrant. Suis-moi.

– Qu'est-ce que c'est ?

– Ta sœur en cours de gym.

– Je ne viens pas. Je n'ai aucune envie de lui parler.

– Allez, viens. Juste un coup d'œil. Ce sera sympa. Il y a plein de célébrités dans la classe de ta sœur.

Un étrange cours de danse rythmique venait de commencer. Une sorte de juge se tenait au milieu du terrain, les élèves formant un cercle qui tournait autour d'elle, comme pour une ronde des festivals d'été. Le professeur brandit son tambourin et se mit à le secouer férocement. Dès qu'elle eut commencé, les filles qui dansaient en cercle autour d'elle se mirent à onduler d'une drôle de manière.

– Les jambes sur le troisième temps, les mains sur le quatrième !

Les filles tournaient en rythme avec le tambourin et bougeaient les bras à l'unisson. Je n'appellerais pas ce qu'elles faisaient un exercice, mais ce n'était pas une danse non plus. Elles avaient l'air ridicules. C'était peut-être une danse folklorique avec des pas supplémentaires.

– Ça, c'est l'exercice rythmique. C'est une tradition qui fait la fierté du lycée pour jeunes filles de K. depuis des générations, il va falloir que tu t'y fasses. Tu ne vas pas tarder à t'y mettre, toi aussi. Toutes les filles un peu ambitieuses finissent par apprendre à le faire.

– Ambitieuses ? Comment ça ?

– Celles qui veulent de bonnes notes. Il faut de bonnes notes pour entrer à l'université ; et ici le lycée est plein d'élèves qui veulent entrer à l'université de K. Mais être bon en classe ne suffit pas. Si tu n'es pas la meilleure en exercice rythmique, ta moyenne générale en souffre.

La réponse de Kijima était entrecoupée de soupirs, comme si

m'expliquer tout cela était au-dessus de ses forces. Ses jambes s'agitaient nerveusement.

– On peut vraiment avoir de l'ambition pour un truc aussi stupide ?

– La plupart des gens de ce monde n'ont pas la chance d'être aussi beaux que toi. Il faut bien qu'ils se raccrochent à autre chose.

C'était une bataille d'endurance. Si on tenait bon, on pouvait avoir ce qu'on voulait. Personnellement, j'avais horreur des épreuves interminables. À leur place, j'aurais abandonné au bout de deux secondes. Je ne croyais pas aux vertus de l'endurance.

Je me demandai si ma sœur était, elle, capable d'ambition. J'observai attentivement le cercle des danseuses. Ma sœur resta dans la course pendant quelques tours, mais comme elle n'arrivait pas à suivre les pas elle dut abandonner. Celles qui n'arrivaient plus à suivre devaient sortir du cercle et assister au reste du spectacle depuis la touche. Ma sœur se croisa les bras sur la poitrine avec une indifférence manifeste. Elle regarda les élèves qui faisaient tout ce qu'elles pouvaient pour ne pas se tromper dans les pas. Elle s'était plantée exprès. Je voyais clair dans sa stratégie.

– Et maintenant, les pieds sur le septième temps et les mains sur le douzième.

Les mouvements étaient de plus en plus compliqués. L'une après l'autre, celles qui avaient fait un pas de travers durent quitter le cercle. Elles s'asseyaient à côté de ma sœur et observaient les concurrentes restantes. Bientôt, il y eut plus de spectatrices que de participantes.

– Regarde-moi ça, ces deux-là sont au coude à coude ! marmonna Kijima en cachant à peine une grimace de dégoût.

Il n'en restait plus que deux. Elles dansaient autour du professeur, répondant à ses instructions de plus en plus complexes comme deux acrobates. Tous les regards étaient posés sur elles. Un peu plus loin, même les élèves de la section collège s'étaient retournés pour regarder. Kijima et moi nous approchâmes discrètement du cercle des danseuses en prenant soin de ne pas attirer l'attention de ma sœur.

– Les pieds sur le huitième ; les mains sur le dix-septième.

Plutôt menue, l'une des deux filles avait une silhouette agréablement symétrique. Elle semblait très agile. Elle dansait avec une précision impressionnante, comme si elle ne pensait même pas à ce qu'elle faisait. Elle avait visiblement pas mal d'agilité en réserve.

– Elle, c'est Mitsuru. C'est la meilleure de l'école. Elle gagne à chaque fois. Tout le monde sait qu'elle veut entrer en médecine.

– Et l'autre ?

Je lui montrai du doigt une fille, un vrai sac d'os, qui bougeait par saccades comme un pantin au bout d'une ficelle. Ses cheveux étaient épais et lourds, et l'expression de son visage comme sa manière de se mouvoir semblaient indiquer qu'elle avait atteint les limites de sa résistance. Elle avait l'air de souffrir.

– C'est Kazue Satô. C'est une nouvelle. Elle voulait s'inscrire au club des pom-pom girls, mais elle s'est fait jeter. Elle a fait un scandale pas possible.

Le sac d'os se tourna vers nous, comme si elle avait entendu ce que Kijima venait de dire. Quand elle m'aperçut, elle resta pétrifiée. Des applaudissements montèrent du groupe des spectateurs. Mitsuru avait gagné.

7

À mon avis, beaucoup de femmes veulent devenir prostituées. Certaines se voient en articles de luxe et préfèrent se vendre tant que le cours est haut. D'autres pensent que le sexe n'a pas de signification intrinsèque et n'a pour seule fin que de permettre à chacun de ressentir la réalité de son corps. Quelques-unes méprisent l'existence qu'elles mènent, l'insignifiance de leur vie étroite et cherchent à s'affirmer en prenant le rôle dominant en matière de sexe, comme le ferait un homme. Il y a aussi celles qui développent des comportements violents, autodestructeurs. Il y en a enfin pour qui c'est un moyen d'offrir du réconfort. Je pense que nombre de femmes trouvent un sens à la vie par des moyens semblables. Mais moi, j'étais différente. J'étais accro au désir des hommes. J'adorais le sexe. Et tellement que j'avais envie de baiser autant d'hommes que je le pouvais. Je ne voulais que des aventures d'un soir. Les relations durables ne m'intéressaient pas.

Je me demande bien pourquoi Kazue Satô est devenue prostituée. Comme c'était étrange de la revoir hier soir pour la première fois depuis vingt ans. Et qui plus est sur un trottoir bordé d'hôtels de Maruyama-chô.

Je l'avoue, quand l'argent a commencé à manquer, je me suis mise au trottoir, et à mon compte. Je me tenais au coin d'une rue et abordais tous les hommes qui passaient. Mais toutes les rues autour de Shin-Okubo, pleines de bars et de clubs, étaient déjà occupées par des filles d'Amérique centrale et d'Asie du Sud-Est. La concurrence y était féroce. Leur territoire était fermé par une ligne imaginaire et la franchir, même par accident, c'était la raclée assurée. La police de Shinjuku faisant respecter la loi dans le quartier, il n'était pas facile de travailler dans le coin sans avoir affaire à eux. Les temps étaient durs. J'étais toute seule, sans personne pour assurer mes arrières. C'est pour ça que ce soir-là j'ai fini à Shibuya, dans un quartier où j'avais rarement traîné.

Je me suis choisi un endroit en face d'une rangée d'hôtels pas loin de la gare de Shinsen et j'ai attendu dans l'obscurité au coin de la rue, devant une statue de Jizô, qu'un homme passe par là. La nuit était glaciale et un vent mordant soufflait du nord. Je m'agrippais au col du manteau de cuir rouge que j'avais passé pardessus ma robe argentée ultra-mini. Je portais une petite combinaison en dessous et rien d'autre. Le genre de panoplie qui permet de passer aux choses sérieuses sans trop d'histoires, mais qui ne m'offrait aucune protection contre le froid. J'ai tiré une bouffée sur ma cigarette, frissonné, et attendu.

Je venais de repérer un groupe d'ivrognes qui rentrait d'une soirée de Nouvel An quand une femme squelettique est sortie en titubant de la ruelle étroite prise en sandwich entre deux hôtels minables. On aurait dit que c'était le vent qui la poussait. Ses cheveux noirs lui pendaient dans le dos presque jusqu'à la taille, se balançant d'un côté puis de l'autre à chaque pas qu'elle faisait. Elle avait serré au maximum la ceinture de son manteau blanc trop léger. Ses jambes serrées dans des collants de Nylon bon marché couleur chair étaient si maigres qu'on aurait cru qu'elles pouvaient céder à tout instant. Mais ce qui sautait aux yeux, c'était son corps affreusement décharné. Elle était mince au point d'en être presque unidimensionnelle ; un squelette recouvert de peau. Elle avait sur le visage une couche de maquillage si épaisse que j'ai d'abord cru qu'elle rentrait d'une fête costumée, puis je me suis demandé si elle n'était pas folle. Dans la lumière crue d'un néon, j'ai pu voir le lourd trait noir de son eye-liner et son ombre à paupières bleu vif. Ses lèvres brillaient d'un rouge cramoisi. Elle a levé un bras et m'a fait signe :

– Qui t'a donné la permission de te mettre ici ?

J'étais prise totalement au dépourvu.

– On est en zone interdite ?

J'ai jeté ma cigarette et l'ai écrasée de la pointe de ma botte blanche.

– Ce n'est pas ce que j'ai dit.

Elle avait une expression étrange. Elle parlait avec tant de conviction que je me suis demandé si elle n'appartenait pas à un gang de yakuzas. J'ai regardé autour de moi pour être sûre. Il n'y avait personne. Juste elle qui me dévisageait.

– Yuriko, dit-elle d'une voix si basse et si sourde qu'on aurait cru entendre un sort.

Mais elle l'avait dit, sans l'ombre d'un doute.

– Qui êtes-vous ?

Sa tête me disait quelque chose, mais je n'arrivais pas à la remettre. Ses traits étaient assez particuliers, étrangement sans grâce. J'avais l'impression de la connaître sans parvenir à me rappeler son nom et ça me rendait folle. Je l'observai minutieusement. Son visage long et chevalin était ce qu'elle avait de plus remarquable. Elle avait la peau sèche. Les dents qui dépassaient. Des mains comme les griffes d'un petit oiseau. C'était une femme laide, une femme d'âge mûr, un peu comme moi.

– Tu ne te rappelles pas ?

Elle se mit à rire, gaiement. Quand elle riait une odeur de plats mitonnés montait de sa bouche et se répandait autour d'elle, une odeur pleine de nostalgie qui s'attarda un instant avant que le vent du nord s'en empare.

– On ne se serait pas déjà vues dans un club quelque part ?

– Non, essaye encore. C'est fou ce que tu as vieilli. Regarde-moi toutes ces rides ! Et toute cette graisse flasque ! J'ai failli ne pas te reconnaître.

J'essayai de me rappeler le visage que je devinais sous les strates de fond de teint.

– Quand on était plus jeunes, nous deux, on était vraiment comme le jour et la nuit. Mais regarde-nous aujourd'hui : on n'est plus si différentes. On peut dire qu'on est à peu près pareilles ; tu serais peut-être même un cran ou deux en dessous. Ce que je ne donnerais pas pour que tes amis te voient maintenant !

Les paroles triomphantes qui dégoulinaient de sa bouche rouge étaient teintées d'amertume. Les yeux noirs, derrière les couches irrégulières d'eye-liner, brillaient et s'agitaient en tous sens. Ils me rappelaient d'autres yeux, qui s'étaient posés sur moi il y a bien longtemps. Des yeux qui disaient – alors même qu'ils tentaient de le cacher – que leur propriétaire était au bout du rouleau. À son débit rapide et à la manière dont elle aspirait de grandes bouffées d'air, on voyait que cette rencontre la rendait nerveuse. Je compris enfin que cette femme repoussante qui se tenait devant moi était la fille qui à l'école avait essayé plus que toutes les autres de se maintenir dans le concours rythmique. Malgré les années, je me souvenais toujours de son nom : Kazue Satô. Elle était dans la même classe que ma sœur aînée. Une fille bizarre, qui avait eu avec ma sœur une brève relation. Elle m'avait aussi longtemps témoigné un intérêt étrange, me suivant un peu partout comme une sorte de détraquée.

– Tu ne serais pas Kazue Satô ?

Elle me passa une main dans le dos et me poussa sèchement.

– T'as trouvé ! Je suis bien Kazue. T'en as mis, du temps, dis donc. Et maintenant, dégage de là ! C'est mon territoire, ici. Tu ne peux pas venir attendre le client dans ce coin.

Je m'y attendais si peu que j'étouffai un ricanement amer.

– Ton « territoire » ? répétai-je.

– Je suis une pute.

Ses mots vibraient de fierté. J'étais tellement abasourdie d'apprendre que Kazue faisait le trottoir que je ne trouvai rien à lui répondre. Naturellement, je me croyais spéciale. Depuis que j'avais atteint l'âge où l'on prend conscience de soi, j'avais toujours été convaincue d'être différente des autres. Et je dois avouer que cette idée me laissait un certain sentiment de supériorité.

– Toi, mais pourquoi ?

– Et toi, pourquoi tu le fais ? répondit-elle sans la moindre hésitation.

Je fixai sa longue chevelure, incapable de répondre. On voyait au premier coup d'œil que c'était une perruque bon marché. En général, les hommes évitent les filles qui cherchent à faire des passes dans ce genre d'accoutrements. Il n'y avait aucune chance pour que Kazue se trouve un bon client dans cette tenue. Mais enfin, les bons clients ne se bousculaient pas non plus pour m'avoir.

Même s'ils ne disaient rien, je voyais bien qu'ils n'étaient pas intéressés. Le contraste avec l'époque de ma jeunesse était plutôt saisissant. Nous vivions déjà dans un monde où de jeunes amatrices jouent à la prostituée. Les professionnelles comme Kazue ou moi étions devenues invendables. Elle avait raison : je n'avais plus rien de celle que j'étais vingt ans plus tôt et nous n'étions maintenant plus très différentes.

– Mais tu sais, Yuriko, je ne suis pas comme toi. La journée, je travaille. Je suis sûre que toi, tu ne fais que dormir.

Elle a tiré quelque chose de sa poche et me l'a mis sous le nez. C'était un badge d'employé de je ne sais plus quelle entreprise.

– Pendant la journée, je gagne ma vie honnêtement, reprit-elle presque timidement. Je suis cadre dans une entreprise de première importance. Je fais un travail difficile que tu ne pourrais même pas faire en rêve.

Alors qu'est-ce que tu viens faire dans la prostitution ? Je me suis ravisée juste avant que les mots ne m'échappent. Je ne voulais pas le savoir. Cela n'aurait fait qu'ajouter une raison à la longue liste de celles qui poussent les femmes à la prostitution. Et ça ne m'intéressait pas.

– Et tu viens ici tous les soirs ?

– Je fais les hôtels le week-end. Je viendrais bien ici tous les soirs, mais je ne peux pas.

Elle parlait comme une professionnelle. Il régnait aux marges de ses mots une sorte d'allégresse.

– Tu pourrais me laisser utiliser cet endroit les nuits où tu n'y es pas ?

Je voulais avoir un coin de rue à moi. J'avais commencé à me prostituer à quinze ans, mais je n'avais jamais eu mon territoire ni de maquereau pour m'aider.

– Tu veux que je te prête mon coin de rue ?

– Ça t'ennuie ?

– D'accord, à une condition.

Elle a saisi mon bras d'un geste brusque. Ses doigts étaient si osseux que j'eus l'impression d'être prise entre des baguettes. J'en eus la chair de poule.

– Je veux bien que tu te serves de mon coin quand je ne suis pas là, mais il faut que tu t'habilles comme moi, vu?

Je comprenais ce qu'elle voulait dire. Une fille qui travaille tout le temps au même coin de rue peut se bâtir une clientèle d'habitués. Mais serais-je vraiment arrivée à avoir l'air aussi hideuse? L'idée me parut si effroyable que je me mis à trembler. Kazue, elle, n'en avait rien à faire. Elle avait arrêté ses vues sur une paire de *salarymen* qui rentraient chez eux.

– Hé, les garçons, ça vous dirait d'aller boire un thé quelque part?

Les deux types ont regardé Kazue, puis moi, puis se sont éloignés aussi vite qu'ils le pouvaient. Kazue s'est lancée à leur poursuite. Plus ils accéléraient, plus elle courait vite. Elle les a hélés d'une voix rauque:

– Eh ben, c'est quoi, l'urgence? On est deux, une pour chacun. On vous fera la totale pour pas cher et après, vous pourrez nous échanger. Regardez, elle, c'est une métisse. Et moi, je suis diplômée de l'université de K.

– Quel tissu de conneries, dit l'un des deux types en ricanant.

– C'est vrai. Je ne plaisante pas, dit-elle en sortant son badge pour le lui montrer.

Il refusa d'y jeter un regard et l'écarta même violemment de son chemin en la dépassant. Alors même qu'elle luttait pour retrouver l'équilibre, Kazue continua sa chasse au client.

– Attendez! Attendez! Pourquoi vous voulez pas?

Laissant enfin tomber, elle se retourna vers moi et se mit à rire. Je n'avais aucune expérience dans l'art de courir après le micheton. Sur ce point, elle avait visiblement beaucoup de choses à m'apprendre.

En rentrant chez moi je me suis arrêtée dans un supermarché de Kabuki-chô ouvert toute la nuit et y ai acheté une perruque noire de jais dont les cheveux m'arrivaient à la taille, comme celle de Kazue.

Me voici à présent devant mon miroir avec la perruque noire sur le crâne. J'ai étalé une bonne couche de fard bleu vif sur mes paupières et appliqué sur mes lèvres un rouge bien éclatant. Je me demande si je lui ressemble. J'aimerais mieux pas. Kazue en faisait des tonnes pour avoir l'air d'une prostituée, tout ça pour aller se planter au coin d'une rue sous la statue de Jizô, bienveillant protecteur des damnés, gardien des enfants perdus. J'ai revêtu le même costume et j'irai me poster au même endroit.

Le téléphone sonne. Un client, peut-être ? Je décroche, pleine d'espoir. C'est Johnson. Il est censé venir me voir après-demain, mais il a appelé pour décommander. Sa mère, à Boston, vient de mourir, me dit-il.

– Tu vas à l'enterrement ?

– Tu sais bien que je ne peux pas. Je n'ai pas les moyens. En plus je suis déshérité, tu te rappelles ? Je vais me contenter de porter le deuil ici.

Il dit qu'il va porter le deuil, mais en réalité il ne fait rien de spécial. Il a dit la même chose quand son père est mort.

– Tu veux que je porte le deuil avec toi ?

– Pas besoin. Tu n'as rien à voir là-dedans.

– Tu as raison, nous n'avons aucun lien, après tout.

– Tu es trop cool pour ça, Yuriko.

Son rire trahissait une pointe de chagrin. Les liens. Après qu'il eut raccroché, j'ai réfléchi à mes liens avec les autres. Plus haut, j'ai écrit que j'étais devenue prostituée parce que je ne voulais pas de relations de longue durée. À part mon père et ma sœur – auxquels je suis liée par le sang –, Johnson est la seule personne avec qui j'ai eu une relation suivie. Ce qui ne veut pas dire que je l'aime. Je n'ai jamais aimé personne, jamais. C'est pour cela que je m'en sors très bien sans avoir de relations intimes avec quelqu'un d'autre. Johnson est la seule exception et c'est parce que j'ai eu un enfant de lui, il y a quatorze ans. Personne d'autre ne le sait : ni mon père, ni ma sœur, ni même l'enfant.

Johnson l'élève tout seul : c'est un garçon. Ces jours-ci, il est au collège, en deuxième année. Johnson m'a dit son nom, mais je l'ai oublié. La seule raison qui pousse Johnson à garder le contact et à venir me voir quatre ou cinq fois par mois, c'est cet enfant. Johnson croit dur comme fer que je l'aime en secret. Cette foi inébranlable m'agace un peu, mais je me garde de l'encourager ou de la contredire.

– Yuriko, il me semble que ce garçon possède un vrai talent pour la musique. C'est ce qu'ils me disent dans son école. Ça ne te fait pas plaisir ? Il a vraiment beaucoup grandi. Il fait déjà plus d'un mètre quatre-vingts. Et il est très beau garçon, tu ne veux vraiment pas le voir, au moins une fois ?

Je n'ai que faire d'un enfant qui a mon sang. Et les appels de Johnson à mon instinct maternel me font plutôt frémir. Cela dit, puisque je me suis prostituée toutes ces années et ne suis tombée enceinte qu'une seule fois, je pense que cet enfant que j'ai eu avec Johnson doit avoir un lien particulièrement solide avec ce monde.

J'ai quitté le lycée de jeunes filles de K. avant mes dix-huit ans. Je venais d'entamer ma dernière année. Tout cela parce que Masami avait découvert la vérité sur Johnson et moi.

À cette époque, Johnson se glissait presque tous les soirs dans mon lit, tout en sachant pertinemment à quel point c'était risqué. Il ne venait pas juste pour coucher avec moi. Il voulait aussi que je lui parle des hommes que Kijima m'avait présentés.

– Et le mec de l'équipe de base-ball, après t'avoir baisée, il a dit quoi ?

– Que si je couchais encore une fois avec lui, il ferait un coup de circuit au prochain match.

– Quel petit con ! dit-il dans un éclat de rire, tout en promenant un regard admiratif sur mon corps dénudé.

Il aimait toujours s'entendre confirmer que moi, sa possession, j'étais parfaite. Si seulement il s'était contenté d'écouter mes histoires et d'aller se recoucher dans sa chambre, mais non : les détails réveillaient son excitation et il lui fallait tout recommencer depuis le début. Exactement comme Masami n'arrivait pas à s'endormir sans un dernier verre, dans lequel il avait secrètement pris l'habitude d'écraser quelques somnifères, Johnson ne pouvait finir sa journée tant qu'il n'avait pas entendu mes histoires.

Ce jour-là, il avait dû passer des moments difficiles au bureau. Son visage était empreint de lassitude et il m'avait fait raconter mes aventures encore et encore. Il était allongé à côté de moi sur le lit et buvait du bourbon au goulot. C'était la première fois que je le voyais aussi débraillé.

– Raconte encore !

À court de mes histoires habituelles, je commençai à lui parler du père de Kijima.

– Si quelqu'un s'intéresse à moi, il me le fera toujours savoir. Mais il y en a un qui évite de m'approcher justement parce qu'il est intéressé, et c'est le père de Kijima ; le professeur Kijima. Mon prof de bio.

– C'est quel genre de prof ?

D'habitude, quand je regardais Johnson, ses yeux ressemblaient à ceux d'un oiseau de proie : un vautour, ou un aigle. Mais ce soir-là ils étaient ternes et brumeux.

8

Johnson ne s'intéressait absolument pas à mon parcours scolaire. Ni à mes notes, ni à ce que je faisais dans l'équipe de pom-pom girls. Mais de temps en temps, quand il venait dans ma chambre, il me demandait d'enfiler ma tenue. Il passait une main sur les plis bleu et or de ma minijupe avec un sourire amer. *Ton école ne fait qu'imiter les pom-pom girls américaines. Quelle bande de copieurs!* Johnson ne supportait pas les filles japonaises. Il me détestait peut-être moi aussi, et tout le Japon avec.

Je menais une drôle de vie, quand même. Je n'étais pas la fille de Johnson, et pas franchement sa femme. Pour tout vous dire, je n'étais rien d'autre que la fille d'une connaissance, venue satisfaire ses envies sexuelles. Il ne ressentait donc pas le besoin de jouer le rôle d'un parent. Bien sûr, il était immoral. Il attendait clairement que je lui offre mes services en échange de la part des frais de scolarité exorbitants qu'il payait.

– Parle-moi de ce professeur Kijima.

J'étais épuisée, je voulais dormir. Mais Johnson était soûl et ses yeux luisaient d'envie. Il sentait que mon histoire sur le professeur Kijima cachait une nouvelle source d'excitation sexuelle et j'avais tout à gagner à le distraire chaque soir avec mes aventures fascinantes, comme la belle et pure Schéhérazade avec ses mille et un contes narrés en autant de nuits. Mais, n'ayant à l'avance aucune idée de ce qui l'exciterait, je ne pouvais rien faire d'autre que de lui livrer mes histoires telles quelles. Je me roulai sur le matelas et, allongée sur le dos, débutai mon récit, lentement, en faisant de longues pauses.

– C'est lui qui a approuvé mon admission dans le système scolaire de K. Le jour de l'entretien, quand je suis arrivée dans la salle de classe, il y avait une énorme tortue marron qu'ils élevaient dans un aquarium. Je venais juste d'arriver de Suisse et j'étais sur le point de mourir d'épuisement. En plus de ça, mes notes au concours d'entrée étaient vraiment mauvaises. Je savais que je n'allais pas être acceptée et j'étais totalement déprimée. Et puis j'ai vu la tortue. Il y avait un escargot qui rampait lentement sur une vitre de l'aquarium et la tortue a étiré son cou et l'a broyé d'un coup de bec, juste sous mes yeux. Le professeur Kijima m'a demandé quel genre de tortue c'était. J'ai dit que c'était une tortue de terre et visiblement c'était la bonne réponse. Vu que Kijima est professeur de biologie, ça lui a suffi et il a décidé de me faire passer.

Johnson éclata de rire, laissant quelques gouttes de bourbon couler au coin de sa bouche.

– Ha ! Ça n'aurait rien changé du tout si tu avais répondu que c'était une tortue d'eau douce. Il aurait pu te demander : « C'est quoi cette chose carrée, là ? » et tu aurais répondu : « Euh, c'est un bureau », et il t'aurait admise !

Johnson était convaincu que j'étais une folle lubrique et trop bête pour les études. C'était pareil avec le fils de Kijima. Et avec ma sœur. En général, je ne me mettais jamais en colère quand quelqu'un se fichait de moi, mais pour une raison ou une autre j'ai soudain eu envie de me retourner contre Johnson. Il avait renversé du bourbon sur les draps et maintenant ils étaient tout tachés de liquide marron. Masami allait piquer une crise et ce n'était pas lui qui allait avoir des problèmes, mais moi.

– La tortue, je l'ai appelée Mark, comme toi.

Il haussa exagérément les épaules.

– J'aimerais mieux être l'escargot. Et nous pourrions appeler la tortue Yuriko, comme une certaine jeune femme qui se nourrit en dévorant les hommes. Je parie que l'autre, là, Kijima, il aimerait ramper dans l'aquarium et se faire décoller d'un coup sec par Yuriko. À ton avis, pourquoi Kijima n'a jamais essayé de coucher avec toi ? Il pense que tu accepterais de te vendre à un professeur, à ton avis ?

– Non, c'est à cause de mon manager, c'est le fils du professeur Kijima.

Johnson roula sur le lit, écroulé de rire, les mains plaquées sur la bouche pour étouffer le bruit.

– Alors c'est pour ça ? Je te jure, on dirait vraiment le scénario d'une série télé, en plus trash !

Ce n'était pas si drôle que ça. L'année suivante, au lycée pour filles de K., il m'arriva régulièrement de me retrouver nez à nez avec le professeur Kijima. Chaque fois, il me saluait avec raideur et une expression perplexe sur le visage. Juste sous cette mimique un peu trop austère, je devinais une peur rentrée.

La fin de ma deuxième année au lycée approchait. Ce jour-là, le professeur Kijima m'avait à peine aperçue qu'il m'invita par des signes insistants à venir à sa rencontre. Il portait son éternelle chemise blanche amidonnée. Les longs doigts qui serraient ses livres étaient blancs, couverts de poussière de craie.

– J'ai entendu dire quelque chose et j'aimerais avoir des éclaircissements. J'espère simplement que tu pourras me dire que ce n'est pas vrai.

– Pourquoi ?

– Parce qu'il en va de ton honneur, dit-il sèchement. J'entends dire ici et là que tu serais impliquée dans des conduites absolument inacceptables, que ton honneur serait irrémédiablement souillé. Je n'arrive pas à croire ce que j'ai entendu.

– Qu'est-ce qu'on vous a dit ?

Il détourna le regard en se mordant la lèvre. La grimace de dégoût ne collait pas avec son naturel d'habitude si affable. En un clin d'œil, il s'était mué en un homme complètement différent, un homme de désirs. Je le trouvai soudain très attirant.

– On dit que tu te fais payer pour coucher avec d'autres élèves. Si c'est vrai, tu seras exclue. Avant que l'école ne lance sa propre enquête, je voulais te le demander en personne. Ce n'est pas vrai, dis-moi ?

J'étais partagée. En disant que c'était un mensonge, j'échapperais probablement à l'exclusion. Mais j'en avais plus qu'assez de l'équipe de pom-pom girls et des classes réservées aux filles. L'exclusion ne me paraissait finalement pas si mal.

– C'est la vérité. Je n'ai fait que suivre mon propre chemin, j'ai fait ce que j'aimais faire. C'est mon argent de poche. Vous ne pourriez pas laisser tomber ?

Il se mit à trembler tandis que ses joues rougissaient.

– Laisser tomber ? Alors que tu salis le noyau même de ton existence, ton âme ? Tu ne peux pas faire ces choses-là !

– Mon âme ne peut pas être dégradée par une chose comme la prostitution.

En entendant le mot « prostitution », il se mit dans une colère telle que sa voix vacilla.

– Tu ne t'en rends peut-être pas compte, mais tu es salie. Ton âme est salie.

– Et vous, monsieur le professeur, vous avez bien décidé de faire des extras, de prendre cinquante mille yens pour deux heures de tutorat privé et d'utiliser l'argent pour emmener votre famille en vacances à Hawaï, non ? N'est-ce pas aussi déplorable ? N'avez-vous pas sali votre famille ?

Il me regarda, bouche bée. Comment était-il possible que je sache tout cela, semblait-il se dire. Visiblement, il n'en avait aucune idée.

– C'est déplorable, certes. Mais mon esprit est encore pur.

– Ah bon, comment ça ?

– Eh bien, c'est selon moi comme une récompense pour mon travail. Je travaille dur dans mon métier. Mais je ne vends pas mon corps et toi, tu ne devrais pas non plus. C'est mal. Tu es une belle jeune femme. Ce n'est pas quelque chose que l'on choisit d'être, ou pour lequel il t'a fallu travailler dur. Tu as eu la chance de naître belle. Mais en exploitant ton corps pour vivre, tu salis ce que tu es.

– Je n'exploite pas mon corps. Pas plus que vous avec vos à-côtés.

– Ce n'est pas la même chose. Dans ton travail, tu fais du mal aux gens qui t'aiment. Et bientôt, ils arrêteront de t'aimer. Ils n'en seront plus capables.

C'était pour moi une idée nouvelle. Mon corps était à moi, comment quelqu'un d'autre pouvait-il s'en croire propriétaire ? Comment quelqu'un qui m'aime pourrait-il se croire capable d'avoir une emprise là-dessus ? Si l'amour était une telle contrainte, j'étais bien contente de pouvoir faire sans.

– Je n'ai pas besoin qu'on m'aime.

– Ce que tu peux être arrogante ! Mais enfin, pour qui tu te prends, hein ?

Exaspéré, il baissa les yeux sur ses doigts couverts de craie. Son front était profondément ridé et quelques mèches de ses cheveux lisses pendaient par-dessus. Ce qui m'étonnait, c'était qu'il ne semblait pas vouloir mon corps, il me voulait moi. Il voulait savoir ce qui se passait dans mon cœur. Mon cœur. C'était la première fois que je rencontrais quelqu'un qui voulait apprendre à connaître cette partie de moi que je ne montrais à personne.

– Monsieur, est-ce à dire que vous voulez louer mes services ?

Pendant une minute, il se tut, incapable de répondre. Puis il leva la tête et dit simplement :

– Non. Je suis enseignant et tu es mon élève.

– Mais vous saviez pertinemment que j'étais bête, alors pourquoi vous m'avez fait rentrer dans cette école ?

Je posai la question et m'interrompis, hébétée. Voilà un homme qui voulait ce que personne n'avait voulu avant lui : il voulait connaître le fonctionnement intime de la femme-poupée que j'étais. Karl ne s'intéressait pas à moi ; pas plus que Johnson. Mais le père de Kijima m'appréciait pour ce que j'étais. Cette prise de conscience m'avait comme paralysée. J'étais émue. Mais cette émotion n'avait rien à voir avec le désir. Or, sans désir, je n'existais pas. Et si je n'existais pas, que pouvais-je faire ?

– Monsieur, dis-je, si vous ne comptez pas me payer, je ne veux pas de vous.

Il me dévisagea jusqu'à ce que les couleurs désertent complètement son visage écarlate.

– De plus, mon maquereau est votre fils. Vous étiez au courant ?

Il se mura dans un silence de plus en plus lourd avant d'inspirer profondément.

– Non, je n'étais pas au courant. Je suis désolé.

Il baissa la tête pour s'excuser, puis il tourna les talons. J'observai son dos tandis qu'il s'éloignait. Je savais bien qu'il devrait nous exclure tous les deux, son fils et moi. Mais ça, je me gardai de le raconter à Johnson.

En mai, un mois après le début de ma dernière année, je retrouvai Kijima fils à la sortie du lycée. La veste bleu marine de son uniforme était ouverte, laissant entrevoir une chemise de soie rouge vif. Il portait une chaîne en or autour du cou et conduisait une Peugeot noire. Tous attributs qu'il s'était offerts en douce avec l'argent que j'avais gagné. Kijima était né en avril, il venait donc de passer son permis.

– Monte, me dit-il.

Je me glissai sur le siège étroit, à côté de lui. Les filles qui rentraient chez elles à pied nous jetaient des regards brûlants d'envie. Elles n'étaient pas jalouses à cause de la voiture, ni de Kijima et de ses fringues tape-à-l'œil. Elles étaient jalouses parce que Kijima et moi avions la possibilité de nous amuser librement à l'intérieur de l'école comme à l'extérieur. Et tout en haut de la liste des jalouses, il y avait bien sûr Kazue Satô.

Kijima, visiblement en colère, alluma une cigarette et en tira une longue bouffée avant de se tourner vers moi et de me dire :

– Mais enfin, qu'est-ce que tu es allée raconter à mon père ? Espèce de salope ! On va sans doute être exclus, tu sais. Il va y avoir une réunion pendant les vacances pour décider ce qu'ils vont faire de nous. Mon père m'en a parlé hier soir.

– Ton père aussi va devoir démissionner ?

– C'est pas impossible.

Il se détourna, l'air dégoûté. Son expression était l'image crachée de celle qu'avait eue son père.

– Tu vas faire comment, maintenant ?

– Ben, je pourrais me faire embaucher comme mannequin. L'autre jour, un type d'une agence s'est pointé et m'a filé sa carte. Et puis, il y a toujours la prostitution.

– Alors, je peux continuer à m'occuper de toi ?

– Bien sûr, acquiesçai-je tout en observant les filles qui marchaient devant nous sur la route. L'une d'entre elles se retourna et me rendit mon regard. C'était ma sœur. *Salope.* Elle articulait les mots sans faire un bruit : *salope, salope, salope.*

Tout à coup, Johnson grimpa à cheval sur moi et commença à m'étrangler.

– Arrête ! criai-je en moulinant des bras pour tenter de me dégager, luttant contre le poids de son corps.

Mais il réussit à m'immobiliser les bras et les jambes et, approchant sa bouche de mon oreille, se mit à crier :

– Le professeur Kijima est amoureux de Yuriko !

– Probablement.

– Il aurait tort de se lier à une fille comme Yuriko. Une idiote de première, celle-là !

– Tu as raison. Mais c'est trop tard. Kijima nous a fait virer tous les deux.

– Qu'est-ce que tu dis ? lâcha-t-il en desserrant les mains.

– On s'est fait prendre. Moi et le fils Kijima. Il faut qu'on s'en aille. Et apparemment le professeur Kijima va devoir démissionner.

– Tu as sali notre réputation, à Masami et moi ?

Il est devenu tout rouge, et pas seulement à cause du bourbon. Il était en colère. J'étais là, allongée, à attendre qu'il fasse de moi ce qu'il voulait. S'il devait me tuer, je ne pouvais rien y faire. Pourquoi faut-il que les hommes qui désirent la chair soient à ce point incapables de voir le cœur ? Johnson était incontrôlable. Il renversa la bouteille de bourbon sur le lit et je regardai l'alcool se répandre lentement sur les draps en laissant une tache marron qui n'arrêtait pas de s'étendre. Et pas seulement sur les draps ; j'étais sûre qu'elle avait traversé jusqu'au matelas. J'avais peur que Masami se fâche et je tendis un bras vers la bouteille, mais celle-ci roula à terre avec un bruit sourd.

– Tu n'es qu'une salope sans cœur. Une pute à deux balles. Tu me dégoûtes !

Il me rejeta en arrière et se remit à me grimper dessus violemment en crachant des insultes à voix basse. Encore un de ses jeux ? Un nouveau ? Pas moyen d'être sûre. Je restai allongée sans bouger en fixant le plafond. Depuis le jour, à quinze ans, où je suis devenue une vieille femme, je n'ai plus rien ressenti, et depuis cette nuit-là où j'en avais dix-sept, je suis devenue frigide.

Tout à coup, j'entendis frapper à la porte.

– Yuriko-chan ? Tout va bien ? Qui est avec toi ?

Je n'eus pas le temps de répondre : la porte s'ouvrit en grand et Masami fit irruption dans la pièce, un club de golf à la main. Elle hurla en me voyant allongée nue sur le lit, un homme sauvagement penché sur moi. Mais quand elle s'aperçut que cet homme était son mari, elle s'effondra.

– Qu'est-ce que tu es en train de faire ? demanda-t-elle.

– Ce que j'ai l'air d'être en train de faire, ma chère !

Au pied de mon lit, Johnson et Masami s'échangèrent des flots d'insultes tandis que je restais couchée sur le dos, les yeux fixés au plafond, toute nue.

Je venais d'entamer ma dernière année de lycée – cela faisait maintenant deux ans et demi que j'habitais chez les Johnson – quand on me conseilla de me retirer de l'école. Pareil pour Kijima. Le professeur Kijima, lui, assumant la responsabilité des manquements de son fils, démissionna de son poste d'enseignant. On me dit qu'il est aujourd'hui surveillant général dans un dortoir d'entreprise à Karuizawa. J'imagine qu'il passe son temps à collecter toutes sortes de spécimens d'insectes. Mais en vérité je n'en sais rien. Je ne l'ai pas revu depuis.

Après que Kijima et moi nous fûmes retirés de l'école, nous nous retrouvions toujours dans le même café de Shibuya. Il me faisait signe de le rejoindre à sa table, dans un coin sombre du restaurant. Il avait toujours une cigarette à la main et un journal sportif dans l'autre ; on n'aurait jamais cru voir un lycéen. Il ressemblait plutôt à un petit caïd qui aurait perdu son gang. Il repliait chaque fois son journal d'un geste brusque avant de me dévisager.

– Je vais être transféré dans une autre école. Un homme ne peut pas s'en sortir de nos jours sans avoir au moins fini le lycée. Et toi, tu comptes faire quoi ? Qu'est-ce que t'a dit Johnson ?

– Il m'a dit de faire comme je voulais.

Et donc, j'ai dû vivre de la vente de mon corps, sans personne pour assurer mes arrières. Tout comme maintenant. Rien n'a changé.

4

UN MONDE SANS AMOUR

I

Je vous en prie, entendez aussi ma version des faits. Je ne peux pas laisser passer tous les mensonges de Yuriko sans offrir un démenti. Ce ne serait pas juste, n'est-ce pas ? Vous ne trouvez pas ? Mais le journal de Yuriko est si ignoble que je ne peux pas le supporter. Après tout, j'occupe un poste respectable à la mairie d'arrondissement. Vous devez me laisser tenter de m'expliquer.

Je suis sûre que ce journal a été rédigé par un imposteur. J'ai déjà fait remarquer à maintes reprises que Yuriko n'avait pas l'intelligence requise pour organiser son propos ou écrire quelque sorte de composition que ce fût. Son travail scolaire était invariablement bâclé. J'ai ici une rédaction qu'elle a écrite en quatrième année de primaire. Laissez-moi vous la montrer :

« Hier j'ai été avec ma sœur acheter un poisson rouge rouge, mais le magasin des poissons rouges était fermé le dimanche, alors je ne pouvais pas acheter de poisson rouge et ça m'a rendue triste alors j'ai pleuré. »

Voilà tout ce qu'elle était capable d'écrire à dix ans. Mais regardez son écriture. On dirait celle d'un adulte, vous ne trouvez pas ? Vous vous dites peut-être que c'est moi qui ai écrit ça et que j'essaie de le faire passer pour le travail de Yuriko. Mais ce n'est pas le cas. Je l'ai retrouvé l'autre jour, caché au fond du placard de mon grand-père tandis que je nettoyais son appartement. Je corrigeais systématiquement toutes les rédactions de Yuriko et en réécrivais chaque mot pour elle. J'ai fait tout ce que je pouvais pour camoufler le fait que ma sœur cadette était à moitié demeurée, et moralement corrompue. Vous comprenez, à présent ?

Bien, et maintenant, dois-je vous en dire plus long sur Kazue lycéenne ? Je veux dire… puisque Yuriko en parle dans son journal, je crois que je le devrais. Quand Yuriko a été admise au collège de K., même les filles du lycée en sont devenues folles. Leur excitation était tout à fait naturelle, je suppose, mais cela me causait tout de même des difficultés considérables étant donné que j'étais sa sœur aînée. Je m'en souviens très nettement.

Mitsuru fut la première à me poser des questions. Elle s'était approchée de mon bureau pendant l'heure de midi, un gros livre de cours sous le bras. Je venais juste de terminer le repas que j'avais apporté : ragoût de radis et pâte de haricots frite. Les restes de ce que j'avais préparé pour Grand-Père la veille. Comment est-il possible que je me rappelle tous ces détails insignifiants ? Eh bien, je m'en souviens parce que j'avais renversé la boîte par accident et que de la sauce avait coulé sur mes notes d'anglais. Mitsuru m'avait lancé un regard compatissant tandis que je tamponnais frénétiquement mon cahier avec un mouchoir humide.

– Il paraît que ta petite sœur vient d'entrer au collège.

– C'est ce qu'on dit, répondis-je sans lever la tête.

Mitsuru pencha la tête de côté, surprise par ma réponse glaçante. Ses prunelles s'élargirent et se posèrent sur moi avec une vivacité brûlante. Elle avait vraiment l'air d'un écureuil ! J'étais très attachée à Mitsuru, mais je trouvais aussi que ses manières d'écureuil étaient souvent trop ridicules.

– C'est ce qu'on dit ? Qu'est-ce que c'est que cette réponse ? Tu ne t'intéresses donc pas du tout à elle ? C'est ta sœur, non ?

Elle m'adressa un sourire chaleureux, découvrant ses grandes incisives.

J'arrêtai de tamponner mon cahier pour lui lancer :

– Non, à vrai dire je m'en fiche complètement.

Les yeux de Mitsuru s'élargirent de plus belle.

– Mais pourquoi ? Il paraît qu'elle est très mignonne.

– Qui t'a dit ça ? répondis-je brusquement. Et puis, qu'est-ce qu'on en a à faire ?

– Le professeur Kijima. Apparemment, ta sœur est dans son groupe.

Elle m'agita son livre sous le nez. Un manuel de biologie, écrit par un certain Takakuni Kijima. En plus d'être responsable de la première division de l'école, Takakuni Kijima était notre prof de biologie. C'était un type nerveux, qui écrivait au tableau des signes si parfaitement alignés qu'on aurait pu croire qu'il les mesurait à la règle. Je ne supportais pas son aspect : toujours propre sur lui, parfait en tous points. Je le haïssais.

– Et je le respecte beaucoup, poursuivit Mitsuru sans même attendre de savoir ce que j'avais à dire. Il est brillant et s'occupe vraiment bien de ses élèves. À mon avis, c'est un prof génial. C'est lui qui nous a emmenés en classe de nature pendant deux jours quand j'étais au collège.

– Qu'est-ce qu'il a dit sur ma sœur ?

– Il m'a demandé si la grande sœur d'une élève qui venait d'être transférée au collège était bien dans ma classe. Quand j'ai dit que je n'avais rien entendu de tel, il a dit que c'était peu probable. Et quand je lui ai demandé plus de détails, j'ai compris que c'était forcément de toi qu'il parlait. J'ai été drôlement étonnée.

– Pourquoi ? C'est si difficile à croire ?

– Non, mais je ne savais même pas que tu avais une petite sœur.

Elle était bien trop fine pour lâcher qu'elle avait du mal à croire que j'avais une sœur qui me ressemblait aussi peu, une sœur si incroyablement belle qu'on aurait dit un monstre. C'est pile à ce moment-là que nous entendîmes du remue-ménage dans le couloir. Une foule d'élèves s'y pressait, chacun se débattant pour jeter un œil dans la salle où nous nous trouvions. C'étaient clairement des élèves du collège. Il y avait même parmi eux quelques garçons qui se tenaient en retrait, l'air un peu intimidé.

– Je me demande bien ce qui se passe.

Mais alors que je me tournais vers la porte, le silence se fit dans la petite foule d'élèves. Une fille imposante aux cheveux bouclés teints d'un brun rougeâtre écarta la foule pour pénétrer dans la salle. Sans aucun doute la meneuse du groupe. À la manière hautaine et pleine d'assurance dont elle se tenait, il était tout aussi évident qu'elle appartenait au premier cercle, et d'ailleurs ses condisciples dans ma classe l'accueillirent comme une vieille connaissance.

– Hé, Mokku ! Qu'est-ce que tu fais là ?

La dénommée Mokku s'avança d'un pas confiant sans répondre et vint se planter devant mon bureau.

– C'est toi la grande sœur de Yuriko ?

– Oui, c'est moi.

Je ne voulais pas de poussière dans ma boîte à repas, aussi en refermai-je vivement le couvercle. Mitsuru serra le livre de biologie sur sa poitrine, visiblement mal à l'aise. Le regard de Mokku se posa plus bas, sur la tache qui avait maculé mon cahier d'anglais.

– Qu'est-ce que tu as mangé au déjeuner ?

– Ragoût de radis et pâte de haricots, répondit la fille à côté de moi.

Elle était affiliée au club de danse moderne et c'était une vraie sorcière. Tous les jours elle épiait par-dessus mon épaule le contenu de mon panier-repas et ricanait, le visage tordu dans une grimace. Mokku ne lui prêta aucune attention. Au lieu de cela, elle se concentra soudain sur mes cheveux.

– Yuriko et toi, vous êtes vraiment sœurs ?

– Oui, vraiment.

– Désolée, mais je n'arrive pas à te croire.

– Tu crois ce que tu veux, je m'en fiche complètement.

Je n'avais aucune envie de discuter avec quelqu'un d'aussi présomptueux. Je me levai et la regardai droit dans les yeux. Elle flancha et recula de quelques pas. J'entendis le bruit que fit son gros derrière en heurtant le bureau de l'élève devant moi. Tout le monde dans la salle avait les yeux rivés sur nous. Mitsuru, qui était si petite qu'elle lui arrivait à peine à l'épaule, attrapa Mokku par le coude et la sermonna d'un ton plutôt cassant :

– Arrête de fourrer ton nez dans les affaires des autres et retourne dans ta classe !

Mokku se retourna vers le couloir sans parvenir à se défaire de Mitsuru. Puis, après un moulinet exagéré des bras, elle haussa les épaules et sortit de la classe d'un pas pesant. J'entendis les élèves pousser un lourd soupir de dépit collectif sur son passage.

C'était un sentiment agréable. Depuis le plus jeune âge, j'ai savouré plus que toute autre chose les occasions de rabaisser Yuriko. Quand ils voient une telle beauté, les gens s'attendent à ce qu'elle soit parfaite. Et lorsqu'ils découvrent qu'elle est en fait grossière, triviale, leur admiration se change en mépris et leur jalousie en haine. Peut-être étais-je née dans le seul et unique but de disqualifier la valeur qu'elle avait à leurs yeux.

– Waouh, j'arrive pas à croire qu'il se soit pointé, lui aussi.

La voix de Mitsuru me ramena soudain à mes sens.

– Qui ça ?

– Takashi Kijima. C'est le fils du professeur Kijima, il est dans le même groupe qu'elle.

Un garçon s'était attardé dans le couloir après le départ de la troupe. Il se tenait devant la porte de la classe et m'observait. Il ressemblait en tout point à son père : le même visage menu et compact, la même silhouette élancée. Ses traits étaient si bien équilibrés qu'on ne pouvait s'empêcher de le trouver mignon. Et il n'y avait en lui pas un soupçon de force. Le regard acéré du fils Kijima croisa le mien. Je le fixai jusqu'à ce qu'il se détourne.

– J'ai entendu dire que c'était un ado à problèmes, déclara Mitsuru.

Elle serrait encore son livre de biologie et caressait du bout des doigts la reliure, où s'étalait le nom de Takakuni Kijima. À sa gestuelle, il était évident qu'elle était amoureuse. Je voulais lui dire quelque chose de méchant, histoire que le choc la ramène à la réalité.

– Qu'est-ce que tu attendais d'un pareil déviant ?

– Comment tu sais qu'il est déviant ?

– J'ai des yeux, non ?

Le fils de Kijima et moi avions quelque chose en commun. Kijima était une verrue sur l'honneur de son père, j'étais la verrue sur le beau visage de Yuriko. Nous étions des moins-que-rien, des zéros. Je pense que Kijima était venu voir de quoi j'avais l'air par pure méfiance envers la beauté monstrueuse de Yuriko. En me voyant, il avait enfin réussi à la mépriser. Mais le fils de Kijima étant quand même un mâle, je ne pouvais sans doute pas m'empêcher de ressentir un peu de pitié pour une fille comme Yuriko, qui était précisément aussi stupide qu'elle était belle. J'en avais assez qu'on me place dans ces situations difficiles. Je ne pouvais pas me permettre de quitter cette école, mais la présence de Yuriko allait me rendre la vie impossible. Je n'avais pas l'intention de passer ma vie à être une moins-que-rien, comme le fils de Kijima. Ce jour-là, je me mis donc en devoir de trouver un moyen de me débarrasser de Yuriko.

– Coucou, qu'est-ce qui se passe, ici ? s'exclama quelqu'un sur un ton trop aimable pour être honnête.

Je me retournai et vis Kazue Satô qui posait ses mains sur les épaules de Mitsuru dans un geste ostentatoire d'amitié. Kazue essayait toujours de s'attirer ses bonnes grâces et lui adressait la parole à tout bout de champ. Ce jour-là, elle portait une jupe ridiculement courte qui ne faisait qu'accentuer la maigreur de ses jambes. Kazue était pleine de nœuds et d'angles, et si maigre qu'en la touchant on pouvait sentir ses os. Elle avait les cheveux ternes et épais. Et bien sûr il y avait ce logo idiot. Je l'imaginais très bien assise dans sa chambre lamentablement sombre avec son fil et son aiguille, en train de broder fiévreusement des logos Ralph Lauren sur ses chaussettes.

– On parlait de sa petite sœur, répondit Mitsuru en écartant calmement les mains de Kazue de ses épaules.

Kazue se raidit un court instant, touchée à l'amour-propre, puis elle se rattrapa en feignant soudain l'indifférence.

– Qu'est-ce qu'elle a, sa sœur ?

– Elle s'est inscrite ici, au collège. Elle est dans le groupe du professeur Kijima.

Une expression de malaise gagna peu à peu le visage de Kazue. Je me rappelai sa petite sœur à elle – son portrait craché – et restai muette.

– C'est génial. Elle doit être très intelligente !

– Pas forcément. Elle a été admise comme *kikokushijo*. Tu sais… ceux qui ont été élevés à l'étranger.

– Alors ça marche, de passer du temps à l'étranger ? C'est vrai qu'on peut entrer dans une école comme celle-ci sans vraiment avoir à travailler... juste parce qu'on a vécu à l'étranger?

Kazue poussa un soupir.

– Si seulement mon père avait pu être transféré à l'étranger.

– Mais ce n'est pas tout. Sa sœur, en plus de tout le reste, est absolument craquante.

– Craquante? Qu'est-ce que tu veux dire?

Elle me jeta un regard mauvais. Ce qu'elle voulait dire? Comment peux-tu, toi, avoir une petite sœur craquante? Même de loin, t'es pas belle.

– Ce que je veux dire, c'est que tout le monde dit que c'est un canon. Il y a même pas cinq minutes, tous les gamins du collège sont arrivés en courant pour voir à quoi ressemblait la grande sœur.

Kazue observait ses mains d'un regard vide, comme si elle venait de comprendre qu'elle n'avait rien, absolument rien qui puisse résister à la comparaison.

– Ma sœur a décidé de s'inscrire ici, elle aussi, dit-elle.

– Dis-lui qu'elle peut laisser tomber, lui renvoyai-je en pestant.

Kazue rougit jusqu'aux oreilles et donna l'impression de vouloir répondre. Au lieu de quoi elle se mordit seulement la lèvre.

– Ce que je veux dire, c'est que les initiées sont tellement méchantes qu'elles ne nous laissent pas entrer dans les clubs qu'on veut, pas vrai?

Kazue fit mine de se racler la gorge, espérant ainsi esquiver mon sarcasme pourtant bien visible. Elle avait rejoint l'équipe de patinage artistique. Mais j'avais entendu des ragots selon lesquels elle avait du mal à s'acquitter des frais d'entrée. L'équipe dépensait de véritables fortunes pour s'offrir les services d'un entraîneur olympique et couvrir la location d'une patinoire pour les cours. De ce fait, elles acceptaient toutes celles qui voulaient bien s'inscrire. Que la postulante sache ou pas tenir sur des patins n'avait aucune importance: tant qu'elle aidait à boucler le budget, on s'en fichait royalement. Les élèves de cette école étaient totalement indifférents aux privations que leur bon plaisir faisait subir à leur entourage.

– Eh bien moi, il faut que vous sachiez que j'ai intégré l'équipe de patinage. Elle était en deuxième sur ma liste après les pom-pom girls, donc je suis très contente, finalement.

– Et on t'a déjà laissée patiner ?

Kazue passa une langue humide sur ses lèvres, le temps, visiblement, de trouver les mots justes.

– En fait, les initiées, les gosses de riches, ce sont elles qui monopolisent la glace, pas vrai ? Ou alors les filles vraiment mignonnes qui ont l'air canon dans leurs petites combinaisons. Votre entraîneur olympique leur donne sûrement des leçons privées de toute façon, alors il ne s'occupe que d'elles. Rien à voir avec du favoritisme. La seule autre manière de se faire remarquer par ici, c'est d'être effectivement douée pour quelque chose. Quelle idiotie ! L'idée même de ces lycéennes qui se prennent pour des patineuses est vraiment risible. En fait, ce n'est qu'un passe-temps de petite princesse.

Sur ce, les yeux de Kazue s'éclaircirent et elle se fendit d'un sourire presque assez large pour s'ouvrir le visage en deux. Oh, oui. Kazue avait de l'ambition à revendre. Et tout ce qu'elle voulait, qu'elle désirait plus fort que tous les autres, était la reconnaissance de son statut de « petite princesse » aussi douée dans une classe que sur la glace. C'était aussi le souhait le plus fervent de son père.

– Je parie que tout ce qu'elles te laissent faire, c'est balayer la glace et leur cirer leurs patins. Peut-être qu'elles appellent ça de l'entraînement, pour moi ça ressemble plutôt à du bizutage. Et combien de tours tu as dû faire autour du terrain de sport l'autre jour, alors qu'il faisait au moins trente-cinq degrés ? On aurait dit que tu allais mourir ! Est-ce bien le genre de passe-temps qui sied à une princesse ?

Kazue retrouva enfin la parole :

– Ce n'est pas du bizutage, ça n'a rien à voir ! C'est un entraînement nécessaire pour développer ma condition physique.

– Et une fois que tu l'auras bien développée, qu'est-ce que tu comptes faire ? Te qualifier pour les Jeux olympiques ?

Il fallait que je le dise. Et pas seulement par cruauté. Cette petite idiote croyait dur comme fer qu'en donnant le meilleur de soi-même on pouvait avoir tout ce qu'on voulait. Je voulais lui remettre les pieds sur terre. Elle ignorait tout du monde réel et il fallait que je lui explique comment les choses marchaient en vrai. Mais, plus encore, je cherchais à prendre ma revanche sur le père qui l'avait empoisonnée avec toutes ces idées stupides.

En levant la tête, je m'aperçus que Mitsuru se dirigeait vers la fenêtre où se tenait un petit groupe de filles en pleine conversation. Elle s'immisça dans leur petit cercle et bientôt toutes éclatèrent de rire. Je croisai son regard. Elle haussa les épaules discrètement sans dire un mot. Pourquoi insister ? semblait dire son geste.

– Je n'ai jamais eu l'intention de me qualifier aux Jeux olympiques. Mais après tout, je n'ai que seize ans. Si j'en ai vraiment envie et que je m'entraîne sans relâche, il n'y a aucune raison pour que je ne puisse pas y aller.

J'avais du mal à en croire mes oreilles.

– C'est pas croyable, t'es complètement bouchée. Tu crois vraiment que si tu te mettais au tennis et que tu t'entraînais comme une folle, tu finirais à Wimbledon ? Ou que si tu décidais d'être belle et que tu essayais de toutes tes forces, tu gagnerais le concours de miss Univers ? Et tu crois peut-être aussi que si tu travaillais sans compter les heures tu serais première de la classe avant la fin de l'année ? Tu crois que tu peux battre Mitsuru ? Ça fait depuis le collège qu'elle est première de sa classe et elle n'a jamais eu à laisser sa place. Tu sais pourquoi ? Parce que c'est un génie. Tu crois qu'il suffit de se donner à fond ? Tu peux t'épuiser à essayer, si ça te chante, mais il y a des limites, tu sais ? Tu peux passer ta vie à essayer… bordel, tu peux essayer jusqu'à ce qu'il ne reste de toi que des miettes, tu ne seras jamais un génie.

La pause de midi était presque terminée, mais moi, je venais seulement de commencer. Je devais être encore énervée à cause de ces collégiens qui m'avaient prise pour une attraction de foire. C'est Kazue qu'on aurait dû exhiber, pas moi. Elle s'était insinuée dans un monde qui n'était pas le sien et multipliait les comportements imbéciles sans s'en inquiéter le moins du monde. Mais elle avait du cran, je vous l'accorde.

Elle se tourna vers moi et, sur un ton condescendant, déclara :
– Je suis restée là à t'écouter patiemment et je pense que tu as l'attitude d'une perdante. Tu parles comme quelqu'un qui n'a jamais essayé de réussir quoi que ce soit. Moi, je compte bien continuer à donner le meilleur de moi-même. Alors évidemment, c'est un peu absurde de penser aux Jeux olympiques ou à Wimbledon, mais je ne trouve pas que ce soit si impensable d'arriver à être première de la classe avant la fin de l'année. Tu crois peut-être que Mitsuru est un génie, mais pas moi. C'est juste qu'elle travaille dur.

Je me rappelai comment, dans la famille de Kazue, l'ordre de préséance était déterminé par les résultats scolaires et partis d'un rire sarcastique.

– Tu as déjà vu un monstre ?

Kazue haussa un sourcil et me jeta un regard soupçonneux.

– Un monstre ? répéta-t-elle.

– Oui, quelqu'un qui n'est pas humain.

– Tu parles encore de génies ?

Je réfléchis un instant. Les génies n'étaient pas les seuls en cause, loin de là. Un monstre est une personne qui a en elle quelque chose de tordu, quelque chose qui grandit et grandit jusqu'à perdre toute mesure. Je montrai en silence Mitsuru du doigt. Quelques minutes plus tôt elle s'amusait avec ses amies et maintenant elle était retournée s'asseoir pour préparer le cours suivant. Elle était enveloppée d'une étrange aura de solitude. Il se passait en elle quelque chose d'indéfinissable dès qu'elle savait qu'un cours était sur le point de commencer.

– Je serai la première de la classe parce que je vais faire de mon mieux, annonça Kazue.

– Si tu le dis…

– Tu es vraiment odieuse avec moi !

Elle avait du mal à trouver les mots justes pour me provoquer.

– Mon père a dit que tu étais bizarre, que tu ne te conduisais pas comme une fille. Tu es sûrement une sorte de déviante. Ta petite sœur est peut-être très jolie. Tu es peut-être intelligente. Mais moi, j'ai une famille normale, avec un père qui a un emploi respectable… et qui travaille dur.

Elle repartit vers son bureau. Elle pouvait passer la journée à me parler de l'opinion de son père, qu'est-ce que ça pouvait me faire ? En la regardant s'éloigner, je décidai de garder à l'avenir un œil sur son acharnement à « faire de son mieux ».

Le calme s'installa dans la classe. En regardant ma montre, je vis qu'il était déjà presque l'heure du cours suivant. Je me dépêchai de ramasser ma boîte à déjeuner que j'avais laissée sur mon bureau et de la faire disparaître dans ma sacoche. La porte s'ouvrit et Kijima entra vêtu de sa blouse blanche, une expression grave sur le visage.

J'avais complètement oublié que c'était le jour de notre cours de biologie hebdomadaire. D'abord Yuriko, puis le détestable fils Kijima, et enfin le professeur Kijima en personne. Quelle était la probabilité de les croiser tous les trois le même jour ? Je fouillai en vitesse mon sac à la recherche de mon livre de biologie et le posai sur mon bureau. Dans mon empressement, je fis tomber mon bloc-notes de la table, et il heurta le sol avec un bruit sourd. Kijima contracta brièvement les sourcils en signe d'agacement.

Les mains posées de part et d'autre de son pupitre, il balaya lentement la salle du regard. Je savais qu'il me cherchait, j'en étais sûre. Je baissai la tête. Mais bientôt je sentis son regard planer au-dessus de mon bureau. Eh oui. C'est moi, la sœur laide de la belle Yuriko, le chancre sur son existence. Mais vous aussi, vous connaissez cela, n'est-ce pas ? Par votre fils. Je levai la tête et le regardai droit dans les yeux.

Kijima, comme son fils, avait le front large, l'arête du nez plutôt fine et le regard perçant. Les lunettes à monture dorée qu'il portait achevaient le tableau en lui donnant un air studieux. Mais il y avait en lui quelque chose d'éternellement débraillé. L'ombre de barbe que le rasoir avait manquée, peut-être ? Les mèches de cheveux qui s'aventuraient sur son front ? Les taches sur sa blouse blanche ? Toutes ces marques ténues de débraillement symbolisaient quelque chose : il avait un fils qui n'était pas à la hauteur de ses ambitions. Même si le père et le fils se ressemblaient sur tout le reste, leurs yeux étaient différents. Kijima regardait les choses en face, son fils y jetait des regards obliques. Les yeux de Kijima ne s'arrêtaient jamais sur leur sujet d'étude, traçant au contraire ses contours, relevant les détails l'un après l'autre, de sorte qu'il était toujours facile de savoir qu'il vous observait. À présent, c'était moi qu'il observait, mon visage, ma silhouette, sans dire un mot. Quoi ? Tu as découvert la preuve scientifique de ma parenté avec Yuriko ? Arrête de me regarder comme si j'étais une espèce d'insecte ! La fureur monta en moi tandis que j'épongeais, immobile, le regard scrutateur de Kijima. Finalement, il posa ses yeux ailleurs et commença à parler d'une voix lente et mesurée.

– Nous avons déjà abordé la fin de l'ère des dinosaures, n'est-ce pas ? Nous avons vu comment ces derniers ont dévoré tous les conifères et autres gymnospermes. Vous vous en souvenez ? Avec le temps, leurs cous se sont allongés afin qu'ils puissent atteindre les feuilles les plus élevées. Nous avons parlé de la façon dont les plantes se développent en fonction de leur environnement, n'est-ce pas ? Les gymnospermes tiennent leur nom… les plantes à graines nues… du fait que leurs graines ne sont pas formées dans un ovaire clos. À la différence des angiospermes, qui produisent des graines au sein d'organes reproducteurs spécialisés qu'on appelle des fleurs, et dans lesquelles l'ovaire, ou carpelle, est enclos. D'où le nom de plantes à fleurs. Or, comme les gymnospermes dépendent entièrement du vent pour assurer la dispersion de leurs graines, beaucoup ont été mangés au point de disparaître complètement. À la différence des angiospermes, qui ont survécu grâce à leur relation symbiotique avec divers insectes. Avez-vous des questions jusqu'ici ?

Mitsuru gardait les yeux rivés sur Kijima sans remuer d'un poil sur sa chaise. J'étais tout à fait consciente de l'électricité qui embrasait l'air entre ces deux-là. J'avais déjà soupçonné Mitsuru d'être amoureuse de Kijima. Mais j'avais du mal à en croire mes yeux en voyant la passion qui flottait dans l'air entre eux deux comme un nuage massif.

Je disais plus haut que je ressentais pour Mitsuru une certaine forme d'amour. Peut-être n'est-ce pas tout à fait exact. Mitsuru et moi étions comme un lac de montagne alimenté par des rivières souterraines. Les montagnes sont escarpées et le lac désert. Aucun marcheur ne longe ses rives. Mais dans la terre, sous la surface, les rivières coulent toujours, et toujours à l'unisson. Si je plongeais sous la surface, Mitsuru faisait de même. Que je jaillisse et elle jaillissait elle aussi. Pour Mitsuru, Kijima devait représenter un monde entièrement nouveau alors que pour moi il n'était qu'un obstacle.

Cela étant, il ne pouvait y avoir aucun doute sur le fait que Kijima était attiré par Yuriko. Et la seule raison qui le poussait à prendre conscience de mon existence était qu'il s'intéressait à elle. Vous pensez je me trompe ? C'est vrai, je n'ai jamais été amoureuse. Mais quand on aime quelqu'un d'autre, ne pensez-vous pas qu'il est normal de chercher à tout connaître des tourments auxquels l'être aimé doit faire face ? Et n'oublions pas que Kijima était professeur de biologie. Ne pensez-vous pas qu'il aurait pu s'intéresser à Yuriko et moi sur un plan strictement scientifique ? Kijima se tourna face au tableau et écrivit : *Fleurs et mammifères – une nouvelle symbiose est née.*

– Ouvrez votre livre à la page soixante-dix-huit. La souris mange les angiospermes, ou plantes à fleurs, et disperse leurs graines dans ses excréments.

Comme un chœur, le son des stylos grattant frénétiquement le papier des cahiers s'éleva des bancs de la classe. Je n'écrivis rien dans mon bloc-notes et poursuivis mes rêveries. Yuriko est sûrement une plante à fleurs. Je suis une plante à graines nues. La plante à fleurs attire les insectes et les autres animaux avec ses belles fleurs et son nectar sucré. Cela doit faire de Kijima un animal. Mais lequel ? Kijima se retourna et me fixa du regard.

– Bien, revoyons tout cela. Vous, là, vous rappelez-vous ce qui a provoqué l'extinction des dinosaures ?

Il avait le doigt pointé sur moi. Perdue dans mes pensées et prise complètement au dépourvu, je m'avachis dans ma chaise avec un regard mauvais.

– Levez-vous ! m'ordonna-t-il d'un ton réprobateur.

Mon bureau grinça et ma chaise traîna sur le sol avec un grand bruit alors que j'essayais tant bien que mal de me mettre debout. Mitsuru se retourna pour me regarder.

– C'était à cause de météorites géantes, non ?

– C'est un aspect de la chose. Mais leur relation aux plantes ?

– Je ne me rappelle plus.

– Ah bon ? Et vous ?

Mitsuru se leva sans un bruit et s'attela sans le moindre effort à sa réponse :

– Dès qu'ils avaient épuisé les ressources en nourriture d'une région donnée, ils migraient vers un nouveau site jusqu'à ce que les plantes aient toutes disparu là aussi. Petit à petit, les forêts dont les dinosaures dépendaient pour leur subsistance ont toutes été épuisées. Cet exemple montre que la relation entre plante et animal est réciproque. L'établissement d'une relation symbiotique est essentiel à leur survie.

– Exactement.

Kijima hocha la tête, puis il se tourna vers le tableau et y écrivit mot pour mot ce que Mitsuru venait de dire. Kazue me regarda avec un rictus triomphant et jeta ses épaules en arrière. Quelle connasse ! À partir de cet instant, j'ai nourri une haine intense à l'encontre de Kazue, Mitsuru et Kijima.

Après la bio nous avions sport. Exercices rythmiques. Nous devions enfiler nos tenues de gym et nous retrouver dehors, mais ce jour-là je pris tout mon temps. Je ne m'étais toujours pas remise de ma récente humiliation. J'étais certaine que Kijima avait essayé de me faire honte devant toute la classe, uniquement parce que j'étais la sœur aînée de Yuriko. Non, parce que j'étais la sœur aînée de la belle Yuriko. C'était comme si les gens n'arrivaient pas à me pardonner notre lien de parenté. Kazue était la seule exception.

Les exercices rythmiques, comme vous le savez maintenant, sont un passage obligé pour toutes les filles à tous les niveaux du système scolaire de K. Il paraît que bouger ses bras et ses jambes en même temps dans des directions différentes exerce le cerveau ; c'est même censé être le genre d'exercice qui prolonge la vie. Mais comme je ne m'entraînais jamais à faire les pas à la maison, je n'ai jamais été très douée à ce jeu. Bien sûr, quand on était la première à faire une erreur, on attirait l'attention. Alors je m'employais à rester dans la course jusqu'à ce que les autres commencent à se planter et à se faire disqualifier. C'est précisément ce que j'étais en train de faire lorsque je vis arriver Yuriko avec Kijima fils. Je les vis observer notre classe.

Cela faisait un moment que je n'avais pas vu Yuriko, et dans l'intervalle elle était devenue encore plus belle. Ses seins étaient à présent si pleins qu'on aurait dit qu'ils pouvaient à tout moment déchirer le chemisier blanc de son uniforme, et ses hanches, rondes et hautes, étaient soulignées par sa minuscule jupe en tartan. Ses jambes étaient longues et droites et parfaites en tous points. Et puis il y avait son visage : sa peau blanche, ses yeux marron et son expression douce et avenante ; on aurait dit qu'elle s'apprêtait en permanence à poser une question. Même une poupée parfaitement conçue n'aurait jamais pu être aussi jolie.

J'étais si étonnée de voir la façon dont Yuriko et moi avions mûri que j'en perdis ma concentration et loupai un pas. Celles qui faisaient une erreur devaient quitter le cercle des danseuses. Ma sortie ce jour-là arriva plus tôt que j'espérais et c'était à cause de Yuriko. Je la détestai de m'être tombée dessus sans prévenir. Je la détestai tellement que ça me rendait folle. Fous le camp d'ici ! lui criai-je en mon for intérieur. Puis j'entendis les rires moqueurs de mes camarades de classe.

– Regardez Kazue Satô... quand elle danse on dirait un poulpe !

Kazue faisait de son mieux pour garder le rythme. Elle ne voulait pas perdre face à Mitsuru. En plus, il fallait qu'elle m'apporte la preuve que j'avais tort ; que le travail, ça paye. Son visage était ridé par la concentration, tandis que celui de Mitsuru était calme et serein, ses bras et ses jambes se balançant avec souplesse de gauche et de droite. Elle était si gracieuse qu'elle faisait presque passer pour du ballet ce simple exercice de gymnastique. Et puis Kazue aperçut Yuriko et s'immobilisa brusquement avec un air ahuri. Enfin elle avait vu un monstre. En voyant le choc se marquer sur son visage, je ne pus m'empêcher d'éclater de rire.

– Désolée pour tout à l'heure, me dit-elle.

Elle m'avait rattrapée en courant dès la sortie du cours.

– Laissons le passé au passé et essayons de nous entendre, tu veux ?

Je restai muette. Son changement soudain d'attitude me rendait méfiante.

– Ta petite sœur…

Des torrents de sueur ruisselaient sur son front et elle n'essayait même pas de les essuyer.

– C'est quoi son nom ?

Je n'arrivais pas à savoir si Kazue était impressionnée ou aigrie. Sa voix s'était chargée d'une sorte d'excitation étrange.

– Yuriko.

– Même son nom est beau, c'est dingue. J'ai du mal à croire qu'elle appartient à la même espèce que nous !

Ses mots étaient si enflammés d'émotion qu'elle continua à répéter la même phrase encore et encore tandis qu'une violente odeur de transpiration s'élevait de son corps. C'était vraiment une odeur puissante, et qui dénotait sûrement l'intensité de ses sentiments pour Yuriko. Sans réfléchir, je baissai la tête. Visiblement, le monde de Kazue était en train de changer maintenant qu'elle avait aperçu le monstre.

Yuriko venait juste de sortir de l'enceinte de l'école accompagnée de Kijima fils. À voir la façon dont ce petit déviant lui collait aux basques, je le soupçonnai de préparer un mauvais coup. Je voulais rendre à ce petit merdeux la monnaie de sa pièce pour l'humiliation que j'avais subie plus tôt en classe. Je décidai sur-le-champ de tout faire pour pousser l'équipe Kijima père et fils à quitter l'école avec Yuriko le plus vite possible.

Quelques jours plus tard, alors que je sortais du lycée, j'entendis Kazue lancée à ma poursuite. Elle me fourra une petite enveloppe dans le creux de la main. Je l'ouvris dans le train. La lettre était rédigée sur deux feuilles de papier à lettres pour filles, décorées de violettes. L'écriture de Kazue était jolie, mais ne possédait aucun trait distinctif.

Pardonne-moi par avance le ton informel de cette lettre.

Nous sommes toutes les deux des nouvelles au lycée pour jeunes filles de K. Tu es venue chez moi, tu as rencontré mes parents, et tu es donc peut-être la personne avec laquelle il est le plus probable que je devienne amie. Mon père m'a dit que je ne devais pas te fréquenter parce que ton milieu est trop différent du mien. Mais si nous communiquons par lettres interposées, je suis sûre qu'il n'en saura rien. Nous pourrions nous échanger des lettres comme celle-ci de temps en temps. Qu'en penses-tu ? Nous pourrions nous confier l'une à l'autre et parler de nos études.

Je crois que je t'ai probablement mal comprise. Même si tu es nouvelle comme moi, tu sembles toujours si pleine d'aplomb que, pour moi, c'est comme si tu étais dans cette école depuis longtemps. Et comme tu discutes tout le temps avec Mitsuru, j'ai du mal à t'approcher et quand j'y arrive, tu gardes tes distances.

Je ne sais jamais ce que pensent les autres élèves du lycée pour jeunes filles de K. (surtout les initiées !), et je me sens comme une étrangère. Mais je n'ai pas honte de moi. Je m'étais promise d'intégrer le lycée de K. dès le cours préparatoire et j'ai réussi grâce à un travail acharné et uniquement grâce au travail. Du coup, j'ai confiance en moi. Et pourquoi pas, après tout ? J'ai foi dans le fait que je vais atteindre mes buts. Tout va bien se passer pour moi et j'aurai une vie heureuse et pleine de succès.

Mais il y a des moments où je ne suis pas sûre de ce que je dois faire et je ne sais pas à qui en parler. Alors, sans vraiment réfléchir, je t'ai écrit, à toi. Il y a quelque chose qui me chiffonne. Tu accepterais qu'on en discute ?

Bien à toi,

Kazue Satô

Les phrases du genre *Pardonne-moi le ton informel de cette lettre* étaient sûrement pompées tout droit d'une lettre type destinée aux adultes. L'image même de Kazue penchée sur son bureau en train de copier son manuel me fit rire. Je n'avais aucune envie de discuter de ses problèmes avec elle. Mais j'étais curieuse de savoir ce qui pouvait la troubler à ce point et je voulais comprendre ce qui se passait dans sa tête. Il n'y a probablement rien de plus intéressant que les problèmes des autres.

Ce soir-là, alors que je remuais distraitement ce genre d'idées dans ma tête, je fis mes devoirs pour le cours d'anglais. Mon grand-père, qui était en train de préparer le repas, sortit la tête de la cuisine et me demanda :

– Tu ne m'as pas dit que le Fleuve Bleu, le bar, appartenait à la famille d'une fille de ta classe ?

– Si. Elle s'appelle Mitsuru et sa mère y travaille.

– Eh bien, pour une surprise ! Moi qui pensais que nous étions les seuls dans ce genre d'endroit avec des enfants qui vont au lycée pour jeunes filles de K. Et puis l'autre jour, je rencontre un gars qui fait la sécurité au Fleuve Bleu, en face de la gare. Il est diplômé de la même école que le gardien d'ici. Ils sont amis, apparemment, et le gardien est toujours fourré chez lui. Il m'avait appelé pour que je passe voir des plantes qui leur donnent du fil à retordre, et c'est comme ça que j'ai appris que la fille de la *mama-san* est aussi au lycée de K., et qu'elle serait dans ta classe. Alors je me suis dit que je pourrais y aller prendre un verre, vu nos connections. C'est ce genre de coïncidences qui font que la vie vaut le coup d'être vécue.

– Et alors, pourquoi tu n'y vas pas ? La mère de Mitsuru m'a dit de te dire de passer la voir un de ces jours.

– Vraiment ? J'avais un peu peur de la déranger, un vieux croulant comme moi.

– Je ne crois pas que ça change quoi que soit. Tant que tu consommes, c'est le principal, non ? Je lui ai déjà parlé de toi, de ta passion pour les bonsaïs, et je suis sûre qu'elle sera contente que tu ailles la voir.

J'avais dit ça surtout pour lui faire plaisir, mais il avait pris mes paroles très à cœur. Un instant plus tard il repartait dans la cuisine, rinçant joyeusement le riz et découpant les légumes.

– Je parie que le Fleuve Bleu est un endroit très cher. Toutes les hôtesses sont jeunes. Je me demande si j'aurai droit à un petit rabais.

– Ne t'en fais pas.

J'étais plus préoccupée par la lettre de Kazue. Je la sortis, la posai sur mon livre d'anglais, la relus. Et décidai de lui en parler le lendemain.

– J'ai lu ta lettre. C'est quoi, ce problème dont tu veux me parler ?

– Allons discuter là où personne ne peut nous entendre, d'accord ?

Faisant comme si elle allait me révéler une information classée secret défense, elle me conduisit dans une salle de classe vide.

– C'est un peu difficile d'en parler à quelqu'un d'autre.

– Mais tu as envie d'en parler, non ?

– O.K., c'est parti. Je suis prête.

Elle plaça timidement les mains sur ses joues. Ouvrit la bouche pour parler deux ou trois fois, mais dut chaque fois s'arrêter pour trouver les mots qu'elle voulait.

– O.K. Voilà ce qui se passe. Bon, j'aime bien le fils du professeur Kijima, Takashi Kijima, alors je voudrais bien savoir ce qu'il y a entre lui et Yuriko. Enfin… quand je l'ai vu avec elle, ça m'a tellement choquée que je n'ai pas réussi à m'endormir.

– Il a vraiment un beau visage, hein ?

Tout en disant cela, je repensai à son corps reptilien et à ses yeux fureteurs.

– J'aime vraiment beaucoup ce genre de visage. Il est si délicat, si mignon pour un garçon, et grand, et cool et… je suis raide dingue de lui ! La première fois que je l'ai vu, c'était juste avant les grandes vacances. Je suis tombée sur lui à la librairie en face de l'école et j'ai tout de suite trouvé qu'il était vraiment mignon. J'étais complètement abasourdie quand j'ai appris que c'était le fils du professeur Kijima. J'ai fait quelques recherches sur sa famille et je sais qu'ils habitent à Den'enchofu, dans les beaux quartiers. Le professeur Kijima est diplômé de l'université de K., et le petit frère de Kijima est à l'école primaire. J'ai aussi appris que le professeur Kijima emmène tous les ans sa famille en vacances l'été et qu'il les laisse l'aider à collecter ses spécimens d'insectes.

Je manquai de m'étrangler. C'était donc pour ça que Kazue avait perdu contre Mitsuru à l'exercice rythmique ! Mais ce n'était pas tout. Je savais que Kazue était une gymnosperme, et voilà qu'elle se mettait à rechercher des insectes et des animaux pour se mettre en symbiose. Y avait-il quelque part au monde une fille aussi peu consciente d'elle-même que Kazue ? Et Kijima, par-dessus le marché, Kijima avec ses yeux de fouine ! Quelle délicieuse ironie. Je mis toutes mes forces à éviter de lui rire au nez.

– C'est vrai ? Ben, j'espère vraiment que ça marchera pour toi !

– Tu pourrais demander à Yuriko ce qu'elle pense de Kijima ? Je veux dire… elle est tellement jolie et tout ça, je suis sûre que Kijima l'aime bien. Rien que d'y penser, ça me rend folle, je n'arrive pas à dormir. Mais je crois qu'il me reste encore un espoir. L'autre jour, il m'a même souri !

Je doute que ç'ait été un sourire. On parlait de Kijima, après tout. C'était plus probablement un rictus provoqué par la stupidité de Kazue. Mais cette information tombait à pic. Je rêvais de trouver un moyen pour me débarrasser du duo Kijima, père et fils, et de Yuriko avec eux. Je commençai à réfléchir à un plan.

– Je vais voir ce que je peux tirer de Yuriko. Je vais me renseigner sur sa relation avec Kijima et j'essaierai de savoir si Kijima a un faible pour un certain genre de filles, d'accord ?

Kazue retint son souffle et acquiesça.

J'observai son expression anxieuse et ajoutai :

– Ça ne te dérange pas si je lui dis que tu aimes bien Kijima ?

Elle eut l'air terrifiée et secoua les mains dans tous les sens.

– Non, non, non ! S'il te plaît, ne lui dis pas. Je ne veux pas que quelqu'un soit au courant, pas encore. Je lui dirai peut-être plus tard.

– Compris.

– Mais il y a autre chose que j'aimerais bien savoir, si tu peux te renseigner sans être trop directe, reprit-elle en tirant sur ses chaussettes bleu marine qui commençaient à tire-bouchonner sur ses chevilles. Essaye de savoir s'il serait intéressé par une fille qui a un an de plus que lui.

– Qu'est-ce que ça change que la fille ait un an de plus ? On parle du fils du professeur Kijima. Je suis sûre qu'il s'intéresse plus à l'intelligence des filles qu'à leur âge.

Elle couina légèrement et ouvrit ses minuscules yeux plus grand que je l'avais jamais vue faire.

– Tu as raison. Et le professeur Kijima est plutôt bel homme lui aussi. J'adore ses cours de biologie !

– Très bien. J'appellerai Yuriko ce soir et je verrai ce qu'elle en dit.

Je mentais. Je n'avais même pas le numéro de téléphone des Johnson. Mais Kazue baissa la tête d'un air inquiet.

– S'il te plaît, sois prudente. Ta sœur n'est pas du genre à colporter des ragots, hein ?

– Oh, on est muettes comme des tombes, toutes les deux. Ne t'en fais pas pour ça.

– Vraiment ? C'est rassurant. (Elle jeta un coup d'œil à sa montre.) Bon, vaut mieux que j'aille me montrer à la réunion de l'équipe.

– Elles ne t'ont toujours pas laissée patiner ?

Elle hocha la tête d'un air hésitant, puis ramassa le sac bleu marine que portaient tous les membres de l'équipe.

– Elles m'ont dit qu'elles me laisseraient patiner le jour où je me serai fabriqué un costume. Alors j'en ai fait un.

– Je peux voir ?

À contrecœur, elle sortit son costume de patineuse de son sac. Il était bleu et or, aux couleurs de l'école. La coupe et le dessin étaient exactement les mêmes que ceux du costume des pompom girls.

– J'ai cousu les paillettes moi-même, dit-elle en levant le costume devant sa poitrine.

– On dirait un uniforme de pom-pom girl.

– C'est vrai ?

Elle sembla un instant perturbée.

– Tu penses que je l'ai fait exprès parce qu'on n'a pas voulu de moi au club des pom-pom girls, n'est-ce pas ?

– Non, pas du tout. Mais les autres pourraient le croire.

Un nuage passa sur son visage quand elle entendit ma réponse plutôt franche, mais ensuite elle marmonna, presque comme si elle parlait toute seule :

– C'est trop tard maintenant, c'est fait. Je l'ai conçu comme ça parce que j'aime les couleurs de l'école, c'est tout.

Elle était très douée pour se mentir à elle-même, il fallait bien l'admettre. En un rien de temps elle pouvait tordre la réalité pour que celle-ci réponde à ses besoins. Je détestais vraiment, mais alors vraiment, cette tendance qu'elle avait.

– À ton avis, quel genre de fille plairait à Kijima ? Je veux dire… des filles de quel club ? Qu'est-ce que je vais faire s'il déteste les filles de l'équipe de patinage ? Ou alors si c'est le genre de garçon futile qui n'aime que les filles de l'équipe des pom-pom girls ? Qu'est-ce que je pourrai faire ?

– Ne t'inquiète pas. Les patineuses sont largement aussi fougueuses que les pom-pom girls. Il aime forcément les filles de ton équipe. Et puis c'est toujours mieux que l'équipe féminine de basket ! En plus, je parie qu'il aime les filles qui sont bonnes en classe.

– Vraiment ? Toi aussi, tu le penses ? Depuis que je suis tombée amoureuse de Kijima, j'ai encore plus de plaisir à étudier.

Elle bavardait joyeusement, étalant son uniforme sur le bureau devant elle. Puis elle le roula en boule et le fourra dans son sac de gym. Elle était trop résolument maladroite pour faire quoi que ce soit proprement.

– Oups, il faut que je file. Si j'arrive en retard, je vais devoir polir les lames des dernière année. À plus tard !

Elle se saisit du sac qui contenait son costume et ses patins avant de sortir de la salle d'un pas lourd. Après son départ, je restai un moment seule dans la classe. C'était l'automne et la nuit tombait tôt. En un rien de temps le ciel s'était assombri. Mon arrière-train commençait à me faire mal. Je remarquai une ligne de graffiti sur le bord du bureau où j'étais assise. Quelqu'un avait écrit *Amour… amour… j'aime Junji !* au stylo-feutre. *Amour… amour… j'aime Takashi ! Amour… amour… j'aime Kijima…* Sans vraiment y réfléchir, j'imaginai par association d'autres lignes à écrire et me souvins de la passion qui flottait dans l'air entre Mitsuru et Kijima. Je laissai échapper un long soupir.

Pas une fois dans toute ma vie je n'ai été amoureuse d'un homme. Oui, je suis un être humain et je me suis très bien débrouillée dans la vie sans jamais connaître ce lourd nuage de passion. Mais je n'en ai aucun regret. Kazue n'était pas si différente de moi. Pourquoi était-elle incapable de le comprendre ?

Il était neuf heures passées. Je venais de sortir du bain et me dirigeais vers le salon pour regarder la télé quand la porte d'entrée s'ouvrit sur mon grand-père. Il avait bu. Il avait les joues écarlates et était essoufflé.

– Eh ben, tu es drôlement en retard. Je ne t'ai pas attendu pour manger.

Je montrai du doigt les plats avec la part du repas qui lui était destinée et que j'avais posés sur la petite table basse: maquereau sauce *miso*, légumes verts à l'eau et pickles. Mon grand-père l'avait préparé avant de sortir. Il poussa un long soupir sans rien dire. Il portait un costume que je ne lui avais jamais vu – voyant, avec de larges rayures noires sur un fond vert pomme. Chemisette jaune pâle et cravate texane noire avec une attache d'aspect étrange en émail cloisonné. Ses mains étaient petites pour un homme, et tandis qu'il desserrait les fils de sa cravate il se mit à ricaner tout seul comme s'il venait de se rappeler quelque chose. Aucun doute, il était allé faire un tour au Fleuve Bleu.

– Tu reviens du bar de la mère de Mitsuru?

– Uh-huh.

– Elle était là?

– Uh-huh.

Une telle réticence était étrange chez un être d'ordinaire si loquace.

– Alors, comment c'était?

– Quelle personne admirable! marmonna-t-il, plus pour lui-même que pour moi.

Il se tourna vers ses bonsaïs qu'il avait laissés dehors, puis il gagna le balcon, visiblement peu enclin à poursuivre notre conversation. Comme il ne laissait jamais les bonsaïs dans la rosée du soir je trouvai son attitude assez déconcertante.

Cette nuit-là je fis un rêve bizarre. Mon grand-père et moi nageons éternellement dans une mer préhistorique. Tout le monde est là: ma mère morte; mon père, qui maintenant vit avec une Turque. Certains d'entre nous sommes assis sur les rochers noirs dispersés sur le fond de l'océan, tandis que d'autres se prélassent sur le sable granuleux. Je porte la jupe plissée verte que j'adorais quand j'étais petite. Je me rappelle avoir passé la main sur les plis et le sentiment de nostalgie que j'éprouvai alors. Mon grand-père est vêtu du même accoutrement élégant qu'il avait mis pour aller au Fleuve Bleu. Les bouts des fils de sa cravate flottent entre deux eaux. Mes parents portent ce qu'ils avaient toujours porté à la maison. On les dirait sortis d'un vieux souvenir. D'un souvenir de mon enfance.

Mais soudain la mer se remplit d'un plancton qui ressemble à s'y méprendre à des flocons de neige tourbillonnants. En levant les yeux vers la surface, je vois que le ciel était clair et lumineux, mais, pour une raison qui m'échappe, ma famille et moi vivons heureux sur le fond obscur de l'océan. Un rêve bien tordu, mais paisible. Et ô combien révélateur car Yuriko y était absolument introuvable. Sans elle je me sentais détendue, tranquille, mais ressentais aussi une sorte de tension, d'attente, me demandant quand elle ferait son entrée.

Puis Kazue nage brusquement près de nous dans son uniforme de pom-pom girl, avec ses cheveux d'un noir de jais et ses yeux brillants de détermination. Elle porte des collants couleur chair et je comprends qu'il s'agit de son costume de patinage, pas d'un uniforme de pom-pom girl. Kazue se déplace avec une intense concentration au son de la musique des exercices rythmiques, mais, parce qu'elle est sous l'eau, ses mouvements sont traînants et langoureux. Je me mets à rire. Je me demande si Mitsuru n'est pas là elle aussi et je la cherche du regard. Elle s'est enfermée dans une épave couchée sur le fond, pour travailler. Johnson et Masami sont assis sur le pont. Je pense aller à leur rencontre quand tout s'assombrit autour de moi. Une silhouette géante a jeté son ombre sur la surface de l'eau, bloquant les rayons du soleil. Frappée de stupeur, je lève la tête.

Yuriko a finalement fait son entrée. J'ai la taille d'une enfant, mais Yuriko, elle, est adulte, en a le visage et porte la robe blanche et vaporeuse d'une déesse de la mer. Son ample poitrine transparaît sous son vêtement. Elle se met à nager vers nous avec ses bras et ses jambes interminables, un sourire radieux éclairant son beau visage. Je suis terrifiée en voyant ses yeux fouiller les profondeurs.

Ils n'émettent aucune lumière. Je me cache dans l'ombre d'un rocher, mais Yuriko allonge ses bras aux formes exquises et commence à me tirer à elle.

Quand je me suis réveillée, il ne restait que cinq minutes avant que mon réveil sonne. Je restai un moment allongée, à repenser à mon rêve. Depuis que Yuriko était revenue, Mitsuru, Kazue et mon grand-père avaient tous brutalement changé. Amour… amour… tout le monde était empêtré dans l'amour : Mitsuru avec le professeur Kijima, Kazue avec le fils du professeur et mon grand-père avec la mère de Mitsuru. Bien sûr, s'agissant d'amour, n'en ayant moi-même jamais fait l'expérience, j'ignore totalement le type de réaction chimique qui prend le contrôle du cœur. Tout ce que je savais, c'était que je devais me débrouiller pour que l'attention de mon grand-père et de Mitsuru, au moins ça, revienne se porter sur moi. Serais-je de taille à lutter contre Yuriko ? Aucune importance. Je n'avais pas le choix.

Pendant la pause de midi ce jour-là, Kazue s'avança lentement vers ma table, rayonnante d'assurance. Elle posa la boîte de son déjeuner sur une chaise vide et traîna cette dernière jusqu'à mon bureau dans un grincement assourdissant.

– Ça t'embête si je mange avec toi ?

Elle s'était assise avant même de poser la question. Typique. Je lui adressai un regard glaçant. Boudin ! Faute de goût ambulante ! Connasse ! Elle était encore plus repoussante que d'habitude, au point qu'elle me donnait envie de hurler et de la couvrir d'insultes. Elle avait essayé de se boucler les cheveux. D'ordinaire, ils pendaient mollement sur sa tête comme un casque, mais ce jour-là ils étaient hérissés sur les côtés comme un chapeau à large bord. On distinguait encore les marques des épingles à cheveux qui avaient tenu ses bigoudis en place. Pour ne rien arranger, elle avait aussi peinturluré ses minuscules yeux endormis de telle façon qu'elle semblait avoir des doubles paupières.

– Qu'est-ce que tu as fait à tes yeux ?

Elle leva lentement les mains vers ses paupières.

– Oh, ça… On appelle ça des paupières Élizabeth.

Elle avait dégotté un des accessoires que les Japonaises se collent sur les paupières pour leur donner un pli supplémentaire très apprécié parce qu'il est censé donner à leurs yeux un air plus occidental. Elle avait aperçu une ancienne dans les toilettes en train de se les appliquer. Imaginer Kazue en train de presser sur ses yeux cette baguette de plastique à deux branches épaisse comme un cure-dents me donna des frissons. Et puis sa jupe avait raccourci si résolument qu'elle découvrait une bonne moitié de ses cuisses rachitiques. Elle avait fait tant d'efforts pour paraître belle qu'elle était encore plus ridicule que d'habitude.

Les autres filles de la classe se donnaient des coups de coude en l'apercevant et ne faisaient aucun effort pour camoufler leurs éclats de rire. Ça me rendait malade de savoir que les autres pensaient que nous étions amies. Ça me dérangeait moins à l'époque où Kazue n'était encore que la moche qui croyait tout savoir, mais cette nouvelle transformation était à mettre au compte de Yuriko et ça la rendait d'autant plus détestable.

– Satô, j'ai un service à te demander.

Deux de nos camarades de classe, qui étaient aussi dans l'équipe de patinage, s'étaient postées à côté d'elle. Toutes les deux étaient des anciennes, mais l'une d'elles était clairement subordonnée à l'autre. Elles étaient très proches. Leurs pères étaient tous les deux en fonction dans des ambassades à l'étranger. Apparemment, ces fonctions comportaient divers niveaux de prestige, selon le pays. Les deux filles se traitaient avec toute la déférence qu'impliquait la position de leurs pères.

– Et c'est quoi ? demanda Kazue en levant la tête pour leur adresser un regard enjoué.

Quand elles virent les yeux ronds de Kazue, toutes les deux sentirent pointer à leurs lèvres un sourire qu'elles firent de leur mieux pour dissimuler. Kazue, elle, ne se rendit compte de rien. Au lieu de cela, elle tortilla ses doigts dans ses boucles comme pour dire : « Regardez ma nouvelle coiffure. » Elles regardèrent ses boucles et ne purent étouffer un éclat de rire. Kazue les regarda sans manifester aucune émotion.

– L'équipe a désigné une commission d'évaluation à mi-trimestre et on a été nommées pour la diriger. Ça m'ennuie de te demander ça, mais tu voudrais bien nous laisser recopier tes notes d'anglais et de littérature classique ? Tu es la meilleure élève de l'équipe.

– Bien sûr, répondit fièrement Kazue.

– Dans ce cas, ça t'embêterait qu'on te prenne aussi tes notes d'éducation civique et de géo ? Toute l'équipe t'en serait vraiment reconnaissante.

– Pas de problème.

Elles sortirent de la classe précipitamment. Je suis certaine qu'une fois dans le couloir, elles se mirent à rire comme des folles.

– Ce que tu peux être idiote ! Les commissions d'évaluation à mi-trimestre, ça n'a jamais existé.

Je savais que ce n'était pas mes affaires, mais je n'avais pas pu m'en empêcher. Mais bien sûr, ça n'avait aucune importance. Kazue en était encore à se complaire de son nouveau titre de « meilleure élève de l'équipe ».

– Il faut bien qu'on s'entraide de temps en temps.

– Alors ça, c'est fabuleux. Et elles, qu'est-ce qu'elles vont faire pour toi ?

– Ben, vu que je ne sais pas patiner, elles pourront m'apprendre tout ce que j'ai besoin de savoir.

– Attends une seconde. Tu t'es inscrite dans l'équipe de patinage et tu ne sais pas patiner ?

Elle commença à défaire le mouchoir autour de sa boîte à déjeuner d'un air inquiet. Elle en tira une boule de riz tout écrabouillée et un bout de tomate. C'est tout ce qu'elle avait. J'avais apporté le reste de maquereau que mon grand-père avait laissé la veille et mangeais avec appétit. Mais en voyant le très chiche menu de Kazue, je fus trop ahurie pour continuer. Elle entama sa boule de riz avec un dégoût manifeste. C'était juste une boule de riz blanc, légèrement salé, sans farce à l'intérieur.

– Je sais quand même un peu patiner. Je suis allée plein de fois avec mon père à la patinoire du parc de Korakuen.

– Et ça s'est fini comment, ton histoire de costume ? Elles t'ont laissée aller sur la glace ?

– Ça ne te regarde pas.

Elle se détourna.

– Le prix du costume, plus les frais d'adhésion, ça doit quand même faire très cher, insistai-je. Ton père ne s'est pas plaint ?

Elle retroussa rageusement les lèvres

– Et pourquoi ça ? On a les moyens.

Si une chose était sûre, c'était bien qu'ils ne les avaient pas. Je me rappelai non sans amertume la maison de Kazue plongée dans la pénombre et la façon dont son père m'avait harcelée pour que je lui rembourse mon appel à l'étranger.

– Parlons d'autre chose que de mon équipe. J'aimerais que tu me parles de Yuriko. Tu lui as demandé ?

– Je l'ai appelée tout de suite. Écoute, tu n'as pas à t'inquiéter. Elle m'a dit que Kijima lui faisait juste visiter l'école. Et aussi qu'il ne semble pas sortir avec quelqu'un en ce moment.

– Génial !

Elle applaudit, toute à sa joie. L'excitation que je ressentais à lui mentir était encore plus amusante que je l'avais imaginé.

– Oh, encore une chose. Ce n'est que l'opinion de Yuriko, bien sûr, et ça ne veut sûrement rien dire, mais apparemment Kijima aime bien les actrices un peu plus vieilles.

– Qui ça ? Qui ?

– Des actrices genre Reiko Ohara.

Je ne pouvais décemment pas m'arrêter en si bon chemin. Reiko Ohara était l'une des actrices les plus vénérées du moment, du moins c'est ce qu'on m'avait dit.

– Reiko Ohara ! geignit Kazue, le regard perdu dans le vide sous l'effet de la frustration.

Comment est-ce que je vais pouvoir remplacer Reiko Ohara ? semblait-elle penser. L'espace d'un instant, je me rappelai tout le plaisir que j'avais eu à embobiner Yuriko quand nous étions petites et mon cœur tressauta d'excitation. Mais Yuriko, elle, ne m'avait jamais crue aussi aveuglément. Il y avait toujours en elle une partie qui résistait. Quand un enfant est conscient de ne pas être très futé, il garde toujours une part de suspicion. Pas Kazue. Elle gobait mes mensonges sans se poser de questions.

– Oh, non ! Qu'est-ce que tu en penses ? Qu'est-ce que je peux faire pour la concurrencer ?

Elle me regarda dans l'attente d'une réponse. Au final, son

narcissisme avait repris le dessus. Elle retrouvait rapidement son assurance habituelle.

– Eh bien, déclarai-je sur un ton convaincant, pour commencer tu es bonne en classe, et tu sais que Kijima aime bien les filles intelligentes. Mais, sur ce plan-là, il a mentionné Mitsuru. Peut-être qu'il s'intéresse à elle.

– Mitsuru ?

Elle pivota sur sa chaise pour l'observer. Mitsuru était assise à sa table, plongée dans un livre couvert d'un plastique. Je n'aurais pu en jurer, mais cela ressemblait à un roman en anglais. Tandis que Kazue dévisageait Mitsuru, je pus presque sentir la chaleur qui émanait de ses joues tant elle était jalouse.

Mitsuru avait dû sentir son regard parce qu'elle se tourna vers nous, mais ne manifesta aucun intérêt à notre égard. Je trouvais bizarre qu'elle n'ait pas mentionné la visite que mon grand-père avait faite la veille au soir au bar de sa mère. Peut-être ne lui avait-elle pas dit qu'il était passé.

– Eh ? Eh ! me relança Kazue. Est-ce qu'elle t'a dit autre chose sur le genre de filles qu'il aime ?

– Eh bien… on peut supposer qu'il aime les jolies filles… c'est un mâle, après tout.

– Les jolies filles, d'accord…

Elle avala encore quelques minuscules bouchées de sa boule de riz, puis soupira.

– Comme j'aimerais ressembler à Yuriko ! Si j'avais un visage comme le sien… je n'arrive même pas à imaginer à quel point ma vie serait plus facile. Un monde nouveau s'ouvrirait devant moi. Vraiment, avec un visage comme ça… et un cerveau… que désirer de plus ?

– C'est parce qu'elle est un monstre.

– Peut-être bien. Mais si j'avais pu arriver là où elle est sans avoir à travailler, j'aurais été bien contente d'en être un moi aussi.

Kazue était absolument sérieuse. Et d'ailleurs, elle a fini par devenir un monstre à part entière. Bien sûr, à ce moment-là je n'aurais jamais pu imaginer la façon dont les choses allaient tourner. Comment ? Vous pensez que si Kazue a mal tourné, c'est à cause de ce que j'ai fait à l'époque ? Je serais responsable de ses excentricités, dites-vous ? Je n'y crois pas une seconde. Non. J'incline à penser qu'il y a en chacun quelque chose d'implicite, qui constitue son caractère et détermine tout le reste. Il y avait dans la nature même de Kazue quelque chose qui explique la transformation de son apparence. J'en suis sûre.

– Tu manges comme un moineau. Ton petit déjeuner doit être trop copieux.

Elle secoua vigoureusement la tête.

– Sûrement pas. Je ne bois qu'une petite bouteille de lait.

– Vraiment ? L'autre jour quand je suis venue chez toi, tu as carrément nettoyé ton assiette. Tu as même descendu tout le reste de sauce.

Offusquée, elle me jeta un regard haineux.

– Eh bien, je ne le fais plus. Je surveille ce que je mange. Il faut bien si je veux être aussi belle qu'un mannequin.

À ce moment précis je pensai à une repartie très cruelle. Si elle parvenait à devenir encore plus maigre qu'elle ne l'était déjà, elle aurait été si affreuse qu'absolument personne n'aurait pu la trouver attirante.

– Oui, tu as complètement raison. Si tu perdais encore quelques kilos, tu serais parfaite.

– Je sais. C'est aussi ce que je pense.

Elle releva sa jupe sans la moindre gêne.

– Mes jambes sont trop grasses. À l'entraînement, on m'a dit que plus on est mince, plus on est légère et mieux on patine.

– Tout ce qu'il faut, c'est que tu persévères encore un peu. Kijima aussi est très mince, tu sais.

Elle acquiesça avec conviction en entendant ce que je venais de dire. Puis elle me fit gaiement remarquer :

– Si j'étais un peu plus mince, je serais vraiment jolie et Kijima et moi ferions un très beau couple.

Elle remballa sa boîte à déjeuner dans le mouchoir maculé de tomate. C'est alors que Mitsuru fit son apparition, son livre sous le bras. Elle me tapota l'épaule.

– Yuriko est ici. Elle a dit qu'elle voulait te parler.

Yuriko, ici ? Combien de fois lui avais-je dit de ne jamais, jamais venir me chercher ?

Surprise, je me retournai vers le couloir. Elle se tenait dans l'embrasure de la porte avec Kijima junior, les yeux rivés sur moi. Kazue n'ayant encore rien remarqué, je lui donnai un coup de coude.

– C'est Kijima.

Les joues de Kazue virèrent au rouge pivoine et elle devint complètement surexcitée. *Qu'est-ce que je vais faire ? Qu'est-ce que je vais faire ? Je ne suis pas encore prête à ce qu'il me voie ! Qu'est-ce que je vais faire ?* Voilà ce qu'on pouvait lire sur son visage.

Je me levai.

– Ne t'en fais pas. C'est moi qu'ils viennent voir.

– Mais tu as dit à Yuriko que j'aimais Kijima, non ?

– Je ne lui ai rien dit.

Je la laissai toute à sa panique et m'avançai vers mes deux visiteurs. Yuriko me fixa du regard tandis que je m'approchais. Elle se tenait droite comme un général et me dépassait à présent de dix bons centimètres. Les bras qui dépassaient de son chemisier à manches courtes étaient longs, fins et magnifiquement sculptés. Même ses doigts étaient sublimes.

– Qu'est-ce que tu me veux ?

Je remarquai que Kijima eut un mouvement de recul, surpris par la rudesse de mon attitude.

– Kijima est mon professeur principal ; mais je suis sûre que tu es déjà au courant. Enfin bref, il m'a demandé de remplir une fiche de renseignements sur ma famille et je ne sais pas quoi mettre. Je crois que ce serait bizarre si toi et moi on n'avait pas les mêmes réponses.

– Pourquoi tu ne mets pas l'adresse et le numéro de Johnson et Masami ?

– Mais Johnson ne fait pas vraiment partie de la famille. À moins qu'il soit comme une famille, mais en mieux ?

Kijima junior eut un petit sourire entendu et la regarda dans les yeux. Je vis Yuriko rougir. Une lueur scintillait dans ses yeux. La colère débouche sur la détermination – et dans ses yeux j'en vis une lueur. Et la détermination, ce n'était absolument pas son genre. J'allais devoir écraser d'un coup de talon ce qui avait bien pu lui donner naissance.

– J'ai rempli les blancs avec vos coordonnées, à Papi et toi. Mais si le professeur Kijima me pose des questions, je lui dirai de venir te voir.

– Comme tu veux.

Je me tournai vers Kijima junior.

– Tu ne serais pas le fils du professeur Kijima ?

– Ouais. Et alors ?

Il me jeta un regard furieux. Visiblement, il ne détestait rien tant que d'entendre parler de son père.

– C'est juste que le professeur Kijima est vraiment super, c'est tout.

– Ben, à la maison, c'est aussi un super papa, ironisa Kijima.

– Yuriko et toi, vous êtes tout le temps ensemble. Vous devez être de très bons amis.

– Eh ben, c'est parce que je suis son manager, répondit-il malicieusement.

Il fourra les mains dans ses poches et haussa les épaules. Ces deux-là manigançaient quelque chose. Et j'étais très impatiente de savoir quoi. J'en avais presque du mal à me contrôler.

– Quel genre de manager ?

– Je fais des petits trucs ici et là. Oh, et à propos, Yuriko a décidé de s'inscrire au club des pom-pom girls.

Si ça, ce n'était pas de l'ironie, pensai-je en me retournant vers Kazue. Elle regardait par terre, feignant le désintérêt le plus total. Mais je savais que chaque fibre de son corps était tendue vers nous.

– Kijima, qu'est-ce que tu penses de cette fille, là-bas ?

Takashi jeta un coup d'œil vers Kazue et haussa les épaules sans la moindre trace d'intérêt. Yuriko sembla agacée et tira sur sa manche.

– Allez, on s'en va, dit-elle.

Lorsque Yuriko se retourna pour partir, j'eus soudain une révélation. Elle n'était plus la petite fille qui m'avait poursuivie sur la route enneigée. Six mois plus tôt à peine, quand elle était partie pour la Suisse, elle ne donnait que très rarement son opinion, mais maintenant que nous avions été séparées, elle semblait avoir beaucoup moins de mal à s'affirmer.

– Yuriko ? dis-je en la prenant par le bras. Qu'est-ce qui t'est arrivé en Suisse ?

La température de son corps était-elle vraiment si basse ? Son bras était froid comme un bloc de glace. Qu'est-ce que j'espérais en posant cette question ? Elle était trop directe et extrêmement désagréable. Mais je voulais la forcer à m'avouer ce que j'avais déjà deviné – elle avait fait l'amour avec un homme. Elle n'était plus vierge.

Pourtant, elle m'étonna.

– J'ai perdu la personne que j'aimais le plus au monde.

– Qui ça ?

– Ne me dis pas que tu as déjà oublié.

Le scintillement au fond de ses yeux s'intensifia brusquement, devint comme une flamme.

– Notre mère, évidemment.

Elle me jeta un regard plein de mépris. Son visage se tordit, la lueur dans ses yeux vacilla, et son expression passa de la colère au chagrin. Je n'eus plus qu'une envie : rendre ce visage plus hideux encore qu'il l'était à ce moment-là.

– De toute façon, tu ne lui ressembles pas du tout !

– La ressemblance, ça ne veut rien dire.

Ce dernier coup de canon sonnant son départ, Yuriko s'agrippa aux épaules de Takashi.

– J'en ai assez, Kijima, allons-nous-en.

Kijima eut à peine le temps de se retourner que Yuriko le traînait déjà dehors. Il parvint quand même à me lancer un dernier regard interrogateur. Oui, c'est vrai. J'étais complètement obsédée par cette histoire de ressemblance et continuerais de l'être. Je le suis encore. J'ignore pourquoi.

Avant que j'aie pu regagner ma chaise, Kazue se jeta sur moi et commença son interrogatoire.

– Alors, vous avez parlé de quoi ? Vous en avez mis du temps !

– Oh, de pas mal de choses. Mais tu n'es apparue à aucun moment dans notre conversation.

Elle baissa ses paupières artificiellement plissées et réfléchit un instant avant de dire :

– Qu'est-ce que je dois faire pour que Kijima me remarque ?

– Pourquoi tu ne lui écris pas une lettre ?

Le visage de Kazue s'éclaira à ma suggestion.

– C'est une idée géniale ! Je vais lui en écrire une. Mais avant de l'envoyer, est-ce que je pourrais te la faire lire ? Ça m'aiderait beaucoup d'avoir une opinion impartiale.

Impartiale ? Mes lèvres se tordirent en un sourire. Je remarquai que celui-ci était une imitation du sourire que Yuriko avait utilisé peu avant.

2

Pouvez-vous deviner ce que je fis cette nuit-là ? J'étais prisonnière de cette notion de ressemblance. Devant cette prise de conscience, je résolus d'insister pour que mon grand-père m'apporte des réponses. Je voulais savoir qui était mon père. Bien sûr, je savais déjà que j'étais une sang-mêlé. C'était absolument indéniable. Je savais que ma mère était japonaise et j'étais convaincue que mon père venait d'autre part. Enfin quoi, regardez ma peau. Elle n'est pas jaune que je sache. Si ?

Mais j'étais tout à fait persuadée que mon père n'était pas le même Suisse qui avait engendré Yuriko. Pourquoi ? Et d'un, il n'y a entre nous pas la moindre ressemblance. Et de deux, comment un homme aussi médiocre aurait-il pu engendrer une enfant douée d'une telle lucidité ? C'était, à n'en pas douter, peu probable. Qui plus est, le comportement de mon père envers moi était scandaleux. Il me tenait toujours à bonne distance, bien qu'il n'ait jamais eu aucun problème pour me crier dessus, et je n'ai jamais ressenti d'amour à son égard.

Depuis notre plus tendre enfance, Yuriko m'avait attaquée sur ce manque de ressemblance. Oh ? Vous n'arrivez pas à imaginer que Yuriko s'en prenne à moi ? Et pourquoi donc ? Parce qu'elle est belle ? Vous savez, les apparences sont parfois trompeuses. Yuriko était dix fois plus cruelle et vicieuse que je l'ai jamais été. Elle n'éprouvait aucun remords à me transpercer le cœur d'un mot bien senti. « Je me demande bien où est ton papa à toi ? Parce que tu ne ressembles pas du tout au mien. » C'est toujours ainsi que venait le coup de grâce.

J'étais arrivée à la conclusion que mon père n'était pas mon vrai père aussitôt que j'avais eu conscience de l'existence de Yuriko. Certes, Yuriko ne ressemblait à personne d'autre, mais elle avait clairement des traits aussi bien asiatiques qu'occidentaux. Et qu'elle soit stupide en faisait encore plus sûrement le portrait craché de nos parents. Je ne ressemblais à personne moi non plus et pourtant, à la différence de Yuriko, mon visage était nettement celui d'une Asiatique. Et j'étais intelligente. Bref, d'où pouvais-je bien venir ? Du jour où je fus assez grande pour avoir conscience de ces choses-là, je fus tenaillée par un doute sur ma filiation. Qui était mon père ?

Une fois, pendant un cours de sciences, je crus avoir trouvé la réponse à ma question : j'étais le produit d'une mutation. Mais l'euphorie de cette découverte s'évapora rapidement. Il était bien plus probable que la mutante ait été la belle Yuriko. Une fois cette théorie descendue en flammes, je me retrouvai à la case départ : perplexe, attristée et complètement privée de réponse à cette question qui me tourmentait et continuerait de me tourmenter. Aujourd'hui encore, je n'ai pas de réponse. Et le retour de Yuriko au Japon fit remonter tous mes doutes à la surface.

Mon grand-père était visiblement de sortie ce soir-là ; en tout cas il n'était pas à la maison. Et il n'avait rien préparé pour le dîner. À court de choix, je commençai à rincer le riz. Je sortis le tofu du frigo et préparai une soupe au *miso*. Vu qu'il n'y avait rien d'autre à la maison – pas d'accompagnement de quelque sorte que ce soit –, je me dis que Grand-Père était sorti faire quelques courses et attendis son retour. La nuit tomba. J'attendis encore, mais il ne rentrait toujours pas. Il était près de dix heures quand la porte d'entrée s'ouvrit enfin.

– Tu es en retard !

– Oups, marmonna-t-il.

Je gagnai le vestibule et le trouvai planté là, la tête baissée dans une démonstration amusée de contrition, comme un enfant à qui l'on aurait fait la morale. Hein ? pensai-je, on dirait qu'il a grandi ! Il était en train d'enlever une paire de chaussures très serrées que je ne lui avais jamais vues. En y regardant de plus près, assise par terre dans l'entrée, je m'aperçus qu'elles avaient des talons aussi hauts que des chaussures pour femme.

– Qu'est-ce que c'est que ces chaussures ? lui demandai-je.

– On appelle ça des bottes secrètes.

– Mais enfin, qui peut bien vendre ce genre de trucs ?

– Qu'est-ce qu'elles ont, mes chaussures ?

Il se gratta la tête avec circonspection. L'odeur âcre de sa gomina saturait l'air autour de ses épaules. Grand-Père était très soucieux de son apparence et ne sortait jamais sans gomina, même si ce n'était que pour faire un saut dehors, mais ce soir-là il en avait mis au moins deux fois la dose habituelle. Je me pinçai le nez et l'étudiai longuement. Son costume marron, que je ne l'avais jamais vu porter auparavant, n'était pas à la bonne taille, et il avait emprunté une chemise bleue à son ami videur. Je le savais parce que je me rappelais avoir vu ce dernier arborer fièrement cette même chemise quelques jours plus tôt. De plus, on voyait bien qu'il l'avait empruntée parce que les manches dépassaient de celles de sa veste. Pour couronner le tout, il portait une cravate brillante de couleur argent.

– Désolé. Tu dois mourir de faim, dit-il, puis il me tendit un petit paquet bien emballé.

Il était de bonne humeur. Je sentis des effluves d'anguille grillée. L'odeur était si forte que je crus un instant que j'allais m'évanouir. Le paquet était maculé de sauce et encore tiède. Je le pris à deux mains et restai un moment immobile et muette. Mon grand-père avait un drôle d'air. Peut-être que son obsession pour les bonsaïs lui était enfin passée. Mais comment avait-il pu s'offrir ce costume et ces chaussures ? Où avait-il trouvé l'argent ?

– C'est un costume neuf ?

– Je l'ai acheté à Nakaya, en face de la gare, dit-il en défroissant le tissu des deux mains. Il est un peu grand, mais j'ai l'impression d'être un play-boy avec ça. Tu me connais, je ne résiste pas au luxe. Et ils m'ont recommandé cette cravate. Ils m'ont dit qu'une cravate argentée serait du plus bel effet sur un costume comme celui-là. Regarde de plus près et tu verras qu'il y a un motif sur le tissu. On dirait des écailles de serpent, non ? Et quand il y a assez de lumière, elle brille. Je suis allé au Kitamura, le grand magasin qui se trouve de l'autre côté de la gare, pour acheter les chaussures. Tu sais, comme je ne suis pas bien grand, les autres ont souvent tendance à me prendre de haut et ça, je ne supporte pas. Alors voilà, je me suis fait plaisir. Cette chemise est la seule chose que je n'ai pas achetée… Je me sentais un peu coupable après avoir dépensé tout cet argent… alors je l'ai empruntée à mon copain qui habite au-dessus. Mais tu ne trouves pas que la couleur va bien avec le costume ? Ce serait mieux avec des boutons de manchettes… Dès que je trouve une chemise avec des boutons de manchettes, je l'achète. Ce sera ma prochaine dépense.

Il examinait tristement ses manches de chemise. Elles pendouillaient, s'étendant jusqu'au bout de ses doigts fins. Je lui indiquai le paquet du doigt.

– Et l'anguille, alors ? C'est quelqu'un qui te l'a donnée ?

– Oh, c'est vrai. Dépêche-toi de la manger. J'ai pensé que tu aimerais en avoir pour le déjeuner de demain, alors j'en ai acheté un peu plus.

– Je t'ai demandé si quelqu'un te l'avait donnée.

– Et moi, je t'ai répondu que je l'avais achetée, non ? grogna-t-il. Il me restait un peu de monnaie.

Il remarqua finalement que j'étais en colère.

– Tu es allé au bar de la mère de Mitsuru ?

– Oui. Et alors ? Ça te pose un problème ?

– Tu y étais aussi hier soir. Tu as pas mal d'argent à gaspiller, apparemment.

Il ouvrit dans un grand vacarme la porte donnant sur le balcon et regarda dehors. Brusquement, saisie d'une prémonition écœurante, je me précipitai à sa suite. Deux ou trois de ses plantes avaient disparu.

– Tu as vendu tes bonsaïs ?

Je n'eus droit à aucune réponse. Grand-Père souleva le grand pot qui contenait son pin noir et frotta amoureusement ses joues contre ses épines.

– Et tu as l'intention de vendre celui-là demain ?

– Ah non, plutôt mourir que de vendre mon pin noir. Même si le Jardin de la Longévité m'en offre trente millions de yens.

Si je le laissais faire ce qu'il voulait, il aurait bientôt vendu tous ses bonsaïs et tout l'argent qu'il pourrait en tirer s'évanouirait entre le Jardin de la Longévité et le Fleuve Bleu. Notre vie deviendrait vraiment misérable.

– La mère de Mitsuru était là ?

– Oui.

– De quoi vous avez parlé, tous les deux ?

– Elle était occupée, tu sais. Elle n'avait pas le temps de rester à ma table pour me faire la conversation.

Elle. Il y avait quelque chose dans la manière dont il avait dit ce mot qui me parut très affectueux. Une énergie formidable semblait émaner du corps de mon grand-père, une essence que je ne lui connaissais pas, à la fois forte et délicate. Je pouvais y sentir l'influence de Yuriko ; sa présence transformait tout le monde. J'eus envie de me couvrir les yeux et les oreilles. Grand-Père se retourna pour m'observer. Un soupçon de peur traversa son visage. Je crois qu'il avait compris que sa passion nouvellement retrouvée me choquait.

– D'accord, mais de quoi vous avez parlé ?

– Je t'ai déjà dit qu'on avait pas le temps d'avoir une vraie conversation ! Zut, à la fin, c'est quand même la propriétaire du bar.

– Mais vous êtes quand même allés manger de l'anguille.

– C'est vrai. Elle a dit qu'elle pouvait s'échapper quelques instants et m'a invité à l'accompagner. Elle m'a emmené dans un restaurant cher de l'autre côté du fleuve. J'étais un peu nerveux parce que je n'étais jamais allé dans un bon restaurant d'anguille avant. J'ai aussi bu du bouillon de foie pour la première fois de ma vie. C'est plutôt bon. Je lui ai dit que j'aurais bien aimé te faire goûter et que c'était vraiment dommage que tu aies dû rester à la maison, alors elle a en commandé une portion pour que je te la rapporte. Elle a dit qu'elle était vraiment triste que tu aies perdu ta mère et que tu étais très courageuse d'affronter ça toute seule. C'est vraiment une dame très gentille.

Pourquoi aurait-elle parlé à mon grand-père comme si elle était une espèce de vierge céleste ? me demandai-je. Même Mitsuru avait des choses à lui reprocher… sa propre fille !

Lorsque je me souvins de ce matin dans sa voiture, je sentis ma poitrine se gonfler d'une haine si vive qu'elle menaça d'exploser.

– Alors l'anguille, c'était un cadeau ?

– Alors là, je suis bien attrapé, dit-il.

Il essayait de dédramatiser, mais j'avais déjà une réponse toute prête :

– Et si je lui disais que tu as fait de la prison, hein ? Je suis sûre que ça lui ferait un choc.

Il retira sa veste sans dire un mot. La peau entre ses sourcils se plissa. J'avais envie de lui dire n'importe quoi, pourvu que ça l'énerve, mais seulement parce que je voulais que tout reste comme avant, quand lui et moi vivions heureux au milieu de ses bonsaïs. Il menaçait de ruiner tout cela en se jetant à corps perdu dans les bras hideux de l'amour – exactement comme Yuriko. Sale traître !

– Si quelqu'un doit le lui dire, ce sera moi.

Il poussa un grand soupir. Juste à ce moment il trébucha en marchant sur la jambe de son pantalon et tituba un instant avant de retrouver l'équilibre. Sans ses bottes secrètes, son pantalon trop long traînait derrière lui comme le bas d'un costume de samouraï de la cour. Je ne pus m'empêcher d'éclater de rire. D'abord Kazue et ses fausses paupières, et maintenant ça. C'est fou ce que les imbéciles sont prêts à faire pour l'amour ! J'étais remplie d'une haine et d'une irritation si grandes que je me sentais presque devenir folle.

– Et elle a de l'inspiration, elle ?

Grand-Père se retourna et me jeta un regard étonné. Frustrée, je répétai ma question, la colère montant dans ma voix.

– La mère de Mitsuru… Je te demande si elle a de l'inspiration ?

– Oh, ça. Oui, elle n'est qu'inspiration.

Je fus accablée de déception. Comment mon grand-père, qui autrefois passait ses journées à promener ses bonsaïs en répétant des mots tels que *folie* et *inspiration*, pouvait-il parler d'inspiration à propos d'une vieille rombière comme elle ? Qu'est-ce qui avait bien pu se passer ? Il n'y avait pas si longtemps, il disait encore que Yuriko était trop belle pour être inspirée ; la transformation dépassait l'entendement. Je sentais que l'amour que j'éprouvais pour mon grand-père commençait à s'étioler et répondis sèchement :

– Très bien. Puisque c'est comme ça, il y a quelque chose dont je voudrais te parler.

Il posa soigneusement sa veste sur un cintre et leva les yeux vers moi.

– Quoi encore ?

– Qui est mon père ? Où est-il ?

– Qui est ton père ? répéta-t-il. Tu plaisantes, non ? Tu sais bien que c'est ce salaud de Suisse.

D'une humeur massacrante, il retira rageusement la ceinture de son pantalon.

– Qui d'autre cela pourrait-il bien être ?

– C'est des bobards. Ce type n'est pas mon père.

– Il faut vraiment qu'on s'occupe de ça tout de suite ?

Il se débarrassa de son pantalon et s'assit sur le tatami, paraissant soudain très fatigué.

– Tu fantasmes ou quoi ? Ta mère est ma fille. Ton père est ce Suisse. J'étais opposé à ce mariage, mais ta mère ne voulait rien entendre et s'est mariée quand même. Alors, tu vois bien que tu as tort.

– Mais je ne ressemble à aucun des deux... ni à personne d'autre, d'ailleurs.

– C'est ça qui te tracasse ? Je te l'ai déjà dit, les gens de ma famille ressemblent rarement à quelqu'un d'autre.

Il me jeta un regard perplexe, comme s'il avait du mal à comprendre pourquoi j'étais troublée à ce point. J'étais déçue et si désemparée que j'eus envie de jeter ce paquet dégoûtant par terre. Mais, avant de pouvoir céder à mon impulsion, j'eus une idée effrayante. Et si ma mère avait emporté son secret dans la tombe sans jamais en parler à personne ?

– Tu n'as qu'à aller vérifier à l'état civil. Tout y est, dit-il en desserrant sa cravate et s'affairant à en lisser les plis avec ses mains.

Mais je savais que je n'y trouverais rien de nouveau. Mon père était un Blanc, beau et intelligent, probablement un Français ou un Britannique. Il avait sûrement abandonné ma mère et était parti vivre sa vie. Il était peut-être déjà mort. Dans ce cas, je ne pourrais jamais lui parler. Ou peut-être qu'il attendait que je grandisse pour entrer en contact avec moi.

J'ai toujours éprouvé un sentiment de distance vis-à-vis de mon père, comme un fossé impossible à combler. Tout ce que l'on peut dire de notre relation, c'est qu'on ne s'est jamais vraiment entendus. Quand il s'adressait à Yuriko, sa voix était toujours naturelle. Mais dès qu'il devait me parler, il était très tendu. Je remarquais immédiatement la manière dont les rides se creusaient au coin de ses lèvres. Chaque fois que l'on se trouvait face à face, nous n'avions rien à nous dire et je voyais bien qu'il devait se creuser la tête pour trouver quelque chose.

Occasionnellement, quand il rentrait du travail, il me bombardait de questions. Chaque fois je savais qu'il était de mauvaise humeur et qu'il valait mieux que je fasse très attention. Mais je me sentais toujours traversée par une pulsion rebelle qui m'obligeait à me lancer dans une dispute.

Quand mes parents se disputaient, c'était insupportable. Yuriko, elle, continuait toujours de regarder la télé comme si de rien n'était. Si je m'engueulais avec mon père, elle quittait la pièce sans faire de bruit, mais quand nos parents se disputaient ça n'avait pas l'air de la déranger. Était-elle vraiment bête à ce point ? Ou était-ce seulement qu'elle ne supportait pas de nous voir nous disputer, mon père et moi ?

Quand mes parents s'engueulaient, c'était presque toujours sur les frais du ménage. Dans notre famille, mon père était en charge des finances. Ma mère se contentait d'en recevoir juste assez chaque matin pour aller au marché et rapporter de quoi dîner. Comme je l'ai dit plus haut, mon père était un avare patenté et contrôlait toutes les dépenses dans le moindre détail avec une application difficilement imaginable de l'extérieur.

– Tu as acheté des épinards hier. Il n'y aucune raison pour que tu en reprennes aujourd'hui.

Et ma mère de tenter une défense, évidemment inutile :

– Tu sais combien d'épinards il te reste une fois qu'ils sont cuits ?

Elle prenait un tas d'épinards imaginaires et l'aplatissait dans sa main.

Mon père le prenait dans la sienne pour lui montrer comment les épinards se dilateraient.

– On voit bien que tu ne fais jamais la cuisine, disait-elle, parce que tu ne sais pas de quoi tu parles ; ça réduit. Si on partage cette quantité en quatre, il y en a juste assez pour tenir une journée. C'est pour ça qu'il faut en acheter pour deux jours. Si tu les fais bouillir, puis refroidir pour faire une salade d'épinards, ça part en un rien de temps. Si tu les mélanges avec des carottes en rondelles et de la viande, c'est un peu mieux, mais ça ne se marie pas très bien avec ce qu'on mange d'ordinaire. Tous les efforts que je fais pour m'habituer à la nourriture que tu veux dans cette maison ! Tu n'as pas idée !

Et elle insistait encore et encore, sans succès.

Mon père partait du principe qu'il avait toujours raison et se mettait dans une colère noire dès qu'on essayait de le remettre en cause. Après Yuriko, c'est lui que je détestais le plus. Pour faire court, j'ai passé une enfance très solitaire et j'ai grandi dans l'aversion de tous les membres de ma famille. Affligeant, vous ne trouvez pas ? Voilà pourquoi je trouvais si étrange que Kazue Satô accepte de se plier aussi inconditionnellement aux valeurs de son père. Je n'arrivais pas à comprendre qu'on puisse être soumise à ce point. Cela ne faisait qu'attiser mon mépris à son encontre.

La relation que j'avais avec mon père était exactement comme je viens de la décrire. Et je n'ai jamais aimé un homme de ma vie, pas plus que je n'ai eu de relations sexuelles avec l'un d'entre eux. Je ne suis pas une nymphomane comme Yuriko.

Je n'arrive pas à imaginer plus dégoûtante créature qu'un homme, avec ses muscles secs et ses os durs, sa peau huileuse, tous ces poils sur son corps et ses genoux noueux. Je hais les hommes qui ont la voix grave et le corps qui dégage une odeur de graisse animale, les hommes qui se comportent comme des salauds et ne se coiffent jamais les cheveux. Oh, oui, je pourrais poursuivre à l'infini ce catalogue de méchancetés sur les hommes. J'ai vraiment de la chance d'avoir trouvé un travail à la mairie d'arrondissement et de ne pas me retrouver tous les jours dans un métro bondé. Je ne crois pas que je pourrais supporter de me serrer dans un wagon avec une foule d'employés de bureau qui puent.

Mais je ne suis pas lesbienne pour autant. Je ne ferais jamais rien d'aussi sale. C'est vrai, j'avais plus ou moins le béguin pour Mitsuru au lycée. Mais il s'agissait plutôt d'un ardent respect, et qui de toute façon n'a pas duré bien longtemps. Quand j'avais remarqué que Mitsuru affûtait son intellect comme si c'était une arme, j'avais compris pourquoi et en avais même ressenti une sorte d'admiration. Mais il arriva bientôt quelque chose qui me brouilla définitivement avec elle.

Quelques semaines s'étaient écoulées depuis que mon grand-père avait commencé à traîner au Fleuve Bleu. Il récoltait les fonds pour ses petites aventures en cédant ses bonsaïs l'un après l'autre. J'étais triste en trouvant chaque jour le balcon un peu plus vide que la veille, amère et presque au-delà du désespoir. C'est alors que c'est arrivé, un jour où j'étais assiégée par un sentiment de désolation.

Je venais de sortir d'un cours d'arts plastiques. J'avais choisi l'option calligraphie. Le prof d'arts plastiques nous ayant demandé d'écrire un mot, n'importe lequel, j'avais barbouillé le mot « inspiration » à grands coups de pinceau. Quand j'arrivai en vie de classe, Mitsuru, qui sortait tout juste de son cours de musique, brandit une partition en me faisant signe de la rejoindre. J'étais déjà d'assez mauvaise humeur après avoir réussi à consteller mon chemisier de taches d'encre. Et la voix sémillante de Mitsuru me rendait encore plus irritable. Elle avait révisé jusqu'à très tard pour les examens qui approchaient et avait les yeux rougis par le manque de sommeil.

– J'ai quelque chose à te dire. Maintenant, ça te va ?

J'examinai les veines rouges qui formaient un motif extravagant dans le blanc de ses yeux et acquiesçai.

– Ma mère voudrait qu'on dîne ensemble un soir, elle, toi, ton grand-père et moi. Tous les quatre, quoi. Qu'est-ce que tu en dis ?

– Pourquoi ?

Je feignais l'ignorance. Mitsuru se tapota les incisives avec l'ongle de l'index et pencha la tête de côté.

– Eh bien, apparemment, ma mère t'a prise en sympathie. Tu

habites tout près de chez nous et elle m'a dit qu'elle aimerait avoir une occasion de discuter tranquillement avec vous un de ces soirs. Si ça te convient, on peut se retrouver chez moi, ou alors on peut sortir manger quelque part, c'est elle qui invite.

– Pourquoi est-ce qu'il faudrait qu'on y aille nous aussi ? Ce ne serait pas plus normal que ta mère et mon grand-père y aillent tout seuls ?

Mitsuru détestait tout ce qui était irrationnel. Je vis une lueur vaciller au fond de ses yeux, comme si elle tentait de résoudre une énigme.

– Qu'est-ce que tu entends par là ?

– Tu n'as qu'à demander à ta mère. Ce n'est pas à moi de t'expliquer.

Pour la première fois, je vis Mitsuru se mettre en colère. Son visage vira au rouge et on aurait dit que ses yeux allaient lancer des poignards.

– C'est pas la peine d'être malpolie. Si tu as quelque chose à dire, dis-le. Je n'aime pas jouer aux devinettes.

En entendant les larmes monter dans sa gorge, je sus que je l'avais vexée. Mitsuru devenait très susceptible dès qu'il était question de sa mère. Mais il fallait que je lui dise ce que je pensais.

– Bon, d'accord. Mon grand-père est tombé fou amoureux de ta mère. Ça n'a rien de grave en soi, et puis c'est leurs affaires, après tout. Mais je ne veux pas me laisser entraîner là-dedans. Je refuse d'être un pion dans leurs petits jeux amoureux.

– Où veux-tu en venir ?

Le visage de Mitsuru était passé du rouge au blanc et continuait de blanchir à vue d'œil.

– Mon grand-père est devenu un client régulier du bar que tient ta mère. Et comme il n'a pas d'argent, il a vendu tous ses bonsaïs. Ce n'est pas mes affaires, je sais. Mais qu'est-ce que ta mère peut bien lui vouloir ? Je trouve ça bizarre. Je veux dire… mon grand-père a presque soixante-sept ans et ta mère n'en a pas encore cinquante. Bien sûr, l'âge ne compte pas quand on est amoureux, mais je suis vraiment, vraiment gênée quand le désir se met à tout bousculer. Peut-être que c'est à cause de ma sœur, mais toi aussi, tu as changé ces derniers temps. Et maintenant c'est mon grand-père qui se comporte bizarrement. Depuis que Yuriko est revenue, tout semble se casser la figure et je ne le supporte pas. Tu comprends ?

– Non, je ne comprends pas.

Sa réponse était posée. Elle secoua lentement la tête.

– Ce que tu dis n'a absolument aucun sens. Mais il y a une chose que je comprends : tu refuses à ton grand-père la permission de passer du temps avec ma mère.

Ce n'était pas que je lui refusais ma permission ; c'était encore pire. Tout simplement, je détestais les amoureux parce qu'ils finissaient toujours par me trahir. Je restai muette. Voyant que je ne répondais pas, Mitsuru poursuivit.

– Tu es complètement infantile. Je me fiche de savoir ce que fait ma mère. Mais tu as l'air d'insinuer qu'elle se conduit de manière indigne et je ne veux pas entendre un mot de plus de ta part. Je ne t'adresserai plus jamais la parole et tu peux courir pour que je traîne avec toi. T'es contente ?

– Dans ce cas, je suppose que je n'ai pas le choix.

Je haussai les épaules. Et c'est ainsi que pendant six mois je n'eus plus aucun contact avec Mitsuru.

3

Bon, je crois qu'il serait temps de revenir à Kazue, pas vous? Comment? Oui, j'imagine très bien que vous n'avez aucune envie d'entendre encore parler de mon grand-père, de la mère de Mitsuru ou leur dégoûtante histoire d'amour. Mais en réalité la suite est assez intéressante. Mitsuru, voyez-vous, a fini par passer l'examen d'admissibilité à l'école de médecine de l'université de Tokyo, comme prévu. Je le sais parce qu'elle m'a contactée le jour où j'ai intégré l'unité d'études germanophones de l'université de K. Au même moment, un certain nombre de problèmes sont survenus. Ils n'ont aucun rapport direct avec les histoires de Kazue et de Yuriko, mais j'aimerais bien vous en parler à un moment ou à un autre.

À quel moment le comportement étrange de Kazue a-t-il commencé à se manifester véritablement? Probablement au cours de notre deuxième année de lycée. Yuriko était en première année et la rumeur disait que Kazue avait commencé à la suivre un peu partout. Pour utiliser un vilain anglicisme, elle était ce qu'on appelle un *stalker*. C'était effrayant. Elle avait pris l'habitude de jeter des coups d'œil furtifs dans sa salle de classe. En cours de sport, elle l'épiait en permanence. Si Yuriko participait à un match avec l'équipe de pom-pom girls, Kazue y était. On aurait dit un chien qui suit son maître à la trace. Elle allait sûrement rôder autour de la maison des Johnson aussi. Et chaque fois qu'elle croisait Yuriko, elle la suivait du regard comme si quelqu'un l'avait ensorcelée. Qu'est-ce qui pouvait bien la pousser à la harceler de la sorte ? Même moi, je n'arrivais pas à comprendre.

Partout où elle allait, Yuriko déclenchait un émoi incroyable. Depuis que Kijima était entré au lycée pour garçons de K., dans une autre partie de la ville, Mokku, la fille du président de la compagnie de sauce de soja, avait pris sa place, la collant au train comme une crotte à l'anus d'un poisson rouge.

Mokku était la présidente de l'équipe des pom-pom girls. À ce titre elle était donc, de fait, le garde du corps de Yuriko, allant partout où elle allait, la protégeant de ses fans comme de celles qui la jalousaient et convoitaient son statut. Yuriko était la mascotte de l'équipe. Mais ce n'est pas très surprenant. On ne pouvait pas attendre d'une idiote dépourvue de toute coordination de maîtriser les mouvements compliqués des numéros qu'elles effectuaient. Tout ce que Yuriko devait faire, c'était se tenir là comme une sorte de publicité, et prouver à la face du monde que l'école de K. avait relevé ses standards de beauté.

Quand la sculpturale Yuriko se promenait dans l'enceinte de l'école avec Mokku, sa présence était si aveuglante que nul ne parvenait à la quitter des yeux. J'étais abasourdie de voir tant de suffisance dans son attitude. Elle marchait un pas devant Mokku, le visage impassible, comme une sorte de reine. Mokku, elle, la suivait comme une servante. Venait ensuite Kazue, juste derrière elles, haletante à force de les poursuivre. C'était à n'en pas douter un drôle de spectacle.

De temps en temps je remarquais que Kazue, à la minute où elle avait terminé son déjeuner, courait jusqu'aux toilettes pour se faire vomir. Je parle de déjeuner, mais ça n'avait en fait pas grand-chose à voir avec ça : une boulette de riz minuscule et une tomate, ou un morceau de fruit. Elle apportait assez souvent une sorte de petit gâteau bon marché à base de farine de soja. Mais aussitôt qu'elle l'avait englouti elle était à ce point submergée de remords qu'elle se précipitait vers les toilettes pour aller vomir. Tout le monde dans la classe savait ce qu'elle faisait et chaque fois qu'elles l'entendaient fouiller dans son paquet de gâteaux, les autres élèves s'échangeaient des coups de coude en ricanant d'un air entendu. Oui, Kazue souffrait de troubles de l'alimentation. Bien sûr, à l'époque, on ignorait tout de ce genre de maladies. On la méprisait simplement pour son régime peu équilibré et sa manie d'aller vomir après chaque repas.

J'avais entendu dire que sa réputation au sein du club de patinage était très mauvaise. Malgré les innombrables rappels qu'elle avait reçus, Kazue n'avait jamais payé ses frais d'adhésion. Elle portait son costume de compétition même à l'entraînement et paradait sur la glace sans la moindre arrière-pensée. Cela ne semblait qu'une question de temps avant qu'on lui demande de quitter l'équipe, mais à ma grande surprise il n'en fut rien. C'était parce que Kazue se révélait très utile quand venait le moment d'emprunter ses notes pour les examens. Elle les prêtait gratuitement aux membres du club, mais exigeait de ses autres camarades qu'elles la payent, cent yens pour l'équivalent d'une journée de notes. À l'époque, Kazue était complètement obsédée par l'argent. Dans son dos, la plupart des élèves se plaignaient de sa radinerie.

Kazue avait changé du tout au tout à l'approche du deuxième semestre de la première année. Au départ, elle avait fait tout son possible pour se fondre dans l'atmosphère grande-bourgeoise du lycée pour jeunes filles de K. Mais durant l'hiver, elle avait brusquement changé. À l'université, j'ai entendu dire que le tournant de sa vie était survenu plus tard, lorsque son père était mort, mais pour moi elle avait déjà subi un profond changement d'apparence avant le début de notre deuxième année de lycée.

Je remarquai également qu'elle s'était mise à infliger à ses professeurs une intense litanie de questions pendant les cours. Professeurs qui se montraient de plus en plus impatients avec elle. « Bon, passons à la question suivante », disaient-ils, un œil sur la montre, mais seulement pour s'entendre répondre, d'une voix larmoyante : « Mais, professeur, je ne comprends toujours pas. » Et quand les autres élèves levaient les yeux au ciel en signe d'agacement, elle les ignorait. Je ne crois pas que Kazue ait jamais prêté attention aux réactions de son entourage. Graduellement, elle commença à perdre toute notion de sa propre réalité. Dès qu'un prof posait une question dont elle connaissait la réponse, elle était la première à lever la main, le visage triomphant. Et lorsqu'elle répondait aux questions d'un contrôle, elle cachait systématiquement sa feuille d'une main – comme si elle était revenue à l'époque de la concurrence acharnée qu'elle avait livrée à l'école primaire. Oh que oui. Elle était, sans aucun doute, tellement cinglée que personne ne voulait avoir affaire à elle.

Mais je traînais quand même avec elle. Vous savez pourquoi, non ? Elle se raccrochait à l'espoir d'une relation impossible et était donc totalement frustrée. Je parle bien sûr de Takashi Kijima. Je voulais de mon côté voir ce que je pouvais faire pour m'assurer que l'amour qu'elle éprouvait pour Kijima enfle comme un ballon. Elle avait suivi mon conseil et lui avait écrit bon nombre de lettres. J'étais toujours la première à les lire. J'apposais mes corrections avant de les lui renvoyer. Après quoi Kazue les réécrivait encore et encore, jamais totalement convaincue qu'elles soient assez belles. Aimeriez-vous les voir ? Je vais vous les montrer. Vous vous demandez pourquoi je les ai encore ? Eh bien, c'est parce que je les copiais toutes dans un cahier avant de les lui renvoyer.

Pardonne-moi par avance le ton informel de cette lettre. Je comprends que cela puisse paraître impoli de t'écrire alors qu'on ne s'est jamais parlé avant. Pardonne-moi encore.

Si tu veux bien, je vais commencer par me présenter. Je m'appelle Kazue Satô et je suis dans la classe B des première année du lycée. Mon but est d'intégrer la division d'études économiques de l'université pour étudier l'économie. Pour y arriver, je me consacre tous les jours à mes études et je dois dire que je suis une élève très sérieuse. Je fais partie du club de patinage artistique. Je manque encore un peu d'expérience pour participer aux compétitions. (Ou plutôt d'équilibre, dans mon cas précis.) Mais je m'entraîne aussi dur que possible dans l'espoir d'y participer un jour. Je tombe beaucoup, donc après les entraînements je suis toujours couverte de bleus. Les dernière année de l'équipe me disent toutes qu'il faut en passer par là. Du coup, je m'entraîne avec beaucoup d'enthousiasme.

Mes hobbies sont la fabrication d'objets artisanaux et la tenue de mon journal intime. J'ai commencé ce dernier dès le début de l'école primaire et je n'ai pas encore manqué un jour. Si je n'écris rien pour un jour donné, je suis tellement perturbée que je n'arrive pas à dormir. On m'a dit que tu n'étais dans aucun club, Takashi. Est-ce que tu as un hobby ?

Je suis en ce moment en cours de biologie avec ton père, le professeur Kijima. C'est vraiment un prof super. Il est capable d'expliquer les choses les plus compliquées dans un langage très simple. J'ai énormément de respect pour ses qualités de professeur et sa personnalité généreuse. Le lycée pour jeunes filles de K. compte un si grand nombre d'enseignants exceptionnels comme le professeur Kijima que je suis vraiment très reconnaissante d'avoir pu intégrer cette école. J'ai entendu dire que tu as passé toute ta scolarité dans cet établissement, depuis que tu es tout petit, grâce au fait que le professeur Kijima est ton père. Tu as bien de la chance !

Ça me gêne un peu, mais j'ai un aveu à te faire. Même si j'ai une année d'avance sur toi à l'école, je suis amoureuse de toi. Je n'ai pas de frères, juste une petite sœur, alors je ne connais pas grand-chose aux hommes. Pourrais-tu, si ça ne t'embête pas, me répondre par écrit ? Je rêve du jour où je recevrai ta réponse. En attendant, fais-moi l'honneur d'accepter cette lettre. Et bonne chance pour tes examens de mi-trimestre !

Kazue Satô

C'est la première lettre qu'elle a envoyée. En lisant la deuxième, j'éclatai de rire malgré moi. C'était à cause du poème intitulé « Le chemin où fleurissent les violettes ». En me le montrant, elle m'avait dit vouloir l'envoyer au chanteur folk Banban Hirofumi pour qu'il le chante.

LE CHEMIN OÙ FLEURISSENT LES VIOLETTES

Violettes sauvages, sous mes pieds
Le chemin que tu as arpenté
En cueillant une fleur abîmée
Je sais que par là tu es passé.
Violette sauvage, fleurit le long du sentier
Dans le ciel débordant de ton cœur aimé,
Je regarde au loin et alors que je pleure,

Je te croise sur le chemin de la maison.
Violette sauvage, je ne vois pas,
Je ne peux pas rechercher ton amour.
Perdue, effrayée,
La route de montagne, le précipice à mes pieds.

Un jour, Kazue m'avait montré un haïku, ou quelque chose de ce genre, de Toshizô Hijikata, le célèbre chevalier qui tenta de mettre fin à la restauration de l'ère Meiji au XIXe siècle. Il me semble qu'il disait : « Savoir, c'est s'égarer ; ne pas savoir, c'est ne pas s'égarer… de la voie de l'amour. » Elle avait recopié ce vers proprement sur une feuille de papier à lettres avec la mention suivante : *c'est exactement ce que je ressens.* Elle avait plié la feuille en quatre et l'avait mise dans une enveloppe standard. Kazue était peut-être très capable lorsqu'il s'agissait de mener à bien ses études, mais en matière d'amour elle était non seulement immature, mais aussi extrêmement vieux jeu.

– Eh, qu'est-ce que tu penses de ça ? Tu crois que je devrais le lui envoyer ? me demanda-t-elle en me montrant ce qu'elle avait écrit.

J'en fus à moitié terrifiée et exaltée. Une semaine s'était écoulée depuis qu'elle avait envoyé sa première lettre. Je lui conseillai à nouveau de la lui envoyer par la poste. Pourquoi terrifiée ? me direz-vous. Parce que je savais que les gens amoureux sont capables des pires idioties. Cela ne vous effraie pas, vous ? Kazue avait, sans aucun scrupule, démontré toute l'absurdité de son raisonnement et son absence totale de talent ; elle avait clairement dévoilé sa honte au récipiendaire de ses missives sans même en envisager les conséquences.

Bien évidemment, Takashi ne lui répondit pas. Dans des circonstances normales, la fille aurait pris cela comme une preuve que le garçon n'était pas intéressé. Kazue en resta seulement perplexe.

– Pourquoi il ne m'a pas répondu ? C'est peut-être parce qu'il n'a pas reçu mes lettres ?

Ses yeux aux doubles paupières ridicules, du fait de la torture quotidienne qu'ils subissaient, s'ouvrirent en grand. Ses pupilles scintillaient. Et son corps, plus maigre encore qu'avant, rayonnait d'une aura plutôt curieuse : il irradiait. On aurait dit une espèce de créature des marais. Sauf que... une créature, même aussi laide que celle-ci, peut-elle tomber amoureuse ? Elle faisait tellement peur à voir que je ne pouvais pas souffrir de la regarder en face. Ce qui ne l'empêcha pas de tirer sur mon bras en minaudant.

– Hé ho, alors, qu'est-ce que t'en dis ? Comment, de quoi ? Qu'est-ce qu'il faut que je fasse, selon toi ?

– Pourquoi tu ne lui demandes pas de venir te l'expliquer ?

– Je ne pourrai jamais !

Elle pâlit et se recroquevilla.

– Alors, trouve-lui un cadeau de Noël et demande-lui au moment où tu le lui donneras.

Lorsqu'elle entendit ma suggestion, son visage s'éclaira.

– Je vais lui tricoter une écharpe !

– C'est une super idée ! Tous les garçons adorent les objets faits à la main.

Je promenai mon regard autour de la classe. On était en novembre et un certain nombre de filles étaient penchées sur leur tricot, confectionnant pour leurs petits amis pulls, chaussettes, écharpes et autres accessoires.

– Merci ! C'est ce que je vais faire.

À présent qu'elle avait un nouveau but, elle était plus calme. De nouveau une lueur d'assurance vint éclairer son visage. Elle devait s'encourager, j'en suis sûre. Son profil à cet instant précis ressemblait exactement à celui d'un certain type. Son père, exactement. Le jour où ma mère était morte, quand il m'avait dit de ne plus jamais m'approcher de sa fille, le père de Kazue dégageait cette même impression d'orgueil hautain.

Noël n'était plus très loin et l'écharpe que Kazue tricotait pour Takashi mesurait à présent plus d'un mètre. Elle était incroyablement laide avec ses rayures noires et jaunes qui me faisaient penser au cul d'une mouche à miel. J'imaginai Takashi avec cette écharpe nouée autour du cou et il me fallut lutter encore plus que d'ordinaire pour me retenir d'éclater de rire.

C'est cet après-midi d'hiver, alors qu'il faisait presque nuit, que j'ai appelé chez Takashi. Son père devait assister à une réunion des professeurs et j'étais sûre qu'il ne serait pas encore rentré. Ce fut Takashi qui décrocha et répondit d'une voix étonnamment claire et chantante. Aucun doute là-dessus, il était quelqu'un d'autre à la maison. J'en eus la chair de poule.

– Allô ? Résidence des Kijima.

– C'est la grande sœur de Yuriko à l'appareil. C'est Takashi ?

– Oui. Et toi, tu es la sœur qui ne lui ressemble pas. Qu'est-ce que tu me veux ?

Il avait brusquement perdu sa voix si aimable et baissé le ton d'une octave. Je commençai par une formule :

– Je veux te remercier pour tout ce que tu as fait pour Yuriko. À vrai dire, j'aurais une faveur à te demander.

Je savais qu'à l'autre bout du fil il devenait de plus en plus méfiant. Puis je pensai à ses petits yeux sournois et me sentis soudain mal à l'aise. Pressée de raccrocher, je passai directement aux choses sérieuses.

– C'est difficile d'en parler au téléphone, mais je sais que tu n'accepteras pas une rencontre, alors je vais aller droit au but. Tu as reçu des lettres de Kazue Satô, ma camarade de classe, pas vrai ?

Je l'entendis retenir son souffle.

– Kazue voudrait savoir si tu accepterais de les lui renvoyer. Elle est tellement gênée qu'elle n'en peut plus.

– Pourquoi elle ne vient pas me le dire elle-même ?

– Elle a pleuré quand je le lui ai demandé, puis elle a dit qu'elle n'avait pas eu le courage de t'appeler. Alors je le fais pour elle.

– Elle a pleuré ?

Il était soudain devenu très silencieux. Ça, je ne l'avais pas prévu. Tout à coup, je sentis croître en moi un certain malaise. Comment allais-je faire, si tout ne se passait pas comme je l'avais prévu ?

– Kazue regrette amèrement de te les avoir envoyées.

Takashi resta muet un long moment. Puis il répondit :

– Vraiment ? Quand même, elles m'ont un peu impressionné. Surtout le poème. J'ai trouvé le poème particulièrement sympa.

– Qu'est-ce qui t'a plu dedans ?

– Eh bien, c'était innocent et mignon.

– Tu mens !

Ce cri me surprit moi-même. Mais c'était vraiment trop malhonnête. Je ne voyais pas comment il aurait pu aimer ce poème débile.

Mais il me répondit allégrement :

– Non, vraiment. Mais Yuriko et moi nous livrons à des agissements qui n'ont pas grand-chose à voir avec la pureté.

– Qu'est-ce que tu racontes ?

Mon radar s'arrêta soudain sur cette révélation d'une passion secrète et partagée par ces deux-là. Ils devaient mijoter quelque chose de louche. J'oubliai complètement Kazue et me mis à réfléchir à ce qu'il avait voulu dire. Mais il s'empressa bientôt d'ajouter sur un débit beaucoup trop rapide :

– Ça n'a aucune importance, d'accord ? Ce petit boulot que j'ai avec Yuriko n'a rien à voir avec toi.

– Un petit boulot ? Quel genre de travail vous pouvez bien faire, tous les deux ? Tu devrais me le dire, je suis sa grande sœur, après tout.

Je retins mon souffle et attendis sa réponse. Ils faisaient quelque chose pour gagner de l'argent. Et ce quelque chose n'avait « pas grand-chose à voir avec la pureté ». Je me rappelai soudain que la dernière fois que j'avais parlé à Yuriko, une mince chaîne en or scintillait à son cou. À peine visible sous son chemisier d'uniforme, elle portait un soutien-gorge avec de la dentelle et avait aux pieds des mocassins à galon vert et rouge. Gucci, sans aucun doute. Or j'étais certaine qu'elle n'avait pas beaucoup d'argent de poche. Comment pouvait-elle se payer des vêtements si bien assortis à l'atmosphère de l'école ? Et mieux encore qu'assortis – de fait, Yuriko était à l'avant-garde de la meute en matière de mode. Je débordais de curiosité à présent. J'éloignai le combiné de mon oreille pour tenter de réfléchir à une manière de percer le mystère. J'avais dû me taire trop longtemps parce que bientôt j'entendis Takashi crier sur un ton narquois dans le combiné :

– Allô ? T'es encore là ? Allô ? Qu'est-ce qui se passe ?

– Ah, désolée. Bon, mais c'est quoi ce travail que vous faites ?

– Oublie. Qu'est-ce que tu veux que je fasse des lettres de Satô ?

Il avait changé de sujet. Je n'avais plus le choix, il me faudrait obtenir la réponse à ma question par d'autres moyens. Résignée, je revins à Kazue.

– Elle est très gênée. Elle m'a dit de t'appeler et c'est ce que je fais.

– C'est bizarre. Elle m'a envoyé ces lettres à moi, mais maintenant je suis censé les lui rendre ? Pourquoi veut-elle absolument les récupérer ?

– Écoute, Kazue est vraiment très perturbée par toute cette histoire. Si tu ne les lui renvoies pas elle dit qu'elle s'ouvrira les veines ou un truc de ce genre. Peut-être qu'elle avalera une boîte de somnifères, j'en sais rien. Contente-toi de les lui renvoyer aussi vite que possible.

– O.K. ! répondit Takashi, visiblement agacé. Je les lui donnerai demain.

– Euh non, c'est pas possible ! Il faut que tu les lui envoies chez elle.

– Par la poste ?

Je sentais que Takashi commençait à devenir un peu trop soupçonneux.

– La poste, ce sera parfait. Écris simplement son adresse et son nom de famille sur une enveloppe, c'est tout ce que tu as à faire. Et ne mets rien d'autre avec les lettres, d'accord ? Ah... et si c'est possible, envoie-les en express recommandé.

À peine ma phrase terminée, je raccrochai brutalement le combiné. Ça devrait faire l'affaire. J'étais certaine que Kazue allait craquer quand elle verrait ses lettres lui revenir. Et avec un peu de chance, son père les ouvrirait et deviendrait dingue. Et puis, si j'étais vraiment en veine, je finirais par découvrir ce que Yuriko et Takashi fabriquaient dans mon dos. Tout d'un coup, ma vie au lycée redevenait passionnante.

Kazue manqua les cours pendant plusieurs jours. Le matin du quatrième, elle se ramena à l'improviste et se planta en travers de la porte de la classe à la manière d'un barrage routier. Elle examina la salle d'un regard sombre. Ses cheveux n'étaient plus du tout bouclés et ses tentatives désespérées avec la colle et les doubles paupières factices avaient cessé. La Kazue de toujours, terne et pas cool pour un sou, était de retour, si l'on excepte l'écharpe rayée de noir et jaune incroyablement bariolée qu'elle portait nouée autour du cou. Elle s'enroulait autour d'elle comme un énorme serpent affamé. Quand elles arrivaient dans la classe et apercevaient Kazue, les autres élèves, pour la plupart, détournaient promptement le regard comme si elles venaient de voir quelque chose qu'elles n'étaient pas censées avoir vu. Mais, en toute inconscience, Kazue s'avança vers une des filles de l'équipe de patinage, l'une de celles qui lui avaient soutiré ses notes un peu plus tôt.

– Kazue ? Qu'est-ce qui t'est arrivé ?

Kazue, penaude, leva des yeux hébétés sur son interlocutrice.

– Tu ne peux pas décider de prendre des vacances comme ça, juste avant l'examen !

– Je suis désolée.

– Tu pourrais au moins me passer tes notes d'anglais et de littérature classique.

Kazue acquiesça timidement plusieurs fois. Enfin, elle posa d'un geste empressé la sacoche qui contenait ses cours sur le bureau devant elle. Sans surprise, la fille qui y était assise leva les yeux vers elle et lui jeta un regard noir. C'était une initiée, douée d'un sens aigu des tendances et bien connue pour ses excellents gâteaux et petits-fours. Elle lisait un livre de cuisine avant que Kazue ne vienne l'interrompre.

– Eh, tu peux pas balancer tes trucs comme ça sur les bureaux des autres, tu sais ? J'essaye de décider des prochains gâteaux que je vais faire. Aie un minimum de considération.

– Je suis désolée, répéta Kazue.

Et elle s'inclina encore et encore en signe de contrition. L'aura inhabituelle qui émanait de son corps un peu plus tôt avait totalement disparu. Elle était laide et semblait un peu patraque, comme un fruit dont on aurait extrait tout le jus.

– Regarde-moi ça, tu as mis de la boue plein mon bouquin ! Comment peux-tu être aussi mal élevée ?

Miss Gâteaux essuya son livre en faisant tout un cirque. Kazue avait dû poser sa sacoche sur le quai de la gare en venant à l'école, ou alors elle l'avait laissée traîner sur un trottoir, et le fond était plein de terre. Quelques élèves, ayant écouté ce que la fille avait à dire, bouillonnaient discrètement d'excitation, mais beaucoup préféraient faire celles qui n'avaient rien entendu. Kazue abandonna ses notes à l'une et, baignant dans le mépris du regard des autres, retourna s'asseoir à sa table. Et se tourna vers moi dans l'espoir de trouver un soutien. Instinctivement, je détournai les yeux, mais pas avant d'y avoir vu ce qu'elle pensait : *Aide-moi. Sors-moi de là !* Je me rappelai soudain la nuit de neige à la montagne, quand Yuriko m'avait poursuivie. L'instinct irrépressible qui m'avait poussée à mobiliser toutes mes forces pour me protéger d'une menace inconnue. Et le sentiment d'euphorie au moment où je l'avais poussée dans la neige. À présent je voulais faire la même chose avec Kazue, je le voulais tellement que ça me rendait folle. Finalement, le cours de maths de la matinée arriva à son terme – sans que Kazue assomme le professeur de sa litanie de questions habituelles.

– Eh. Hé ho ? Je peux te demander quelque chose ?

Dès la fin des cours, avant que j'aie pu m'échapper, j'entendis la voix plaintive de Kazue derrière moi. J'avais presque atteint le bout du couloir du premier étage.

– Quoi ? Qu'est-ce qu'il y a ?

Après une prompte volte-face je me retrouvai nez à nez avec elle, l'obligeant à détourner le regard, un air peiné sur le visage.

– C'est à propos de Takashi.

– Oh ? Il t'a envoyé une réponse ?

– Oui. Oui, c'est ça, dit-elle avec une certaine réticence. Il y a quatre jours.

– Mais c'est super, ça ! Qu'est-ce qu'il a dit ? demandai-je impatiemment.

– Il m'a écrit qu'il voulait qu'on se voie tous les deux.

Quelle menteuse ! Je fixai son visage, muette d'hébétude. Mais elle faisait l'effarouchée et ses joues creuses rougissaient peu à peu.

– Voilà ce qu'il m'a écrit : *Je m'intéresse à toi depuis un bon moment. Merci d'avoir dit tant de bien des cours de mon père, ça m'a rendu très heureux. Et si tu ne trouves pas que je suis trop jeune pour toi, on pourrait continuer à s'envoyer des lettres. Si tu as d'autres questions à me poser, sur mes centres d'intérêt ou autre chose, n'hésite pas.*

– N'importe quoi !

Mais je n'étais pas loin de la croire. Takashi m'avait dit qu'il renverrait les lettres, mais je n'avais aucun moyen de m'assurer qu'il l'avait bien fait. Sans compter qu'il avait manifesté un certain intérêt pour son poème minable et donc... peut-être lui avait-il vraiment répondu. Ou peut-être était-il assez vicieux pour se moquer d'elle. Je compris soudain que mon plan s'était retourné contre moi et commençai à désespérer.

– Je peux voir sa lettre ?

Kazue fixa ma main tendue et une expression troublée traversa son visage. Elle secoua vigoureusement la tête.

– Impossible. Takashi a écrit que je ne devais la montrer à personne. Désolée, vraiment, mais je ne peux pas.

– Alors qu'est-ce que tu fais avec cette écharpe autour du cou ? Je croyais que tu voulais la lui offrir.

Elle porta précipitamment ses mains à sa gorge. Des rangs bien serrés, en fil de laine moyen mélangé à du fil élastique. Chaque bande de couleur mesurait dix bons centimètres, jaune et noire en alternance. J'attendais sa réaction avec intérêt. Vas-y, quel genre d'excuse vas-tu trouver cette fois-ci ?

– J'ai pensé que je pouvais la garder pour moi, en souvenir.

Ah ! Je t'ai eue ! J'esquissai quelques pas de danse.

– Je le mérite bien ! Il m'a tellement fait attendre, pas vrai ? J'ai attendu avant qu'il m'écrive, alors j'ai le droit de garder son cadeau.

Lorsque je tentai d'attraper l'écharpe, Kazue repoussa violemment ma main.

– Arrête ! Tu as les mains sales !

Sa voix était menaçante. Je me figeai et la toisai du regard. Quelques secondes plus tard, elle commença à rougir.

– Je suis désolée. Je suis vraiment désolée. Je ne voulais pas faire ça.

– Mais pas du tout. C'était de ma faute.

Je tournai les talons et fis mine de m'éloigner, énervée. Laissons-la me courir après.

– Attends ! J'ai eu tort de dire ça. Je te demande pardon.

Kazue me rattrapait, mais je continuai sur ma lancée, sans daigner me retourner. En réalité, je ne savais pas quoi faire. J'étais désemparée. Était-ce la vérité ? Kazue avait-elle vraiment reçu une réponse de Takashi ou est-ce qu'elle avait tout inventé ? L'enceinte de l'école était pleine des rires des élèves qui, les cours terminés, s'y attardaient encore un peu. Malgré cela j'entendais distinctement le bruit que faisait Kazue derrière moi : ses pas précipités, sa respiration difficile, le bruit de sa sacoche s'abattant sur sa jupe courte.

– Je m'excuse. Attends. Tu es la seule personne à qui je peux parler de tout et…

Je crus l'entendre pleurer. Je m'arrêtai pour la laisser venir à ma hauteur. Son visage trempé de larmes se décomposant, elle se mit à sangloter comme une gamine abandonnée par sa mère.

– Je suis désolée. Je t'en supplie, pardonne-moi.

– Qu'est-ce qui t'a pris de dire une chose pareille ? J'ai toujours été gentille avec toi !

– Je sais. C'est juste la manière dont tu parles qui a l'air si méchante que parfois ça m'énerve. De toute façon, je ne le pensais pas vraiment.

– Mais entre vous deux ça marche du tonnerre, je suis sûre. Exactement comme je l'avais prédit, non ?

Kazue me jeta un regard hébété. Finalement, son visage s'éclaira d'une lueur si étrange que j'aurais du mal à la décrire autrement qu'en parlant de folie.

– C'est vrai ! Ça marche vraiment du tonnerre. Ha ha ha !

– Alors il t'a invitée à un rendez-vous ?

Elle fit oui de la tête, puis elle laissa échapper un cri. Depuis la fenêtre du couloir, elle avait vu Yuriko et Takashi s'avancer ensemble vers le portail de l'école. Je me précipitai vers la fenêtre et l'ouvris en grand.

– Eh, attends. Qu'est-ce que tu fais ?

Elle pâlit subitement et sembla sur le point de s'enfuir.

– Arrête ! Arrête ! me supplia-t-elle, tandis que de toutes mes forces je la maintenais plaquée contre le mur du couloir.

– Takashiiii !

Takashi et Yuriko se retournèrent au même instant et levèrent la tête. Je brandis l'écharpe et, la tenant à deux mains, l'agitai frénétiquement. Takashi, qui portait un duffle-coat noir, m'observa d'un air soupçonneux. Il attrapa Yuriko par les épaules et l'escorta de l'autre côté du portail. Elle avait un élégant manteau bleu marine jeté sur les épaules. Elle me lança un regard plein de reproche. Encore cette tarée de grande sœur !

– C'est cruel, ce que tu viens de faire.

Kazue pleurnichait, accroupie dans le couloir. Les filles qui passaient devant nous observaient curieusement avant de s'éloigner en chuchotant. Je lui rendis son écharpe. Elle la cacha dans son dos, comme si elle avait honte qu'on la voie.

– Il est toujours avec Yuriko, visiblement. Tu m'aurais menti ?

– Non ! Il m'a vraiment envoyé une réponse.

– Il a dit quelque chose à propos de ton poème ?

– Il a dit que c'était un joli poème. Je te jure, c'est vrai.

– Et sur ta lettre d'introduction ?

– Il a aimé l'honnêteté et la franchise de mon propos.

– On dirait quelque chose qu'un prof aurait écrit sur un de tes devoirs !

Sous le coup de la colère, je m'étais mise à crier. Mais vous me comprenez, n'est-ce pas ? En raison de son manque total d'imagination, Kazue était incapable de concevoir un bobard un tant soit peu crédible. J'aurais bien aimé qu'elle puisse mentir de manière plus créative. Je lui demandai froidement :

– Et ton père, qu'est-ce qu'il en dit ?

Elle devint soudain très silencieuse. Oui, vous avez compris. À partir de ce jour-là, Kazue commença à tomber en lambeaux.

4

Ce soir-là, j'avais reçu trois coups de fil de trois personnes différentes, un véritable événement pour notre maisonnée. Le téléphone sonna une première fois tandis que mon grand-père et moi étions en train de regarder une série policière à la télévision. La sonnerie le fit sursauter. Il se hissa péniblement sur ses jambes et finit par se prendre les pieds dans ceux du *kotatsu*. En y repensant plus tard, je compris qu'il attendait sûrement des nouvelles de la mère de Mitsuru. Je ne pus m'empêcher de rire en le regardant se précipiter vers le téléphone.

– Mh-hmm. Allô ? fit-il d'une voix chargée de flegme.

Mais bientôt il se redressa presque au garde-à-vous. Pour un escroc, mon grand-père était bizarrement timide quand il se montrait honnête.

– Je vous remercie de tout ce que vous avez fait pour ma petite-fille… Est-ce qu'elle révise ? Aucune chance. Elle devrait, mais elle est encore plantée devant la télévision… Comment ? Alors comme ça, elle est venue chez vous ? Eh bien, merci de vous être occupés d'elle… Et elle a même passé un coup de fil à l'étranger ? Je l'ignorais… Non, elle ne m'a rien dit. Je suis vraiment désolé qu'elle vous ait causé tant d'embêtements.

Là, il allait trop loin. Discuter au téléphone de choses qui ne le regardaient pas et faire des courbettes combiné à l'oreille, franchement ! Ma mère était exactement pareille – toujours en train de se rabaisser inutilement. Rien qu'à le voir, j'en avais des frissons. Depuis qu'il s'était lancé dans cette liaison avec la mère de Mitsuru, j'avais commencé à lui fermer mon cœur.

Finalement il me tendit le combiné, le front couvert de transpiration.

– Tu n'aurais pas dû dire que je regardais la télé ! On a nos examens la semaine prochaine !

C'était la mère de Kazue, celle à la tête de poisson mort. Je revis l'atmosphère funèbre de leur maison et la saluai sèchement. La voix étouffée du père de Kazue atteignit mes tympans. Il devait trépigner d'irritation juste à côté de sa femme. Excellent ! Ainsi, le plan que j'avais élaboré pour prendre au piège cette famille lamentable avait fonctionné malgré tout. J'avais enfin une occasion rêvée de me venger de la manière horrible dont ils m'avaient accueillie le jour où ma mère était morte. Traitée comme si je n'étais que la doublure de Mitsuru ! Et du prix de mon appel à l'étranger. J'avais une chance de le leur faire payer.

– Ma fille a-t-elle eu un comportement étrange ces derniers jours ? me demanda nerveusement la mère de Mitsuru.

– Eh bien, c'est difficile à dire… surtout depuis qu'on m'a dit de ne plus m'approcher d'elle. Franchement, je ne sais pas.

– Que dis-tu ? J'ignorais qu'on ait pu te dire une chose pareille.

Voyant que la voix de sa femme commençait à trembler, le père de Kazue lui ôta le combiné des mains. N'étant pas d'humeur à plaisanter, il prit la parole d'une voix forte et chargée de son arrogance habituelle :

– Écoute-moi, dit-il. Ce que je veux, c'est savoir si oui ou non Kazue voit toujours ce jeune homme, ce Takashi Kijima. Je pensais arriver à la faire avouer, mais j'ai fini par perdre mes nerfs. Tu n'es qu'en deuxième année de lycée, lui ai-je dit. Tu es trop jeune. Ne fais rien qui puisse te déshonorer. Mais elle s'est mise à pleurnicher et je n'ai pas réussi à en tirer un mot depuis. Alors je te le demande, à toi : l'as-tu vue s'adonner à des comportements inconvenants ?

Juste avant qu'il n'arrête de parler, j'avais perçu la colère qui s'insinuait entre ses mots. Je le soupçonnais d'être jaloux de Takashi. Il voulait sans doute être le seul homme à pouvoir l'influencer ; il voulait la contrôler aussi longtemps qu'il vivrait. Des images de Kazue en démon noir se mirent alors à défiler, l'une après l'autre, dans mon imagination.

– Non. Elle ne fait rien de ce genre. Toutes les autres écrivent des lettres d'amour, tricotent des écharpes et retrouvent les garçons à la sortie de l'école et tout ça, mais Kazue n'a rien fait d'inconvenant. Je crois que vous vous trompez.

Ses soupçons devaient être particulièrement sérieux parce qu'il ne semblait pas prêt à s'avouer vaincu.

– Alors pour qui a-t-elle tricoté cette affreuse écharpe ? J'ai beau lui poser la question encore et encore, elle refuse de me le dire.

– J'ai entendu dire qu'elle l'avait faite pour elle.

– Tu es en train de me dire qu'elle perdrait un temps aussi précieux à tricoter quelque chose comme ça pour elle ?

– Oui. Elle est douée pour les travaux manuels.

– Et les lettres qu'on nous a renvoyées ? Ce n'était pas des lettres d'amour, ça ?

– On a un atelier d'écriture en cours de lettres. Je crois qu'elle les a écrites pour l'école.

– On m'a dit que ce Kijima était le fils d'un des professeurs du lycée.

– Oui, c'est exact, alors j'imagine qu'elle a décidé de donner ce nom-là à un de ses personnages.

– Atelier d'écriture, hein ?

Mon explication alambiquée ne semblait pas dissiper même légèrement ses doutes.

– Tous les parents se font du souci pour leurs enfants, tu sais. Si elle continue comme ça, elle ne va pas être en état de passer ses examens. Elle vise la faculté d'économie de K. ; elle ne peut pas se permettre de laisser chuter sa moyenne.

– Il ne faut pas vous inquiéter pour elle. Elle me parle tout le temps de tout le respect qu'elle a pour vous. Elle dit qu'elle veut être comme son père, qui est diplômé de l'université de Tokyo. Elle a beaucoup d'amies parmi les élèves du lycée.

Il sembla apprécier mes paroles.

– Très bien, très bien. C'est ce que je lui dis toujours. Je lui dis qu'une fois qu'elle sera à l'université elle pourra voir qui elle veut.

En tant qu'étudiante de l'université de K., elle aura l'embarras du choix.

Hmm. Je me demande. J'imaginais très bien Kazue à l'université. Cette Kazue-là, avec son physique ingrat et ses gestes désordonnés ? Je faillis éclater de rire. Pourquoi tous ces gens qui croient dur comme fer aux vertus du travail remettent-ils sans cesse leur propre plaisir, leur propre bonheur, à un vague point dans le futur ? Et si c'était trop tard ? Et pourquoi croient-ils aussi facilement tout ce qu'on leur raconte ?

– Eh bien, tu me rassures énormément. Bonne chance pour tes examens. N'hésite pas à venir voir Kazue quand tu voudras.

Si ce n'était pas une belle volte-face ! Était-ce vraiment le même homme qui m'avait dit de ne plus jamais m'approcher de sa fille ? Il raccrocha. Mon grand-père, qui avait espionné la conversation depuis le début, lança sur un ton d'orgueil enjoué :

– Eh ben dis donc ! Je ne suis plus aussi timide qu'avant. Je n'étais pas du tout nerveux à l'idée que je parlais à un parent d'élève de K. !

Je l'ignorai et allai me rasseoir devant ma série télé. J'avais déjà manqué le meilleur moment. Agacée, j'étais en train de déplier le journal du soir quand le téléphone sonna à nouveau. Une fois encore, grand-père courut pour décrocher le premier. Cette fois-ci il s'exclama joyeusement :

– Yuriko-chan ? Quelle bonne surprise ! Comment vas-tu ?

Grand-Père avait visiblement envie de bavarder un peu, mais je lui pris le téléphone des mains.

– Qu'est-ce que tu veux encore ? Vas-y, accouche !

Elle rit gaiement en réponse à mon ordre cassant.

– Je vois que tu es d'aussi bonne humeur que d'habitude. Et moi qui voulais te passer un coup de fil poli pour te dire quelque chose. Et je voulais aussi te demander pourquoi tu as appelé Takashi depuis la fenêtre aujourd'hui. Tu m'as fait sursauter.

– Commence par me dire ce que tu as à me dire.

– C'est à propos de Takashi. Je sais que tu es probablement amoureuse de lui, alors j'appelle seulement pour te dire que ce n'est pas la peine d'espérer.

– Pourquoi ? Il est amoureux de toi ?

– De moi ? Non. Je crois qu'il est homo.

– Homo ? répétai-je.

Cette fois-ci, ce fut moi qui sursautai.

– Qu'est-ce qui te fait dire ça ?

– Parce qu'il ne s'intéresse absolument pas à moi, et maintenant ça suffit. Contente de t'avoir parlé !

Non mais, quelle prétentieuse, je rêve ! Elle me sortait vraiment par les yeux. D'un côté j'étais furieuse ; de l'autre, je commençais à mieux comprendre.

– Alors, c'est comme ça, hein ? murmurai-je.

Grand-Père se retourna pour me regarder et dit, un peu à contrecœur :

– Tu sais, tu n'es pas obligée d'être si méchante avec ta sœur. Tu n'en as qu'une.

– Yuriko n'est pas ma sœur !

Grand-Père s'apprêtait à me répondre, mais en voyant mon teint blanchâtre il se ravisa.

– Tu as l'air très en colère ces derniers temps, même avec moi. Il s'est passé quelque chose ?

– Pourquoi faudrait-il qu'il se soit passé quelque chose ? C'est de ta faute, tu sais. Te balader comme tu le fais avec la mère de Mitsuru à ton bras, c'est dégoûtant. C'est immoral. L'autre jour, elle a même suggéré, comme une conne, qu'on devrait sortir dîner un soir tous les quatre : toi, moi, Mitsuru et sa mère. Et maintenant, à cause de ça, je me suis fâchée avec Mitsuru et on ne se parle plus. Depuis que Yuriko est revenue, tout le monde s'est transformé en obsédé sexuel. C'est vraiment dégoûtant.

Grand-Père se recroquevilla et sembla un instant à deux doigts de se fondre dans le parquet. Il se tourna vers les bonsaïs alignés dans un coin de la pièce. Il n'en restait plus que trois : le pin noir, un chêne et un érable. Ce n'était plus qu'une question de temps avant qu'il vende les derniers, et ça aussi, ça me mettait hors de moi.

Le téléphone sonna une troisième fois. Grand-Père tenta de s'approcher du combiné, mais cette fois c'est moi qui décrochai la première, et pour entendre une voix rauque de femme susurrer le prénom de mon grand-père :

– Yasuji ?

C'était la mère de Mitsuru. Quand elle m'avait parlé dans sa voiture, sa voix était aussi rocailleuse que ses manières abruptes. Mais quand elle appelait le prénom de mon grand-père, elle devenait si douce qu'on aurait cru entendre la Sainte Vierge. Je tendis violemment le combiné à mon grand-père. Il me l'arracha de la main, puis, rougissant tandis que je le dévisageais, dit sur un ton quelque peu emprunté :

– C'est très joli là-bas quand les pruniers sont en fleur, je crois.

Ils préparaient certainement une escapade, peut-être dans une ville thermale. J'allai me rasseoir devant le *kokatsu*, puis, dépliant mes jambes sous la couette chauffée, je m'allongeai par terre sur les coussins, face au plafond mais en surveillant quand même Grand-Père du coin de l'œil. Comme il savait que je l'observais, il affectait une attitude nonchalante, mais sa voix trahissait toute son excitation.

– Non, bien sûr que je n'étais pas déjà au lit. Je suis un oiseau de nuit, tu sais. Qu'est-ce que tu faisais ?

En écoutant leur conversation, j'imaginai les sirupeuses sécrétions dont leurs corps se remplissaient peu à peu et qui menaceraient bientôt d'en déborder. Le visage de mon grand-père respirait la joie, une joie inatteignable pour quiconque voudrait l'atteindre. Une telle joie est-elle vraiment possible ? Je n'ai jamais rien ressenti de pareil et n'ai pas l'intention de commencer aujourd'hui. Les gens qui sentent approcher cette joie-là finissent toujours par me fuir. Si je me sens seule ? Ne dites pas de bêtises. Je considérais mon grand-père comme un allié jusqu'à ce qu'il commence à sortir tous les soirs. C'était une trahison. C'est comme cela que je le ressentais. Si quelqu'un se sent seul dès qu'on l'abandonne, il devrait se comporter de telle façon qu'on n'ait pas envie de l'abandonner. Mais ceux qui préfèrent qu'on les laisse tranquilles, ceux-là devraient inciter les gens désagréables à les abandonner. Je n'avais aucune envie que grand-père ou Mitsuru me quittent, mais je voulais avant tout m'éloigner de Yuriko et de la mère de Mitsuru, autant qu'il serait possible de le faire.

Dans quel groupe classer Kazue ? C'était une idiote, qui admirait son père et croyait dur comme fer en sa devise miracle : Donne-toi à fond. Je n'avais pas grand-chose à faire avec une fille aussi bête, à part la garder à peu près sous contrôle.

Le lendemain matin, l'idiote en question vint me remercier.

– Vraiment, je te suis très reconnaissante de n'avoir rien dit à mon père hier soir. Il était furieux et moi j'étais terrifiée, mais tu as tout nié en bloc et tu m'as sauvé la mise.

– Ton père t'a pardonnée ?

– Oui. Tout va bien maintenant.

Il lui faudrait encore du temps pour échapper au sortilège que son père lui avait jeté. Peut-être toute une vie. L'idée était intéressante. J'allais lui créer une porte de sortie et je prendrais ensuite un malin plaisir à la lui claquer moi-même au visage. Oui ! Lorsque je la regardais, j'avais l'impression d'être une déesse, manipulant cette andouille comme une marionnette au bout d'un fil.

Vous pensez que Kazue a commencé à se comporter bizarrement parce que je lui faisais des misères ? Il n'en est rien. Je l'ai déjà dit un certain nombre de fois : elle était trop naïve, trop pure. Et pas seulement parce qu'elle ne voyait pas le monde autour d'elle. Elle ne se voyait pas elle-même. J'aimerais que ceci reste absolument entre nous, mais : elle avait une confiance secrète et absolue dans son physique. Je l'ai vue un nombre incalculable de fois s'observer longuement dans un miroir. Et chaque fois, elle se faisait des sourires et prenait des airs extatiques. Elle était vaniteuse.

Ni Kazue ni son père n'arrivaient à accepter l'idée qu'il puisse y avoir des gens dont les capacités intellectuelles dépassent les leurs. Et Kazue n'arriverait jamais à accepter le fait que, à compétences égales, les femmes belles réussissent toujours mieux et plus vite que les autres. Pour le dire autrement, qui pourrait véritablement prétendre avoir jamais été plus heureux qu'elle ?

À la différence de Mitsuru et de moi, qui savions affûter nos dons naturels dans le but de survivre, Kazue ignorait presque tout d'elle-même. Les femmes qui ne se connaissent pas n'ont d'autre choix que de se fier à l'évaluation des autres. Mais personne ne peut s'adapter indéfiniment à l'opinion publique. C'est là que se situe l'origine de leur destruction.

5

MES CRIMES : DÉCLARATION ÉCRITE DE ZHANG

I

LE JUGE : Veuillez confirmer que vous êtes bien Zhang Zhe-zhong, originaire de la ville de Dayi, comté de Baoxing, dans la province du Sichuan en République populaire de Chine, né le 10 février 1966.

L'ACCUSÉ : Oui, c'est bien ça.

LE JUGE : Vous résidez actuellement dans l'appartement 404 de l'immeuble Matoya, 4-5 Maruyama-chô, arrondissement de Shibuya, dans la ville de Tokyo, et êtes employé à l'hôtel Dreamer. Est-ce exact ?

L'ACCUSÉ : C'est exact.

LE JUGE : Vous avez déclaré ne pas avoir besoin d'un interprète. En êtes-vous certain ?

L'ACCUSÉ : Oui. Mon japonais est bon. J'en suis certain.

LE JUGE : Très bien. L'avocat général peut maintenant lire l'acte d'accusation.

ACTE D'ACCUSATION

Ce jour, 1er novembre de la douzième année de l'ère Heisei (2000), l'avocat général de la ville de Tokyo, représenté par l'avocat général Noro Yoshiaki, poursuit Zhang Zhe-zhong, citoyen de la République populaire de Chine, né le 10 février 1966, actuellement employé d'hôtel et résidant au n° 404 de l'immeuble Matoya, 4-5 Maruyama-chô, Shibuya-ku, Tokyo, devant la cour du district de Tokyo pour les chefs d'accusation suivants :

1er chef d'accusation

Le 5 juin 1999, alors qu'il était employé au Shangri-la, un restaurant chinois de Kabuki-chô, l'accusé s'est rendu à l'appartement n° 205 de la résidence Les Hauts d'Ôkubo, 5-12 Ôkubo, Shinjuku-ku, où, aux environs de trois heures du matin, il a étranglé de ses deux mains Yuriko Hirata (alors âgée de trente-sept ans), entraînant sa mort par asphyxie. L'accusé a ensuite dérobé vingt mille yens dans le sac de la victime ainsi qu'un collier en or dix-huit carats (estimé alors à soixante-dix mille yens) que cette dernière portait autour du cou.

2e chef d'accusation

Le 9 avril 2000, l'accusé s'est rendu à l'appartement n° 103 de la résidence La Villa Verte, 4-5 Maruyama-chô, où, aux environs de minuit, il a étranglé Kazue Satô (alors âgée de trente-neuf ans) de ses deux mains, entraînant sa mort par asphyxie. Il a ensuite dérobé quarante mille yens dans le sac de la victime.

CHEFS D'ACCUSATION ET PEINES

1er chef d'accusation : l'accusé est poursuivi pour vol avec effraction et meurtre conformément au deuxième alinéa de l'article 240 du Code pénal.

2e chef d'accusation : l'accusé est poursuivi pour vol avec effraction et meurtre conformément au deuxième alinéa de l'article 240 du Code pénal.

LE JUGE : L'examen des chefs d'accusation énoncés par l'avocat général va commencer. Avant cela, il me faut informer l'accusé de ses droits. Vous avez le droit de garder le silence et pouvez choisir de ne pas répondre à une question au cours de cette procédure. Le fait de répondre à une question ne vous oblige pas à répondre aux questions suivantes. Toutefois, si vous décidez de répondre à une question, tout ce que vous direz pourra être retenu contre vous et je vous engage donc à la prudence. Vous avez à présent connaissance des règles énoncées ci-avant. J'aimerais profiter de cette occasion pour vous demander si vous souhaitez répondre aux chefs d'accusation à votre encontre tels qu'énoncés par l'avocat général.

L'ACCUSÉ : Je reconnais avoir tué Yuriko Hirata, mais je n'ai pas assassiné Kazue Satô.

LE JUGE : Vous plaidez coupable pour le premier chef d'accusation, mais pas pour le second ?

L'ACCUSÉ : C'est exact.

LE JUGE : Et que répondez-vous aux accusations de vol avec effraction ?

L'ACCUSÉ : J'ai volé l'argent et le collier de Mlle Hirata, mais je n'ai rien volé à Mlle Satô.

LE JUGE : Que déclare l'avocat de la défense ?

L'AVOCAT DE LA DÉFENSE : Je soutiens les déclarations de l'accusé.

LE JUGE : Très bien. L'avocat général peut maintenant lire ses conclusions préliminaires.

APERÇU DES CONCLUSIONS PRÉLIMINAIRES DÉVELOPPÉES PAR L'AVOCAT GÉNÉRAL : 1er CHEF DE L'ACTE D'ACCUSATION

1er élément : antécédents de l'accusé

L'accusé est né le 10 février 1966 dans la province du Sichuan en République populaire de Chine. Il est le troisième fils de Zhang Xiao-niu (actuellement âgé de soixante-huit ans), agriculteur, et de Zhang Xiu-lan (actuellement âgée de soixante et un ans). L'accusé a quatre frères et sœurs : un frère aîné, An-ji (actuellement âgé de quarante-deux ans), un autre frère plus âgé, Gen-de, une sœur aînée, Mei-hua (actuellement âgée de quarante ans), et une sœur cadette, Mei-kun. Le deuxième frère, Gen-de, est mort lorsqu'il était enfant, et la sœur cadette Mei-kun est morte dans un accident en 1992. L'accusé a achevé son éducation primaire à l'âge de douze ans, après quoi il a aidé sa famille aux travaux agricoles.

En 1989, l'accusé a décidé de quitter sa famille pour chercher un meilleur emploi. Lui et sa sœur cadette Mei-kun ont pris le train pour la province de Guangdong et cherché du travail dans la ville de Guangzhou. En 1991, ils se sont installés dans la ville de Shenzhen, également dans la province de Guangdong.

En 1992, l'accusé et sa sœur cadette, Mei-kun, ont embarqué clandestinement sur un bateau quittant la province du Fujian dans l'intention d'entrer illégalement au Japon. Bien que Mei-kun soit morte noyée au cours de la traversée, l'accusé a réussi à entrer irrégulièrement sur le territoire national via l'île d'Ishigaki. En dissimulant son statut de clandestin, il a occupé plusieurs emplois dans les secteurs du nettoyage et de la restauration. Il a également été employé sur des chantiers de construction. En 1998, il a travaillé dans un bar de Shinjuku appelé le Nomisoke, puis a commencé à travailler en 1999 au Shangri-la, une taverne également située à Shinjuku. En juillet de la même année, il a aussi été employé au Dreamer, un *love hotel* situé dans le quartier Honmachi à Kichijôji, commune de Musashino. À notre connaissance, l'accusé n'est pas marié. Selon les registres immobiliers, il habite avec trois individus nommés Chen-yi, Huang et Dragon, tous trois ressortissants chinois.

Le 30 juin 2000, l'accusé a été jugé par la cour du district de Tokyo pour entrée irrégulière sur le territoire japonais. Il a été condamné à deux ans de prison, l'application de la peine étant mise en sursis pour une durée quatre ans (jugement daté du 20 juillet de la même année).

2e élément : la victime, Yuriko Hirata

La victime Yuriko Hirata (ci-après Hirata), née le 17 mai 1962, est la deuxième fille de Jan Maher (un ressortissant suisse), actuellement employé par Schmidt, un producteur de textile basé en Suisse, et de Sachiko Hirata. Ses parents ne s'étant jamais officiellement mariés, la victime utilisait aussi bien le nom de Maher que celui de sa mère, Hirata. En mars 1976, Hirata et ses parents ont quitté Kita-Shirakawa dans l'arrondissement de Shirakawa pour Berne, en Suisse. En juillet de la même année, Sachiko est décédée à Berne, et Hirata a quitté son père pour rentrer seule au Japon. Sa sœur aînée habitant déjà chez le père de Sachiko, Hirata a logé chez un ami américain et est entrée au collège dans l'établissement scolaire de K. Hirata est ensuite parvenue jusqu'au lycée, d'où elle a été exclue au cours de sa troisième année en raison d'un comportement déplacé.

Après son exclusion, elle a quitté la maison de son ami américain pour commencer à vivre seule. Elle a été engagée par une agence de mannequins et a travaillé comme modèle pour des agences publicitaires et des magazines jusqu'en 1985, date à laquelle elle a commencé à travailler comme hôtesse au Mallord, un club de Roppongi. En 1989, elle est passée au club Jeanne, également situé à Roppongi, suite à quoi elle a occupé de nombreux emplois. Tout en travaillant comme hôtesse, Hirata se prostituait dans les arrondissements de Shinjuku et Shibuya.

3e élément: circonstances ayant conduit au crime

Comme nous l'avons déjà vu, l'accusé était employé comme serveur à la taverne Shangri-la à Shinjuku. Cependant, son salaire y était peu élevé et il se sentait rejeté par les propriétaires de l'établissement, originaires du Fujian. Pour les autres employés, Zhang était « un péquenaud qui se donnait des airs de citadin raffiné », et il n'avait donc que peu de rapports avec ses collègues.

On savait qu'il se servait dans les plats qu'il apportait aux clients; il versait les fonds des bouteilles de bière et de whisky qu'il avait servies dans un sac plastique qu'il rapportait chez lui pour sa propre consommation. Il a reçu plusieurs avertissements en raison du caractère déplacé de ce comportement.

Malgré ces écarts, il travaillait dur, était ponctuel et ne ratait jamais une journée de travail. Prétextant qu'il devait envoyer de l'argent à sa famille, il travaillait à temps partiel à l'asile de nuit du quartier, le Futomomokko, où il se rendait à dix heures du soir, après avoir fini son service à la taverne. Au Futomomokko, il était notamment chargé de sortir les ordures et de nettoyer les serviettes. Une fois son travail terminé, il se dépêchait de traverser Kabuki-chô pour prendre le dernier train vers son appartement de Maruyama-chô, dans l'arrondissement de Shibuya.

L'accusé travaillait au Shangri-la de midi à vingt-deux heures tous les jours de la semaine sauf le mercredi. Il gagnait huit cents yens de l'heure, plus une indemnité de transport journalière de six mille cinq cents yens, et touchait donc environ trois cent soixante-quinze mille yens par mois. De plus, son travail à temps partiel au foyer lui rapportait deux mille yens pour deux heures de travail.

Le loyer de l'appartement 404 de l'immeuble Matoya s'élevait à soixante-cinq mille yens par mois, mais, en exigeant de ses trois colocataires Chen-yi, Huang et Dragon un loyer mensuel de trente-cinq mille yens chacun, il en retirait un bénéfice de quarante mille yens.

Il racontait souvent à ses collègues que ses parents étaient en train de refaire leur maison et qu'il devait réunir la somme de trois millions de yens pour la leur envoyer. Mais il avait des goûts de luxe et portait des accessoires et des vêtements voyants, notamment un bracelet en or de vingt-quatre carats et une veste en cuir d'une valeur de cinquante mille yens achetés au grand magasin Isetan.

4e élément : événements liés au crime

Le 4 juin 1999, aux environs de vingt-deux heures, l'accusé a croisé Hirata devant le parc Ôkubo. C'était la première fois qu'il la voyait à cet endroit et son intérêt a été immédiatement éveillé lorsqu'il a pris Hirata pour une Américaine. En effet, il avait toujours eu le projet de partir un jour pour l'Amérique.

La première chose que Hirata lui dit fut : « Vous avez un beau visage. » Elle s'était adressée à lui en japonais et il fut déçu en comprenant qu'elle n'était pas américaine. Toutefois, il était sensible à ses flatteries et envisagea de monter avec elle, mais il ne souhaitait pas rater son travail à l'hôtel. Il lui fit donc un signe de la main et un sourire avant de courir au Futomomokko, où il accomplit ses tâches habituelles.

Incapable d'oublier Hirata, l'accusé repassa devant le parc Ôkubo en rentrant chez lui. Il y arriva aux environs de zéro heure cinq le matin du 5 juillet et vit qu'Hirata était toujours là sous la pluie.

En apercevant l'accusé, Hirata l'interpella joyeusement : « Je vais finir gelée à force de t'attendre ! » C'est à cet instant que l'accusé décida de coucher avec elle.

L'accusé n'avait sur lui que vingt-deux mille yens. Il demanda son prix à Hirata, qui en exigea trente mille. Ne disposant pas d'une telle somme, l'accusé était prêt à renoncer ; Hirata lui proposa d'abaisser son tarif à quinze mille yens. Lorsque l'accusé lui proposa d'aller à l'hôtel, Hirata l'informa qu'elle disposait d'un appartement dans les environs. L'accusé fut soulagé de ne pas avoir à payer une chambre d'hôtel et accompagna la victime chez elle.

Sur le chemin, Hirata s'arrêta dans une supérette pour acheter quatre canettes de bière, un paquet de cacahuètes pimentées et deux gâteaux au soja.

La chambre où Hirata conduisit l'accusé était située dans un bâtiment d'un étage en bois et béton, juste derrière la coopérative de crédit Kitashin, dans le cinquième groupe d'immeubles d'Ôkubo. L'immeuble comptait cinq appartements au rez-de-chaussée et cinq au premier. L'appartement d'Hirata, au n° 205, était situé au premier, à l'extrémité nord du couloir, juste à côté de l'escalier extérieur. Hirata louait cet appartement sous le nom de Yuriko Hirata depuis le 5 décembre 1996 pour un loyer mensuel de trente-trois mille yens. Cette somme était virée chaque mois de son compte en banque. Il semble qu'Hirata ait loué cette chambre dans le but de se prostituer. L'appartement comprenait une pièce de style japonais d'une surface de six tatamis avec revêtement en tapis de sol, le petit espace entre le vestibule et la chambre comprenant une kitchenette, des toilettes et un évier. Les locaux étaient presque entièrement vides de meubles, bien qu'un futon fût plié et prêt à servir.

L'accusé et Hirata burent chacun deux bières dans la pièce de style japonais, puis déplièrent le futon et eurent des relations sexuelles. Après, l'accusé désirait s'endormir, mais Hirata exigea qu'il s'en aille. Il demanda de nouveau à rester, sachant qu'il pleuvait et qu'il avait déjà raté le dernier train, mais elle refusa.

Hirata insista pour que l'accusé lui paye vingt mille yens pour couvrir l'utilisation de la chambre et les provisions achetées à la supérette. En découvrant ces frais supplémentaires, l'accusé prit conscience qu'il allait non seulement dépenser tout l'argent qu'il avait sur lui, mais qu'il lui faudrait aussi rentrer à Shibuya à pied et sous la pluie. Il refusa de payer Hirata. Lorsque Hirata se mit en colère, il décida de la tuer. Aux environs de trois heures du matin, le 5 juin, il étrangla Hirata de ses deux mains, entraînant sa mort par asphyxie. L'accusé demeura ensuite dans la chambre et y dormit jusqu'à dix heures.

Aux environs de dix heures trente, l'accusé prit vingt mille yens dans le portefeuille de Hirata. Il s'empara du collier en or dix-huit carats qu'elle portait (estimé à soixante-dix mille yens) et le mit à son cou. Il s'enfuit ensuite de l'appartement sans fermer à clé, en laissant le corps de Hirata exactement comme il était.

5e élément : événements postérieurs au crime

L'accusé est arrivé au Shangri-la une heure avant son service, qui commençait normalement à midi. Il a présenté au propriétaire sa démission avec effet immédiat. Le propriétaire ayant refusé une démission aussi rapide, l'accusé a vidé son casier et quitté les lieux sans exiger le solde de son salaire. En quittant le Shangri-la, l'accusé a rencontré M. A., un autre employé. Ils sont restés quelques minutes à bavarder devant le restaurant. L'accusé a informé A. de sa démission avant de partir vers l'avenue Yasukuni. M. A. a remarqué que l'accusé portait un collier en or, apparemment d'une grande valeur, qu'il ne lui avait jamais vu auparavant.

Après avoir quitté le Shangri-la, l'accusé a pris la ligne Yamanote des Chemins de fer japonais pour se rendre à la gare de Shibuya. De là, il est revenu à pied jusqu'à son appartement, le n° 404 de l'immeuble Matoya, dans le quatrième groupe d'immeubles de Maruyama-chô. Cet appartement était loué par un certain Chen, que l'accusé avait rencontré lors de son passage clandestin vers le Japon. Chen louait l'appartement depuis le mois d'avril 1998 et continuait à le louer à son nom après l'avoir quitté, tandis que l'accusé versait le loyer mensuel de soixante-cinq mille yens sur le compte en banque de Chen.

L'immeuble Matoya est un bâtiment de trois étages en béton armé. Il ne possède pas d'ascenseur. Le bâtiment et le terrain sont la propriété de Mme Fumi Yamamoto. L'appartement 404 comprend une pièce de six tatamis et une autre de style japonais de trois tatamis, une cuisine et une salle de bains. L'accusé occupait la chambre de trois tatamis. Le 5 juin à midi, l'homme connu sous le nom de Dragon et l'individu appelé Huang étaient endormis. Chen-yi (aucun lien avec le Chen mentionné plus haut) était déjà parti pour son travail dans une salle de *pachinko* de Shinkoiwa et était donc absent. Dragon, Huang et Chen-yi sont tous des ressortissants chinois que l'accusé a connus à Tokyo. Ils n'évoquaient entre eux ni leur passé ni leur travail.

Dragon et Huang furent réveillés par l'entrée de l'accusé dans l'appartement et partirent peu après. Après s'être préparé un repas dans la cuisine, l'accusé a mangé et s'est recouché. Il s'est réveillé plus tard dans la journée lors du retour de Chen-yi, et ils sont allés ensemble manger un bol de *ramen* à l'échoppe Tamaryô, côté Est de la gare de Shibuya. Ils ont fait une partie de bowling au Centre des congrès de Shibuya avant de rentrer à leur appartement aux environs de onze heures du soir.

Le meurtre n'étant toujours pas connu après plusieurs jours, l'accusé a demandé à Chen-yi de l'aider à trouver un nouvel emploi. Chen-yi lui a proposé de travailler avec lui à la salle de *pachinko*, mais l'accusé a refusé cette proposition au motif que l'établissement était trop bruyant. Chen-yi a promis de continuer à chercher pour le compte de l'accusé.

6e élément : la découverte du corps de Hirata et les événements postérieurs

Le corps de Hirata a été découvert le 15 juin, dix jours après le crime, lorsque la personne occupant l'appartement voisin, un ressortissant coréen, a signalé une odeur désagréable au propriétaire. Ce dernier s'est rendu à l'appartement et a constaté que la porte n'était pas fermée à clé. Il est entré dans l'appartement et a découvert le corps de Hirata. Elle n'était vêtue que d'un T-shirt et sa tête était recouverte d'une fine couverture.

Le corps avait déjà commencé à se décomposer, mais on pouvait encore discerner des marques inhabituelles sur la gorge de la victime ; son sang avait afflué dans les tissus mous de son cou et s'était accumulé sur la membrane entourant sa glande thyroïde. La mort de Hirata ayant été rendue publique, l'accusé a compris qu'il ne pourrait plus retourner au Shangri-la pour percevoir le solde de son salaire. Craignant également que le collier volé puisse le relier au crime, il l'a caché dans une poche d'une de ses valises. Enfin, inquiet à l'idée de manquer d'argent, il est retourné voir Chen-yi et lui a dit qu'il accepterait le premier emploi que celui-ci pourrait lui trouver.

Chen-yi lui a parlé d'un poste d'homme de ménage au *love hotel* Dreamer, situé au 1 Honmachi, Kichijôji, commune de Musashino. L'accusé a accepté le poste et commencé à travailler en juillet de la même année.

APERÇU DES ÉLÉMENTS PRÉLIMINAIRES DÉVELOPPÉS PAR L'AVOCAT GÉNÉRAL : 2e CHEF DE L'ACTE D'ACCUSATION

1er élément : la victime, Kazue Satô

La victime, Kazue Satô (ci-après Satô), née le 4 avril 1961, est la fille aînée de Yoshio et Satoko Satô. Yoshio était employé par la Compagnie d'architecture et d'ingénierie G. Alors que Satô était en première année d'école primaire, sa famille a quitté Ômiya dans la préfecture de Saitama pour la zone de Kita-Toriyama dans l'arrondissement de Setagaya, à Tokyo. Satô a fréquenté l'école élémentaire et le collège de son quartier avant d'entrer au lycée pour jeunes filles de K., puis de là au département d'économie de l'université de K.

Le père de Satô est mort alors qu'elle était en deuxième année d'université et, pour s'acquitter des frais de scolarité, Satô a dû exercer des emplois à temps partiel, notamment comme tutrice et enseignante dans des écoles de préparation aux concours.

Satô a obtenu son diplôme de l'université de K. en mars 1983 et a été embauchée en avril par la Compagnie d'architecture et d'ingénierie G., pour laquelle son père avait travaillé. G., plus grande entreprise de son secteur industriel, était réputée pour les liens étroits qui existaient entre ses employés, ce qui lui valait le surnom de Société familiale G. En outre, l'entreprise recrutait activement les enfants de ses employés. Lorsque Satô, qui disposait d'une formation universitaire brillante, est entrée dans l'entreprise comme membre du service général des recherches, elle était la première femme à être nommée à un poste aussi élevé et son avenir dans l'entreprise était très prometteur.

En 1985, Satô a été promue directrice adjointe du bureau des recherches. Ce bureau est entre autres choses chargé de l'analyse des facteurs économiques affectant la construction, ainsi que du développement de nouveaux logiciels d'analyse. Les recherches de Satô étaient principalement centrées sur les effets économiques des immeubles de grande hauteur. Son travail était très apprécié des autres employés de l'entreprise et elle était dévouée à sa fonction.

Cependant, elle ne fréquentait pas ses supérieurs ou ses collègues après les heures de bureau et comme elle n'était proche d'aucun d'entre eux, personne ne savait vraiment ce qu'elle faisait après le travail. Satô ne s'est jamais mariée. Elle vivait avec sa mère et une sœur cadette. À la mort de son père, elle est devenue le principal soutien financier de sa famille.

En 1990, à l'âge de vingt-neuf ans, Satô a été envoyée temporairement dans un laboratoire de recherches en ingénierie dépendant de l'entreprise G. C'est à cette époque qu'elle a été hospitalisée pour anorexie. Elle avait déjà été diagnostiquée comme souffrant de boulimie et reçu un traitement lorsqu'elle était en classe de première. En mai 1991, Satô est devenue hôtesse dans un club où elle travaillait le soir après le bureau. En 1994, elle a commencé à rencontrer dans des hôtels des hommes qui la payaient pour des rapports sexuels ; enfin, en 1998, elle est devenue une prostituée à part entière, travaillant dans l'arrondissement de Shibuya.

Yuriko Hirata, la victime mentionnée au premier chef d'accusation, et Kazue Satô ont toutes les deux fréquenté le lycée pour jeunes filles de K., mais elles étaient dans des classes différentes et n'ont eu aucune interaction ni pendant ni après leurs années de lycée.

2e élément : situation personnelle de l'accusé et son rapport avec l'affaire

Après avoir commis le crime décrit au chef d'accusation n° 1, l'accusé a quitté ses emplois à la taverne Shangri-la et à l'asile de nuit Futomomokko, pour commencer à travailler au *love hotel* Dreamer, dans la commune de Musashino. Il n'a toutefois pas changé de domicile, continuant à habiter au 404 de l'immeuble Matoya, 4-5 Murayama-chô, à Shibuya. Outre les susmentionnés Dragon, Huang et Chen-yi, deux autres ressortissants chinois, Niu-hu et A-wu, résidaient de temps à autre dans l'appartement.

L'accusé travaillait au Dreamer tous les jours de la semaine sauf le mardi, de midi à dix heures du soir. Il nettoyait les chambres, lavait le linge et accomplissait d'autres tâches ménagères.

Lorsqu'il a commencé à y travailler en 1998, il était consciencieux et fiable, mais au cours de l'année suivante son attitude envers le travail s'est transformée. Il a commencé à arriver en retard et à partir en avance ; souvent il ne se présentait pas du tout au travail. Le nettoyage des chambres était une tâche qui s'exécutait à deux. Le comportement de l'accusé nuisait à la rotation des tâches et dérangeait son partenaire, un employé iranien, qui s'en est plaint à sa direction. D'autres fautes de l'accusé furent également signalées : il dormait, chapardait du savon, du shampooing et des serviettes, ou encore regardait des vidéos pornographiques dans les chambres.

En février de la même année, un habitant du quartier affirma avoir vu l'accusé prendre des préservatifs que l'hôtel fournissait aux clients, les remplir d'eau et les jeter d'une fenêtre de l'hôtel sur le chat du restaurant de sushis voisin. C'est à ce moment-là que le propriétaire de l'hôtel a envisagé pour la première fois de licencier l'accusé.

À cette époque, l'accusé était payé sept cent cinquante yens de l'heure, ce qui représentait un salaire mensuel moyen d'environ cent soixante-dix mille yens. Il ne percevait pas d'indemnité de transport. Les revenus de l'accusé étant inférieurs à ce qu'il gagnait lorsqu'il travaillait au Shangri-la, il s'est mis à emprunter de l'argent à ses colocataires. Il a emprunté cent mille yens à Dragon, quarante mille à Huang et soixante mille à Chen-yi. Il leur a raconté que sa mère avait été hospitalisée en Chine et qu'il devait lui envoyer plus d'argent.

Il a aussi emprunté de l'argent à Ni-hu et A-wu, qui résidaient occasionnellement dans l'appartement exigu. Pendant ce temps, il continuait à percevoir le loyer de Dragon et des autres comme auparavant, et les relations entre l'accusé et ses locataires se sont peu à peu envenimées. Même Chen-yi, avec qui l'accusé avait été en relativement bons termes, s'est aigri lorsque ce dernier a perdu l'estime de ses employeurs au Dreamer. C'est Chen-yi qui avait présenté l'accusé à ses employeurs.

Le 25 mars 2000, Dragon, Huang et Chen-yi, sachant que c'était jour de paye pour l'accusé, ont décidé de faire pression sur lui pour qu'il leur rende l'argent qu'il avait emprunté. L'accusé avait prévu de payer à chacun la moitié de la somme qu'il avait empruntée, mais comme les trois locataires savaient qu'il disposait de plus de deux cent quarante mille yens dans une valise fermée à clé, ils ont refusé d'accepter ses conditions de remboursement. Ils se sont aussi plaint du loyer élevé qu'il leur soutirait à chacun.

Sous la contrainte, l'accusé n'a pas eu d'autre choix que d'accepter les nouvelles conditions posées par ses locataires. Il a accepté de payer aux trois hommes un total de deux cent mille yens pour l'argent emprunté, ainsi que cinquante mille yens à chacun pour couvrir la disparité des loyers payés jusqu'alors. L'accusé a dû puiser dans son salaire du Dreamer et dans l'argent qu'il avait accumulé.

Il ne restait donc à l'accusé que soixante mille yens, qu'il devrait faire durer le reste du mois, jusqu'à sa prochaine paye. Les privations qui en résultèrent dégradèrent encore ses relations avec Dragon, Huang et Chen-yi.

À peu près au même moment, Chen, qui louait officiellement l'appartement du 404 Matoya, insista pour que l'accusé trouve un autre endroit où vivre. Depuis le mois de janvier, Chen avait fait savoir plusieurs fois à l'accusé qu'il souhaitait que celui-ci libère les lieux pour la mi-mars. L'accusé s'étant plaint de n'avoir aucun endroit où aller, Chen lui a proposé de rester jusqu'à la fin du mois d'avril. Il l'a aussi informé qu'un appartement était libre dans un bâtiment voisin : l'appartement 103 de la résidence La Villa Verte, au 4-5 Murayama-chô, Shibuya-ku. Pour la somme de cent cinquante mille yens, il se proposait d'aider l'accusé à le louer. Toutes ces circonstances montrent clairement que l'accusé était alors en butte à des problèmes financiers incessants.

L'Iranien qui travaillait au Dreamer avec l'accusé a ultérieurement révélé que si l'accusé empruntait de l'argent alors qu'il disposait d'un magot considérable, c'était parce qu'il économisait pour acheter un passeport. Son but était d'aller en Amérique.

3e élément : situation à la résidence La Villa Verte

L'immeuble Matoya au 4-5 Maruyama-chô à Shibuya est un bâtiment de trois étages en béton armé situé à une centaine de mètres au nord de la gare de Shinsen le long d'une rue étroite à sens unique qui débouche sur l'entrée nord de la ligne Inokashira-Keio. La résidence La Villa Verte, scène du crime que nous examinons, est un bâtiment en bois situé au nord de l'immeuble Matoya. Composée d'un sous-sol, d'un rez-de-chaussée et d'un premier étage, la résidence La Villa Verte est occupée par plusieurs petits commerces ainsi que par des logements. Les deux immeubles sont la propriété de Fumi Yamamoto.

La résidence La Villa Verte comprend trois unités d'habitation. Le crime que nous examinons a été commis dans l'appartement 103, qui donne sur la rue à sens unique. L'appartement 102 était vide, et le 101 occupé par Kimio Hara. Sur la façade ouest de l'immeuble, un escalier extérieur en métal mène au premier étage. Au sous-sol, juste sous l'appartement 103, se trouve un petit restaurant appelé Les Sept Fortunes.

Le long de la façade sud court une étroite allée bétonnée permettant aux locataires de l'immeuble d'accéder à leur appartement en venant de la rue. Sur le côté sud de l'appartement 103 se trouve une porte extérieure donnant sur l'allée, ainsi qu'une fenêtre à hauteur d'yeux. Passé la porte d'entrée, on trouve la cuisine, le long du mur sud, et à côté d'elle une pièce de style japonais de six tatamis avec un tapis de sol. Les toilettes sont placées entre le vestibule et la pièce principale.

Chen avait été présenté à Fumi Yamamoto par des parents, et avait loué l'appartement 404 de l'immeuble Matoya pour quarante-cinq mille yens. Il sous-louait cet appartement à l'accusé pour soixante-cinq mille yens. Sa famille avait ouvert un restaurant chinois à Niiza dans la préfecture de Saitama, et avait besoin de l'appartement pour loger ses employés. Voilà pourquoi l'accusé devait libérer les lieux. Lorsque celui-ci s'est plaint de n'avoir pas d'autre possibilité de se loger, Chen a parlé à la propriétaire, Mme Fumi Yamamoto, afin qu'elle lui loue celui de la résidence La Villa Verte. L'accusé ayant demandé à le voir, Mme Yamamoto lui a remis la clé de l'appartement 103 le 28 janvier 2000.

Cet appartement avait été occupé par Shizu Kakiya jusqu'à sa mort le 18 août 1999, et était libre depuis. Le gaz avait été coupé en septembre 1999 et l'électricité le mois suivant.

Il n'existait qu'une seule clé de l'appartement, clé détenue par Mme Yamamoto. Elle l'a prêtée à l'accusé le 28 janvier 2000. Jusqu'à cette date, personne d'autre ne s'en était servi.

4e élément : les relations entre l'accusé et la victime

Aux alentours de novembre 1998, l'accusé a appris de son colocataire Huang que celui-ci avait « rencontré une Japonaise dans une rue sombre et fait l'amour avec elle ». Cette femme se distinguait par sa minceur et ses cheveux longs. En l'entendant, l'accusé fut convaincu qu'il s'agissait d'une femme qu'il apercevait dans le quartier de temps en temps. Vers le milieu du mois suivant, l'accusé a croisé Satô alors qu'il rentrait chez lui. L'histoire de Huang lui revenant en mémoire, il s'est tourné pour la regarder. En voyant cela, elle l'a interpellé : « Tu veux t'amuser ? » L'accusé ne répondant pas, elle a poursuivi : « On va dans ta chambre ? » L'accusé a refusé en déclarant qu'il avait « des amis à la maison ». Satô lui a répondu : « Combien ? Je m'occuperai d'eux tous. » Ayant entendu cela, l'accusé a ramené Satô dans son appartement du 4-5 Matoya.

À ce moment-là, Dragon et Chen-yi, deux de ses colocataires, s'y trouvaient. Tous trois eurent chacun leur tour des rapports sexuels avec Satô. Plus tard, en janvier de l'année suivante, l'accusé se promenait avec Huang lorsqu'ils ont croisé Satô dans le quartier de Murayama-chô. « C'est avec cette femme que tu as couché ? » a demandé l'accusé à Huang. Lorsque Huang a fait oui de la tête, l'accusé a déclaré que lui aussi avait couché avec elle. Huang avait déjà appris de Dragon que l'accusé, Dragon et Chen-yi avaient fait l'amour avec cette femme dans l'appartement. Lorsqu'il en a informé l'accusé, celui-ci a répondu : « En fait, j'ai rencontré cette femme pour la première fois il y a un an. »

5ᵉ élément : événements ayant conduit au crime

Le (samedi) 8 avril 2000, aux environs de seize heures, Satô a quitté son domicile sans préciser où elle allait. Aux environs de dix-huit heures, elle a retrouvé un employé qu'elle avait déjà eu comme client à plusieurs reprises. Ils se sont rencontrés devant le monument Hachiko, en face de la gare de Shibuya. De là ils ont gagné un hôtel de Maruyama-chô, l'homme a payé quarante mille yens à Satô, et ils se sont séparés juste avant vingt et une heures sur les hauteurs de Dogenzaka. Satô a ensuite été vue en train de se diriger vers la gare de Shinsen.

Le même jour, l'accusé était allé travailler au Dreamer. À vingt-deux heures, son collègue de nuit est arrivé pour le remplacer. L'accusé est monté dans le train de vingt-deux heures treize de la ligne Keio-Inokashira à destination de Shibuya dans l'intention de revenir à son domicile. En arrivant à la gare de Shinsen, il est descendu du train et a commencé à marcher vers l'immeuble Matoya, qui n'était qu'à deux minutes de marche.

L'accusé a rencontré Satô à quelques mètres de son immeuble et décidé de coucher à nouveau avec elle. Mais Dragon, Huang et Chen-yi étaient rentrés et il n'était plus en bons termes avec eux. Il a donc hésité, ne souhaitant pas la ramener dans l'appartement qu'il partageait avec eux. Par chance, il disposait de la clé de l'appartement 103 de la résidence La Villa Verte toute proche.

Satô avait des préservatifs sur elle, préservatifs qu'elle avait pris dans les hôtels où elle emmenait ses clients. Elle en a sorti un de son paquet – l'étiquette annonçait qu'il provenait de l'hôtel Glass Palace – et a demandé à l'accusé de le mettre avant qu'ils couchent ensemble. Après l'acte sexuel, l'accusé a jeté le préservatif usagé sur le trottoir, au sud de la résidence La Villa Verte.

Comme nous l'avons constaté, l'accusé manquait d'argent. En voyant Satô se préparer à partir, il a décidé de la dévaliser. Juste après minuit, Satô a enfilé son manteau, s'apprêtant à partir. L'accusé s'est emparé de son sac à main en cuir marron, mais la victime a résisté. Il l'a frappée au visage, puis, saisi du désir de la tuer, il a placé ses deux mains autour de son cou et l'a étranglée jusqu'à ce que mort s'ensuive. Il a ensuite ouvert le fermoir métallique de son sac à main et en a sorti le portefeuille, où il a prélevé les quarante mille yens qu'elle avait gagnés plus tôt. Sans toucher à son corps ni fermer la porte à clé, il s'est enfui vers sa chambre du 404 Matoya.

Satoko Satô, la mère de la victime, a commencé à s'inquiéter pour sa fille en constatant que celle-ci n'était pas encore rentrée le soir du 8 avril. Jusqu'alors, Satô n'avait encore jamais passé toute une nuit dehors. Le lundi 10 avril, en apprenant que sa fille n'était pas allée travailler le matin, elle a déclaré sa disparition.

6e élément : événements ayant suivi le crime

L'accusé s'est présenté calmement au Dreamer le 9 avril, comme si rien n'avait changé. Après le travail, il est allé boire de la bière au parc Inokashira avec deux collègues. Aux environs de vingt-trois heures trente, il est monté dans le train de la ligne d'Inokashira et il est rentré chez lui.

Le jour suivant, après avoir achevé son travail au Dreamer, l'accusé a rencontré Chen-yi à la gare de Shibuya. Ils sont allés à l'échoppe de nouilles Tamaryô, sur le côté est de la gare, puis ils ont joué au bowling au Centre des congrès de Shibuya. Une fois leur partie finie, ils ont discuté de La Villa Verte et décidé de ne pas y emménager, l'appartement étant encore plus petit que celui de l'immeuble Matoya. De plus, l'accusé a indiqué qu'il comptait se rendre à Osaka pour y chercher du travail.

Le onzième jour du mois était jour de congé pour l'accusé. Il s'est rendu à Niiza, dans la préfecture de Saitama, pour y rencontrer Chen. L'accusé a payé à Chen cent mille yens, l'a informé qu'il n'emménagerait pas dans la résidence La Villa Verte et lui a remis la clé de l'appartement 103. Le soir du même jour, Chen est allé la rendre à la propriétaire, Mme Yamamoto, au domicile de cette dernière, dans l'arrondissement de Suginami. Yamamoto a confié la clé à son fils, Akira, qui dirige l'agence gestionnaire des résidences Matoya et La Villa Verte.

7e élément : La découverte du corps

Le 18 avril, Akira Yamamoto était parti rendre visite à une connaissance au premier étage de l'immeuble Matoya quand il a décidé de vérifier que la porte de l'appartement 103 de la résidence La Villa Verte était bien verrouillée. En approchant de l'appartement, il a jeté un œil par la fenêtre à côté de la porte. Une petite ouverture dans la fenêtre lui a permis de regarder dans l'appartement où il a aperçu, dans la pièce du fond, la partie supérieure du corps d'une personne apparemment endormie. Il s'est dit que cette personne était une connaissance de Chen, ou un ressortissant chinois employé dans son restaurant. Il a appelé la personne et a essayé d'ouvrir la porte. Elle n'avait pas été verrouillée. Des chaussures de femme étaient rangées dans l'entrée. Yamamoto fut désagréablement surpris de constater que l'intrus était une femme. C'est alors qu'il remarqua l'odeur bizarre qui imprégnait l'appartement. Sans un bruit, il tourna les talons et le quitta en verrouillant la porte derrière lui. La porte est un modèle qui se verrouille de l'intérieur sans clé, en poussant simplement un bouton.

Le lendemain, 19 avril, Akira Yamamoto a commencé à se faire du souci à cause de la personne qu'il avait vue dormir dans l'appartement. Avait-elle l'intention d'y rester ? Et quelle était cette odeur ? Inquiet, il est retourné à l'appartement avec la clé. En regardant par la fenêtre, il a remarqué que la personne était étendue exactement dans la même position que la veille. Il a ouvert la porte, est entré et a découvert le corps de Satô.

Outre les marques de strangulation sur la gorge, le corps présentait des contusions à la tête, au visage et aux membres – signe que la victime avait été frappée avec un objet contondant – ainsi que des griffures, comme si on l'avait traînée par terre. Les tissus mous autour du cou et la membrane qui entoure la glande thyroïde montraient des traces d'hémorragie.

8e élément : Le comportement de l'accusé après la découverte du corps

Le soir du 19 avril 2000, peu après être rentré du Dreamer, l'accusé reçut la visite d'un inspecteur de police qui effectuait une enquête de routine dans le voisinage. Encore au travail, Dragon, Huang et Chen-yi n'étaient pas présents dans l'appartement. L'inspecteur posa à l'accusé de nombreuses questions sur son domicile et son emploi, puis il partit. Aussitôt qu'il eut quitté les lieux, l'accusé tenta de contacter ceux avec qui il partageait l'appartement.

L'accusé appela Chen-yi sur son portable et le joignit alors qu'il était encore au travail à Dogenzaka. « Les flics sont passés, déclara-t-il. Ils étaient nombreux. Ils m'ont montré la photo d'une femme que je ne connaissais pas. Ils ont dit qu'ils reviendraient. S'ils vous trouvent ici, ils comprendront que nous sommes des clandestins. »

Après avoir entendu les explications de l'accusé, Chen-yi appela immédiatement Huang sur son lieu de travail, le Café Mirage à Koenji, arrondissement de Suginami, pour le prévenir de ne pas retourner à l'appartement. Mais Huang avait déjà terminé son service et était sur le chemin du retour. Chen-yi se précipita vers le lieu où travaillait Dragon – la Tour Orchidée – dans le deuxième groupe d'immeubles de Kabuki-chô, arrondissement de Shinjuku. Lorsqu'il eut raconté à Dragon ce qui s'était passé, ils allèrent tous les deux s'installer chez une connaissance de Dragon.

Alors qu'il rentrait chez lui, inconscient des événements qui s'étaient produits, Huang fut abordé par un inspecteur de police qui lui montra une photographie de la victime. Huang expliqua à l'inspecteur qu'il avait déjà vu cette femme. Il l'informa aussi que l'accusé disposait de la clé d'un des appartements de la résidence La Villa Verte.

À peu près à la même heure, l'accusé quittait l'appartement 404 de l'immeuble Matoya pour passer la nuit dans un hôtel capsule. Des policiers vinrent l'interroger le lendemain au Dreamer, mais il ne s'était pas présenté au travail. Le lendemain, 21 avril, l'accusé quitta l'hôtel et se rendit au domicile de Chen à Niiza, préfecture de Saitama. Il demanda à Chen de le couvrir en racontant à la police qu'il avait rendu la clé de l'appartement 103 de la résidence La Villa Verte le 8 avril, la veille du crime, et lui avait remis la somme de cent mille yens en liquide. Chen lui annonça qu'il avait déjà parlé à la police et qu'il refusait d'accéder à sa demande. Il lui expliqua aussi que la police le recherchait – ayant appris qu'il avait eu la clé en sa possession – et lui conseilla de se rendre. L'accusé refusa.

Sur le chemin du retour, l'accusé commença à avoir peur de manquer d'argent. Il décida de s'arrêter à son lieu de travail, de démissionner et de réclamer le solde de son salaire. Il se dirigea donc vers le Dreamer à Musashino.

En interrogeant le propriétaire du Dreamer, l'inspecteur de police découvrit que l'accusé avait pénétré illégalement au Japon, ou qu'il travaillait malgré les restrictions de son visa. L'accusé fut donc arrêté plus tard dans la journée et mis en examen pour être entré illégalement sur le territoire et avoir travaillé sans les documents nécessaires. Par un jugement du 30 juin de la même année, il fut déclaré coupable des délits dont on l'accusait en vertu des lois sur l'immigration et le travail.

Par la suite, la police découvrit que les empreintes digitales relevées dans l'appartement 205 des Hauts d'Ôkubo, où Yuriko Hirata avait été tuée, étaient celles de l'accusé. Ce dernier était en outre en possession du collier de la victime lors de son arrestation. Après une enquête approfondie, l'accusé fut poursuivi pour les meurtres d'Hirata et de Satô.

2

« MES CRIMES » : DÉCLARATION DE L'ACCUSÉ ZHANG ZHE-ZHONG

10 juin, douzième année de l'ère Heisei (2000)

L'original a été rédigé en chinois. Sur ordre d'un des enquêteurs, l'accusé a rédigé cette déclaration après la reconstitution du crime au poste de police à l'aide d'un mannequin grandeur nature.

L'inspecteur Takahashi m'a ordonné : « Raconte-nous toute ta vie jusqu'à maintenant ; tous les sales coups que tu as faits, avec tous les détails. Ne cache rien. » Je n'ai pas eu une vie facile jusqu'ici, j'ai vécu au jour le jour, en essayant de faire de mon mieux. Je n'ai même pas eu le temps de me rappeler ces dernières années, ni de m'arrêter pour réfléchir. Je n'arrive pas à me souvenir des événements qui se sont produits il y a longtemps, et je ne le désire pas. Ils sont trop tristes, trop douloureux et je les ai isolés dans ma mémoire derrière une porte bien verrouillée. J'ai de nombreux souvenirs que j'aurais voulu laisser derrière moi.

Mais l'inspecteur Takahashi a eu la bonté de me permettre de présenter ma version de l'histoire, et je souhaite répondre de mon mieux à sa demande. Toutefois, cela m'obligera à revenir sur ma vie lamentable et à me rappeler toutes les erreurs stupides que j'ai commises et qui ne peuvent plus être corrigées. On m'a annoncé que je suis soupçonné d'avoir tué Mlle Kazue Satô, mais je suis innocent de ce crime. J'espère que cette déclaration permettra de me disculper de cette accusation.

En Chine, le destin d'un homme est déterminé par son lieu de naissance. C'est là un proverbe bien connu de tous. Pour moi, il ne s'agit pas d'un simple proverbe, mais de la réalité. Si j'étais né dans une grande ville comme Shanghai, Pékin ou Hong-Kong, et pas au fin fond des montagnes du Sichuan, j'aurais eu un bel avenir. Ma vie aurait été belle et heureuse, j'en suis certain. Tout comme je suis certain qu'elle n'aurait pas fini par un tel gâchis, et en terre étrangère !

Je suis originaire de la province du Sichuan. En Chine, quatre-vingt-dix pour cent de la population vivent dans l'arrière-pays, dans des régions comme le Sichuan. Ces régions ne possèdent pourtant que dix pour cent de la richesse nationale. Shanghai, Guangzhou et d'autres villes portuaires contrôlent le reste. Ces villes portuaires ne regroupent que dix pour cent de la population, mais contrôlent quatre-vingt-dix pour cent de la richesse du pays. Les disparités économiques entre les habitants des zones côtières et ceux de l'arrière-pays ne font que s'accroître.

Ceux d'entre nous qui vivent dans l'arrière-pays ne peuvent que serrer les dents. Nous sentons l'odeur des billets de banque et voyons l'éclat de l'or, mais sans espoir de jamais les posséder. Nous n'avons d'autre choix que de nous contenter de millet et de céréales grossières, les visages et les cheveux marqués par la poussière des champs.

Depuis mon enfance, j'ai toujours entendu mes parents et mes frères et sœurs dire que « Zhe-zhong est l'enfant le plus malin du village ». Je n'écris pas cela pour me vanter, mais pour être sûr que vous saisissez bien les conditions dans lesquelles j'ai été élevé. Il est certain que j'étais plus intelligent que les autres enfants de mon âge. J'ai appris à lire et à écrire en un rien de temps. Les calculs financiers ne m'ont jamais posé de difficultés. Pour mettre à profit toutes mes capacités et élargir mes connaissances, je voulais poursuivre mon éducation et passer dans les classes supérieures. Mais ma famille était pauvre. Mes parents n'ont pu se permettre que de m'envoyer à l'école primaire du village. Quand j'ai compris que mes rêves ne deviendraient jamais réalité, je crois que – comme un arbre dont les racines sont coincées et tordues parce qu'on ne leur permet pas de pousser – j'ai commencé à nourrir en mon cœur une sombre jalousie, une envie mauvaise. J'étais convaincu que c'était le destin qui m'imposait cette naissance et cette vie misérables.

Pour les gens comme moi, la seule manière d'échapper à ce destin est de partir chercher du travail ailleurs. À Guangzhou et Shenzhen, j'ai travaillé longuement et durement en pensant qu'un jour ou l'autre je profiterais moi aussi d'une vie aisée qui me permettrait de mettre de l'argent de côté comme le font les gens des villes portuaires. Mais après mon arrivée au Japon je fus assailli par l'impression que mes plans étaient totalement vains. Pourquoi cette impression ? Parce que la richesse du Japon était sans égale, sans comparaison même avec celle des villes portuaires de Chine.

Si je n'avais pas été chinois, si j'étais né japonais, je suis certain que je n'aurais pas eu à endurer ces privations. Dès ma venue au monde, j'aurais eu à ma disposition tant de plats délicieux que j'en aurais gaspillé la moitié. Pour avoir de l'eau, il m'aurait suffi de tourner un robinet. J'aurais pu prendre autant de bains que je le voulais, et pour aller au village ou à la ville voisine je n'aurais pas eu à marcher, ou à attendre un bus qui peut très bien ne jamais passer, non, j'aurais pris un de ces trains qui passent toutes les trois minutes et repartent de la gare à toute vitesse. J'aurais pu étudier ce que je voulais quand je voulais, poursuivre la carrière de mon choix, porter de beaux vêtements, avoir un téléphone portable et une voiture et, à la fin de ma vie, j'aurais été soigné par un excellent personnel médical. La différence entre la vie que j'ai eue en Chine et celle que j'aurais pu avoir au Japon était telle que d'y penser ne me causait que du chagrin.

J'ai beaucoup rêvé du Japon, ce pays libre et miraculeux. J'enviais tous ceux qui y habitaient. Et c'est dans ce pays tant désiré que je suis aujourd'hui prisonnier. Quelle ironie ! Ou plutôt, quelle tragédie. Chez moi, dans mon pauvre village, ma mère qui est souffrante attend une lettre de moi, et chaque jour doit lui sembler aussi long que mille nuits d'automne. Si elle découvre un jour ce que je suis devenu, je serai incapable de continuer à vivre.

Messieurs les officiers de police, inspecteurs, monsieur le juge, je vous supplie, quand j'aurai effectué ma peine, de me laisser rentrer chez moi en Chine. Laissez-moi passer le temps qu'il me reste à vivre à labourer les champs stériles de mon village natal et à méditer sur ma vie et les crimes que j'ai commis. De grâce, soyez indulgents. Je m'en remets entièrement à la clémence de la cour.

On s'est moqué de moi toute ma vie. Ma famille était la plus pauvre de notre village misérable. Les autres nous méprisaient parce que nous vivions dans une grotte. Certains propageaient des rumeurs comme quoi mon père aurait été maudit par les dieux de la pauvreté. Même lorsque nous étions invités à un mariage ou à une fête, mon père occupait presque toujours la place la plus humble.

Mon père était un Chinois Hakka. Lorsqu'il était encore enfant, mon grand-père l'emmena de Hui'an, dans la province du Fujian, jusque dans un petit village du Sichuan, où ils trouvèrent un coin pour vivre. Aucun Hakka n'avait jamais habité le village et les villageois interdirent à mon grand-père d'y construire une maison. Voilà comment nous en arrivâmes à vivre dans une grotte.

Mon grand-père était un devin, un diseur de bonne aventure. On m'a raconté qu'au début il avait prospéré dans cette activité, mais qu'il était rapidement tombé en disgrâce parce qu'il ne prédisait que des malheurs. Il a fini par perdre toute sa clientèle et notre famille a sombré dans la misère. Il avait toujours pratiqué son art avec le plus grand sérieux, mais cela ne lui attirait que la rancune de ses clients. Il a donc décidé qu'il valait mieux ne plus rien dire du tout.

Au bout d'un moment, mon grand-père a aussi cessé de se mouvoir. Ses cheveux et sa barbe poussaient et il passait toutes ses journées à l'intérieur tel Bodhidharma en personne. Je le vois encore, assis parfaitement immobile, plongé dans l'obscurité, dans la salle tout au fond de notre grotte. Les membres de ma famille étaient si habitués à lui que nous ne remarquions plus sa présence. À l'heure du repas, ma mère posait un bol de nourriture à ses pieds. La nourriture disparaissait rapidement et nous en déduisions que notre grand-père était encore en vie. Lorsqu'il a fini par mourir pour de bon, il nous a fallu un certain temps pour nous en rendre compte.

Un jour, alors que nous étions seuls à la maison, mon grand-père m'appela. Comme je ne l'avais presque jamais entendu parler, je fus surpris et me retournai pour l'observer. Il était assis dans le noir, au fond de notre grotte, les yeux fixés sur moi.

– Il y a un assassin dans notre famille, me dit-il.

– Grand-Père ! Qu'est-ce que tu dis ? De qui est-ce que tu parles ?

Malgré mes demandes d'explication, mon grand-père n'a pas dit un mot de plus. À cette époque j'avais déjà une haute idée de moi-même et me prenais pour un garçon si intelligent et si raisonnable que j'assimilai les propos de mon grand-père aux divagations d'un vieux fou à moitié mort et n'y prêtai aucune attention. J'eus rapidement tout oublié de cet épisode.

Tous les jours, les membres de ma famille partaient cultiver des champs sur la pente de la montagne, accompagnés d'un vieux bœuf décharné. Outre le bœuf, nous possédions deux chèvres. C'est mon frère aîné Gen-de qui était chargé de s'en occuper. Il était le deuxième fils. Ma famille pratiquait des cultures diverses, principalement des céréales. Mon père, ma mère et mes frères aînés se levaient tôt pour partir au travail avant l'aube. Ils ne revenaient qu'à la nuit tombée. Malgré cela, ces champs ne produisaient pas assez pour nourrir convenablement toute la famille. Les sécheresses étaient fréquentes et nous passions alors plusieurs mois sans manger à notre faim. Pendant ces périodes, je ne pensais qu'à une chose : lorsque je serais adulte, je me gaverais de riz blanc, même si je devais en mourir.

Telle était notre vie, et c'est pourquoi j'étais déterminé – dès le moment où j'ai pris conscience de ce qui se passait autour de moi – à quitter ma famille dès que je serais assez âgé. J'irais dans une grande ville – je n'en avais encore jamais vu – et j'y trouverais du travail. Je savais que les terres familiales seraient transmises au fils aîné, An-ji. Ma sœur aînée, Mei-hua, fut donnée à marier dans un village voisin à l'âge de quinze ans. Je savais que les produits de nos champs et de nos quelques chèvres ne suffiraient pas à faire vivre mon frère Gen-de, ma sœur cadette Mei-kun et moi.

Mon frère aîné An-ji avait huit ans de plus que moi, et trois ans me séparaient de mon deuxième frère, Gen-de. Lorsque j'eus treize ans, le malheur frappa ma famille. An-ji causa la mort de Gen-de. Horrifié de voir se réaliser la prophétie de mon grand-père, je serrai ma sœur cadette Mei-kun dans mes bras en tremblant de peur.

Une dispute ayant éclaté entre eux deux, un coup d'An-ji envoya Gen-de au sol. Sa tête heurta un des rochers de notre grotte et il ne bougea plus. Un officier de police vint enquêter, mais mon père dissimula les circonstances de sa mort et lui raconta que Gen-de avait trébuché et s'était cogné la tête par accident. Si An-ji avait été accusé du meurtre de son frère cadet, il aurait été envoyé en prison et il ne serait resté personne pour s'occuper des champs. À sa sortie de prison, il n'aurait plus eu de foyer où revenir et aurait dû se débrouiller seul pour survivre.

Notre village comptait trop d'hommes. La situation était telle que, selon la rumeur, quatre hommes d'un village voisin avaient été obligés de se partager une épouse. Voilà toute l'étendue de notre pauvreté. Mes frères s'étaient disputés à propos d'une épouse ; c'est pour cela qu'ils s'étaient battus. Gen-de s'était moqué d'An-ji.

Mais An-ji a changé après avoir tué Gen-de. Il a commencé à se comporter comme mon grand-père, et ne parlait plus à personne. An-ji vit encore au village avec mes parents. Il ne s'est jamais marié.

Ma famille est peut-être maudite. Parce que nous étions habités par une passion violente, mon frère aîné et moi sommes devenus des assassins. Le châtiment de mon frère est de finir sa vie dans la solitude et la pauvreté ; quant à moi, pour le meurtre de Yuriko Hirata, je serai incarcéré dans un pays étranger. Ma petite sœur chérie a connu une fin prématurée en venant au Japon et maintenant il ne me reste rien.

Mon grand-père n'a peut-être pas eu d'autre choix que de quitter son foyer dans le Fujian pour échouer dans le Sichuan, mais... si seulement ses prédictions n'avaient pas été si sombres, si seulement il n'avait pas fait fuir tout le monde... Ces jours-ci, je n'arrive pas à penser à autre chose. Je suis certain que mon grand-père prévoyait la terrible chute de ma famille. C'est sûrement pour cela qu'il a fini ses jours comme une pierre, assis en silence dans une grotte obscure.

Quoi qu'il en soit, si mon grand-père m'avait dit : « C'est toi l'assassin de la famille, fais attention », s'il m'avait averti, j'aurais été plus prudent. Je ne serais pas venu au Japon. Et si je n'étais pas venu au Japon, je n'aurais pas tué Yuriko Hirata, ma petite sœur serait encore en vie et je ne serais pas soupçonné du meurtre de Kazue Satô. J'aurais pu trouver un travail dans une usine près de notre village et j'aurais appris à me contenter d'un yuan par jour. Voilà comment aurait été ma vie. Lorsque je pense à ce qui aurait pu être, je suis rongé par le chagrin.

Ce que j'ai fait à Mlle Hirata est impardonnable. Je n'ai aucun moyen de m'en excuser. Si c'était possible, j'échangerais avec joie sa vie contre ma misérable existence.

Mais, à l'âge de treize ans, je n'aurais pas pu imaginer que les choses se termineraient comme ça. À cette époque-là, je ne pouvais pas pardonner à An-ji ce qu'il avait fait. Je ne supportais pas de voir mes parents en deuil et d'entendre les ragots malveillants colportés par les villageois. Je haïssais An-ji. Mais les sentiments sont quelque chose d'étrange. Au plus profond de mon cœur, je ne pouvais pas m'empêcher de compatir à sa douleur.

Après tout, il n'avait pas réagi de manière excessive. Même à mes yeux, Gen-de avait un comportement blessant. Il aimait faire l'idiot et passait son temps à courir après les femmes. Il volait de l'argent à mon père pour se soûler. C'était un véritable bon à rien. Pour tout dire, des villageois l'avaient même surpris en train de copuler avec les chèvres et les ragots qui s'ensuivirent furent source d'une grande humiliation pour mon père.

Pour être absolument honnête, Gen-de avait causé tant de

honte à notre famille que je fus soulagé lorsqu'il mourut et qu'An-ji, qui devait hériter des terres de mon père, évita la prison. Si An-ji avait été emprisonné, c'est moi qui aurais hérité des champs, mais ç'aurait été une malédiction plus qu'une chance. Attaché à ce petit morceau de terrain, j'aurais été forcé de mener une vie de privations sans jamais connaître le monde civilisé.

Les masses misérables de l'arrière-pays chinois jouissent d'un privilège : la liberté. Mais c'est bien là tout ce qu'ils possèdent. Personne ne nous prêtant la moindre attention, nous étions dans l'ensemble livrés à nous-mêmes et nous accrochions à cette liberté. Du moment que nous restions au pays, nous étions libres d'aller où nous voulions, de faire ce que bon nous semblait ou de mourir comme des chiens si nous voulions. Mais je n'avais qu'une seule chose en tête : sortir de là pour rejoindre les villes.

Après la mort de mon frère, j'ai dû prendre sa place et m'occuper des chèvres, comme le souhaitait mon père. Mais, à l'âge de dix-huit ans, j'ai trouvé un emploi dans une petite usine de la région qui produisait des chapeaux de paille et des coussins en osier. J'ai eu cette possibilité parce que nous avions vendu les chèvres quand ma mère a commencé à souffrir d'une maladie de l'estomac. Je préférais fabriquer des objets en paille de blé à l'usine plutôt que de m'occuper des chèvres ou de travailler la terre. Le salaire était bas : je ne touchais qu'un yuan par jour de travail. Mais même cette somme dérisoire était un luxe dans une famille aussi dénuée d'argent que la mienne.

À peu près à cette époque, le deuxième et le troisième fils de la ferme voisine se préparaient à partir travailler dans une des villes portuaires. La ferme familiale ne suffisait pas à nourrir toutes les bouches, et il y avait déjà trop de main-d'œuvre au village. Les jeunes hommes ne trouvaient ni travail ni filles à épouser. La plupart d'entre eux passaient leur temps à rôder autour du village comme Gen-de l'avait fait, préparant des mauvais coups, cherchant des histoires, causant des problèmes.

Jian Ping, un type que je connaissais depuis mon enfance, est parti pour Zhuhai dans le Guangtung, qui fut ensuite déclarée Zone économique spéciale. Il travaillait dans une entreprise de bâtiment, à mélanger le ciment et à transporter des matériaux de construction. Avec l'argent qu'il envoyait au village, sa famille s'était acheté une télévision couleur, une moto et toutes sortes de choses qui pour nous relevaient du grand luxe. J'aurais pu en mourir de jalousie.

Je voulais partir pour la ville aussi vite que possible. Mais comment trouver l'argent ? Le salaire que me versait l'usine de vannerie, un yuan par jour, était si misérable que je ne pouvais songer à en mettre de côté. Pour réunir les fonds nécessaires, je devais emprunter. Mais à qui ? Au village, personne n'était en mesure de prêter de l'argent. Il me fallait pourtant trouver les moyens de partir pour la ville comme Jian Ping. Ce projet devint mon seul et unique rêve.

En 1988, un an avant le massacre de la place Tienanmen, la nouvelle de la mort de Jian Ping se propagea dans tout le village. Depuis Zhuhai, il pouvait voir Macao de l'autre côté du port et il semble qu'il se soit noyé en tentant de traverser à la nage pour s'introduire sur le territoire. C'est du moins ce que racontait l'auteur de la lettre annonçant la mort de Jian Ping.

Jian Ping avait fait un paquet avec ses papiers et son argent et l'avait attaché sur sa tête. Il avait attendu que le soleil se couche pour se diriger vers la banlieue. Puis, sans quitter Macao des yeux, il s'était mis à l'eau. Il faisait nuit noire, et Jian Ping avait nagé plusieurs kilomètres pour passer en secret dans les eaux de Macao. Pour un Japonais, ces actes paraissent sans doute d'une témérité absurde. Mais mon cœur se serre tant je comprends bien ce qu'il ressentait.

Zhuhai et Macao sont reliés par une bande de terre. Des rues de Zhuhai, on aperçoit Macao. À quelques pas, un pays différent s'étend devant vous, où habitent des gens de la même race. Et il y a des casinos à Macao. Et de l'argent. Là où il y a de l'argent, on peut tout faire et aller partout. À Macao, les gens jouissent de toutes sortes de libertés, de toutes les libertés possibles. Mais ces libertés, paraît-il, sont protégées par des patrouilles aux frontières et entourées d'un haut mur et de câbles à haute tension. Existe-t-il sur terre un endroit plus cruel ?

On nous avait raconté que si on était pris en train de passer la frontière, on vous envoyait dans une prison où les conditions étaient pires qu'affreuses. On vous entassait dans une petite pièce grouillant d'énormes punaises et où il fallait se battre avec les autres détenus pour avoir le privilège d'utiliser le seau incrusté de merde.

Dans l'eau il n'y a pas de mur. Les vagues traversent la mer librement. Je décidai que moi aussi je nagerais jusqu'à la liberté. Je nagerais jusqu'à Macao, peut-être même jusqu'à Hong-Kong.

En Chine, le destin d'un homme est déterminé par son lieu de naissance ; c'est un fait auquel on ne peut échapper. Jian Ping était prêt à risquer sa vie pour avoir une chance de modifier ce destin. En entendant son histoire, je modifiai mes plans. J'étais décidé à traverser l'océan à la suite de Jian Ping, pour trouver un pays libre où je gagnerais autant d'argent que je le désirais.

À la fin de cette année-là, ma famille commença à discuter d'une proposition de mariage pour ma petite sœur, Mei-kun. Il s'agissait d'une bonne proposition pour une famille comme la nôtre, étant donné notre manque de ressources financières. Le prétendant, bien qu'issu de notre village, appartenait à une famille relativement riche. Mais la différence d'âge entre eux était importante. Mei-kun n'avait que dix-neuf ans et son prétendant en avait déjà trente-huit. Il était petit et falot. Rien d'étonnant à ce qu'il n'ait pas encore trouvé de femme !

– Tu vas accepter son offre, n'est-ce pas ? demandai-je à ma sœur. Ta vie sera meilleure que tout ce que tu as connu jusqu'ici.

Mei-kun baissa les yeux et hocha la tête.

– Je refuse catégoriquement. Je méprise cette espèce de petit singe, même s'il a plus d'argent que nous. Il est tellement petit que je ne pourrais que le prendre de haut. Je n'irai pas. Et s'ils m'obligent, j'accepterai de m'occuper des champs, mais c'est tout. Je ne deviendrai pas une vieille femme comme ma sœur.

Je contemplai ma petite sœur. Sa réaction n'avait rien d'excessif. Notre sœur plus âgée – de six ans mon aînée – s'était mariée dans une famille guère plus riche que la nôtre et avait eu un enfant après l'autre jusqu'à ce qu'elle soit desséchée comme une vieille femme. Mais Mei-kun… Mei-kun était mignonne et adorable, la prunelle de mes yeux. Elle avait les joues rondes et le nez fin. Ses membres étaient longs et minces et elle se déplaçait avec beaucoup de grâce. Le Sichuan est réputé pour la beauté de ses femmes. On m'avait dit qu'une fille du Sichuan pouvait aller dans n'importe quelle ville du monde et être sûre d'être bien reçue. Ma petite sœur avait hérité des instincts vagabonds de mon grand-père. C'était la plus belle fille de tous les villages alentour et elle était têtue.

– Si j'avais un prétendant comme toi, je l'épouserais, poursuivit-elle avec le plus grand sérieux. J'ai vu tous les acteurs sur la télévision couleur de la famille de Jian Ping et il n'y en a aucun qui se compare à toi.

Au risque de paraître vaniteux, je dois admettre que dans mon village, j'étais considéré comme un bel homme. Bien sûr, c'était un petit village et, en allant dans les grandes villes, je pouvais être certain de trouver beaucoup d'hommes plus beaux que moi. Malgré tout, le compliment de ma sœur m'encourageait. Depuis que je suis au Japon, on m'a souvent dit que je ressemblais à l'acteur Takashi Kashiwabara. Mei-kun me regarda droit dans les yeux et me dit :

– On devrait passer à la télé ensemble, toi et moi. On est beaux tous les deux et on a le sens de l'élégance. Je suis sûre qu'on pourrait gagner plein d'argent en faisant des films. Mais on ne pourra jamais tenter notre chance en restant dans un village comme le nôtre. Plutôt mourir que rester ici. Partons ensemble à Guangzhou. Je ne rigole pas. Qu'en dis-tu ?

Elle balaya du regard la grotte où nous vivions – notre foyer obscur, froid et humide. Dehors, on pouvait entendre les voix moroses de notre mère et d'An-ji qui discutaient du meilleur moment pour semer le millet. Je ne pouvais plus supporter cet endroit très longtemps. J'en avais assez. En écoutant la voix d'An-ji, je me dis que ma sœur partageait ces sentiments. Elle tendit le bras et me prit la main.

– Partons d'ici. Partons vivre dans une maison en dur, juste toi et moi. Une maison avec des canalisations, où il ne faudra pas porter l'eau, une maison avec des fils électriques dans les murs, une maison claire et chaude avec des toilettes et une salle de bains. On pourrait aussi s'acheter une télévision et un frigo, et même une machine à laver. Ce serait tellement bien de vivre dans une maison comme ça avec toi !

Nous avions installé l'électricité dans notre grotte environ deux ans auparavant. J'avais volé des fils électriques que j'avais connectés au poteau le plus proche.

– J'ai envie de partir, crois-moi. Mais il faut d'abord qu'on économise. Pour l'instant je suis fauché.

Ma sœur m'observa comme si j'étais simple d'esprit.

– Qu'est-ce que tu racontes ? Le temps que tu économises assez, je serai une vieille femme ! Et on m'a dit que si on attendait, les prix des billets de train allaient augmenter.

J'avais moi aussi entendu cette rumeur. On racontait que les trains seraient plus chers après le nouvel an lunaire. Cette nouvelle me donnait envie de partir encore plus tôt – en tout cas avant l'augmentation des tarifs. Mais où trouver les fonds nécessaires ? C'est alors que Mei-kun murmura :

– Si j'accepte d'épouser cet homme, il devra m'apporter de l'argent en cadeau de fiançailles, non ? Pourquoi ne pas nous en servir ?

La proposition de ma sœur était folle, mais nous ne voyions pas d'autre moyen de partir pour la ville. J'acceptai donc à contrecœur de nous éclipser avec l'argent.

En apprenant que Mei-kun acceptait de l'épouser, son prétendant fut fou de joie. Il vint à la maison avec l'argent qu'il économisait depuis des dizaines d'années. En tout, cela représentait plus de cinq cents yuans, soit plus que ce que gagnait toute ma famille en un an. Mon père était ravi et rangea l'argent dans son coffre. C'est là que ma sœur et moi le volâmes. Nous nous enfuîmes du village le lendemain du jour de l'an du calendrier lunaire traditionnel. En prenant garde à ne pas être vus, nous arrivâmes avant l'aube à l'arrêt de bus à la sortie du village, dans l'espoir de prendre le premier bus du matin.

Bien qu'il fût encore très tôt, le bus était déjà bondé. Nous n'étions pas les seuls à avoir entendu que les tarifs des trains allaient augmenter et tout le monde voulait arriver en ville avant. Sans nous décourager, ma sœur et moi nous entassâmes dans le bus avec nos gros sacs. Il nous faudrait rester debout pendant tout le trajet, qui durerait plus de deux jours.

– Nous sommes arrivés jusqu'ici, dis-je à ma sœur pour l'encourager. Tiens bon encore un peu et nous arriverons à Guangzhou comme nous en avons rêvé.

Je souris.

Lorsque le bus atteignit son terminus, une gare de campagne isolée, une neige mêlée de pluie s'était mise à tomber. Complètement épuisé, je jetai un œil à l'extérieur dans l'espoir de trouver un abri, mais ce que je vis me causa un tel choc que je serrai fort la main de ma sœur.

Une grande foule de gens étaient assis sur le sol détrempé devant la gare de chemins de fer. Il devait y avoir au moins un millier de personnes, pour la plupart des jeunes hommes et femmes battus par la pluie, leurs vêtements trempés et alourdis par l'eau. Cramponnés à des sacs en plastique remplis d'ustensiles de cuisine, de vêtements et d'autres objets, ils attendaient le train patiemment. Il n'y avait que deux auberges, qui étaient certainement déjà pleines à craquer. Aucun magasin à l'horizon. Je ne voyais qu'une marée humaine qui attendait devant la gare silencieuse. De temps à autre un petit nuage blanc, de vapeur ou de respiration, s'échappait de la foule détrempée et s'élevait vers le ciel.

Notre bus n'était pas le seul à arriver. Après que nous en fûmes descendus, d'autres continuèrent à s'arrêter, tous aussi pleins les uns que les autres. Les gens qui en sortaient semblaient venir de villages encore plus lointains que le nôtre et au moins aussi misérables. La foule devant la gare continuait à croître. Les nouveaux arrivants n'avaient aucun moyen de s'approcher du bâtiment. Ils se pressaient les uns contre les autres, jouaient des coudes et se disputaient ici et là. Les gardes des chemins de fer s'affairaient autour de la foule, mais ils ne pouvaient pas faire grand-chose.

Je compris que nous aurions de la chance si nous pouvions nous rapprocher assez pour acheter un billet, sans parler de monter dans le train. J'étais atterré. Il nous aurait été difficile de rentrer chez nous, maintenant que nous avions volé l'argent des fiançailles. Même ma sœur, malgré sa forte volonté, devait être découragée, car elle semblait sur le point de pleurer.

– Qu'est-ce qu'on va faire ? À ce rythme il nous faudra une semaine avant de monter dans le train ! Et en attendant, d'autres gens vont arriver et les prix vont augmenter !

– On va trouver une solution.

Tout en essayant de réconforter ma sœur, j'avançai sans ménagement à travers la foule dans le but de nous insérer dans un groupe de gens plus proche de la gare. Des cris de colère s'élevèrent.

– On fait la queue ici ! Retournez au début de la queue !

Je tournai le regard en direction des voix. Dans le groupe se trouvait une espèce de brute qui semblait chercher la bagarre. Mais ma sœur implora l'homme sur un ton pathétique.

– Oh mon Dieu, je me sens si mal ! Je crois que je vais mourir.

N'ayant guère le choix, l'homme se déplaça d'une dizaine de centimètres. Je posai mon pied dans l'espace libéré, puis y déposai notre réchaud. Quand j'eus enfin assez de place pour m'asseoir, je pris ma petite sœur sur mes genoux. Elle enfouit son visage contre mon épaule et s'écroula sur moi comme une chiffe. Je suppose qu'aux yeux du monde nous avions l'air d'un couple d'amoureux faisant de notre mieux pour nous réconforter l'un l'autre. La vérité était que ma sœur et moi étions si effrayés que nous étions prêts à nous effondrer d'une minute à l'autre. Nous étions trop nerveux pour penser clairement. Mais nous n'avions pas d'autre choix que d'attendre le train.

Observant les gens autour d'elle, ma sœur murmura :

– On dirait que tous ces gens ont déjà des billets. Il faut qu'on en trouve nous aussi.

Le guichet était déjà fermé. Je fis taire ma sœur d'une pression sur son épaule. Si nous devions rester aussi entassés que nous l'étions, aucun de nous n'aurait besoin d'un billet. De plus, j'étais bien décidé à ne pas perdre ma place, même si cela devait me coûter la vie. Ce train, j'allais y monter. Même si pour ça je devais marcher sur la tête de tous ces gens.

Nous attendîmes six heures, au cours desquelles le nombre

de gens ne fit qu'augmenter, tous décidés à trouver du travail en ville.

Enfin nous entendîmes des cris : « Le train arrive ! » Les paysans blottis dans la gare se levèrent précipitamment. Terrifiés par l'avancée de cette masse, les employés de la gare abandonnèrent le contrôle des billets. Une poignée de gardes était en service, mais la peur des balles ne nous arrêta pas. Nous poussions tous lentement vers le quai. La peur apparut sur le visage des gardes, submergés par cette marée humaine. Ils savaient qu'ils ne pourraient pas résister à l'assaut. Le train couleur chocolat s'approcha du quai et la foule s'avança, puis s'arrêta dans un grand soupir de déception. Les fenêtres du train étaient trop embuées pour qu'on puisse voir à l'intérieur, mais on pouvait voir des pieds, des mains et divers objets dépasser des portes. Visiblement, le train était déjà surpeuplé.

– Il faut qu'on fasse quelque chose, dis-je à Mei-kun, ou nous ne sortirons jamais de cette gare. Quoi qu'il arrive, ne me lâche pas la main. Compris ? On va monter dans ce train.

Je saisis la main de ma sœur et nous prîmes nos paquets devant nous. Puis nous poussâmes de toutes nos forces. Je ne sais pas si c'est parce que mon réchaud lui écrasait la colonne vertébrale, mais l'homme devant moi se retourna et me regarda avec une grimace de douleur, puis trébucha et s'écroula sur le côté. Petit à petit le mur de gens cédait. Plusieurs personnes tombèrent, mais je continuai d'avancer vers le train sans un mot d'excuse, piétinant des corps sur mon chemin.

Terrifiés par cette ruée, les gardes et les employés de la gare avaient fui. Remarquant à peine leur départ, nous poussions sans hésitation, grimpions sur des gens pendant que d'autres nous grimpaient dessus. Rien de tout cela n'avait d'importance. Tous n'avaient qu'une idée en tête : monter dans le train ! Nous étions tous d'une détermination sauvage et peu importait ce qui arrivait aux autres.

– Zhe-zhong ! Zhe-zhong !

J'entendis ma sœur pousser un cri perçant. Quelqu'un l'avait attrapée par les cheveux et la tirait en arrière. Si elle tombait, elle serait piétinée et mourrait. Je lâchai mes sacs, me précipitai à son secours et donnai des coups de poing au visage de la femme jusqu'à ce qu'elle lâche prise. Du sang se mit à couler de son nez, mais personne ne s'en inquiéta. Tout était fou.

Je ne peux présenter aucune défense pour mon comportement ce jour-là. J'étais dans une situation qu'aucun Japonais ne pourrait comprendre. L'image de tous ces gens se battant pour monter à bord d'un train déjà complètement surchargé peut paraître ridicule, mais pour nous il s'agissait d'une question de vie ou de mort.

Ma sœur et moi nous rapprochions du train centimètre par centimètre. Je pouvais maintenant voir dans la voiture la plus proche un type qui agitait un gros bâton et menaçait de frapper tous ceux qui tenteraient de monter à bord. Il donna un coup de bâton sur la tête de l'homme devant moi et celui-ci vacilla sur le côté. Juste à ce moment, les roues du train commencèrent à tourner. Désespérément, je plongeai vers le type au bâton et réussis avec l'aide d'un homme fort qui se trouvait à mes côtés à le jeter hors du train. Utilisant l'homme tombé par terre comme un marchepied, je réussis à nous hisser à bord moi et ma sœur. Un grand nombre de gens tentèrent de nous imiter, cherchant désespérément à grimper après nous. Mais je pris alors le rôle de l'homme au bâton et fis ce que je pouvais pour les repousser. En y repensant aujourd'hui, j'en ai la chair de poule. On aurait dit une scène tout droit sortie de l'enfer.

Même une fois le train sorti de la gare, ma sœur et moi étions encore dans un état d'agitation extrême. En nous tournant pour nous regarder, nous vîmes que nos visages ruisselaient de sueur. Les cheveux de ma sœur étaient emmêlés et son visage couvert de bleus et de traces de boue. Je suis sûr que je n'avais pas l'air en meilleur état. Nous restâmes silencieux – nous n'avions pas de mots pour exprimer nos sentiments –, mais je savais que nous ressentions la même chose. Nous avions réussi ! Quelle chance !

Au bout d'un moment, nous reprîmes notre contenance. Nous étions à nouveau entassés avec d'autres gens aussi lourdement chargés que nous, sans autre solution que de rester debout entre les sièges. Nous ne pouvions pas nous asseoir, encore moins nous étendre. Dans une demi-journée nous arriverions à Chongqing, puis deux jours plus tard à Guangzhou. Ni l'un ni l'autre n'avions jamais mis un pied hors de notre village et voilà que nous voyagions en bus et en train pour la première fois, vers un lieu que nous n'avions jamais vu. Je me demandais si nous saurions résister à ces difficultés. Et qu'est-ce qui nous attendait une fois arrivés à destination ?

– J'ai soif, dit ma sœur en s'appuyant sur ma poitrine.

Nous avions fini nos réserves d'eau et de nourriture dans le bus. Par peur de perdre notre place à la gare, nous n'avions pas tenté de nous en procurer plus. Nous n'avions pu faire autrement que de monter dans le train sans provisions. Je passai mes doigts dans les cheveux emmêlés de ma sœur, essayant de les lisser autant que possible.

– Il faut faire avec.

– Je sais. Je me demande juste si nous allons devoir rester debout pendant tout le trajet.

Elle jeta un coup d'œil autour d'elle. Parmi les passagers debout dans l'allée centrale, certains buvaient de l'eau ou mangeaient d'une main des brioches de soja à la vapeur tout en s'accrochant de l'autre, sans perdre leur équilibre. Ce qui me surprit vraiment fut de voir une femme debout, berçant un bébé dans ses bras. Une chose est sûre, les paysans chinois sont robustes.

Quatre filles qui ne devaient pas avoir plus de seize ou dix-sept ans étaient debout dans un coin, au bout de l'allée. Elles s'étaient visiblement donné du mal pour être à la mode et s'étaient attaché les cheveux avec des rubans roses et rouges. Mais un seul regard sur leurs joues brûlées par le soleil ou leurs mains enflées et rougies par les engelures suffisait pour voir qu'il s'agissait de filles de la campagne habituées aux rudes conditions du travail de la terre. Ma sœur était incomparablement plus jolie et à cette pensée je fus empli d'une vague de fierté.

Chaque fois que le train penchait, les laiderons criaient avec coquetterie et s'accrochaient aux hommes autour d'elles. Ma sœur leur jeta un regard de mépris. L'une des filles sortit un bocal de Nescafé depuis longtemps vidé de son contenu d'origine. Elle l'avait rempli de thé, qu'elle buvait à présent d'un geste pompeux, comme pour narguer ma sœur. À nos yeux, les produits étrangers d'importation comme le café instantané étaient d'un luxe incroyable. Nous n'en avions jamais vu que des bocaux vides, et encore seulement chez les familles les plus riches du village.

Ma sœur jeta au thé un regard d'envie. Voyant cela, la fille augmenta la torture d'un cran, sortit une clémentine d'un sac et se mit à la peler. Ça n'était qu'une petite clémentine, mais la douce odeur de l'agrume se diffusa dans le compartiment. Cette odeur ! Rien que d'y penser, j'en ai les larmes aux yeux. Elle marquait la différence entre les nantis et les déshérités, une différence d'une importance inimaginable ! Une différence qui suffisait à rendre fou un homme et à bouleverser le cours de sa vie. Je ne pense pas que vous autres Japonais puissiez jamais vraiment comprendre ce sentiment. Et c'est une chance pour vous.

Le parfum de clémentine disparut et fut remplacé par une odeur infecte. La porte des toilettes venait de s'ouvrir. Tout le monde détourna immédiatement le regard et baissa les yeux, car un type à l'allure de yakuza venait d'en sortir. La plupart des passagers portaient des costumes Mao souillés. Ce type, lui, portait un veston gris élégant, un pull rouge à col roulé et un large pantalon noir. Une écharpe blanche était nouée autour de son cou. Ses vêtements étaient de bonne qualité. Mais la lueur apathique dans ses yeux me rappela Gen-de. Visiblement, c'était un dur. Lorsque la porte s'ouvrit j'aperçus deux autres hommes à l'intérieur ; habillés exactement comme lui, ils fumaient des cigarettes.

– Ces salopards ont pris possession des toilettes et maintenant plus personne ne peut y aller, murmura amèrement l'homme debout à côté de moi.

Je le dépassais d'une tête.

– Alors, comment est-on censé faire ?

– Par terre.

Je fus choqué. Mais en regardant à mes pieds je vis que le sol était déjà humide. Il m'avait bien semblé sentir une odeur nauséabonde en montant dans le train. Je savais maintenant ce que c'était : de la pisse d'homme.

– Et si on doit chier ?

– Eh bien… (Il rit, découvrant une unique dent sur le devant de sa bouche.) J'ai emmené un sac plastique et je vais m'en servir.

Mais quand le sac serait plein, j'étais sûr qu'il le lâcherait. Il aurait tout aussi bien pu chier directement par terre.

– Pourquoi ne pas le faire simplement dans vos mains ? dit l'adolescent boutonneux derrière moi.

Les gens autour de nous rirent, mais la moitié d'entre eux avait l'air franchement désespérés. C'était pathétique. Malgré la pauvreté extrême de ma famille, et même si nous vivions dans une grotte, jamais nous n'aurions envisagé de souiller notre maison avec nos propres excréments. Les êtres humains ne vivent pas comme ça.

– Toutes les voitures sont comme ça ?

– Elles sont toutes pareilles. La première chose qu'on fait en montant est de s'approprier les toilettes. Trouver un siège n'arrive qu'en deuxième place. Tu vois, quand le train est bondé comme ça, même si les toilettes sont libres tu ne peux pas y aller. Mieux vaut occuper les toilettes. Bien sûr, ça pue. Mais si tu amènes une planche, tu la poses sur le trou et tu peux t'asseoir ; tu peux même allonger les jambes et dormir. Et en plus, tu peux verrouiller la porte et être sûr que personne n'entrera hormis toi et tes amis.

Je tendis le cou pour regarder autour de moi. Les gens étaient les uns sur les autres, debout dans l'allée centrale et même entre les sièges ; des petits enfants et des jeunes femmes étaient étendus dans les compartiments à bagages au-dessus d'eux. Les sièges étaient prévus pour quatre personnes en face à face, mais je ne distinguais que les cheveux noirs des gens qui y étaient assis. Ils étaient si serrés sur leurs sièges qu'ils n'avaient pas le choix et devaient faire ce qu'ils avaient à faire devant tout le monde.

– Ça va encore pour les hommes, mais ça doit être dur pour les femmes.

– Elles peuvent payer ces types pour qu'ils les laissent utiliser les toilettes.

– Ils les font payer ?

– Eh oui, c'est leur fonds de commerce : faire payer pour les toilettes.

Je jetai en douce un regard au yakuza. Il devait commencer à s'ennuyer dans les toilettes et était sorti voir ce qui se passait dans le wagon. Il fixa le groupe de filles, apparemment pour voir ce qu'elles valaient. Il regarda ensuite la mère s'occuper de son bébé. Lorsque les filles se détournèrent d'un air embarrassé, il posa les yeux sur ma sœur. Inquiet, je tentai de m'interposer dans sa ligne de vision. La beauté de Mei-kun commençait à me causer du souci. L'homme me jeta un regard furieux. Je baissai les yeux.

L'homme gueula d'une voix forte :

– Vingt yuans pour utiliser les toilettes. Qui est preneur ?

Vingt yuans correspondent à peu près à trois cents yens au Japon. Une somme dérisoire, peut-être. Mais je ne gagnais qu'un yuan par jour à l'usine.

– C'est cher, dit d'un air de défi la fille qui avait mangé une clémentine.

– Vous n'irez donc pas aux toilettes.

– Si on n'y va pas, on va mourir.

– Comme vous voulez. Vous pouvez crever.

Après avoir craché sa réplique, l'homme claqua la porte. Il y avait trois hommes dans les toilettes. Qu'est-ce qu'ils étaient en train de faire ? Aucune idée. Tout ce que je savais, c'est qu'il y avait bien plus de place dans les toilettes que dans l'allée.

– Je voudrais être un bébé, dit ma sœur en regardant avec envie le nourrisson dans les bras de sa mère. Je pourrais porter des couches et téter du lait sans me soucier de rien !

Son visage était pâle et marqué par la saleté. Des cercles noirs s'étaient formés sous ses yeux. Ça n'avait rien de surprenant. Avant d'attendre le train pendant des heures nous avions passé deux jours debout dans un bus bondé. Nous étions complètement épuisés. Je lui dis de s'appuyer sur moi et d'essayer de dormir.

Je ne sais pas exactement combien de temps s'écoula, mais au-dessus de la tête des gens j'aperçus par la fenêtre le soleil qui se couchait. Tous les passagers étaient silencieux, pressés les uns contre les autres. Nous nous balancions au rythme du train, nos corps bougeant comme celui d'un seul homme. Ma sœur se réveilla et me regarda.

– À ton avis, dans combien de temps on arrive à Chongqing ?

Je n'avais pas de montre et n'avais donc aucune idée de l'heure qu'il était. L'homme sans dents de devant entendit sa question.

– Nous serons à Chongqing dans deux heures. Là-bas, il y aura des gens qui voudront monter dans le train. Ça va être intéressant.

– À Chongqing, est-ce qu'on pourra acheter de quoi manger et boire ? demandai-je.

En entendant ma question, l'homme sans dents eut un sourire moqueur.

– Tu prends tes désirs pour des réalités ! Tu penses pouvoir remonter dans le train si tu descends ? C'est pour ça que tout le monde a apporté de la nourriture et de l'eau.

– Est-ce que quelqu'un veut partager avec nous ?

– Moi.

Je me retournai en entendant quelqu'un répondre. Un homme en costume Mao déchiré et rapiécé agitait une bouteille crasseuse remplie d'eau.

– Tu peux boire un coup pour dix yuans.

– C'est trop cher.

– Alors tu t'en passeras. C'est tout ce que j'ai. Je ne vais pas la donner pour rien.

– Donne-nous un coup chacun pour dix yuans.

Je jetai un regard étonné à ma sœur. Elle avait l'air déterminée.

– Tu es dure en affaires. C'est d'accord.

Lorsque l'homme accepta, une jeune femme à l'autre bout de l'allée sortit une clémentine et cria :

– Tu en veux ? Dix yuans.

– Je te dirai ça quand j'aurai bu une gorgée d'eau, répondit ma sœur d'un ton cassant.

Après avoir bu son content, elle me tendit la bouteille en murmurant :

– Si tu es malin, bois autant que tu peux. Après tout, on paye dix yuans pour ça.

– C'est vrai.

L'expression de ma sœur me surprit. Je portai la bouteille à mes lèvres et bus. L'eau était chaude et avait un goût de rouille.

Mais je n'avais rien bu depuis une demi-journée et lorsque j'eus commencé à boire je fus incapable de m'arrêter.

– Ça suffit ! cria l'homme avec colère, mais je fis celui qui ne comprend pas.

– Je bois mon coup, c'est tout, répondis-je.

Autour de nous, les gens eurent un rire méprisant.

– On paie tout de suite ! dit l'homme.

Je sortis l'argent de ma poche. J'avais fait un rouleau de tous les billets et les avais attachés avec un élastique. Le murmure qui parcourut la foule autour de moi lorsqu'ils virent mon paquet de billets fut presque assourdissant. Je n'avais bien sûr jamais eu l'intention de montrer mon argent à des inconnus, mais je n'avais pas d'autre moyen de sortir dix yuans de ma poche.

Ma main tremblait si fort que j'eus du mal à compter les billets. Non seulement à cause de tous les yeux fixés sur moi, mais aussi parce que je n'avais jamais payé dix yuans pour quoi que ce soit au village. J'entendis ma sœur avaler sa salive. Je suppose qu'elle aussi était nerveuse.

Quelle absurdité de payer une telle somme pour une simple gorgée d'eau. J'étais horrifié par une telle mesquinerie. Et pourtant il fallait que je paye. L'indifférence des gens autour de moi était choquante. Malgré tout, il s'agissait là d'une expérience utile. Nous nous dirigions vers la grande ville, où nous étions certains de voir et d'entendre des choses que nous n'avions jamais imaginées. Il s'agissait d'une bonne introduction. Je me souviens encore à quel point je fus choqué en voyant qu'au Japon les gens laissent leur argent filer comme de l'eau, sans se poser de questions. Cela me mettait dans une telle rage que je voulais tous les maudire.

Toujours est-il que je finis par compter dix billets d'un yuan et les remis à quelqu'un qui les donna à l'homme qui nous avait vendu l'eau. Lorsqu'il eut son argent, l'homme s'énerva de plus belle.

– Tu te comportes comme un vrai cul-terreux, alors que tu as tout ce fric, salopard ! J'aurais dû te faire payer plus !

La jeune femme qui avait essayé de nous vendre la clémentine commença à tourner l'homme en ridicule.

– Ne soyez pas si cupide. Vous ne pouvez vous en prendre

qu'à vous-même si vous ne connaissez pas les règles de base du commerce! Avant de critiquer nos cousins de la campagne, vous devriez d'abord donner un bon coup à votre tête creuse! Peut-être que vous y ferez rentrer un peu de bon sens!

Les gens autour d'elle se mirent à rire.

– Ces deux-là sont pleins de fric! Ils doivent avoir près de cinq cents yuans!

L'homme qui n'avait qu'une dent de devant parlait si fort que tout le wagon pouvait l'entendre. Tous se mirent à marmonner et à chuchoter. Le groupe de quatre filles se tourna pour nous fixer du regard, bouche bée.

– Occupez-vous de vos affaires, dis-je à l'homme.

Mais il se contenta de me rire à la figure comme si j'étais un imbécile.

– T'es jamais sorti de ton trou, toi? dit-il, railleur. Tu devrais diviser ton argent en paquets plus petits et les mettre dans des endroits différents. Comme ça personne ne pourra tout te voler en même temps.

Bien sûr. Bien sûr. Les gens qui l'entouraient et n'avaient rien à voir avec cette affaire acquiescèrent d'un hochement de tête. Dent-de-devant continua de m'asticoter.

– Y a pas à dire, t'es un vrai plouc. Tu n'as jamais vu un portefeuille? Je suis sûr que tu viens d'un village si pauvre que vous n'avez plus de femmes.

Ma sœur se mit à crier.

– Pour t'y connaître aussi bien, tu dois venir du même genre d'endroit! En tout cas, tu pues. Tu n'as jamais pris un bain ou est-ce que chez toi tout le monde pisse par terre? Dis, j'ai un service à te demander. Tu pourrais enlever tes sales pattes de mes fesses?

En entendant la réponse de ma sœur, le reste du wagon éclata de rire. Dent-de-devant devint rouge comme une pivoine et baissa honteusement les yeux. Je pris la main de ma sœur.

– Bien répondu, Mei-kun.

– On ne peut pas laisser les gens nous traiter comme ça, Zhe-zhong. Bientôt ils ramperont à nos pieds, tous autant qu'ils sont. On va devenir des stars de cinéma, tout le pays nous adorera et en plus on sera riches.

Ma sœur me donnait des coups de coude dans les côtes pour bien insister sur chaque point. Oui, c'est vrai : j'avais besoin d'elle, de son esprit acéré et de sa forte volonté pour me guider dans la vie. Et pourtant, j'ai échoué sans elle dans ce pays étranger. J'espère que vous comprenez à quel point les choses sont devenues difficiles pour moi, à quel point j'étais perdu.

Un peu plus tard, le train eut un soubresaut brutal et les passagers basculèrent en avant. Dehors j'aperçus des poteaux électriques et les lumières de hauts bâtiments. C'était une grande ville. Je commençai à m'agiter. Nous étions à Chongqing ! « C'est Chongqing ! Chongqing ! » Autour de moi, les gens s'interpellaient avec des voix nerveuses, impatientes, inquiètes.

Dent-de-devant, qui avait gardé le silence depuis que ma sœur l'avait ridiculisé, dit dans mon dos :

– Vous n'avez pas de billets, n'est-ce pas ? Je sais que vous êtes montés en fraude.

Il m'agita un billet rose devant la figure.

– Si vous n'avez pas de billet, ils vous sortent du train de force et vous jettent en prison.

Ma sœur me lança un regard horrifié. Juste à ce moment-là, le train entra en gare. Chongqing était une grande ville, mais c'était la première gare où passait le train pour le Sud. Le quai grouillait de gens, tous des paysans qui changeaient à Chongqing et attendaient notre train. Ils commencèrent à se bousculer pour monter dans le convoi. Le type à l'air de yakuza saisit un gros bâton et s'avança vers moi. Je me dis qu'il comptait l'utiliser pour menacer tous ceux qui tenteraient d'embarquer, mais au lieu de ça il me le passa.

– Donne-moi un coup de main, tu veux ?

Je ne pouvais qu'obéir. Je me préparai à entrer en action, mais lorsque la portière s'ouvrit, il n'y avait personne pour monter. Je ne m'y attendais pas. C'est alors que, un jeune garde avec un pistolet apparaissant devant moi, j'abaissai vite mon bâton et le tins contre moi.

– Contrôle des billets, cria le garde. Montrez vos billets pour le contrôle. Si vous n'avez pas de billet, descendez du train.

Les passagers autour de moi levèrent leurs billets roses au-dessus de leurs têtes. Ma sœur et moi baissâmes les yeux. Serrés comme des sardines parmi tous ces gens, nous étions les seuls sans billet.

– Vous n'avez pas de billet ?

Je voulais expliquer au policier de la gare que je n'avais pas eu le temps d'en acheter un, mais avant que je puisse commencer, le yakuza m'arrêta de sa main.

– Il paiera n'importe quel prix.

Le garde se tourna immédiatement vers le chef de gare à ses côtés et lui murmura quelque chose à l'oreille. Après un moment de discussion, il me dit sèchement :

– C'est deux cents yuans pour Guangzhou.

Normalement, un billet ne coûtait pas plus de trente yuans par personne.

– Discute le prix ! me lança quelqu'un.

– Deux cents yuans pour deux, répondis-je.

– Descendez du train, dit le chef de gare. Vous êtes arrêté pour être monté sans billet.

Le garde pointa son pistolet sur moi.

Désespéré, je fis une nouvelle tentative.

– Deux pour trois cents yuans.

– C'est deux pour quatre cents yuans.

– Ça n'est pas mieux qu'au début. Que dites-vous de deux pour trois cent cinquante yuans ?

Le garde et le chef de gare se lancèrent dans une nouvelle discussion. J'attendis nerveusement. Une minute plus tard, il se tourna vers moi d'un air solennel et hocha la tête. Je sortis l'argent de ma poche et le chef de gare me glissa deux billets imprimés sur du papier rose avant de refermer la portière.

Ma petite sœur et moi avions souffert de la faim et de la soif pour nous rendre à Guangzhou, refusant les offres des passagers qui souhaitaient nous vendre de la nourriture et de l'eau. Mes mains venaient à peine de cesser de trembler, après l'épreuve d'avoir compté mon argent devant les autres. Mais, de la somme avec laquelle nous étions partis, il ne restait déjà plus grand-chose.

J'étais rongé par le remords. Si seulement j'avais pensé à faire des provisions de nourriture et d'eau avant de monter dans le train, je n'aurais pas eu à gaspiller le précieux cadeau de fiançailles de ma sœur. J'avais été bien naïf. Comment n'avais-je pas compris que beaucoup d'autres tenteraient d'émigrer en ville comme nous ? En arrivant à Guangzhou, il nous restait à peine une centaine de yuans.

En Chine, plus de deux cent soixante-dix millions de personnes habitent dans des villages, plus que n'en peuvent nourrir les terres arables. Les fermes produisent de quoi subvenir aux besoins de cent millions de personnes, soit moins de la moitié. Sur les cent soixante-dix millions restants, environ quatre-vingt-dix travaillent dans les usines locales. Les derniers quatre-vingts millions n'ont d'autre choix que de se rendre dans les grandes villes pour trouver du travail. À cette époque, on appelait cet afflux de main-d'œuvre excédentaire la « migration aveugle ». Aujourd'hui on l'appelle « réserve de main-d'œuvre populaire ». Mais « migration aveugle » rend mieux compte de la réalité d'un peuple désespéré tâtonnant dans l'obscurité, guidé uniquement par les rayons de lumière des grandes villes, reflets de tout l'argent qu'on y trouve.

J'appris tout cela dans le train, instruit par l'étudiant boutonneux qui se tenait derrière moi. Il s'appelait Dong Zhen. Grand et maigre, il avait les épaules qui ressortaient comme des cintres sous ses vêtements. Son visage était couvert de boutons qui laissaient échapper un pus jaunâtre.

– Zhe-zhong, me demanda Dong Zhen, est-ce que tu sais combien de gens migreront du Sichuan vers Guangzhou après la nouvelle année du calendrier lunaire ?

J'inclinai la tête de côté. Venant d'un village de quatre cents habitants, il m'était impossible de me représenter un grand rassemblement de gens. Même si on m'avait dit que tout le Sichuan allait émigrer, cela ne m'aurait pas fait grand effet puisque je n'avais jamais vu de carte.

– Non, je ne sais pas.

– À peu près neuf cent mille personnes.

– Et alors, où vont-ils tous aller ?

– Comme toi… ils iront à Guangzhou et vers la Zhu Jiang, dans le delta de la rivière des Perles.

Je n'arrivais pas à croire qu'il y aurait assez de travail pour tous si plus de neuf cent mille personnes s'entassaient dans la même ville. Je me laissais emporter par les bus et les trains, mais je n'avais toujours aucune idée de ce qu'était une grande ville.

– Est-ce qu'il y aura un endroit où on nous aidera à trouver du travail ?

Il rit.

– Tu es vraiment bête. Personne ne t'aidera. Tu devras tout faire toi-même.

En l'entendant, je fus assailli de doutes. Jusqu'à présent, je n'avais fait que m'occuper des chèvres et fabriquer des chapeaux de paille. Quel genre de travail pourrais-je trouver ? Je me rappelai que mon ami Jian Ping avait travaillé dans la construction et demandai à Dong Zhen :

– Et sur les chantiers ?

– C'est le genre de travail que tout le monde peut faire, alors la concurrence est rude.

En me répondant, Dong Zhen prit une gorgée d'eau à son bidon. Je regardai l'eau avec convoitise.

– Tu veux boire un coup ? me demanda-t-il.

Et il m'offrit à boire. L'eau sentait le moisi et le poisson, mais je lui fus quand même reconnaissant de m'avoir offert une gorgée sans me faire payer. Dong Zhen était la seule personne de tout le train à se rendre à l'université. Je pensais qu'un membre de l'intelligentsia comme lui traiterait les simples paysans avec mépris, mais Dong Zhen était d'une gentillesse surprenante.

– Je suis sûr qu'il y a un endroit où ils viennent chercher les journaliers. Tu devrais y aller et attendre. Il paraît que si tu as une pelle et des outils, ils t'embauchent tout de suite.

– Et ma petite sœur ? Quel genre de travail pourrait-elle trouver ?

– Les femmes peuvent avoir toutes sortes d'emplois, baby-sitters, femmes de chambre, infirmières, blanchisseuses et autres, jusqu'aux assistantes à la morgue. Il y a aussi du travail comme guides dans les crématoriums, serveuses dans les maisons de thé, etc., tous mal payés.

– Comment est-ce que tu sais tout ça ?

– C'est juste du bon sens. Mais je pense m'y connaître plus que toi ; tu ne sais vraiment pas grand-chose ! Enfin, tu verras. Les types qui viennent chercher du travail en ville parlent beaucoup et les nouvelles circulent par le bouche à oreille. Tu auras vite fait de tout savoir.

Il se pencha vers moi.

– Ta petite sœur n'a pas l'air du genre à accepter un de ces boulots sinistres dont je t'ai parlé, me murmura-t-il à l'oreille.

Mei-kun était partie aux toilettes et je m'aperçus tout à coup qu'elle n'était pas encore revenue. Je jetai un coup d'œil et la vis près des toilettes, la porte grande ouverte, en pleine conversation avec le groupe des jeunes voyous. Qu'est-ce qu'il y avait de si drôle ? Ils s'étaient soudain mis à rire. Comme si c'était un signal, tous les autres passagers du train se tournèrent pour les observer. Je gardai l'œil sur ma sœur tandis qu'elle regardait le yakuza. Elle flirtait avec lui. Cela me mit mal à l'aise. Dong Zhen me donna un coup de coude.

– On dirait que ta petite sœur est en train de faire connaissance avec le gangster.

– Non, il ne s'agit pas de ça. C'est juste qu'elle ne veut pas dépenser d'argent pour les toilettes, alors elle essaye de le manipuler.

– Elle a l'air très douée. Regarde, elle le tabasse !

Ma sœur tapait sur le bras du yakuza en riant. Lui de son côté faisait semblant d'avoir mal et se dérobait à ses coups avec des gestes exagérés.

– Laisse tomber.

Dong Zhen sentit que j'étais en colère et commença à me taquiner.

– La vache, vous avez plus l'air de deux amoureux que d'un frère et une sœur !

Il avait touché un point sensible. Mon embarras me fit rougir. Oui, j'avais honte de l'avouer, mais j'aimais beaucoup ma sœur. Lorsque je travaillais à l'usine de chapeaux de paille, dix employées complétaient la main-d'œuvre masculine, toutes des adolescentes. Elles m'interpellaient et recherchaient ma compagnie, mais elles ne m'intéressaient pas le moins du monde. Aucune d'entre elles n'arrivait à la cheville de Mei-kun.

– Au train où ça va, ta petite sœur va repartir avec ce gangster.

– Mei-kun ne ferait rien d'aussi stupide.

Pas un instant je ne m'étais imaginé que Dong Zhen pouvait avoir raison, mais lorsque le train arriva enfin en gare de Guangzhou, ma sœur sauta sur le quai et me demanda d'un air agité :

– Zhe-zhong, ça t'embête si on se dit au revoir devant la gare ?

Je n'en croyais pas mes oreilles.

– Tu es sûre ? lui demandai-je à plusieurs reprises.

– Oui, j'ai déjà trouvé un travail, répondit-elle fièrement.

– Quel genre de travail ?

– Dans un hôtel de première classe.

Épuisé par un voyage de deux jours et deux nuits sans rien à manger, je m'effondrai sur le quai.

– Ces types ont dit qu'ils m'aideraient à trouver un travail, alors je vais avec eux.

Elle me montra du doigt le yakuza et ses deux amis. Je me dirigeai vers eux. Je m'adressai à l'homme qui m'avait donné le bâton à Chongqing et demandé de l'aide, et lui lançai avec colère :

– Qu'est-ce que vous voulez à ma sœur ?

– Tu dois être Zhe-zhong. Je m'appelle Jin-long. Ta sœur nous a dit qu'elle cherchait un travail, alors je vais la présenter à quelqu'un que je connais. Elle pourra travailler à l'hôtel du Cygne Blanc. Tout le monde veut y travailler. Ça doit être votre jour de chance.

Jin-long réajustait son écharpe blanche sur son cou pendant qu'il me répondait.

– Où est cet hôtel ?

– C'est un hôtel de première classe construit sur l'ancienne concession, dans l'île de Shamian.

– Shamian ?

Jin-long nous regarda, ma sœur et moi, et éclata d'un rire bruyant.

– Mon gars, t'es vraiment un péquenaud !

Mei-kun rit avec lui de sa moquerie. Je compris alors qu'elle était fâchée avec moi : pour être monté dans le train sans savoir ce que je faisais, pour avoir dépensé quatre cents yuans.

Je la pris durement par l'épaule.

– Tu n'as pas idée du pétrin dans lequel tu es en train de te fourrer! C'est un gangster. Tu ne comprends pas? Cette histoire d'hôtel de première classe est un mensonge. C'est juste une ruse pour que tu te prostitues.

Elle eut l'air troublée par ma déclaration. Mais Jin-long se contenta de se gratter le nez et répondit d'un air agacé:

– Je ne mens pas. Je suis un ami du cuisinier de l'hôtel et j'ai de l'influence là-bas. Si ça t'inquiète, viens voir toi-même à l'hôtel.

En entendant cela, ma sœur me tendit la main.

– Donne-moi la moitié de l'argent qui nous reste.

Je ne pouvais faire autrement que de lui obéir. Je comptai la moitié de nos cent yuans et les lui remis. Elle glissa l'argent dans sa poche et me regarda avec l'air heureux.

– Passe me rendre visite, Zhe-zhong!

Je regardai ma sœur traverser le quai de la gare en compagnie de Jin-long et de son gang, tenant à la main le sac qui contenait tous ses biens. Puis elle disparut par la sortie. J'étais censé protéger ma petite sœur, mais n'était-ce pas plutôt moi qui dépendais d'elle? J'eus soudain l'impression qu'on venait de m'arracher un bras. J'étais pétrifié. Des hordes de voyageurs fatigués passaient devant moi, pressés de rejoindre la sortie.

– Eh ben, quel choc! Ta sœur n'est pas du genre à attendre patiemment, hein?

C'était Dong Zhen.

– J'ai déconné.

En entendant ma réponse, Dong Zhen me regarda avec sympathie.

– Que veux-tu, ainsi vont les choses. Moi, je suis seul depuis toujours. Tu ferais mieux d'aller t'acheter une pelle, me conseilla-t-il avant de disparaître dans la foule en s'y frayant un chemin avec ses larges épaules.

Je repris mes esprits et me rendis compte que j'étais trempé de sueur. Nous n'étions que début février, mais Guangzhou est plus au sud que le Sichuan et il y fait bien plus chaud.

Je m'éloignai de la gare. Les hommes et femmes que je croisais étaient élégants et marchaient d'un air fier et confiant. Je discernai au loin de hauts bâtiments assez grands pour être des palais ; la lumière du soleil se reflétait sur leurs vitres. Je n'avais aucune idée de la manière de traverser la grande rue et sa circulation vrombissante. Une vieille femme me jeta un regard de dégoût en voyant ma confusion et m'indiqua une passerelle pour piétons. Celle-ci grouillait de gens qui traversaient. Je grimpai moi aussi les escaliers pour traverser, mais j'étais si éprouvé par la faim et la fatigue que je ne pouvais pas empêcher mes genoux de trembler. Je dois reconnaître que je commençais à éprouver une haine féroce envers ma sœur. Elle m'avait trahi.

Juste à ce moment, je me trouvai nez à nez avec un policier qui me bloquait le passage. Me rappelant l'incident de la gare de Chongqing, je lui donnai rapidement cinq yuans en lui demandant de m'indiquer l'endroit où l'on recrutait des travailleurs journaliers. Il empocha l'argent sans broncher et me répondit quelque chose. Mais je ne compris rien à ce qu'il me disait. Il parlait cantonais. J'étais désorienté. Nous étions en Chine, mais j'avais oublié qu'on parlait un dialecte différent dans cette ville. Journalier ! Journalier ! Je répétai ma question encore et encore, puis en désespoir de cause j'imitai un homme qui creuse avec une pelle. Le policier me montra simplement la place devant la gare.

Je finis par comprendre. Le recrutement se faisait à la gare. Avec une telle concurrence, ce serait presque un miracle si je trouvais du travail. Et en attendant d'être embauché, je dépenserais tout l'argent que j'avais encore, jusqu'à ce qu'il ne me reste plus qu'à mendier. Je fais partie de ces gens qui doivent toujours avancer. J'étais incapable d'attendre que les choses arrivent.

Les paysans venus chercher du travail en ville n'avaient guère d'autre choix que de dormir dans la rue, et j'étais dans la même situation. Finalement, notre allure n'était pas très différente de celle que nous avions au village, lorsque nous attendions la pluie. Nous dépendions entièrement des caprices de la nature et nous en remettions au ciel pour notre survie. J'étais décidé à agir différemment. Je chercherais du travail tout seul. C'est en tout cas ce que je me dis pour me donner du courage. Je n'allais pas finir comme tous ces types entassés devant la gare. Il fallait que je m'éloigne. Je descendis la rue d'un pas déterminé, au milieu des voitures et des motos.

J'atteignis enfin une zone où la circulation était moins intense. Je me retrouvai dans une avenue bordée de plantains qui s'étendait à perte de vue. Des deux côtés se trouvaient de vieilles maisons à la peinture écaillée. Façades étroites et fenêtres du premier étage garnies de volets en bois. Elles étaient construites dans le style gai et aéré de la Chine du Sud, que je n'avais encore jamais pu admirer dans mon village. En parcourant l'avenue, je pensai comprendre ce que ressentent les gens nés à Guangzhou. Les hivers sont doux et la végétation luxuriante – quel endroit agréable à vivre !

J'avais toujours été follement envieux des habitants des villes portuaires et de leurs vies prospères. Alors que j'errais le long de l'avenue, je sentis mon cœur devenir plus léger et plus joyeux à mesure que je marchais. Petit à petit, mon courage me revint. J'étais jeune. J'étais fort. Je n'étais ni laid ni stupide. Je me voyais facilement réussir dans cette ville et habiter dans une maison comme celles-ci. Je sentais que si quelqu'un voulait seulement me donner une chance, tout me réussirait.

J'arrivai dans une rue chic. Des filles aux cheveux longs flânaient en mangeant des glaces. Les jeunes gens portaient des jeans bien ajustés. Je m'arrêtai devant une vitrine remplie de colliers en or étincelants. Dans un restaurant, je vis un aquarium rempli de gros poissons et d'énormes crevettes. À l'intérieur, les gens savouraient joyeusement leur viande et leur poisson frit. Ç'avait l'air drôlement bon !

Le soleil se couchait. J'étais épuisé par toute l'énergie de la ville et m'assis au bord de la chaussée. J'avais faim et soif, mais je ne voulais pas dépenser mon argent inconsidérément. Je ne possédais que cinquante misérables yuans et j'en avais déjà gaspillé cinq. Un enfant passa en vélo et jeta une bouteille de jus sur le bas-côté. Je courus la ramasser et aspirai le liquide qui restait au fond. C'était du Coca-Cola. Il n'en restait qu'un petit fond, mais je n'oublierai jamais ce goût délicieux sur ma langue, comme celui d'un médicament sucré. Je remplis la bouteille d'eau du robinet et bus jusqu'à ce que le goût exquis ait complètement disparu.

Il fallait que je gagne de l'argent pour boire ce liquide tous les jours de la semaine jusqu'à ce je n'en puisse plus. J'irais m'en acheter au restaurant devant lequel je venais de passer. J'y mangerais aussi leurs plats délicieux et j'irais vivre dans une de ces vieilles maisons. Je repris mon chemin, bien décidé à réussir.

Je finis par arriver sur un chantier. Je me demandai si la journée de travail était déjà finie. Des hommes – des journaliers au vu de leurs habits crasseux – étaient assis en rond et se racontaient des histoires en riant. Je leur demandai s'ils savaient où je pourrais trouver du travail. L'un d'eux m'indiqua une direction d'un doigt sale et me dit :

– Retourne à l'avenue Zhongshan et dirige-toi vers l'est. Tu arriveras à la Zhu Jiang, une grande rivière. Il y a un lieu où on embauche, juste sur la berge.

Je le remerciai. Lorsqu'il eut rejoint son cercle d'amis, je ramassai une pelle et m'enfuis.

Il ne me fallut pas longtemps pour trouver le site de recrutement des journaliers. Un mur de soutènement longeait la route et je pouvais voir de l'autre côté les eaux brunes de la Zhu Jiang – la rivière des Perles. Vingt ou trente hommes étaient déjà sur place. Des cabanes faites de bois de récupération et de vieux sacs de ciment avaient été érigées sur les côtés : les baraquements de fortune des journaliers. Il y avait même une petite échoppe où l'on vendait de la nourriture. Désœuvrés, certains hommes étaient assis en cercle et parlaient fort, tandis que d'autres restaient accroupis, épuisés. Je m'adressai à un jeune.

– C'est ici qu'on trouve du travail ?

– Ouais, répondit-il sèchement.

Il regarda ma pelle avec convoitise. Je serrai mes doigts sur le manche, prêt à me battre s'il essayait de me la prendre. Je voulais m'assurer d'être au bon endroit et continuai à l'interroger.

– Je peux attendre ici, moi aussi ?

– Il faut venir tôt si tu veux être pris, mais si tu veux faire la queue, ne te gêne pas. De toute façon, il n'y aura plus de travail d'ici à ce que ce soit notre tour.

C'était donc comme ça que ça marchait. Ce type était trop loin dans la queue pour se faire embaucher le jour même, mais il serait parmi les premiers le lendemain. Si l'on n'était pas pris un jour, on l'était le suivant. Mais à l'inverse, si l'on était pris, le lendemain, on ratait son tour. La seule manière de travailler régulièrement était de forcer le passage.

– À quelle heure est-ce qu'ils commencent à recruter demain ?

– Il n'y a pas d'heure fixe. Ils envoient un camion, le remplissent de journaliers et repartent. Si tu n'es pas dans le camion, tu n'as pas de travail. On ne peut pas se permettre de bayer aux corneilles.

Je pris place juste derrière lui. Peut-être fus-je rattrapé tout à coup par la fatigue du voyage, car je m'endormis immédiatement à l'endroit où j'étais, les bras serrés autour de ma pelle.

Je fus réveillé par le froid et des bruits de conversation. Le jour se levait et un ciel bleu s'étendait devant mes yeux. Je fus surpris de constater que j'avais dormi d'une traite sur la surface dure et froide du mur de soutènement. Je me remis sur mes pieds et découvris plusieurs centaines d'hommes qui s'impatientaient comme si la sélection des équipes allait commencer d'une minute à l'autre. Je me frottai les yeux et bus une gorgée d'eau à la bouteille. C'est alors qu'un camion bringuebalant arriva vers nous à toute allure.

– Des charpentiers et des porteurs pour construire un pont ! cria l'homme du plateau du camion. Cinquante hommes.

Dès qu'ils l'entendirent, tous accoururent vers lui en agitant les bras. Les écartant à l'aide d'un long bâton, l'homme poursuivit :

– Uniquement ceux qui ont des pelles ou des pioches !

Je courus jusqu'aux premiers rangs. L'homme jaugea mon gabarit, vit la pelle dans ma main et hocha la tête. D'un signe du menton, il m'invita à monter dans le camion. À ce moment-là, les hommes commencèrent à se hisser sur le plateau, poussant et jouant des coudes, chacun d'eux bien décidé à s'assurer une place à bord. Le type du camion ne pouvait pas faire grand-chose pour les contrôler. Le plateau trembla, se balança. Plusieurs hommes tombèrent, ou furent poussés du camion, et s'écroulèrent par terre. C'était la même scène que pour le train. Le plateau était plein à craquer, et quand il fut impossible d'y faire monter quiconque, le camion démarra. Comme il roulait et tanguait, plusieurs hommes en tombèrent, mais personne ne parut s'en inquiéter. Je serrai la pelle contre ma poitrine, veillant à ce que personne ne s'en empare. La brise fraîche de la rivière me piquait les joues.

Je travaillai sur les chantiers pendant trois mois. C'était un travail simple mais éreintant. Je travaillais de sept heures du matin à cinq heures du soir, à mélanger du ciment ou à porter des poutres métalliques. Je consacrais toutes mes forces au travail et gagnais dix-sept yuans par jour. Comme cela me paraissait insuffisant, je partais en ville dès ma journée finie et allais faire quelques heures au nettoyage ou au ramassage des ordures. J'étais satisfait de ma situation : je gagnais dix-sept fois plus qu'à l'usine de chapeaux de paille. Les occasions qui s'offraient à moi en ville étaient sans commune mesure avec celles que j'avais eues au village et cette pensée me rendait fou de joie.

Pour mettre de l'argent de côté, j'avais récupéré des morceaux de bois et de plastique sur les chantiers et les utilisai pour construire ma propre cabane sur le site de recrutement des journaliers. J'y passais la nuit et lorsque le camion arrivait, à l'aube, je pouvais courir me mettre à la queue. Les autres me traitaient bien. Lorsqu'ils préparaient un ragoût de tripes de porc, ils m'en donnaient une part et m'appelaient pour partager des bouteilles de mauvais vin. Mais seuls les hommes du Sichuan avaient ces attentions. Nous ne faisions confiance qu'à ceux qui venaient de notre région et qui parlaient la même langue.

Lorsque j'eus économisé mille yuans, je décidai d'arrêter de travailler sur les chantiers. J'en avais assez de vivre dans des baraquements. De plus, chaque fois que j'allais m'amuser en ville, je voyais des jeunes de mon âge sortir avec des filles et ils avaient l'air bien plus heureux que moi. Je voulais trouver un travail en ville, quelque chose de plus facile et de plus attrayant. Mais pour les journaliers, les emplois disponibles se limitaient à ce qu'on appelle aujourd'hui les trois D : tout ce qui était à la fois dégoûtant, dangereux et difficile. La même règle s'appliquait au travail dans les villes. Dans ce domaine, la Chine n'est pas différente du

Japon. Afin d'obtenir des conseils pour trouver un emploi, je décidai de partir à la recherche de ma sœur. Je n'avais encore rien fait pour la retrouver car je lui en voulais toujours de m'avoir abandonné de cette manière.

Je me rendis à l'avenue Zhongshan et achetai un nouveau T-shirt et un jean. Je ne voulais pas lui faire honte en me présentant dans mes habits de travail en haillons. Grâce au travail sur les chantiers, mon corps était à présent bronzé et musclé. J'imaginais l'impression que ferait sur ma sœur mon allure masculine et citadine. J'étais impatient d'affronter Jin-long, à qui j'en voulais encore de me l'avoir enlevée. Je n'avais pas cessé de repenser à quel point il avait l'air fort et sûr de lui.

C'était une chaude journée du début de juin. Muni d'un sac contenant un T-shirt rose que je comptais offrir à ma sœur, je descendis l'avenue Huangsha le long de la rivière des Perles en direction de l'hôtel du Cygne Blanc. Celui-ci se dressait dans l'île de Shamian et dominait la rivière. C'était un bâtiment massif d'au moins trente étages. En contemplant l'immeuble couleur de craie dans toute sa hauteur, je me sentis plein de fierté à l'idée que ma petite sœur Mei-kun travaillait dans un endroit aussi élégant. Mais j'étais si mal à l'aise face aux nombreux touristes étrangers qui déambulaient dans l'hôtel et le jardin que j'hésitai à franchir la magnifique porte d'entrée. Quatre portiers trapus, vêtus d'uniformes bruns assortis, se tenaient le long de l'allée menant à l'hôtel. Ils me lancèrent des regards soupçonneux. Ils saluaient avec élégance les clients arrivant en taxi et les guidaient à l'intérieur. Lorsque des étrangers revenaient à pied à l'hôtel, les portiers leur adressaient la parole dans un anglais impeccable. Je me dis qu'ils ne répondraient pas volontiers à mes questions et abordai donc un homme qui s'occupait d'un bout de jardin près de l'entrée. Son apparence comme son attitude indiquaient qu'il s'agissait d'un migrant.

– Zhang Mei-kun travaille ici, lui dis-je, et j'espérais que vous pourriez me dire comment la trouver.

– Vous voulez que je me renseigne pour vous ? répondit-il avec l'accent de Pékin.

Il posa son râteau et s'éloigna. J'attendis et attendis encore, mais il ne revenait pas. J'observais les reflets du soleil sur la rivière des Perles cependant que mon inquiétude grandissait. Je sentis enfin une main sur mon épaule. C'était le jardinier, qui me regardait d'un air compréhensif.

– Apparemment, aucune Zhang Mei-kun ne travaille ici. J'ai demandé au service du personnel de chercher son nom, et il n'apparaît nulle part. Je suis désolé.

J'étais sous le choc, bien qu'au fond de moi je m'en sois douté. Une telle chance n'existe pas. J'étais de plus en plus certain que ma sœur s'était fait rouler par Jin-long, mais que pouvais-je y faire ? Je sentis des larmes couler sur mes joues à l'idée que je ne la reverrais plus jamais.

– Et est-ce que vous connaissez un certain Jin-long ? Un type costaud avec une tête de gangster. Il m'a dit qu'il avait un ami qui travaillait ici aux cuisines.

– Quel est son nom de famille ? Tu sais dans quel restaurant il travaille ?

Je n'en savais rien et le lui fis savoir d'un hochement de tête.

– Ici les cuisiniers gagnent bien leur vie. Ils n'ont aucune raison de fréquenter des gangsters.

Il haussa les épaules comme pour se moquer de mon ignorance et retourna à sa tâche. Penaud, je longeai le trottoir de l'hôtel et m'enfonçai dans Shamian, une île naturelle dans une fourche de la rivière des Perles. J'avais entendu dire qu'elle abritait un établissement étranger avant la Révolution et qu'aucun Chinois n'avait alors le droit d'y mettre le pied. Elle appartenait maintenant au domaine public et était accessible à tous.

C'était la première fois que je visitais Shamian. Une large avenue s'y étendait, bordée d'une suite d'immeubles de style européen. Planté de sauge et d'hibiscus aux éclatantes fleurs rouges, un terre-plein central séparait les deux côtés de la chaussée. Les bâtisses aux alentours étaient encore plus belles que les petites maisons bien propres qui me plaisaient tant à Guangzhou et où j'avais l'intention d'habiter un jour. Je m'assis sur un banc et observai l'avenue. Il me semblait que chaque jour m'apportait quelque chose de plus beau que le précédent. Mes pensées revinrent à Mei-kun. Pourquoi ne l'avais-je pas empêchée de partir ?

– Hé, toi!

La voix d'un homme interrompit mes réflexions. Je me retournai et aperçus un type qui ressemblait à un policier et m'interpellait avec arrogance. Mon cœur s'arrêta de battre. J'étais sorti sans permis de séjour et sans aucun papier d'identité. L'homme portait le genre de costume bleu qu'on associe généralement aux fonctionnaires. Il était menu, mais marchait avec confiance et détermination. Il occupait certainement un poste important. La dernière chose que je souhaitais étant de me faire arrêter, je décidai de jouer le péquenaud simple d'esprit.

– Je n'ai rien fait de mal.

– Je sais. Viens juste voir ici une minute.

Il me prit par le bras et m'indiqua une voiture noire garée près d'un des bâtiments à l'européenne.

– Monte.

Impossible de m'échapper. Il m'avait attrapé le bras et me menait vers la voiture, une grosse Mercedes. Le chauffeur m'observa à travers ses lunettes de soleil, me lança un sourire narquois et me poussa vers la banquette arrière. L'homme au costume s'installa sur le siège du passager et se tourna pour me regarder.

– J'ai un travail pour toi. Mais tu dois accepter de n'en parler à personne. C'est la seule condition. Si tu n'es pas d'accord avec ça, je te laisse sortir tout de suite.

– Quel genre de travail?

– Tu verras quand on y sera. Si tu ne te sens pas de taille, descends tout de suite.

J'étais à la fois terrifié et intrigué. Et si c'était justement la chance que j'attendais? Je ne pouvais pas descendre de la voiture. J'en avais assez de faire le coolie et j'avais perdu ma petite sœur. Que pouvait-il bien me rester à perdre? J'acquiesçai d'un hochement de tête.

La Mercedes se dirigea vers l'hôtel du Cygne Blanc. En quittant ces lieux un peu plus tôt, je n'aurais jamais pensé y retourner. La voiture s'arrêta devant l'entrée, les portiers qui auparavant m'avaient menacé du regard se précipitèrent pour nous saluer et ouvrirent adroitement les portières de la voiture. En me voyant en sortir, ils furent incapables de dissimuler leur surprise. D'un seul coup, je me sentis de bien meilleure humeur. Quel que soit le sort qui m'attendait, ce simple sentiment en valait la peine.

Je pénétrai pour la première fois dans l'hôtel, à la suite de l'homme au costume. Le hall grouillait de gens riches et bien habillés. Je ne pus m'empêcher de m'arrêter pour regarder autour de moi. L'homme me reprit par le bras et me tira brutalement. Puis il me poussa dans l'ascenseur et m'emmena tout en haut, au vingt-sixième étage. Lorsque la porte s'ouvrit, je fus pris d'une telle anxiété que je ne pus plus bouger. Je me dis qu'une fois sorti de cet ascenseur je ne pourrais plus jamais retrouver mon ancienne vie.

3

– Sors de là, m'ordonna l'homme impatiemment.

Je le regardai d'un air hébété.

– Je ne pense pas pouvoir faire ça. Je n'ai pas pris mes papiers. S'il vous plaît, laissez-moi rentrer chez moi.

Indifférent à ma demande, il me reprit par le bras, me tira d'un coup sec hors de l'ascenseur et m'obligea à l'accompagner. Il avait de la poigne et je ne pus que le suivre. Mes jambes tremblaient de peur. Il me traîna jusqu'à un couloir faiblement éclairé et m'emmena de plus en plus loin dans les profondeurs de l'hôtel. Il n'y avait plus personne alentour.

Le sol était recouvert d'une épaisse moquette beige ornée de subtils motifs de nénuphars et de phénix, si luxueuse que j'osai à peine marcher dessus. Une lumière tamisée éclairait une extrémité du couloir, et l'on entendait des bribes d'une musique raffinée. Un parfum délicieux flottait dans l'air. Ma peur fit place à un sentiment de bien-être. Ce changement d'humeur si soudain me paraissait incroyable. Si je n'avais pas quitté la campagne, je serais mort sans avoir jamais soupçonné l'existence d'endroits aussi merveilleux.

L'homme frappa à la dernière porte. La voix perçante d'une femme lui répondit et la porte s'ouvrit immédiatement. Une jeune femme se tenait devant nous, vêtue d'un tailleur bleu marine et les lèvres parées d'un rouge voyant.

– Entrez, ordonna-t-elle.

J'observai nerveusement la pièce et poussai un soupir de soulagement. Trois autres hommes étaient présents. Ils avaient l'air d'avoir mon âge. Je me dis qu'ils avaient été embarqués et amenés ici comme moi. Ils regardaient nerveusement la télévision, assis sur un canapé.

Je m'y assis précautionneusement. À leurs vêtements, je vis au premier coup d'œil que c'étaient des migrants comme moi. Eux aussi étaient mal à l'aise, après avoir été attirés par cet homme et cette femme étranges dans une pièce plus élégante que tout ce qu'ils avaient pu imaginer. Eux aussi ignoraient le sort qui les attendait.

– Attends ici, me dit l'homme en entrant dans la pièce voisine.

Il s'absenta longtemps. La femme au rouge à lèvres voyant ne disait rien. Elle se contentait de regarder la télévision avec nous. Elle avait des yeux intelligents et calculateurs et je pensai qu'elle appartenait à la police ou à l'administration. J'étais un travailleur migrant depuis déjà trois mois dans cette ville et j'avais vite appris à les repérer. Leurs manières hautaines et autoritaires les trahissaient.

La télévision diffusait des informations sur une sorte d'émeute. Des jeunes gens au visage ensanglanté hurlaient, des chars d'assaut patrouillaient les rues et les gens couraient pour trouver un abri. J'appris plus tard que nous étions le lendemain du massacre de Tienanmen. Je n'avais pas entendu parler de ces manifestations et eus du mal à en croire mes yeux. La femme au visage rusé saisit la télécommande et éteignit la télévision. Les autres, visiblement nerveux, se détournèrent rapidement pour éviter le regard de la femme et échangèrent des coups d'œil inquiets.

La pièce où nous nous trouvions était immense. On aurait pu y faire dormir vingt ou trente personnes. Elle était aménagée dans ce qu'on appelle, je crois, le style rococo. Un gigantesque canapé à l'occidentale y trônait en face d'un énorme téléviseur. Un bar occupait un des coins de la pièce. Les rideaux de la grande fenêtre étant ouverts, je pouvais voir les reflets du soleil de l'après-midi sur la rivière des Perles. Il faisait certainement chaud dehors, mais la pièce était climatisée et il y faisait frais et sec. En un mot, c'était rafraîchissant.

La femme me toisait de son regard perçant, mais je ne me laissai pas intimider et me levai pour aller regarder par la fenêtre. Sur la droite, je vis les cabanes de fortune érigées par un groupe de travailleurs migrants. Quelle laideur ! Je me dis qu'on ne devrait pas les laisser construire leurs taudis dans un endroit aussi beau. Les événements de la place Tienanmen semblaient bien loin et sans aucun rapport avec moi.

La porte de la pièce adjacente s'ouvrit doucement et l'homme qui m'avait amené passa la tête par l'ouverture et me montra du doigt.

– Toi, viens par ici. Les autres peuvent partir.

Les hommes qui avaient attendu avec moi eurent une expression à la fois soulagée et déçue, comme s'ils venaient de rater une occasion. Ils se levèrent et se glissèrent hors de la salle. Je me dirigeai vers la deuxième pièce, sans la moindre idée de ce qui m'y attendait. Un énorme lit occupait le centre de la chambre. Assise sur une chaise près du lit, une femme fumait une cigarette. Elle était petite, avec un corps ferme et compact. Ses cheveux étaient teints en un brun rougeâtre, elle portait de grosses lunettes à monture rose et était vêtue d'une robe rouge vif. Elle avait l'air vulgaire et devait avoir une quarantaine d'années.

– Viens par ici.

Sa voix était étonnamment douce. Elle me montra un petit canapé. En m'asseyant, je remarquai que la femme qui m'avait accompagné avait quitté la pièce. Nous étions seuls, assis face à face.

La femme leva les yeux vers moi – ils avaient l'air deux fois plus grands que nature à travers ses lunettes – et m'examina avec attention. Je me demandai ce que tout cela pouvait bien signifier et lui renvoyai son regard.

– Qu'est-ce que tu penses de moi ? demanda-t-elle.

– Vous me faites peur, répondis-je en toute franchise, et ses lèvres formèrent une légère grimace.

– C'est ce que tout le monde dit.

Elle se leva et ouvrit avec une clé une petite boîte posée sur une étagère près de son lit. Elle en tira ce qui semblait être une cuillerée de thé qu'elle jeta dans un récipient. Elle avait de grandes mains. Elle versa ensuite avec précision de l'eau chaude dans la théière. Apparemment, elle me préparait une tasse de thé.

– Ce thé est délicieux, dit-elle.

Je me disais que j'aurais préféré du Coca-Cola, mais pour ne pas fâcher cette femme, qui ne voyait manifestement pas les choses de la même façon, je me contentai de hocher la tête à plusieurs reprises.

Elle poursuivit sur un ton triomphal :

– Ce thé oolong est de première qualité. Il provient de mes plantations dans le Hunan. Chaque année, nous n'en produisons qu'une très petite quantité.

Avec ses mains, elle dessina un cercle de la taille d'un ballon de football. Jamais on ne m'avait offert de thé aussi précieux.

– Comment t'appelles-tu ?

Elle sirotait son thé et me regardait avec l'air de jauger la marchandise. Son regard, quoique doux, était pénétrant. Je sentis mon cœur battre plus vite. Je n'avais pas la moindre idée de ce qui se passait et je n'avais encore jamais été dans une telle situation, seul avec une femme dont j'ignorais les intentions.

– Zhang Zhe-zhong.

– Quel nom ordinaire ! Je m'appelle Lou-zhen. Je gagne ma vie en écrivant des chansons.

Je ne comprenais pas comment on pouvait gagner sa vie en écrivant des chansons, mais même un péquenaud naïf comme moi avait assez d'expérience du monde pour savoir qu'une femme qui habitait un hôtel aussi luxueux devait sortir du lot. Lou-zhen, qui écrivait des chansons, avait engagé quelqu'un pour partir à la recherche d'hommes comme moi. Dans quel but ? Était-elle en cheville avec le crime organisé ? Je tremblai à cette pensée, assailli par une peur sans nom. Mais Lou-zhen déclara sur un ton agacé :

– Je veux que tu deviennes mon amant.

– Votre amant ? Qu'est-ce que vous voulez dire ?

– Je veux dire que tu vas coucher avec moi.

Elle avait dit ça en me regardant droit dans les yeux. Je sentis mes joues s'enflammer.

– Je ne peux pas faire ça.

– Mais si, tu peux, répondit-elle d'une voix doucereuse. Et en échange je te paierai bien. Tu veux gagner de l'argent, n'est-ce pas ? C'est pour ça que tu es venu travailler ici, non ?

– Oui, mais… On me paye pour un travail.

– On peut aussi appeler ça un travail !

Elle parut se rendre compte qu'elle avait dit quelque chose d'étrange car elle eut un rire embarrassé. Son comportement ne me permettait pas de déterminer si elle venait d'une bonne famille ou pas.

– De combien d'argent est-ce que vous parlez ?

– Si tu peux me satisfaire, je te donnerai tout ce que tu veux. Qu'est-ce que tu en penses ? Plutôt avantageux, non ?

Pendant une minute, je fus incapable de répondre. Mon cœur était comme déchiré. D'un côté, je ne pensais pas pouvoir devenir un gigolo, quelle que soit la compensation offerte. De l'autre, j'en avais par-dessus la tête des chantiers et l'idée de gagner facilement de l'argent était vraiment tentante. Au final, l'argent l'emporta. Je hochai lentement la tête en guise d'assentiment. Lou-zhen sourit et me remplit ma tasse de thé.

En vérité, il me faut beaucoup de courage pour raconter tout cela. J'ai hésité à divulguer tous ces détails dans le rapport écrit que j'ai remis précédemment à la cour, monsieur le juge. Mais aujourd'hui on m'a donné l'occasion de méditer sur mon passé. J'espère seulement que vous lirez mon récit sans préjugés ni mépris.

C'est ainsi que je me laissai acheter par Lou-zhen, une vieille femme. Je savais qu'elle ne s'intéressait qu'à mon corps, mais je me demandais quand même si elle n'éprouvait pas de l'amour pour moi. En effet, bien qu'elle m'adressât toujours la parole d'un ton brutal et suggestif, elle s'était entichée de moi comme de son petit chien préféré. Elle m'expliqua qu'elle m'avait choisi parce que mon visage était le plus proche de son idéal et qu'elle appréciait le fait que je me sois levé pour regarder par la fenêtre plutôt que de rester avec les autres devant la télévision. Je ne m'étais pas rendu compte que la pièce où nous nous trouvions était équipée d'un miroir sans tain derrière lequel elle nous observait.

Lou-zhen m'ordonna de vivre dans sa suite. Pendant mon séjour dans cet hôtel magnifique, je vis et entendis des choses qui dépassaient toutes mes expériences : la nourriture et les manières de table occidentales, la décadence du petit déjeuner au lit, une piscine sur le toit de l'immeuble. J'avais grandi dans les montagnes et ne savais pas nager. Allongé au bord du bassin, je regardais Lou-zhen faire des longueurs avec des mouvements fluides et puissants. La piscine était réservée aux membres du club, auquel n'appartenaient que des Chinois riches et des étrangers. J'étais particulièrement impressionné par l'élégance des femmes occidentales et j'avais honte d'être vu en compagnie d'une femme aussi peu séduisante que Lou-zhen.

Je me mis à boire : de la bière, du whisky, du brandy et du vin. Lou-zhen aimait regarder des films américains en vidéo. Elle ne regardait que rarement les informations. J'aurais voulu découvrir ce qui s'était passé après les événements de la place Tienanmen, mais comme Lou-zhen ne recevait pas le journal je n'avais aucun moyen de me tenir au courant. Elle me confia un jour qu'elle était allée en Amérique dans sa jeunesse. À cette époque-là, les seules personnes qui voyageaient à l'étranger étaient les membres de l'administration et les étudiants en année d'échange ; je ne voyais donc pas comment Lou-zhen avait pu sortir du pays. Mais je ne lui posai jamais la moindre question. Je jouais à la perfection mon rôle de jeune amant. Je faisais ce que je pouvais pour maîtriser ma vie dans cette antichambre du paradis qu'était l'appartement du dernier étage de l'hôtel du Cygne Blanc.

Si les lieux étaient presque célestes, Lou-zhen, en revanche, était une personne répugnante. Il me suffisait d'exprimer la moindre opinion sur quoi que ce soit pour qu'elle se mette en colère. Du haut de sa vanité, elle m'interdisait d'exprimer la moindre idée personnelle. Dans ces moments-là, je voulais couper tout lien avec elle et m'enfuir dans un endroit où je pourrais mener une vie à moi. Mais toute mon existence se réduisait alors à l'appartement et à la piscine du vingt-sixième étage. Je n'avais pas le droit de me promener librement dans l'hôtel ou de quitter le bâtiment. Une semaine après avoir accepté de vivre avec Lou-zhen, je commençai à regretter ma décision.

Environ dix jours après l'incident de la place Tienanmen, il se produisit quelque chose. Le téléphone près du lit sonna et le visage de Lou-zhen devint étrangement pâle lorsqu'elle répondit.

– Que dois-je faire, alors ? Je devrais peut-être rentrer immédiatement.

Elle était encore agitée après avoir raccroché. Elle se pencha vers moi et je fis un geste pour l'étreindre.

– Il s'est passé quelque chose d'ennuyeux à Pékin, dit-elle.

– Quelque chose qui vous concerne ?

Elle se leva et mit une cigarette entre ses lèvres. Sans me répondre.

– Deng Xiaoping a fini par le faire ! murmura-t-elle.

Ce fut tout, mais cela me permit de comprendre que si elle gardait secrètes ses origines, c'était sans doute parce qu'elle était la fille d'un membre haut placé du Parti communiste. Après Tienanmen, son père devait avoir quelques problèmes.

Elle passa le reste de la journée dans la mauvaise humeur. Elle reçut d'autres coups de téléphone qui la laissèrent déprimée, inquiète et en colère. Je regardais un film d'Hollywood lorsqu'elle m'annonça :

– Je dois rentrer un moment à Pékin. Tu m'attendras ici.

– Je ne peux pas aller avec vous ? Je ne suis jamais allé à Pékin.

– Non, c'est impossible.

Elle hocha sèchement la tête, comme un homme.

– Dans ce cas, est-ce que je pourrai me promener dans l'hôtel ?

– Je n'ai guère le choix. Mais je veux qu'il soit toujours avec toi.

Lui, c'était son garde du corps, l'homme qui m'avait conduit à elle.

– Ne t'enfuis pas sans me dire où tu vas et ne t'amuse pas avec d'autres femmes. Si tu me fais un coup comme ça, je te ferai arrêter.

Sur cette menace, elle partit pour Pékin. Elle emmena avec elle Bai Jie, la femme au visage rusé. Bai Jie était sa secrétaire et habitait au même étage de l'hôtel. Cette femme devait vraiment me mépriser, car dès qu'elle s'approchait de moi elle détournait les yeux d'un air dégoûté. Le garde du corps et le chauffeur de la limousine n'avaient pas plus d'estime pour moi. Ils devaient s'imaginer qu'un jour ou l'autre Lou-zhen se fatiguerait de moi et dès qu'elle avait le dos tourné ils étaient grossiers avec moi.

Il fallait que je sorte de l'appartement d'une manière ou d'une autre. Le lendemain du départ de Lou-zhen et de sa secrétaire, je me lançai à la découverte de l'hôtel sous l'œil attentif du garde du corps.

– Qui est le père de Lou-zhen ? lui demandai-je pendant que nous étions dans l'ascenseur.

La première fois que je l'avais vu, lorsqu'il m'avait amené dans cet endroit, j'avais peur de lui. Mais mon attitude envers lui avait complètement changé et ça ne lui plaisait pas. Il m'ignora et détourna les yeux.

J'augmentai la pression et passai au chantage.

– Tu sais, quand Lou-zhen reviendra, je ne vais pas me gêner pour lui dire que toi et sa secrétaire lui piquez des cigarettes et de l'alcool pour les revendre.

Il pâlit.

– Si vraiment tu veux savoir, je vais te le dire.

Il se renfrogna.

– Mais son nom ne te dira rien, tu es trop ignorant.

– Essaye toujours.

– Li Tou-min.

Je n'en crus pas mes oreilles et le choc me fit défaillir. Li Tou-min était le numéro deux du Parti communiste chinois. Lou-zhen avait menacé de me faire arrêter si je m'échappais, mais je n'avais pas compris à quel point cette menace était sérieuse. Je me retrouvais lié à une femme véritablement dangereuse.

– C'est une blague ?

J'attrapai le garde du corps par l'épaule, mais il se dégagea brutalement.

– C'est la fille aînée de Li. Pour toi, les choses peuvent aller bien ou mal, selon ton attitude. Tous ceux qui t'ont précédé étaient des imbéciles. Ils se sont habitués à cette vie de luxe et ont oublié que c'est nous qui les avions tirés de la boue puante de la campagne. Dans ces moments-là, Lou-zhen peut vraiment être mauvaise. Elle s'assure qu'ils ont bien compris quelle est leur place.

– Tu es en train de me dire que tout ira bien si je me tiens à carreau ?

Le garde du corps ne répondit pas, se contentant de sourire. Je bandai mes muscles, prêt à l'assommer, là, dans l'ascenseur. Mais alors que je m'apprêtais à passer à l'attaque, la cabine eut un sursaut et s'arrêta au rez-de-chaussée. Les portes s'ouvrirent et je fis face à un monde totalement nouveau.

J'oubliai complètement Lou-zhen. Des familles en T-shirt passaient dans le hall, des hommes d'affaires marchaient d'un pas vif et les portiers attendaient dans leur livrée marron. J'avais été si longtemps prisonnier de la suite de Lou-zhen qu'il y avait près de deux semaines que je n'étais pas sorti. Une Occidentale vêtue d'une robe courte passa nonchalamment et sourit en croisant mon regard. Comme le monde était grand ! J'étais captivé par la diversité des gens qui traversaient le grand hall. Ces gens nageaient dans le luxe, la richesse et le calme. Je voulais devenir comme eux. Non, je voulais être l'un d'eux. Au fond de mon cœur, je désirais ardemment la richesse et la liberté et il me vint un goût d'amertume. Je fus pris du désir de fuir. Comme s'il lisait dans mes pensées, le garde du corps me chuchota à l'oreille d'un ton bourru :

– Souviens-toi, tiens-toi à carreau. Tes vêtements appartiennent à Lou-zhen, comme tes chaussures et tout ce que tu as. Ne songe même pas à t'éclipser ou elle te fera condamner pour vol.

– Salaud.

– Cul-terreux.

– Tu sais de quoi tu parles.

– Oh non. Moi, je suis de Pékin.

Tout en échangeant des insultes à voix basse, nous flânions dans le lobby, sans une trace de méchanceté sur nos visages.

En vérité, le polo blanc, le jean et les chaussures que je portais m'avaient été fournis par Lou-zhen. Le polo était une création de Fred Perry de Londres, le jean était un Levi's et les chaussures des Nike en cuir noir avec des bandes blanches. À cette époque, les Chinois qui pouvaient se permettre de porter des Nike devaient se compter sur les doigts de la main. En recevant la paire que j'avais aux pieds, j'avais ressenti un bonheur tel que c'en avait été presque douloureux. Chaque matin, je les manipulais comme si elles étaient la chose la plus précieuse que j'aie jamais imaginée. Et c'était bien grâce à mes habits impeccables que les gens me regardaient avec respect.

Il est peut-être jeune, mais en tout cas il est riche : voilà ce que les portiers devaient penser en regardant mes Nike avec convoitise. Jusqu'alors, j'avais été complètement écrasé par Lou-zhen. Je respirais l'odeur de son argent jusqu'à ce que mes poumons soient près d'exploser. Mais l'éclat de la richesse est toujours plus fort lorsqu'il s'accompagne de l'admiration des autres. Si personne n'est là pour l'apprécier, votre richesse perd la moitié de sa valeur. En faisant cette découverte, je compris que je devais fuir Lou-zhen. Il fallait que j'échappe à son emprise.

Je m'assis sur un canapé dans un coin du hall pour mieux profiter de l'élégance de mes vêtements de luxe. Il faisait face à une fenêtre, dans laquelle je pouvais observer mon reflet. En me voyant admirer mes vêtements, le garde du corps eut un sourire narquois.

– La belle plume fait le bel oiseau ! dit-il. Ces fringues allaient aussi très bien au type qui t'a précédé, tu sais ?

J'en restai abasourdi. Ces vêtements étaient d'occasion ? J'étais sûr qu'ils étaient neufs.

– Qu'est-ce qui lui est arrivé ?

– Voyons… Ce petit merdeux venait du Heilongjiang. Nous l'avons surpris en train de se servir dans le thé spécial de Lou-zhen et l'histoire s'est arrêtée là. Le connard avant lui venait de la région autonome de Mongolie intérieure. Il a porté une bague de Lou-zhen dans la piscine et a perdu la pierre, un rubis. À l'entendre, il voulait voir à quoi elle ressemblait sous l'eau. On pouvait s'y attendre de la part d'un cul-terreux comme lui ! Maintenant ils sont tous les deux logés gratuitement en prison.

En entendant ça, je fus de nouveau submergé par une vague de frayeur. Était-ce là le destin qui m'attendait ? Il n'y avait que quinze jours que j'étais chez Lou-zhen. Je voyais bien qu'elle raffolait de moi, mais je ne la supportais plus. Dès ce moment, je ne pensai plus qu'à lui échapper – en me servant dans ses affaires au passage.

J'espère que vous me pardonnerez, mais je n'y voyais pas un vol. Pourquoi ? Parce que je n'étais pas convenablement rémunéré pour mon dur labeur. Au départ, Lou-zhen m'avait promis un salaire, mais elle ne me payait que vingt yuans par jour. Je trouvais ça injuste parce qu'elle m'avait promis plus. Mais lorsque je lui avais posé la question elle m'avait répondu :

– Non, non. Je te paye cent yuans par jour. Mais en soustrayant le logement et les repas, c'est tout ce qu'il te reste. Bien sûr, je ne te fais payer ni les cigarettes ni les boissons.

Le garde du corps me tapota le bras.

– C'est l'heure d'y aller.

N'ayant guère le choix, je me levai. Je me sentais aussi misérable qu'un prisonnier. Le pauvre petit paysan kidnappé par la fille du parti au pouvoir !

– Regarde.

Le garde du corps me poussa du coude.

– Regarde ce bébé dans la poussette.

Un couple de Blancs, probablement américains, traversait le hall avec une poussette. Ils s'arrêtèrent pour regarder la fontaine. Incrédule, je les regardai sourire avec sérénité. Comment quiconque pouvait-il avoir la chance de partir en vacances à l'étranger en famille ? Le mari portait un short et un T-shirt. La femme avait un T-shirt assorti au sien et un jean. Ils avaient l'air robustes et en bonne santé. Mais le bébé dans la poussette, si petit qu'il avait encore du mal à s'asseoir, était asiatique. Ces étrangers charitables avaient-ils adopté ce pauvre petit orphelin chinois ?

– Qu'est-ce qui se passe ici ? demandai-je.

Le garde du corps m'indiqua discrètement divers endroits du hall. Il y avait des couples blancs partout avec des poussettes, et dans toutes les poussettes il y avait des bébés chinois, filles et garçons, chacun portant des vêtements neufs d'une blancheur impeccable.

– Intermédiaire pour les adoptions.

– Qui ça ?

Le garde du corps leva les yeux au plafond.

– Lou-zhen est impliquée là-dedans ? Elle m'a dit qu'elle écrivait des chansons.

– C'est ce qu'elle raconte. Dis-moi, tu en as déjà entendu une ?

Je fis non de la tête et le garde du corps poussa un grognement.

– Son vrai travail, c'est de servir d'intermédiaire pour les adoptions. Elle dirige une organisation caritative.

Je me doutai que la charité ne jouait pas un grand rôle là-dedans. Lou-zhen aimait le luxe et n'aurait pas travaillé sans se faire payer grassement. Mais je ne connais pas les détails de l'affaire et ne décrirai donc pas une activité qui ne me regarde pas. Ce n'est d'ailleurs pas des adoptions en elles-mêmes que je veux parler, mais plutôt de ceci : en regardant les bébés dans leurs poussettes, je ne pus m'empêcher d'être jaloux. Quelle chance ils avaient de pouvoir partir en Amérique tant qu'ils étaient encore trop petits pour se souvenir de quoi que ce soit. Ils auraient une enfance bien facile, là-bas.

Je suis né et j'ai grandi en Chine. Mais bien que j'y aie longtemps habité, jamais personne n'a rien fait pour moi. Ceux qui naissaient à la campagne étaient censés y rester. Si l'on voulait venir s'installer en ville, il fallait un permis. Et pour ce qui était d'aller à l'étranger, mieux valait ne pas y penser. Ceux d'entre nous qui deviennent des travailleurs migrants doivent vivre au jour le jour et échapper constamment à la loi.

J'étais absorbé dans mes pensées lorsque le garde du corps me pinça le coude.

– Eh ! Réveille-toi ! Et pour ton information, je m'appelle Yu Wei. Toi, connard, tu m'appelleras Monsieur. N'oublie pas.

Un peu plus tard, Yu Wei m'expliqua que Lou-zhen avait dû rentrer précipitamment à Pékin parce que son frère aîné avait été gravement blessé pendant les émeutes qui avaient suivi les manifestations de la place Tienanmen. Apparemment, il s'était fait casser le bras et arrêter. Lou-zhen avait deux demi-frères bien plus jeunes qu'elle. L'un était un artiste spécialiste des estampes et vivait à Shanghai. L'autre habitait Pékin et y avait formé un groupe de rock avec des amis ; son groupe avait joué plusieurs fois devant la tente que les étudiants protestataires avaient installée place Tienanmen.

Lou-zhen resta à Pékin plus longtemps qu'elle ne l'avait prévu. Elle n'arrivait pas à aider son frère et devait sans cesse prolonger son séjour. Si son père avait fait usage de son influence, ils auraient pu le faire sortir de prison immédiatement. Mais il était passé à la télévision et les journaux avaient diffusé des images de ses concerts ; il avait attiré l'attention de tout le pays, voire du monde entier, et ne pouvait donc pas être relâché aussi facilement. Sa libération aurait causé un scandale. Yu Wei était d'avis qu'au vu de sa situation particulière les autorités auraient dû se montrer encore plus dures avec lui.

Aux trois enfants de Li Tou-min, on avait offert des études en Amérique, des allocations généreuses et la possibilité de se lancer dans des activités lucratives à l'occidentale dans la ville de leur choix. Ils avaient eu une chance inouïe, bien au-delà de ce qu'ils méritaient. La place que Li occupait au sommet du Parti communiste lui permettait de se remplir les poches.

Les explications de Yu provoquèrent en moi plus d'envie que de colère. Je le constatai encore une fois : en Chine, le destin d'un homme est déterminé par son lieu de naissance. Si j'étais né dans la famille d'un membre haut placé du Parti, je n'en serais pas venu à commettre ce crime. Je suis submergé de regrets à l'idée de mon infortune.

Deux semaines passèrent et Lou-zhen ne revenait toujours pas. Elle était trop occupée à Pékin à essayer de faire libérer son frère. Si j'avais été à sa place, je ne me serais certainement pas préoccupé du sort d'un de mes demi-frères. Il faut croire que pour quelqu'un né comme elle dans un luxe absolu, il est impossible de ne penser qu'à soi lorsque les intérêts familiaux sont menacés.

Lou-zhen appelait Yu Wei tous les jours. Pendant leur conversation, Yu Wei m'envoyait des clins d'œil complices, prenait des poses absurdes et faisait des grimaces. J'avais du mal à ne pas éclater de rire.

Pendant l'absence de Lou-zhen, Yu Wei et moi devînmes bons amis. Nous regardions la télé ensemble, profitions des alcools de Lou-zhen et nous amusions du mieux que nous pouvions. Nos conversations tournaient le plus souvent autour des manifestations de la place Tienanmen. Yu Wei attira mon attention sur une des jeunes activistes qui passaient aux informations. Elle organisait ceux qui se trouvaient autour d'elle.

– Celle-là est dangereuse, Zhe-zhong, déclara-t-il un jour. Ça se voit à son regard. Si tu t'accroches à une fille comme ça, ça ne peut que mal se terminer.

Yu Wei avait trente-deux ans. Il affirmait venir de Pékin, mais était en fait originaire d'un petit village agricole de la périphérie. Sa mère avait travaillé pendant des années comme femme de chambre pour la famille Li et lui avait déniché ce poste de garde du corps.

Yu Wei avait aussi une mauvaise influence. Il ramenait des bouteilles de mauvais whisky et le mélangeait au bon scotch de Lou-zhen. Il fouillait les corbeilles à papier et y récupérait les brouillons des lettres qu'elle avait écrites. Il les considérait comme une assurance, au cas où il aurait besoin de la faire chanter. Enfin, il fouinait dans ses tiroirs à la recherche de la clé de sa petite boîte. J'avais peur que la faute retombe sur moi s'il se faisait prendre, mais il se contentait de rire en me traitant de dégonflé.

Le jour où nous apprîmes que Lou-zhen devait rentrer le lendemain dans l'après-midi, Yu Wei et moi nous rendîmes à la piscine du toit de l'immeuble. Pour Yu Wei, il s'agissait d'un plaisir défendu.

– Merde, tu parles d'un paradis ! lança-t-il avec mépris.

L'eau y était transparente et les rayons du soleil dansaient sur le fond bleu et lisse de ce bassin de vingt-cinq mètres de long. Une brise chaude soufflait sur la terrasse. Les rues en contrebas étaient bruyantes, mais aucun son ne venait perturber le calme qui régnait sur le toit. Il y avait moins de dix personnes autour de la piscine, et aucune d'elles ne nageait. Allongés, ces gens ne montraient aucun intérêt les uns pour les autres et se contentaient de profiter de la chaleur du soleil sur leurs corps.

Un petit bar était installé dans un coin du patio. Je n'avais pas remarqué son arrivée, mais une jeune femme s'y était assise et buvait un cocktail avec l'air d'attendre quelque chose, ou quelqu'un. Ses cheveux longs lui tombaient dans le dos et elle n'était vêtue que d'une élégante paire de lunettes de soleil et d'un petit bikini. Aucune femme respectable ne venant seule près d'une piscine, je compris qu'il s'agissait d'une prostituée qui attendait un client.

– Je me demande si elle voudrait de nous, lançai-je.

En entendant ma question, Yu Wei me montra un rouleau de billets qu'il tenait caché sous sa serviette.

– Avec ça, elle voudra de nous!

– Où est-ce que tu as volé ça?

Cet argent était forcément à Lou-zhen. Nous pouvions diluer son scotch et nous en tirer, mais s'esquiver avec son argent nous poserait des problèmes. Je pâlis.

– Ben merde! Et si elle croit que c'est moi?

– Du calme, répondit Yu Wei d'un air agacé. (Il alluma une cigarette.) On le reprendra à cette femme quand on en aura fini avec elle et on le remettra à sa place cette nuit.

– Allons-y, alors.

Yu Wei retira quelques billets du rouleau et me les glissa dans la main. La fille mâchouillait sa paille en regardant ailleurs. Elle ne nous vit pas approcher. Elle était vraiment très belle. Ses membres étaient longs et minces et son visage fin et ovale.

Je l'accostai.

– Bonjour ma belle!

La fille se retourna et se figea lorsqu'elle enleva ses lunettes. Je contemplai, hébété, les grands yeux de Mei-kun, où montèrent soudain des larmes.

– Zhe-zhong!

– On peut savoir ce qui se passe? demanda Yu Wei d'un ton suspicieux.

– C'est ma petite sœur.

– Ça alors! Frère et sœur? C'est vrai, vous vous ressemblez.

La colère me gagna quand je vis l'air de Yu Wei passer de la surprise au mépris. Il devait se dire qu'il venait de rencontrer un couple de prostitués frère et sœur.

Plus je me rapprochais de Mei-kun, plus je trouvais qu'elle avait l'air d'une prostituée. Elle portait un maquillage bien trop voyant pour une visite à la piscine et ses cheveux étaient teints d'un brun rougeâtre, comme ceux d'une tapineuse de bas étage. J'étais heureux de la revoir, mais je ne pouvais pas me débarrasser de mon amertume. Tu m'as lâché à la gare de Guangzhou pour finir dans cet état méprisable? Exactement comme je l'avais prédit! J'avais une envie irrépressible de lui crier dessus. J'étais bouleversé et n'arrivais plus à réfléchir. Je restai planté là, sous le choc, jusqu'à ce que Mei-kun tapote l'épaule de Yu Wei pour lui demander:

– Si ça ne vous dérange pas, nous avons beaucoup de choses à nous dire. Un peu d'intimité, s'il vous plaît.

Dégoûté, Yu Wei haussa les épaules, termina sa bière, partit s'asseoir sur une chaise à quelque distance de là et déplia un journal.

– Oh, Zhe-zhong, je suis si contente de te voir ! Sors-moi de Guangzhou, tu veux bien ? Ce Jin-long a le cœur aussi noir qu'un serpent. Il m'envoie appâter des clients et ensuite il me prend tout mon argent. Si je me plains, il me frappe. En ce moment il m'attend dans le hall. Il m'a envoyée ici pour trouver un client. Enfuyons-nous tous les deux.

Elle observait nerveusement les gens autour de la piscine. J'étais choqué de la voir ainsi – elle qui avait toujours eu une telle assurance, une telle facilité à retourner les situations à son avantage. Mais après tout je ne m'en étais pas mieux sorti qu'elle. Dès le retour de Lou-zhen, je reprendrais mon rôle de petit toutou. Pouvait-on imaginer plus lamentable qu'un frère et une sœur en arrivant là ? J'éprouvai un sentiment amer, comme si j'étais écrasé par une existence bien plus vaste que la mienne, par un être auquel je ne pouvais résister. Nul ne peut comprendre ce sentiment d'impuissance avant de l'avoir éprouvé. Je ne pouvais pas m'échapper. Mais pourquoi avais-je si peur de Lou-zhen ?

– Nous enfuir, facile à dire. Mais pour aller où ?

J'avais posé cette question dans le vide, faiblement. Mais la réponse de Mei-kun fut rapide et assurée.

– Allons à Shenzhen.

C'est ainsi que Mei-kun décida, comme auparavant, de la prochaine étape de mon pèlerinage : Shenzhen. On m'avait dit qu'il s'agissait d'une Zone économique spéciale. On trouve toutes sortes d'emplois à Shenzhen et les salaires y sont bons. J'habite à Tokyo depuis de nombreuses années et chaque fois que je traverse la gare de Shinsen, je repense à la Chine. Le nom de ces lieux se prononce quasiment de la même manière. Le conducteur annonce au haut-parleur : « Prochain arrêt Shinsen », et pendant un instant je me sens ramené à cette époque. C'est une sensation étrange.

– Très bonne idée, dis-je, mais comment va-t-on y arriver ?

Je contemplai le ciel, désespéré. Lorsqu'elle apprendrait que je m'étais enfui, Lou-zhen me traquerait, elle avait pour cela toute l'influence et les relations nécessaires. J'étais sûr d'une chose : je ne voulais pas finir en prison. Mei-kun me prit par le bras et planta fermement ses talons dans le sol.

– Écoute, il faut prendre une décision. Nous n'aurons pas une autre occasion comme celle-ci.

Je me tournai pour observer Yu Wei. Il me fixait du regard. Soupçonnait-il quelque chose ?

– Zhe-zhong, tu veux que je reste une pute toute ma vie ?

Je fis non de la tête avec l'impression d'avoir été giflé. Personne ou presque ne peut vraiment comprendre ce que je ressentais. J'avais grandi avec Mei-kun, je la chérissais et sa présence m'était essentielle. Mais depuis qu'elle m'avait abandonné, une terrible haine s'était emparée de mon cœur. La haine est une chose terrifiante. Elle m'avait inspiré un désir cruel, l'espoir que Mei-kun connaîtrait elle aussi une fin sordide. Mais même en sachant qu'elle souffrait, j'étais encore malheureux, car à la voir dans cette détresse je souffrais moi aussi. Finalement, une seule raison me décida à m'enfuir avec elle. Je ne supportais pas l'idée qu'elle couche avec d'autres hommes. Ça me rendait jaloux. C'était comme si on abîmait quelque chose qui m'appartenait – qui n'appartenait qu'à moi.

– Mais qu'est-ce que tu veux que je fasse ? Yu Wei me surveille de près.

Dès que je lui expliquai les détails de ma propre situation, elle m'interrompit vivement.

– Pas de problème. Dis-lui juste que je veux coucher avec lui. Tu es partant pour une petite mise en scène ?

Je la pris par le bras et la conduisis à Yu Wei.

– Yu Wei, ma sœur me dit que tu lui plais.

Yu Wei recula sa chaise et se leva. Son visage était plein d'orgueil.

– Vraiment ? Tu lui as glissé un mot en ma faveur, hein ?

Yu Wei se mit en chemin d'un pas assuré. Nous retournâmes tous les trois à l'appartement de Lou-zhen. Mei-kun fut éblouie par le luxe qui y régnait. Elle me regarda avec envie.

– Zhe-zhong, tu habites vraiment ici ? C'est incroyable. On dirait un rêve. Tu as la clim, la télé et le room-service !

Yu Wei se retint de laisser échapper un rire sardonique. En colère, je me tournai vers lui.

– Yu Wei, coucher avec ma sœur, ce n'est pas donné. Ça te coûtera mille yuans. D'avance.

Sans protester, Yu Wei lui tendit le rouleau de billets qu'il m'avait montré à la piscine. C'était l'argent qu'il avait volé dans la boîte de Lou-zhen. Préoccupé, je le posai sur le bureau. Si Lou-zhen m'accusait de l'avoir volé, j'aurais de graves ennuis. Lorsque Yu Wei entra dans la chambre de Lou-zhen pour mettre en route l'air conditionné, Mei-kun me chuchota :

– On va s'esquiver pendant qu'il se lave. Prépare tout ce qu'il faut et attends.

Mei-kun prit Yu Wei par la main et disparut avec lui dans la chambre de Lou-zhen. J'entendis le bruit de la douche. J'étais si anxieux que je ne savais plus quoi faire. Je m'asseyais un instant, puis me relevais pour faire les cent pas. Je n'arrivais pas à me calmer. Tout à coup, Mei-kun se précipita hors de la chambre.

– Zhe-zhong, on y va !

Je pris sa main et quittai l'appartement de Lou-zhen. Nous traversâmes le couloir à toute vitesse et Mei-kun se mit à rire :

– Ah, c'est génial !

Mais j'étais trop préoccupé par l'avenir pour partager sa joie.

Une fois dans l'ascenseur, je me rappelai le T-shirt rose que j'avais acheté pour le lui offrir. Je l'avais laissé dans l'appartement. Je laissai échapper un cri. Mais Mei-kun n'avait d'yeux que pour l'argent.

– Je n'ai jamais gagné autant de ma vie ! s'écria-t-elle.

Elle déploya les billets devant moi. C'était l'argent que j'avais laissé sur le bureau.

– Pourquoi as-tu pris ça ? Cet argent n'est pas à Yu Wei !

– Ne sois pas bête. On ne s'enfuira pas sans argent !

Elle fourra les billets dans le sac griffé qu'elle portait en bandoulière.

– On m'accusera de vol.

Elle ne me prêta aucune attention. Au cours des quatre petits mois qui avaient suivi notre séparation à la gare de Guangzhou, elle avait changé. Je contemplai son profil, le profil de la petite sœur que j'avais aimée. Son nez était légèrement retroussé. Le coin de ses lèvres se redressait doucement sur un visage plein et adorable. J'eus soudain envie d'étreindre son corps élancé. Elle était si belle et son cœur si noir !

Je savais que nous étions en train de nous enfuir avec l'argent de Lou-zhen et que ce crime me collerait à la peau comme une chemise trempée. J'avais le cœur lourd. D'une certaine manière, le T-shirt rose que j'avais laissé derrière moi était le symbole de tout ce qui m'était arrivé. Il représentait l'innocence que Mei-kun et moi avions un jour connue. Je les avais laissés dans la chambre de Lou-zhen. Et ne devais plus jamais les retrouver.

En fuyant à travers le hall, j'aperçus un homme en chemise hawaïenne qui fumait une cigarette assis sur un canapé. En nous entendant approcher, il leva sur nous un regard anxieux. C'était Jin-long. Il portait des lunettes de soleil, mais aucun doute n'était possible. Il se leva d'un bond et s'élança à notre poursuite. Je hélai le portier d'un ton impatient.

– Taxi !

C'est ainsi que Mei-kun et moi parvînmes à fuir Guangzhou.

Bien, l'inspecteur Takahashi vient de me reprocher de m'étendre sur des faits sans rapport avec l'affaire. On m'a donné une occasion précieuse de parler du crime que j'ai commis. J'ai tué une femme que je ne connaissais même pas et devrais mettre à profit ce testament pour réfléchir à ma bêtise. Mais voilà que je raconte dans le détail mon enfance banale et toutes les activités regrettables auxquelles j'ai pris part. Je vous présente mes excuses, inspecteur Takahashi, ainsi qu'à vous, monsieur le juge, pour vous avoir obligés à lire ces longues divagations.

Toutefois, si j'ai décrit la vie que j'ai menée dans mon pays natal, c'est pour que vous compreniez que je n'ai jamais rien voulu d'autre qu'une chance de gagner suffisamment d'argent pour vivre de manière indépendante et confortable sans avoir à commettre des actes inconvenants. Et pourtant me voilà en prison, obligé d'endurer jour après jour les interrogatoires constants des inspecteurs et l'humiliation d'être suspecté du meurtre de Kazue Satô. Je n'ai absolument rien à voir avec sa mort. Je l'ai déjà dit à de nombreuses reprises. Laissez-moi donc le déclarer encore une fois solennellement : je n'ai rien à voir avec la mort de Kazue Satô. Je ne sais rien sur elle et ne peux donc rien écrire sur elle. L'inspecteur Takahashi m'ayant ordonné de ne raconter que ce que je sais des crimes en question, je terminerai donc cette déclaration le plus brièvement possible.

Il fallait un permis pour pénétrer dans la Zone économique spéciale de Shenzhen et, bien sûr, nous n'en avions pas. Nous décidâmes donc de nous installer d'abord dans la ville de Dongguan, une petite commune non loin de Shenzhen, et d'y chercher du travail. Dongguan a la réputation d'une zone frontalière secondaire prospère, grâce aux Chinois qui travaillent à Shenzhen et ont de l'argent à y dépenser. Phénomène intéressant, les ressortissants chinois qui vivent à Hong-Kong trouvent que la vie est moins chère à Shenzhen et vont y faire leurs achats et se divertir. Les Chinois qui vivent à Shenzhen ont la même opinion de Dongguan, parce que Dongguan est proche d'une des Zones économiques spéciales. Mei-kun trouva à garder des enfants dont les mères travaillaient dans des bars à hôtesses, et je pris un emploi dans une conserverie.

Je pense que cette période fut la plus heureuse de ma vie. Mei-kun et moi vivions en harmonie, nous soutenant l'un l'autre comme mari et femme, et, après avoir travaillé dur pendant près de deux ans, nous avions mis suffisamment d'argent de côté pour acheter nos permis pour Shenzhen. Nous nous y installâmes en 1991.

Nous trouvâmes du travail dans le meilleur club de karaoké de Shenzhen. Mei-kun y était hôtesse et moi directeur adjoint. C'est Mei-kun qui m'avait aidé à trouver ce boulot. On l'avait recrutée avant moi et elle avait accepté de travailler à la condition qu'ils m'embauchent également. Je n'aimais pas particulièrement la voir travailler comme hôtesse. Cette idée m'inquiétait car je voyais bien qu'elle retomberait facilement dans la prostitution. Mei-kun, elle, avait peur que je tombe amoureux d'une des filles qui travaillaient au club. Nous nous surveillions donc mutuellement tout en travaillant, situation quelque peu étrange pour un frère et une sœur.

Pourquoi suis-je venu au Japon ? C'est une question que je me suis souvent posée. Ce fut, comme toujours, ma petite sœur qui décida de mon destin. Pour être tout à fait franc, j'avais toujours eu envie de m'installer en Amérique. Mais Mei-kun s'y opposait fermement. En Amérique, les travailleurs chinois sont exploités et travaillent pour un dollar de l'heure. En revanche, nous pourrions gagner plus au Japon et épargner pour pouvoir arriver en Amérique avec quelques économies. La logique de Mei-kun l'emportait toujours sur mes faibles velléités. Je n'étais pas d'accord avec elle, mais comme d'habitude je n'arrivais pas à lui résister.

Un jour survint un incident qui me persuada de partir pour le Japon sans plus attendre. Le propriétaire du club me fit appeler à son bureau.

– Un type de Guangzhou est passé, il cherchait un certain Zhang qui viendrait du Sichuan. On dirait qu'il le cherche dans toute la ville. C'est toi qu'il poursuit ?

– Il y a beaucoup de Zhang qui viennent du Sichuan, répondis-je sans ciller. Qu'est-ce qu'il voulait ?

– Il a dit que c'était en relation avec Tienanmen. Apparemment, il offre une récompense.

– Il avait l'air de quoi ?

– Il était avec une femme. Lui avait une tête de grosse brute et la femme de petits yeux de fouine.

Le propriétaire du club, qui n'aimait pas les ennuis, me regardait d'un air soupçonneux. Lou-zhen avait envoyé Yu Wei et Bai Jie à notre recherche. Je sentis le sang refluer de mon visage et luttai pour garder ma contenance. S'ils offraient une récompense, il ne faudrait pas longtemps avant que quelqu'un nous dénonce. Tous les gens qui travaillaient à Shenzhen couraient après l'argent.

Ce soir-là, en rentrant à l'appartement, je discutai de notre situation avec Mei-kun. Elle haussa les sourcils.

– Pour être franche, Zhe-zhong, je ne t'ai rien dit, mais l'autre jour devant la gare j'ai vu un type qui ressemblait trait pour trait à Jin-long. Je suis terrifiée à l'idée qu'il se pointe au club un jour ou l'autre. Peut-être qu'il est temps de filer.

Le club de karaoké qui nous employait était cher et réputé. Ce n'était pas le genre d'endroits que fréquentaient les Chinois de l'intérieur. La plupart des clients venaient de Hong-Kong ou du Japon. J'estimai peu probable que Jin-long y fasse une visite, mais Shenzhen n'était pas une très grande ville. Tôt ou tard, nous étions certains de le rencontrer. Notre situation commençait à être dangereuse.

Le lendemain, je me mis en quête d'une « tête de serpent » – un passeur – qui nous aiderait à gagner le Japon. J'étais certain qu'à Shanghai nous trouverions de nombreuses têtes de serpent prêtes à nous permettre d'échapper à Jin-long. Mais échapper à Louzhen serait une autre paire de manches. Son frère cadet vivait à Shanghai et nous trouverions probablement peu de gens prêts à affronter son autorité. Ça n'allait pas être facile. Je finis cependant par tomber sur une hôtesse originaire du Fujian, qui me parla d'une tête de serpent qu'elle connaissait. Je l'appelai sur-le-champ et lui demandai de nous faire passer au Japon.

La tête de serpent ne demandait qu'un million de yens d'avance pour couvrir le coût de nos deux faux passeports. Nous pourrions payer le reste, deux millions de yens par personne, lorsque nous serions au Japon et y travaillerions. Le coût total s'élevait donc à cinq millions de yens. Je poussai un soupir de soulagement. Depuis que je savais que nous étions pourchassés, j'avais passé tant de temps à regarder par-dessus mon épaule que j'en avais comme un torticolis permanent.

9 février 1992 : je n'oublierai jamais ce jour aussi longtemps que je vivrai. C'est celui où nous mîmes les voiles pour le Japon. Pure coïncidence, c'est à la même date que, trois ans auparavant, Mei-kun et moi avions fui notre village. Seul quelqu'un qui a fait

le voyage vers ce pays peut avoir une chance de comprendre les dangers auxquels mes compatriotes et moi étions confrontés. Quand je pense aujourd'hui à la mort de ma sœur, je suis envahi par l'amertume. Je n'ai jamais voulu en parler à personne et ferai donc de ce voyage un récit bref et sans grand détail.

Nous étions quarante-neuf à embarquer. La plupart d'entre nous étaient des jeunes hommes de la province du Fujian. Quelques femmes de l'âge de Mei-kun se trouvaient aussi à bord. Je compris qu'elles étaient mariées à la manière dont elles se serraient contre leurs compagnons, les yeux baissés. Terrifiées par les dangers du voyage en mer qui les attendait, elles étaient cependant déterminées à ne pas être un fardeau pour leur mari. Mei-kun, elle, était imperturbable. Elle sortait sans cesse son passeport à la couverture marron pour le caresser d'un air heureux – ce passeport qu'elle avait cru ne jamais obtenir.

Le premier bateau que nous prîmes était une petite embarcation, un bateau de pêche ordinaire. Nous quittâmes le port de Changle entassés contre les parois de la cale. La mer était calme et le temps chaud. Je poussai un soupir de soulagement. Mais lorsque nous nous éloignâmes du rivage et atteignîmes la haute mer, le vent se leva. Le bateau fut secoué sans pitié par des vagues violentes. Nous rejoignîmes enfin un grand cargo. Le capitaine de notre bateau nous donna à chacun un tournevis et nous dit d'embarquer. Je n'avais pas la moindre idée de ce que nous étions censés faire du tournevis, mais je me hissai sur le pont.

Lorsque tout le monde fut à bord, nous fûmes conduits dans un étroit container en bois. Il fut fermé de manière à ce que personne ne puisse voir qu'il contenait des êtres humains. À l'intérieur, il faisait noir comme dans un four. Avec quarante-neuf personnes entassées dans un espace aussi réduit, l'air devint rapidement épais et fétide. J'entendis quelqu'un crier :

– Percez des trous dans les parois avec vos tournevis !

Autour de moi s'éleva aussitôt un martèlement monstrueux, tout le monde cherchant frénétiquement à percer des trous d'aération dans la paroi du container. Je frappai moi-même la cloison de toutes mes forces, mais malgré tous mes efforts je ne parvins qu'à percer un trou large de quelques millimètres. Je pressai ma bouche contre le trou et aspirai avidement de l'air frais. Je n'allais pas mourir. Petit à petit, la panique qui m'avait saisi à l'idée de mourir asphyxié s'apaisa. Mais il ne se passa pas longtemps avant que nous soyons tous couverts de puanteur. Au début, nous avions réservé un coin du container pour y faire nos besoins, mais dès le deuxième jour, le sol était presque entièrement recouvert d'excréments. Mei-kun, qui avait entamé le voyage avec tant d'entrain, se fit silencieuse. Elle s'accrochait à ma main et refusait de s'éloigner de moi. Mei-kun était claustrophobe.

Le quatrième jour, le moteur s'arrêta. Nous entendîmes l'équipage s'activer sur le pont. Nous avions atteint Taïwan. Mais, personne ne nous disant rien, je pensai que nous étions arrivés au Japon. Mei-kun, qui était restée collée à moi sans bouger – elle souffrait du mal de mer en plus de la claustrophobie –, se redressa soudain et agrippa mon manteau avec ardeur.

– On est au Japon ?

– Peut-être.

Je n'en étais pas certain et haussai les épaules d'un air hésitant. Mais Mei-kun se leva d'un bond et commença à se recoiffer avec empressement, à peine capable de contenir sa joie. S'il y avait eu plus de lumière dans le container, je suis sûr qu'elle se serait maquillée. Mais, après une journée entière, le bateau était toujours à l'ancre. Personne ne venait nous chercher. Mei-kun ne tenait pas en place. Elle n'arrêtait pas de se lever et de passer ses mains sur la paroi du container, frappant de ses paumes avec acharnement.

– Laissez-moi sortir !

Un homme de la province du Fujian qui était accroupi dans le noir me lança dans un murmure rauque :

– Il faut que tu la calmes. On n'est encore qu'à Taïwan.

En entendant le nom de Taïwan, Mei-kun fut horrifiée.

– Je me fiche qu'on soit à Taïwan. Il faut que je sorte. J'en peux plus ! Aidez-moi !

Elle se mit à frapper du poing sur les parois du container en hurlant comme une folle.

– Hé, fais quelque chose avec ta bonne femme. S'ils l'entendent, on est tous baisés.

J'aurais dû être moins brutal, mais je sentais quarante-sept paires d'yeux qui me transperçaient le dos et frappai Mei-kun au visage pour la faire taire. Dès que je l'eus touchée, elle s'écroula par terre comme une marionnette dont les fils auraient lâché. Elle tomba sur le sol crasseux, dans le vomi et les excréments, et y resta étendue, le visage tourné vers le plafond, les yeux fixés sur l'obscurité. Je fus pris d'inquiétude en voyant qu'elle ne bougeait plus, mais je ne pouvais pas lui laisser mettre en danger la vie de tous les autres passagers. Tant qu'elle restait tranquille, je me dis qu'il valait mieux la laisser là où elle était. Plus tard, en repensant à cette horrible tragédie, je n'arrivai pas à croire que j'avais peut-être mis fin à la vie de Mei-kun d'une simple gifle. Pas Mei-kun. Elle était si forte, si déterminée.

Le lendemain, le bateau quitta enfin Taïwan. Il voguait lentement vers le Japon sur une mer agitée par les tempêtes d'hiver. Mei-kun restait étendue au même endroit, à demi invalide, sans manger ni parler. Le sixième jour, notre container fut enfin ouvert. L'air marin était froid, presque glacial. Mais après avoir été enfermés dans la puanteur fétide du container, il nous parut frais et enivrant. Mei-kun parvint à se tenir debout sans aide malgré l'épuisement. Elle me regarda et sourit faiblement.

– C'était affreux.

Jamais je n'aurais pu croire que ce seraient là ses derniers mots, mais moins de vingt minutes plus tard, alors que nous embarquions sur un petit bateau qui là, dans l'obscurité, devait nous mener jusqu'aux rivages du Japon, l'accident se produisit. Je ne sais pourquoi, mais à la seconde même où Mei-kun posa le pied sur le bateau, la mer qui était restée calme s'agita brusquement et une énorme vague se forma. Et Mei-kun bascula dans l'eau avant que quiconque ait pu la rattraper. J'avais embarqué avant elle et tentai de lui prendre la main, mais tout était allé trop vite et lorsque je tendis la mienne, je n'attrapai que de l'air. S'enfonçant dans la mer, Mei-kun leva les yeux vers moi avec une expression de choc absolu. Puis elle disparut sous les flots. Sa main s'agita encore un instant, comme en un signe d'adieu, et je ne pus que la regarder, pétrifié. Même si j'avais essayé de l'aider, je ne savais pas nager. Je criai son nom. Mais personne n'y pouvait rien. Nous ne pûmes que contempler les eaux sombres. Oui, ma petite sœur chérie est morte dans les eaux froides du cœur de l'hiver, le Japon qu'elle avait tant désiré connaître dansant une dernière fois devant ses yeux.

J'en ai presque terminé avec ce long et tortueux récit. Inspecteur Takahashi, monsieur le juge, montrez-vous indulgents et lisez-le jusqu'au bout. L'inspecteur Takahashi a intitulé cette déclaration « Mes crimes » et m'a ordonné de réfléchir à mes actes répréhensibles en racontant ma jeunesse et toutes mes erreurs passées. Aujourd'hui, avec tous ces souvenirs qui me reviennent, je suis étouffé par les larmes et le remords. Je suis vraiment un homme méprisable. J'ai été incapable de sauver Mei-kun, j'ai assassiné Yuriko Hirata et j'ai continué à vivre confortablement. J'aimerais tellement remonter le temps et tout recommencer à zéro. Je pourrais être une fois encore le jeune garçon que j'étais lorsque j'ai quitté ma famille avec ma petite sœur. L'avenir semblait alors si radieux, si plein de promesses ! Et aujourd'hui, je n'ai rien accompli d'autre que ce crime. Un crime affreux que seule une créature damnée pourrait commettre. J'ai tué la première femme que j'ai rencontrée dans ce pays étranger. Je pense être devenu cet homme mauvais parce que j'ai perdu ma Mei-kun, mon âme, ma vie.

Devenu clandestin au Japon, j'ai vécu comme un chat errant, me faufilant çà et là, avec la peur constante d'attirer l'attention. Les Chinois vivent dans des communautés très soudées et, jamais loin de leur foyer, dépendent du soutien et des conseils des membres de leur famille. Moi, je me suis retrouvé à des centaines de kilomètres de mon foyer et de ma famille. Je n'avais personne pour m'aider à trouver un travail ou un endroit pour vivre ; j'ai dû tout faire tout seul. Et depuis que j'avais perdu ma sœur, je n'avais plus personne pour me consoler. Après trois ans de dur labeur, j'ai enfin pu rembourser à la tête de serpent l'argent qu'il nous avait avancé pour nous faire passer au Japon, ma sœur et moi. Mais après cela je n'avais quasiment plus de but, et j'ai perdu jusqu'à l'envie de mettre de l'argent de côté. La plupart des hommes que j'ai connus au Japon avaient laissé femme et enfants en Chine et travaillaient pour leur envoyer de l'argent. De mon point de vue, leur sort était enviable.

C'est à cette époque que j'ai rencontré une Taïwanaise qui travaillait dans Kabuki-chô. Je viens d'écrire que Hirata était la première femme que j'ai rencontrée au Japon, mais en fait je suis allé avec cette Taïwanaise voir le film *La Terre jaune*. Elle avait dix ans de plus que moi et deux enfants qui étaient restés à Kaohiung. Tout en travaillant comme gérante d'un club, elle prenait des cours dans une école de japonais et économisait de l'argent qu'elle envoyait à ses enfants. C'était une personne très douce et elle s'est occupée de moi avec beaucoup de gentillesse lorsque j'étais au plus bas.

Mais si gentil que quelqu'un puisse se montrer, quand ses origines sont différentes, cette personne ne peut pas connaître vos sentiments réels. Elle ne pouvait pas vraiment comprendre ce qu'était une enfance dans un village misérable, pas plus que la dureté de la vie de travailleur migrant et l'horreur de perdre une sœur. Ce fait me dérangeait et j'ai fini par me séparer d'elle. C'est à ce moment-là que j'ai décidé de partir seul pour l'Amérique.

Un marginal ne peut que vivre en marginal. Même si j'ai partagé un logement avec d'autres à Shinsen, nous étions tous, chacun à notre manière, des solitaires. Je ne savais même pas que Chen-yi et Huang étaient des fugitifs avant que l'inspecteur Takahashi me le dise. Si j'avais su que c'étaient des criminels, j'aurais certainement refusé d'avoir affaire avec eux. Si je me suis brouillé avec mes colocataires, c'est parce que je préparais en secret mon départ pour New York. Il ne s'agissait pas seulement d'un désaccord financier.

L'inspecteur Takahashi m'a reproché d'escroquer mes compagnons sur leur loyer. J'étais responsable du ménage dans l'appartement de Chen. Je devais m'assurer qu'il reste propre et en ordre, et payer les charges. Il était donc logique qu'ils payent plus que moi.

À votre avis, qui nettoyait les toilettes ? Qui sortait les poubelles ? C'est moi qui m'acquittais de tout ça et qui faisais sécher la literie dehors.

J'ai été profondément blessé par la trahison de ces gens avec qui je vivais, surtout par celle de Huang. Tout ce qu'il a raconté est faux. Que je connaissais Kazue Satô depuis longtemps ; que nous avions eu des rapports tous les trois. Ce ne sont que des mensonges éhontés. Il devait avoir ses raisons de faire retomber la faute sur moi. Réfléchissez-y, inspecteur Takahashi, monsieur le juge, je vous en supplie. Je sais que je l'ai déjà répété encore et encore, mais je n'ai jamais rencontré Kazue Satô. Cette accusation est fausse.

Ma rencontre avec Yuriko Hirata annonçait un grand malheur pour nous deux. L'inspecteur Takahashi m'a expliqué que Mlle Hirata avait un jour été très belle et qu'elle avait travaillé comme mannequin. Il a poursuivi par ces mots : « Lorsqu'elle a fini par être vieille et laide, elle est devenue une tapineuse à trois sous. » Mais je la trouvais encore belle.

En la voyant pour la première fois dans Kabuki-chô, j'avais été attiré par sa beauté et sa jeunesse. Je me fichais de l'heure qu'il pouvait être. Ce soir-là, je voulais absolument repasser par Kabuki-chô en rentrant du Futomomokko. En la voyant m'attendre sous la pluie, je fus rempli de joie. Elle me regarda avec un petit sourire. Puis elle me dit : « Je vais finir gelée à force de t'attendre ! »

Je me souviens encore très clairement de cette nuit pluvieuse. Mlle Hirata tenait un parapluie et les cheveux longs qui lui pendaient dans le dos presque jusqu'à la taille étaient les mêmes que ceux de Mei-kun. Mon cœur se mit à battre plus fort. Son profil était également le reflet exact de celui de Mei-kun. C'était la principale raison pour laquelle elle m'attirait. J'étais toujours à la recherche ma sœur. Les hommes de mon entourage me disaient sans cesse : « Ta sœur est morte. Fais-toi une raison ! » Mais je ne pouvais pas m'empêcher d'imaginer qu'elle était toujours de ce monde et que je la croiserais un jour.

Il ne fait aucun doute qu'elle a disparu cette nuit-là dans la mer. Mais si un bateau de pêche était passé par là et l'avait secourue ? Elle pouvait encore être en vie. Ou peut-être avait-elle nagé jusqu'à une île voisine. C'était de tels espoirs que je me nourrissais. Mei-kun avait été élevée dans les montagnes, comme moi. Elle ne savait pas nager. Mais c'était une femme déterminée et pleine de talent. Je me rappelle encore notre rencontre au bord de la piscine à Guangzhou. Elle avait crié : « Zhe-zhong ! » avec des larmes dans les yeux. Je parcourais donc les rues dans l'espoir – dans l'attente, oui ! – de la revoir.

Mlle Hirata m'a fait un compliment la première fois qu'elle m'a vu.

– Tu as un beau visage.

Et je lui ai répondu :

– Tu ressembles trait pour trait à ma sœur. Vous êtes belles toutes les deux.

– Quel âge a ta sœur ? m'a-t-elle demandé en marchant à côté de moi.

Elle a jeté sa cigarette dans une flaque et s'est tournée pour m'observer. Je l'ai regardée dans les yeux. Non, en fait ce n'était pas Mei-kun. J'étais déçu.

– Elle est morte.

– Elle est morte ?

Elle a haussé les épaules. Elle paraissait si triste que je me suis tout de suite senti attiré par elle. Elle semblait être le genre de personne sur qui je pourrais me décharger de mon fardeau. Et puis elle m'a dit :

– J'aimerais bien que tu me racontes tout ça. J'habite à côté. Tu veux qu'on y aille et qu'on partage quelques bières ?

D'après l'inspecteur Takahashi, c'est le genre de choses que disent les prostituées. Il ne croit pas à mon témoignage. En rencontrant Mlle Hirata, je ne rencontrais pas une prostituée, mais quelqu'un qui avait exactement les mêmes cheveux et le même profil que ma petite sœur. Que Mlle Hirata ait acheté la bière et les gâteaux au soja à l'épicerie avec son propre argent va bien dans le sens de mon témoignage, non ? Je pense que Mlle Hirata s'intéressait à moi. Bien sûr, nous avions négocié un prix, c'est vrai.

Mais elle était passée de trente mille yens à quinze mille, ce qui, à mon avis, prouve qu'elle m'aimait bien.

Dès que Mlle Hirata est arrivée dans son appartement d'Ôkubo, elle s'est tournée vers moi et m'a demandé :

– Alors, qu'est-ce que tu veux faire ? On peut faire ce que tu veux, il suffit de me demander.

Je lui ai demandé exactement ce que je me répétais sans cesse au plus profond de moi-même :

– Je veux que tu me regardes avec des larmes dans les yeux et que tu m'appelles « grand frère » !

Mlle Hirata a fait ce que je lui demandais. Sans réfléchir, j'ai tendu les bras et l'ai enlacée.

– Mei-kun ! Comme tu m'as manqué !

Pendant que Mlle Hirata et moi faisions l'amour, j'étais fou d'excitation. Je suppose que c'était mal. Mais ça confirmait tous mes soupçons. Je n'aimais pas ma sœur comme une sœur. Je l'aimais comme une femme. Et j'ai compris que quand elle était vivante, c'était exactement ce que nous aurions voulu faire. Mlle Hirata était très sensible. Elle a levé les yeux sur moi et m'a demandé :

– Qu'est-ce que tu veux que je fasse maintenant ?

Ça m'a rendu fou.

– Dis-moi : « C'était affreux » en me regardant.

Je lui ai appris la phrase en chinois. Sa prononciation était parfaite. Mais ce qui m'a vraiment surpris, c'est quand j'ai vu de vraies larmes monter à ses yeux. J'ai compris que le mot « affreux » évoquait aussi quelque chose dans son cœur. Mlle Hirata et moi avons pleuré tous les deux dans ce lit en nous agrippant l'un à l'autre. Je n'avais bien sûr aucune envie de la tuer, loin de là. Bien que de races et de cultures différentes, je sentais que nous nous comprenions. Je parvenais à lui communiquer des choses que je n'avais jamais su transmettre à la Taïwanaise, alors même que je venais à peine de la rencontrer. C'était incroyable. Apparemment, Mlle Hirata partageait mes sentiments, car des larmes coulaient sur ses joues pendant que je la tenais dans mes bras. Après, elle a enlevé son collier en or et me l'a attaché autour du cou. Je ne sais pas pourquoi elle a fait une chose pareille.

Pourquoi l'ai-je tuée ? me demandez-vous. Je ne le sais pas moi-même. Peut-être parce qu'elle a retiré sa perruque aussi facilement qu'un chapeau. Les cheveux qui en sont sortis étaient d'un brun clair parsemé de blanc. Mlle Hirata était une étrangère qui ne ressemblait en rien à ma Mei-kun !

– OK, fini de jouer, m'a-t-elle lancé.

Et soudain elle est devenue froide. J'étais sous le choc.

– Tout ça n'était qu'un jeu ?

– Qu'est-ce que tu croyais ? C'est comme ça que je gagne ma vie. Maintenant, il faut que tu me payes.

J'ai senti un frisson me glacer l'échine quand j'ai sorti l'argent de ma poche. C'est alors que les ennuis ont commencé. Mlle Hirata m'a dit de lui donner tout ce que j'avais, vingt-deux mille yens. Quand je lui ai demandé pourquoi le prix avait changé, elle m'a répondu avec dégoût :

– Les petits jeux d'inceste, ça coûte plus cher. Quinze mille yens, c'est pas assez.

Inceste ? Ce mot m'a mis en rage. J'ai jeté Mlle Hirata sur le futon.

– Qu'est-ce que tu fous ?

Elle s'est relevée brusquement et m'a sauté dessus, aussi folle qu'un démon. Nous avons commencé à nous pousser et à lutter violemment.

– Sale radin ! J'aurais jamais dû baiser avec un Chinois !

Je n'étais pas en colère pour l'argent. J'étais en colère parce que j'avais l'impression que Mei-kun avait été souillée. Ma précieuse Mei-kun. Je suppose que c'est ce qui nous attendait tout du long, depuis l'instant où nous avons quitté la maison ; au bout du chemin, il n'y avait que la tragédie. Notre rêve hors d'atteinte. Notre rêve impossible qui s'est changé si facilement en cauchemar. Ce Japon que Mei-kun désirait tant voir. Quelle cruauté ! Il a fallu que je lui survive. Il a fallu que je continue à vivre dans ce pays qu'elle n'a jamais connu. Et il a fallu que j'endure toute sa laideur. Tout ce qui me restait, c'était l'espoir de trouver une femme comme Mei-kun. Et quand je l'ai enfin trouvée, tout ce qu'elle voulait, c'était jouer la comédie pour de l'argent. Quel imbécile j'avais été de n'avoir rien vu venir ! Je me sentis comme emporté par un courant rapide et fus incapable de comprendre ce qui se passait. Lorsque je repris mes esprits, je vis que j'avais étranglé Mlle Hirata. Je ne l'ai pas tuée pour voler son argent. Mais j'ai commis une faute que je ne pourrai jamais réparer. J'aimerais consacrer le reste de ma vie à prier pour le repos de l'âme de Mlle Hirata.

Zhang Zhe-zhong

6

DÉCADENCE ET PUTRÉFACTION

I

Comme il fallait à tout prix que j'assiste à l'ouverture du procès du Tueur des meublés, j'ai pris une journée de vacances sur mon travail à la mairie d'arrondissement. Vous ne trouvez pas cela normal, vous ? La salle d'audience ressemblait à toutes les autres, mais c'était la plus grande du tribunal et je fus totalement stupéfaite en apprenant que, pour attribuer les places assises, ils avaient dû organiser une loterie entre tous ceux qui voulaient assister aux débats. Il y avait là presque deux cents personnes qui faisaient la queue dans l'espoir de gagner leur ticket. Tout cela montre bien à quel point les gens sont fascinés par Yuriko et Kazue. Beaucoup de reporters et de personnalités médiatiques étaient venus pour couvrir le procès, mais il paraît que les caméras étaient interdites dans la salle d'audience. En demandant à mon patron de m'accorder un congé, j'avais vu ses lèvres trembler. Je savais qu'il mourait d'envie d'en savoir plus.

J'ai écrit plus haut que la question de savoir si ce Chinois, ce Zhang, était oui ou non l'assassin de Yuriko et Kazue ne présentait, à mes yeux, pas le moindre intérêt. Je le pense toujours. Après tout, toutes les deux faisaient le trottoir. Des pervers et des tarés, elles en croisaient tous les jours. Elles devaient bien savoir qu'elles pouvaient mourir sur un coup de malchance ; je pense que c'est d'ailleurs très précisément pour cela qu'elles trouvaient leur travail si excitant. Passer d'un client à un autre sans jamais savoir si tel jour serait le dernier ; en partant de chez elles, elles ne pouvaient jamais être sûres de revenir. Et lorsque la nuit se terminait et qu'elles rentraient en un seul morceau, elles devaient ressentir un soulagement incroyable en comptant l'argent qu'elles avaient gagné. Quels qu'aient pu être les dangers de cette nuit-là et des autres, elles les emmagasinaient dans leur mémoire et s'y référaient de temps à autre, apprenant ainsi à utiliser leur intelligence pour survivre.

À vrai dire, je n'ai eu envie de me rendre au procès qu'après avoir lu la copie de la déposition de Zhang que m'avait donnée l'inspecteur Takahashi. « Mes crimes » en était le titre. Le contenu, lui, était absurdement long et fastidieux. Zhang passe un temps fou sur des questions qui n'intéressent personne : les épreuves qu'il a traversées en Chine, le détail des aventures de sa petite sœur chérie, etc. J'en ai survolé une bonne partie.

Mais tout au long de son récit il se décrit comme « beau et intelligent », et affirme même à un moment ressembler à l'acteur Takashi Kashiwabara. Après avoir lu cela, j'étais curieuse de voir quel genre d'homme c'était. Selon lui, le jour où il l'avait assassinée, Yuriko lui avait dit : « Tu as un beau visage. » Toute sa vie durant, on avait complimenté Yuriko sur sa beauté fantastique. Si elle avait trouvé que Zhang avait un beau visage, il valait sûrement le déplacement.

Vous comprenez, je n'ai jamais réussi à oublier la petite Yuriko, celle du chalet de montagne, celle qui se blottissait à la moindre occasion entre les genoux de Johnson. L'un des plus beaux hommes du monde avec l'une des plus jolies filles. Pas étonnant qu'ils aient été attirés l'un par l'autre, et bientôt incapables de se séparer pour le restant de leurs jours. Quoi ? Non, je vous assure que je n'étais pas jalouse. Simplement, la beauté semble faire usage de sa propre boussole ; elle attire la beauté et la connexion, une fois établie, le reste à vie, l'aiguille immobile, pointant dans la direction opposée. Moi aussi j'étais métisse, mais la nature ne m'avait malheureusement pas dotée d'un physique comparable. J'étais au contraire bien consciente que mon rôle serait de surveiller tous ceux qui avaient eu plus de chance que moi.

Pour l'occasion, j'ai emprunté un ouvrage sur la physiognomonie et l'ai emporté au tribunal. J'avais prévu d'étudier celle de Zhang. Un visage rond indique une personnalité charnelle : quelqu'un de facile à satisfaire, peu préoccupé par les détails, mais souvent indécis et très prompt à se désintéresser des choses. Un visage anguleux dit une personne calculatrice, physiquement résistante, qui a horreur de perdre et dispose d'une capacité à l'entêtement qui rend toute relation amicale très difficile. En revanche, ceux qui possèdent un visage triangulaire sont délicats et sensibles; physiquement fragiles, ils ont souvent un tempérament d'artiste. Ces catégories se subdivisent chacune en trois niveaux – haut, milieu, bas –, en commençant par le haut du visage et en progressant vers les côtés. En étudiant ces niveaux séparément, on peut lire la fortune de quelqu'un. Je pense ainsi appartenir à la catégorie des « personnalités sensibles ». J'ai un physique délicat, je suis attirée par la beauté et j'ai un tempérament d'artiste. Mais le passage consacré aux personnes peu sociables me va aussi comme un gant.

Puis nous avons les cinq attributs, les zones importantes et les organes principaux du visage: sourcils, yeux, nez, bouche et oreilles. Un des caractères particulièrement révélateurs est le brillant des yeux; plus un regard est pénétrant, plus grande est la force vitale de l'individu dont il émane. Un nez dont l'arête se poursuit très haut indique une opinion tout aussi haute de soi-même. Une grande bouche suggère une personnalité agressive et sûre d'elle.

Mais si l'on peut vraiment prévoir le caractère, et même le destin de quelqu'un en étudiant son visage et ses attributs physiques, comment se fait-il que quelqu'un comme Yuriko ait connu une fin aussi tragique? Yuriko, ravissante attardée! Elle devait bien avoir une imperfection qui la conduisait à ce destin. Peut-être était-ce justement sa beauté trop parfaite.

Un jeune inspecteur, clairement acquis à l'accusation, s'est penché vers moi pour scruter mon visage. Les yeux qu'il posait sur moi à travers une paire de lunettes cerclées de brun étaient pleins de compassion, comme s'il m'avait classée d'office parmi les proches éplorés.

« Ils vont bientôt commencer, m'a-t-il dit. Allez prendre place au premier rang, à droite. »

Dès le départ, j'avais eu droit à un traitement de faveur et n'avais pas eu à faire la queue, ni pour avoir une place ni pour entrer dans la salle. J'avançai directement vers le premier rang. J'étais le seul membre présent de la famille de Yuriko, ce qui ne m'étonna guère. Je n'avais pas dit à mon grand-père qu'elle était morte. Grand-Père est désormais confié aux bons soins de la maison de retraite Misosazai, où il est libre de pourchasser ses rêves passés. À moins que ce soient ses cauchemars d'antan qui le poursuivent. Le présent a été systématiquement effacé de tous les coins de sa mémoire. Les jours simples et heureux que je passai avec Grand-Père furent rares. Il s'est mis en ménage avec la mère de Mitsuru quand je suis entrée à l'université. Ça ne m'allait pas plus mal qu'elle veuille s'occuper d'un vieillard sénile, mais aux premiers signes de démence elle l'a jeté. Enfin, tout cela n'a plus beaucoup d'importance.

Le moment était venu d'ouvrir ce procès. Les spectateurs se disputaient bruyamment les dernières chaises. J'étais assise à l'extrémité du premier rang, la tête basse, l'air d'une proche de la victime. Avec mes longs cheveux qui me tombaient sur les joues, je doute qu'on ait pu voir grand-chose de mon visage depuis la galerie des spectateurs.

Enfin, une porte s'ouvrit et un homme apparut, pris en sandwich entre deux policiers bedonnants. Il était menotté, une chaîne reliant ses menottes à une ceinture qu'il portait autour de la taille : Zhang. Mais… minute ! Où était la ressemblance avec Takashi Kashiwabara ? Horrifiée, je dévisageai le pauvre type que j'avais en face de moi. Il était trapu, grassouillet et chauve. Visage rond, sourcils courts et broussailleux. Pour couronner le tout, il avait le nez camus. Le plus notable était ses yeux ; malgré leur strabisme, ils étincelaient en se promenant sur la foule des spectateurs, jetant ici et là un regard furtif. Zhang semblait désespéré, comme s'il cherchait dans la salle une connaissance, quelqu'un qui pourrait l'aider. Sa bouche était petite et le plus souvent à moitié ouverte. Si je devais faire une analyse physiognomonique de sa personnalité, je dirais qu'il s'ennuie facilement et qu'il doit avoir des difficultés dans ses rapports avec les autres : il est certes entêté mais n'a guère de volonté. De ma chaise au premier rang, je poussai un soupir de déception bien audible.

Celui-ci avait peut-être créé une onde qui s'était transmise à Zhang car il tourna la tête et m'adressa un regard depuis la place où il était assis, raide comme un piquet, dans le box des accusés. Peut-être l'avait-on déjà prévenu que je serais là pour Yuriko. Lorsque je lui rendis son regard, il détourna timidement les yeux. *Tu as tué Yuriko.* Je le fixai d'un air accusateur. Il parut s'apercevoir de mon hostilité à son égard. Il se tortilla sur sa chaise et avala sa salive si bruyamment que je l'entendis faire.

Mais j'avais beau le fixer méchamment, en réalité je ne l'accablais pas d'avoir commis ces crimes. Comment l'expliquer ? Yuriko et moi… Si on nous avait comparées à des planètes, elle aurait été la plus proche du soleil et constamment offerte à ses rayons ; j'aurais été celle qui se cache tout au fond dans le noir. La planète Yuriko se serait trouvée en permanence entre le soleil et moi, absorbant ses rayons avant qu'ils ne m'atteignent. Ai-je tort de le croire ? Je m'étais débrouillée pour entrer au lycée pour jeunes filles de K. parce que c'était ma seule chance de lui échapper, mais elle m'avait bientôt rattrapée et j'avais replongé dans le supplice d'être, en tant que grande sœur, régulièrement confrontée à des comparaisons peu flatteuses. Yuriko, que je haïssais jusqu'à la moelle des os, s'était laissée assassiner par cet homme pitoyable. Oui, je la méprisais du plus profond de mon cœur.

La première journée d'audience fut expédiée en un rien de temps. Zhang fut de nouveau menotté, enchaîné, puis on l'escorta à l'extérieur de la salle d'audience. J'avais l'impression de m'être fait semer par un renard. Je restai un long moment incapable de me lever de ma chaise.

Cette enflure de Zhang croyait peut-être pouvoir s'en tirer avec ce tissu de mensonges : « Ma sœur et moi étions très beaux » et : « Je ressemble à Takashi Kashiwabara » ! Ce sont probablement les contrevérités les plus flagrantes que j'aie jamais eu à entendre. En l'écoutant se déclarer, et avec quelle ferveur, innocent du meurtre de Kazue Satô, je fus plus que jamais convaincue de sa culpabilité. Réfléchissez un peu. Si quelqu'un est à ce point incapable de se voir de manière objective, s'il est, disons, convaincu d'être beau alors qu'il ne l'est pas, on peut être certain qu'il n'aura aucun mal à inventer d'autres mensonges scandaleux.

– Excusez-moi de vous déranger, je pourrais vous parler un instant ?

Une femme au teint pâle m'avait coincée dans le couloir de la salle d'audience. Selon mon livre de physiognomonie, les gens qui ont le teint pâle et de la couperose ont des problèmes de reins. J'éprouvai donc une pointe d'inquiétude pour cette femme. Mais elle m'avoua seulement travailler pour je ne sais quelle chaîne de télévision, fait dont elle semblait particulièrement fière.

– Vous êtes la sœur aînée de Mlle Hirata, je me trompe ? Que pensez-vous de cette première journée d'audience ?

– Je n'ai pas réussi à quitter l'accusé des yeux.

La jeune femme se mit à gribouiller furieusement dans son calepin en hochant la tête pour m'encourager à poursuivre.

– Je ne lui pardonnerai jamais le meurtre de mon unique sœu…

– L'accusé a clairement reconnu le meurtre de Mlle Hirata, dit-elle, m'interrompant. Pour Kazue Satô, en revanche, c'est plus problématique. Comment expliquez-vous qu'une businesswoman diplômée de l'université se tourne soudain vers la prostitution ? Après tout, vous étiez bien une de ses camarades d'école, non ?

– Pour moi, Kazue… je veux dire, Mlle Satô… cherchait avant tout le frisson. Elle adorait ça ; c'était toute sa vie. Je suppose que l'accusé était un de ses clients. Je crois qu'il a une personnalité charnelle ou bien… Enfin, je ne sais pas.

Tandis que je m'embrouillais dans mes explications sur la physiognomonie, la journaliste me dévisageait d'un air perplexe. Elle continuait de hocher la tête, mais elle ne faisait plus que semblant de prendre des notes. Il ne fallut pas longtemps pour qu'elle se désintéresse totalement de ce que j'avais à dire. Tout le monde se fichait de la mort de Yuriko. Elle n'avait eu aucun impact sur la société. Mais Kazue ? Kazue avait travaillé dans une firme respectable. Et toute cette attention qu'elle récoltait à présent, n'était-ce pas là ce qu'elle avait toujours cherché ?

La jeune femme prit congé et me laissa seule, debout sur le parquet soigneusement poli de ce couloir de tribunal. Puis une femme maigrelette avec des yeux anormalement grands vint se planter devant moi. Elle semblait avoir attendu le moment où je me retrouverais seule. Elle regarda prudemment autour d'elle pour s'assurer qu'il n'y avait plus personne près de nous. Ses cheveux longs et raides lui tombaient jusqu'aux reins. Son ensemble ressemblait à un sari indien, mais en coton, pas en soie, et lourdement amidonné. Elle m'observa intensément avant d'esquisser un sourire.

– Alors, on ne se souvient pas de moi ? me lança-t-elle.

Tandis qu'elle s'approchait, je perçus dans son haleine un soupçon de chewing-gum.

– Mitsuru.

Le choc me cloua sur place. Bien sûr, les journaux avaient été pleins d'articles sur elle. Mitsuru avait compté parmi les personnalités centrales d'une organisation religieuse dont les membres avaient participé pendant plusieurs années à des opérations terroristes avant d'être condamnés.

– Mitsuru ! m'écriai-je. Déjà sortie de prison ?

Ma réplique l'assomma.

– Ah, c'est vrai, dit-elle. Tout le monde est au courant.

– Oui. Tout le monde.

Elle se retourna pour surveiller le couloir d'un air irrité.

– Je n'oublierai jamais ce tribunal, reprit-elle. Mon procès s'est tenu dans la salle 406. Ils m'ont appelée au moins vingt fois à la barre. Et personne n'est venu me soutenir. Mon seul et unique allié était mon avocat. Mais même lui, au fond, me croyait coupable. Il n'avait rien compris. Tout ce que je pouvais faire, c'était m'asseoir et attendre que ça se termine. (Elle tira légèrement sur ma manche.) Écoute, si tu as un moment, on pourrait aller prendre une tasse de thé. J'aimerais te parler.

Elle portait une veste noire par-dessus son sari. Je n'avais pas envie qu'on me voie avec elle tant son accoutrement était étrange, mais en voyant à quel point elle semblait heureuse de me voir, je n'eus pas le cœur de refuser.

– Au sous-sol, il y a une cafétéria qui devrait faire l'affaire. Ah, quel luxe, tout de même, que de pouvoir se déplacer librement !

Elle avait la voix pleine d'entrain, mais n'arrêtait pas de regarder nerveusement par-dessus son épaule.

– Il y a des inspecteurs qui me suivent.

– C'est terrible.

– Mais de quoi je me plains ? Si quelqu'un a vraiment souffert ici, c'est bien toi, n'est-ce pas ? dit-elle, compatissante.

Elle serra un peu plus les doigts autour de mon bras au moment d'entrer dans l'ascenseur. Elle avait la main chaude et moite et cela me dérangeait. Je me dégageai.

– Pourquoi dis-tu ça ?

– Ben, à cause de Yuriko. C'est vraiment horrible quand quelque chose comme ça vous arrive. J'ai encore du mal à y croire. Et Kazue ! Quel choc !

Quand l'ascenseur atteignit le sous-sol, je plongeai vers la sortie et entrai en collision avec Mitsuru, qui m'avait précédée. Elle s'était arrêtée net au niveau de la porte, trop angoissée pour aller plus loin.

– Je suis vraiment désolée ! Tu sais, je n'ai plus l'habitude de sortir de chez moi.

– Quand est-ce qu'ils t'ont relâchée ?

– Ça va faire deux mois. Ils m'ont gardée six ans, dit-elle en chuchotant.

Je l'examinai par-derrière. De la jeune fille studieuse qu'elle avait été au lycée, il ne restait pas la moindre trace. La sagace et si diligente Mitsuru ! À présent elle était mince, frêle et rugueuse comme une lime à ongles. Elle ressemblait à sa mère, sa mère qui était si simple et si pitoyable. Sa mère qui avait trahi mon grand-père. J'avais entendu dire que c'était elle qui avait encouragé Mitsuru – ainsi que son mari médecin – à rejoindre ce groupe de fanatiques. Mais je ne suis pas sûre que ce soit vrai.

– Comment va ton mari ?

– Il y est encore. J'ai deux fils, tu sais. C'est la famille de mon mari qui les élève et je me fais du souci pour leur éducation.

Elle s'était assise et prit une petite gorgée de thé. Quelques gouttes tombèrent de sa lèvre inférieure tout droit sur son sari et le tachèrent, mais elle ne parut pas s'en apercevoir.

– Il y est encore ? répétai-je.

– À l'isolement. Je crois bien qu'il va effectuer toute sa peine derrière les barreaux. Il fallait s'y attendre.

Elle leva les yeux vers moi, visiblement gênée.

– Mais et toi ? dit-elle. Je n'arrive pas à croire ce qui est arrivé à Yuriko. Et à Kazue. Je n'arrive pas à imaginer que Kazue ait pu faire une chose pareille. Elle qui était si travailleuse ! Peut-être qu'elle a fini par se lasser de tous ces efforts.

Elle sortit un paquet de cigarettes de son sac et en alluma une. Elle commença à fumer, mais elle ne semblait pas vraiment en avoir l'habitude.

– On a pris un sacré coup de vieux, toi et moi ! J'ai l'impression que l'intervalle entre tes dents s'est encore élargi, lui lançai-je.

Elle fit oui de la tête.

– Toi aussi, tu as vieilli, me renvoya-t-elle. Ton visage respire vraiment la malveillance à présent.

Ces mots firent resurgir certaines images de la journée d'audience. Si quelqu'un avait un visage qui respirait la malveillance, c'était bien Zhang ! Ça, c'était le visage d'un escroc, d'un baratineur de première ! Sa déposition était tout simplement truffée de mensonges. Il était clair qu'il avait dû tuer un bon paquet de gens en Chine pour trouver tout cet argent. Et après, il avait violé sa petite sœur, avant de l'assassiner. Et, ça ne faisait aucun doute, il avait aussi assassiné Yuriko et Kazue.

– Dis-moi, demandai-je à Mitsuru. Un visage qui respire la méchanceté : tu crois que ça pourrait être parce que la personne n'a pas un bon karma ? Je me demande quel genre de karma je peux bien avoir ; après tout, si quelqu'un peut me le dire, c'est bien toi.

Mitsuru écrasa sa cigarette et fronça les sourcils. Elle balaya nerveusement la pièce du regard et répondit finalement à voix basse :

– Je t'en prie, arrête de dire des bêtises. J'ai quitté l'organisation. La preuve, c'est que je me suis mise à fumer. Mais tu as mal compris les doctrines de mon ancienne religion. À force de croire toutes les conneries qu'on raconte là-dessus dans les médias, on finit par mépriser les gens qui sont vraiment sincères dans leur foi.

– C'est donc toi dont le visage respire la malveillance ? lui demandai-je.

– Je suis désolée ! C'est de ma faute. Je n'arrête pas de faire ce genre de choses depuis que je suis sortie. Je n'ai aucune confiance en moi et je ne sais plus comment me comporter en société. En fait, ce qu'il y a, c'est que j'ai oublié. Il faudrait vraiment qu'il y ait des cliniques pour ça. Je suis venue ici uniquement parce que je pensais t'y voir. En fait, j'ai sauté sur l'occasion de ce procès pour te retrouver. Comme j'ai horreur des réunions de promo et de tout ce genre de rassemblements, je me suis dit que c'était ma seule chance de te voir.

Elle leva la tête comme si elle venait de se souvenir de quelque chose.

– As-tu reçu les lettres que je t'ai envoyées de prison ?

– J'en ai reçu quatre : deux cartes pour le Nouvel An et deux au mois d'août pour l'*obon.*

– Envoyer des cartes au Nouvel An depuis un endroit pareil était vraiment difficile. Chaque fois, on avait droit à la retransmission radio du « concours de chant rouge et blanc ». J'écoutais ça, assise dans la position du *zazen*, et je pleurais. Comment en suis-je arrivée à me regarder pareillement le nombril ? me demandais-je. Mais tu ne m'as jamais répondu. Tu n'as pas été contente d'apprendre que la petite étudiante modèle avait finalement atterri en prison ? Je suis sûre que tu as trouvé que je le méritais.

Sa voix se fit plus rude :

– J'ai complètement gâché ma vie et je suis sûre que tout le monde s'est bien marré.

– Tu commences à ressembler à ta mère, tu ne trouves pas ?

Quand la mère de Mitsuru avait envie de dire quelque chose, elle ne pouvait pas se retenir, quitte à le regretter plus tard. Mais l'effet produit était comparable à une avalanche. Les choses se mettaient en mouvement dans son sillage ; avant de s'en rendre compte, elle en avait trop dit et se retrouvait entraînée vers l'imprévu. Ce menteur de Zhang était exactement l'inverse, me dis-je, et je me rappelai son air matois à l'audience.

– Hmm, tu trouves, toi ?

– Je me souviens qu'une fois ta mère m'a prise en stop sur le chemin de l'école. Le matin même où j'ai appris que ma mère s'était suicidée. Et ta mère m'a dit que c'était sûrement à cause de la ménopause.

– C'est vrai. Je me rappelle, moi aussi. Ah, comme j'aimerais pouvoir remonter le temps ! Si seulement je pouvais retourner à l'époque où je pouvais vivre sans rien savoir de ce que je sais maintenant. Si je le pouvais, je ne passerais pas tout mon temps à travailler comme une folle. Je m'amuserais comme toutes les autres filles, je serais à la pointe de la mode et fière de l'être. Je m'inscrirais au club des pom-pom girls ou dans l'équipe de golf, ou même de patinage, tiens. Et puis je traînerais avec des garçons après les cours, on irait à toutes les fêtes. J'aurais vraiment aimé vivre un jour la vie heureuse d'une adolescente normale. Tu dois sûrement ressentir la même chose, n'est-ce pas ?

Tout faux. Je n'ai pas rêvé une seule fois de remonter le temps. S'il y a un moment dans le passé où je retournerais volontiers, je crois que ce serait les jours paisibles que j'ai passés avec mon grand-père à l'époque où il n'était pas encore obsédé que par ses bonsaïs. Mais il avait eu tôt fait d'être submergé par les ondes lubriques émises par Yuriko, de tomber raide dingue de la mère de Mitsuru et de finir par changer complètement. Donc, non, vraiment, il n'y avait pas un moment du passé où j'aurais aimé retourner. J'imagine que Mitsuru avait complètement oublié comment nous nous étions persuadées l'une l'autre de nos talents respectifs pour la survie. Elle commençait à m'agacer, un peu du même agacement que celui que je ressentais face à la bêtise de Yuriko.

Elle me jeta un regard inquiet.

– À quoi tu penses ? me demanda-t-elle.

– Au passé, bien sûr. À ce passé lointain auquel tu dis vouloir revenir. Moi, j'aimerais revenir à l'époque où Yuriko était une plante à fleurs et moi une gymnosperme. Sauf que Yuriko, bien sûr, serait toute fanée.

Elle prit un air interrogateur. Je n'essayai pas de lui expliquer. Voyant que je ne comptais pas développer, elle rougit et détourna la tête. Cette expression ! La même dont, au lycée déjà, elle était la seule à posséder le secret.

– Désolée. Je sais que je me conduis d'une drôle de façon,

dit-elle en serrant son sac de toile. C'est juste que je ne peux pas m'empêcher de penser que tout ce pour quoi j'ai travaillé et tout ce en quoi j'ai cru n'a plus aucun sens. Je craque. Quand j'étais en prison je faisais tout mon possible pour ne pas y penser. Mais maintenant que je suis sortie, tout cela revient me hanter et je cède à la panique. Évidemment, ce que j'ai fait, c'était horrible, une erreur monumentale. Je ne comprends pas comment j'ai pu tuer tous ces gens innocents. Mais j'avais subi un véritable lavage de cerveau. Le meneur de la secte était capable de lire dans mes pensées et j'étais sous son emprise. Je n'avais aucun moyen de m'échapper. Je suis finie. Mon mari va probablement finir sa vie en prison. Alors je me raccroche à mes enfants et je me demande ce que je dois faire. Je vais devoir faire l'impossible pour les élever correctement parce que je suis tout ce qu'ils ont. Mais je ne m'en sens pas capable. Tu te rends compte ? J'ai trimé pendant toutes mes études, je suis entrée à la fac de médecine de l'université de Tokyo, je suis même devenue médecin. Et pourtant, je ne pourrai jamais effacer ces six années que j'ai passées en prison. Et à cause de ça, personne ne voudra jamais m'embaucher.

– Et Médecins sans Frontières ? lui dis-je sans vraiment savoir de quoi je parlais.

– Quoi, aider des inconnus ? murmura-t-elle sur un ton lugubre. S'il s'agit de ça, on pourrait dire que c'était ce que faisaient Yuriko et Kazue en se prostituant. Et, bien sûr, tout le monde a fait semblant d'être choqué en le découvrant. Eh bien, pas moi. Ces deux-là étaient toujours à défier le monde, à nager à contre-courant. Surtout Kazue.

Les paroles de Mitsuru faisaient écho à ce que la journaliste avait dit plus tôt. Personne ne semblait particulièrement s'intéresser à Yuriko. Kazue seule avait droit au statut de célébrité. Les yeux de Mitsuru étaient vides, la lueur étincelante et l'audacieuse indépendance qu'ils dégageaient autrefois n'étaient plus.

– Où sont tes enfants en ce moment ?

Elle alluma une deuxième cigarette, la fumée l'obligeant à fermer les yeux.

– Chez mes beaux-parents. L'aîné est en deuxième année au

lycée. Le plus jeune s'apprête à passer les concours d'entrée au collège. On m'a dit qu'il espérait entrer à K., mais il n'y arrivera jamais, c'est impossible. Ce n'est même pas une question de notes, il n'échappera jamais à la malédiction de nous avoir eus comme parents. C'est comme s'il était marqué à vie.

Marqué: voilà qui est bien trouvé, vous ne croyez pas? Cela correspondait parfaitement à ma situation, à la manière dont ma vie avait toujours été *marquée* par mon lien de sang avec la monstrueuse, la magnifique Yuriko. Je fus saisie d'un intense désir de voir les enfants de Mitsuru. Je me demandais quel type de visage ils pouvaient avoir. J'étais fascinée par toutes ces notions d'héritage génétique, de gènes endommagés et de mutations.

– Je sais que tu en veux à ma mère, intervint Mitsuru, interrompant le cours de mes pensées avec quelque chose de totalement inattendu.

– Qu'est-ce qui te fait dire ça?

– Parce qu'elle a abandonné ton grand-père. Tu l'ignores sûrement, mais c'est ton grand-père qui a poussé ma mère à rejoindre l'organisation. Elle y est toujours, d'ailleurs. Elle dit qu'elle résistera jusqu'au bout. Elle s'occupe des membres qui pratiquent encore.

Grand-Père aurait été choqué de l'apprendre. Je savais que la mère de Mitsuru avait soutenu sa fille quand celle-ci avait décidé de rejoindre la secte; en réalité, elle aussi en était membre. Mais je ne pouvais pas imaginer une seule seconde que mon grand-père ait pu être en aucune façon responsable de cette affaire. Était-ce le signe d'une sorte de châtiment karmique?

– Elle m'a dit que de toute sa vie, ce qu'elle regrettait le plus, c'était d'avoir perturbé la vie de ton grand-père de cette manière. Et ce n'était pas seulement sa vie à lui, bien sûr. Elle a aussi bousculé la tienne.

Quand j'étais entrée à l'université, mon grand-père avait décidé d'emménager avec la mère de Mitsuru, dans l'appartement luxueux que celle-ci venait d'acquérir à proximité. J'y étais allée une fois. Je me rappelle que l'entrée de l'immeuble restait verrouillée et qu'il fallait appeler par l'interphone pour qu'on vous laisse entrer. À l'époque, ce système était une nouveauté et mon grand-père en était extrêmement fier. Comble de l'ironie, c'est grâce à ce verrouillage automatique de l'entrée qu'on a su qu'il devenait sénile. Chaque fois qu'il sortait, il oubliait de prendre sa clé. Ensuite il appuyait sur le mauvais bouton de l'interphone et restait planté là à crier : « C'est moi ! Ouvre ! »

– C'est à cause de cette histoire d'amour entre ma mère et ton grand-père que, toutes les deux, on a été obligées de vivre seules. Et puis ma mère s'est encore enfuie pour venir vivre avec moi. Partout, elle a semé la pagaille : chez moi, chez toi et là où elle a habité avec ton grand-père. Comme elle n'arrivait pas à se pardonner tout ce qu'elle avait fait, elle a décidé de s'inscrire à un stage de formation religieuse. C'est comme ça que ça a commencé.

– Et grâce à ça, elle a réussi à tout se pardonner, c'est ça ?

– Non, répondit-elle en secouant fièrement la tête. Tu n'y es pas. Ce chemin, elle l'a choisi parce qu'elle voulait en savoir plus sur les lois qui gouvernent le genre humain. Elle voulait comprendre pourquoi tant d'êtres sont en proie à des passions si sombres, si égoïstes. À ce moment-là, mon mari et moi étions tourmentés par nos interrogations sur la mort. Tous les hommes meurent. Mais qu'advient-il d'eux après la mort ? La transmigration est-elle possible ? Dans notre métier, impossible d'éviter la confrontation directe avec la mort dans tout ce qu'elle a d'inéluctable. Mais, de temps à autre, nous avions affaire à un cas inexpliqué. C'est là que ma mère m'a conseillé de rencontrer le meneur de son organisation pour lui parler. Et c'est comme ça que nous avons fini par les rejoindre, nous aussi.

Cette conversation commençait sérieusement à m'ennuyer et je me mis à fuir les yeux de Mitsuru. Pour moi, si l'on approfondit un peu l'analyse, tous ceux qui se mêlent de religion ne recherchent que leur bonheur personnel. N'ai-je pas raison ?

– Pour mon grand-père, ça ne changera pas grand-chose. Il est complètement sénile et passe tout son temps au lit.

– Il est encore en vie ?

– Eh oui, il est encore bien vivant malgré ses quatre-vingt-dix ans passés.

– C'est fou, j'ai toujours cru qu'il était mort.

– Visiblement, c'est aussi ce que croit ta mère.

– Elle refuse d'en parler, dit-elle en baissant si fort la tête que j'eus l'impression que son cou allait se briser. J'ai bien peur de ne jamais pouvoir réintégrer la société. (Ses yeux se perdirent un instant dans le vide.) Mon désir d'être la première a commencé à se dissiper. Ce qui fait sens quand on y réfléchit. Ce n'est pas à ses résultats aux examens qu'on évalue un médecin. Le but premier est toujours de sauver les patients. Sauf qu'en oto-rhino-laryngologie, on a rarement affaire à des pathologies mortelles. Jour après jour je n'avais droit qu'à des inflammations de type allergique. Un patient en situation critique, je n'en ai eu qu'un – il avait une tumeur au maxillaire inférieur. C'est la seule fois où j'ai eu l'impression de faire un travail vraiment utile. Bref, j'ai sombré dans une espèce de brouillard. C'est à ce moment-là que j'ai compris qu'en suivant une formation religieuse je pourrais faire passer ma vie à un niveau supérieur.

Je laissai échapper un grand soupir. C'était un vrai supplice ! Et vous comprenez pourquoi, n'est-ce pas ? J'avais aimé Mitsuru. Je pensais que nous polissions nos talents respectifs – moi ma méchanceté et Mitsuru son intelligence supérieure – moins par désir d'être cool que parce que nous en avions besoin comme d'une arme pour survivre au lycée pour jeunes filles de K.

Elle me regarda d'un air indécis.

– J'ai dit quelque chose qui te peine ?

Je décidai de lui donner une idée de la mauvaise humeur qui montait en moi. Si je m'en abstenais, elle allait recommencer avec ses « quand j'étais en prison ».

– Quand tu étais à l'université, est-ce que tu as réussi à conserver ta position de première de la classe ?

Elle alluma en silence sa troisième cigarette. Je chassai la fumée d'une main et attendis sa réponse.

– Pourquoi veux-tu le savoir ?

– Pour rien, simple curiosité.

– Puisque c'est comme ça, je vais te dire la vérité. Je n'étais pas la première de mon amphi, loin de là. J'étais sûrement plus près de la moyenne. J'avais beau y faire, me concentrer en cours, passer des nuits blanches à réviser, il y en avait toujours quelques-uns que je n'arrivais pas à dépasser. Mais que veux-tu ? Mon université accueillait les étudiants les plus brillants de tout le pays. Pour arriver à sortir du lot, il fallait être naturellement doué, un génie absolu. Sinon, même en bossant jour et nuit, c'était sans espoir. Après quelques années, je me suis finalement aperçue que, à défaut de finir première, j'aurais déjà bien de la chance de terminer dans les vingt premiers. Ça m'a fait un choc. Je trouvais que tout cela ne me ressemblait pas et j'ai traversé une crise d'identité. Alors, tu sais ce que j'ai décidé de faire ?

– Aucune idée, non.

– J'ai décidé d'épouser un authentique génie. C'est comme ça que j'ai trouvé mon mari. Takashi.

Quand elle prononça ce nom, je fis immédiatement le rapprochement avec Takashi Kashiwabara. Mais je me rappelai la photo du mari que j'avais vue dans les journaux et il ne lui ressemblait absolument pas. C'était un grand maigre à lunettes, qui avait plutôt l'air d'un universitaire trop studieux. Génie ou pas, jamais je n'aurais pu épouser un homme aussi laid ! D'un point de vue physiognomonique, il avait des oreilles pointues de démon et une toute petite bouche. Les zones médiane et inférieure de sa figure dénotaient une certaine faiblesse. Son visage portait tous les indices d'une grande tragédie devant survenir à l'âge mûr ou vers la fin de sa vie. À contempler son destin aujourd'hui, je suis bien obligée de constater que la physiognomonie avait vu incroyablement juste.

– J'ai vu à quoi il ressemblait.

– C'est vrai, ça. Il est célèbre.

– Toi aussi.

Elle rougit. L'effet de mon sarcasme peut-être, ou bien une bouffée de chaleur, je ne sais pas. En tant qu'adepte de sa secte, Mitsuru s'était rendue complice de l'enlèvement de plusieurs croyants. Lorsque ces prétendus croyants essayaient de s'enfuir, Mitsuru et les autres les enfermaient dans une pièce, puis les obligeaient à prendre des drogues et commençaient l'initiation. S'ils n'y faisaient pas attention, les victimes pouvaient mourir d'overdose.

Pourtant, ces morts-là n'étaient rien comparées à la fois où le mari de Mitsuru avait répandu du gaz toxique avec un vieux Cessna sur des agriculteurs et leurs familles. Le chef de l'organisation souffrait d'une espèce de délire de persécution, attisé par les manifestations organisées par les agriculteurs de la région pour protester contre l'implantation du quartier général de la secte à proximité de leurs terres, qui lui avait fait ordonner au mari de Mitsuru de répandre du gaz moutarde sur leurs champs. Mais le hasard avait voulu qu'au même moment un groupe d'écoliers en classe de découverte soit en train de visiter ces fermes pour des travaux pratiques et que tous les enfants aient été pris dans le nuage de gaz. Il y avait eu quinze morts.

Mitsuru tenta de changer de sujet.

– Tu connais le concept de pression osmotique ? me demanda-t-elle. Je m'étais dit que si j'épousais un homme vraiment brillant, une partie de son génie pourrait déteindre sur moi.

Je remarquai que, dès qu'elle se mettait à parler, son corps s'effondrait sur lui-même, comme une voile soudain privée de vent. Son corps maigre devenait alors d'autant plus plat. Je distinguai nettement les veines qui couraient le long de ses doigts cramponnés à sa cigarette. J'étais abasourdie de voir quelle écervelée elle était devenue.

– Ma mère était déjà séparée de ton grand-père, à l'époque. Elle a rejoint l'organisation en déclarant qu'elle voulait éliminer ses illusions. Par illusions, elle entendait bien sûr ses propres passions égoïstes.

– En voilà une bonne idée ! Éliminer ses passions ! Pourtant, on ne peut pas dire que mon grand-père ait jamais beaucoup compté pour elle.

Elle répondit à mon attaque sur un ton moqueur :

– Tu n'arriveras jamais à me pardonner, hein ? Tu crois valoir mieux que moi parce que je me suis retrouvée mêlée à une secte.

Je penchai la tête de côté.

– Tu es sûre que tu n'as pas un peu perdu la boule ?

– Oh ? Alors comme ça, on a droit aux insultes maintenant ?

Elle releva subitement la tête.

– Je me souviens qu'il n'y a pas si longtemps tu étais encore obsédée, et pas qu'un peu, par la beauté. Comment dire ? Tu étais très sensible aux visages. Je savais que tu faisais un complexe d'infériorité à cause de Yuriko. Mais tu as largement dépassé les limites du simple complexe ; tu étais déjà une vraie fanatique. Au lycée tu étais très fière d'être métisse, je me trompe ? Tout le monde se moquait de toi dans ton dos. Tu n'avais vraiment rien d'un canon. Mais on arrive à transcender son corps grâce à la discipline qu'on impose à son âme.

Je n'aurais jamais cru entendre des mensonges aussi infamants de sa part. C'en était trop. Mais je n'arrivai pas à ouvrir la bouche pour me défendre.

– Ta haine de Yuriko était vraiment étrange. En fait, c'était plutôt de la jalousie. Je sais que c'est toi qui as dénoncé Yuriko et le fils de Kijima. Ce que ta sœur faisait avec les garçons de l'école, ce n'était pas tes affaires. Mais Yuriko était très populaire. Tout le monde l'idolâtrait. Quand même : faire exclure ta propre sœur du lycée en répandant la rumeur qu'elle se prostituait, c'était vraiment pervers. À moins de réduire cette accumulation de mauvais karma, il y a très peu de chances pour que ton âme soit réincarnée dans un futur même lointain. Et si tu renais un jour, ce sera sous la forme d'un insecte rampant.

J'étais hors de moi. J'avais fait de mon mieux pour la laisser s'exprimer tout en sachant qu'elle était endoctrinée, mais là, elle allait trop loin.

– Mitsuru, tu es une parfaite idiote, lui lançai-je. Je t'ai écoutée raconter en long et en large tes histoires de première de la classe, d'entrée à la fac de médecine et toutes ces conneries sur l'osmose, mais maintenant ça suffit. Je croyais que tu étais un petit écureuil ingénieux, mais tu n'étais qu'une limace. Tu n'étais qu'une petite frimeuse bouffie de vanité, aussi nulle que Kazue !

– C'est toi qui es folle. Regarde-toi : le mal se lit sur ton visage. Qu'est-ce qui te fait croire que tu es plus sincère que moi ? Tu passes ta vie à raconter des mensonges. Et en ce moment même, tu es là, à te dire que tu es merveilleuse parce que ton père n'est pas japonais. Si je pouvais t'échanger contre Yuriko, je n'hésiterais pas un instant.

Furieuse, je me levai dans un grand bruit de chaise. Les serveuses, soudain conscientes de notre présence, levèrent le nez de ce qu'elles faisaient pour nous examiner. Mitsuru et moi restâmes à nous regarder dans le blanc des yeux jusqu'au moment où elle se cacha la tête dans les mains. Je jetai la note de son côté de la table.

– Je m'en vais. Merci de m'avoir invitée.

Mitsuru repoussa la note au milieu de la table.

– On partage, dit-elle.

– Je suis restée bien sagement à écouter ce que tu avais à me dire, alors non, on ne partage pas. Tu dis que je fais un complexe à cause de Yuriko. Il fallait absolument que j'entende ça aujourd'hui ? Le jour du procès ? Je suis venue représenter la famille en deuil de la victime. Qui t'a permis de m'insulter comme tu le fais ? Je demande simplement réparation pour le préjudice subi.

– Tu crois que je vais te verser des dommages et intérêts, peut-être ?

– Eh bien mais... tu as toujours ta riche famille. Ta mère possédait combien de cabarets, déjà ? Et ce studio de grand standing que tu louais en plein Minato, c'était uniquement pour pouvoir étaler ta richesse ? Et ta mère qui a décidé de s'acheter un grand appartement avec terrasse et interphone dans ce quartier en vue au bord du fleuve, alors ? Moi, tout ce que j'ai, c'est mon boulot minable.

Elle se lança dans sa réponse avec un bonheur évident.

– C'est vraiment le bon moment pour commencer à te plaindre de ton boulot minable ! C'est incroyable. Et moi qui viens de me rappeler que tu ne manquais pas une occasion de te prédire un grand avenir de traductrice d'allemand ! Sauf que tes notes d'anglais étaient vraiment déplorables, n'est-ce pas ? On aurait pu s'attendre à mieux de la part d'une métisse. Et, pour ta gouverne, sache que ma famille n'est pas riche. Nous avons vendu notre maison et notre fonds de commerce, et tout l'argent récolté, en ajoutant celui de la vente de nos deux voitures et de notre propriété de Kiyosato, a fini dans les coffres de l'organisation.

Je posai quelques pièces sur la table en maugréant. Mitsuru compta notre monnaie avant d'ajouter :

– Je viendrai à la prochaine audience. Je crois que ce sera vraiment bénéfique pour ma réhabilitation.

J'étais sur le point de lui dire qu'elle faisait ce qu'elle voulait, mais je me ravisai. Tournant les talons, je quittai la cafétéria d'un pas rapide. Et entendis aussitôt le frottement saccadé des espadrilles de Mitsuru dans mon dos.

– Attends ! cria-t-elle. J'ai failli oublier le plus important. J'ai reçu des lettres du professeur Kijima.

Elle fouilla dans son sac et en sortit une enveloppe qu'elle m'agita sous le nez.

– Quand as-tu eu ces lettres ?

– Quand j'étais en prison. Il m'en a envoyé un paquet. Il s'inquiétait sincèrement pour moi, alors on a correspondu.

Et en plus, elle avait l'air d'en être fière. N'ayant plus de nouvelles de Kijima depuis une éternité, je me disais qu'il devait être mort. Et lui, pendant ce temps, il envoyait des lettres à Mitsuru !

– Comme c'est mignon ! m'exclamai-je.

– Il m'a dit qu'il était toujours terriblement affecté de voir une de ses élèves impliquée dans un scandale ; exactement comme je m'inquiétais pour mes patients.

– Sauf que tes patients n'étaient pas des tueurs psychopathes, si ?

– Je ne suis toujours pas guérie, tu sais. Je n'en suis qu'à la moitié de mon combat pour la réinsertion et je n'ai pas besoin de ta cruauté.

Elle poussa un long soupir. Je ne voulais pas entendre un mot de plus, je voulais filer. Mais puisqu'elle tenait à parler de cruauté, elle aurait pu commencer par réfléchir à la manière dont elle s'était servie du procès pour montrer sa propre petite réunion d'anciens élèves.

– Il m'a aussi écrit des choses sur toi et je me disais que tu aimerais les lire. Si tu veux, je te les prête. Mais il faut absolument que tu me les rendes à la prochaine audience.

Elle me tendit la grosse enveloppe. C'était bien la dernière chose dont j'avais besoin – un paquet de lettres dont le contenu ne m'intéressait absolument pas. J'essayai de forcer Mitsuru à les reprendre, mais elle était déjà repartie d'un pas légèrement titubant. Je la regardai s'éloigner en essayant de retrouver dans son apparence quelque chose de la jeune fille qu'elle avait été. Quelque chose de la Mitsuru qui excellait au tennis. De celle qui virevoltait si légèrement pendant nos séances d'exercice rythmique. Je la craignais vaguement à cause de son agilité physique et de sa vivacité d'esprit. Elle me faisait l'effet d'un monstre, un vrai.

Mais la Mitsuru que je voyais à présent semblait plutôt mal à l'aise – la coordination de ses mouvements, même les plus simples, laissait à désirer. Préoccupée par les inspecteurs qui, paraît-il, la suivaient, elle était si affairée à regarder par-dessus son épaule qu'elle manqua de rentrer dans quelqu'un. Quiconque l'avait connue par le passé aurait eu bien du mal à reconnaître l'idiote qu'elle était devenue. Vidée de sa substance, elle s'était réincarnée en un monstre entièrement différent.

Je me rappelai que, lorsque nous étions au lycée, je nous imaginais comme deux étangs de montagne formés par des sources souterraines. Et si la source de Mitsuru était profondément enfouie sur la surface, la mienne l'était aussi. Nous avions des sensibilités complémentaires et les mêmes façons de penser. Mais à présent les sources avaient disparu. Nous n'étions plus que deux étangs séparés, isolés, solitaires. Qui plus est, l'étang de Mitsuru s'était déjà asséché, exposant la terre craquelée de son lit. J'aurais préféré ne jamais la revoir.

Quelqu'un m'appelait.

– Excusez-moi, vous ne seriez pas la sœur aînée de Mlle Hirata ?

Je fourrai rapidement les lettres de Kijima dans ma poche avant de lever les yeux. Un homme dont l'allure m'était familière se tenait devant moi. Il devait avoir la quarantaine et portait un costume marron qui avait dû coûter plutôt cher. Il avait la barbe parsemée de poils blancs et la corpulence replète d'un chanteur d'opéra, bref, une personnalité « charnelle », qui devait se gaver de mets délicieux.

– Je m'excuse de vous déranger, vous pourriez m'accorder un instant ?

J'essayai de me rappeler l'endroit où je l'avais déjà vu, mais n'arrivai pas à le remettre. Tandis que je restais plantée là, tête penchée de côté, l'homme se lança dans les présentations :

– Vous ne vous souvenez pas de moi. Je suis l'avocat de Zhang, Tamura. Je ne m'attendais pas à vous voir dès aujourd'hui. Je pensais essayer de vous joindre dans la soirée.

Visiblement ennuyé, il m'entraîna dans un coin du couloir. Nous nous trouvions à côté de la cafétéria. Le service de midi était terminé. La cafétéria avait fermé et les employées déplaçaient les tables et y apportaient des bouteilles de bière, en préparation d'une sorte de réception privée. À l'étage du dessus, dans les salles d'audience, on décidait du destin d'une personne et pendant ce temps-là, au sous-sol, d'autres faisaient la noce. Oh, ils pouvaient. Mais j'étais quand même bien contente de ne pas être l'accusée.

– Maître, dis-je, je ne sais pas ce que vous en pensez, mais je suis certaine que Zhang a tué Kazue.

Il ajusta le nœud de sa cravate jaune moutarde en préparant sa réplique.

– Bien évidemment, je comprends ce que vous ressentez en tant que membre de la famille, mais je dois avouer que je le crois innocent.

– Sûrement pas. L'étude de la physionomie établit clairement que c'est un assassin. Il n'y a aucun doute là-dessus.

Il eut l'air troublé. Il n'osait pas essayer de réfuter mon argument. Il devait comprendre qu'il valait mieux laisser les familles de victimes dire tout ce qu'elles voulaient. Mais je n'étais pas de ces imbéciles romantiques aveuglés de compassion pour la victime, j'essayais seulement d'expliquer les faits du point de vue scientifique, à l'aide de la physiognomonie.

Il fallait lui en faire prendre conscience, mais Tamura répondit d'une voix chuchotante :

– En réalité, je voulais vous demander si vous étiez récemment entrée en contact avec Yuriko ou Kazue. Le dossier ne contient aucune preuve qui pourrait le laisser croire, mais une coïncidence pareille, ça semble assez peu probable, vous ne croyez pas ? Je veux dire… le fait que votre sœur et votre ancienne camarade de classe aient été tuées de la même manière, à moins d'un an d'écart.

C'est simplement trop bizarre pour être le fruit du hasard. Alors je me demandais si vous n'auriez pas eu des nouvelles de l'une ou l'autre avant leur mort ?

Je pensai immédiatement au journal intime de Yuriko, mais je ne voulais pas lui en parler. Qu'il se débrouille pour en apprendre l'existence par lui-même.

– Je ne sais pas, répondis-je. Mais bon, cela faisait longtemps que je ne les avais pas revues. Vous ne pensez pas qu'elles ont simplement joué de malchance ? Si l'on en croit la physiognomonie, Zhang se situe à mi-chemin entre une « personnalité calculatrice » et une « personnalité charnelle », donc tout à fait le genre à fréquenter les prostituées. Il les a tuées toutes les deux. Kazue aussi. Ça ne fait aucun doute…

Cédant à l'impatience, Tamura m'interrompit :

– Oui, oui, je comprends, dit-il. Ne vous inquiétez pas. Le cas de Zhang est en cours d'examen et il vaut mieux que je n'en discute pas avec vous.

– Pourquoi ça ? Je suis une parente de la victime. Je suis celle dont l'unique sœur a été assassinée ! Sa sœur adorée.

– Je comprends. Je vous assure.

– Qu'est-ce que vous comprenez ? Dites-le-moi.

Des gouttelettes de transpiration étaient apparues sur son front et là, alors qu'il cherchait un mouchoir dans ses poches, il embraya sur autre chose.

– Il me semble avoir aperçu une ancienne adepte de cette secte ici, il n'y a pas très longtemps. N'était-ce pas aussi une de vos anciennes camarades ? Au lycée, ça devait être, comment dire ?… une classe assez unique.

– Oui, on peut dire qu'aujourd'hui j'ai eu droit à une vraie réunion de promo, ou presque.

– Hmm, bon, c'est une façon de voir les choses. Excusez-moi.

Il tourna les talons et s'avança en toute hâte vers l'intérieur de la cafétéria. Et moi qui avais encore tant de choses à dire, pensai-je, les yeux posés sur son dos musculeux. D'abord il y avait sa remarque sur ma classe « unique ». Plus j'y pensais, plus cela me mettait en colère. Et il y avait tout ce que Mitsuru m'avait dit un peu plus tôt; cela aussi commençait à tourbillonner dans mon crâne.

Lorsque je réussis enfin à regagner mon appartement du complexe de logements sociaux, je le trouvai glacial. Le tatami était usé et couvert de taches aux endroits où l'on avait renversé de la soupe de *miso.* Et ça sentait mauvais. J'allumai le petit chauffage au kérosène et jetai un regard autour de la pièce. Elle était exiguë et défraîchie. Quand les bonsaïs de Grand-Père s'entassaient encore sur le balcon, nous étions pauvres, mais j'étais heureuse! Yuriko était encore à Berne, je venais d'entrer au lycée de K. et me consacrais avec enthousiasme au bien-être de mon grand-père, ma chair, mon sang. Je pense que je l'adorais parce que c'était un véritable artiste de l'arnaque. Et pourtant il était très timide, encore plus que moi. Oui, c'était étrange. Nous étions très différents. La « réunion de promo » m'avait déprimée.

Les lettres? À la nuit tombante, je les sortis de ma poche et les contemplai avec dégoût. Les voici. L'écriture est tremblotante – à l'image de la main du vieil homme qui les a rédigées – et parfois difficilement lisible. Et, comme je m'y attendais, le discours est moralisateur. Mais si vous voulez les lire, allez-y. Cela ne me dérange pas.

Amitiés et salutations.

Ma chère Mitsuru :

Êtes-vous en bonne santé? Les hivers sont particulièrement rudes à Shinano Oiwake. Mon jardin s'est figé, la terre hérissée de minuscules piliers de givre. Bientôt, tout aura gelé, puis l'hiver s'installera. J'ai soixante-sept ans et me dirige vers l'hiver de ma vie.

Je supervise toujours le dortoir de la compagnie d'assurance incendie N. Les choses n'ont pas beaucoup changé. À présent que j'ai dépassé l'âge de la retraite, j'ai bien peur de n'être plus bon à grand-chose, mais le directeur de la compagnie m'a très gentiment demandé de rester. Il a fait ses études à K.

Je voudrais commencer par vous féliciter pour votre libération. Maintenant je peux enfin vous envoyer des lettres – et, j'espère, en recevoir – sans m'inquiéter du regard indiscret des censeurs. Il est certain que vous avez beaucoup souffert, mais vous avez affronté tout cela avec une belle force de caractère. Je compatis sincèrement à votre douleur et imagine l'inquiétude que vous devez ressentir en pensant à votre mari et aux enfants que vous avez dû confier à d'autres.

Mais, Mitsuru, ma chère, vous n'avez pas encore quarante ans. Votre avenir est devant vous. Vous vous êtes réveillée d'un cauchemar dans lequel on contrôlait vos pensées, mais si vous vous battez pour mener une vie respectable, sans jamais oublier de prier pour les âmes de ceux à qui vous avez fait du mal et de leur demander pardon… je suis sûr que vous vous en sortirez. Si je peux faire quoi que ce soit pour vous, je vous en prie, n'hésitez pas à me le demander.

Chère Mitsuru,

Vous êtes l'élève la plus brillante que j'aie jamais eue dans ma carrière et je n'ai jamais eu la moindre inquiétude quant à votre avenir. Mais vous avoir vue trébucher m'a poussé à réexaminer le passé. Je me sens responsable de votre chute dans la criminalité ; mon approche insouciante de l'enseignement doit être tenue pour responsable. J'ai décidé de me repentir avec vous.

Pour vous dire toute la vérité, depuis que l'organisation religieuse à laquelle vous étiez affiliée a commis ces crimes, je n'ai pas vraiment eu un jour de sérénité. Et avec les tragédies de l'année dernière et de la précédente, j'ai eu deux raisons de succomber à nouveau au chagrin. Je suis certain que vous êtes au courant que Yuriko Hirata et Kazue Satô ont été assassinées. On dit que le même meurtrier serait responsable dans les deux cas. Quand je pense à la manière cruelle dont elles ont été tuées et à la façon dont leurs corps ont été abandonnés, ma douleur est insupportable. Je me souviens bien d'elles.

Le cas de Kazue Satô a eu droit à une attention particulière, les gros titres disant : EMPLOYÉE DE BUREAU LE JOUR, PROSTITUÉE LA NUIT *! Quand je l'ai vue arriver dans ma classe, c'était une élève très appliquée ; la voir servir de chair fraîche à la voracité des médias ! Rien qu'à penser à la peine qu'a dû avoir sa famille, j'ai envie de me précipiter chez eux et de me jeter aux pieds de sa mère pour m'excuser. Vous vous demandez sans doute ce qui me pousse à éprouver ces sentiments. De fait, je n'arrive pas à me défaire de l'impression d'avoir* *failli à mon rôle de père – vous n'avez qu'à voir mon fils aîné – et d'éducateur.*

Au lycée pour jeunes filles de K. nous avions épousé une doctrine éducative tendant à promouvoir une certaine indépendance d'esprit et une conscience aiguë de soi chez nos élèves. Il n'empêche : les chiffres montrent que chez nos diplômées le taux de divorce, de célibat prolongé et de suicide est beaucoup plus élevé que chez les élèves d'autres écoles.

Comment se fait-il que des filles issues de milieux si privilégiés, toutes excellentes élèves et fières de leurs prouesses académiques, connaissent tant de malheurs comparées aux élèves d'ailleurs ? Plutôt que de suggérer que le monde extérieur est plus cruel à leur égard, il me semble plus exact d'avancer que nous avons laissé se créer un environnement trop proche de l'utopie. Ou bien, pour le dire autrement, que nous n'avons pas enseigné à nos élèves les stratégies qui leur auraient permis de faire face aux frustrations du monde réel. C'est cette prise de conscience qui continue à me hanter, et il en va de même pour les autres enseignants. Nous nous rendons maintenant compte que c'est notre arrogance qui nous a empêchés d'appréhender le monde réel.

Je me suis adouci depuis que je vis dans un environnement plus rude, à m'occuper des tâches triviales qu'exige la surveillance d'un dortoir. Le corps humain nu est impuissant face à la nature. Scientifique, je me suis revêtu des oripeaux du savoir et j'ai cru qu'on ne pouvait pas vivre sans étudier la science. Je comprends aujourd'hui que la science, à elle seule, ne suffit pas. Je ne vous enseignais sans doute dans mes cours que son noyau dur ; j'ai honte quand j'y repense. Y a-t-il dans votre religion des enseignements similaires ?

Ma chère Mitsuru.

Je crois qu'il me faut repenser toute mon approche de l'éducation. Mais le jour où je suis enfin arrivé à cette conclusion, j'avais déjà atteint un âge assez avancé et n'enseignais plus activement. J'étais à la retraite, poussé à la démission par le comportement délictueux de mon propre fils. Les regrets que j'éprouve d'avoir été incapable de m'en apercevoir plus tôt n'ont fait qu'empirer avec les années, et ont été encore aggravés par votre malheur, ma chère, et par l'horrible fin de vos camarades, Mlles Hirata et Satô.

Tout en m'occupant de mon dortoir, j'ai également poursuivi l'œuvre de ma vie, c'est-à-dire l'étude du comportement du Tribolium castaneum Kijima. *Le* T. castaneum *est une espèce de coléoptère, aussi appelée* tribolium *rouge de la farine. J'en ai découvert une sous-espèce par hasard dans les bois derrière chez moi et obtenu le droit de lui donner mon nom. Et puisque j'étais celui qui avait découvert la sous-espèce qui porte désormais mon nom, il était normal que je fasse suivre ma découverte d'une étude appropriée.*

Le comportement d'un organisme vivant est un sujet réellement fascinant. Si on leur fournit une nourriture suffisante et des conditions de vie favorables, les organismes se reproduisent à un rythme exponentiel. À mesure que le taux individuel de reproduction augmente, la population du groupe s'accroît, comme vous le savez certainement, ma chère. Mais lorsque l'augmentation des ressources en nourriture n'est pas proportionnée à l'augmentation de la population, une concurrence féroce s'instaure entre les individus et la natalité diminue, tandis que la mortalité, elle, augmente. Tôt ou tard, cela a un effet sur le développement, la formation et la physiologie de l'organisme : tel est le fondement même de la physiologie.

Dans mes recherches sur le T. castaneum Kijima, *j'ai découvert une mutation, à savoir un individu doté d'ailes plus longues et de pattes plus courtes que ses congénères. Cette mutation était à l'évidence la conséquence d'une intensification du processus d'individuation. Je pense qu'il en est résulté des modifications de la forme et de la structure de l'insecte destinées à améliorer sa vitesse et sa mobilité. J'aimerais bien pouvoir étudier cette mutation pour vérifier cette hypothèse de mes propres yeux. Mais je doute de vivre encore assez longtemps pour achever mon étude.*

Ma chère Mitsuru,

Je me demande si votre religion… ou le fait que Mlle Hirata se soit prostituée et que Mlle Satô ait mené une double vie… ne seraient pas le résultat d'un bouleversement dans la structure et la constitution de nos populations. Cette individuation intensifiée, cette conscience plus aiguë que les gens ont d'eux-mêmes, ne serait-elle pas la conséquence de la sensation étouffante d'enfermement à l'intérieur d'une communauté sociale donnée ? C'est à la souffrance que cela produit que l'on doit la transformation actuelle de notre constitution et de notre structure. Sans aucun doute, notre expérience de la vie est cruelle et douloureuse. Peut-être n'est-il pas possible d'enseigner ces expériences douloureuses. Plus probablement, il nous est impossible de mettre des mots sur les enseignements que nous en retirons.

Intelligente comme vous l'êtes, je suis sûr que même vous ne comprenez pas encore ce que j'essaie de dire. Permettez-moi d'être plus direct.

Quand j'ai découvert l'affaire Yuriko Hirata dans les journaux, j'ai été aussi bouleversé qu'en écoutant le récit des crimes que vous aviez commis. Non, je l'ai été encore plus. Plus de vingt ans avaient passé depuis que Yuriko et mon fils s'étaient fait exclure du lycée. Je me souviens que la sœur aînée de Mlle Hirata (j'oublie son prénom, mais vous vous souvenez sûrement d'elle ; elle était dans votre classe, une élève assez terne, je dois dire) était venue me voir pour me demander ce qu'elle était censée faire pour sa sœur qui se prostituait avec le concours de mon fils. À l'époque, je lui avais répondu, sans trop réfléchir : « Je ne le tolérerai pas. Ils seront sûrement exclus du lycée. »

Pour être parfaitement sincère sur ce que je pensais à ce moment-là, c'était à Yuriko plutôt qu'à mon fils que j'étais le moins enclin à pardonner. Je me trouvais égoïste et mon comportement était absolument indigne d'un professeur. Mais, même si j'ai honte de l'admettre, je suis résolu à raconter les choses exactement comme elles se sont passées. Je n'essaie pas de rédiger mes aveux. Mais j'ai bien conscience que la décision que j'ai prise manquait de sagesse, voire de prudence pédagogique, et je le regrette amèrement aujourd'hui.

Ironie du sort, c'est moi qui m'étais arrangé pour que Mlle Hirata soit admise au collège de K. Elle venait de rentrer de Suisse et son score à l'examen d'entrée des étudiants étrangers n'était pas bon. Ses notes en littérature japonaise classique et en mathématiques étaient particulièrement basses. Tous les autres enseignants trouvaient qu'elle n'était pas à la hauteur des critères minimaux d'entrée, mais je me suis arrangé pour qu'elle soit admise malgré leurs objections. Il y avait un certain nombre de raisons à cela. Premièrement, Mlle Hirata était si radieuse qu'elle avait volé mon cœur. Professeur de collège, je l'étais, mais je n'en étais pas pour autant immunisé contre l'envie d'avoir une jolie élève à regarder. Mais ce qui m'avait décidé plus que toute autre chose, c'était l'occasion de conduire une expérience de biologie et d'étudier ce qui se passe quand on introduit un spécimen mutant au sein d'une population.

J'avais ainsi deux raisons majeures de l'accepter, mais mon plan s'est retourné contre moi et m'a coûté mon poste. J'aurais dû me douter qu'introduire une créature aussi anormalement belle au sein d'une population de pairs normaux était une mauvaise idée. Et, comble de l'ironie, celui qui servit de souteneur à Mlle Hirata fut un fils qui s'amusait à m'humilier avec l'argent sale que tout cela lui rapportait. J'en suis d'autant plus hanté par l'idée que c'est mon attitude déraisonnable quand je l'ai acceptée, puis au moment où j'ai ordonné son expulsion, qui a conduit Mlle Hirata à de nouvelles dépravations, et finalement à la mort.

Lorsque j'ai décidé de renvoyer Mlle Hirata, j'ai appelé ses tuteurs, M. et Mme Johnson, pour en discuter avec eux. Mme Johnson était furieuse, beaucoup plus que son mari ; je me rappelle l'avoir entendue dire qu'elle voulait la jeter dehors immédiatement. Je l'y encourageai. J'étais moi aussi en colère contre Mlle Hirata. Mais quoi qu'elle ait pu faire, Mlle Hirata était encore mineure et ne pouvait pas être tenue pour responsable de ses actes. La faute incombait plutôt à l'environnement dans lequel elle avait grandi. Même après l'avoir compris, je n'arrivais pas à dominer la colère que j'éprouvais à son égard.

Et aussi contre sa sœur aînée. On m'a dit qu'après l'exclusion de Mlle Hirata, loin de montrer plus d'entrain, sa grande sœur est devenue de plus en plus morose. Je ne pense pas qu'il serait exagéré de dire que c'est moi qui suis responsable de la discorde qui les opposait. Elle avait réussi à intégrer le lycée de K. grâce à un travail acharné. Seule ma curiosité avait permis l'admission de sa petite sœur, Yuriko. Les êtres humains ne sont pas de quelconques sujets d'expérience.

Le sort de Kazue Satô pèse aussi lourdement sur ma conscience. Il est vrai qu'elle avait été victime de brimades de la part de ses camarades du lycée pour jeunes filles de K. Je ne peux m'empêcher de conclure que la cause de ces persécutions était d'une certaine façon directement liée au fait que Yuriko Hirata avait été admise au collège. Parce que Mlle Satô admirait Mlle Hirata et qu'elle était amoureuse de mon fils, la sœur aînée de Mlle Hirata la traitait affreusement mal. J'avais eu vent de sa conduite, j'en suis presque sûr, mais je n'ai rien fait, à part prétendre que je n'étais pas au courant. Pour Mlle Satô, la vie au lycée de K. – une vie pour laquelle elle s'était longtemps et durement battue – devait être un cauchemar absolu, une torture. Conscient que la concurrence est un aspect inévitable de la vie au sein d'une population, j'étais resté sur la touche et je comptais les points.

L'effort n'a pas sa place au milieu des changements structurels et physiologiques qui surviennent suite à l'intensification de l'individuation. En réalité, tout effort est vain parce que ces changements épousent les caprices de la nature. Et pourtant moi, son professeur, j'avais – non, le système éducatif tout entier avait abandonné Mlle Satô à cette entreprise futile. Elle s'est forcée à travailler très dur à l'université, puis dans son entreprise, jusqu'au jour où elle s'est écroulée, épuisée. Tragiquement, c'est à ce moment précis que sa transformation structurelle s'est opérée, transformation qui, malheureusement, reposait entièrement sur l'envie de susciter le désir des hommes. Que cette transformation se soit opérée dans un sens diamétralement opposé à la devise d'indépendance et de confiance en soi de notre école est la conséquence de mon caprice égoïste. J'en suis convaincu. Si je n'avais pas admis Mlle Hirata au collège, Mlle Satô aurait pu terminer le lycée sans jamais souffrir de boulimie.

Quand la densité de population est faible, les formes de vie individuelles apprennent à survivre indépendamment malgré leur isolation. Lorsque l'individuation s'intensifie, elles développent des stratégies de groupe pour survivre et à cet effet changent de taille et de structure. Mais les élèves filles pensent ne pas pouvoir survivre dans leur isolement. La concurrence entre elles est rude. Cette concurrence porte en premier lieu sur des critères de performance scolaire, de personnalité et de sécurité matérielle, mais le plus important d'entre eux est la beauté physique, qui est entièrement déterminée par la naissance. Et c'est là que les choses se compliquent. Certaines filles sont plus belles que d'autres pour un aspect particulier de leur physique, mais ne font pas le poids dès que l'on compare un aspect différent. La concurrence entre elles ne peut alors que s'intensifier. J'ai jeté Yuriko dans l'équation : l'hyper-beauté. J'ai appris plus tard, après le renvoi de Mlle Hirata et de mon fils, que même dans la section des garçons elle inspirait une concurrence absolument terrible. Mais je continuai à fermer les yeux et laissai les choses se résoudre d'elles-mêmes. Je suis celui qui a déclenché les événements des vingt dernières années. Comprenez-vous à présent pourquoi je dis m'en sentir responsable ?

Ma chère Mitsuru,

Je ne crois pas qu'une élève, même aussi brillante que vous, ait pu sortir indemne d'une telle bataille. Peut-être avez-vous réussi à garder l'avantage au prix de terribles efforts. Vous étiez très belle, et vos notes dépassaient toutes les autres. Mais la face cachée de cette brillante offensive, c'est bien que vous travailliez sans compter. Et la force qui vous y poussait n'était autre que votre peur de perdre, n'ai-je pas raison ? Dès que vous auriez oublié cette peur, vous auriez été incapable d'atteindre votre but.

Cela aussi, j'avais choisi de l'ignorer. Et dire que je me prétends éducateur ! Comme je regrette de n'avoir pu offrir à quiconque le genre d'éducation qui aurait pu vous sauver d'un tel échec. Mais tout cela appartient à un passé lointain. Que de vies ont été perdues entre-temps. Et les années que vous auriez pu passer à préparer votre âge mûr, vous les avez passées enfermée dans une cellule. Tout cela m'attriste. Je crois que je devrais au moins essayer de faire part de ce sentiment à la sœur aînée de Mlle Hirata, mais je suis au regret de dire que j'ai oublié son prénom. Oui, c'est exact, je me souviens que, même à l'époque, j'étais à ce point envoûté par la beauté de Mlle Hirata que j'étais maladivement jaloux mon propre fils. Comme j'ai honte de l'avouer !

J'ai coupé les ponts avec mon fils Takashi. Je ne sais ni où il est ni ce qu'il fait, ni même s'il est encore en vie. C'est uniquement grâce aux rumeurs que j'ai appris qu'après son exclusion il a continué dans le même métier. Il se noie dans un poison délicieux (gagner sa vie en exploitant des femmes est sans doute le plus sombre des poisons), et je doute sérieusement qu'il parvienne un jour à s'extirper du bourbier qui l'aspire. Pour ce que j'en sais, il est possible que ma femme soit restée en contact avec lui en cachette. Mais moi, pas une fois il n'a essayé de me joindre tellement j'étais en colère.

Ma femme est morte il y a trois ans, d'un cancer. C'est la famille de mon fils cadet qui s'est occupée des obsèques. J'ignore totalement si Takashi sait que sa mère est morte. Mon fils cadet a lui aussi coupé les ponts. Même s'il ne comprenait pas pourquoi, il a dû changer d'école lorsque Takashi s'est fait exclure et moi renvoyer de K.

Ma femme était très attachée à Takashi et a été consumée de regret en voyant le tour que prenait notre vie. Elle n'a jamais pu me le pardonner. Mais, que ça lui plaise ou non, n'était-ce pas son fils qui avait présenté sa camarade à des clients et accepté l'argent qu'il recevait de la transaction ? Ce que fait Takashi était déshonorant et totalement contraire à mes valeurs. Je ne crois pas exagérer en disant que ce qu'il a fait a conduit à ma propre destruction.

Selon l'enquête menée par la direction de l'école, Takashi avait empoché plusieurs centaines de milliers de yens ! Il avait pris cet argent, passé son permis et s'était acheté une voiture d'importation. Dans mon dos, il menait grand train et avait une vie extravagante. Il donnait à Mlle Hirata moins de la moitié de ce qu'il récoltait. Son comportement était méprisable, aussi terrible que celui d'une bête. Il se remplissait les poches en dégradant le corps et l'esprit d'une femme. Mon épouse et moi n'avions pas la moindre idée de ce qui se passait. Nous vivions tous sous le même toit ; comment est-il possible que nous n'ayons rien vu ? Je suis sûr que vous avez vous aussi du mal à l'accepter. Mais quand il était à la maison, il gardait tout cela secret et se comportait comme il l'avait toujours fait. Il menait une double vie.

Je suis maintenant arrivé à la conclusion que Takashi devait nourrir à mon égard une espèce de rancœur, de désir de vengeance. J'étais son père, mais j'étais aussi enseignant dans l'école qu'il fréquentait. Et mes sentiments pour Mlle Hirata défiaient toute explication trop rapide. Si Takashi avait réellement partagé mes sentiments pour cette fille, aurait-il pu la prostituer comme il l'a fait ? Penser qu'on puisse appeler ça un « travail » est tellement cynique que j'en tremble d'effroi. Me priver de mon amour pour une autre personne et du plaisir que je prenais dans mon imagination était pour lui une autre façon de me faire du mal. Ce n'est que peu à peu que je me suis rendu compte de l'erreur funeste que j'avais commise en inscrivant mes fils dans ma propre école. C'est là que tout a commencé. Je suis donc responsable de tout ce qui s'est passé par la suite.

On pourrait dire que mon destin est bien étrange. Je savais que Mlle Satô avait envoyé un certain nombre de lettres à mon fils. À l'époque, j'avais dit à Takashi : « Réponds-y avec sincérité. » Je lui avais dit cela parce que je savais qu'il ne s'intéressait pas du tout à elle. Je n'ai aucun moyen de savoir s'il a suivi ou non mon conseil. Mais que Mlle Satô ait ensuite souffert de troubles de l'alimentation m'oblige à me demander si Takashi a pu être impliqué. Je ne pouvais certes rien y faire, mais par moments je regrette tout de même d'avoir envoyé Takashi dans cette école.

Mitsuru, ma chère,

J'ai presque soixante-dix ans et en suis toujours à ressasser le passé et la cruauté de cette jeunesse. Il n'est pas inhabituel que les jeunes se préoccupent un peu trop d'eux-mêmes et excluent les autres. Mais les élèves de K. étaient largement pires que la moyenne. Et ce n'est pas seulement le système de K. qui est en cause. L'éducation japonaise dans son ensemble est naturellement à blâmer. J'ai écrit précédemment que je n'avais fait qu'apprendre à mes élèves à sentir et penser de manière scientifique. Mais j'ai maintenant quelque chose de bien pire à avouer.

Non seulement je n'ai pas enseigné la vérité à mes élèves, mais j'étais malade d'inquiétude à l'idée de finir par leur encombrer le cœur d'une autre sorte de « poids ». Cela venait de ce qu'avec d'autres j'encourageais la foi qu'ils plaçaient dans un système absolu de valeurs, un système où chacun cherche à l'emporter sur tous. En un mot, j'ai l'impression d'avoir pris part à une forme de manipulation mentale. Et les élèves qui travaillaient autant qu'ils le pouvaient sans jamais recevoir la récompense de leurs efforts ont ensuite été forcés de vivre avec ce fardeau. N'est-ce pas ce qui s'est passé avec Kazue Satô, et même avec la sœur aînée de Mlle Hirata ? Toutes les deux étaient différentes des autres, mais aucune n'atteignait votre niveau en matière de résultats scolaires.

Le poids dont nous leur avons encombré le cœur était inutile face à ceux qui devaient les détruire. Il leur manquait la beauté. Et malgré tous leurs efforts, elles ne pouvaient rien y faire.

Mitsuru, ma chère,

Dans une lettre que vous m'avez envoyée de prison il y a quelque temps, vous avouez avoir été attirée par moi. Votre lettre m'a surpris, autant que réjoui. Pour être parfaitement franc, lorsque vous étiez mon élève, mon cœur était absolument captivé par la beauté de Mlle Hirata. Elle était plus belle que toutes les femmes que j'avais vues avant elle, à tel point que le simple fait de la regarder me remplissait de joie. C'est sans doute ce qui me rendait impuissant face au poids terrible que nous ressentions tous – à savoir le besoin d'être meilleur que les autres. Ou plutôt, devrais-je dire, ce poids n'avait alors plus aucun sens. La beauté naturelle crée une telle excitation que l'existence même de ce poids est niée. Et une fois nié, il n'en devient que plus difficile à supporter. Yuriko Hirata était haïe simplement parce qu'elle existait. On ne pouvait pas s'empêcher de vouloir la chasser de l'école.

Peut-être est-ce un peu exagéré. Mais ai-je vraiment tort ? Je ne sais pas. Au cours des journées paisibles que je passe ici à Oiwake, je me rappelle parfois quelques bribes du passé. Si seulement j'avais fait ceci ou cela, aujourd'hui Unetelle ne serait pas morte, voilà ce que je pense. Ou si seulement j'avais dit telle ou telle chose, une autre n'aurait pas fait ces choses-là. Je suis accablé de honte.

Mitsuru, ma très chère,

J'arrive à voir le bon comme le mauvais dans les actions que votre mari et vous avez menées. Ce que vous avez fait est absolument impardonnable. Je vous le dis parce qu'il me semble que votre foi est une question parfaitement distincte. En soi, la foi n'est ni bonne ni mauvaise. Mais comment la foi a-t-elle pu vous amener à croire que vous aviez le droit de tuer ? Vous qui étiez une élève si brillante et qui n'aviez rien à envier, dans votre domaine, à Mlle Hirata dans le sien. Mais vous avez perdu votre capacité à raisonner. Et Mlle Hirata ? Pensait-elle vraiment que le seul moyen de survivre dans ce monde était de devenir une prostituée, d'accepter tous les hommes qui passent et de se vendre à eux ? Comment est-ce possible ? L'éducation qu'elle avait reçue a-t-elle été si aisément renversée ?

J'ai écrit que je voudrais me jeter aux pieds de la famille de Kazue Satô et tous les supplier de me pardonner. De la même manière, j'aimerais rencontrer la sœur aînée de Mlle Hirata pour m'excuser du gâchis affreux que mon caprice égoïste a causé. Une vie précieuse a été perdue. C'est une tragédie.

Tant que continuera mon étude entomologique, je resterai reclus ici, dans mon repaire de montagne glacial. Je crois que c'est pour le mieux. Mais que dois-je faire pour me libérer du chagrin que j'éprouve pour vous, ma chère, pour la sœur aînée de Mlle Hirata et pour la famille de Mlle Satô ? Ah, je n'arriverai jamais à me débarrasser de ce tourment.

Et voilà, je vous ai encore écrit une lettre interminable, pleine de méandres alors même que vous venez d'être libérée de prison. Pardonnez-moi. Dès que vous vous sentirez mieux, passez donc me voir à Oiwake. J'aimerais beaucoup vous montrer l'avancée de mes recherches sur le terrain.

Bien sincèrement,

Takakuni Kijima

Alors, qu'en pensez-vous ? Ne trouvez-vous pas que ces lettres du professeur Kijima sont tout bonnement hilarantes ? Il est un peu tard pour avoir des regrets, mais ça ne l'empêche pas de persister dans ses convictions désolantes. Je n'arrive vraiment pas à comprendre. J'avais complètement oublié que le fils de Kijima s'appelait Takashi. Quand j'ai lu son nom, j'ai éclaté de rire. Le mari de Mitsuru s'appelle Takashi, lui aussi. Mais aucun des deux n'est le genre d'homme qui me plaît physiquement. Et le professeur Kijima écrit ensuite qu'il m'a complètement oubliée ! « J'oublie son prénom, mais vous vous souvenez sûrement d'elle ; elle était dans votre classe, une élève assez terne. » Ben merde ! C'est plutôt malpoli, vous ne trouvez pas ? Et de la part d'un ancien professeur, en plus ! Quelle blague ! Ce vieux croûton est sûrement en train de devenir sénile. Et voilà, pour lui je ne suis plus que « la sœur aînée de Yuriko ».

Dans sa lettre il parle aussi de l'intensification de la conscience de soi chez les individus et de la transformation physique des formes de vie, mais je ne crois pas que ce soit ce qui se passe. Mitsuru, Yuriko et Kazue n'ont pas muté ; elles ont pourri, tout simplement. Un professeur de biologie devrait certainement être capable de reconnaître les phénomènes de fermentation et de putréfaction. Après tout, c'est lui qui nous a tout appris sur ces processus chez les organismes vivants, non ? Pour entamer le processus de décomposition, il faut de l'eau. Je pense que pour les femmes, cette eau-là, ce sont les hommes.

2

L'audience suivante s'est tenue un mois plus tard. Vu qu'elle devait commencer à deux heures, je demandai à mon supérieur de me laisser sortir plus tôt ce jour-là. Comme je travaille à mi-temps, mon chef n'est jamais très content de me voir arriver en retard et repartir en avance. Mais quand je lui ai dit que c'était pour aller au procès, il m'a chanté un autre air. « Bon, très bien. Allez-y », a-t-il dit en me faisant signe de partir. Le procès de Zhang devenait une bonne excuse pour m'absenter de mon travail. Pourtant je n'étais pas franchement impatiente d'assister aux débats. Et d'un, je n'aimais pas trop voir le visage lugubre du prisonnier, et de deux, il me devenait de plus en plus pénible d'éviter les assauts des médias. Mais comme Mitsuru m'avait fait promettre de lui rendre les lettres du professeur Kijima à l'audience suivante, je ne pouvais pas y couper. Ma discipline m'impose d'assumer jusqu'au bout mes responsabilités. Et j'avais hâte de voir dans quel genre d'accoutrement Mitsuru se pointerait cette fois-là. Ma curiosité sur un certain nombre de plans m'attirait vers les assises.

Lorsque j'arrivai, en avance, dans la salle d'audience, une femme aux cheveux coupés court me fit signe de la rejoindre. Elle portait un pull à col roulé jaune, une jupe marron et une très belle étole jetée élégamment sur les épaules. Je penchai la tête de côté, à peu près sûre de ne connaître personne d'aussi bien habillé.

– C'est moi ! Mitsuru.

Ce n'est qu'à ce moment-là que je remarquai ses grandes incisives et ses yeux brillants. Qu'était-il advenu de la femme usée et si curieusement vêtue ?

– Tu as changé, lui dis-je.

Je laissai tomber mes affaires sur le siège derrière moi. Ce faisant, je renversai son sac à main par terre et elle se baissa pour le ramasser, les sourcils froncés. Disparu, son vieux sac de toile. Remplacé par un Gucci noir à bandoulière.

– C'est quoi, ce sac ?

– Je l'ai acheté.

Elle ne m'avait pas dit qu'elle n'avait pas d'argent la dernière fois ? Et moi qui avais bêtement partagé l'addition comme si je devais lui faire l'aumône. Avec tout l'argent qu'elle avait dépensé pour son Gucci, j'aurais pu m'acheter dix sacs comme le mien. J'aurais bien aimé l'engueuler, mais je me contentai de hocher la tête.

– C'est bien. Tu as l'air en forme.

– Merci. Je me sens un peu plus stable qu'avant, dit-elle avec un léger sourire. La dernière fois que je t'ai vue, nerveusement j'étais une vraie épave. Je crois que je suis un peu plus habituée à la vie en société maintenant, mais j'ai eu longtemps l'impression d'être la Belle au bois dormant à son réveil. Tout était différent. Mon quartier s'était transformé, les prix avaient grimpé. Tous mes sens me disaient à quel point les choses avaient changé pendant mes six ans d'absence. Et puis je suis allée rendre visite au professeur Kijima dans son dortoir la semaine dernière. On a parlé de choses et d'autres et je me suis sentie mieux après. J'ai décidé de repartir à zéro.

– Tu as vu le professeur Kijima ?

Pourquoi les joues de Mitsuru rougissaient-elles tout à coup ?

– Eh oui. En repensant aux lettres que je t'avais prêtées, je me suis sentie si nostalgique que j'ai décidé d'aller le voir. Il était ravi. On s'est promenés dans les bois autour de Karuizawa. Il faisait très froid, mais j'étais vraiment touchée de voir qu'il existe des gens aussi chaleureux dans ce monde.

J'étais abasourdie. J'observai longuement Mitsuru, qui rougissait sur sa chaise, avant de lui fourrer le paquet de lettres de Kijima dans la main.

– Ah, les lettres du professeur Kijima. Tu les as lues ?

– Je les ai lues, oui. Mais je n'ai pas pu en tirer grand-chose. Tu es sûre qu'il n'est pas sénile ?

– Pourquoi ? Parce qu'il n'arrive plus à se souvenir de ton prénom ?

Elle était parfaitement sérieuse et cela m'agaça encore plus.

– Ce n'est pas ça, non.

– Je lui ai dit que je t'avais montré ses lettres et il a paru se faire du souci pour toi. Il avait peur que tu lui en veuilles après avoir lu ce qu'il y avait écrit. Il s'inquiète aussi parce qu'il te croit déprimée à cause de ce qui est arrivé à Yuriko.

– Eh bien il se trompe ! J'ai beau être sa grande sœur, ça ne change rien.

Elle poussa un grand soupir.

– Je ne devrais probablement pas te le dire mais, aussi loin que je me souvienne, tu as toujours été tordue. J'ai de la peine pour toi, vraiment, je te jure. Je souhaite que tu puisses te défaire du sort que Yuriko t'a jeté. Le professeur Kijima a dit que ce dont tu souffrais n'était rien de moins que de la manipulation mentale.

– Le professeur, le professeur… tu radotes comme un disque rayé. Il ne se serait pas passé quelque chose entre vous deux ?

– Il ne s'est rien passé. Mais ses paroles ont fait vibrer ma corde sensible.

Visiblement, elle était encore amoureuse du professeur Kijima, comme au lycée. Il y en a qui font les mêmes erreurs encore et encore sans jamais rien apprendre. J'en avais vraiment assez d'elle et me retournai vers l'avant de la salle d'audience. Zhang, encadré par deux gardes, se faisait conduire vers sa chaise, les mains menottées et attachées à la ceinture autour de sa taille. Il me jeta un regard timide que je m'empressai d'éviter. Je sentais tous les yeux posés sur moi. Les spectateurs ne voulaient pas manquer la bataille finale entre la famille de la victime et l'agresseur, et je n'avais pas l'intention de les décevoir. Je fis de mon mieux pour lui jeter un regard noir, mais Mitsuru m'interrompit.

– Regarde là-bas, dit-elle en m'attrapant le bras. Regarde ce type.

Agacée, je me retournai. Deux hommes venaient de s'arroger des sièges vacants au milieu de la galerie des spectateurs. L'un était gros, l'autre était un beau jeune homme.

– Je me demande si ce n'est pas Takashi Kijima.

Takashi Kijima avait toujours l'air perversement précoce que j'avais détesté au lycée. Mais ce qui m'acheva, c'est qu'il avait conservé ses traits harmonieux et juvéniles. Son corps long et svelte, un vrai serpent. Sa tête menue, compacte et joliment dessinée. Ses traits délicats et son nez long et fin qui m'évoquait la lame d'un couteau bien affûté. Ses lèvres charnues, du genre à faire se pâmer les filles qui devaient trouver ça sexy. C'est ça, des filles à la Kazue Satô. Mais il semblait vraiment trop jeune. Et Kijima n'avait jamais été aussi beau que ce garçon-là. J'eus le plus grand mal à le quitter des yeux. Lorsque le juge fit son entrée dans la salle d'audience, je me tournai à nouveau pour observer les deux hommes.

L'homme que j'avais pris pour Kijima tenait à la main un duffle-coat soigneusement plié. Au moment de se lever pour saluer la cour, il se dressa maladroitement sur ses pieds. Et après que tout le monde eut retrouvé son siège, il était encore là, debout, les yeux dans le vague. Il fallut que le gros type à côté de lui le tire par le bras pour l'obliger à se rasseoir. Les os de ses épaules et les muscles de son torse, que je devinais sous son léger pull noir, étaient parfaitement harmonieux. Il était à l'âge charnière où l'enfance le dispute encore au jeune âge, et devait pousser comme un arbrisseau. Il avait un visage adorable ; ses traits auraient fait de lui une jolie fille s'il n'avait pas été un beau garçon. Sublimes, ses sourcils noirs formaient un arc aussi parfait que si on l'avait tracé à la main. Non, ce n'était pas Kijima. J'en étais sûre.

– Non, en y regardant de plus près, ce n'est pas Takashi Kijima.

– Mais si. C'est Kijima. Ça ne peut être que lui, me chuchota-t-elle à l'oreille après que le silence fut tombé dans la salle.

– Impossible, Kijima ne peut pas être aussi jeune. Et puis, Kijima avait toujours un air beaucoup plus mauvais que ça.

– Mais non, pas lui, le gros !

Je manquai de tomber de ma chaise. Ce type-là devait peser au moins cent kilos. En retirant une bonne partie de la graisse de son visage, j'arriverais peut-être à déceler une certaine ressemblance avec Kijima. Les débats avaient commencé, mais j'étais trop occupée à essayer de voir les deux hommes derrière moi pour y prêter la moindre attention. Et puis l'audience du jour portait principalement sur l'éducation et les origines sociales de Zhang, et tout cela était ennuyeux à mourir.

– J'étais un excellent élève à l'école élémentaire. Je suis né intelligent.

Comment pouvait-il fanfaronner à ce point, devant tout le monde, sans aucune gêne ? S'il continuait comme ça, j'allais devoir m'énerver. Tout en dissimulant un bâillement, je pensai à Takashi Kijima assis derrière moi. Comment avait-il pu devenir aussi laid ? On aurait cru voir une autre personne. Il avait tellement changé que j'aurais bien appelé le professeur Kijima pour lui dire ce que son fils était devenu depuis la dernière fois qu'ils s'étaient vus. Mais bien sûr ! Voilà ce que j'allais faire ! J'allais prendre une photo de lui et la joindre à une lettre que j'enverrais à son père.

Alors que, les débats du jour prenant fin, Zhang quittait la salle d'audience, Mitsuru, les épaules légèrement tombantes, laissa échapper un soupir ténu.

– Assister à toutes ces procédures est plus pénible que je le pensais. Tout ça me rappelle mon procès. Écouter les questions qu'on a posées à l'accusé aujourd'hui m'a tout remis en mémoire. Toute mon histoire a été étalée en public. J'avais l'impression qu'on parlait de quelqu'un d'autre, quelqu'un d'entièrement différent. C'était bizarre. Quand je m'étais aperçue que des gens mouraient pendant les initiations, j'avais eu trop peur pour leur venir en aide dans leurs derniers instants. Je me disais que le karma en déciderait. Mais quand il a fallu que j'y passe à mon tour, j'étais si terrifiée et je tremblais tellement que je n'ai même pas réussi à me lever. J'étais médecin et donc formée à sauver des vies humaines. Comment avais-je pu faire quelque chose d'aussi cruel ? Mon procès s'est poursuivi dans la plus grande confusion. Je n'ai tenu que grâce à ma mère, qui venait aux audiences avec un groupe d'autres croyants. Lorsqu'elle entrait dans la salle, nous échangions un regard. Très subtil. Et dans son regard je voyais qu'elle me disait d'être forte et que je n'avais rien fait de mal. J'ai été jugée dans cette salle devant le monde entier, et pourtant c'est à peine si je voyais quelqu'un d'autre que ma mère.

– Tu veux dire que tu ne ressens aucun remords ?

– Non. Je veux dire que tout était très confus. On aurait dit une série télé.

Je levai une main dans l'espoir de mettre un terme au récit alambiqué de ses émotions plus que confuses. Si je n'y prenais pas garde, Takashi Kijima allait m'échapper. Ce n'était pas lui qui m'intéressait, mais le jeune homme à côté de lui. Il fallait que j'aille le voir. Qu'est-ce qu'il faisait avec Takashi Kijima ? On ne croise pas tous les jours d'aussi beaux garçons. Était-ce son fils ? Et sinon, qui pouvait-il bien être ? Je brûlais d'en avoir le cœur net. Si c'était son fils, alors Kijima, tout odieux qu'il était et si laid qu'il fût devenu, venait de faire une remontée spectaculaire dans mon estime. Mitsuru, elle, semblait avoir encore quelque chose à dire.

– Et si on se faisait une petite réunion d'anciens élèves ?

– De quoi tu parles ?

La salle d'audience était désormais presque vide et la voix de Mitsuru rebondissait en échos d'un mur à l'autre. À ma grande surprise, Takashi Kijima se retourna et s'avança vers nous. Il portait un jean et un sweat-shirt bariolé, sûrement pour faire jeune. Il tenait sous le bras un petit sac à main pour homme qui lui donnait un air de gangster à l'ancienne. J'imaginai fourrés à l'intérieur un portefeuille rempli à ras bord, un étui à cartes de visite et tout un tas d'autres petites choses. Malheureusement, son jeune compagnon ne semblait avoir aucune envie de l'accompagner. Il resta assis à regarder droit devant lui, comme il l'avait fait pendant tout le procès.

– C'est toi, Mitsuru ?

Sa voix était pâteuse et forte, à l'image de son corps. Elle avait un son nasillard, très désagréable à entendre. Trop de cigarettes, trop d'alcool et de nuits blanches, certainement. La peau de son visage était grisâtre et ses pores nettement trop dilatés. Je m'imaginai posant un doigt sur sa joue et l'en retirant luisant de gras.

– Et toi, tu es bien Kijima-kun, n'est-ce pas ? Ça fait longtemps.

– Ça n'a pas dû être facile pour toi. Quand j'ai lu ce qui s'était passé, je n'arrivais pas y croire. Mais maintenant, ça a l'air d'aller mieux. Tout ça, c'est fini, non ?

Il montra du doigt l'estrade des juges avec un air décontracté, comme s'il connaissait bien l'endroit. Non seulement son physique, mais aussi sa manière de parler étaient ronds et doux. Comme chez une femme. Le visage de Mitsuru s'assombrit.

– Merci beaucoup, c'est gentil de t'inquiéter pour moi. Je suis vraiment désolée d'avoir causé tant de soucis à mes camarades de l'école, mais tout ça, c'est derrière moi maintenant.

– Félicitations.

Kijima s'inclina profondément. Mitsuru se mordit la lèvre pour contenir ses larmes. On se serait cru dans une scène tirée d'un film de yakuzas. Mais cela ne m'intéressait absolument pas et je me tournai vers le garçon. La voix étouffée de larmes de Mitsuru ayant attiré son attention, il regardait dans notre direction. Il avait un visage exquis. Pourquoi avais-je l'impression de le connaître ?

– Tu m'as reconnu immédiatement, n'est-ce pas, Mitsuru ? La plupart des gens n'ont aucune idée de qui je suis, maintenant que j'ai pris du poids. L'autre jour, j'ai croisé par hasard un ancien camarade de K. en plein Ginza, mais il est passé devant moi sans me voir. Pourtant, c'était bien lui, tellement amoureux de Yuriko qu'il s'était jeté à mes pieds en me suppliant de lui arranger un coup avec elle. Et maintenant, voilà que Yuriko a fini assassinée, et par un inconnu ! Mais bon, pour être tout à fait franc, elle en rêvait probablement depuis longtemps.

– Elle en rêvait ? s'écria Mitsuru.

– Elle me disait toujours qu'elle savait qu'un jour un de ses clients la tuerait. Ça l'effrayait, mais elle avait aussi l'air d'attendre le moment où ça arriverait. C'était une femme intelligente, très complexe.

Mitsuru commença à se tapoter les incisives, visiblement troublée : *tap tap tap*. Elle ne devait pas pouvoir se résoudre à accepter ce qu'il venait de dire. Grâce au père de Kijima, elle avait enfin pu renouer avec la vie en société. Je retroussai les lèvres et lâchai :

– Je ne prétendrai pas que je ne suis pas d'accord pour dire qu'elle en rêvait, mais je ne vois pas ce qui te permet d'en parler, surtout ici.

Kijima sourit amèrement. J'ai horreur des gens qui sourient quand ils essayent d'être sournois. C'est comme avec mon supérieur de la mairie d'arrondissement.

– Et toi, tu es la grande sœur de Yuriko, je me trompe ? me renvoya-t-il. Mes plus sincères condoléances.

Il me salua poliment, comme il l'avait fait avec Mitsuru.

– Je comprends l'épreuve que tu traverses en ce moment. Pour autant, ai-je tort de penser que tu pressentais que Yuriko finirait comme ça un jour ou l'autre à force de poursuivre dans la voie qu'elle avait choisie ? Je crois que toi et moi étions les seuls à la comprendre vraiment.

Quelle impertinence ! Comme s'il avait vraiment pu comprendre quelque chose à ma sœur.

Je lui volai dans les plumes.

– Tout ça est de ta faute. C'est toi qui as commencé à l'entraîner là-dedans. C'est toi qui lui as tout appris du métier. Si elle ne t'avait pas rencontré, elle serait probablement encore en vie. Et ce n'est pas tout. Kazue aussi. Tu la persécutais.

Je n'en pensais pas un mot. Je cherchais simplement à le contrarier.

Il hésita.

– Je n'ai pas persécuté Kazue, ni fait quoi que ce soit de ce genre. Je ne savais tout simplement pas quoi faire de toutes ces lettres qu'elle m'avait envoyées. Elle me faisait pitié. Je ne l'aimais pas, certes, mais je ne voulais surtout pas lui faire de mal. Je n'étais pas insensible à ce point.

En le voyant essuyer de sa main épaisse les globules de sueur qui perlaient à son front, Mitsuru tenta de changer de sujet.

– Oublions ça, dit-elle. Qu'est-ce que tu deviens ? Il paraît que ton père t'a déshérité ?

– Eh bien, comme on dit, qui a bu boira. Je suis resté dans la même branche, sauf que de nos jours on appelle ça une agence d'escortes. Je présente des femmes à des hommes.

Il fouilla rapidement dans son portefeuille et en tira deux cartes, qu'il tendit successivement à Mitsuru et à moi. Mitsuru lut la sienne à haute voix.

Club des Jocondes. Des femmes de grande classe vous attendent.

– Mais, Kijima-kun, tu n'as pas utilisé le bon caractère pour écrire « de grande classe ». Et puis cette mise en page… c'est drôlement vieillot.

– Il y a des clients qui les préfèrent comme ça… à l'ancienne, quoi. Ce n'est pas une erreur, c'est fait exprès. À propos, Mitsuru, comment va l'ancêtre ?

– En pleine forme. Il travaille sur son étude entomologique et supervise son dortoir d'employés à Karuizawa. Tu sais que ta mère est décédée, n'est-ce pas ?

Elle avait annoncé la nouvelle aussi délicatement que possible.

– Quoi ? Quand ça ?

– Il y a trois ans, je crois. Elle avait un cancer.

– Un cancer ? C'est affreux !

Kijima haussa les épaules d'un air abattu, mais il avait le cou enveloppé d'une couche de chair si épaisse qu'il était difficile de s'en rendre compte.

– Ma pauvre mère ! dit-il. Toute la peine que je lui ai faite ! J'aurai quarante ans l'année prochaine et je ne me suis toujours pas trouvé un travail dont une mère pourrait être fière. Je n'aurais jamais pu la regarder en face.

– Le professeur Kijima s'inquiète pour toi, tu sais.

J'intervins vivement :

– Ah bon ? Ce n'est pas ce qu'il écrit dans ses lettres, si ? Il dit qu'il lui faudra du temps avant de songer à pardonner la conduite de son fils. Quel enfoiré !

Tandis que je piquais ma colère, Mitsuru afficha soudain une certaine nervosité.

– Parce qu'il y a des lettres ? S'il a écrit quelque chose sur moi, j'aimerais bien les voir.

Mitsuru commença à ouvrir son sac à main, mais je l'arrêtai.

– Fais-en une photocopie. Ces lettres sont importantes. Il ne faut pas les perdre. Et tu ne sais pas quand vous vous reverrez, tous les deux. Au bureau où je travaille on photocopie absolument tout. Tu fais trop confiance aux gens, Mitsuru.

– Tu as peut-être raison.

Takashi pressa ses mains l'une contre l'autre en un simulacre de prière.

– Je veux juste y jeter un œil. Je te les rendrai tout de suite.

Mitsuru, de mauvaise grâce, tendit le paquet de lettres à Kijima qui alla s'asseoir et commença à les parcourir. Je lui demandai :

– C'est qui, ce gosse, Kijima ? C'est le tien ?

Il leva les yeux de sa lecture. Un éclair moqueur les traversa. Je me sentis mal à l'aise.

– Enfin, tu ne le reconnais pas ?

– Non. C'est qui ?

– C'est le fils de Yuriko.

Horrifiée, je me retournai pour l'observer. Dans son journal, Yuriko parlait du fils qu'elle avait eu avec Johnson. C'était donc lui, l'enfant de ces deux modèles de beauté. Il devait être au lycée à présent.

Mitsuru eut un sourire à peine perceptible.

– Ça alors, c'est ton neveu ?!

– Eh oui.

Perplexe, je me passai la main dans les cheveux d'un air absorbé. Il fallait que je trouve une ruse pour éloigner le fils de Yuriko de ce monstre de Kijima. Mais le garçon – le sujet de notre discussion – ne regardait pas dans notre direction. Il restait sagement assis en attendant que Kijima ait fini ce qu'il avait à faire.

– Comment s'appelle-t-il ?

– Yurio. Je crois que c'est Johnson qui a choisi ce prénom.

– Et qu'est-ce qu'il fait ici ?

– La mort de Yuriko a été un tel choc que Johnson est reparti aux États-Unis. Il voulait emmener le gamin avec lui, mais Yurio est encore au lycée, alors j'ai accepté de m'en occuper.

Je me dirigeai vers Yurio. Je délirais presque de tout ce bonheur qui parcourait mon être, le bonheur enfin retrouvé de pouvoir contempler une personne aussi magnifique.

– Yurio-chan ? Bonjour.

Il leva la tête et me dévisagea.

– Oh. Bonjour.

Sa voix avait déjà mué. Elle était ronde et grave, mais aussi forte et juvénile. Ses yeux étaient sublimes. On aurait dit qu'ils me transperçaient. Je sentis mon cœur battre à tout rompre et dis :

– Je suis la grande sœur de Yuriko. Ce qui veut dire que je suis ta tante. Je ne sais encore rien de toi, mais nous sommes de la même famille. Pourquoi on ne laisserait pas cet affreux événement derrière nous, hein ? Comme ça, on pourrait reprendre une vie normale… qu'est-ce que tu en dis ?

– Euh… d'accord.

Yurio balaya la pièce du regard, l'air un peu perdu.

– Excusez-moi, vous savez où est parti Oncle Kijima ?

– Il est juste là, tu ne le vois pas ?

– Hé ho ? Oncle Kijima ? Où es-tu ?

Je remarquai tout à coup quelque chose de très étrange. Yurio ne semblait pas voir Kijima, alors même que celui-ci était assis à quelques mètres de lui. Kijima leva les yeux. Ils étaient pleins de larmes, sans doute à cause des lettres de son père.

– Je suis là, Yurio. Tout va bien.

Puis, se tournant vers moi, il ajouta :

– Yurio est aveugle de naissance.

À quoi peut ressembler le monde pour quelqu'un de si exceptionnellement beau, et incapable de voir, et donc de reconnaître, sa propre beauté ? Même s'il entend les louanges dont on le couvre, il ne peut pas en saisir le concept, n'est-ce pas ? Ou bien alors… recherche-t-il une beauté différente de celle que ses yeux peuvent percevoir ? Je mourais d'envie de savoir à quoi ressemblait le monde pour mon neveu.

Je voulais tellement qu'il vienne vivre avec moi que ça me rendait folle. Qu'il vienne et je pourrais être libre ; et heureuse, je le pensais. C'était sans doute très égoïste de ma part, mais je m'en fiche. Il fallait absolument que je le récupère. Il était complètement libéré des préjugés qu'on lit dans le regard des autres. Tout à fait. Même si je me reflétais dans ses yeux magnifiques, mon image n'arriverait jamais à son cerveau. Le sens même de mon existence s'en trouverait changé. Parce que pour lui je n'existerais qu'à travers ma voix ou ma chair. Il ne verrait jamais ni mon corps épais et trapu, ni mon affreux visage.

J'ai du mal à m'accepter ? C'est bien ça que vous pensez, non ? Je reconnais que je suis assez commune et que j'ai développé un complexe d'infériorité par rapport à ma petite sœur. Et ma théoric selon laquelle elle serait née d'un père différent ? Une mystification, dites-vous ? Vous avez tort. C'est un jeu auquel mon esprit s'amuse. Je me dis que je pourrais être une femme née belle, brillante et bien meilleure élève que Yuriko, et qui pourtant détesterait les hommes. Progressivement, mon moi fantasmé réduit l'écart – même si ce n'est qu'un peu – entre la réalité et mon imagination. La méchanceté dont je me pare sert simplement à pimenter le jeu. Ai-je tort ? Insinueriez-vous que le corps qui contient mon moi imaginaire est celui d'une idiote ? Essayez donc, vous, de vivre avec une sœur monstrueusement belle ! Pouvez-vous imaginer une seule seconde ce que ça fait de se voir refuser toute individualité avant même la naissance ? Dès les premiers instants, la réaction des gens à votre contact est nettement différente de celle qu'ils ont pour autrui. Comment vous sentiriez-vous si vous deviez supporter ça tous les jours, tout le temps ?

Nous descendîmes à la cafétéria et nous assîmes tous les trois autour d'une table. Mais je n'avais d'yeux que pour Yurio. Il s'était installé un peu à l'écart et se tenait bien droit, presque dressé, sur sa chaise. Le fils magnifique de Yuriko. Je pouvais contempler son visage avec toute l'adoration que je voulais, il ignorait totalement que j'avais les yeux rivés sur lui. Je pouvais le dévisager à loisir. Les serveuses, les serveurs, même l'homme d'âge mûr qui devait être leur supérieur jetaient de temps à autre un regard gêné vers lui.

Est-ce qu'il les rendait fébriles, eux aussi ? Soudain la cafétéria, qui était un endroit assez minable en définitive, semblait étinceler. À voir tous ces gens l'admirer, mon plaisir n'en était que plus grand. Je me délectai de cette écrasante supériorité que je ressentais vis-à-vis d'eux.

C'était Mitsuru qui avait voulu que Yurio s'assoie à bonne distance de notre table. Elle avait des choses à dire sur Takashi Kijima et Yuriko et ne voulait pas que Yurio l'entende.

– Qu'est-ce que vous avez fait, Yuriko et toi, après avoir quitté le lycée ? demanda-t-elle à Takashi.

Il me regarda contempler Yurio.

– Tu le sais, toi ? me demanda-t-elle.

– Non. Quand Yuriko est partie de chez les Johnson pour aller vivre toute seule, on ne s'est plus parlé. Je ne savais pas quoi faire. Mon père n'arrêtait pas d'appeler de Suisse parce qu'il s'inquiétait pour elle. Et puis mon grand-père est tombé fou amoureux de ta mère ; du coup, prendre des nouvelles de Yuriko était vraiment la dernière de mes préoccupations.

– Il y avait une rumeur qui courait à l'université, déclara Mitsuru. D'après certains, Yuriko était devenue mannequin pour le magazine *An-an*. J'étais impressionnée. Je suis allée à la librairie et j'ai feuilleté l'exemplaire qu'ils avaient en rayon. Je m'en souviens encore, c'est dire ! Comme on y voyait les derniers modèles à la mode dans le style surfeur, ses formes étaient plutôt découvertes, mais elles étaient absolument parfaites. Et son maquillage était vraiment incroyable, à couper le souffle. Mais je n'ai plus vu d'autres photos d'elle après cela.

Mitsuru essayait de m'attirer dans la conversation, mais son sourire s'évanouit rapidement. Oui, il était peu probable que je me sois intéressée à sa carrière.

– Yuriko-chan apparaissait dans toutes sortes de magazines. Alors pourquoi en a-t-elle disparu aussi subitement ? Elle ne s'était pas spécialisée dans un style particulier et n'a jamais posé deux fois pour le même magazine.

– On l'appelait « le mannequin fantôme ». J'ai une bonne idée de ce qui a pu se passer. Il est plus que probable qu'à cause de sa lascivité naturelle, elle ait couché chaque fois avec son photographe, son directeur artistique, ou un autre type parmi ceux, nombreux, qui se pressaient autour d'elle. Très vite, elle acquérait une réputation de fille facile et les patrons du magazine, perdant tout respect pour elle, refusaient de la faire travailler.

Le visage gras et difforme de Kijima se fendit en un sourire ; il se rappelait manifestement ces jours fastes de son passé.

– C'est vrai. Yuriko était trop belle, son visage était trop parfait pour les besoins des magazines de l'époque. Et elle dégageait une trop grande sensualité. Si encore elle avait été collégienne, ils auraient peut-être pu en tirer quelque chose. Mais le jour de ses dix-huit ans, elle était déjà si magnifique que même Farah Fawcett ne pouvait pas rivaliser. À l'époque, il n'y avait tout simplement pas beaucoup de débouchés pour une beauté pareille. Aujourd'hui c'est différent… depuis qu'on a des mannequins comme Norika Fujiwara…

Il parlait en véritable professionnel. Il prit une cigarette dans son sac à main et l'alluma.

– Elle ne faisait qu'un mètre soixante-sept, ce qui ne suffit pas vraiment pour défiler sur un podium, et elle avait des traits trop occidentaux pour faire une bonne actrice. Il n'y avait pas d'autres débouchés. Tout ce qu'elle pouvait faire, c'était de sortir avec des types qui nageaient dans le pognon. On était au plus fort de la bulle financière. Je voyais arriver des gens qui faisaient un malheur dans l'immobilier… j'étais son agent… et tous m'agitaient de pleines poignées de billets de dix mille yens sous le nez. Tout ça pour avoir une heure ou deux avec elle. Et ils crachaient trois cent mille yens à chaque passage !

Mitsuru jeta un regard dans ma direction.

– Tu es obligé de parler comme ça ? C'est plutôt déplacé.

– Oh, désolé.

– Toi aussi tu as dû faire un malheur, non ? lui demandai-je.

Kijima, revoyant en rêve ses années de vin et de roses, se garda bien de me regarder. Il gratta ses bajoues tombantes d'un doigt épais.

– Oui, c'est vrai, dit-il. J'ai fait quelques erreurs dans ma jeunesse. Mais après tout, on m'avait viré du lycée assez brutalement… à cause de ta trahison.

– Elle n'a trahi personne. Le professeur Kijima a écrit dans ses lettres qu'il était venu lui demander conseil, lança Mitsuru.

Kijima haussa les épaules.

– Elle nous a dénoncés. Ta copine nourrissait depuis longtemps une jalousie maladive envers Yuriko. C'était sa nature.

– Tu te trompes. Elle s'inquiétait pour sa sœur.

– Tu crois ça ? Dans ce cas, il vaut peut-être mieux laisser le passé derrière nous, mais j'ai des tas de choses sur le cœur que je vous aurais bien racontées, dit Takashi sur un ton sarcastique. J'étais sur le point d'entrer en dernière année de lycée, vous savez. J'avais dix-huit ans. Quand je suis rentré à la maison ce jour-là, ma mère pleurait. Mon petit frère, lui, me regardait méchamment et refusait de parler. Et dès qu'il est rentré, mon père m'a collé des baffes. Même que, depuis, je n'entends plus très bien de l'oreille droite. Il était gaucher, et même si à le voir on ne s'en serait pas douté, il pouvait flanquer de sacrées beignes. Je n'ai pas pleuré, mais ça me faisait un mal de chien. Il criait : « Je ne veux plus avoir à te regarder. Ne remets plus jamais les pieds ici ! » Ma mère a fait de son mieux pour calmer le jeu, mais rien à faire. Mon père était têtu, alors je lui ai dit : « Toi aussi, tu voulais te la taper. C'est elle qui me l'a dit. Tu nous as renvoyés de l'école parce que tu ne pouvais pas l'avoir ! » Dès que j'ai eu fini ma phrase, il m'a remis un coup sur l'oreille, encore plus fort que le dernier. J'ai crié : « Espèce de con ! Je te reverrai au conseil de discipline ! » Il m'a renvoyé : « J'en ai plus qu'assez entendu. Essaye un peu de te mettre à la place de Yuriko. » Mais la vérité, c'était que Yuriko faisait ça parce que ça lui plaisait. Quand j'y repense aujourd'hui, je me rends compte que j'aurais dû faire semblant d'être d'accord avec tout ce qu'il disait. Je pense que c'est pour ça que j'ai pleuré en lisant ses lettres. Avec l'âge, il s'est radouci. Et je crois aussi que ce passé me hante encore.

– Allez, viens-en au fait, dis-je. Qu'est-ce que vous êtes devenus, Yuriko et toi ?

– Bon, vu qu'on s'était tous les deux fait virer de chez nous, on a décidé d'habiter ensemble et on a commencé à chercher un appartement. Il nous fallait environ trois millions de yens, mais à nous deux on avait mis pas mal d'argent de côté. On a loué un appartement ultra classe du côté d'Aoyama. On aurait préféré Azabu, mais c'était trop près de l'école, alors on a laissé tomber. C'était un trois pièces ; on avait chacun notre chambre. Le lendemain, je l'ai traînée dehors et on s'est mis au boulot. Je l'ai d'abord emmenée voir des agences de mannequins et ils lui ont donné du travail. Mais ses contrats ne duraient jamais très longtemps ; je vous ai déjà expliqué pourquoi. Tôt ou tard, elle commençait à se trouver d'elle-même des clients et les ramenait dans sa chambre. Je vous jure que c'est vrai. Yuriko était une pute-née.

J'acquiesçai d'un geste exagéré. Exactement. Yuriko était le genre de femme à ne pas pouvoir vivre sans « eau ». Elle avait besoin d'eau pour activer sa décomposition.

– Vers cette époque, un type est arrivé et a demandé à être son mécène. Il avait fait fortune du jour au lendemain dans l'immobilier. J'ai cru que j'allais devoir me trouver un autre appartement, mais finalement je n'ai pas eu à déménager parce qu'il l'a emmenée à Daikanyama. Il a allongé le capital et l'a gardée comme maîtresse à domicile. Bientôt, Yuriko n'a plus eu besoin de manager. Je me suis retrouvé tout seul dans l'appartement d'Aoyama ; au bout d'un moment, comme je n'arrivais plus à payer le loyer, j'ai dû déménager. Ainsi a commencé ma chute. Sacrée histoire, non ?

Mitsuru, qui l'avait écouté en silence, fit une grimace et demanda :

– Ce que je ne comprends pas, c'est pourquoi, alors même que vous viviez ensemble, tu l'as laissée se prostituer ? Qu'est-ce qu'il y avait entre vous deux ?

– Qu'est-ce qu'il y avait ? répéta-t-il en levant les yeux au ciel. Pour être tout à fait franc, nous avions passé un accord commercial et notre seule préoccupation était de faire de l'argent.

– Vous n'avez pas eu une aventure, belle comme elle était ?

– Aucune chance. Je suis homosexuel.

Je m'étouffai. Quelle ignominie ! Comment avait-on pu laisser Yurio aux mains d'un monstre pareil ? Je me tournai instinctivement vers le garçon. À un moment donné il s'était mis un casque sur les oreilles et maintenant il hochait discrètement la tête en cadence avec la musique, les yeux fermés. Mitsuru se mit à tapoter ses incisives avec son ongle : *tap, tap, tap.*

– Tu es comme ça depuis l'école ?

– Je ne sais pas. Je dois reconnaître que c'est étrange… pour un homosexuel, je veux dire… d'avoir suivi Yuriko comme je l'ai fait. J'imagine qu'il y avait quelque chose en elle qui séduisait les hommes, mais je ne l'ai jamais ressenti. Quand on a commencé à vivre ensemble, je me suis trouvé attiré par un homme qui venait la voir de temps en temps. C'était un yakuza, un monsieur d'un certain âge. Et j'ai remarqué que j'étais jaloux de Yuriko. C'est là que j'ai compris.

Il ferma les yeux à moitié, prenant visiblement un malin plaisir à nous faire ces révélations.

– Quand Yuriko est partie, j'ai commencé à m'occuper d'autres clients, hommes et femmes. Comme je savais y faire, les affaires marchaient bien. Yuriko et moi nous revoyions encore de temps en temps et je lui trouvais toujours quelque chose à faire. Mais après, pendant plusieurs années, on a tout fait pour s'éviter.

– Pourquoi ? demanda Mitsuru.

– On avait changé, tous les deux. J'avais grossi, Yuriko avait vieilli. On savait déjà tout des plus belles années de l'autre. À une certaine époque, Yuriko n'avait qu'à sortir dans la rue pour que les hommes se marchent les uns sur les autres dans l'espoir de l'approcher. Entre ses mains, ils étaient comme de la pâte à modeler. Mais depuis peu elle n'arrivait plus à se trouver un seul client potable, même en cherchant bien. Je savais qu'elle avait perdu son potentiel commercial. Et j'étais incapable de lui mentir. Alors elle est devenue plus distante. J'ai été soulagé quand elle a arrêté de me contacter. C'est là que j'ai appris qu'on l'avait assassinée. Et pas très longtemps après, la nouvelle du meurtre de Kazue a commencé à circuler. J'ai alors compris que mon métier était devenu vraiment dangereux. Voilà pourquoi, quand Johnson m'a proposé de m'occuper de Yurio, je ne me suis pas fait prier. Pour moi, c'était comme une sorte de pénitence.

– Tu ne peux pas garder Yurio chez toi, déclarai-je.

– Et pourquoi ? demanda Mitsuru, étonnée.

Je fus parfaitement claire :

– Parce que sa famille, c'est moi. Qui plus est, on ne peut pas dire que le métier de Kijima, ou que Kijima lui-même, offre un environnement qui convient à l'éducation d'un jeune homme. C'est moi qui vais m'occuper de Yurio. Il peut très bien aller à l'école de chez moi. Je vais appeler mon père en Suisse. Je suis sûre qu'il m'enverra un peu d'argent pour l'aider.

À vrai dire, depuis la mort de Yuriko, je n'avais eu aucune nouvelle de mon père. Quel salaud ! Mais dès qu'il saurait pour Yurio, j'étais sûre qu'il m'enverrait de l'argent.

– Tu as le droit de penser ce que tu veux, mais…

Kijima examina mon visage et mon corps de haut en bas avec un petit sourire narquois. Il pensait peut-être qu'une femme à l'aspect aussi effrayant que moi ne pouvait pas s'occuper d'un garçon aussi beau. Je me levai, en colère.

– Très bien. On n'a qu'à aller lui demander.

Je me dirigeai vers l'endroit où Yurio était assis. Ses yeux étaient fermés et il se balançait avec la musique. Je ne sais pas s'il avait senti ma présence, mais ses yeux qui ne voyaient pas s'ouvrirent. Ses cils étaient longs, ses iris marron et le blanc de ses yeux translucide. Ce qu'il était beau ! Deux sourcils sombres rehaussaient ses yeux de manière tout à fait spectaculaire.

– Yurio-chan, commençai-je, pourquoi tu ne viendrais pas habiter chez ta tante ? Je serais heureuse de m'occuper de toi. Tu as vécu avec ton père pendant des années, je crois que tu devrais vivre avec une Japonaise pendant quelque temps. Ça ne te plairait pas ?

Il sourit, découvrant une rangée de dents d'un blanc éclatant.

– Je suis la seule famille qu'il te reste pour s'occuper de toi. Viens chez moi. On habitera ensemble, d'accord ?

Je sentis mon cœur battre la chamade tandis que j'essayais de le convaincre. Cette proposition devait lui sembler si soudaine… il aurait très bien pu dire non et c'en aurait été fini.

– Tu m'achèteras un ordinateur ? demanda-t-il, le regard perdu dans le vide.

– Tu sais te servir d'un ordinateur ?

– Bien sûr. J'ai appris à l'école. Tout ce qu'il me faut, c'est le bon logiciel. Avec un système à commandes sonores, je peux me servir de toutes sortes de technologies. Je compose de la musique sur ordinateur, alors j'ai vraiment besoin d'en avoir un.

– Bon, très bien, je t'en achèterai un.

– Génial. Dans ce cas, je crois que je vais venir vivre avec toi.

Je m'égarai dans mon fantasme. Je ne pouvais que me répéter encore et encore à moi-même : « Je t'en achèterai un. Je t'en achèterai un. »

3

J'ai accueilli Yurio chez moi, à P., dans l'appartement à loyer subventionné de mon grand-père. Quand Yurio était sous la protection de Johnson, on l'avait placé dans une institution spécialisée pour aveugles à Osaka. Comme il y avait vécu depuis sa première année d'école primaire et y avait donc pratiquement été élevé, il se mettait parfois à parler en dialecte d'Osaka. Ça me faisait rire. Malgré son visage si magnifique que c'en était irréel, c'était un garçon assez simple, voire taciturne. Son unique passe-temps était la musique. Très brillant, il n'avait besoin d'aucune attention particulière. Ce qu'il pouvait être beau ! Et moi, j'étais sa famille la plus proche. J'avais peine à le croire.

Un destin est une chose bien curieuse. Je me voyais réellement revenue aux jours heureux et paisibles que j'avais vécus en compagnie de mon grand-père. À l'époque où il était dépendant de moi, désarmé, vulnérable. Et voilà que Yurio, aveugle, devait lui aussi s'en remettre entièrement à mes soins. J'étais sûre qu'il se plaisait avec moi.

– Tu as des nouvelles de ton père ? lui demandais-je.

J'avais peur que Johnson essaye de me le retirer, alors, l'air de rien, je lui posais régulièrement la question.

– Il a appelé Oncle Kijima plusieurs fois. Mais bon, on n'a jamais vécu ensemble très longtemps. Je préfère largement Oncle Kijima.

Quoi ? Tu l'aimes bien ? Lui ? pensai-je, tenaillée par la jalousie.

– Qu'est-ce que tu lui trouves à ce sale type ? À cet irresponsable ?

– Il n'est pas irresponsable. Il a été très gentil avec moi. Il m'a dit que si j'en avais besoin il m'achèterait un ordinateur. Il l'a promis.

Je n'avais pas d'argent à ce moment-là et ces histoires d'ordinateur me rendaient nerveuse.

– Mais finalement il ne l'a pas fait, rétorquai-je. Kijima est un manipulateur. Il s'est servi de ces histoires d'ordinateur pour t'attirer dans ses filets… avant que tu te rendes compte de ton erreur. Non, vraiment, je t'ai sauvé des griffes d'un démon.

– Mais de quoi tu parles, enfin ? Ça n'a aucun sens.

– Ce n'est pas grave. Ne t'inquiète pas pour ça. C'est juste que j'ai eu quelques expériences douloureuses avec lui par le passé et qu'il y a pas mal de rancune entre nous. C'est une longue histoire. Je crois qu'il vaut mieux que tu n'en saches rien. Mais c'est Kijima qui est responsable des malheurs de ta mère. Je te raconterai tout ça quand tu seras plus grand.

– Ma mère ne m'a jamais revu, alors je me fiche de ce que tu peux me dire sur elle. Mon père m'a parlé d'elle. Je crois qu'elle me détestait. Quand j'étais petit, ça me rendait triste, mais maintenant je suis habitué. Je n'y pense plus beaucoup.

– Yuriko ne pensait qu'à elle-même. Elle n'était pas comme moi. Avant, elle me maltraitait, aussi je comprends exactement ce que tu ressens. Je vais m'occuper de toi jusqu'à la fin de mes jours, tu n'as plus aucun souci à te faire. Tu peux rester avec moi pour toujours.

N'ayant aucune autre passion que la musique, il répondait toujours très succinctement et remettait vite son casque sur ses oreilles. La musique qui s'en échappait était une sorte de rap en anglais auquel je ne comprenais rien. Il avait suivi une formation d'accordeur de pianos. Ses études avaient été interrompues à mi-parcours, mais il ne semblait pas s'en soucier. Il passait ses journées à écouter de la musique avec son casque sur les oreilles, du moment où il se levait jusqu'à celui où il retournait se coucher.

– Yurio, qu'est-ce que tu veux faire quand tu seras plus grand ? lui demandai-je un jour.

Dès qu'il m'entendit lui poser une autre question, il retira son casque. Mais ça n'eut pas l'air de le déranger.

– Ben, quelque chose qui a un rapport avec la musique, j'imagine.

– Accordeur de pianos ?

– Non. Je voudrais faire de la musique. C'est pour ça que j'ai besoin d'un ordinateur. Je sais que ce que je vais dire peut paraître étrange, mais je crois que j'ai du talent.

Talent. Le mot m'électrisa. Yuriko avait la beauté d'un monstre ; son fils, qui l'égalait sur le plan physique, avait aussi un talent qui surpassait les nôtres. Je me demandai comment je pourrais l'aider à le développer.

– Je comprends. Je vais voir ce que je peux faire.

Je laissai échapper un long soupir en promenant mon regard autour de la pièce sombre et vide.

– Et si tu allais un temps chez les Johnson ?

– J'aimerais bien aller aux États-Unis pour entendre du vrai rap. Je sais que mon père a de la famille à Boston. Il y est reparti après avoir divorcé de sa femme japonaise. J'ai entendu dire qu'il s'était remarié avec une femme qui avait un fils, il doit avoir dix ans, et qu'il en a fait son héritier, alors il n'y a aucune raison que j'aille le voir. Je les embêterais plus qu'autre chose.

Il semblait soulagé de m'avouer tout ça. Il poursuivit :

– Tout ce que j'ai, c'est la musique. C'est mon destin d'être entouré de musique.

Je caressai sa joue. Elle était tendue. Je remplacerais Yuriko, je serais la mère qu'il n'avait jamais eue. Yurio sourit avec douceur.

– J'avais besoin de l'affection d'une mère. Je suis vraiment content de vivre ici avec toi, Tante.

Yurio ne pouvait pas voir, mais il compensait largement ce défaut en parlant avec son cœur. Je lui pris la main et la posai sur ma joue.

– Je suis la copie conforme de ta mère. Ta mère avait un visage comme celui-ci. Touche-le et vois.

Yurio approcha timidement l'autre main. Je l'attrapai – elle était grande et fraîche – et l'attirai vers mon nez et mes yeux.

– Les gens disaient toujours que ta mère était vraiment jolie. Là, tu sens ça ? Des doubles paupières. J'ai des grands yeux et le nez fin. Mes sourcils ressemblent aux tiens… ils ont la même courbe élégante. Mes lèvres sont pleines et roses, mais ça, j'imagine que tu ne peux pas t'en rendre compte.

– Non, je ne peux pas.

Pour la première fois, la réponse de Yurio était teintée de chagrin.

– Mais je ne considère pas ma cécité comme un handicap. J'ai reçu un talent qui me permet de m'immerger totalement dans une musique magnifique. Mon plus grand souhait, c'est d'entendre de la musique et de faire de la musique que personne n'aura entendue avant moi.

C'était un désir simple et merveilleux. J'avais l'impression d'être tombée sur un gisement de pétrole en croisant la route d'un garçon aussi pur que lui. Comme le liquide noir et épais qui s'échappe du centre de la terre en bouillonnant, mon instinct maternel avait retrouvé le chemin de la surface. J'allais devoir gagner de l'argent pour lui. Il fallait absolument que je lui achète un ordinateur. Je décidai d'appeler mon père en Suisse et de le supplier de m'envoyer de l'argent. Je cherchai mon vieux carnet d'adresses et retrouvai son numéro de téléphone.

– Salut. C'est moi. Ta fille.

Une femme me répondit en allemand. Ça devait être la Turque qu'il avait épousée. Elle me le passa immédiatement. Il avait une voix de vieil homme et ne comprenait presque plus le japonais.

– Pas de journalistes, merci.

– Papa. Tu savais que Yuriko avait eu un fils ?

– Pas de journalistes.

Il raccrocha. Je me tournai vers Yurio, déçue. L'expression sur son visage semblait dire : J'aurais pu prévoir que ça se passerait comme ça. Il détourna la tête – de profil, c'était le portrait craché de Yuriko – et ferma les yeux. Je me demandai si, dans son monde, il se créait des formes magnifiques à partir de sons. Moi, je ne pouvais rien accepter sans voir. La beauté, je la voyais. Pour moi, la beauté sans regard de Yurio n'avait aucun sens. J'avais certes un enfant magnifique à la maison, mais je ne pouvais pas entrer dans son monde. Terrifiant, non ? Et si triste. Je sentis mon cœur se gonfler d'un immense chagrin, comme si je souffrais d'un amour non partagé. Je voulais me recroqueviller de douleur. De toute ma vie, je n'avais encore jamais éprouvé un sentiment pareil.

– Quelqu'un vient.

Yurio enleva son casque et écouta attentivement, mais moi je n'entendais rien. Alors même que je jetais autour de l'appartement un regard suspicieux, j'entendis frapper à la porte. L'ouïe de Yurio était quasiment surnaturelle.

– C'est moi ! Mitsuru.

Elle se tenait dans la triste pénombre du couloir de l'immeuble. Vêtue d'un tailleur bleu vif, avec un imperméable beige plié sur le bras. C'était une toilette printanière, et le couloir miteux en palpitait presque de clarté.

– Je n'arrive pas à croire que tu vis au même endroit que quand tu étais au lycée ! Je peux entrer ? Je ne dérange pas ?

Elle jeta un œil timide dans l'appartement derrière moi, comme si elle était gênée de débarquer à l'improviste. Comment ne pas l'inviter à entrer ? Elle me salua rapidement, retira ses talons hauts et les déposa soigneusement près de la porte. Ses yeux tombant sur les baskets immenses de Yurio alignées à côté de ses chaussures, elle esquissa un léger sourire. Je me demandai ce qui l'amenait. Elle était plus frétillante encore que lorsque je l'avais vue au tribunal. Et elle semblait parfaitement maîtresse d'elle-même. Elle redevenait progressivement la Mitsuru d'autrefois.

– Désolée de débarquer sans prévenir. J'ai découvert quelque chose et je voulais t'en faire profiter.

Elle s'installa devant la table basse et disposa avec soin son manteau et son sac à côté d'elle. Ils étaient tous deux flambant neufs, et sans aucun doute hors de prix. Je mis de l'eau dans la bouilloire en la surveillant du coin de l'œil, puis je nous versai à chacune une tasse de thé. J'utilisai les sachets Lipton dont je me servais lorsque Grand-Père vivait encore ici. J'étais assez têtue pour ce genre de choses. Une fois que j'avais trouvé quelque chose qui était à mon goût, je détestais devoir en changer.

– Tu as quelque chose à me dire ?

– J'ai demandé le divorce et je vais me marier avec Kijima.

Kijima? Lequel? Pas Takashi Kijima, quand même! Était-elle venue reprendre Yurio? Voyant mon air paniqué, elle éclata de rire et hocha la tête.

– Mais non, le père, andouille! Le professeur Kijima. Nous avons longtemps correspondu, et nous avons décidé de nous marier. C'est comme ça qu'il m'a présenté les choses: t'épouser sera la dernière mission de ma vie d'enseignant.

– Eh ben dis donc! Félicitations, alors.

Je lui souhaitai sèchement plein de bonnes choses. J'avais Yurio et ne me sentais pas particulièrement jalouse. J'étais juste un peu triste que Yurio vive dans un monde de musique qui m'était inaccessible. Je n'arrivais pas à me sentir véritablement joyeuse. Mon armure de méchanceté s'amenuisait à vue d'œil. Mitsuru rayonnait de bonheur.

– Alors comme ça, le professeur Kijima a senti qu'il était de son devoir de secourir sa meilleure élève, c'est ça? dis-je, un brin narquoise. Et il va faire de toi la belle-mère de son obèse de fils?

– Il faut croire que oui. C'est d'ailleurs pour ça que je suis venue, j'ai un message pour toi de la part de Takashi.

Elle sortit une enveloppe de son sac à main.

– Tiens. Mon beau-fils, comme tu dis, m'a demandé de te remettre ça. Lui feras-tu l'honneur d'accepter?

Je jetai un coup d'œil à l'intérieur de l'enveloppe, espérant y trouver du liquide. À la place, j'aperçus deux carnets qui ressemblaient à de vieux livres de comptes.

– C'est le journal intime de Kazue. Elle l'a envoyé à Kijima juste avant de se faire assassiner. Kijima avait l'intention de les donner à la police quand il a appris la nouvelle du meurtre. Mais comme elle y parle de ce qu'il fait dans la vie, il a eu peur d'être arrêté pour proxénétisme. Le jour où il est venu au tribunal, en fait il cherchait un moyen de s'en débarrasser. Il a essayé de me les donner, mais j'ai bien peur d'être moi-même sous surveillance policière et je ne veux pas m'attirer des ennuis, j'en ai déjà assez comme ça. Mais toi, tu es la sœur aînée d'une des victimes et l'amie de la seconde. Il n'y a personne qui soit plus proche de ces deux-là que toi. Si quelqu'un doit garder ce journal, c'est bien toi. Bref, ne fais pas de manières ; prends-le.

Elle avait déballé tout cela d'un seul souffle avant de faire glisser le paquet vers moi, de l'autre côté de la table. Kazue était morte assassinée et voilà que j'héritais de son journal. Quelque part, je trouvais cela d'assez mauvais augure. Sans réfléchir, je repoussai l'enveloppe. Mitsuru la rejeta à nouveau de mon côté. Ce petit jeu d'allers-retours dura encore quelques instants, l'enveloppe étant renvoyée deux ou trois fois d'un bord à l'autre de la table étroite, puis Mitsuru se lassa. Elle me fixa durement. Je la dévisageai en retour. Je n'avais absolument aucune envie d'avoir le journal de Kazue. Enfin, bon sang ! Je me fichais éperdument de savoir si Zhang avait tué Kazue ou si elle avait été assassinée par quelqu'un d'autre ; je n'avais rien à voir là-dedans, mais Mitsuru ne voulait pas lâcher.

– Je t'en prie. Prends-le. Et surtout, lis-le !

– Je n'en veux pas. Ça va me porter la poisse.

– La poisse ?

Elle prit un air offusqué.

– C'est parce c'est moi qui te le donne que tu dis ça ? Parce que j'ai un casier trop bien rempli ?

Il émanait d'elle une puissance incroyable, que je n'avais jamais sentie avant ce jour-là. Je me recroquevillai. L'énergie de l'amour, j'imagine. Arrosez une plante et elle reviendra à la vie, enfonçant ses racines dans la terre noire et levant la tête bien haut, sans s'effrayer ni du vent ni de la pluie. C'est l'impression que Mitsuru me donnait. Les femmes qui ont besoin d'eau deviennent toutes dominantes. Yuriko était comme ça, elle aussi. Finalement, je lui répondis :

– Je ne crois pas que tu portes la poisse, ça n'a rien à voir. Le problème avec toi, c'est ta religion.

– C'est un peu facile de tout mettre sur le dos de la religion, tu ne crois pas ? C'est ma propre faiblesse qui a causé ma perte. C'est ce qui m'a poussée à rejoindre l'organisation. Même maintenant, je ne comprends pas comment cela a pu arriver. Regarder ses faiblesses en face est absolument horrible. Incroyablement douloureux. Mais toi, tu n'as jamais pensé à tes faiblesses, ni tenté de les vaincre, je me trompe ? Je sais très bien que tu fais un complexe par rapport à Yuriko. Et ça te mine. Notamment parce que tu ne fais rien pour le combattre.

– Ce n'est pas la peine d'être condescendante. Qu'est-ce que ce journal a à voir avec moi ?

Tout cela était vraiment inattendu. Pourquoi Mitsuru voulait-elle tant que je le lise ?

– Je crois qu'il vaudrait mieux que tu le découvres par toi-même. Takashi a dit la même chose. Parce que Kazue et toi étiez très proches. Il faut que tu le lises. Kazue l'a envoyé à Takashi parce qu'elle voulait que quelqu'un le lise ; ça ne fait absolument aucun doute. Elle ne voulait pas qu'il atterrisse entre les mains d'un inspecteur ou d'un juge. Elle voulait dévoiler tout ça à quelqu'un qui appartenait au monde réel… à son monde à elle.

De quel genre de preuve disposait-elle pour étayer de telles affirmations ? Comme vous le savez, Kazue et moi n'étions en réalité pas proches du tout. Nous avions débarqué au lycée en même temps. Elle avait commencé à me parler et j'avais été bien obligée de lui répondre. Ce n'était rien de plus que cela. On se disputait sur des malentendus et de temps en temps on se rabibochait. Mais après l'incident des lettres d'amour qu'elle avait envoyées à Kijima, sa fierté en avait pris un coup et elle avait commencé à m'éviter.

– Tu es la seule à être allée chez elle, non ? C'était une solitaire, comme toi.

– Je pense que Takashi devrait le garder. Elle le lui a envoyé parce qu'elle l'aimait. Il n'y avait pas une lettre avec ?

– Non, c'est tout ce qu'il y avait. Si tu me demandes comment elle a eu son adresse je te le dirai, mais c'est compliqué. Apparemment, Takashi connaissait le propriétaire d'un hôtel où était basé un service d'escortes pour lequel Kazue avait travaillé. Il est tombé sur elle un soir à la sortie de l'hôtel. Je crois qu'il lui a donné sa carte.

– Alors pourquoi ne pas l'envoyer à sa famille ? Si je le poste de la mairie d'arrondissement, ça ne me coûtera pas un yen.

Mitsuru me fusilla du regard.

– Tu n'oserais pas. Je ne crois pas que la mère de Kazue ait envie de lire ça. Je me fiche de savoir à quel point elles pouvaient être proches, il y a des choses qu'une mère n'a pas besoin de savoir.

– Alors pourquoi est-ce si important que moi, je sois au courant ? Explique-toi.

Explique-toi. C'était très précisément cette phrase-là que Kazue utilisait au lycée. J'y repensai avec un petit sourire sardonique. Mitsuru détourna la tête et se mit à tapoter ses incisives d'un doigt. L'espace entre ses dents était toujours là. Yurio était dans l'autre pièce, le dos tourné vers moi, assis en tailleur, son casque sur les oreilles. Mais cette fois il ne se balançait pas en cadence. Je me demandai si son acuité auditive impressionnante ne lui permettait pas de suivre notre conversation. Je ne voulais pas qu'il connaisse mes faiblesses. Je commençai à regretter d'avoir laissé entrer Mitsuru. Soudain, elle cessa de se tapoter les incisives et planta ses yeux dans les miens.

– Tu n'as pas envie de savoir pourquoi Kazue est devenue prostituée ? Moi, si. Mais je refuse d'être mêlée plus avant à tout cela. J'ai déjà assez de mal à me dépêtrer des ennuis que je me suis créés. Je ne peux pas me permettre de penser à Kazue. Il faut que je pense à moi et aux gens qui m'entourent : ma famille, le professeur Kijima, tous les gens que j'ai tués. Tant que je n'aurai pas remis ma vie sur ses rails, je ne pense pas retourner au procès. J'ai pu te revoir après toutes ces années – et parler à Takashi –, mais maintenant il faut que je commence à m'occuper de mes problèmes, et seulement de mes problèmes. Pour toi, c'est différent. Tu vas continuer à aller aux audiences à cause du meurtre de Yuriko, non ? Tu vas prendre soin de son fils, Yurio. C'est ton devoir en tant que sœur. Pourquoi tu dois t'intéresser à Kazue ? Lis son journal et tu verras.

Je me rappelle avoir lu dans le journal de Yuriko qu'elle était tombée un soir sur Kazue, dans une ruelle entre deux *love hotels* de Maruyama-chô. Les suites de leur rencontre étaient-elles consignées dans le journal de Kazue ? Il fallait que je le lise et en même temps, non, il ne fallait pas. Après quelques hésitations, je pris l'enveloppe et jetai un œil à l'intérieur.

– Et ça raconte quoi ?

– Ah ! Tu vois ! Ta curiosité s'éveille déjà, dit-elle avec un miaulement de triomphe. Tu ne veux pas savoir ce qui lui est passé par la tête ? Elle s'était complètement dévouée à ses études, comme moi. Et, une fois sur le marché du travail, elle s'était trouvé un bon boulot. Mais l'histoire ne s'arrête pas là. Je ne sais pas ce qui l'y a poussée, mais elle s'est mise à faire le trottoir et attendait le client à un coin de rue. Il n'y a pas plus dangereuse façon de s'y prendre. Ce n'était pas du tout la même chose que ce que Yuriko avait fait au lycée, elle, c'était juste pour se faire un peu d'argent de poche. Tu n'as vraiment pas envie de savoir ce qui est arrivé à Kazue ?

Pourquoi fallait-il que j'entende ça de la bouche de Mitsuru ? Tout était de ma faute, maintenant ? J'étais furieuse. Mitsuru finit son thé et reposa sa tasse sur la soucoupe, qui tinta légèrement. Comme si c'était le signal qu'elle attendait, elle s'emporta :

– Voilà ce que je pense. Je ne devrais probablement pas te le dire, mais tant pis. Kazue et toi étiez pareilles sur bien des points. Toutes les deux, vous étiez incroyablement studieuses. Vous révisiez en permanence, vous vous donniez toujours à fond et, toutes les deux, vous avez réussi à entrer au lycée pour jeunes filles de K. Mais une fois là-bas, vous avez vite compris que vous ne faisiez pas le poids face aux autres. Alors vous avez baissé les bras. Quand vous êtes arrivées au lycée, vous avez été stupéfaites de voir le fossé qu'il y avait entre vous et les autres filles. Vous auriez adoré pouvoir le réduire, juste un peu. Vous intégrer. Alors vous avez commencé par retoucher l'ourlet de votre jupe d'uniforme pour qu'elle soit plus courte. Puis vous avez mis des chaussettes montantes, pour faire comme tout le monde. Tu n'as pas oublié, quand même ? Je sais bien que ce n'est pas à moi de te dire ça, mais toi, tu as complètement abandonné au moment où tu as compris qu'avec ton argent de poche tu ne pouvais pas rivaliser. Tu as fait semblant de ne t'intéresser ni à la mode, ni aux garçons, ni même aux études. Et tu as décidé que tu n'arriverais pas à supporter tes années au lycée pour jeunes filles de K. sans une carapace de méchanceté. Tu étais de plus en plus imbuvable chaque année. Plus odieuse la deuxième que la première, et plus encore pendant la troisième. C'est pour ça que je gardais mes distances avec toi. Kazue, elle, consacrait toute son énergie à tenter de s'intégrer. Elle venait d'une famille qui avait de l'argent. Elle était intelligente. Elle croyait arriver à se frayer un chemin à l'intérieur de notre cercle. Mais c'était justement cet acharnement qui la désignait comme une cible pour nos bizutages. En insistant, elle ne faisait qu'aggraver son cas. Il n'y a rien de plus cruel qu'une adolescente, et Kazue n'avait vraiment rien pour elle. Et puis, même toi, tu as commencé à te moquer d'elle, alors toi aussi, tu es devenue une cible. Je me rappelle encore que tu as pleuré parce que quelqu'un t'avait traitée de « pouilleuse minable ». C'était en cours de sport. Tu avais décidé d'agir en louve solitaire ; c'était ta stratégie de survie. Mais il t'est souvent arrivé de baisser la garde. Tu as bien aimé la bague que tout le monde a commandée après la remise des diplômes, non ?

Elle baissa les yeux vers les doigts de ma main gauche. Je m'empressai de cacher la bague.

– Qu'est-ce que tu veux dire ?

Ma voix tremblait de colère. Mitsuru m'avait attaquée comme si elle n'était plus du tout la même personne. Je ne savais pas comment réagir. Je voulais lui prouver qu'elle avait tort, la faire redescendre sur terre. Mais mon neveu chéri nous écoutait dans la pièce voisine.

– Tu ne t'en souviens pas ? Ça me coûte de te le dire, mais puisque je ne vais probablement jamais te revoir, il le faut.

– Pourquoi, tu comptes aller où ?

Ma voix avait dû lui paraître anxieuse. Son visage se radoucit et elle se mit à rire.

– Je te l'ai dit, Kijima et moi allons nous installer à Karuizawa. Mais je ne pense pas que tu aies envie de me voir quand j'aurai fini de te dire ce que je pense. J'ai arrêté de me soucier des sentiments des uns et des autres et de garder mes opinions pour moi. Ce que je vais te dire va peut-être te choquer, mais c'est maintenant ou jamais.

« Quand nous sommes sorties du lycée de K., beaucoup d'entre nous sont restées faire leurs études à l'université de K., pas vrai ? C'est alors qu'elles se sont toutes rassemblées et qu'elles ont décidé de faire fabriquer une bague commémorative de notre promotion. Toutes celles qui étaient présentes l'ont commandée. C'était une bague en or gravée de l'emblème de l'école. J'ai perdu la mienne depuis tellement longtemps que je ne me rappelle plus ce que c'était. Attends une seconde. Ne me dis pas que tu la portes en ce moment !

Mitsuru pointait du doigt la main que j'avais cachée. Je secouai énergiquement la tête.

– Non, celle-là, c'en est une autre. Je l'ai achetée aux grands magasins Parco.

– Vraiment ? Enfin bon, quoi qu'il en soit, ce n'est pas le plus important. Les filles qui avaient fait toute leur scolarité à K. ne s'intéressaient pas vraiment à la bague et ne la portaient jamais. Elles en avaient pris une comme ça, en souvenir. En revanche, les étudiantes qui paradaient fièrement avec leur bague jusque dans les couloirs de l'université, c'étaient invariablement des filles qui étaient arrivées en première année de lycée. C'est ce qu'on m'a dit plus tard. Elles la portaient crânement, parce que enfin elles pouvaient être fières de leur ascension au sein du système. C'est vraiment trivial, je sais, alors ne te moque pas, mais lorsque j'ai entendu cela j'ai aussi appris, à ma grande surprise, que celle qui semblait absolument déterminée à porter sa bague jour et nuit, c'était toi. Ce n'est peut-être qu'une rumeur et j'ignore si c'est vrai ou pas. Mais cela m'a surprise, parce que j'ai pensé que pour la première fois je pouvais enfin voir dans ton cœur.

– Qui t'a dit ça ?

– J'ai oublié. C'était puéril, tout ça. Mais dis-moi ? Tu es sûre que ce ne sont que des histoires, au moins ? Quoi qu'il en soit, c'est terrifiant. Et si ça l'est, c'est très précisément parce que cela représente le système de valeurs qui s'est imposé au Japon depuis. Pourquoi crois-tu que j'aie atterri dans une organisation religieuse où la structure était tellement similaire à celle de l'école de K. ? J'étais convaincue qu'en renonçant à ma famille pour rejoindre l'organisation je pourrais accélérer ma promotion au sein du groupe, gravir un à un les échelons de la hiérarchie. Mais mon mari et moi avions beau nous soumettre à toutes sortes de privations, on ne nous aurait jamais permis d'accéder au dernier cercle du pouvoir et nous n'aurions jamais pu prétendre à la succession du chef de l'organisation. Seul le fondateur et son entourage avaient ce privilège de naissance. Ils étaient la véritable élite. Tu vois ? C'est exactement la même chose que ce à quoi nous étions confrontées à K., tu ne trouves pas ? Tout ça, je l'ai compris pendant mon séjour en prison. Je me suis rendu compte que ma vie avait pris un mauvais tournant dès que je suis entrée au collège de K. et que j'ai commencé à tout faire pour m'immiscer parmi celles qui, de naissance, détenaient le pouvoir. Nous sommes pareilles, toi et moi. Et Kazue aussi. Toutes les trois, nous avons eu le cœur emporté par une illusion. Je me demande comment les autres voyaient tout cela. Nous avions peut-être l'air d'être sous l'emprise d'une manipulation.

« Si l'on part de ce principe, la plus libre de nous toutes était Yuriko. Elle était tellement émancipée qu'on aurait cru qu'elle venait d'une autre planète. C'était un esprit libre, un vrai. Alors forcément, dans la société japonaise, elle faisait tache. La raison qui poussait les hommes à se disputer sa compagnie allait bien au-delà de sa seule beauté. Selon moi, ils percevaient instinctivement sa véritable nature. C'est pour cela qu'elle a même réussi à séduire un homme comme le professeur Kijima.

« Si tu n'as pas été capable de surmonter ton complexe d'infériorité par rapport à elle, c'est non seulement parce qu'elle était belle, mais surtout parce que tu n'as jamais connu ce sentiment de liberté absolue. Il n'est pas trop tard. J'ai commis un crime monstrueux et je passerai le reste de ma vie en repentance. Mais pour toi, il n'est pas trop tard. Voilà pourquoi je te dis qu'il faut que tu lises ces cahiers.

Elle passa dans la pièce attenante et parla à Yurio d'une voix tendre, sans rien laisser paraître de la dureté du discours qu'elle venait de me tenir.

– Yurio, dit-elle, il faut que j'y aille. Prends bien soin de ta tante.

Yurio se retourna, ses yeux magnifiques s'arrêtant dans le vide au-dessus d'elle, et lentement il inclina la tête. Je fus tellement éblouie par la couleur de ses yeux que ce que Mitsuru m'avait dit n'eut soudain plus aucune espèce d'importance. Le temps que je recouvre mes esprits, elle était déjà partie.

Pendant un bref instant, l'affection que j'avais eue pour elle bouillonna à nouveau dans mon cœur. La sage, l'intelligente, l'écureuil, Mitsuru. Elle avait enfin réussi à refaire son nid dans la sûreté des bois luxuriants où l'attendait Kijima. J'étais sûre qu'elle ne les quitterait jamais.

Yurio fit courir ses doigts sur la surface de la table à thé, tomba sur le paquet qui contenait les cahiers et les sortit de l'enveloppe. Il les serra brièvement contre lui avant de lancer d'une voix calme et claire :

– Je sens qu'il y a de la haine et de la confusion dans l'air.

7

JIZÔ, MON AMOUR : JOURNAL DE KAZUE

I

21 avril
Gotanda : KT (?), ¥15 000

Il pleut depuis ce matin. Je suis sortie du bureau à l'heure habituelle et me suis dirigée vers l'entrée de la station de Shimbashi pour prendre la ligne de métro de Ginza. Le type devant moi n'arrêtait pas de regarder par-dessus son épaule en marchant. J'ai pensé qu'il devait chercher un taxi. Des gouttes rebondissaient sur son parapluie, éclaboussaient le devant de mon imperméable Burberry et y imprimaient des taches sombres. Agacée, j'ai fouillé dans mon sac à main pour y prendre mon mouchoir. Je suis tombée sur celui que j'y avais fourré hier et j'ai vite épongé les gouttes. La pluie de Shinabashi est grise et salit tout ce qu'elle touche. Autant éviter que ça me coûte un nettoyage à sec. J'ai maudit le type tout bas tandis qu'il grimpait dans son taxi. « Eh, connard, fais un peu attention ! » Mais je n'avais pas fini ma phrase que je me suis soudain rappelé avec quelle légèreté les gouttelettes avaient rebondi sur son parapluie et cela m'a amenée à penser à quel point les hommes sont forts, en général. Un certain désir s'est emparé de moi, immédiatement suivi par du dégoût. Désir, dégoût. Ces émotions conflictuelles accompagnent toujours les pensées que j'ai pour les hommes.

La ligne de Ginza. Je déteste la couleur orange du train, je déteste le vent poussiéreux qui souffle dans les tunnels. Je déteste le grincement abominable des roues. Par-dessus tout, je déteste l'odeur. D'habitude je porte des bouchons en mousse pour m'isoler du bruit, mais il n'y a pas grand-chose que je puisse faire pour éviter l'odeur. Et c'est toujours pire les jours de pluie. Ce n'est pas seulement l'odeur de poussière. C'est aussi celle des gens : de leurs parfums et de leurs lotions capillaires, de leur mauvaise haleine et de leur grand âge, de leurs pages des sports, de leur fond de teint et des femmes qui ont leurs règles. Il n'y a rien de pire que les gens. Rien de pire que les employés de bureau désagréables et les secrétaires épuisées. Ils me font tous horreur. Il n'y a que les grands patrons qui me plaisent et on n'en trouve pas beaucoup dans le métro. Et même s'il y en avait, il ne faudrait pas longtemps avant qu'ils réussissent à me faire changer d'avis sur eux. Il y a une dernière raison qui me fait détester le métro : c'est lui qui me relie à mon entreprise. Dès que je descends les marches de la station pour rejoindre le quai de la ligne de Ginza, je me sens comme entraînée dans un monde obscur et souterrain, un monde qui se perd sous l'asphalte.

Cette fois-ci, coup de chance, j'ai trouvé une place assise à la station Akasaka-Mitsuke. J'ai essayé de jeter un œil aux documents que lisait le type assis à côté de moi. Était-il dans ma branche ? Dans quelle boîte travaillait-il ? Une boîte renommée ? Il a dû sentir mon regard parce qu'il a replié la page qu'il était en train de lire de manière à ce que je ne puisse plus la voir.

Au travail, je suis entourée de papiers. Les piles de feuilles accumulées sur mon bureau forment un véritable mur tout autour de moi et je ne laisse personne espionner mon poste pendant que je travaille. Je suis toujours assise derrière ma muraille de papier, bouchons dans les oreilles, complètement absorbée par mon travail. Une pile de pages blanches s'élève devant mes yeux et à gauche comme à droite se trouvent d'autres piles. Je les arrange soigneusement pour éviter qu'elles tombent. Mais elles s'entassent plus haut que ma tête. Je voudrais qu'elles montent jusqu'à caresser le plafond et couvrir entièrement les tubes fluorescents. Les néons me donnant le teint pâle, je ne peux pas faire autrement que de venir au bureau avec un rouge à lèvres bien voyant. C'est la seule manière d'échapper à la mine lessivée. Ensuite, pour équilibrer le rouge à lèvres, il faut que je mette un fard à paupières bleu. Comme tout cela fait un peu trop ressortir mes yeux et mes lèvres, je redessine mes sourcils au crayon noir; sinon rien de tout cela ne serait équilibré, et si tout n'est pas équilibré, il devient très difficile – voire impossible – de survivre dans ce pays. Voilà pourquoi je ressens tout à la fois dégoût et désir pour les hommes, loyauté et défiance envers la société qui m'emploie. Orgueil et phobies, c'est sans issue. S'il n'y avait pas de crasse, il n'y aurait pas lieu de s'enorgueillir. Si nous n'avions aucun orgueil, nous pataugerions tous les pieds dans la boue. Il faut l'un pour avoir l'autre. C'est tout ce dont l'être humain que je suis a besoin pour survivre.

Chère Mlle Satô,

Tout ce bruit que vous faites, ça devient agaçant. S'il vous plaît, rendez-nous donc à tous un grand service et essayez de travailler un peu plus silencieusement. Vous incommodez vos collègues de bureau.

La note m'attendait posée sur mon bureau quand je suis arrivée ce matin. Elle avait été imprimée à l'ordinateur et donc, pas moyen de savoir qui l'avait écrite. Je l'ai prise et je suis allée tout droit au bureau du directeur en l'agitant bruyamment.

Mon directeur est diplômé de la faculté d'économie de l'université de Tokyo. Il a quarante-six ans. Il a épousé une autre employée de la société – issue d'une formation courte – et a eu deux enfants avec elle. Il a une mauvaise habitude qui consiste à démolir les réussites des hommes et à s'attribuer les succès des femmes qui sont sous ses ordres. Il y a quelque temps, il m'a demandé de réviser un rapport que j'avais écrit. Puis il a volé tout mon propos original et l'a fait passer pour son propre travail: « Éviter les risques liés aux coûts de construction ». Ce genre de détournement est quotidien avec lui et je ne pourrai profiter de mes succès qu'en apprenant à déjouer ses plans. Pour cela, il faut que j'essaie de protéger mon esprit, de maintenir l'équilibre des choses et de me concentrer sur mes facultés les plus spectaculaires. Ce sera la seule manière de parvenir à une vision claire du véritable sens des choses. Il faut que je reste ferme et concentrée.

– Excusez-moi, lui lançai-je, je viens de trouver ce mot sur mon bureau à l'instant. J'aimerais savoir comment vous comptez réagir.

Il a sorti ses lunettes de lecture cerclées de métal et les a chaussées. Alors qu'il lisait lentement la note, un rictus sardonique est apparu sur ses lèvres. Pensait-il que je ne le remarquerais pas ?

– Que voulez-vous que j'y fasse ? Ça m'a tout l'air d'être une affaire privée, a-t-il dit en examinant les vêtements que je portais.

Aujourd'hui, c'était un chemisier en polyester imprimé et une étroite jupe bleu marine avec une longue chaîne en métal. Je portais la même tenue hier, avant-hier, et encore le jour d'avant.

– C'est peut-être ce que vous croyez. Mais les conflits privés ont une influence sur l'atmosphère du lieu de travail.

– Je ne saurais pas vous dire.

– J'aimerais qu'on m'apporte des preuves que le bruit que je fais est réellement agaçant et je voudrais aussi savoir où se situe précisément le seuil au-delà duquel on devient agaçant.

– Des preuves ?

Il a fixé mon poste de travail d'un air perplexe. Mon bureau disparaissait sous des piles de papier. Assise à côté, Kikuko Kamei était arrivée. Elle avait les yeux rivés sur l'écran de son ordinateur et ses doigts volaient fiévreusement au-dessus du clavier. Suite à une petite restructuration l'année dernière, tous les employés qui avaient le statut de cadre ont reçu leur propre ordinateur. Bien sûr, en ma qualité de directrice adjointe, j'en ai eu un. Mais le petit personnel, Kamei incluse, n'y avait pas droit. Loin de se décourager, elle apporte fièrement son propre ordinateur portable au bureau tous les matins. Elle arrive aussi tous les jours dans une tenue différente. Un jour, un de mes collègues m'a lancé : « Dites, mademoiselle Satô, pourquoi vous ne mettriez pas vous aussi une robe différente tous les jours, comme Mlle Kamei ? Ça nous donnerait à tous plus d'entrain au travail. » Ce à quoi je lui ai répondu vertement : « Sans rire ? Et vous comptez augmenter mon salaire pour que j'aie de quoi me payer une nouvelle tenue chaque jour de l'année ? »

– Mademoiselle Kamei, excusez-moi de vous embêter, mais vous pourriez venir ici une minute ? a lancé le directeur.

Kamei nous a observés tous les deux. La couleur de son visage changeait à mesure qu'elle se hâtait à notre rencontre. Ses talons hauts claquant bruyamment sur le sol, tous les autres ont soudain levé des yeux étonnés. Je voyais bien qu'elle faisait tout ce bruit délibérément.

– Qu'est-ce que je peux faire pour vous ? a-t-elle demandé, ses yeux passant du directeur à moi, visiblement pour nous comparer.

Kamei a trente-deux ans, c'est-à-dire cinq ans de moins que moi. Cinq ans seulement, mais un monde de différence. Elle a été embauchée après l'entrée en vigueur d'une loi sur l'égalité d'accès au travail. Elle est diplômée de la fac de droit de l'université de Tokyo et donc extrêmement prétentieuse. Et, pour couronner le tout, elle porte des vêtements assez tape-à-l'œil. J'ai entendu dire qu'elle y consacrait plus de la moitié de son salaire. Elle vit toujours chez ses parents et comme son père, un ancien bureaucrate d'une administration quelconque, est toujours en bonne santé, elle a les moyens. Moi, ma mère était femme au foyer à plein temps et j'ai dû l'entretenir, et ma sœur avec, dès que mon père est mort. Où aurais-je trouvé de quoi m'offrir de nouveaux vêtements ?

– J'ai une question à vous poser. Est-ce que le bruit que fait Mlle Satô dérange ceux qui travaillent autour d'elle ? Je comprends bien que c'est une question embarrassante et je m'en excuse, mais votre bureau est juste à côté du sien, alors je me suis dit que vous sauriez me répondre.

Il cachait la note que j'avais reçue et s'était adressé à Kamei avec une nonchalance étudiée. Celle-ci, après avoir tenté un coup d'œil dans ma direction, a respiré un grand coup, puis elle a dit :

– Eh bien, vu que je passe mon temps à taper à l'ordinateur, je je ne dois pas être exempte de reproche. Quand je suis complètement absorbée par mon travail, je ne fais pas vraiment très attention au bruit que je fais.

– Je ne vous parle pas du bruit que vous faites, mademoiselle Kamei. Je vous parle de Mlle Satô.

– Oh.

Elle feignait l'embarras, mais sous son masque j'ai surpris une lueur de méchanceté.

– C'est-à-dire que comme Mlle Satô se met des bouchons dans les oreilles, je ne pense pas qu'elle s'en rende vraiment compte. En réalité, c'est surtout des petites choses, comme quand elle repose sa tasse de café ou qu'elle fouille dans ses papiers. On pourrait aussi trouver qu'elle fait trop de bruit avec ses tiroirs quand elle les ouvre ou les referme. Mais ça ne me pose vraiment aucun problème. Enfin bon… si je vous raconte ça, c'est uniquement parce que vous me l'avez demandé.

Après quoi, elle s'est tournée vers moi et m'a dit à voix basse :

– Désolée, hein.

– Bien, est-ce assez sérieux pour qu'il nous faille demander à Mlle Satô de faire plus attention à l'avenir ?

– Oh, non… je ne voulais pas… balbutia Kamei, niant vigoureusement toute implication dans cette affaire. C'est juste que comme vous m'avez demandé… parce que mon bureau est à côté du sien, j'imagine… je vous ai répondu. C'est tout. Je ne crois pas qu'il faille en faire toute une histoire.

Le directeur se tourna vers moi.

– Eh bien ? Vous êtes satisfaite ? Je crois que vous n'avez aucun souci à vous faire.

Il se comportait toujours de cette manière. Il ne prenait jamais ses responsabilités : dès qu'un problème arrivait dans son secteur, il essayait de s'en décharger sur quelqu'un d'autre. Kamei le fixait, déconcertée.

– Excusez-moi, monsieur, mais pourquoi m'avez-vous fait venir ici ? Qu'est-ce que tout cela a à voir avec moi ? Vraiment, je ne comprends pas.

– C'est bien toi qui as écrit ça, non ? lui ai-je pratiquement crié dessus.

Choquée, elle a pincé les lèvres comme si elle n'avait aucune idée de ce dont je lui parlais. Elle est vraiment très douée pour jouer les idiotes. Le directeur s'est tourné vers moi et a levé la main comme pour tenter de me calmer.

– Écoutez, tout cela est une histoire de perception individuelle. Il faut se dire que l'individu qui a écrit ce mot possède une sensibilité très fine, vous ne croyez pas ? Allons, restons-en là. Inutile d'aggraver les choses.

Il a décroché son téléphone et s'est mis à pianoter comme s'il venait de se rappeler qu'il avait autre chose à faire. Kamei, qui faisait toujours semblant de n'avoir aucune idée de ce qui se passait, est repartie vers son poste, les yeux baissés. L'idée de retourner à mon bureau et de m'asseoir à côté d'elle m'étant insupportable, je suis partie me chercher un café.

L'employée à temps partiel du service des archives et l'assistante du bureau étaient déjà dans la cuisine et préparaient du thé pour un régiment. La première est rémunérée à la tâche et la secrétaire nous a été envoyée par une agence d'intérim. Elles ont toutes les deux les cheveux courts et teints en marron avec des reflets cuivrés, les mèches de devant maintenues par des barrettes au-dessus du front. Toutes les deux ayant l'air gênées en me voyant entrer, j'ai compris qu'elles disaient du mal de moi. J'ai pris une tasse propre sur le comptoir et j'ai demandé :

– Il y a encore de l'eau chaude ?

– Oui.

L'employée à temps partiel m'a indiqué la Thermos.

– On vient de remplir la cruche.

J'ai versé de l'eau chaude sur le café instantané que je venais d'acheter. La temporaire et la temps partiel ont laissé tomber tout ce qu'elles faisaient pour m'observer. Elles avaient l'air impatientes. J'avais renversé de l'eau chaude sur le comptoir, mais je l'y ai laissée et je suis repartie vers mon bureau. Kamei a levé le nez et m'a suivie du regard quand je suis passée devant elle.

– Mademoiselle Satô, s'il vous plaît, ne soyez pas vexée à cause de ce que j'ai dit tout à l'heure. Je suis sûre que je suis assez bruyante, moi aussi.

Réservant ma réponse, j'ai battu en retraite derrière ma montagne de papiers. J'en étais à mon quatrième café de la journée. Tous les jours, je garde sur mon bureau les tasses dans lesquelles j'ai bu et je fais de la place pour chaque nouvelle tasse vide. De la première à la dernière, elles ont toutes des traces de rouge à lèvres sur les bords. Je me dis que je n'ai qu'à les ramener toutes dans la cuisine au moment où je m'apprête à rentrer chez moi. C'est la solution qui me paraît la plus logique. Kamei a commencé à pianoter doucement sur son clavier. Le bruit s'est foré un chemin à travers mon crâne. Elle a beau être jolie et diplômée de l'université de Tokyo, elle ne pourrait pas faire ce que je fais – ce qui me donne une impression enivrante de supériorité. Que diraitelle, me suis-je demandé, si elle voyait la grande boîte de préservatifs que j'ai dans mon sac ? J'ai eu bien du plaisir rien qu'à y penser.

Le métro est sorti du tunnel et a foncé vers la station Shibuya. C'était le moment de la journée que je préfère : celui où je m'élève des profondeurs du sous-sol pour atteindre la surface. Chaque fois, j'y éprouve un immense sentiment de soulagement, de délivrance. Ahh. De là je m'engage dans les rues du quartier de nuit, en plein dans un monde où Kamei ne mettrait jamais les pieds, un monde devant lequel l'assistante et l'employée à temps partiel s'écrouleraient de terreur. Un monde que le chef de section ne pourrait même pas imaginer.

Je suis arrivée à l'agence de call-girls juste avant sept heures. Le bureau occupe un studio au-dessus d'un des magasins qui bordent la grande avenue de Dogenzaka. Il se compose, outre la pièce principale, d'une toute petite cuisine, d'un W.-C. et d'une minuscule salle de douche. Un canapé trône dans la pièce moquettée de dix tatamis, ainsi qu'une télévision. Le bureau en lui-même, où un homme était assis et répondait au téléphone, est exilé dans un coin. L'homme secouait paresseusement ses cheveux blonds passés à l'eau oxygénée en feuilletant un hebdomadaire. Il était habillé comme un adolescent, mais avait au moins la trentaine. Une dizaine de filles se trouvaient déjà dans la pièce et regardaient la télévision en attendant que le téléphone sonne. Certaines jouaient avec leur GameBoy ou lisaient des magazines. Le temps était pluvieux et quand il pleut les affaires tournent toujours au ralenti. Tout le monde semblait se préparer à une longue attente.

C'est toujours à ce moment-là que j'oublie Kazue Satô et que je deviens Yuri, mon nom de rue. Ce nom, je l'ai pris à la Yuriko que j'ai connue au lycée, une fille très belle mais assez limitée. Je me suis agenouillée par terre et j'ai étalé mon quotidien économique, que je n'avais pas encore lu, sur le plateau de verre de la table basse.

– Hé, qui c'est qui a laissé son parapluie ici ? T'es en train de mouiller les chaussures de tout le monde !

Une femme vêtue d'un sweat-shirt gris informe, les cheveux rassemblés en une tresse, s'était mise à crier. Elle n'était pas maquillée et son visage – d'où les sourcils étaient totalement absents – était plutôt effrayant. Malgré cela, une fois maquillée, c'est une femme raisonnablement attirante et les clients la demandent souvent – ce qui la rend arrogante, voire autoritaire. Je me suis excusée, puis je me suis relevée. J'avais oublié que j'étais censée laisser mon parapluie à l'extérieur, dans le vestibule. À présent qu'elle tenait sa coupable, la Tresse a commencé à me faire une scène, espérant ainsi s'attirer la bienveillance de l'homme chargé des téléphones.

– T'as posé ton parapluie en plein sur mes chaussures et maintenant elles sont tellement trempées... même à l'intérieur... qu'il n'est plus question que je les porte. Il va falloir que tu payes pour ça, tu crois pas ?

Je lui ai jeté un regard noir, ai plié mon parapluie et suis sortie le déposer dans le couloir. À côté de la porte, il y avait un seau en plastique bleu, dans lequel tout le monde avait laissé son parapluie ; j'y ai jeté le mien. Et, pour me venger de sa petite crise, j'ai décidé de prendre un parapluie plus grand et plus beau en partant... en prétextant m'être trompée. Quand je suis revenue dans le bureau, la Tresse me suivait toujours d'un regard accusateur.

– Tu vois, je ne sais pas pour qui tu te prends, à faire du bruit avec ton journal pendant que les autres essayent d'écouter la télévision. Qu'est-ce qui te fait penser que tu as le droit d'étaler tes trucs partout sur la table, là ? T'es pas la seule à te servir de cet espace, tu sais ? Essaye de nous montrer un peu de considération. Tu ne peux pas te conduire comme si tu étais toute seule dans la pièce. Tu n'as qu'à attendre ton tour.

Les filles d'ici n'ont rien à voir avec Kamei ; elles disent exactement ce qu'elles pensent. Je m'inclinai à contrecœur. Mais, à l'évidence, la Tresse était jalouse de moi. Elle a sûrement eu vent du fait que j'ai reçu une bonne éducation et que j'occupe un poste dans une entreprise de premier plan. Exactement, petite salope, le jour, j'ai un travail honnête, moi. Je suis diplômée de l'université de K., et capable de rédiger des rapports intelligents et argumentés. En clair, je ne suis pas du tout comme vous. Mais j'ai beau me le répéter à longueur de journée, la nuit, dans la rue, une femme n'a qu'une seule chose à son avantage. Et une fois qu'elle a plus de trente-cinq ans, elle ne peut pas s'empêcher de désespérer devant sa beauté disparue. Les hommes ont toujours des attentes démesurées. Ils exigent d'une femme qu'elle soit instruite, qu'elle ait une bonne éducation et un joli visage et veulent aussi qu'elle ait un caractère soumis en même temps qu'un goût prononcé pour le sexe. Ils veulent tout. Il est difficile de satisfaire toutes ces attentes, autant que de vivre dans un monde où ces attentes ont force de loi. Non, pire encore, il est ridicule de s'imaginer que c'est possible. Et pourtant les femmes n'ont pas d'autre choix que de tenter d'y arriver, tout en cherchant l'élément rédempteur qui redonnera un peu de valeur à leur vie. Personnellement, ce qui fait ma valeur, c'est mon aptitude à trouver toujours un équilibre – et à gagner de l'argent.

Le téléphone a sonné. Je me suis tournée, pleine d'espoir, vers l'homme qui tenait le standard. Je voulais qu'il me mette sur le coup. Mais il a pointé son doigt sur la Tresse. Elle est allée se poster devant le cabinet de toilette dans le coin, a sorti sa trousse à maquillage et a commencé à se faire sa tête des grands soirs. Les autres ont continué de regarder la télévision ou de lire leur magazine, chacune espérant être la prochaine à partir. Feignant l'indifférence, j'ai commencé à manger ce que j'avais acheté à l'épicerie. Après quoi j'ai repris la lecture de mon journal. La Tresse a dénoué ses cheveux, puis s'est glissée en se tortillant dans une minirobe moulante rouge. Ses jambes sont droites mais épaisses, et elle a les hanches larges. Une truie ! J'ai tourné la tête. Je déteste les grosses.

Il était presque dix heures et le téléphone n'avait toujours sonné qu'une fois. La Tresse était revenue depuis longtemps. Vautrée par terre, apparemment épuisée, elle regardait la télévision. L'ambiance générale était à la résignation. J'étais déçue, surtout qu'il était trop tard pour espérer quoi que ce soit de valable. Et puis le téléphone a sonné. Tout le monde a tendu l'oreille en regardant le régulateur. Il a semblé un instant perplexe en appuyant sur le bouton HOLD du téléphone.

– C'est pour un déplacement chez un particulier. Un appartement à Gotanda, où il n'y a pas de salle de bains. Ça intéresse quelqu'un ?

Une femme au visage chevalin dont le seul véritable atout est sa jeunesse a allumé une cigarette et dit :

– Désolée, mais y a des limites, et le type qui n'a pas de quoi se laver chez lui, pour moi, c'est non.

La Tresse a ouvert un paquet de chips et abondé dans son sens :

– Quel fumier ! Un type qui n'a pas de salle de bains n'a pas à appeler pour qu'une fille vienne le voir chez lui.

Quelques voix outragées ont approuvé ici et là.

– Bon, d'accord, je vais devoir lui dire non, alors.

Il m'avait regardée en disant cela.

Je me suis levée.

– Je prends.

– C'est vrai, Yuri ? C'est parfait. Je m'occupe de tout.

Le régulateur semblait soulagé, mais j'ai remarqué qu'après avoir dit d'accord à l'homme, à l'autre bout de la ligne, il ricanait intérieurement. Je me suis dit que même s'il m'était reconnaissant pour mon zèle professionnel, sur le plan personnel il me méprisait, c'était évident.

J'ai sorti mon compact et retouché un peu mon maquillage. Les autres m'observaient avec des airs dégoûtés. Je savais qu'elles pensaient : Ben dis donc, ça t'arrive drôlement souvent d'aller chez des types qui n'ont pas de salle de bains, toi !

Faites pas vos précieuses, les filles, avais-je envie de leur renvoyer. Vous êtes trop sensibles. Quand on est capable de faire des affaires avec un homme qui a un handicap comme celui-là, on peut l'utiliser à son avantage. On reste moins longtemps et on lui demande plus cher pour le dérangement. Riez si vous voulez, mais vous verrez comment ce sera quand vous aurez trente-sept ans. Là, vous comprendrez. Je n'allais pas laisser ces idiotes me saper le moral.

Dans trois ans, j'en aurai quarante. C'est le moment que j'ai choisi pour prendre ma retraite. Il faudra bien. Mon heure dans ce métier aura sonné. Si je ne peux plus travailler comme call-girl, je me vendrai en tant qu'amatrice d'hommes mûrs. Ou alors je commencerai à arpenter les trottoirs et à racoler mes clients moi-même. Et si je n'arrive pas à m'y faire, il faudra que j'arrête complètement. Mais dès que je ne serai plus capable de ressentir la libération de mon travail de nuit, je pressens que mon travail de jour tombera à l'eau lui aussi. C'est ma plus grande crainte, mais je dois continuer à vivre, malgré tout. Mon plus gros handicap, c'est mon propre sentiment d'insécurité. Si je ne parviens pas à garder l'équilibre, je devrai m'endurcir encore.

Je suis entrée dans le minuscule cabinet de toilette et j'ai enfilé un tailleur minijupe bleu. Je l'ai trouvé dans un bac à soldes des grands magasins Tokyu pour seulement huit mille sept cents yens. Ensuite j'ai mis une perruque longue. Les cheveux me tombaient dans le dos jusqu'à la taille. Kazue Satô s'était changée en Yuri. Je me sentais prête à tout. J'ai ramassé sur le bureau le papier sur lequel le régulateur avait inscrit l'adresse et le numéro du client et j'ai vidé les lieux. J'ai fouillé dans le seau, choisi ce qui devait être le grand parapluie chic de la Tresse, puis je suis montée dans un taxi, direction Gotanda.

L'immeuble se trouvait juste à côté de la voie ferrée. J'ai payé le taxi et exigé un reçu. Certaines agences ont leurs propres voitures et conduisent les filles chez les clients, mais mon agence nous fait payer le taxi. Elle nous rembourse plus tard.

M. Hiroshi Tanaka, appartement 202, Les Terrasses de Mizuki. J'ai monté la volée de marches à l'extérieur de l'immeuble et frappé à la porte de l'appartement 202.

Un type m'a ouvert.

– Merci d'être venue.

Il avait presque soixante ans et la silhouette râblée d'un ouvrier du bâtiment. Visage brûlé par le soleil, corps musculeux. L'appartement sentait le moisi et l'alcool bon marché. J'ai avancé la tête, scrutant rapidement l'intérieur de la pièce. Je voulais être sûre qu'il n'avait pas des copains qui m'attendaient à l'intérieur. Ce genre de précaution est inutile quand on nous envoie dans un *love hotel* bien précis. Mais chez un particulier, la prudence est de mise. Une fille que je connais est allée s'occuper d'un type et en a vu plusieurs autres débarquer à la queue leu leu. Finalement, quatre types se la sont fait tourner. Ils avaient payé pour un et étaient venus à quatre. L'arnaque.

– Je ne dis pas cela pour vous vexer, mais je m'attendais vraiment à ce qu'on m'envoie quelqu'un de plus jeune.

Tanaka m'a regardée de haut en bas sans la moindre hésitation, puis il a poussé un soupir, dans lequel la déception était audible. Les meubles de son appartement étaient misérables. Bon sang, comment comptait-il trouver une jolie petite poupée avec la vie minable qu'il menait ? Je me suis de nouveau tournée vers lui, mon imperméable toujours serré autour des épaules.

– Ah bon ? C'est que moi-même, j'espérais un client un peu plus jeune.

– Ah… euh, alors je suppose qu'on est deux, hein ?

Résigné dans sa déception, il essayait d'en rire. J'ai balayé la pièce du regard sans même un sourire.

– Pas vraiment, non. J'ai cru comprendre que vous n'aviez pas de salle de bains. Personne ne voulait venir, mais moi, j'ai accepté, par pure bonté. Vous devriez être reconnaissant.

Ma remarque avait fait mouche. Il s'est gratté la joue, manifestement embarrassé. Il fallait que je prenne mes précautions pour qu'il n'essaie pas de filer sans payer. La première chose que j'ai faite en entrant a été d'appeler l'agence pour informer le régulateur que j'étais arrivée et que tout se passait bien.

– Allô. C'est Yuri. J'y suis.

J'ai passé le téléphone à Tanaka.

– Ça ira. Enfin… je n'ai pas de réclamation à faire. Je ne peux pas trop en demander sans salle de bains, c'est ça. Mais la prochaine fois, vous pourriez m'en envoyer une plus jeune ?

Son culot m'exaspérait, mais bon, j'avais l'habitude et ne me suis pas vraiment vexée. Au lieu de cela, j'ai redirigé ma colère pour mieux m'appliquer à en finir au plus vite. Je voulais ramasser mon fric et me tirer. Je me vengerais en l'estampant un peu sur le prix.

– Vous faites quoi, dans la vie ?

– Oh, un peu de tout, ça dépend. Mais surtout dans le bâtiment.

Eh ben moi, je travaille dans un grand cabinet d'architecture, abruti. Je suis directrice adjointe du Bureau des recherches et je gagne dix millions de yens par an. Voilà ce que je lui criais dans mon cœur. Je sentais monter la colère ; c'est ce qui me faisait tenir. Je méprisais ce pauvre type. Les clients passifs et sans grande volonté sont souvent les meilleurs, même pour les prostituées.

– Trêve de plaisanteries. Je paye à l'heure.

En disant cela il a regardé sa montre. Sans perdre plus de temps, il a déplié un futon mince comme une crêpe. La couverture qu'il a tirée vers lui était roulée en boule et avait l'air dégueulasse. J'ai senti ma volonté fléchir. Pour me redonner du courage, je lui ai demandé sèchement :

– Vous êtes propre, là-dessous ?

– Je me suis lavé, oui.

Tanaka a montré l'évier du doigt.

– Il y a quelques minutes à peine, j'ai bien tout lavé, pourquoi tu n'y goûterais pas, un peu, pour voir ?

– Je ne fais pas les préliminaires, lui ai-je répondu brutalement en plongeant la main dans mon sac pour y prendre une capote. Tiens, enfile ça.

– Je peux pas bander sur commande, a-t-il marmonné, soudain mal à l'aise.

– Eh bien moi, je suis payée quoi qu'il arrive.

– Tu es vraiment sans pitié.

J'ai enlevé mon imperméable et l'ai plié soigneusement. Les traces de pluie étaient toujours là, sur le revers. J'ai mis de la salive sur mon doigt et j'ai frotté pour essayer de les faire partir.

– Eh, pourquoi tu n'enlèverais pas tes vêtements, là, devant moi ? Fais-moi un strip-tease.

Il a jeté son T-shirt par-dessus sa tête et retiré son pantalon de travail. Les hommes sont des porcs, me suis-je dit en contemplant son organe ratatiné au milieu d'une forêt de poils blancs. Dieu merci, il n'était pas gros. Je n'aime pas les hommes trop développés parce que j'ai toujours mal après.

– Non, je ne fais pas ce genre de choses, lui ai-je gentiment rappelé. Je ne suis là que pour le plat de résistance.

Je me suis rapidement débarrassée de mes sous-vêtements, puis je me suis allongée sur le frêle matelas. Il a regardé mon corps dénudé et il a commencé à se caresser. Déjà vingt minutes de passées. J'ai regardé la montre que j'avais posée à côté du lit. Il me restait encore une heure et dix minutes à tenir. Mais j'avais prévu de le gruger pour m'esquiver au bout de cinquante.

– Alors, excusez-moi, mais vous voulez bien écarter les jambes pour me faire voir un peu ?

Je cédai à sa requête, partiellement. Il était si docile et si faible que je me suis dit que ça ne ferait de mal à personne si je lui faisais ce petit plaisir. Si je me montrais trop froide, il pouvait se fâcher et alors, attention au retour de manivelle. Ce serait dangereux. Mais Tanaka était un parfait inconnu, quelqu'un que je n'avais jamais vu auparavant, et d'une certaine façon cela me permet toujours d'agir plus hardiment. C'était plutôt étrange. J'ai entendu l'histoire d'une prostituée qui a massacré son micheton dans un hôtel d'Ikebukuro. Ce n'était pas vraiment de l'autodéfense et l'affaire était assez inhabituelle. Mais ce sont des choses qui arrivent de temps en temps. Le client l'avait attachée et tournait une vidéo d'elle. Il lui avait agité un couteau sous le nez et avait menacé de la tuer. J'imagine très bien à quel point elle avait dû avoir peur. Je n'ai pas encore eu d'expérience de ce genre, mais on ne sait jamais à quel moment on va tomber sur un tordu. C'est angoissant, mais j'ai presque envie qu'il m'arrive un truc comme ça – pourvu que je ne meure pas. Avec la peur au ventre, on est plus aisément conscient d'être en vie.

Ayant finalement réussi à bander, Tanaka a ramassé la capote, les mains tremblantes, et a essayé de l'enfiler. Ça lui a pris une éternité. Normalement, dans ce genre de situations, j'aide le mec, mais Tanaka n'ayant pas de salle de bains dans son appartement, je n'ai pas voulu le toucher. Enfin encapé, il m'est tombé dessus, puis il a commencé, maladroitement, à me pétrir les seins.

– Hé, ça fait mal !

– Je suis désolé. Excusez-moi…

Il s'est excusé encore et encore tout le temps qu'il essayait de me la mettre. J'avais peur qu'il n'y arrive pas tout de suite et qu'il perde son érection. Je n'avais aucune envie de tout recommencer depuis le début et je commençais à m'énerver. N'ayant pas vraiment d'autre choix, j'ai fini par lui attraper le pénis et je l'ai guidé où il fallait. On a enfin réussi à le faire rentrer jusqu'à la garde. Comme Tanaka était vieux, il a mis un bon moment à jouir, ce qui m'a complètement dégoûtée. Mais soudain il y est arrivé, puis il s'est laissé rouler sur le futon à côté de moi. Il a commencé à me caresser les cheveux.

– Ça faisait longtemps, a-t-il dit.

– Alors ça a dû être bon, non ?

– Ah oui, que c'est bon de baiser.

Ouais, ben moi, je fais ça tous les soirs, espèce de croulant. N'ayant aucune intention de rester au lit à échanger des civilités avec lui, je me suis levée pour me rhabiller. Tanaka, à présent tout seul sur son futon, s'est relevé vers moi, visiblement déçu.

– Reste encore un peu à côté de moi et raconte-moi des cochonneries. Ou est-ce que ça non plus, ce n'est pas compris dans le tarif? Les putes faisaient toujours ça dans le temps.

– De quelle époque tu me parles ? lui ai-je demandé, puis j'ai ri en m'essuyant avec des mouchoirs en papier avant de repasser ma culotte. Vous avez quel âge, exactement ?

– Je viens d'avoir soixante-deux ans.

Avoir une vie si lamentable à cet âge ! Des yeux, j'ai fait le tour de son appartement miteux. Une seule pièce de six tatamis. C'était tout. Pas de salle de bains. Il devait sortir au fond du couloir pour aller aux toilettes. Pour rien au monde je ne voudrais finir ma vie comme ça. Mais après tout, me suis-je dit, si mon père était encore en vie, il aurait eu à peu près le même âge, et j'ai mieux regardé le visage de Tanaka. Ses cheveux étaient parsemés de mèches blanches. La chair de son corps pendouillait. Quand j'étais à l'école, je soupçonnais chez moi un complexe non résolu vis-à-vis de mon père, mais c'était il y a longtemps. Et voilà que j'étais avec un homme qui avait l'âge que mon père aurait eu.

Soudain Tanaka s'est mis en colère :

– Te fous pas de ma gueule !

– Mais de quoi parlez-vous ? Je ne me moque pas du tout !

– Si, tu te moques. Tu es là à me dévisager comme si tu me trouvais stupide ou quelque chose. Mais c'est moi le client, tu te rappelles ? Et toi, t'es qu'une sale pute. Et puis tu n'es plus toute jeune, toi non plus, tu sais, et à te voir comme ça, debout, à poil… on dirait vraiment un squelette. Je peux pas bander, moi, devant un corps comme ça. Et je peux te dire que ça fait chier !

– Je suis désolée. Mais j'ai déjà dit que je ne me moquais pas de vous.

Je me suis dépêchée de finir de me rhabiller. Qui sait ce qu'il aurait pu faire maintenant qu'il était en colère. Et puis, il était chez lui. Il aurait très bien pu sortir un couteau de nulle part… ou autre chose, que sais-je ? Je devais le calmer. Mais surtout, il fallait que je récupère mon fric.

– Tu t'en vas déjà ? Tu fais vraiment chier, là.

– On se rappelle, OK ? Chez nous non plus, les affaires ne marchent pas très fort. Je te ferai un petit quelque chose en extra.

– En extra ? Et qu'est-ce que tu feras ?

– Je te sucerai.

Il s'est mis à enfiler son slip en maugréant. Il a regardé la pendule. Il lui restait encore plus de vingt minutes. Mais moi, je m'en fichais, je voulais m'en aller.

– Tu me dois vingt-sept mille yens.

– Le prospectus disait vingt-cinq mille.

Il a sorti le papier pour s'assurer qu'il avait bien lu. Il devait sûrement avoir besoin de lunettes parce qu'il a été obligé de faire une grimace ridicule en plissant les yeux pour le déchiffrer.

– Il ne t'a rien dit ? Quand on n'a pas de salle de bains chez soi, le tarif augmente.

– Mais je me suis lavé ! D'ailleurs, je ne t'ai pas entendue te plaindre.

J'allais avoir beaucoup de mal à lui faire comprendre, alors, d'écœurement, j'ai laissé ma tête rouler sur le côté. Une minute plus tôt à peine, j'avais eu la bite d'un inconnu en moi. Il fallait que je me lave de sa présence. N'était-ce pas là une preuve ? Les hommes sont incapables de penser à autre chose qu'à eux-mêmes.

– Ça fait cher, quand même.

– Bon, d'accord. Pour toi, je veux bien descendre jusqu'à vingt-six. Qu'est-ce que t'en dis ?

– Ça va. Eh mais, une seconde. Il reste encore du temps.

– Ah ? Et tu penses pouvoir remettre ça dans les vingt prochaines minutes ?

Il a claqué la langue en sortant son portefeuille. Il m'a tendu trente mille yens, je lui ai rendu sa monnaie, quatre mille. J'ai vite enfilé mes chaussures – j'espérais me tirer de là avant qu'il change d'avis –, je me suis précipitée dehors et j'ai hélé un taxi qui passait. Je me suis glissée à l'intérieur, et tandis que la voiture fonçait à travers les flaques et la pluie battante j'ai contemplé l'étendue de mon dépit. La souffrance d'être traitée comme un simple objet. Et l'impression diffuse que cette souffrance devrait se transformer en plaisir. Ce que j'avais de mieux à faire était de me considérer moi-même comme une chose. Mais alors mon existence au sein de l'entreprise deviendrait une corvée. J'étais Kazue Satô, moi, et pas un quelconque objet. J'ai demandé au taxi de me déposer avant d'arriver à l'agence et j'ai fait le reste du chemin à pied, sous la pluie. Ça m'a fait gagner environ deux cents yens sur la course. Je pouvais exiger de l'agence qu'ils me remboursent deux fois le montant du reçu que j'avais demandé à l'aller.

J'ai vu la sorcière Marlboro dans Maruyama-chô – sous la statue de Jizô, le tendre *bodhisattva*, protecteur de ceux qui sont promis à l'enfer et de tous ceux qui errent entre deux mondes. La sorcière Marlboro a reçu ce surnom parce qu'elle porte en permanence un blouson léger avec un logo Marlboro peint en blanc dans le dos. Tout le monde la connaît à l'agence. Elle doit avoir dans les soixante ans. Peut-être qu'elle est folle, mais on la trouve toujours à côté de la statue de Jizô à accoster les hommes qui passent par là. Ce soir, à cause de la pluie, son blouson Marlboro bon marché était trempé et l'on voyait par transparence son soutien-gorge noir en dessous. Pas un seul homme ne se présentait, mais elle attendait encore sous la statue, comme une sorte de fantôme. Elle serait sûrement encore dans les rues le jour de sa mort. Une fois qu'on se fait virer des agences de call-girls, il ne nous reste plus qu'à sortir dans les rues pour lever nos clients nous-mêmes. En l'observant, j'ai pensé avec horreur qu'un sort similaire m'attendait dans un avenir pas si lointain.

Il était presque minuit lorsque je suis repassée à l'agence. La plupart des filles, résignées à leur recette minable de la soirée, étaient rentrées chez elles. Les seuls à être encore au bureau étaient le régulateur et la Tresse. J'ai donné dix mille yens au régulateur, puis j'ai glissé mille yens dans le chat, pour les chips, les boissons et autres. Toutes les filles qui ont eu un client dans la soirée sont obligées de le faire. Mais puisque j'avais fait cracher mille yens de plus à Tanaka, ma contribution au chat n'a pas affecté ma marge globale pour la soirée. En y pensant, j'ai ricané tout haut. Le régulateur m'a regardée fixement alors que je m'apprêtais à repartir.

– Yuri ! Ton client de ce soir vient d'appeler. Il dit que tu lui as fait payer plus cher, il était assez énervé. Tu lui as vraiment fait croire qu'il devait payer plus parce qu'il n'avait pas de salle de bains ?

– Désolée.

Quel connard ! La sale tête de Tanaka m'est revenue en mémoire et je suis soudain devenue furieuse. Quel péteux ! Mais maintenant c'était la Tresse qui me faisait une scène :

– C'est toi qui t'es tirée avec mon parapluie ? Il a fallu que je reste là à attendre que tu reviennes. Tu ne peux pas prendre les affaires des autres quand ça te chante, tu sais ?

– Ah ? Je suis désolée. Je voulais juste l'emprunter un moment.

– Tu es « désolée » ? C'est pas suffisant. Tu as fait ça pour te venger.

Je suis désolée. Je suis désolée. Je me suis entêtée à réitérer mes excuses creuses jusqu'à ce qu'enfin la Tresse hausse les épaules.

– Je m'en vais ! a-t-elle crié en sortant comme une furie du bureau.

J'ai rassemblé mes affaires en vitesse, inquiète à l'idée de rater le dernier train.

À la station Shibuya, j'ai couru jusqu'au quai de la ligne d'Inokashira pour attraper la rame de minuit vingt-huit à destination de Fujimigaoka. À Meidaimae, j'ai pris la correspondance pour la ligne Keio, puis je suis descendue à Chitose-Karasuyama. Il me restait encore dix minutes de marche avant d'arriver à la maison.

Il avait plu toute la journée et j'étais déprimée. Et puis je faisais quoi, là ? J'étais restée enfermée dans un bureau toute la soirée et je ne rapportais que quinze mille yens. Je persévérais dans l'espoir de mettre deux cent mille yens de côté par semaine, mais à ce rythme-là je n'allais jamais remplir mon objectif. J'avais besoin de huit à neuf cent mille par mois, dix millions par an. Si j'arrivais à maintenir la cadence, je pourrais avoir économisé plus de cent millions de yens avant mes quarante ans. J'aime bien penser à mon épargne et voir mon argent se multiplier quand je ferme les yeux. Il faut juste que je tienne mes objectifs ; alors, je pourrai vraiment apprécier l'étendue de ma fortune. D'une certaine façon, dans mon esprit les économies ont pris la place qu'occupaient autrefois les études.

2

30 mai
Shibuya : YY, ¥14 000
Shibuya : WA, ¥15 000

J'ai contemplé la photo de mon père posée sur mon vieux piano fatigué. C'est celle qu'on avait utilisée pour la cérémonie funèbre. Il est debout, le visage figé en une expression austère, l'œil alerte et l'air très digne, dans un costume bien taillé, avec en arrière-plan l'immeuble où se trouvait son bureau.

J'adorais mon père. Pourquoi ? Je n'en sais rien. Probablement parce qu'il me traitait comme si j'étais ce qu'il y avait de plus important dans sa vie. Un vrai papa gâteau. Lui, mieux que tout autre, était capable de déceler mes points forts – et était par conséquent très malheureux que je sois née fille.

– Kazue est la fille la plus intelligente de la famille, me disait-il toujours.

– Et Maman, elle est quoi ?

– Quand ta mère s'est mariée, elle a arrêté ses études, non ? Enfin quoi, elle ne lit même pas le journal.

Il me chuchotait cela à l'oreille comme si j'étais sa complice. C'était toujours le dimanche, quand ma mère était dans le jardin en train de s'occuper de ses plantes. J'étais au collège à l'époque, et je me préparais à passer les concours d'entrée au lycée.

– Elle lit les journaux, Maman !

– Seulement le carnet mondain et le programme télé. Elle ne jette même pas un coup d'œil aux articles sur l'économie ou la politique. C'est parce qu'elle n'y comprend rien. Kazue, je crois que tu devrais te trouver un poste au sein d'une grande entreprise. Tu pourras rencontrer un homme intelligent, qui te stimulera intellectuellement. Mais tu n'as pas besoin de te marier pour autant. Tu pourrais rester ici. Tu es assez brillante pour damer le pion à tous les hommes qui se trouveront sur ton chemin.

J'étais convaincue que les femmes qui se mariaient et devenaient femmes au foyer finissaient par être la risée de leur famille. Je voulais au moins éviter cela. Ou alors, si je me mariais, il faudrait que j'épouse un homme plus éclairé, un homme qui serait capable d'apprécier mes capacités à leur juste valeur. À l'époque, je n'avais pas encore compris que les hommes les plus brillants n'épousent pas toujours des lumières. Mes parents ne s'entendant pas si bien que ça, c'était forcément parce que ma mère n'était pas très intelligente et n'essayait jamais vraiment de s'appliquer. Elle se comportait avec respect vis-à-vis de mon père et le mettait sans cesse sur un piédestal devant les autres, mais en privé je savais qu'elle le méprisait parce qu'il avait reçu une éducation campagnarde.

« Quand ton père m'a épousée, disait-elle, il n'avait jamais vu de fromage. Un jour que je faisais le petit déjeuner, il a cru que j'avais laissé s'abîmer quelque chose parce que ça sentait fort et m'a demandé ce que c'était. Son ignorance m'a fait un choc. »

Elle riait en racontant cette histoire, mais d'un rire qui masquait à peine son dégoût. Ma mère a grandi à Tokyo où son père, son grand-père et son arrière-grand-père ont tous été avocats ou hauts fonctionnaires. Mon père, lui, venait d'un trou perdu de la préfecture de Wakayama, où il avait dû batailler ferme pour entrer à l'université de Tokyo. Après, il n'avait pas eu d'autre choix que de se caser dans une entreprise en tant qu'expert-comptable. Mon père était fier d'avoir réussi grâce à sa tête. Ma mère était fière de son pedigree.

Et moi, dans tout ça ? Une fois que j'ai obtenu mon diplôme de l'université de K., j'ai rejoint une très grande entreprise. J'étais mince comme l'exigeait la mode et les hommes s'intéressaient à moi. J'avais tout pour moi, ce qui, je le pensais, était extrêmement cool en soi. Le jour j'étais respectée pour mon intelligence ;

la nuit j'étais désirée pour mon corps. Je me sentais comme une Superwoman ! Cette idée me donnait toujours le sourire.

– Kazue ! Regarde un peu ce que tu fais ! Tu mets du café partout, ai-je entendu ma mère s'écrier rageusement tout à l'heure.

Je me suis aperçue que j'avais fait tomber quelques gouttes ici et là. Une tache brune se répandait sur ma jupe en synthétique. Ma mère a attrapé le chiffon à vaisselle et me l'a lancé. J'ai tenté d'essuyer la tache, mais ça n'a fait qu'empirer les choses. Maintenant que la tache était fixée, plus moyen de la faire partir. Résignée, j'ai pris le journal et j'ai commencé à l'étaler devant moi.

– Tu ne vas pas te changer ? m'a demandé ma mère sans me regarder.

Elle s'est mise à débarrasser la table des restes du petit déjeuner de ma sœur. C'est toujours ma mère qui lui fait son petit déjeuner : toast, œuf au plat, café. Ma sœur travaille dans une usine et doit se lever tous les jours à l'aube. Moi, je ne suis pas censée arriver au bureau avant neuf heures et demie et n'ai donc pas besoin de partir avant huit heures et demie.

– Non. La jupe est bleu marine, ça ne se voit pas tant que ça.

Ma mère a poussé un soupir particulièrement bruyant, qui m'a fait lever la tête.

– Quoi ?

– Je pense juste que tu devrais faire plus attention à ton apparence. Ça fait combien de jours que tu portes le même ensemble ?

Ça m'a énervée.

– Écoute, je suis assez grande pour m'habiller toute seule, alors mêle-toi de tes affaires, tu veux ?

Ma mère s'est tue une minute, mais a recommencé :

– Je ne tiens pas à en discuter maintenant, mais il y a quelque chose dont il faut absolument qu'on parle. Ces derniers temps tu rentres très tard. Qu'est-ce que tu fais ? Et puis… tu te maquilles de plus en plus, tu es plus maigre que jamais et je me demande vraiment si tu manges correctement.

– Je mange.

J'ai croqué une pilule de Gymnema et l'ai fait descendre avec une gorgée de café. Le Gymnema est un produit d'amaigrissement très populaire. C'est un médicament à base de principes naturels qui aide à décomposer les cellules graisseuses du corps. J'en ai acheté une boîte à l'épicerie, et ces pilules remplacent mon petit déjeuner.

– Ce n'est pas de la nourriture, c'est des médicaments, m'a-t-elle renvoyé. Tu vas tomber malade si tu ne manges pas comme il faut.

– Et si je tombe malade, il n'y aura personne pour aller gagner de l'argent à ma place, c'est ça ?

Ma mère ressemble de plus en plus à une vieille sorcière. Ses cheveux se sont raréfiés et son visage – avec ses yeux beaucoup trop espacés – ressemble de plus en plus à la tête d'un poisson plat. En entendant ma remarque acide, ma mère a poussé un long soupir, puis elle m'a dit :

– Tu es vraiment devenue un monstre. C'est terrifiant.

Elle m'a montré les bleus que j'avais aux poignets.

– Tu ne ferais pas des choses un peu louches, dis-moi ?

– Oh, oh ! Il faut que je file !

J'ai regardé ma montre, me suis levée d'un bond et j'ai abattu le journal replié sur la table. Ma mère s'est couvert les oreilles et m'a jeté un regard furieux.

– C'était assez fort pour toi, là ? ai-je crié. Tu devrais pouvoir m'accorder au moins ça. Je veux dire… c'est sur mon salaire que tu vis, non ? Qu'est-ce qui te donne le droit de me dire ce que je dois faire ?

– Qu'est-ce qui m'en empêche ?

– Moi. Moi, parce que je compte bien faire tout ce qui me chante, que ça te plaise ou non.

Je me suis sentie mieux après avoir dit ce que j'avais sur le cœur. Lorsque j'ai intégré l'entreprise où avait travaillé mon père, je me suis sentie très fière de pouvoir entretenir ma mère et ma sœur. Mais à présent, c'est un boulet qui pend à mon cou. Mon père a fait un malaise dans son bain. Si on l'avait découvert tout de suite, on aurait peut-être réussi à le sauver. Je ne peux pas m'empêcher, secrètement, d'en vouloir à ma mère. Elle se trouvait dans la maison ce soir-là, mais elle était déjà partie se coucher.

Je ne peux pas me sortir de l'idée qu'elle est au moins en partie responsable.

Après la mort de mon père, il n'y a plus eu que mes revenus pour faire vivre toute la famille et j'ai commencé à sentir la pression sur mes épaules. J'ai accepté tous les cours particuliers que je pouvais caser dans mon emploi du temps, et je passais toutes mes journées à courir de l'un à autre. Et pendant ce temps, que faisait ma mère ? Elle restait à la maison à s'extasier sur les plantes de son jardin. Quelle grosse nulle, vraiment ! Une bonne à rien.

J'ai regardé ma mère avec un profond dégoût.

– Si tu ne te dépêches pas, tu vas être en retard, m'a-t-elle lancé sans m'adresser un regard.

Ce qu'elle voulait dire en réalité ? « Dépêche-toi de disparaître. » J'ai jeté mon imperméable sur mes épaules et j'ai attrapé la bandoulière de mon sac. Ma mère ne m'a pas accompagnée jusqu'à la porte. J'étais en train de partir gagner l'argent qui lui permettait de vivre dans cette maison et elle n'était même pas fichue de dire au revoir. Elle en avait toujours trouvé le temps pour mon père.

Je me suis glissée dans mes hauts talons noirs couverts de poussière et suis sortie. J'étais fatiguée et avais les jambes lourdes. Je n'avais pas assez dormi. Sur le chemin de la gare, j'ai regardé les bleus à mes poignets. Mon client de la veille était branché SM. Il m'avait attachée fermement. Je croise ce genre de clients de temps en temps et chaque fois j'ajoute un supplément au tarif initial.

« Si tu veux jouer à ça, donne-moi dix mille de plus et je jouerai avec toi », leur dis-je.

Au travail, je somnolais tellement que j'en ai eu marre et je suis allée dans la salle de réunion pour m'étendre sur la table le temps d'une petite sieste. C'était ce que j'avais de mieux à faire, à défaut de pouvoir rentrer me glisser dans mon lit. Je me suis allongée sur le dos et j'ai dormi. Quelqu'un est entré dans la pièce, mais m'a vue sur la table et a refermé précipitamment la porte avant de repartir. J'étais certaine que j'allais très vite en entendre parler, mais au point où j'en étais, ça m'importait peu.

J'ai dormi à peu près une heure avant de retourner à mon bureau. En passant devant celui de Kamei, je l'ai vue se précipiter pour recouvrir un de ses papiers. Je savais ce que c'était : une invitation à une des soirées qu'organisent les autres employés de la boîte. Comme je n'y vais jamais, plus personne ne prend la peine de m'inviter. J'ai tout de suite eu envie de m'amuser un peu sur le dos de Kamei.

– Qu'est-ce que tu me caches ? lui ai-je demandé.

Elle a respiré un grand coup pour préparer sa réponse.

– Mademoiselle Satô, m'a-t-elle renvoyé, vous seriez libre ? Il y aura une fête la semaine prochaine.

– Quand ça ?

– Vendredi.

J'ai soudain senti l'air du bureau se figer. Tout le monde retenait son souffle, attendant ma réponse. Je me suis tournée vers le directeur. Il était assis devant son ordinateur et faisait semblant de taper quelque chose.

– Malheureusement, je ne pourrai pas.

L'air s'est remis à bouger.

– Oh, ça alors, c'est vraiment dommage.

La tenue de Kamei était affreusement voyante. Elle portait un tailleur-pantalon coupé dans un tissu étrange et luisant. Son chemisier d'un blanc éclatant, déboutonné sur la gorge, laissait apparaître un collier en or. Dans un environnement professionnel aussi conservateur que le nôtre, elle se démarque assez nettement. Et quand elle repart le soir, je suis sûre qu'elle dégage une aura de jeune professionnelle ambitieuse. J'ai ressenti un éclair de supériorité en comparant sa double vie à la mienne.

– Vous ne nous avez jamais accompagnés dans une de nos sorties, n'est-ce pas ?

Elle semblait vouloir lancer une espèce d'offensive. J'ai battu en retraite derrière les piles de papiers posées sur mon bureau et n'ai rien répondu. Juste au moment où j'allais enfiler mes bouchons d'oreille, je l'ai entendue s'excuser pour son indiscrétion.

– Désolée.

En réalité, je m'étais bien rendue à l'une de ces soirées, peu après mon arrivée dans la boîte. Il devait y avoir une quarantaine de personnes, si mes souvenirs sont bons. L'événement était organisé dans un bar à deux pas de l'immeuble où se trouvaient nos bureaux. J'avais considéré que c'était une extension de mon travail et que je devais probablement y aller. En plus des vieux de la vieille, il y avait une dizaine de nouveaux employés. Seuls deux d'entre nous, une autre femme et moi, avions un diplôme de deuxième cycle de l'université.

De toutes les femmes qui travaillent chez nous, aucune ou presque n'a de diplôme universitaire. Parmi les cent soixante-dix nouveaux salariés, nous n'étions que sept. Comme on ne nous avait pas attribué de titre ou affecté à une section particulière, je comptais qu'on nous propose le même genre de postes qu'aux hommes munis d'un diplôme équivalent. Mais on m'avait assignée au bureau des recherches, en même temps qu'une autre femme, diplômée, tout comme Kamei, de l'université de Tokyo. J'étais donc persuadée qu'on nous considérait comme des employées talentueuses. Il me semble qu'elle s'appelait Yamamoto. Mais je n'en suis pas sûre, vu qu'elle a démissionné au bout d'un peu plus de quatre ans.

Tout le temps qu'avait duré ce petit rassemblement entre collègues, je n'avais rien vu, sinon mes supérieurs qui couraient dans tous les sens, complètement ivres. Le plus affligeant était de voir comment les employés hommes reluquaient les nouvelles. Ils s'intéressaient surtout à celles qui avaient reçu une formation courte et qu'on avait affectées aux basses besognes de secrétariat. Cernée par les bavardages et la bonne humeur ambiante, je m'étais assise à côté d'une autre diplômée de l'université de Tokyo. Nous avions toutes les deux l'air assez stupéfaites. Il y avait d'autres femmes dans la pièce, mais, visiblement rodées à ce genre d'événements, elles se tordaient de rire en échangeant des plaisanteries. Après un court moment, les hommes se mirent à faire un sondage pour déterminer qui était l'employée la plus populaire.

– OK, alors parmi toutes les femmes qui sont ici, laquelle choisiriez-vous pour aller passer une journée à la plage ?

Un employé plus vieux que moi de cinq ans se lança. Le chef de section et le directeur applaudirent tous les deux quand ce fut à leur tour de choisir leur préférée. Finalement, une assistante du bureau d'études fut choisie pour la plage. Puis on changea la donne. Laquelle inviteriez-vous à un concert ? Au parc, pour une promenade ? Et ainsi de suite. Finalement ils demandèrent : « Avec laquelle auriez-vous le plus envie de vous marier ? » Et le bar retentit d'applaudissements unanimes pour une humble et douce jeune fille qui travaillait comme assistante à la direction.

– Regarde-moi tous ces types.

La diplômée de l'université de Tokyo s'était tournée vers moi. Je ne répondis pas. Je restai figée sur mon coussin de sol mince comme une feuille de papier. Mon rêve était en train de tomber en miettes. Les hommes compétents au bureau faisaient la noce et se soûlaient allégrement.

Un type qui était arrivé dans l'entreprise en même temps que moi attira l'attention sur nous. « Et qu'est-ce que vous pensez de Mlle Yamamoto ? »

Les hommes qui avaient voté pour leurs femmes préférées se retournèrent et firent mine d'être soudain intimidés : « Ah non, pas Mlle Yamamoto. Elle est trop intelligente pour nous ! ». Et tous se mirent à rire. Yamamoto était une très belle femme, du genre de celles que les hommes hésitent souvent à approcher. Yamamoto les dévisagea calmement, puis elle haussa les épaules.

– Alors, qu'est-ce que vous dites de Mlle Satô ?

L'orateur pointa son doigt vers moi et les hommes du bureau des recherches – tous mes aînés – me regardèrent, leurs visages rougis par l'alcool.

– Faites attention à ce que vous dites sur elle. Elle a eu ce travail grâce à ses relations !

J'avais toujours cru que ce poste venait récompenser mes compétences et mon ardeur au travail, mais les autres semblaient voir les choses différemment. J'arrivai alors à la conclusion, et ce pour la première fois de ma vie, que l'existence qui était la mienne n'obtiendrait jamais l'approbation de la société.

3

Je veux gagner. Je veux gagner. Je veux gagner.

Je veux être numéro un. Je veux qu'on me respecte.

Je veux être quelqu'un que tout le monde remarque.

Je veux que les gens disent : Kazue Satô est vraiment une employée formidable. On est si heureux de l'avoir parmi nous !

Mais même si j'étais vraiment la meilleure, qui le saurait ? Dans mon boulot, il n'est pas facile de se distinguer. Mon travail n'est pas aisément quantifiable. Je rédige des rapports, et il est difficile de prendre la mesure de mon excellence. Ça me rendait folle. Que fallait-il que je fasse pour que mes collègues de bureau me remarquent et reconnaissent mes compétences ? Mes supérieurs prétendaient que j'avais été embauchée en vertu de mes relations familiales. Il fallait que je trouve un moyen de leur prouver le contraire – de faire mes preuves, donc.

Plus tard, quand j'ai appris que Yamamoto avait réussi le dernier niveau de l'examen national d'anglais, j'ai commencé à le préparer à mon tour. Après avoir révisé comme une malade pendant toute une année, j'ai passé l'examen et moi aussi, j'ai réussi à atteindre le plus haut niveau. Mais il n'était pas particulièrement inhabituel pour les employés de chez nous d'avoir d'excellentes références ; ça ne suffisait toujours pas. J'ai commencé à prendre toutes mes notes et à rédiger des mémos en anglais. J'écrivais le japonais avec une structure grammaticale anglaise. Tout le monde me dévisageait avec étonnement, et j'étais ravie de mon succès.

Une autre fois, j'ai décidé d'écrire un article qui serait publié dans le journal. Vu l'étendue de mes connaissances et mes capacités verbales de premier ordre, je me savais capable d'écrire non seulement sur les affaires économiques nationales, mais également sur la politique étrangère. J'ai soumis un court article intitulé « Ce que Gorbatchev devrait faire » au courrier des lecteurs d'un quotidien national. Quand le journal a publié ma lettre dans son édition du matin, je suis partie au travail l'esprit léger. J'étais certaine que tout le monde viendrait me faire des compliments sur mon papier. « Hé, j'ai vu le journal ce matin ! dirait-on. Ton article est sensas ! » Mais, contrairement à mes attentes, personne au bureau ne semblait avoir remarqué quoi que ce soit. Tout le monde s'affairait à son travail. Personne ne lit le journal ici, ou quoi ? J'avais beaucoup de mal à le croire.

Pendant le déjeuner le chef de section lisait souvent le journal et je pensais qu'il allait bientôt venir m'en parler. J'ai traîné autour de son bureau pendant ma pause, incapable d'avaler quoi que ce soit. Soudain, le directeur a levé les yeux et les a posés sur moi.

– C'est vous qui avez écrit ça, Satô ?

Il martelait son journal d'un doigt. J'ai senti ma poitrine se gonfler.

– Oui, oui, c'est bien de moi.

– Vous êtes drôlement intelligente, pas vrai ?

Et ce fut tout. Je me souviens encore de la déception que j'ai ressentie. Quelque chose ne tournait pas rond. Je ne pouvais envisager qu'une seule raison à ce silence, une raison qui me rachetait à mes propres yeux. Ils étaient jaloux de moi.

Deux années environ avaient passé depuis que j'étais arrivée dans l'entreprise. Un jour, alors que j'étais en train d'écrire un rapport en anglais, j'ai senti une présence derrière mon épaule.

– Vous écrivez aussi bien qu'une Anglaise dont c'est la langue maternelle, non ? Vous avez étudié à l'étranger ?

De temps à autre le chef de la section recherche passait pour s'assurer que tout allait bien. Il s'était penché par-dessus mon épaule et examinait ce que j'écrivais. Il s'appelait Kabano. Quarante-trois ans, assez affable, titulaire d'un diplôme d'une université médiocre, le genre d'homme qu'on traite souvent avec mépris. Je l'ignorai. Je ne pensais pas qu'il y avait vraiment lieu de lui répondre. Il m'a regardée – à la dérive dans ce bureau où je ne pouvais véritablement compter sur personne – et m'a adressé un sourire compatissant.

– Je connaissais bien votre père, Satô. Il était à la compta quand je suis arrivé ici. Il m'a beaucoup aidé.

Je levai les yeux sur lui. Un certain nombre de gens avaient déjà mentionné mon père, mais ils se situaient tous à la marge des cercles du pouvoir. Kabano ne faisait pas exception, mais je n'arrivais pas à me défaire de l'impression qu'il essayait de rabaisser mon père pour une raison ou une autre.

– C'est triste, ce qui lui est arrivé… il était encore jeune. Mais il devait être heureux d'avoir une fille aussi exceptionnelle. Je suis sûr qu'il était très fier de vous.

Sans un mot, je me suis retournée vers mon rapport. Il avait dû être vexé par mon absence de réponse, car il a quitté le bureau sur-le-champ. Ce soir-là, alors que je m'apprêtais à partir, un collègue masculin de cinq ans mon aîné m'a approchée. Celui-là même qui m'avait accusée d'avoir utilisé mes relations pour entrer dans l'entreprise.

– Satô, ce ne sont vraiment pas mes affaires, mais j'aimerais vous parler de quelque chose. Vous avez une minute ?

Sa voix n'était guère plus haute qu'un murmure et il passait son temps à guetter nerveusement autour de lui.

– Qu'est-ce qu'il y a ?

Je levai la garde. Je ne lui avais toujours pas pardonné.

– C'est un sujet assez délicat, mais il me semble que je dois vous en parler. Je ne crois pas que votre attitude de tout à l'heure était convenable. En fait, je pense que vous vous êtes montrée très grossière avec M. Kabano.

– Vraiment ? Et votre attitude à vous, alors ? Ce n'est pas vous qui avez annoncé à tout le monde que je m'étais servie de mes relations pour entrer dans l'entreprise ? Vous ne trouvez pas ça grossier, vous ?

Il ne devait pas s'attendre à ce que je me lance dans ce type de réplique, parce que son visage se flétrit.

– Si je vous ai manqué de respect, comprenez bien que c'est

uniquement parce que j'avais trop bu. Et si je vous ai vexée, je m'en excuse. Ce n'était pas du tout mon intention. Je voulais simplement prévenir les autres que vous apparteniez à la grande famille de la compagnie G. et qu'ils ne devaient pas vous manquer de respect. C'est ce que M. Kabano essayait de vous dire tout à l'heure. Voilà pourquoi je pense que votre attitude était déplacée. Dans une famille comme la nôtre, chacun doit soutenir et encourager tous les autres. C'est comme ça que ça fonctionne ici et vous feriez bien de le reconnaître. Vous mettre à faire la tête à cause d'un affront imaginaire est contreproductif.

– Vous avez le droit de penser ce que vous voulez, mais je suis entrée ici grâce à mes propres compétences. Bien sûr, je voulais suivre le chemin tracé par mon père, mais j'ai obtenu ce poste par moi-même. Je suis naturellement très fière de mon père, mais j'en ai assez qu'on me parle de lui.

Mon collègue et aîné s'est croisé les bras sur la poitrine.

– Vous êtes vraiment certaine que c'était uniquement grâce à vos compétences ?

En l'entendant dire cela, de rage, je faillis éclater en sanglots.

– Si vous ne me croyez pas, allez donc vérifier vous-même ! Et arrêtez un peu avec mes « relations ». Ça suffit, maintenant.

– Ce n'est pas ce que je voulais dire. Moi aussi, je suis entré grâce à mes relations. Mon oncle a travaillé ici. Il a déjà l'âge de la retraite et n'est plus ici à présent. Je me fiche de savoir si les gens disent que je suis entré grâce à lui ou pas. Il y a des moments où je me suis senti protégé grâce à mon oncle. Bien sûr, il y a toujours des gens pour vous tanner à propos de vos relations. Mais la vie est pleine d'ennemis de toute façon. Ça ne fait pas de mal de nouer quelques alliances solides et de faire jouer les antagonismes en sa faveur. C'est comme ça que ça fonctionne dans ce pays.

– Je trouve ça malhonnête.

– C'est parce que vous n'entendez rien à la manière dont tourne un monde d'hommes.

Sur ces belles paroles, mon collègue s'est retourné et a quitté la pièce. J'étais tellement furieuse que j'ai cru exploser. « Un monde d'hommes » ! C'est ce qu'ils se répétaient quand ça les arrangeait, comme lorsqu'ils formaient leurs alliances, excluant les femmes à leur guise. Pour que la Compagnie d'architecture et d'ingénierie G. soit vraiment une grande et heureuse famille, il aurait fallu que les femmes soient elles aussi incluses dans ces alliances. J'étais à peu près sûre qu'il y avait un cercle d'anciennes de K. dans l'entreprise, mais personne ne m'en avait touché mot. J'étais cernée par l'ennemi. J'étais vraiment abandonnée dans la nature. Soudain, j'entendis Yamamoto dire à quelqu'un dans un murmure :

– D'accord. Je te retrouve devant le cinéma.

Elle raccrocha précipitamment, avant qu'on ait eu le temps de s'apercevoir qu'elle passait un appel privé, et regarda autour d'elle. Elle semblait rayonner de bonheur. Elle s'apprêtait sans aucun doute à retrouver un homme. « Il est important de former des alliances solides dans la mesure du possible et de retourner les antagonismes à son avantage. » Voilà ce que m'avait conseillé mon collègue et aîné. Si c'était le cas, une femme ne pouvait pas nouer de meilleures alliances que celles qu'elle formait avec les hommes. Yamamoto était impatiente de quitter le bureau, et c'était probablement parce qu'elle avait un homme. Je retournai vers mon poste, démoralisée, puis je me laissai tomber sur ma chaise avant de poser ma tête sur le bureau.

– Je m'en vais, annonça Yamamoto en se dirigeant vers la sortie.

Elle s'était remis une couche de rouge à lèvres et son corps tout entier semblait envahi par la joie. Je me levai d'un geste brusque et la suivis.

L'homme qui l'attendait devant le cinéma portait l'uniforme insipide des étudiants de second cycle : jean, blouson, baskets. Son visage n'avait rien de particulièrement remarquable, en fait tout en lui paraissait ordinaire. Mais Yamamoto lui fit de grands signes comme si elle était la femme la plus heureuse du monde. Tous les deux disparurent ensuite dans la salle. Je n'en revenais toujours pas. Je m'attendais à ce que le petit ami de Yamamoto soit incroyablement mignon et fus amèrement déçue de voir que la réalité était à ce point contraire à ce que j'avais imaginé.

La sonnerie qui annonçait le début du film ayant retenti, je me retrouvai toute seule dans la rue en face du cinéma, mais mon cœur continua de tambouriner dans ma poitrine. De petits insectes noirs commencèrent à l'envahir. D'abord un, deux, puis trois, puis quatre. Plus j'essayais de les chasser, plus ils arrivaient nombreux. Bientôt je sentis que mon cœur tout entier était devenu une masse noire frétillante. C'était un sentiment si oppressant que j'eus envie de prendre mes jambes à mon cou.

Yamamoto avait ce que je ne parviendrais jamais à obtenir. Et pas seulement elle. Les assistantes qui me harcelaient parce que j'étais incapable de faire ce qu'on me demandait, mes pairs masculins dont la grossièreté était sans limites, même les vieux marginaux comme Kabano – tous avaient la possibilité d'interagir avec d'autres : des amis, de la famille, quelqu'un auprès de qui ils pouvaient ouvrir leur cœur, quelqu'un avec qui partager une conversation, quelqu'un qu'ils avaient hâte de retrouver après une journée de travail. Ils connaissaient des gens en dehors du bureau qui les rendaient heureux.

La brise de mai était délicieusement fraîche. Le soleil couchant teintait d'orange les quelques arbres du parc d'Hibiya. Et pourtant, l'humeur maussade qui enserrait mon cœur refusait de me quitter. Les insectes noirs grouillaient, frétillaient, se multipliaient, se balançaient, suspendus à la lisière de mon cœur, jusqu'à en déborder finalement. Pourquoi étais-je la seule ? Pourquoi moi ? ne cessai-je de me répéter en luttant contre la brise pour aller vers le Ginza, le dos courbé par l'effort. Une fois de retour dans ma maison sombre et vide, la seule personne qui serait là pour m'accueillir était ma mère. Je ne pouvais rien espérer de mieux. L'idée qu'il me faudrait retourner travailler le lendemain me déprima tellement que je préférai ne pas y penser. Ma déception, ma frustration, les insectes dans mon cœur s'en nourrissaient.

La vie que je menais n'était pas bien différente de celle d'un père de famille. J'allais au travail, puis je rentrais chez moi. J'existais uniquement pour ramener ma paye à la maison. Tout ce que je pouvais gagner était immédiatement englouti en dépenses de ménage. D'abord, ma mère allait encaisser le chèque à la banque. Puis elle achetait de la nourriture bon marché pour nos repas, réglait les frais de scolarité de ma sœur et remboursait l'emprunt de la maison. Elle se chargeait même de mon argent de poche, qu'elle distribuait au compte-gouttes. Le jour où je serais partie quelque part pour ne plus jamais revenir, ma mère – qui avait déjà dépensé presque toutes ses économies – serait incapable de s'en sortir. Je ne pouvais pas m'enfuir. J'allais devoir continuer à m'occuper d'elle jusqu'à ce qu'elle meure. N'avais-je pas exactement les mêmes responsabilités qu'un homme ? Je n'avais que vingt-cinq ans, et pourtant je supportais déjà la charge d'une famille. Je suis une éternelle enfant, mais avec un salaire.

Les hommes, eux, ont des plaisirs secrets auxquels ils peuvent s'adonner. Ils s'échappent pour aller boire un verre avec leurs amis, ils prennent du bon temps avec les femmes et se délectent de toutes sortes de petites intrigues annexes. Je n'avais rien en dehors du boulot. Et je n'arrivais même pas à aimer mon travail, parce qu'on ne me considérait pas comme la meilleure ; ce titre revenait à Yamamoto. Je n'avais aucun ami dans l'entreprise. Et quand je repensais au lycée, je n'arrivais pas à trouver quelqu'un que j'aurais pu appeler mon amie. Personne ! Les insectes dans mon cœur se tortillaient en chuchotant leurs insolences. J'étais si submergée par la solitude et le désespoir que je m'arrêtai tout net au milieu d'un trottoir du Ginza et me mis à pleurer. Les insectes se trémoussèrent.

Parlez-moi ! Appelez-moi ! Sortez-moi. S'il vous plaît, s'il vous plaît, je vous en supplie, dites-moi quelque chose de gentil.

Dites-moi que je suis jolie. Dites-moi que je suis douce.

Invitez-moi à prendre un café, ou plus…

Dites-moi que vous voulez passer la journée avec moi, rien qu'avec moi.

En continuant mon chemin le long des rues du Ginza, je lançais des regards aguicheurs à tous les hommes que je croisais, les implorant en silence. Mais tous les hommes qui se hasardaient à me jeter un regard détournaient rapidement la tête d'un air agacé. Ils ne voulaient rien avoir à faire avec moi.

Je quittai l'avenue et m'engouffrai dans une ruelle. Des femmes qui avaient l'air d'hôtesses de bar me frôlèrent en passant près de moi, le visage couvert d'une épaisse couche de maquillage, l'air autour d'elles chargé de leur parfum.

Elles aussi refusaient de me regarder, croyant que je m'étais introduite accidentellement sur leur territoire. Elles n'avaient d'yeux que pour les hommes – leurs clients potentiels. Mais les hommes qui passaient en titubant dans la ruelle semblaient tous du genre à travailler dans une entreprise comme la mienne. Les insectes se tortillaient, apostrophaient les femmes. L'une d'entre elles, qui se tenait devant la porte d'une boîte de nuit, me regarda fixement d'un air sévère. Elle semblait avoir dans les trente-cinq ans. Elle portait un kimono gris perle fermé par une obi bordeaux. Ses cheveux de jais étaient ramassés en vrac sur le dessus de sa tête. Elle me dévisagea avec suspicion.

Les insectes de mon cœur l'accostèrent : Qu'est-ce que tu regardes ? À peine avaient-ils fini qu'elle se mit à les sermonner.

Une amatrice comme toi… tu fais tache, ici. Va-t'en. Tu ne comprends vraiment pas grand-chose, hein, petite princesse minable. Ces bars sont faits pour les employés de bureau. Tout ce qui se trame ici est directement lié à ce qui se passe dans l'entreprise. Et, ici comme là-bas, tu es dans un monde d'hommes. Un monde où tout est fait pour eux et uniquement pour eux.

Je haussai les épaules.

Les femmes qui affûtent leurs armes pour se trouver un homme sont les plus avisées. La femme au kimono m'examina de la tête aux pieds, visiblement peu impressionnée par mon apparence terne. Elle renifla avec mépris. J'imagine que, pour toi, c'est impossible. As-tu renoncé à ta féminité ?

Je n'ai renoncé à rien. Si tu me compares à une femme comme toi, j'ai l'air assez terne, oui ; mais en contrepartie je suis capable d'avoir un vrai métier. Sache que je suis diplômée de l'université de K. et que je travaille pour la compagnie G.

Tout ça ne vaut rien, me répondait la femme dans mon imagination. En tant que femme, tu es en dessous de la moyenne. Tu n'arriveras jamais à te trouver du boulot dans le Ginza.

En dessous de la moyenne. Sous la barre des cinquante pour cent. Personne ne voudrait de moi. À elle seule, cette idée suffisait presque à me rendre folle. L'horreur d'être au-dessous de la moyenne.

Je veux gagner. Je veux gagner. Je veux gagner. Je veux être la numéro un. Je veux que les gens disent : « Quelle femme formidable, je suis heureux de l'avoir rencontrée. »

Les insectes continuèrent à grouiller dans mon cœur.

Une longue et fine limousine entra dans la ruelle. Les vitres fumées m'empêchaient de voir à l'intérieur. Alors que tous les passants s'arrêtaient pour la regarder, la limousine, presque trop grande pour l'étroite ruelle, tourna à angle droit avant de s'arrêter devant un établissement visiblement cossu. Le chauffeur sortit d'un bond et ouvrit la portière du côté passager. Un homme d'une quarantaine d'années, l'air particulièrement galant dans son costume croisé, en sortit accompagné d'une jeune femme. Les filles du bar à hôtesses, les serveurs et tous les passants se tournèrent soudain vers la jeune femme, frappés de stupeur devant son exceptionnelle beauté. Elle portait une robe de soirée noire étincelante. Teint diaphane, rouge à lèvres rouge vif, cheveux longs, châtains et ondulés.

– Yuriko !

J'appelai son nom sans même réfléchir. Elle était là, en chair et en os, ma rivale en amour du lycée, la luxure incarnée. Elle n'avait eu besoin ni de travail ni d'application ; elle était venue au monde exclusivement pour une chose : le sexe. Yuriko m'entendit et se retourna. Elle me jeta un rapide coup d'œil, se retourna vers l'homme et lui prit le bras sans dire un mot. C'est moi, Kazue Satô ! Mais tu sais très bien qui je suis. Pourquoi fais-tu semblant de ne pas me reconnaître ? Je me mordis la lèvre pour contenir ma colère.

– Tu la connais ? me demanda subitement la femme au kimono.

De tout ce temps, j'avais eu une conversation imaginaire avec cette femme. Qu'elle se mette soudain à me parler m'avait prise de court. Sa vraie voix était étonnamment douce et juvénile.

– On était ensemble au lycée. J'étais assez copine avec sa grande sœur.

– Sans déconner. Sa grande sœur aussi, ça devait être un canon.

La femme parvenait à peine à contenir son admiration. Je répondis rapidement :

– Non, elle, c'était un vrai cageot. Elles ne se ressemblaient pas du tout.

Je laissai sur place la femme au kimono visiblement sous le choc et me dépêchai de rentrer à la maison. Je commençais à ressentir une immense satisfaction; je pense que c'était de voir Yuriko qui l'avait déclenchée, étant donné l'humiliation qu'éprouverait sa sœur en découvrant ce qu'elle était devenue. Ce fait à lui seul me libérait de mes propres tourments. Enfin quelqu'un d'encore plus lamentable que moi! La sœur de Yuriko n'était pas aussi douée que moi sur le plan intellectuel. Elle puait la pauvreté et n'aurait jamais été capable de décrocher un travail dans une entreprise de premier plan. Quoi qu'il arrive j'étais mieux lotie qu'elle, me dis-je, ce qui apaisa un peu mon désespoir. Je n'avais en fait besoin que d'un micro-événement comme celui-ci pour que les insectes disparaissent de mon cœur. Cette nuit-là, je fus libérée de l'angoisse qui, je le croyais, me hanterait à jamais. Mais je craignais toujours que les insectes reviennent me tourmenter – et ce pressentiment semblait bien réel.

Je n'ai aucun souvenir heureux de mon enfance. D'ailleurs, j'ai essayé de l'oublier. Mais en contemplant mon reflet dans le miroir de la salle de bains, je ne peux m'empêcher de repenser à ces heures pénibles du passé. J'ai aujourd'hui trente-sept ans. J'ai conservé mon allure de jeune fille. Comme je suis au régime, je reste mince. Je rentre encore dans du 32. Mais dans trois ans j'en aurai quarante et cela me terrifie. Dès qu'elle atteint la quarantaine, en gros, une femme n'est plus qu'une vieille peau. Quand j'ai eu trente ans, j'avais déjà l'impression de sombrer dans l'âge mûr, mais ce n'est rien comparé à la quarantaine. À trente ans, j'avais encore l'espoir d'un avenir. Par espoir, je veux dire que je pensais qu'un beau jour je serais peut-être choisie pour un poste qui scellerait ma réussite dans l'entreprise, ou que je trouverais mon prince charmant, ou autre chose d'aussi ridicule. Ce genre d'idée ne m'effleure même plus aujourd'hui.

Je suis toujours un peu perturbée lorsque j'arrive à un âge

charnière – comme quand j'étais sur le point de passer de dix-neuf à vingt ans, ou de vingt-neuf à trente. J'avais trente ans le jour où je me suis lancée dans la prostitution. J'en avais assez de n'avoir aucune expérience en matière de sexe. Quand j'ai dit que j'étais vierge, un client s'est présenté tout de suite, uniquement par curiosité. Je ne veux pas me souvenir de cette rencontre. Mais, ce jour-là, je me suis dit que je n'atteindrais jamais la cinquantaine. Je n'étais même pas sûre d'être encore en vie à quarante ans. Et, de toute façon, je pensais qu'il valait mieux mourir que de devenir une vieille peau. Exactement. Plutôt crever. Pour une vieille peau, la vie n'a aucun sens.

– Tu veux une bière ? me demanda le client dans la pièce d'à côté.

J'étais sous la douche et me lavais, nettoyais chaque pli, chaque recoin, me lavais de la sueur et de la salive et du sperme luisants dont tout mon corps était enduit – les fluides d'un homme que je ne connaissais pas. Mon client ce soir-là n'était pas particulièrement difficile. Il avait cinquante-cinq-soixante ans. À ses vêtements et à ses manières, je dirais qu'il était employé par une entreprise respectable. Il était doux. Et il m'offrait une bière. Une première pour moi.

Pour un homme d'une cinquantaine d'années, je devais paraître toute jeune malgré mes trente ans. Si tous mes clients étaient comme lui, je serais heureuse ; je pourrais continuer le métier même après la quarantaine. Je me suis enveloppée dans une serviette et suis retournée dans la chambre. Mon client était assis en sous-vêtements sur le lit et fumait une cigarette en m'attendant.

– Tiens, prends une bière. On a encore le temps.

Son attitude détendue m'apaisait. S'il avait été plus jeune, j'aurais voulu recommencer.

– Merci.

Je levai le verre à mes lèvres des deux mains, et les yeux du client se plissèrent en un sourire.

– Tu connais les bonnes manières. Tu as sûrement reçu une éducation de jeune fille respectable. Mais alors dis-moi, pourquoi fais-tu cela ?

– Je ne sais pas…

Flattée de l'entendre vanter mes bonnes manières, je souris poliment.

– Il faut croire qu'à un moment donné j'en ai eu marre d'aller travailler puis de rentrer chez moi tous les jours de la semaine. Les femmes ont parfois besoin d'aventure. Dans un métier comme celui-là, enfin… pour une femme, je vois toutes sortes de gens que je n'aurais peut-être jamais eu l'occasion de rencontrer autrement. Il me semble que maintenant j'en sais un peu plus sur le monde.

Je ferais ça pour l'aventure ? Celle-là, alors, on ne peut pas dire qu'elle était neuve ! Mais le client était du genre à préférer le fantasme. Il voulait une femme qui lui raconte une histoire.

– L'aventure.

Il avait mordu à l'hameçon.

– Ainsi donc, vendre ton corps, c'est l'aventure suprême. Je suis sûr qu'un homme ne pourrait pas faire ça.

Je souris tendrement et rajustai ma perruque. Même sous la douche, je ne me mouille pas le visage et n'enlève jamais ma perruque.

– Tu travailles pour une grande entreprise ?

– J'avoue. Mais c'est un secret !

– Je ne le répéterai pas ; allez, mets-moi dans la confidence. De quelle entreprise s'agit-il ?

– Dites-moi la vôtre et je vous dirai la mienne.

Je m'efforçais de faire monter le suspense. Si je me débrouillais bien cette fois-ci, il me redemanderait peut-être. C'était ce sur quoi je comptais.

– Marché conclu. Je suis un peu gêné de dire cela, mais j'enseigne à l'université. Je suis professeur.

Je voyais qu'il était fier de ce qu'il faisait, et de qui il était. Si j'en tirais quelques informations supplémentaires, j'aurais remporté un succès majeur.

– Sans rire. Quelle université ?

– Je vais te donner ma carte de visite. Et si tu en as une, j'aimerais bien la voir.

Et donc, encore dévêtus, nous échangeâmes nos cartes. Mon client s'appelait Yasuyuki Yoshizaki. Il était prof de droit dans une université de troisième zone de la préfecture de Chiba. Il chaussa ses lunettes et examina respectueusement ma carte.

– Ça alors, c'est incroyable ! Comme ça, tu es directrice adjointe du bureau des recherches chez G. Architecture et Ingénierie. C'est fou, ça, tu es quelqu'un de très distingué. Ton boulot doit comporter des responsabilités considérables.

– Ce n'est pas trop mal. Je fais des recherches, je rédige des rapports sur les facteurs économiques qui affectent nos marchés.

– Ah, mais alors, nous faisons quasiment le même travail. Tu as fait un troisième cycle ?

Les yeux de Yoshizaki exprimaient autant la peur que l'intérêt. Il fallait absolument que je profite de son excitation.

– Oh, non. Après ma maîtrise d'économie à l'université de K., je n'ai pas continué. Un troisième cycle me semblait insurmontable !

– Tu es diplômée de l'université de K. et tu travailles comme call-girl pour cet hôtel ? Alors ça, c'est une première ! Je suis impressionné.

Visiblement transporté, il me remplit mon verre de bière.

– J'espère qu'on se reverra. Buvons un toast à notre prochaine rencontre.

Nous fîmes tinter nos verres.

– Je l'attendrai avec impatience, assurai-je.

Puis je l'interrogeai en étudiant sa carte :

– Professeur, pourrais-je vous appeler à votre bureau ? J'aimerais vous revoir sans avoir à passer par l'agence de call-girls. Quand je passe par l'agence, ils prennent leur marge et j'y perds. Si ça ne vous dérange pas, vous pourriez me donner votre numéro de portable ?

– Euh, je n'ai pas de téléphone portable. Mais vous pouvez m'appeler à mon bureau. Si vous leur dites que vous êtes Satô de l'université de K., je saurai de qui il s'agit. Ou vous pourriez vous présenter comme Satô de G. Ça aussi, ça marcherait. Ma secrétaire ne soupçonnera jamais une diplômée de K. d'être une call-girl !

Il gloussa. Les médecins et les professeurs sont les pires obsédés. À ce que je savais de leur monde, la plupart des hommes soumis à l'autorité d'un supérieur, tout comme ceux qui se sont hissés en position d'exercer l'autorité, sont des crétins, toujours. Quand je me rappelle avec quelle impatience j'ai voulu m'élever dans ce monde, mon rire est tellement crispé que j'en ai mal aux dents.

En sortant de l'hôtel, Yoshizaki s'engagea devant moi dans la rue et s'éloigna comme s'il ne m'avait jamais vue. Mais je m'en fichais. Ou plutôt, j'en avais le cœur qui palpitait d'excitation. Yoshizaki s'intéressait à moi en tant que femme et c'était certainement la preuve qu'il était destiné à devenir l'un de mes clients fidèles. Je pourrais donc le voir à titre privé sans que les types de l'agence ne prélèvent leur part sur ma paie, ce qui, dans ce métier, est le meilleur moyen de se faire de l'argent. Les femmes se servent de leur corps pour gagner de l'argent – il semble donc anormal qu'elles ne puissent pas rester seules à un coin de rue. Et pourtant, il n'y a rien de plus dangereux que d'essayer de lever ses propres clients dans la rue. Avec Yoshizaki, c'était différent. C'était un affable professeur d'université, qui semblait nourrir à mon égard un intérêt sincère. J'en étais sûre, il ferait un très bon client.

Je fredonnai joyeusement en m'avançant derrière lui dans la nuit. J'oubliai l'accueil glacial qui m'attendait à l'agence, la belligérance de la Tresse, l'ostracisme de mes collègues, les rabâchages de ma mère, même ma peur de devenir un jour vieille et moche. J'étais grisée par un sentiment de triomphe. L'avenir était rayonnant. Il me réservait plein de bonnes choses. Je n'avais pas ressenti un pareil optimisme depuis longtemps. Pour la première fois depuis que j'étais entrée, à l'âge de trente ans, dans l'agence d'escortes, ma qualité d'employée d'élite était enfin reconnue, et j'étais moi-même célébrée et courtisée.

Je m'emparai du bras de Yoshizaki et y enroulai le mien. Yoshizaki se mit aussitôt à sourire, puis il se tourna vers moi.

– Regardez-moi ça, c'est qu'on nous prendrait presque pour un couple d'amants.

– Et si nous le devenions, amants, professeur ?

Les jeunes couples que nous croisions en montant sur la colline se retournaient sur notre passage pour nous observer, puis se mettaient à chuchoter. Il n'est pas un peu vieux pour ça ? semblaient-ils dire. Je me fichais pas mal de ce qu'ils pensaient et n'y prêtai aucune attention, mais Yoshizaki repoussa soudain mon bras d'un air embarrassé.

– Ça ne peut pas marcher. Tu es assez jeune pour qu'on te prenne pour une de mes étudiantes… et ce genre d'erreur pourrait me coûter ma place. Soyons un peu plus discrets, d'accord ?

– Je suis vraiment désolée.

Je m'excusai poliment pour la gêne occasionnée, ce à quoi il répondit en agitant timidement une main devant son visage.

– Non, non, ce n'est pas ce que je veux dire. Ce n'est pas de ta faute.

– Je sais.

Mais il semblait toujours aussi troublé et se mit à scruter nerveusement les environs. Voyant un taxi qui approchait, il lui fit signe de s'arrêter.

– Je vais finir le trajet en taxi, dit-il en grimpant déjà à l'arrière.

– Professeur, quand pourrai-je vous revoir ?

– La semaine prochaine. Appelle-moi. Tu diras que c'est Satô de l'université de K. Je demanderai à ma secrétaire de me transférer l'appel.

Il avait dit cela d'une manière un peu hautaine, mais je ne lui en voulais pas. J'étais heureuse. Yoshizaki avait reconnu mon talent, ma supériorité. Comme le hasard était heureux, qui nous avait fait nous rencontrer.

Une fois parvenue en haut de l'avenue, sur la crête de la colline de Dogenzaka, je me retournai vers la gare de Shibuya. La route montait vers moi en pente douce. Il était minuit passé et une brise s'était levée, plutôt forte pour un mois d'octobre. Elle soulevait le bas de mon imperméable Burberry. Mon armure pour la journée était une cape qui flottait au vent ; une cape qui la nuit se changeait en cape de Superman. Femme d'affaires le jour, putain la nuit. Enveloppé dans ma cape se trouvait un corps de femme désirable. J'étais capable de me servir de mon corps, en plus de mon cerveau, pour gagner de l'argent. Ha !

Les feux arrière d'un taxi me faisaient de l'œil entre les arbres de l'avenue, progressant lentement vers le sommet de la colline. Un peu plus vite et je le rattraperais, pensai-je. Ce soir-là, je me sentais belle, pleine de vie. Je bifurquai dans une rue étroite bordée de petites boutiques. Peut-être tomberais-je sur une connaissance. Ce soir-là plus que jamais, je voulais que mes collègues aient un aperçu de mon autre moi.

– Vous avez l'air de bien vous amuser.

Un homme d'affaires qui devait avoir la cinquantaine m'avait accostée, les yeux plissés comme devant une lumière aveuglante. Costume gris, chaussures couvertes de poussière, usées et informes. Sa veste était ouverte et l'une des manches tombait sur son bras, emportée par la bandoulière du lourd sac noir qu'il transportait. Je vis qu'il y avait un magazine pour hommes à l'intérieur. Ses cheveux étaient blancs, pour la plupart, et son visage gris, décoloré comme s'il souffrait d'une maladie du foie. Il ressemblait à ces types qui déplient en grand les pages de leur quotidien sportif dans un train bondé sans se soucier de l'inconfort des autres ; le genre d'homme qui n'a jamais d'argent sur lui. Sûrement pas le genre à travailler dans une entreprise prestigieuse comme la mienne. Je lui souris doucereusement. C'était assez rare qu'un homme s'adresse à moi dans la rue, même quand je l'abordais la première.

– Vous rentrez chez vous ? me demanda-t-il un peu timidement.

Sa voix portait la trace d'un accent indéfinissable. Manifestement, il n'était pas de la ville.

Je hochai la tête.

– Oui.

– Vous ne voudriez pas vous arrêter un instant prendre une tasse de thé, ou autre chose, avec moi ?

À l'évidence, ce n'était pas le thé, ni même l'alcool qui l'intéressait. Quelles étaient ses intentions ? Avait-il compris que j'étais une prostituée ?

– Avec plaisir.

J'ai un autre client ! Je sentis mon cœur se serrer d'excitation.

En plus, je l'avais trouvé juste après avoir quitté Yoshizaki. Je devais prendre garde à ne pas le perdre ; c'était mon soir de chance.

L'homme baissa nerveusement le regard. Il n'avait pas l'habitude des filles. Je voyais bien qu'il était inquiet de ce qui allait se passer et mon ancien moi reprit un instant le dessus. À mes débuts dans le commerce de l'eau – la prostitution, quoi ! –, j'avais ressenti la même chose. Je ne comprenais pas vraiment ce que les hommes attendaient de moi et j'étais pleine d'appréhension. Mais maintenant je savais. Non, ce n'est pas vrai. Je ne le sais toujours pas. Troublée moi aussi, je posai une main sur son bras. Il ne fut pas aussi touché par mon geste que Yoshizaki l'avait été, en fait il se recroquevilla instinctivement. Le videur à l'entrée du cabaret tout proche me regarda et se mit à rire. On dirait que tu t'es levé une proie facile ce coup-ci, hein, fillette ? Je veux, pensai-je, mon assurance montant en flèche tandis que je rendais son regard au videur. Ce soir, je m'amuse.

– Où veux-tu aller ? dit l'homme.

– Pourquoi pas à l'hôtel ?

Il fut surpris par ma manière directe.

– Je ne sais pas. Je n'ai pas tant d'argent que ça. Je voulais seulement m'asseoir et discuter avec une femme, c'est tout. Et puis tu es passée devant moi. Je ne savais pas que tu étais ce genre de femme.

– Bon, combien tu peux me donner ?

Gêné, il me répondit d'une voix timide, minuscule :

– Eh bien, s'il faut que je paye pour l'hôtel, probablement autour de quinze mille yens.

– On peut trouver un hôtel pas cher. Certains ne demandent que trois mille yens pour une heure. Et moi, je t'en prendrai quinze mille.

– Dans ce cas, je devrais pouvoir y arriver…

Dès que je le vis acquiescer, je pris la direction d'un hôtel. L'homme suivit. Son épaule droite s'affaissait légèrement sous le poids du sac qu'il trimballait. C'était vraiment un plouc. Une pauvre contrefaçon d'homme. Mais c'était lui qui m'avait accostée et je devais le traiter comme un objet précieux.

– Quel âge avez-vous ? lui demandai-je en me retournant.

– Cinquante-sept ans.

– Vous ne les faites pas. Je pensais que vous aviez dans les cinquante.

Yoshizaki aurait apprécié le compliment. Lui se contenta de froncer les sourcils. Avant longtemps nous arrivâmes à destination, un *love hotel* tout proche de la gare de Shinsen, juste à la limite de Maruyama-chô. Quand je le lui indiquai, l'homme ne put dissimuler son malaise. Il devait regretter sa décision de m'accompagner. Je l'étudiai d'un œil méfiant. Et s'il tentait de battre en retraite ? Il allait falloir trouver quelque chose pour le retenir, me dis-je avec une témérité qui m'étonna moi-même. Je m'étais habituée à ce que l'agence se charge de tous les détails.

Quand nous arrivâmes dans l'entrée de l'hôtel, le type sortit son portefeuille. Je jetai un coup d'œil à l'intérieur et constatai qu'il n'avait effectivement que deux billets de dix mille.

– Ne t'occupe pas de ça maintenant. Tu paieras tout à l'heure.

– Oh ? Je ne savais pas.

Il remit lentement son portefeuille chétif dans sa poche. On voyait qu'il n'était jamais entré dans un *love hotel* non plus. J'allais devoir trouver le moyen d'en faire un de mes clients réguliers. Il n'était pas parfait, mais si j'arrivais à me former une clientèle fidèle composée d'hommes comme lui et Yoshizaki, je n'aurais plus besoin de dépendre de l'agence. Cela me semblait être la seule issue pour me sortir de l'ornière, ma seule défense contre les assauts continus de l'âge. Je choisis la plus petite chambre au troisième étage et nous nous serrâmes dans le minuscule ascenseur. Il ne semblait pas fait pour contenir plus d'une personne à la fois.

– Prenons le temps de discuter un peu dans notre chambre, vous voulez bien ? Vous ne vous en êtes probablement pas aperçu, mais je travaille moi aussi dans le monde de l'entreprise.

Surpris, il se tourna vers moi. Je voyais bien qu'il avait une honte terrible de s'être fait lever par une prostituée. Il rougissait.

– Non, c'est vrai, je vous jure. Quand on sera dans la chambre, je vous montrerai ma carte de visite et je vous raconterai tout ça, vous voulez ?

– Merci. C'est une bonne idée.

La chambre était petite et sale. Le lit double occupait la pièce d'un mur à l'autre. L'écran de papier devant la fenêtre était déchiré par endroits et la moquette marbrée de taches. L'homme laissa tomber son sac par terre et soupira. Il avait enlevé ses chaussures et ses chaussettes embaumaient.

– C'est tout ce qu'on a pour trois mille yens ?

– Je n'ai pas trouvé mieux. C'est l'endroit le moins cher de tout Maruyama-chô.

– En tout cas, merci de vos efforts.

– Vous voulez une bière ?

Il sourit, je sortis une bouteille du minibar. Je la vidai dans deux verres et nous trinquâmes. Il buvait à petites gorgées, presque comme s'il lapait.

– Quel genre de métier faites-vous ? Vous voulez bien me donner votre carte de visite ?

Il hésita un moment, puis il sortit un porte-cartes fatigué de la poche intérieure de sa veste. « Wakao Arai, président-directeur adjoint, Chisen-Chimie de l'or, SA. » La société était basée à Meguro, d'après sa carte. Je n'en avais jamais entendu parler. Arai leva un doigt osseux et m'indiqua le nom de l'entreprise.

– On est grossistes en produits chimiques. La boîte est basée dans la préfecture de Toyama, alors je doute que tu en aies déjà entendu parler.

Je lui tendis ma carte d'un geste exagéré et un peu suffisant. Une grimace d'étonnement apparut sur son visage.

– Excusez-moi par avance si c'est indiscret, mais pourquoi faites-vous cette sorte de choses alors que vous avez un si bon travail ?

– Vous voulez savoir pourquoi ?

Je vidai ma bière d'un trait.

– Au travail, personne ne faisait attention à moi.

J'avais laissé m'échapper un peu de ce que je ressentais vraiment. Je n'avais plus montré un tel zèle au travail depuis mes trente ans. À vingt-neuf ans, j'avais été mutée dans un laboratoire de recherches séparé. Ma rivale, Yamamoto, n'avait travaillé que quatre ans avant de démissionner pour se marier. Il n'était alors plus resté que quatre des sept femmes arrivées en même temps que moi dans la boîte. L'une d'entre elles était au marketing. Une autre au secrétariat général et les deux dernières en ingénierie. Elles étaient responsables de la planification des projets architecturaux. À trente-trois ans, je fus enfin réintégrée dans l'équipe du bureau des recherches. Mais il ne restait plus personne d'intéressant. Tous les hommes arrivés en même temps que moi dans l'entreprise avaient depuis longtemps été promus à des postes plus élevés dans l'administration interne, au sein de laquelle les femmes n'étaient jamais admises. Les assistantes étaient plus jeunes que moi et visiblement elles ne m'aimaient pas. Des femmes sorties de l'université qui avaient intégré la boîte après moi travaillaient moins et me dépassaient quand même. En clair, j'étais tombée dans le fossé qui longe la voie royale. On m'avait très clairement fait passer du camp des gagnantes à celui des perdantes. Et pourquoi ? Parce que je n'étais plus aussi jeune qu'avant. Et que j'étais une femme. Je vieillissais affreusement mal et il était trop tard pour me bâtir une carrière solide.

– Ça m'a vraiment cassé le moral. Je crois que j'ai eu envie de me venger.

– Te venger ? Mais de qui ?

Il leva les yeux au plafond.

– Tout le monde ressent la même chose de temps à autre. On a tous envie de se venger. On a tous été blessés d'une manière ou d'une autre. La meilleure chose à faire, c'est de persévérer comme si tout cela n'avait aucune importance.

Eh bien moi, je n'étais pas d'accord. Ma revanche, je l'aurais. J'allais humilier mon entreprise, railler ouvertement les prétentions de ma mère et souiller l'honneur de ma sœur. J'allais me venger de moi-même. De moi qui, née fille, étais incapable de réussir ma vie de femme, de moi dont le plus grand accomplissement avait été d'entrer au lycée pour jeunes filles de K., la suite n'étant qu'un long déclin. Bien sûr que c'était pour ça que je faisais ce que je faisais, pour ça que je m'étais tournée vers la prostitution. Quand finalement cette découverte m'atteignit, je me mis à glousser.

– Monsieur Arai, lui dis-je, j'aimerais continuer à discuter de tout ça avec vous. Ce serait vraiment sympa si l'on pouvait se revoir. Quinze mille yens, ça fera l'affaire. On peut se retrouver ici pour prendre un verre et parler. Qu'est-ce que vous en dites ? Je suis plutôt douée en économie, vous savez, je ferai un saut à côté pour acheter de la bière et des en-cas, et je les rapporterai.

En m'entendant lui faire cette requête le plus sérieusement du monde, il eut un éclair de désir dans le regard. C'était le premier signe de cet ordre que j'avais reçu de toute la soirée. Les hommes sont bizarres, quand même. Il faut toujours qu'ils aient l'impression d'être maîtres de la situation.

4

4 octobre
Shibuya : E (?), ¥ 15 000

Aujourd'hui j'ai somnolé toute la matinée sur la table de la salle de réunion déserte. Mon dos me faisait atrocement mal, mais j'ai ignoré ses protestations. J'avais passé la soirée d'hier, jusqu'à onze heures et demie, à poireauter dans le bureau de l'agence, et je suis la seule qu'on n'ait pas demandée. Pas un appel.

– Qu'est-ce que c'est que ça ? En voilà un endroit pour faire la sieste !

Je me suis réveillée en sursaut au son de cette voix d'homme et j'ai enlevé d'un bond mes jambes du dessus de la table. C'était Kabano, le type qui m'avait dit que mon père s'était montré très aimable avec lui lorsqu'il avait débarqué dans l'entreprise. Il s'était hissé plus haut dans la hiérarchie que je ne l'avais prédit. De chef de section rattaché au secrétariat général, il était passé directeur général. Dans notre boîte, on ne voit pratiquement jamais les dirigeants. Ils sont beaucoup trop haut perchés, dans leurs bureaux des grands étages. Ils disposent d'un ascenseur qu'eux seuls ont le droit d'utiliser, et des voitures de fonction avec chauffeur les déposent le matin pour les reprendre le soir au pied de l'immeuble.

Kabano n'est pas particulièrement talentueux, mais il est affable et n'a pas d'ennemis à proprement parler ; cela avait suffi à le propulser vers les sommets de la réussite. C'est un aspect de la structure de l'entreprise qui me paraît tout à fait incompréhensible.

– J'ai entendu qu'on ronflait, alors j'ai voulu voir, et devinez quoi, je suis tombé sur une jeune femme qui dormait à poings fermés. Celle-là, alors, si je m'y attendais !

– Excusez-moi. J'avais mal à la tête.

Je suis descendue lentement de la table et me suis glissée dans les chaussures que j'avais laissées sur la moquette. Je n'ai pas réussi à réprimer un minuscule bâillement. Kabano m'a examinée d'un air désapprobateur. Ça m'a énervée. C'est quoi, ton problème ? avais-je envie de lui demander. Tu crois que parce que t'es un des grands chefs, ça te donne le droit de venir jouer les seigneurs avec moi ? Vieux con. T'as un sacré culot de me réveiller, tiens !

– Si vous avez mal à la tête, vous devriez être à l'infirmerie. C'est pour ça qu'on en a une, vous savez ? Mademoiselle Satô, vous êtes sûre que ça va ?

– Que voulez-vous dire ?

J'ai passé la main dans mes cheveux longs. Ils étaient emmêlés et trop ébouriffés pour que je parvienne à les lisser sans un bon coup de brosse. Mais qu'est-ce qu'il fixait comme ça, bon sang ? Kabano a fini par détourner les yeux.

– Vous ne savez pas ? Vous êtes affreusement maigre. Enfin quoi ! Vous n'avez quasiment que la peau sur les os. Vous êtes beaucoup plus maigre que quand vous étiez jeune ; j'ai failli ne pas vous reconnaître, à l'instant.

Je suis mince ; et alors ? C'est un mal ? Les hommes aiment les femmes minces avec des cheveux longs ; c'est presque une certitude, non ? Je mesure un mètre soixante-sept et je pèse quarante-trois kilos. Selon moi, c'est à peu près le rapport idéal. Au petit déjeuner, je mâche une pilule de Gymnema. Pour le déjeuner, je vais au sous-sol et j'achète un plat préparé au restaurant d'entreprise, le plus souvent une salade d'algues. Parfois je saute purement et simplement le déjeuner et je ne touche presque jamais au riz qui est servi avec. J'arrive à manger quelques beignets de légumes, quand même. Quoi qu'il en soit, chaque fois que je vois une grosse, son aspect me révolte. Je me dis qu'elle doit être bête pour avoir un corps comme ça.

– Si je prends du poids, mes vêtements ne tomberont plus aussi bien.

– C'est vos vêtements qui vous inquiètent ? Je suis sûr que c'est essentiel pour une jeune femme, mais… mademoiselle Satô, je pense vraiment que vous devriez aller voir un médecin. J'ai peur que vous n'ayez un problème de santé autrement plus grave. Vous travaillez trop, peut-être ?

Si je travaille trop ? Ah ouais, la nuit, peut-être ! Un sourire m'a glissé brièvement sur les lèvres.

– Oh, je ne travaille pas si dur que ça. En fait, hier soir, c'était même plutôt mou.

– De quoi parlez-vous ? m'a-t-il demandé en prenant un air alarmé.

Ooups, je commence à me mélanger les pinceaux. Ce vieux schnock est de la direction. Il faut que je retrouve mon masque de jour – et vite. J'ai du mal à manœuvrer entre mes deux vies aujourd'hui.

– Oh, rien. Je voulais seulement dire que je n'avais pas tant de travail que ça à rattraper, c'est tout.

– Oui, je comprends que le rythme de travail au bureau des recherches peut parfois être très intense. Je me souviens avoir entendu, il y a quelque temps, qu'un de vos rapports avait suscité des commentaires très élogieux.

– C'était il y a longtemps. La situation était beaucoup plus favorable, à l'époque.

J'avais vingt-huit ans au moment où j'ai écrit ce rapport : « Investissement spéculatif dans le bâtiment et l'immobilier : la création de mythes modernes », tel en était le titre. Il m'a valu un prix de la Maison des éditeurs de presse économique. Ce fut la plus belle période de ma vie. Le Japon était encore porté par la bulle financière, le marché de la construction semblait prometteur, l'époque même était assez grisante. Il y avait bien eu un connard pour critiquer mon article qui, selon lui, manquait de propositions stratégiques claires. Je n'ai jamais oublié l'amertume avec laquelle j'ai reçu ces remarques.

– Détrompez-vous. Vous avez encore beaucoup de potentiel.

Soudain, il s'est tourné vers moi avec une expression attristée.

– Mademoiselle Satô, votre mère doit vraiment être très inquiète pour vous.

– Ma mère ? Que voulez-vous dire ?

Je m'appuyai l'index sur le menton et penchai la tête de côté. Depuis que le professeur Yoshizaki m'a complimentée sur cette pose selon lui particulièrement précieuse et distinguée, je l'essaie à la moindre occasion. Le professeur Yoshizaki semble aimer les femmes qui se comportent en jeunes demoiselles bien éduquées.

– Je veux dire que votre mère doit s'inquiéter pour votre santé et que vous êtes tout ce qu'elle a.

Ça, tu peux le dire. Je suis sa vache à lait. Évidemment qu'elle n'a pas envie de me perdre. Si j'arrête de lui rapporter de l'argent, elle sera bien embêtée. Mais moi, je ferai quoi ? Soudain j'ai senti l'aiguillon de la peur. Qu'allait-il se passer quand je vieillirais ? Si l'on me renvoyait de la boîte et si j'étais incapable de conserver mon travail de nuit, je perdrais toutes mes sources de revenu. Si cela devait arriver, vous pouvez être sûrs que ma mère me jettera dehors.

– Je comprends. Je vais m'efforcer d'être plus sérieuse.

Voyant la transformation qui s'opérait en moi, la gravité avec laquelle je recevais sa suggestion, Kabano a approuvé d'un hochement de tête.

– Ce qui est arrivé aujourd'hui restera entre nous, ne vous inquiétez pas. Heureusement que c'est moi qui vous ai trouvée ; je ne passe pas souvent par ici, vous savez ? Mais je dois vous dire, et je comprends que cela puisse vous sembler difficile à entendre, que vous avez vraiment changé. On dirait que vous avez quelques cases en moins.

– Qu'est-ce qui vous fait dire ça ?

Je tentai de nouveau ma pose, la tête penchée.

– Pour commencer, vous êtes trop maquillée. Personne ne vous l'a dit ? Le maquillage, c'est très bien, mais là vous dépassez les bornes. Ce n'est pas acceptable sur un lieu de travail. Vous allez sûrement me trouver trop prévenant, mais je crois vraiment que vous devriez consulter un service d'aide psychologique.

– Un psy ? (J'étais tellement surprise que j'avais presque crié.) Pourquoi dites-vous ça ?

On m'avait forcée à aller voir un psychiatre à la fin de ma deuxième année de lycée à cause de mon trouble alimentaire.

Tout le monde disait que je mettais ma vie en danger, avant d'embrayer sur des tas de prédictions aberrantes qui faisaient pleurer ma mère et bouillir mon père. C'était ridicule. Mais m'a-t-on guérie ? Et quand j'ai eu vingt-neuf ans, alors ? Ne m'a-t-on pas dit exactement la même chose ?

La porte de la salle de réunion s'est ouverte brusquement et la secrétaire a passé la tête à l'intérieur. Elle avait dû m'entendre crier. Elle m'a dévisagée, médusée.

– Monsieur Kabano, vous êtes là ? Nous sommes en retard.

– Bon, eh bien je ferais mieux d'y aller.

Il est sorti en trombe de la salle de réunion. La secrétaire m'a dévisagée d'un air suspicieux. Qu'est-ce que tu regardes, pouffiasse ? Tu ne sais pas ce que c'est, toi, que d'errer librement à travers la nuit. Je parie qu'il n'y a pas un gars qui voudrait de toi. Oh là, la pute en moi a déjà repris le dessus.

Quand je suis revenue au bureau des recherches, le directeur m'a regardée fixement.

– Satô, j'aimerais vous parler une minute.

Quoi encore ? Un autre sermon ? Profondément écœurée, je m'avançai vers son bureau. Il leva les yeux de son écran et fit pivoter sa chaise pour m'observer tandis que j'approchais.

– Je ne vous interdis pas de quitter votre poste, vous savez. Mais vous devez veiller à ne pas l'abandonner aussi longtemps.

– Excusez-moi. J'ai une mauvaise migraine.

J'observais Kamei du coin de l'œil. Rien ne semblait perturber son naturel bariolé. Elle portait un T-shirt rouge sur un pantalon noir. Ses cheveux plaqués en arrière et son visage enfoui dans les documents qu'elle lisait lui donnaient l'air d'une parfaite petite ambitieuse. Je la détestai violemment. Elle avait délicieusement perfectionné sa comédie.

– Satô, vous m'écoutez ?

Le directeur avait élevé la voix en signe d'agacement. Toutes les têtes dans le bureau se tournèrent pour m'observer. Kamei leva les yeux vers moi et croisa mon regard avant de se détourner.

– Je dis seulement que la prochaine fois que ça vous arrive, prévenez-moi avant de disparaître.

– Je suis désolée. Je comprends.

– Vous n'êtes plus une gamine, vous savez ? Il faudrait que vous vous comportiez de manière un peu plus responsable. Je trouve que vous exagérez. Je vais vous le dire franchement : je ne sais pas du tout combien de temps nous allons pouvoir vous garder dans ce bureau. Les jours fastes sont terminés et aucun d'entre nous n'est plus indispensable. Notre bureau fait double emploi. J'ai entendu dire que les recherches et la prospective subiraient bientôt une restructuration complète. Alors je vous conseille de faire attention à ce que vous faites.

Il bluffait. Saisie d'une humeur boudeuse, je fixai mes chaussures. J'étais la directrice adjointe, nom d'un chien, comment auraient-ils pu me virer ? Ce n'était pas correct. Et pourquoi ? Parce que je suis une femme ? Parce que, la nuit, je suis une prostituée ? Mon sentiment de supériorité s'est mis à bouillonner à cette idée. J'étais incroyable. J'étais une superstar capable de damer le pion à n'importe quel employé de cette boîte minable. J'avais remporté des prix avec mes articles, tout en servant mon entreprise au poste de directrice adjointe des recherches, une directrice adjointe qui vend son corps. Ma poitrine se gonfla d'orgueil.

– Merci pour vos conseils. Je ferai plus attention à l'avenir.

Après pareille réprimande, il fallait que je trouve un moyen de me calmer. Je suis donc sortie du bureau pour me faire un café. Dès que je suis entrée dans le couloir, les employés qui arrivaient en face s'écartèrent brusquement à gauche et à droite pour me laisser passer. Mais enfin arrêtez ! Je ne suis pas un monstre de foire, vous savez ? J'ai senti le sang me monter aux joues, mais je repensai à ma vie nocturne secrète et me calmai. Il allait falloir que je fasse quelque chose pour me venger de la Tresse, pensai-je. Je suis descendue au rez-de-chaussée, dans le hall, pour appeler depuis un téléphone public.

– Bonjour, la Framboise Frivole, j'écoute.

J'ai reconnu la voix du régulateur. J'imaginais très bien l'excitation et l'espérance qui gonflaient le cœur des filles coincées à l'agence durant la journée. J'appuyai un mouchoir sur le micro du combiné pour tenter de déguiser ma voix.

– Je voulais vous parler de cette fille, Kana, que vous avez envoyée l'autre soir. Le client avait une réclamation et m'a demandé de vous en faire part.

Kana, c'était le nom de rue de la Tresse.

– Qu'est-ce qu'elle a fait ?

– Apparemment, cette Kana a pris de l'argent dans le portefeuille du client. C'est une voleuse.

Je raccrochai. Dieu que c'était bon ! J'avais hâte d'arriver à l'agence.

J'ai fait semblant de m'occuper tout le reste de la journée, puis j'ai quitté le bureau. Je me suis arrêtée dans une épicerie, où j'ai acheté un bol d'*oden* et un sachet de boulettes de riz. J'ai même pris une cartouche de cigarettes pour le régulateur. Puis j'ai pressé le pas, enjouée, le long des rues qui mènent à l'agence. Il faut que je sorte ce soir, ai-je pensé, un peu nerveusement. L'objectif des cent millions de yens d'économies avant quarante ans semblait de plus en plus improbable, mais il n'y avait pas grand-chose que je pouvais faire s'ils décidaient de ne me donner aucun de leurs clients. J'étais sûre qu'elle en serait malade, mais ce soir je voulais que la Tresse passe après moi. Je m'engouffrai dans le bureau.

– Bonsoir, tout le monde !

Le régulateur leva les yeux vers moi et les détourna aussitôt. Il y avait déjà cinq ou six filles qui attendaient dans le bureau en se prélassant avec leurs magazines à scandales, devant la télévision ou bien coiffées d'un casque pour écouter de la musique. La Tresse m'ignora.

– Tenez ! dis-je en tendant au régulateur la cartouche de Castor Lights.

J'avais payé les cigarettes de ma poche, mais puisque c'était un dessous-de-table pour l'inciter à me donner du travail, c'était plus ou moins inévitable.

– C'est pour moi ?

Je n'arrivais pas à savoir si le régulateur était surpris ou ennuyé.

– Tout juste. J'espère avoir un peu de boulot, ce soir.

Ça devrait faire l'affaire. Je me dirigeai d'un pas assuré vers la table et y posai mon sac de victuailles. Je siphonnai bruyamment le bouillon d'*oden* et grignotai mes boulettes de riz. Le téléphone sonna et tout le monde se retourna par avance. *Envoie-moi*, implorai-je du regard le régulateur. Il pointa un doigt vers la Tresse.

– Kana-chan, un client te demande.

– Bon, d'accord.

La Tresse s'arracha à contrecœur à son programme. J'avais englouti mon dîner et me sentis affreusement mécontente. Pourquoi n'avait-on pas encore jeté la Tresse à la porte ? Dès qu'elle fut partie, le régulateur me fit venir à son bureau. Personne n'avait appelé pour moi et je n'arrivais pas à comprendre ce qu'il me voulait. Je lui adressai un sourire engageant en arrivant près de lui.

– Oui ?

– Yuri-san, euh…

Je sentis qu'un sermon se préparait. Je me blindai pour affronter ce qui allait suivre.

– Yuri-san, nous aimerions que tu ne passes plus par notre agence. Ce canular, tout à l'heure… c'était toi, n'est-ce pas ? N'essaye pas un autre tour de ce genre. Kana-chan est notre meilleure gagneuse.

J'étais virée. Je n'arrivais pas à le croire. Je restai clouée sur place, la tête pendante. Les autres filles faisaient mine de ne rien savoir de ce qui se passait, mais j'étais certaine qu'elles avaient entendu. Alors je lui ai dit :

– Rends-moi mes cigarettes.

J'ai vite descendu la colline de Dogenzaka, un nouveau plan en tête. Il fallait que je trouve un centre commercial et des toilettes où je pourrais retoucher mon maquillage. J'allais me faire une place dans le business de la sorcière Marlboro. L'idée de rester debout des heures d'affilée ne me posait aucun problème. J'avais toujours voulu avoir ma propre clientèle. Et puisque j'étais virée du service d'escorte en chambre, le moment semblait bien choisi pour m'y mettre. En outre, il n'y avait rien de mieux que le moment présent pour effacer le goût amer de cette journée.

J'aperçus la tour du Shinjuku 109. L'immeuble se dresse comme un phare d'élégance à l'aine d'un carrefour en Y : Dogenzaka d'un côté et la rue qui mène au centre commercial des grands magasins Tokyu de l'autre. Une foule compacte se déversait dans les rues des deux côtés de l'édifice. Je me frayai un chemin à travers des groupes de jeunes hommes occupés à lorgner les filles venues avec eux, puis je jouai des coudes parmi des nuées d'employées de bureau concentrées sur leurs emplettes. Finalement, j'arrivai dans les toilettes du sous-sol. La salle fourmillait de jeunes femmes, mais je m'appropriai un espace vide devant un des miroirs et commençai à appliquer mon maquillage. Je me repeignis les paupières au fard bleu et j'étalai sur mes lèvres une épaisse couche d'un rouge encore plus rouge que d'habitude, la pièce de résistance étant, bien sûr, la perruque noire que je garde toujours au fond de mon sac. Ma transformation était achevée. Yuri-san se tenait devant le miroir, la call-girl par excellence, prête à braver la nuit. En constatant dans le miroir à quel point j'étais changée, je sentis mon cœur se gonfler d'assurance. Je n'ai pas besoin de cette saloperie d'agence, me suis-je dit. Je gérerai très bien mes affaires moi-même.

J'éprouvais le même sentiment d'accomplissement et de triomphe que lorsque Yoshizaki avait attesté de ma valeur. Désormais j'étais prête à reconnaître mon propre prix, prête à fixer mon propre tarif. Le temps était venu de prendre les choses en main. Pas de bureau, pas d'agence, pas de régulateur. J'allais devoir gagner mon indépendance et commencerais par aller attendre devant la statue de Jizô. Là-bas, je pourrais être moi-même, je serais libre. Je me demandai pourquoi j'avais eu pitié de la sorcière Marlboro. C'était une femme digne de respect, une femme parmi les femmes, après tout.

Je remontai l'avenue Dogenzaka, les longs cheveux de ma perruque ondulant d'un côté puis de l'autre à chacun de mes pas. Après avoir passé une rangée de *love hotels*, je me dirigeai vers la statue. Bienveillant *bodhisattva*, Jizô veille à apaiser les souffrances et à raccourcir les peines de ceux qui sont condamnés à l'enfer. Dans la faible lueur qui filtrait des étages dans ces rues sombres, je vis la sorcière Marlboro : postée devant la statue de Jizô, elle attendait le client. En fumant une cigarette. La statue de Jizô a un air doux, tendrement indulgent, là, au centre d'un petit square triangulaire, juste en face d'un vieux restaurant japonais. Le trottoir au pied de la statue scintillait encore faiblement de toute l'eau qu'on y avait déversée lors des prières. C'était là que je me mettrais.

– Comment ça va ? lançai-je à l'intention de la sorcière.

Elle me dévisagea avec méfiance, sa cigarette au coin des lèvres. Mais, contrairement à ce qu'indiquait son attitude, elle me répondit sur un ton poli, presque guindé. Envolée, la grossièreté avec laquelle elle m'avait refoulée un jour.

– Qu'est-ce que vous voulez ? Je ne fais pas les femmes, vous savez.

– Comment vont les affaires ?

Elle se tourna vers la statue de Jizô. À croire que la statue et elle étaient de mèche, comme si elle devait la consulter avant de répondre.

– Les affaires, dites-vous ? Elles vont et viennent, comme toujours.

Quand elle se retournait pour regarder derrière elle, la peau de son cou se froissait comme du crêpe. Il avait beau faire noir, ses rides étaient bien visibles. Elle portait une perruque filandreuse couleur châtain. Son corps petit et lourd était si décrépit qu'il faisait pitié. Aucun doute dans mon esprit : je la surpassais non seulement par ma jeunesse, mais aussi par ma silhouette longiligne. Un sentiment grisant de supériorité m'envahit. La sorcière Marlboro me rendit mon regard et m'examina de la tête aux pieds.

– Je me disais que je pourrais tenter ma chance.

– Humph !

Elle renifla brièvement et se mit à rire. Puis elle se tourna vers la statue de Jizô et déclara :

– Eh bien, seul Jizô sait si vous réussirez ou non, n'est-ce pas ?

J'avais l'intention de lui annoncer sans détour ce qui m'amenait ici. J'allais lui dire que j'avais décidé qu'à partir de ce soir c'était moi qui me mettrais là et que, par conséquent, elle n'avait qu'à se trouver un autre endroit.

– J'aimerais que vous me laissiez la place, lui lançai-je.

Elle jeta sa cigarette d'un geste rageur. Quand elle ouvrit la bouche, on aurait cru entendre parler quelqu'un d'autre :

– Quoi ? Non mais tu crois vraiment que je vais te refiler mon turf ?

– Et alors ? Tout le monde doit laisser sa place tôt ou tard ; c'est la vie qui veut ça. En plus, vous n'êtes plus vraiment très active, si ? (Je haussai les épaules.) Il est temps que vous preniez votre retraite, vous ne croyez pas ?

– Oh, je vois ! Et j'imagine que tu es là pour me donner mon préavis ? Mais j'ai encore tout un tas de clients qui s'attendent à me trouver ici et pas ailleurs.

Elle bluffait. Son soutien-gorge noir n'était pas la seule chose qu'on devinait à travers le mince tissu de son blouson. On distinguait aussi la peau affaissée sur sa poitrine. Il était absolument évident que la personne à qui cette poitrine appartenait devait approcher les soixante-dix ans.

– C'est drôle, moi, je ne les vois pas, dis-je, en pointant du doigt les rues désertes.

Il était déjà presque huit heures et il n'y avait personne alentour. Un jeune homme vêtu d'un uniforme blanc de marmiton sortit du restaurant de sushi sur le trottoir d'en face. Il nous adressa un regard dégoûté et sembla un instant sur le point de dire quelque chose, mais quand la sorcière Marlboro leva le bras pour lui faire signe, il fronça les sourcils et retroussa les lèvres. Puis il tira un tuyau depuis le côté du restaurant et commença à arroser les plantes qui bordaient la façade, avant de se mettre à laver le trottoir.

– T'y connais que dalle, c'est tout. Tu vas voir, les clients ne vont pas tarder à débarquer.

Je tirai la cartouche de Castor Lights de mon sac et la lui tendis.

– Écoute, je te donne ces cigarettes si tu t'en vas et que tu me laisses prendre ta place.

La sorcière Marlboro leva ses cils lourdement fardés et examina les cigarettes. Puis elle se mit en colère :

– Ne me prends pas pour une conne, fillette ! Tu ne peux pas m'acheter avec une cartouche de cigarettes. J'ai du succès, moi, dans le quartier, tu piges ? J'ai un corps que des hommes sont prêts à payer pour voir. J'ai quelque chose que tu n'as pas. Tu veux voir ? D'ailleurs, je m'en fous que tu veuilles voir ou pas, je vais te montrer de toute manière.

Elle abaissa d'un coup sec la fermeture Éclair de son blouson. L'instant d'après, elle avait déjà saisi mon bras et tirait ma main vers ses seins. Je me débattis, mais la sorcière Marlboro était plus forte que ce à quoi je m'attendais. Trop forte pour moi, en tout cas.

– Arrête !

– Non, je n'arrête pas. Je t'ai dit que j'allais te montrer et c'est ce que je vais faire. Là, touche !

Elle appuya ma main par en dessous sur le côté droit de son soutien-gorge. Je la regardai dans les yeux, saisie d'effroi. Au lieu d'un sein tombant elle n'avait qu'une boule de vieux chiffon. Elle poussa ma main vers la gauche de sa poitrine et j'y trouvai la texture molle que j'attendais… une chair chaude et élastique qui ressortait entre mes doigts comme pour s'échapper lorsque je serrai la main dessus.

– Tu comprends, maintenant ? Je n'ai pas de sein droit. Je l'ai perdu il y a dix ans, d'un cancer. Et depuis je viens ici. Au début j'étais anxieuse, j'avais honte. Je pensais que je n'étais plus une femme à part entière. Mais parmi mes clients, il y en a plus d'un à qui j'ai plu, justement à cause de ce qui manque. Qu'est-ce que tu dis de ça ? Tu trouves ça bizarre ? Tu y comprends quelque chose ? Non, je suis sûre que non. Comment tu le pourrais ? Mais dans ce métier, c'est comme ça que ça marche. Et donc, non, je ne vais pas te filer ma place. Ici, c'est l'endroit où viennent ceux qui veulent une femme avec un seul sein. Et je te prie de croire qu'ils viennent ! De toute façon, tu es trop maigre. Tu es sûrement plus jeune que moi, assez jeune pour être encore une femme. Ce n'est pas encore le moment de venir te mettre sous la statue de Jizô. Et puis, tu auras toujours quelque chose en trop. Si tu penses pouvoir rivaliser avec moi sur ce coup-là, il va falloir me montrer quelque chose que tu n'as pas.

À l'entendre, elle aurait gagné cette manche. Je sortis mon badge d'identification de G.

– Ah ouais, ben jette un œil là-dessus.

– C'est quoi, ça ?

– Mon badge d'accès pour la boîte où je travaille.

– Je peux pas lire sans mes lunettes.

Elle prit quand même la carte et plissa les yeux :

– Qu'est-ce que ça dit ?

– Ça dit : Kazue Satô, directrice adjointe, Bureau des recherches, Compagnie d'architecture et d'ingénierie G. C'est moi.

– Voyez-vous ça, hein ? C'est une grosse boîte, non ? Mais dis-moi… si t'es vraiment directrice là-bas, qu'est-ce que t'as besoin de venir me piquer mes clients ? Et puis, je t'ai demandé de me montrer quelque chose que tu n'as pas. Alors que ça, je parie que t'en es fière.

– Je ne suis pas fière. C'est juste que je ne savais pas quoi vous montrer d'autre.

Et c'est vrai, je ne savais pas. Pour une raison ou une autre, je n'arrivais pas à traduire en mots ce que mes rêves de lycéenne, mon orgueil du moment et l'entreprise qui aurait dû être la source de mon identité avaient de commun avec son sein manquant. Mais il me semblait bien que ce dont on est le plus fier et ce dont on a le plus honte ne sont que la face et le revers d'une même médaille. Les deux tourmentent et exaltent à la fois.

La sorcière Marlboro alluma une cigarette. Un homme s'avançait dans notre direction. Il portait un costume gris, une chemise blanche et des chaussures noires. Visiblement un employé de bureau qui sortait de sa cambrousse. Même ses sourcils étaient affalés.

– Faisons un pari, lui dis-je. Celle qui arrive à lever ce type-là gagne le droit de rester ici.

– Comme tu veux, mais c'est un de mes bons clients.

Elle sourit comme si elle avait déjà pris le dessus.

– Eh ! lui lança le type.

Personne ne passant par là, n'importe quelle femme qui attendait à cet endroit était évidemment à vendre. C'était idiot. Et pourtant, la sorcière Marlboro semblait avoir un nombre étonnant de clients réguliers. Voilà pourquoi j'étais bien décidée à gagner le pari.

– Monsieur Eguchi, dit la sorcière Marlboro.

– Comment ça va, ce soir ?

Le dénommé Eguchi me regarda sans un sourire. Bien résolue à ne pas perdre, je lui fis des avances :

– Eh, vous auriez pas envie de vous amuser un peu ?

– C'est qui, ça ?

– Une nouvelle. J'ai pas eu le cœur de la renvoyer chez elle, répondit la vieille femme en rajustant sa perruque.

– Alors, monsieur Eguchi, qu'est-ce que vous en dites ? continuai-je.

Il fronça ses sourcils tombants et étudia ma proposition. Il devait avoir dans les cinquante-cinq-soixante ans. La sorcière Marlboro pensait sûrement que l'affaire était dans la poche. Elle se mit à rire, puis déclara :

– C'est qu'elle insiste, en plus !

– Je vous ferai un prix, lâchai-je avant même d'y penser.

Il réagit immédiatement :

– Dans ce cas, je t'essaye.

La sorcière Marlboro ramassa son sac à main en grimaçant.

– T'es vraiment un salopard, Eguchi. Elle n'a pas ce que j'ai moi, tu sais.

– Disons qu'un peu de variété de temps en temps, ça ne peut pas faire de mal.

Je triomphai intérieurement. Je tendis la cartouche de cigarettes à la vieille. Elle s'en saisit avec un air résigné, mais bientôt son visage s'éclaira d'un sourire. Ce qui m'énerva.

– Qu'est-ce qui te fait marrer ?

– Oh, rien. Enfin, tu verras bien, tôt ou tard, marmonna-t-elle dans sa barbe.

Alors, tu vois ? Il est grand temps que tu prennes ta retraite, vieille peau ! tonnai-je intérieurement. Ah ! J'ai gagné !

– Je te donne le droit de rester jusqu'à ce que je revienne, annonçai-je sur un ton cavalier en passant mon bras dans celui d'Eguchi.

Il l'avait épais, pour son âge, et musculeux.

– Ici, ce sera très bien. C'est pas cher.

Eguchi indiquait l'hôtel dans lequel j'étais allée avec Arai. C'était le *love hotel* le moins cher du coin. Eguchi connaissait manifestement bien le quartier.

– Depuis combien de temps tu fais le trottoir ?

– Depuis ce soir. J'ai repris le turf de la sorcière Marlboro et j'espère pouvoir vous garder parmi mes clients fidèles.

– Alors toi, tu ne perds pas de temps. Comment tu t'appelles ?

– Yuri.

Nous poursuivîmes la discussion jusque dans le minuscule ascenseur. Les yeux d'Eguchi étaient pleins de curiosité quand il me regardait. Eguchi, Yoshizaki, Arai… tous les mêmes. Désormais, ils étaient ma clientèle. Je sentis mon humeur se faire soudain plus légère à l'idée que mes affaires tournaient déjà plutôt bien.

Nous entrâmes dans la même chambre que celle où Arai et moi étions allés. C'était il y a quelques jours à peine, mais je fis couler de l'eau dans le bain comme si je n'étais jamais venue avant et nous rapportai deux verres. Puis je sortis du minibar une bouteille de bière et l'ouvris. Eguchi s'assit sur le lit et m'observa. Il semblait mécontent.

– Laisse ça pour le moment. Aide-moi à me déshabiller.

– Oui, monsieur, tout de suite.

Je le regardai, stupéfaite. Il était en colère et son visage avait viré à l'écarlate. Je craignis qu'il soit plus difficile que les autres. Et s'il était dangereux ? J'essayai de me rappeler les noms des hommes que l'agence avait fichés comme fauteurs de trouble.

– Dépêche-toi, cria-t-il.

Encore sous le choc, je l'aidai à se débarrasser de sa veste. Je n'avais pas l'habitude et ne m'y prenais pas très bien. L'odeur de sa gomina bon marché était écœurante. Je pliai sa chemise et son pantalon usés jusqu'à la corde sur un cintre, que j'accrochai quelque part. Quand il ne lui resta plus sur le dos que son tricot de corps trop large et son slip jauni, il tendit un doigt vers ses pieds.

– Hé, tu as oublié mes chaussettes !

– Oh, désolée.

Une fois que je lui eus retiré ses chaussettes, il se planta sur ses deux jambes, en sous-vêtements, bras croisés et pieds écartés, à croire qu'il se prenait pour le roi du Siam.

– Allez, on se magne !

Quand je levai les yeux pour voir ce qu'il voulait, il me gifla violemment. Instinctivement, j'essayai de me défendre.

– Ne soyez pas violent !

– Ferme ta gueule, salope, et déshabille-toi. Je te veux à poil et debout sur le lit.

C'était un sadique. À quels jeux pervers voudrait-il me soumettre ? C'est bien ma veine, tiens, de me lever un pervers comme client, pensai-je. Je me déshabillai en tremblant. Lorsque je fus complètement nue, je grimpai sur le lit et, terrorisée, j'attendis la suite. Quand Eguchi aboya enfin son ordre, je crus que mes oreilles m'avaient joué un tour :

– Et maintenant, je veux te voir chier.

5

2 décembre
Shibuya : YY, ¥ 40 000
Shibuya : SDF (?), ¥ 8 000

Depuis que j'attends sous la statue de Jizô, je suis heureuse. Bien sûr il a y eu des jours où le cuisinier du restaurant d'en face a tenté de m'arroser et d'autres où des passants m'ont lancé des insultes, mais l'impression que j'ai d'affronter enfin le monde par mes propres moyens, avec mon propre corps, est quelque chose que je ne ressens jamais dans mon travail de jour. Et je suis plus que ravie de pouvoir déposer à la banque l'argent que je gagne sans que personne ne vienne prélever sa part sur ma recette. Pour moi, c'est très précisément ce qu'on entend par des affaires florissantes. Aucun doute, la sorcière Marlboro se plaisait tellement ici qu'elle n'avait eu aucune envie de démissionner.

Je ne m'attendais vraiment pas à ce que la vieille peau m'abandonne son turf si facilement. Après avoir quitté Eguchi ce soir-là, j'étais revenue directement à la statue de Jizô. Eguchi était un sadique, un dégueulasse, et j'étais sûre que la sorcière Marlboro avait rusé pour que ce soit moi qui y aille.

– Quel pervers ! m'étais-je exclamée quand je l'avais retrouvée.

Elle était accroupie au bord du caniveau et dessinait quelque chose de la pointe d'un caillou. Le bruit de ce caillou raclant contre l'asphalte évoquait celui d'ongles sur un tableau noir. Elle avait levé la tête en m'entendant et s'était mise à rire.

– Alors, tu l'as fait ?

– Oui, je l'ai fait, et je doute qu'on me laisse remettre les pieds à l'hôtel de sitôt !

– Alors, tu es plus courageuse que moi, avait-elle dit en se relevant. Si tu veux mon turf, je te le donne.

Tout cela semblait presque trop facile.

– Vraiment ?

– Ouais, j'en ai assez vu. Et puis, avec Eguchi, je n'arrive plus à suivre. Je crois que ça veut dire que le moment est venu de prendre ma retraite.

Le soir suivant, la sorcière Marlboro avait disparu des environs de la statue de Jizô. D'un côté, une sortie en douceur, de l'autre une entrée fracassante. Complètement risible.

Mais tout de même, c'est usant de faire le pied de grue toute la soirée, et le lendemain je suis toujours exténuée au bureau. Résultat, je n'arrive quasiment plus à me concentrer. Mon travail se limite en gros à découper des articles intéressants dans les quotidiens économiques. Je me suis dit que je pourrais les donner à Yoshizaki. Comme je ne paie pas les photocopies, je fais une copie de chaque article et la range dans un album. J'en ai très vite eu assez pour trois volumes. À part ça, j'écris des missives langoureuses, quelques cartes d'anniversaire et autres notes de ce genre, tout en prétendant travailler d'arrache-pied à la rédaction d'un rapport. J'ai aussi pris pour habitude de m'éclipser du bureau pour aller faire la sieste dans la salle de réunion déserte comme avant. Et puisque mon bureau disparaît sous des montagnes de papiers, je vais manger mon déjeuner dans les toilettes des femmes. Les gens du bureau ont commencé à m'éviter de plus en plus souvent. Une fois, alors que j'étais dans l'ascenseur, j'ai entendu une collègue chuchoter : « Il paraît qu'on l'appelle l'employée fantôme. » Mais je me souciais fort peu de ce qu'on pouvait penser de moi. Je n'existais vraiment que la nuit. Mes espoirs d'équilibre n'étaient désormais plus qu'une farce.

Ce soir de décembre, après avoir croisé Yoshizaki et être montée m'enfermer avec lui dans une chambre d'hôtel, j'étais en train de retourner me poster sous la statue de Jizô quand j'ai sorti mon portefeuille de mon sac pour estimer, au toucher, son contenu. J'étais satisfaite. Yoshizaki me donnait trente mille yens chaque fois qu'on se voyait, mais ce soir-là, après que je lui eus donné l'album plein de coupures de presse que j'avais compilées à son intention, il m'avait gratifiée de dix mille yens supplémentaires. Devant une telle réaction, j'étais bien déterminée à continuer de découper des articles pour lui. C'est alors que je remarquai qu'un homme se tenait déjà devant la statue de Jizô.

– Salut, fillette.

Il portait un pantalon à pinces noir et un blouson d'aviateur blanc sur le devant duquel était brodé un lion. Ses cheveux étaient taillés très court. Je pressai le pas en pensant que j'avais un client.

– Vous m'attendiez ? demandai-je d'une voix enjouée. Vous avez envie de prendre un peu de bon temps ?

– De bon temps ? Avec toi ?

Il partit d'un rire goguenard et passa une main sur ses cheveux ras.

– Je ne suis pas si chère que ça.

– Attends une seconde. Tu ne sais pas qui je suis, n'est-ce pas ?

– Que voulez-vous dire ?

Il fourra ses deux mains au fond de ses poches de telle manière que le devant de son pantalon se gonfla comme une lanterne de papier.

– Je fais partie du Shôtô, l'organisation qui contrôle ce quartier. Tu es nouvelle, c'est ça ? Il est remonté jusqu'au Q.G. qu'il y avait une nouvelle fille devant la statue de Jizô, alors je suis venu jeter un œil. Ça fait longtemps que tu viens ici ?

Dès que j'eus compris qu'il s'agissait d'un yakuza venu m'extorquer de l'argent, je relevai la garde et fis quelques pas en arrière. Mais son attitude et sa manière de parler étaient étonnamment calmes.

– Ça va faire deux mois. J'ai repris le flambeau de la sorcière Marlboro.

– La vieille dame ? Elle est morte, tu sais.

– Sans rire ? Comment c'est arrivé ?

– Je crois qu'elle était malade. Son état s'était tellement aggravé qu'elle ne pouvait même plus attendre ici.

Il avait répondu sèchement, comme si ce n'était absolument pas son problème.

– Mais c'est du passé, tout ça. L'important pour toi, c'est de penser à t'assurer la protection de notre organisation. C'est dangereux par ici, pour une femme seule. Tiens, l'autre jour justement, à l'hôtel, une call-girl s'est fait salement amocher par un client. Il lui a fracassé le crâne. Certains de ces types, tu les regardes une fois de travers et ils pètent les plombs. C'est trop dangereux pour une femme sans protection.

– Merci, mais je n'en ai pas besoin.

J'agrippai mon sac, inquiète pour mon argent et hochai la tête.

– Tu crois ça maintenant parce que tu n'as pas encore vu tout ce que j'ai vu. Mais il suffit d'un mauvais client et après, c'est trop tard. Mon organisation veillera sur toi. Et ça ne te coûtera que cinquante mille yens par mois. Qu'est-ce que t'en dis ? C'est pas cher, non ?

Cinquante mille yens ? C'était forcément une plaisanterie ! Il n'était pas question que j'accepte.

– Je suis vraiment désolée, mais je ne gagne pas assez pour couvrir vos honoraires. Je n'ai absolument pas de quoi vous donner vos cinquante mille yens.

Le yakuza me regarda droit dans les yeux. Je voyais bien qu'il était en train de me jauger, alors je soutins son regard. Ça le fit rire.

– Bon, très bien. On verra bien comment tu t'en sors. Je vais te laisser réfléchir. Mais tu n'as pas fini d'entendre parler de moi.

– Compris.

Il prit la rue qui descend vers la gare de Shinsen. Je savais qu'il reviendrait. Il devait bien y avoir un moyen de lui échapper, pensai-je en me passant la langue sur les lèvres. J'aurais dû m'attendre à ce que les yakuzas essaient de profiter de quelqu'un qui travaillait à son compte. Selon moi, ils cherchaient à tester ma réaction. Je sortis mon carnet de mon sac et, dans l'obscurité, je tentai d'additionner tout l'argent que j'avais gagné durant les deux derniers mois. J'arrivai à un total d'environ cinquante mille yens par mois. Je n'avais absolument aucune envie de voir tout ça partir dans les poches des yakuzas. D'autant plus que je n'étais toujours qu'à mi-chemin de mon objectif de cent millions de yens.

– Hé, toi ! T'as fermé boutique ou quoi ?

J'étais tellement obnubilée par l'addition de mes revenus que je n'avais même pas aperçu l'homme qui se tenait juste devant moi. Pendant un instant, je pensai que le yakuza était revenu avec des copains et regardai autour de moi d'un œil méfiant. Mais l'homme qui se tenait devant moi était manifestement un S.D.F. Il avait environ cinquante ans et portait un manteau à peu près noir qui tombait sur un pantalon gris, apparemment d'uniforme. Il transportait deux sacs de toile d'aspect crasseux et traînait derrière lui un chariot à provisions déglingué.

– Non, c'est ouvert.

Je fourrai précipitamment mon carnet au fond de mon sac.

– Qu'est-ce qui est arrivé à la vieille dame qui travaillait ici ?

– Elle est morte. Elle était malade.

Le S.D.F. resta interloqué.

– Vous plaisantez ! Je rate un seul rendez-vous et elle, elle meurt comme ça sans prévenir ? En plus, c'était une dame très bien. Vraiment gentille.

– Vous étiez un client de la sorcière Marlboro ? Dans ce cas, je peux m'occuper de vous.

– Pour de vrai ?

– Vous êtes S.D.F., n'est-ce pas ?

Les vêtements qu'il portait n'étaient pas tout à fait aussi répugnants que le bazar qu'il traînait derrière lui. Il tressaillit en entendant ma question, puis il baissa la tête.

– Ouais. Et alors ?

– Ça ne me dérange pas.

S.D.F. ou pas, un client était un client. J'acquiesçai de nouveau et commençai à me préoccuper des détails. Il poussa un soupir de soulagement et examina les environs.

– Le problème, c'est que je n'ai pas assez d'argent pour l'hôtel, alors avec l'ancienne on faisait toujours ça dans un terrain vague, à côté de la gare.

Un terrain vague. C'était un peu fort certes, mais si j'arrivais à en finir rapidement et sans histoires, je me disais que ce ne serait pas si mal. Tant que l'argent change de mains, qui se soucie de savoir où l'échange a lieu ?

– Combien tu me paies ?

– Environ huit mille.

– Combien tu payais avec la vieille ?

– Parfois trois mille, parfois cinq. Mais tu es jeune. Je serais mal à l'aise si je ne te donnais pas un peu plus.

C'était agréable, pour une fois, de m'entendre dire que j'étais jeune. Je levai huit doigts, regonflée.

– C'est d'accord. Va pour huit mille.

Nous partîmes côte à côte vers la gare de Shinsen. Au niveau d'un replat en surplomb de la gare, à peu près à mi-hauteur de la colline, se trouvait une parcelle inoccupée. On l'avait manifestement dégagée pour y édifier un nouvel immeuble. Les échafaudages étaient déjà montés et les matériaux de construction s'entassaient un peu partout. L'endroit n'était pas plus mal choisi qu'un autre. Je retirai mon imperméable dans la pénombre, sous l'échafaudage. Le S.D.F. rangea ses sacs sur le côté et me chuchota à l'oreille :

– Laisse-moi te prendre par-derrière.

Bon.

Je lui tendis un préservatif, puis je me retournai, les mains accrochées à l'échafaudage et les hanches relevées.

– Il fait froid, alors n'y passe pas des heures.

L'homme se glissa en moi. Quel genre d'homme était-il ? D'où venait-il ? Tant que j'étais payée, ça m'importait finalement assez peu. Mon sentiment était désormais aussi simple, aussi puissant que ça. Cela me rendit heureuse lorsque j'en pris conscience. L'homme s'enfonça en moi avec insistance avant d'en finir enfin. Je sortis les mouchoirs que j'avais pris à la gare de Shibuya – gracieusement mis à ma disposition par la Société de crédit Takejufi – et m'essuyai. L'homme remonta son pantalon et dit :

– Merci. Tu es vraiment sympa. Je m'en rends bien compte. Je reviendrai te voir dès que j'aurai trouvé de l'argent.

Ensuite, il me fourra dans la main une liasse de billets sales. Je dus en lisser les plis à mesure que je les comptais ; comme convenu, il y en avait bien huit. Je regardai le S.D.F. s'éloigner du terrain vague et plaçai les billets dans mon portefeuille. La capote usagée qu'il avait jetée dans l'herbe piétinée, flétrie, était une de celles que j'avais récupérées dans la chambre d'hôtel où j'étais montée avec Yoshizaki. Eh ouais, je vais foutre la merde, je sèmerai la zizanie dans les rues ; je fais ce que je veux, d'abord ! Je levai les yeux vers le ciel, vers la nuit glaciale. Les branches tremblaient et pourtant je me sentais euphorique. Je n'avais jamais été aussi libre, aussi heureuse. J'étais prête à accéder à toutes les demandes qu'un homme pourrait me faire. J'étais très bien dressée.

En revenant à la statue de Jizô ce soir-là, je vis une femme qui occupait le territoire que j'avais légitimement hérité de la sorcière Marlboro. Pour ne rien arranger, c'était une étrangère. J'étais furieuse. Mais en m'approchant un peu, je vis que c'était Yuriko. Yuriko, elle, ne semblait avoir aucune idée de qui j'étais. Elle me dévisagea de ses grands yeux vides, visiblement aussi niaise qu'elle l'était au lycée. Je l'examinai. Elle qui était si fière de ses seins volumineux ! À présent son ample poitrine était devenue informe, des vrais seins de matrone. Les rides au coin de ses yeux étaient profondes et encroûtées de fond de teint. Enfin, comble du comble, la beauté d'autrefois avait un double menton. Pourtant, c'était bien elle, serrée dans un manteau de cuir rouge et une ultra-minijupe argentée et brillante. J'eus envie d'éclater de rire, mais réussis à me contenir.

– Yuriko !

Elle me regarda, prise de stupeur. Elle n'avait toujours pas compris qui j'étais.

– Qui êtes-vous ?

– Tu ne te rappelles pas ?

Je suis tellement formidable à présent que Yuriko ne me reconnaît même plus ! Yuriko, elle, était devenue hideuse. J'en éprouvai un certain plaisir. Il fallait que je rie. Un vent froid soufflait du nord. Yuriko avait l'air frigorifiée et serrait son manteau de cuir trop court autour de sa poitrine. Ce n'était pas cette petite bise qui allait me décourager, ni rien de ce genre d'ailleurs. Après tout, je revenais juste de faire ma petite affaire dans un terrain vague, en extérieur. Je doute que tu sois capable de faire quelque chose comme ça, toi, l'ancienne beauté. Traînée ! Ouais, peut-être bien que t'es née pute, et peut-être même que tu as encore quelques clients, mais ce que t'es laide, maintenant, ma pauvre !

– Nous serions-nous déjà croisées dans un club quelque part ?

– Non, essaye encore. C'est fou ce que tu as vieilli. Regarde-moi toutes ces rides ! Et toute cette graisse flasque ! J'ai failli ne pas te reconnaître !

Elle fronça les sourcils et tendit le cou pour m'examiner plus attentivement. Elle se mouvait toujours de la même façon. Elle avait l'habitude d'être au centre de toutes les attentions et affectait même dans ses mouvements les plus triviaux des manières régaliennes. Elle avait été si belle, si admirée, que les gens avaient naturellement envie de la malmener.

– Quand on était plus jeunes, nous deux, on était vraiment comme le jour et la nuit. Mais regarde-nous aujourd'hui : on n'est plus si différentes. On peut dire qu'on est à peu près pareilles… tu serais peut-être même un cran ou deux en dessous. Ce que je ne donnerais pas pour que tes amis te voient maintenant !

Elle me regardait fixement. Je voyais bien dans ses yeux toute la haine qu'elle me vouait. Des yeux qui pénétraient la moindre petite chose autour d'elle, même lorsqu'elle cherchait désespérément à feindre l'ignorance. Je me souvins tout à coup de sa grande sœur. Savait-elle à quel point Yuriko s'était enlaidie ? J'eus envie de l'appeler sur-le-champ. À cause de Yuriko, elle souffrait d'un complexe dont elle n'avait jamais pu se défaire et j'imaginai qu'elle devait vivre une vie affreusement déprimante.

– Kazue Satô, c'est ça ?

Yuriko m'avait enfin percée à jour sous mon déguisement. Le ton de sa voix m'avait paru assez condescendant. Incapable de maîtriser ma colère, je la poussai brutalement. Ma main s'enfonça immédiatement dans sa chair molle.

– T'as trouvé ! Je suis bien Kazue. T'en as mis du temps, dis donc. Et maintenant, dégage de là ! C'est mon turf, ici. Tu ne peux pas venir lever tes clients par ici.

– Ton turf?

Quelle imbécile. Elle n'avait toujours pas compris ce que je venais faire là. Je n'arrivais pas à croire qu'il existe vraiment des gens aussi bouchés. Était-il donc si difficile de croire que je puisse me prostituer ?

– Je fais le tapin.

– Toi ? Mais pourquoi ?

– Et toi, pourquoi tu le fais ?

Ma réponse parut l'étonner. Elle sembla un instant sur le point de tomber à la renverse, mais je répétai ma question :

– Alors, pourquoi tu le fais, toi ?

C'était bien sûr un point de détail. Depuis qu'elle était arrivée au collège, Yuriko avait habilement mené sa barque en se jouant des hommes. Une bimbo comme Yuriko n'aurait pas été capable de survivre sans eux. Moi, au contraire, j'étais une fille intelligente et je m'en serais très bien sortie sans hommes. Et pourtant, nous nous retrouvions toutes les deux – deux prostituées – par hasard devant la même statue de Jizô. Deux torrents qui coulaient dans la même direction. Je me dis que ce devait être le destin et cela me rendit heureuse.

Yuriko se mit à supplier :

– Tu pourrais pas me laisser utiliser cet endroit les soirs où tu n'y es pas ?

Évidemment, j'aurais eu du mal à garder la boutique moi-même trois cent soixante-cinq jours par an. Ma vie professionnelle avait beau être devenue précaire, il était peu probable que je démissionne jamais pour de bon. J'avais besoin de mon salaire pour entretenir ma mère. Et puis, il valait largement mieux que ce soit Yuriko qui occupe mon turf quand je n'y étais pas, plutôt qu'une inconnue qui serait tentée de marcher sur mes plates-bandes. Qui plus est, cette histoire de yakuzas n'était toujours pas résolue. Je craignais qu'ils ne continuent à me harceler pour que je leur achète ma tranquillité. Tout en étudiant les formes rebondies de Yuriko, je commençai à échafauder un plan d'action.

– Tu veux que je te prête mon coin de rue ?

– Ça t'ennuie ?

– Non, d'accord, mais à une condition. (Je l'attrapai par le bras.) Je veux bien que tu prennes mon turf quand je n'y suis pas, mais il faut que tu t'habilles comme moi, vu ?

Les soirs où je ne pourrais pas venir, Yuriko prendrait le relais pour moi… déguisée en moi.

Je trouvai l'idée géniale.

6

3 décembre
Shibuya : des étrangers (?), ¥10 000

Le lendemain de ma rencontre avec Yuriko, l'atmosphère était étrangement douce, presque printanière. Il est difficile de lever des clients en affrontant les vents glacés de décembre ; un temps glacial tend à refroidir les ardeurs amoureuses. C'est beaucoup plus simple quand les nuits sont chaudes et que le client est de bonne humeur. Voyant que le temps était clément, je me dis que la soirée s'annonçait bien. Un des aspects les plus intéressants du métier de fille des rues est que l'on voit à quel point le temps qu'il fait et l'humeur influent sur les affaires. Ça change tous les jours. Lorsque je travaillais pour l'agence d'escortes, je n'avais jamais eu l'occasion de faire ce genre d'observations.

D'humeur radieuse, je me dirigeai vers la statue de Jizô, une chanson aux lèvres. Une fois arrivée, j'attendis Yuriko. Je n'étais qu'à moitié sûre qu'elle se montre. Qu'est-ce qu'elle pouvait bien avoir dans la tête ? Je ne pouvais même pas l'imaginer. Quand nous étions au lycée, elle se démarquait nettement de tous les autres. Elle était si belle que le simple fait de l'approcher semblait insurmontable. Et son regard perpétuellement égaré dans le vide, manifestement posé sur rien, la rendait encore plus inaccessible. J'étais toujours trop intimidée pour aller lui parler. Ce n'est pas tant qu'elle était distraite ; en réalité, elle était passée maîtresse dans l'art de mesurer les différences subtiles qui la distinguaient des autres. Si quelqu'un lui posait une question, elle y répondait.

Autrement, elle ne sortait pas un mot. C'était tout elle. Et je méprisais l'éclat grave et supérieur de ses yeux. Mais elle, la fille cool, s'était enlaidie en vieillissant. Le destin l'avait rattrapée et dévorée. Le temps, à sa manière, a le don d'aplanir les différences de fortune. En vieillissant, j'avais pris conscience de ma valeur, et donc de ma supériorité. Comparée à Yuriko, qui était à présent seule et misérable, j'avais un travail génial dans une boîte géniale. Je suppose que cela a beaucoup à voir avec le fait que j'avais été, un jour, une jeune femme bien élevée, issue d'une famille convenable. Alors même que cette pensée me traversait l'esprit, j'eus soudain envie d'éclater de rire. Une famille convenable ! Non mais quelle blague ! Ma famille craquait de toutes parts.

– Très saint Jizô, lançai-je, j'ai complètement changé à présent. Et je suis follement heureuse.

Le visage rayonnant de bonheur, je levai les yeux vers Jizô, qui souriait doucement, comme pour faire écho à mon effervescence. J'extirpai de mon porte-monnaie la pièce de dix yens la plus brillante que j'y trouvai, la déposai devant la statue et ramenai mes mains l'une vers l'autre en prière.

– Très saint Jizô, donne-moi quatre clients ce soir, je t'en prie. C'est l'objectif que je me suis fixé. Et j'ai pour mission de tenir mon objectif. Je t'en prie, fais ce que tu peux pour me venir en aide.

Avant même que je puisse finir ma prière, deux hommes, probablement des étudiants, s'avancèrent dans ma direction depuis la gare de Shinsen, discutant entre eux à voix basse. Je me retournai vers Jizô.

– Dis donc, tu as fait vite ! Merci, merci mille fois.

Les étudiants aperçurent ma silhouette dressée dans la pénombre et me dévisagèrent comme s'ils avaient vu un fantôme. Je les apostrophai :

– Hé, les garçons, vous avez pas envie qu'on se fasse une petite fête ?

Ils semblèrent un instant perplexes, puis s'échangèrent quelques coups de coude.

– Allez. Ce sera marrant. On va s'éclater.

Ils étaient jeunes. Ils me regardèrent d'un air dégoûté, tournèrent les talons et prirent la fuite. Je me rappelai la façon qu'avaient les gens du bureau d'éviter de me regarder dans les yeux comme s'ils y voyaient quelque chose de répugnant. Même ma mère, ma sœur, il leur suffisait de me regarder pour se mettre à grincer des dents. On aurait dit que quiconque me regardait ne pouvait s'empêcher d'esquisser un mouvement de recul.

Étais-je complètement à côté de la plaque ? Je n'avais aucune idée de ce que les autres voyaient en moi. Je m'avançai dans la direction que les deux garçons avaient prise.

– On va se faire une fête du tonnerre. Allez, quoi ! Je vous prends tous les deux. On peut aller à l'hôtel et je m'occuperai de vous deux pour quinze mille yens. Qu'est-ce que vous dites de ça ?

Ils restèrent tous deux bouche bée. Ils s'étaient pratiquement mis à courir en me voyant derrière eux. Mais je n'allais quand même pas laisser échapper ma proie ! C'est alors que j'entendis quelqu'un crier :

– Essayez-moi. Je m'occuperai de vous, un par un.

Je n'arrivais pas à le croire. La femme qui était dans la rue devant moi, les bras grands ouverts, était habillée exactement comme moi. Elle tenta de bloquer les deux garçons au moment où ils la dépassèrent. Complètement interloqués, ils s'immobilisèrent.

– Je vous ferai un meilleur prix… cinq mille chacun.

Sa perruque noire lui tombait jusqu'à la taille. Elle avait un imperméable Burberry identique au mien, des talons aiguilles noirs et un sac à bandoulière marron. Elle avait couvert ses paupières d'une épaisse couche de fard bleu et ses lèvres étaient très rouges. C'était Yuriko. Pris de panique, les garçons la dépassèrent au pas de course. Elle les regarda s'éloigner, puis elle se retourna et haussa les épaules.

– Ils se sont enfuis.

– Évidemment, tu les as terrorisés.

J'étais en colère, mais ça n'avait pas l'air de l'atteindre.

– T'en fais pas, va ! La soirée ne fait que commencer. Alors, qu'est-ce que t'en dis ? Je te ressemble ?

Elle écarta les pans de son imperméable. En dessous, elle était vêtue d'un tailleur bleu bon marché. Il ressemblait bien à celui que je portais. Je restai médusée devant l'épaisse couche de fond de teint blanc qui recouvrait son visage. On aurait dit un clown. C'était hideux. Je ressemblais à ça ? Moi ? J'étais furieuse.

– Je ne ressemble quand même pas à ça !

– Mais si, Kazue. Tu ressembles à un monstre.

– Ah ouais, et qu'est-ce qui est arrivé à la magnifique sang-mêlé que tu étais, hein ? Maintenant tu es grosse et moche.

Elle m'adressa un rictus dédaigneux, ses lèvres retroussées comme seules les bouches étrangères savent le faire.

– Tu peux te moquer, mais tu ne vaux pas mieux.

– Qu'est-ce que ça veut dire « je ne vaux pas mieux ? » Je n'ai pas l'air d'une femme d'affaires ?

Elle tourna vers moi son regard vague et grommela :

– Non, je ne vois pas. Tu n'as pas du tout l'air d'une femme d'affaires, ni même d'une jeune femme. En fait, tu ne ressembles même pas à une vieille femme. Tu ne ressembles qu'à une chose : un monstre. C'est ça, un monstre.

Je fixai Yuriko, ce reflet de moi-même. Nous étions toutes les deux des monstres.

– Eh bien, si je suis un monstre, toi aussi tu en es un.

– Oui, j'imagine. Une paire de putes qui se promènent dans la même tenue, ça doit être assez terrifiant. Mais tu sais, des hommes qui aiment les monstres, dans ce monde, il y en a ! C'est étrange, quand on y pense. D'un autre côté, on peut quand même dire que ce sont les hommes qui ont fait de nous des monstres. Kazue, quand est-ce que j'aurai le droit de venir me mettre ici ? Si ça doit te poser un problème, je peux toujours aller m'installer en face de la gare de Shinsen.

Je répondis sans la moindre ambiguïté :

– Certainement pas. La gare de Shinsen fait partie de mon territoire. Je l'ai hérité de la sorcière Marlboro, et si tu ne respectes pas mes instructions, je ne partagerai rien du tout avec toi.

– La sorcière Marlboro ? demanda Yuriko en regardant la statue de Jizô, visiblement peu intéressée par sa propre question.

– C'est la vieille femme qui occupait le secteur avant moi. Elle est morte juste après avoir pris sa retraite.

Elle eut un petit sourire en coin.

– C'est vraiment minable, comme mort. Moi, je pense que je finirai assassinée par un client. Et toi aussi, probablement. C'est ce qui arrive quand on traîne dans les rues. Le premier amateur de monstres qui se pointe, tu peux être sûre que ce sera lui qui nous tuera, toi et moi.

– Qu'est-ce qui te fait croire ça ? Il faut être un peu plus positive, allons !

– Je ne pense pas avoir une attitude négative, dit-elle en hochant la tête. Après plus de vingt ans de tapin, je commence à connaître le vrai visage des hommes. Ou alors, attends… Je devrais peut-être dire que je connais notre vrai visage à nous. Au fond d'eux-mêmes, les hommes détestent absolument les femmes qui vendent leur corps. Et toutes les femmes qui vendent leur corps détestent les hommes qui payent pour l'avoir. Tu mets ensemble deux personnes et entre elles toute cette haine, et avant longtemps il y en aura forcément un qui tuera l'autre. J'attends simplement mon heure. Quand elle viendra, je ne compte pas lutter. Je me laisserai assassiner, tout simplement.

Je me demandai si Yoshizaki et Arai me détestaient vraiment. Et Eguchi, le sadique ? Je n'arrivais pas à comprendre le point de vue de Yuriko. Avait-elle vu l'avenir ? Avait-elle contemplé l'enfer qui l'attendait ? Mais pour moi, c'était différent, non ? Je prenais souvent du plaisir à vendre mon corps, mais il est vrai qu'à certains moments ce n'était rien de plus qu'une sordide combine pour me faire un peu d'argent.

Les néons au-dessus du *love hotel* n'éclairaient que par intermittence. Alors, le profil de Yuriko flottait dans la pénombre comme une sorte de figure céleste. Cela m'évoqua de nouveau la beauté éthérée qu'elle possédait au lycée. C'était comme si j'avais remonté le temps malgré moi.

– Mais tu les détestes vraiment, les hommes ? J'ai toujours cru que tu les aimais tellement que tu n'en avais jamais assez.

Elle se retourna pour me regarder. Lorsque je vis son visage de face, elle ressemblait à nouveau à une femme d'âge mûr et aux traits disgracieux.

– Je hais les hommes, mais j'adore le sexe. Pour toi, c'est le contraire, n'est-ce pas, Kazue ?

Je ne sais pas. Est-ce que j'aime les hommes ? Est-ce que je déteste le sexe ? Si je fais le trottoir, est-ce uniquement pour pouvoir approcher les hommes ? Ce n'était pas comme ça qu'il fallait voir les choses. La question de Yuriko m'avait choquée.

– Si toi et moi ne faisions plus qu'une, on serait parfaites. On aurait une vie de rêve. Cela dit, si c'est une vie parfaite qu'on voulait, mieux valait ne pas naître femme.

– Bon, et alors ? Quand est-ce que tu comptes me laisser ton tapin ?

– Tu n'as qu'à arriver une fois que je serai rentrée chez moi. Je prends toujours le dernier train pour Fujimigaoka à minuit vingt-huit. Si tu as envie de venir après mon départ, ça ne me pose aucun problème. Tu peux rester là toute la nuit si tu veux.

– Tu es vraiment trop bonne avec moi. Merci, merci du fond du cœur, dit-elle d'un ton sarcastique.

Elle repartit dans la direction de la gare de Shinsen, le bas de son imperméable claquant au vent. Agacée, je levai les yeux vers la statue de Jizô. J'avais l'impression que par sa seule présence Yuriko m'avait salie, moi et le sol sur lequel je me tenais.

– Très saint Jizô, suis-je un monstre ? Et comment se fait-il que je sois devenue ce monstre ? Éclaire-moi, je t'en prie.

Le Jizô, bien sûr, ne parle pas. Je levai la tête vers le ciel sombre. Les enseignes au néon de l'avenue Dogenzaka le teintaient de rose. J'entendais le vent qui soufflait en rafales loin au-dessus de moi. Je me refroidissais à la vitesse grand V. Voir les cimes tremblantes des arbres mit soudain un terme à l'humeur rayonnante qui m'animait un peu plus tôt. Un froid hivernal, mordant, s'était insinué dans l'air nocturne. *Le premier amateur de monstres qui se pointe, tu peux être sûre que ce sera lui qui nous tuera, toi et moi.* La prophétie de Yuriko résonnait à n'en plus finir dans mon crâne, mais je n'avais pas peur. Les hommes ne m'effrayaient pas : seul y parvenait le monstre que j'étais devenue. Je me demandai si je serais jamais capable de redevenir celle que j'avais été.

Puis j'entendis une voix s'élever dans mon dos :

– C'est la statue d'un dieu ?

Gênée d'être ainsi prise au dépourvu, je rajustai hâtivement ma perruque et me retournai pour inspecter les environs. Un homme vêtu d'un jean et d'un blouson de cuir se tenait devant moi. Il n'était pas particulièrement grand, mais il était baraqué. Il semblait avoir à peu près trente-cinq ans. Je sentis un frisson d'excitation me parcourir. Ces derniers temps, la plupart de mes clients étaient soit des vieux, soit des clochards.

– Vous êtes déjà venue ici pour prier, n'est-ce pas ? C'est pour ça, je suppose que c'est un dieu.

Un étranger. Je sortis de la pénombre et j'étudiai son visage. Il avait le crâne un peu dégarni, mais il n'était pas laid. Il aurait fait un bon client, selon moi.

– Un dieu, oui. Mon dieu.

– C'est vrai ? En tout cas, il a un visage drôlement sympathique. Je passe devant assez souvent et je me demande toujours quel genre de statue c'est.

Il s'exprimait de manière fort polie, et calme. Très calme. Mais j'avais du mal à comprendre ce qu'il racontait.

– Vous habitez dans le coin ?

– Oui, dans un appartement près de la gare de Shinsen.

– Nous pourrions aller là-bas pour économiser le prix d'une chambre.

Je commençai à faire mes calculs. Mais il ne semblait pas comprendre que j'étais une prostituée. Curieux, il continua à me questionner :

– Vous étiez en train de prier pour quoi ?

– Je demandais au dieu de me dire si j'ai vraiment l'air d'un monstre.

– D'un monstre ? répéta-t-il.

Étonné de ma réponse, il étudia mon visage.

– Moi, je vous trouve plutôt jolie.

– Merci. Dans ce cas, vous voulez peut-être m'acheter ?

Surpris, il fit quelques pas en arrière.

– Je ne peux pas. Je n'ai pas beaucoup d'argent.

Il sortit de sa poche un billet de dix mille yens soigneusement plié. J'étudiai ses traits honnêtes en me demandant quel genre de client il serait. D'après mon expérience, il n'y a que deux types de clients. La majorité d'entre eux sont des vantards, qui cachent leurs véritables sentiments et racontent toutes sortes de mensonges. Ils se comportent comme s'ils avaient de l'argent et prétendent avoir envie qu'on les en déleste. En fait ils sont complètement fauchés et avec eux il faut toujours faire bien attention à ne pas se laisser avoir. Quel que soit leur jeu, ce sont des menteurs et ils attendent qu'on leur mente nous aussi en prétendant qu'on les aime. Les seconds sont beaucoup plus rares : il s'agit des clients honnêtes. Ceux-là avouent dès le départ qu'ils n'ont pas beaucoup d'argent, avant de négocier âprement le tarif. En général, ce type de clients ne cherche qu'à baiser, sans préliminaires, et sans s'occuper le moins du monde d'amour, de passion ou de quoi que ce soit d'autre. Je ne suis pas très douée avec les clients honnêtes. En tant que prostituée, je suis tout juste bonne pour un petit coup, à l'ancienne.

– C'est tout ce que tu as ?

– J'ai dix mille yens, mais je ne peux pas tout dépenser. Il doit m'en rester pour aller à Shinjuku demain.

– Bon, voyons voir. Depuis Shibuya, l'aller-retour pour Shinjuku te coûtera trois cents yens.

Il hocha la tête.

– Il faut aussi que j'aie de l'argent pour déjeuner et m'acheter des cigarettes. Et si je croise un ami, je vais vouloir lui payer au moins une bouteille de bière. C'est la moindre des choses.

– Eh bien, tout ça ne devrait pas te coûter plus de mille yens.

– Impossible. J'aurai besoin de deux mille, au moins.

– D'accord, alors on n'a qu'à dire huit mille. Je m'occuperai de toi pour huit mille yens.

Je passai rapidement mon bras dans le sien avant qu'il ne change d'avis. Il me regarda, éberlué, et secoua son bras pour le dégager du mien.

– Tu vendrais ton corps pour seulement huit mille yens ? J'arrive pas à le croire.

J'arrive pas à le croire. Il répéta ces mots encore et encore. À vrai dire, j'avais moi aussi du mal à le croire. Mais après l'avoir fait pour ce prix-là avec le S.D.F., c'était comme si quelque chose en moi avait commencé à s'affaisser. J'étais disposée à accepter n'importe quel client ; je l'aurais fait n'importe où, et presque à n'importe quel prix. Avant, je refusais de descendre au-dessous de trente mille yens, mais maintenant j'étais prête travailler pour n'importe quoi. J'étais tombée à peu près aussi bas qu'il était possible dans la hiérarchie des prostituées.

– Ce sera bien la première fois que j'achète une femme à si bas prix. Je ne sais pas si c'est très prudent.

– Comment ça « prudent » ?

– Je veux dire… vous n'êtes pas si vieille. Et même si vous êtes trop maquillée, vous n'êtes pas vraiment laide. Alors, pourquoi faire payer aussi peu ? Je trouve ça un peu bizarre, c'est tout.

Je discernai dans ses yeux un éclat moqueur. Je tirai mon badge professionnel de mon sac à main.

– Alors, mettons tout de suite les choses au clair. Je suis membre du staff d'une des plus grosses entreprises du pays. J'ai un diplôme de l'université de K., donc, forcément, je dois être intelligente.

Il s'avança dans la lumière d'un réverbère et étudia mon badge. Après l'avoir longuement examiné en hochant la tête, il me le rendit.

– Impressionnant. La prochaine fois que vous accosterez un client potentiel, vous devriez essayer de lui montrer votre badge. Je suis sûr qu'il y a beaucoup d'hommes qui seraient attirés par une femme qui travaille dans une société aussi respectable.

– Mais je le leur montre…

En entendant ma réponse, il s'esclaffa, découvrant ses dents éclatantes. Son rire me captiva. Je n'avais jamais vu un homme glousser pareillement et fus immédiatement séduite. J'adore que les hommes soient aux petits soins avec moi… particulièrement quand ce sont mes supérieurs. C'était le cas avec mon père. Et encore lorsque je suis arrivée dans l'entreprise. Tous mes supérieurs me couvraient de compliments et j'adorais ça. Et voilà, à présent j'étais engluée dans ma nostalgie. Je levai les yeux vers le visage de l'homme et lui demandai avec une voix de petite fille :

– J'ai dit quelque chose de drôle ? Pourquoi vous riez ?

– Tu es vraiment trop mignonne. Je pensais que tu le sortais pour essayer de faire grimper ton tarif. Mais les apparences sont souvent trompeuses, n'est-ce pas ?

Je ne comprenais pas ce qu'il essayait de me dire. Il y avait par ici des types, comme Yoshizaki, que ça excitait de me savoir diplômée de K. et cadre dans une grande entreprise. Pour cette raison, j'avais pris l'habitude de montrer mon badge à tous mes clients potentiels. Alors qu'est-ce que ce type venait me raconter ?

– Pourquoi dites-vous que les apparences sont trompeuses ?

– Oublie.

Il écarta ma question d'un geste de la main et se tourna pour partir.

– Hé, attendez. Vous voulez faire ça où ? Je le ferai où vous voulez. Je le ferai même dehors, si ça vous dit.

Il me fit signe de le suivre et je me lançai maladroitement à sa poursuite. J'étais prête à le faire n'importe où, et pour huit mille yens. Je ne voulais pas le laisser s'échapper. Je ne suis pas certaine de savoir pourquoi. Il prit à gauche à un carrefour sombre et suivit la route qui plongeait vers la gare de Shinsen. Peut-être m'emmenait-il à son appartement. Je sentais l'air humide de la nuit sur mes joues tandis que je le suivais, excitée et anxieuse. Il s'engagea dans une rue étroite en face de la gare de Shinsen, continua sur une centaine de mètres, puis s'arrêta devant un immeuble d'habitation à trois étages. Le bâtiment était vieillot et le hall d'entrée semblait ne pas avoir été nettoyé depuis des lustres. Des journaux déchirés et des canettes vides jonchaient le sol. Mais il était assez proche de la gare et les appartements ne semblaient pas particulièrement petits.

– C'est pas mal, cet endroit. Vous louez quelle pièce ? demandai-je.

Il appuya son doigt sur ses lèvres pour m'indiquer que je ne devais pas parler. Puis il prit l'escalier. Il n'y avait pas d'ascenseur et les marches étaient parsemées d'ordures.

– On va à quel étage ?

– J'ai des amis qui dorment chez moi, alors on ne peut pas faire ça là-bas, marmonna-t-il d'une voix presque inaudible. Du coup, j'ai pensé qu'on pourrait aller sur le toit. OK ?

– Ça ne me dérange pas. Il fait plutôt doux, ce soir.

Finalement, j'allais encore faire ça dehors. Être en extérieur ne manquait pas d'avantages. Mais ça me semblait aussi vaguement dégoûtant, comme de faire ses besoins dans les bois. Mon sentiment de liberté ne suffisait pas vraiment à vaincre l'impression de saleté. Je grimpai les marches, un peu perdue. L'escalier entre le troisième étage et le toit était jonché de toutes sortes de choses, comme si quelqu'un y avait renversé tout le contenu des tiroirs d'une commode. Il y avait là des bouteilles de saké, des cassettes audio, du papier à lettres, des photos, des draps, des T-shirts déchirés et des livres de poche en langue anglaise. L'homme se fraya un chemin à travers ces détritus, les écartant du pied à mesure que nous avancions. Mon regard se posa sur une des photographies qu'il avait poussées du pied. C'était celle d'un Blanc entouré de jeunes gens, garçons et filles, tous japonais. Tout le monde souriait. Il y avait d'autres photos de cet homme dans l'escalier.

– C'est un prof de langues, un Canadien. Il était en retard sur son loyer et a décidé d'habiter sur le toit. Il a dit qu'il n'avait pas besoin de tous ces machins et les a laissés là en partant. C'est des déchets, tout ça.

– Des déchets, ces photos, et ces lettres ? Un Japonais ne jetterait jamais une lettre qui lui est adressée, ni des photos de lui.

J'entendis l'homme rire dans l'obscurité.

– Quand on n'en a plus besoin, ce sont des déchets.

Il se retourna vers moi.

– J'imagine que les Japonais n'aiment pas voir ce genre de choses. Mais en tant que travailleur immigré, je peux te dire que j'aimerais pouvoir oublier le Japon. Je laisserais bien un grand trou noir dans ma vie à la place, si c'était possible. Ça ne me dérangerait pas. Les choses les plus importantes sont dans notre pays d'origine.

– Ça doit être bien d'avoir un pays où l'on se sent chez soi.

– Ça l'est.

– Vous êtes chinois ? C'est quoi votre nom ?

– Zhang. Mon père était haut fonctionnaire à Pékin, mais il a tout perdu pendant la Révolution culturelle. On m'a envoyé dans une petite commune de la province du Heilongjiang. Là-bas, tout le monde s'attaquait à moi dès que je mentionnais ne serait-ce que son nom.

– Ah, alors tu devais être un membre de l'intelligentsia.

– Non. J'étais intelligent, c'est vrai, mais on m'a toujours empêché d'avancer dans mes études. Quelqu'un comme toi ne pourrait pas comprendre.

Il m'offrit sa main. Je la saisis, il m'aida à me hisser sur le toit couvert d'ordures. Celui-ci était entouré d'un muret de béton d'environ un mètre de haut et dans un coin il y avait un réfrigérateur et un matelas posés côte à côte – comme dans une vraie chambre, mais sans les murs ni le plafond. Le matelas était taché et éventré par endroits, laissant apparaître ses ressorts. Il y avait aussi un petit four électrique rouillé et une valise au couvercle défoncé. J'observai par-dessus le muret la rue en contrebas. Personne, à part quelques voitures qui filaient à une allure déraisonnable. J'entendis un homme et une femme parler dans un des appartements au premier étage de l'immeuble voisin. Je vis une rame de la ligne Inokashira-Shibuya s'engouffrer dans la gare de Shinsen.

– Personne ne peut nous voir, faisons ça ici, dit Zhang. Enlève tes vêtements.

– J'enlève tout ?

– Évidemment. Je veux voir de quoi tu as l'air toute nue.

Il croisa les bras et s'assit sur un coin du matelas crasseux. N'ayant pas vraiment le choix, je me déshabillai jusqu'à me retrouver complètement nue. Tandis que j'étais là, debout, à frissonner, il hocha la tête :

– Je suis désolé de devoir te dire cela, mais tu es trop maigre. Un corps aussi maigre que le tien, ça ne m'excite pas du tout. Je ne peux pas te donner huit mille yens.

Furieuse, je ramassai mon imperméable et le jetai d'un geste sec sur mes épaules.

– Combien vous voulez me donner ?

– Cinq mille.

– Bon, d'accord, cinq mille.

Entendant que j'acceptais, il me demanda, incrédule :

– Mais pourquoi ? C'est incroyable, ça !

– Ben, apparemment, c'est vous qui fixez les prix, ici.

– Je négocie, c'est tout. Mais toi, tu cèdes trop facilement. J'imagine que tu as toujours fait comme ça. En Chine, tu ne tiendrais pas une journée. Heureusement pour toi, tu es née au Japon. Ma petite sœur ne m'aurait jamais laissé m'en sortir avec un rabais pareil.

Je n'arrivais pas à comprendre pas ce qu'il essayait de me dire et ne savais plus trop à quel saint me vouer. Il faisait très froid. Le vent du nord s'était levé et il n'y avait plus la moindre trace de la tiédeur du début de soirée. Je baissai les yeux vers la couverture déchirée qui couvrait le matelas et ne dis rien. Zhang, lui aussi, commençait à s'impatienter :

– Alors ? Qu'est-ce qu'on fait ?

– C'est vous qui décidez. Moi, j'essaye seulement de satisfaire le client.

– Tu ne fais pas ça pour l'argent ? Je n'arrive pas à croire que tu manques à ce point d'ambition. Tu n'es vraiment pas très attirante, tu sais. Et je parierais que tu n'es pas très bonne non plus dans ton autre travail. Les Japonais sont vraiment tous les mêmes. Si tu avais un peu plus de personnalité, tu pourrais faire une bien meilleure prostituée. C'est vrai, tu ne crois pas ?

Quel casse-pieds, ce type ! Si j'avais su… J'avais eu moins de mal à cerner Eguchi et ses fantasmes immondes. Je commençai à ramasser mes vêtements.

– Qu'est-ce que tu fais ? Je t'ai pas dit de te rhabiller, si ? dit-il, perplexe.

Il s'approcha de moi.

– Eh bien, vous faites le difficile et je n'ai aucune envie de rester là à vous écouter me faire la leçon.

– Pourtant, tu as l'air d'être du genre à aimer ça, les leçons.

Il me serra fermement et je me blottis contre lui. Le cuir de son blouson était froid sur ma peau nue.

– Allons, enlevez vos vêtements.

– Non, je ne me déshabille pas. Je veux que tu me suces, là, comme ça.

Je me mis à genoux et abaissai la fermeture Éclair de son jean. Il sortit sa bite de son caleçon et la fourra dans ma bouche. Il continua à discourir pendant qu'il se faisait sucer.

– Tu es vraiment une fille soumise. Tu fais tout ce que je te demande parce que je suis ton client. Je me demande bien pourquoi. Je ne sais pas grand-chose sur l'université de K., mais j'imagine que c'est une des institutions les plus prestigieuses du Japon. En Chine, les filles qui sont allées à l'université n'oseraient jamais faire ce que tu fais. Tout ce qui les préoccupe, c'est leur carrière… arriver au sommet. Toi, on dirait que tu as abandonné tout ça. Tu as dû en avoir marre d'être soumise au travail, alors au lieu de cela tu te soumets à des hommes que tu n'as jamais vus. J'ai pas raison ? Tu sais, les hommes n'aiment pas vraiment les femmes soumises. Ma petite sœur était extrêmement belle. Elle s'appelait Mei-kun. Elle est morte, mais je la respectais vraiment. Je l'aimais. Même quand les choses devenaient très difficiles et qu'elle devait se battre très dur, elle luttait toujours pour arriver au sommet. Elle était toujours en quête de nouveaux défis. Je déteste les femmes tournées vers le passé. Je ne pourrais jamais aimer une femme comme toi. D'ailleurs, c'est ce qui me permet te traiter comme ça.

Il s'excitait peu à peu à mesure qu'il parlait. J'ôtai ma bouche de son sexe et tâtonnai rapidement dans mon sac à la recherche d'une capote. Zhang était toujours assis sur le matelas. Il m'attira vers lui et commença à m'embrasser brutalement. Je fus stupéfaite. Aucun client ne m'avait jamais serrée contre lui de cette façon. Il commença à remuer des hanches au-dessus des miennes et je sentis se produire en moi quelque chose que je n'avais jamais ressenti auparavant. Que m'arrivait-il ? Je brûlais. Tout ce temps à simuler des orgasmes et voilà que j'en avais enfin un vrai ? C'était impossible ! Oh, la vache ! Je m'agrippai à son cuir.

– Oh, ooooh Jizô, sauve-moi !

Zhang sursauta en m'entendant crier, puis il leva la tête et scruta longuement mon visage. Enfin, il jouit. Je retins ma respiration, accrochée à lui, essayant de l'amener plus près de moi, mais il se dégagea vivement.

– Pourquoi tu as dit « sauve-moi » ? demanda-t-il, le visage grave. Je t'ai prise dans mes bras comme si tu étais ma petite sœur ; c'est pour ça que tu as trouvé ça bon, hein ? Je crois que tu devrais me remercier.

Essayait-il encore de marchander ? Je haletais tellement que j'avais du mal à me concentrer. Quand je recouvrai mes esprits, je m'aperçus que ma perruque avait glissé et que Zhang jouait avec.

– Ma sœur aussi avait les cheveux longs. À peu près comme ça. La pauvre est tombée à la mer et je l'ai regardée mourir.

Son visage s'était assombri.

– Monsieur Zhang, je serais heureuse d'écouter votre histoire, mais cela fera remonter mon tarif à huit mille yens.

Il leva la tête. Il semblait agacé, comme si j'avais interrompu le fil de ses pensées.

– Alors ça, ça ne m'étonne pas. Il faut que tu consacres toute ton énergie à vendre ton corps. Pas étonnant que tu ne t'intéresses pas à ce que les clients ont à dire. Tu ne penses vraiment qu'à toi.

Il avait craché ces mots, pris de colère, et se leva pour partir.

Une rafale arrivant du nord vint subitement faire tourbillonner les ordures qui jonchaient le toit. Zhang raccrocha la fermeture Éclair au bas de sa veste, qui lui arrivait à peu près à la taille, et la releva jusqu'à son menton d'un geste brusque. J'avais envie de lui donner un aperçu de ce que je pensais vraiment, mais préférai ne pas m'embarquer dans une dispute avant d'avoir récupéré mon argent. Typique des étrangers, tiens. Typique aussi des hommes, de rester insensible à ma détresse. Je lui hurlai toutes sortes d'obscénités… en silence. Ce qui me vexait le plus, c'était que, pour la première fois, j'avais vraiment pris du plaisir à coucher avec un homme et qu'il m'avait repoussée aussi froidement. Mais n'était-ce pas justement cette indifférence totale à mon égard qui m'avait excitée ? Quant à ma détresse… quelle en était exactement la raison ?

Avec le plus grand sérieux, je lui dis :

– Sachez que tous mes clients ne viennent pas me voir uniquement pour coucher. L'un d'entre eux est un professeur d'université qui aime discuter avec moi de sujets divers et variés. On parle de ses projets de recherche et il me tient informée de ses progrès. Notre relation se prolonge dans le domaine académique. Et il n'est pas le seul. Un autre est président-directeur adjoint d'une usine chimique. Il me parle des difficultés que traverse son entreprise et moi, je lui donne des conseils sur la manière de s'en sortir. Il est toujours très reconnaissant. Donc, vous voyez, j'écoute mes clients. Mais ce sont des types qui m'emmènent à l'hôtel et qui me payent correctement. Qui plus est, ce sont tous des hommes intelligents capables de soutenir une conversation intéressante.

Je n'arrivais pas à savoir s'il avait écouté un mot de ce que je venais de lui dire. Il semblait s'ennuyer et se gratta le coin de la bouche d'un air blasé. Le vent rabattait ses cheveux sur l'arrière, révélant son front dégarni. Allez comprendre : un visage relativement attirant mais le bonhomme serait bientôt chauve ! Je commençais à me sentir de plus en plus contrariée qu'on m'ait forcée à faire mes affaires sur un toit balayé par les vents et qui n'était qu'une décharge à ciel ouvert. Je jetai la capote usagée et regardai le sperme de Zhang s'en échapper en éclaboussant le béton râpeux du toit.

– Tu t'en débarrasses comme si c'était un déchet, c'est ça, hein ? dit-il en voyant ce que j'avais fait de la capote.

Un pincement d'émotion avait filtré à travers ses mots.

J'éclatai de rire.

– Ce n'est pas vous qui venez de me dire que vous aimeriez pouvoir oublier le Japon et tout ce qui s'est passé ici ? Vous n'aurez aucun remords à me jeter, moi, exactement comme ces ordures, là-bas, dans l'escalier.

Il se retourna vers moi, mais ne dit rien. Il ouvrit la porte de la cage d'escalier, où je distinguai une lueur orange blafarde. Jonchée d'ordures, l'entrée ressemblait à la bouche d'une grotte obscure. Je continuai l'attaque :

– Pendant qu'on était en pleine action, vous n'avez pas arrêté de parler de votre sœur. C'est le *hentai* qui vous excite, c'est ça ? La perversion ? Mais c'est tabou, non ?

Surpris, il leva la tête.

– Pourquoi ? Qu'est-ce qu'il y a de mal à ça ?

– Ce qu'il y a de mal ? À vous entendre, on dirait que vous avez eu des relations sexuelles avec votre sœur. C'est de l'inceste ! Et même si vous ne le faisiez pas pour de vrai, visiblement, vous en aviez envie, n'est-ce pas ? Ce n'est pas un peu bestial ?

– Bestial ?

Il hocha la tête.

– Non, c'est beau. On était peut-être frère et sœur, mais on était aussi comme mari et femme. Quelle relation pourrait être plus intime que ça ? On avait passé toute notre vie ensemble. Quand ma sœur est venue au Japon, elle m'a trahi. Elle a décidé de partir devant et m'a tendu un piège pour pouvoir s'enfuir. Mais j'ai remué ciel et terre et je l'ai retrouvée. Je crois que c'est le destin qui l'a fait se noyer dans la mer. J'ai tendu le bras pour essayer de la sauver, mais je n'ai pas pu l'atteindre. Peut-être que je ne le voulais pas ; j'y ai beaucoup songé. J'ai de la peine pour elle aujourd'hui, mais à l'époque je trouvais qu'elle n'avait eu que ce qu'elle méritait. Tu penses peut-être que je suis un démon ? Mais dans ce cas, toi, la pute, tu es quoi ?

Je ne savais pas du tout quoi répondre. Ce type avait laissé mourir sa sœur… mais bon, ce n'étaient pas mes affaires. Je serrai la ceinture de mon imperméable autour de ma taille et me servis d'un mouchoir que j'avais pris à la gare pour essuyer mon rouge à lèvres. Je portai mon regard au loin vers Maruyama-chô. Encerclée par les collines, la gare de Shinsen semblait se blottir au fond d'une vallée – mon moral, lui aussi, était en passe de toucher le fond. Je voulais retourner vers les lumières de Dogenzaka. J'avais la vague intuition que Yuriko était en train d'arpenter mon territoire et cette idée me rendait nerveuse. Je voulais être payée pour pouvoir partir. J'observai Zhang du coin de l'œil, lui semblait bien parti pour discourir pendant des heures. Il sortit un briquet en plastique et s'alluma une cigarette.

– Tu as des frères et sœurs ?

Je hochai la tête, une image du visage pincé de ma sœur apparaissant devant moi.

– Oui, une petite sœur.

– Elle est comment ?

Elle est du genre bourreau de travail, mais dans une usine d'assemblage. Elle part de la maison tous les matins à sept heures trente et rentre à six heures, régulière comme une horloge, après s'être arrêtée au supermarché sur le chemin du retour. C'est quelqu'un de très simple. Elle apporte son déjeuner à l'usine et réussit à économiser chaque mois plus de cent mille yens sur son salaire. Plus frugal, on ne fait pas ! Je la déteste depuis notre plus tendre enfance. Elle était toujours tapie dans l'ombre, silencieuse, à contempler mes succès et mes échecs, bien décidée à ne pas suivre mes traces. C'est une fille raisonnable. Elle est allée à l'université grâce à l'argent que je ramenais, mais maintenant ma mère et elles sont visiblement trop bien pour moi ! Je pensai tout cela, mais bien sûr ne le dis pas tout haut.

Il se tourna vers moi.

– Tu n'as jamais souhaité qu'elle meure, ta sœur ?

– L'idée ne me quitte jamais. Mais il y a d'autres gens que j'aimerais voir mourir avant elle !

– Comme qui ?

Il était parfaitement sérieux.

Qui j'aurais aimé voir mourir ? Ma mère, Kamei, le directeur du bureau des recherches, des tas de gens en fait, pensai-je. Il n'y a personne que j'apprécie vraiment. Et personne ne m'a jamais aimée, me dis-je soudain. Je me contente de dériver, seule, sur l'océan de la nuit. Je m'imaginai très bien à quoi avait dû ressembler la sœur de Zhang tandis qu'elle levait le bras au-dessus des eaux sombres. Son bras tendu, tendu vers le salut. Je n'étais pas comme elle. Je ne demandais pas qu'on m'aide. J'arpenterais les eaux gelées de cette métropole océanique jusqu'à ce que mes mains et mes pieds soient trop engourdis pour bouger. Plus loin, toujours plus loin vers les abysses, jusqu'à ce que mes poumons implosent sous la pression de l'eau, je laisserais les vagues m'emmener. Il n'y avait pas de sensation plus agréable que celle-là ! Me sentant libérée, j'étirai les bras. Zhang, d'une chiquenaude, jeta son mégot au loin.

– Alors, quel est le client le plus dégueulasse que tu aies jamais eu ?

Je pensai immédiatement à Eguchi.

– J'ai eu un client qui voulait me regarder chier.

Les yeux de Zhang s'éclairèrent.

– Et qu'est-ce que tu as fait ?

– J'ai obéi. Je savais qu'il ne plaisantait absolument pas et j'avais tellement peur que c'est sorti tout seul !

– Alors comme ça, tu ferais vraiment n'importe quoi, hein ?

– Probablement.

– Ça alors, tu es plus tordue que moi. J'ai fait pas mal de choses en mon temps ; j'ai même été le gigolo d'une dame très en vue. Mais tu me bats à plate couture.

Il sortit de sa poche le billet de dix mille yens soigneusement plié et me le passa. Je sortis deux mille yens de mon portefeuille et les lui présentai en guise de monnaie, mais il les replaça au creux de ma main.

– Vous ne voulez pas votre monnaie ? Ça veut dire que vous me donnez dix mille yens ?

Il me dit dans un murmure, la bouche collée à mon oreille :

– Non, je ne te les donne pas. On a passé un marché. Je veux que tu les gagnes, tes deux mille yens.

Je rangeai en toute hâte les billets de mille dans mon portefeuille.

– Comment ça, « je dois les gagner » ?

– Ma chambre est juste en dessous. J'ai un ami à moi dedans. Il n'a pas de copine et il se sent vraiment très seul. Il n'arrête pas de se plaindre. Plutôt triste, tu ne trouves pas ? J'aimerais que tu t'occupes de lui, d'accord ? Vois-le comme un supplément. C'est un ami, alors j'aimerais lui faire ce petit cadeau.

– Ça vous coûtera plus de deux mille yens.

Je lui jetai un regard écœuré. Mais après m'être gelée sur le toit, la perspective d'aller me réchauffer dans sa chambre était plutôt séduisante. En plus, il fallait que j'aille aux toilettes.

Zhang m'observa sournoisement.

– S'il te plaît… Ça ne prendra pas longtemps. Et il portera un de ces machins, comme ça tu ne prends aucun risque, ajouta-t-il en montrant du doigt la capote que j'avais jetée un peu plus tôt.

– Je peux utiliser tes toilettes ?

– Fais comme chez toi.

Je m'engageai derrière lui dans l'escalier. Il s'arrêta devant un appartement à l'angle du troisième étage. La peinture sur la porte d'entrée s'écaillait et toutes sortes de bouteilles d'alcool et de bière étaient alignées sur le côté. On pouvait affirmer au premier coup d'œil que l'appartement était occupé par plusieurs types bordéliques. Zhang tourna sa clé dans la serrure et me précéda à l'intérieur. Une odeur de hamburgers graisseux et de corps d'hommes s'échappa dans le couloir. L'entrée étroite était encombrée de chaussures sales et de tennis dont les talons avaient été rabattus afin d'en faire des savates.

– Ils sont jeunes et donc pas aussi ordonnés que moi, dit Zhang en tentant de justifier le désordre ambiant. Moi, je fais ma cuisine, mais les jeunes d'aujourd'hui, tout ce qu'ils aiment, c'est le McDo !

– Ton ami est jeune ?

S'il était jeune, il aurait sûrement envie de faire beaucoup de choses. Comme je ne m'occupe d'habitude que d'hommes plus âgés, je ressentis une petite pointe d'excitation – et un soupçon de peur – à l'idée de coucher avec un jeune homme. Zhang me poussa et j'avançai dans l'entrée.

– Il y en a un qui est jeune et l'autre a à peu près mon âge.

Il y en avait deux ? Je restai hébétée. À cet instant, j'entendis une conversation en chinois. La porte coulissante s'ouvrit et un homme vêtu d'une chemise noire et arborant une expression qui l'était tout autant y passa la tête. Il semblait avoir le même âge que Zhang. Cheveux longs ébouriffés d'un noir profond et sans éclat. Chemise déboutonnée.

– Lui, on l'appelle Dragon.

C'est lui dont je suis censée m'occuper ? me demandai-je. Je lui adressai un sourire aimable.

– Bonsoir, dis-je.

– T'es qui, toi ? Une amie de Zhang ?

– Exact. C'est un plaisir de vous rencontrer.

Je surpris Dragon et Zhang en train de s'échanger des regards entendus et sentis ma garde se lever. J'essayai de regarder aussi loin que possible vers le fond de l'appartement. Il n'y avait pas grand-chose à voir. Il se composait d'une pièce de six tatamis et d'une autre de trois, que jouxtaient une cuisine et une salle de bains minuscules. Combien d'hommes s'entassent ici ? me demandai-je. C'était à peine assez grand pour loger une personne ! Zhang m'ayant dit qu'il voulait que je m'occupe de son ami, je supposai qu'il parlait de Dragon.

– Enlève tes chaussures et entre.

Zhang se baissa comme pour m'aider, mais j'étais capable de les enlever toute seule. J'alignai soigneusement mes talons aiguilles au milieu de cet enchevêtrement répugnant de chaussures d'hommes. Depuis combien de temps n'avaient-ils pas pris la peine de faire le ménage? me demandai-je. Les coutures des tatamis étaient noires de crasse et de poussière, la saleté presque inhumaine.

C'est alors que j'ai aperçu un autre homme assis dans un coin à côté de l'écran qui coupait la pièce en deux. Quand il comprit que je l'observais, l'homme haussa les sourcils, mais son expression ne changea presque pas. Il portait un survêtement gris et des lunettes.

– Et lui, c'est Chen-yi. Il travaille à mi-temps dans une salle de *pachinko* de Shinkoiwa.

– Et vous, Dragon, qu'est-ce que vous faites?

– Oh, un peu de tout. Rien qui puisse se résumer facilement en un mot.

Dragon n'était pas franchement avenant. À la manière dont il avait répondu, je subodorai qu'il devait être mêlé à des activités plus ou moins suspectes. Il me regarda fixement, ne détournant les yeux que pour échanger de temps à autre un regard avec Chen-yi.

Dressée dans une posture de défi, les mains sur les hanches et les pieds plantés solidement sur le sol de tatami, je passai aux choses sérieuses.

– Bon, mais vous voulez que je m'occupe duquel? Oui, vous, avec vos deux mille pauvres yens.

C'était agréable d'être au chaud dans cet appartement, mais je voulais qu'on me dise avec qui j'étais censée coucher et où nous allions le faire. Or visiblement, ce ne serait pas si simple.

– Eh bien, de qui veux-tu t'occuper en premier, Dragon ou Chen-yi?

– Attendez une seconde. Pour deux mille yens, je ne fais pas les deux. C'est totalement inacceptable.

– Tu as dit oui.

Zhang me saisit par les bras.

– Tu n'as jamais demandé combien ils étaient. Alors j'ai cru

der, mes pensées se mélangeaient. J'avais apprécié le temps passé avec Zhang sur le toit. C'était la première fois que je ressentais autant de plaisir et je me demandai si cela se reproduirait un jour. L'amour me semblait toujours être la même chose, même avec des hommes différents. C'était vraiment quelque chose d'étrange. Depuis que j'avais croisé Yuriko, je me sentais incertaine, comme égarée au milieu d'un rêve, et c'était un sentiment agréable.

Dragon me saisit brusquement les épaules et laissa échapper un bref grognement. Puis il jouit. Sans vraiment penser à rien de bien précis, j'observai le plafond couvert de taches brunes. Sur le toit, juste au-dessus de l'endroit où nous étions à présent, se trouvait celui où j'avais fait l'amour avec Zhang un peu plus tôt. Je me rappelai le préservatif que j'avais jeté, le sperme que j'avais regardé couler sur le toit. Peut-être s'était-il infiltré jusqu'au plafond en dessous. Peut-être était-ce lui qui avait formé ces taches.

De temps à autre, je me prends à m'amuser de la quantité ridicule de sperme qu'éjacule le client après tant de halètements et de gémissements. Et c'est pour ces quelques pitoyables gouttes qu'un homme a besoin de se payer une prostituée comme moi ? Mon moi nocturne surpasse toujours mon moi diurne. Sans le premier, qu'adviendrait-il de mes clients et de leurs minables émissions ? Ce soir-là, pour la première fois, je ressentis la joie de ne pas être née homme. Pourquoi ? Parce que leurs désirs me paraissaient triviaux. Et parce que j'étais devenue celle qui faisait droit à ces désirs.

Je me sentais enfin en mesure de comprendre le calme étrange de Yuriko. Alors qu'elle n'était qu'une petite fille, Yuriko avait déjà le monde à ses pieds grâce à sa sensualité. Dans sa manière d'aborder la variété des désirs masculins, elle s'était construit un monde qui reposait entièrement sur les hommes – même s'il n'existait que pour le plus bref des instants. J'en étais malade. Elle n'avait même pas eu besoin d'étudier ; elle n'avait même pas besoin de travailler. Elle pouvait mettre à ses pieds le monde entier grâce à une, et une seule méthode : tout cela parce qu'elle était capable de faire éjaculer les hommes. Désormais je l'imiterais. Pendant une petite seconde, un sentiment de maîtrise absolue m'enivra.

J'entendis un échange en chinois et ouvris les yeux. Zhang et Chen-yi étaient assis à côté de Dragon et moi. Tous avaient les yeux rivés sur moi. Chen-yi, à qui je n'aurais pas donné plus de vingt-cinq ans, rougissait et pressait ses deux mains entre ses cuisses. Tu l'as senti comment? T'as aimé? avais-je envie de lui demander. Je croisai le regard de Chen-yi depuis l'endroit où j'étais allongée. Il détourna les yeux de mon visage comme par agacement, puis il tourna la tête.

– Au tour de Chen-yi, maintenant.

Zhang lui donna un petit coup de coude.

Chen-yi paraissait réticent à l'idée de faire l'amour en public et jeta à Zhang un regard boudeur en signe de protestation. Mais ce dernier n'avait pas l'intention de céder. Pour à peine deux mille yens, il nous avait pris, moi, Dragon et Chen-yi, et nous soumettait à sa volonté. Je voyais bien que je n'avais pas encore totalement embrassé l'univers de Zhang. J'allais devoir le conquérir. Je levai les bras et les enroulai autour de ses genoux.

– Toi d'abord.

Mais il m'écarta d'un revers de la main et poussa Chen-yi jusqu'à moi.

– Allez. On se dépêche.

Chen-yi commença à enlever son survêtement en maugréant. Quand il vit son sexe dressé, Dragon dit quelque chose. Je tirai une capote de mon sac et la tendis à Chen-yi. N'ayant pas l'habitude d'en mettre, il était maladroit, mais réussit finalement à l'enfiler; puis il retira ses lunettes et les posa à côté de lui sur le tatami. Quel lourdaud! Dragon s'empara des lunettes et les chaussa pour faire l'idiot. La condescendance et l'amertume s'étaient évanouies de son visage et je remarquai qu'il paraissait détendu, et moins méchant. J'imagine que mon expression ressemblait aussi à cela.

Chen-yi me serra dans ses bras, puis il commença à couvrir mon visage de baisers effrénés, ce qui me prit totalement au dépourvu. Zhang avait fait la même chose. J'ouvris les yeux et les levai vers Zhang, dont le regard était baissé sur moi. Mes clients ne m'embrassaient jamais. On se contentait de baiser. C'était le cas même avec mes clients réguliers comme Yoshizaki et

Arai. Aucun ne m'embrassait et aucun n'en avait envie. Zhang m'encourageait du regard. Je me rappelai mon premier orgasme avec lui sur le toit. Si seulement je pouvais en avoir plus, je serais maîtresse de mon univers. J'enroulai mes bras autour de Chen-yi et l'embrassai à mon tour, me tordant avec lui comme si nos corps ne faisaient qu'un. Je sentis Zhang poser sa main sur ma cuisse gauche et me caresser. Elle était chaude. Puis Dragon l'imita, touchant ma cuisse droite. Je me faisais toucher et triturer et peloter par trois hommes. Je n'aurais jamais pu espérer mieux. J'étais une reine ! C'était magnifique. À ce moment précis, Chen-yi et moi jouîmes tous les deux ; c'était le deuxième orgasme que j'avais de toute ma vie.

Zhang posa sa main sur ma tête, amena ses lèvres à mon oreille, et chuchota d'une voix tremblante d'excitation :

– Alors c'était bon ?

Je me redressai et récupérai ma perruque, qui s'était retrouvée à l'autre bout de la pièce. Chen-yi me renvoya un regard timide, puis se rhabilla promptement. Dragon, assis par terre, observait mon corps en fumant une cigarette. Je remis ma perruque et la fixai au moyen d'une épingle, puis je commençai à me rhabiller.

– Il faut que j'aille aux toilettes.

Zhang m'indiqua du doigt un jeu de portes en contreplaqué à côté de l'entrée. La tête me tournait depuis que je m'étais levée. Ce devait être à prévoir. C'était quand même la première fois que je contentais trois hommes à la file. Tant de premières en une seule journée, cela m'avait épuisée, et je titubai jusqu'à la porte des toilettes. Elles étaient immondes. Le sol était trempé d'urine. Pourquoi faut-il toujours que les hommes soient des porcs ? J'en eus des haut-le-cœur. Les toilettes, les ordures dans l'escalier, la crasse dans les coutures des tatamis… tous les mêmes. C'est sans doute pour cela que je sentis sourdre en moi un sentiment nouveau, une détresse absolue dont je n'arrivais pas à me débarrasser. Ravalant mes larmes, je terminai aussi vite que possible de faire ce pourquoi j'étais venue.

– Tu veux qu'on recommence, tous les deux ? me demanda Zhang quand je sortis des toilettes.

Je hochai la tête.

– Non. Les toilettes sont dégueulasses et j'ai l'impression que je vais vomir.

– Bienvenue dans le monde réel.

Le réel, un endroit pareil ? Et alors, ces orgasmes que j'avais eus, c'était quoi ? Et cette impression éphémère de maîtrise ? Les sentiments que j'éprouvais plus tôt rejaillirent en moi. Mais pourquoi ? Bienvenue dans le réel. C'était précisément pour cela que je voulais vivre pour toujours dans ce rêve où je régnais seule sur le monde.

– Je m'en vais.

Je me ressaisis quelque peu et me retournai pour jeter un œil à l'intérieur de la pièce tandis que j'enfilais mes talons aiguilles. Aucun des trois ne se tourna pour me regarder partir.

Il était onze heures et demie quand je suis revenue à la statue de Jizô. Yuriko ne tarderait pas à arriver. Je consultai ma montre, puis je promenai mon regard dans la rue, espérant l'y trouver, mais elle ne se montrait pas. Frigorifiée, épuisée et irritée, je décidai de repartir vers la gare. C'est alors que j'entendis Yuriko m'appeler :

– Kazue ! Alors, c'était comment, ce soir ?

Elle progressait lentement, suivant la pente de la colline, habillée exactement comme moi : longs cheveux de jais, teint blanc et poudreux, ombre à paupières bleue et rouge à lèvres rouge vif. J'avais l'impression d'être face à mon propre fantôme, et un frisson glacial grimpa le long de ma colonne vertébrale. Une pute de bas étage. Une femme qui ne vit que pour quelques misérables centimètres cubes de sperme. Un monstre. J'esquivai la question.

– Et pour toi ?

Elle leva un doigt en l'air.

– Un seul. Un vieux de soixante-huit ans. Il a dit qu'il venait de voir un film cochon au Bunkamura et qu'il avait eu une érection. Ça lui avait donné envie d'aller se payer une fille… la première depuis dix ans, m'a-t-il dit. C'est plutôt mignon, tu ne trouves pas ?

– Il t'a donné combien ?

Elle répondit de nouveau par un geste de la main, levant cette fois-ci quatre doigts devant elle. Quarante mille yens ? Je sentis un frisson de jalousie.

– Tu en as de la chance !

– Non, j'ai seulement eu quatre mille yens ! s'exclama Yuriko en riant comme si ce n'était pas d'elle qu'elle parlait. Je n'avais jamais pris un client pour si peu. Mais il m'a dit que c'était tout ce qu'il avait, alors j'ai accepté. Tu le crois, ça ? Quand j'avais vingt ans, je pouvais ramasser trois millions en une seule nuit ! Mais regarde-moi, maintenant. Comment se fait-il que dans ce métier, plus on vieillit, moins on gagne ? Même quand tu es jeune et belle, l'homme est de toute façon toujours en quête de la même chose. Je n'arrive pas à comprendre pourquoi les gens s'intéressent tant à la jeunesse. On fait l'amour de la même manière qu'on soit jeune ou vieille, pas toi ?

– Tant que tu n'es pas moche, l'âge n'a aucune importance.

– Ce n'est pas ce que je voulais dire, lança-t-elle en hochant la tête d'un air solennel. Ça n'a rien à voir avec l'apparence. Tout ce qui les intéresse, c'est de savoir si la femme est jeune.

– Possible. Dis, je me demandais… Comment tu as fait pour devenir aussi laide ?

Ma remarque, pourtant odieuse, ne la fit même pas rougir.

– Hmmm. C'est le destin qui en a décidé ainsi, j'imagine. Je n'ai jamais été très préoccupée par mon apparence, de toute façon. C'était toujours les gens autour de moi qui en faisaient tout un plat. Mais bon, mieux vaut ça que le contraire, quand même.

Elle sortit un paquet de cigarettes de son sac à main et me demanda :

– Alors, quel genre de clients tu as eu ce soir, Kazue ?

– Trois étrangers. Des Chinois. Ils m'ont donné trente mille yens chacun et donc, au total, je me suis fait quatre-vingt-dix mille.

Je mentais effrontément. Yuriko exhala un soupir de fumée de cigarette.

– Ah, ce que je suis jalouse. La prochaine fois que tu as des clients comme ça, il faudra que tu me les présentes.

– Pas question.

– Je ne suis pas jalouse de l'argent que tu as gagné. C'est plutôt parce que si ces types sont prêts à te donner des sommes pareilles à toi, Kazue, c'est qu'ils doivent être du genre à aimer les monstres. Enfin quoi, toi aussi, tu es laide. Si un gamin te croisait par hasard dans un coin sombre, tu peux être sûre qu'il se mettrait à brailler. Et ton avenir non plus n'est pas franchement radieux. Tu vas continuer à tomber de plus en plus bas, tout simplement. Bientôt, tu vas devoir quitter ta boîte parce que plus personne n'aura le courage de te regarder.

Ses yeux pétillaient. J'avais beau être une pute de bas étage, l'idée de tomber encore plus bas m'effrayait. À en croire la prophétie de Yuriko, un amateur de monstres apparaîtrait un jour et me tuerait. Je me demandai si cet homme était Zhang. Je me rappelai l'humiliation que j'avais ressentie quand il m'avait repoussée après l'amour. Il me haïssait. Il haïssait le sexe. Mais il aimait les monstres.

Un vent puissant se leva, et je serrai fermement les pans de mon imperméable sur ma poitrine en regrettant de ne pouvoir m'assurer de ce que Zhang avait dans le cœur. Certes, il parlait d'une voix douce, mais son univers était sordide et plein de mensonges. Et pourtant, je n'éprouvais que de la joie à l'idée qu'il m'avait admise dans ce sordide univers. J'étais bien plus terrifiée par sa nature impénétrable que je ne l'avais été par celle d'Eguchi.

– Hé, Yuriko, qu'est-ce que tu penses de ta grande sœur ?

Elle esquissa un vague sourire en direction de la statue de Jizô.

– Dis-moi tout.

Je serrai brièvement dans ma main son épaule grassouillette. Yuriko, qui devait bien faire une tête de plus que moi, se retourna lentement. Elle avait le regard perdu dans le vague et dans ses yeux brillait une lueur de soupçon.

– Pourquoi tu t'intéresses à ma sœur ?

– Zhang, mon client, n'a pas arrêté de me parler de sa petite sœur, ce qui m'a rappelé que tu en avais une grande, c'est tout. Elle est morte… la sœur de Zhang, je veux dire. Apparemment, il était fou amoureux d'elle.

– Ma sœur a été terriblement jalouse de moi dès la minute où je suis née. C'était presque comme si elle était amoureuse de moi. J'annulais parfaitement son existence.

Oh non, Yuriko était encore sur le point de partir dans un autre de ses délires philosophiques. Ses divagations semaient le trouble dans mon esprit. Je n'étais pas d'humeur à penser à un tel niveau d'abstraction. Tout ce que je voulais, c'était couvrir mes oreilles et attendre qu'elle se taise. Mais elle poursuivit.

– Des sœurs ? Ah ! On ne s'entendait pas à l'époque et on ne s'entend toujours pas. Ma sœur et moi étions deux personnes absolument différentes et pourtant, en réalité, nous ne faisions qu'une. Elle est encore vierge, trop timorée pour se frotter aux hommes, et je suis tout le contraire : je ne peux pas vivre sans eux. Je suis née pour être pute. On est comme les deux bords opposés du spectre, elle et moi. C'est passionnant, non ?

– Je ne trouve pas ça passionnant du tout, moi, sifflai-je. Comment se fait-il que, dans ce monde qui est le nôtre, les femmes soient les seules à avoir du mal à survivre ?

– C'est simple. Elles n'ont pas d'illusions, dit-elle en faisant entendre un rire assourdissant.

– Parce que si on avait des illusions, on pourrait vivre ?

– Pour nous deux, c'est trop tard.

– Vraiment ?

J'avais épuisé la réalité de mon travail au bureau à force d'illusions. Au loin, j'entendis le bruit d'un train sur la ligne d'Inokashira. Il ne me restait que peu de temps avant le dernier train. Je décidai de m'arrêter dans une épicerie et de m'acheter une bière que je boirais sur le chemin du retour. Je laissai Yuriko sur place, à battre des pieds contre le froid.

– Bon, travaille bien !

Et la réponse de Yuriko fut celle-ci :

– La mort attend.

J'ai attrapé le dernier train. Quand je suis arrivée à la maison, la chaîne était sur la porte et je ne pouvais pas entrer. Elles avaient éteint toutes les lumières et verrouillé la maison dans l'intention manifeste de m'enfermer dehors. Ça m'a rendue tellement furieuse que j'ai appuyé sur la sonnette encore et encore. Finalement, j'ai entendu quelqu'un tirer la chaîne du loquet. Ma sœur est apparue derrière la porte, visiblement énervée.

– Ne vous avisez plus jamais de m'enfermer dehors !

Ma sœur a baissé les yeux. Elle devait sûrement être en train de dormir. Elle avait passé un sweat-shirt au-dessus de son pyjama. Ses yeux avaient effleuré quelque chose de profondément enfoui en moi et cela m'agaçait terriblement.

– Et puis c'est quoi, ce regard à la con, d'abord ? Tu as quelque chose à me dire ?

Elle n'a pas répondu. Elle a juste tremblé légèrement en sentant l'air froid – et la débauche que je ramenais dans mon sillage – s'engouffrer après moi dans la maison. J'étais en train d'enlever mes chaussures quand elle est retournée dans sa chambre. Notre famille était en passe d'imploser. Je suis restée un moment dans le couloir glacial, pétrifiée.

7

25 janvier
Shibuya : un ivrogne, ¥3 000

J'ai joué de malchance après ma rencontre avec Zhang. Il y a quinze jours, je suis montée à l'hôtel avec un type branché bondage et sado-masochisme qui m'a sévèrement amoché le visage. J'ai dû prendre une semaine de congé pour me remettre. Une fois que j'ai enfin été guérie, les clients ne se pressaient toujours pas à ma porte. Le sadique, je l'avais levé après cinq jours de vaches maigres. J'avais appelé Yoshizaki plusieurs fois, mais à l'entendre il était trop pris par les concours d'entrée pour pouvoir se libérer. Après, j'ai essayé d'avoir Arai, mais on l'avait envoyé au siège à Taoyama et il n'était pas disponible. J'ai donc passé mes nuits devant la statue de Jizô à attendre, en vain et en silence, des clients qui ne sont jamais venus. Je commençais à perdre patience devant le caractère désespéré de ma situation. Pendant les mois froids, les hommes ne sont pas très nombreux à traîner dehors. Alors, ce soir, j'ai décidé que je marcherais dans les rues brillamment éclairées du quartier des plaisirs de Dogenzaka.

Mon travail de nuit est exclusivement rétribué en liquide. L'argent que je gagne a sur moi un effet totalement différent de celui du salaire qui est transféré directement sur mon compte en banque. J'aime tellement toucher des billets que ça me rend folle. Chaque fois que je les dépose dans la fente du guichet automatique, je ressens un tel pincement de tristesse en les regardant disparaître que souvent je leur dis : « Au revoir ! » Mais pas de clients, pas de billets. Et si je n'arrivais pas à gagner de l'argent, je ne pourrais plus continuer ma vie d'errances nocturnes. Ç'aurait été comme si l'on niait totalement ma qualité d'être humain. Est-ce là ce que Yuriko voulait dire par : « La mort attend » ? J'étais terrifiée à l'idée de voir arriver ce jour.

Je me hâtai donc vers le quai du métro de la ligne de Ginza. Il fallait que j'arrive à Shibuya avant que les autres filles aient accaparé tous les clients.

– Pas possible ! Je n'arrive pas à croire qu'elle fasse une chose pareille !

L'atmosphère du quai était bruyante, mais je parvins à espionner la conversation des deux femmes, visiblement des employées de bureau, qui se tenaient devant moi et attendaient la rame suivante. L'une d'entre elles portait un manteau noir à la mode, l'autre en avait un rouge. Elles avaient toutes les deux des sacs à main de grande marque et le visage joliment maquillé.

– Un des commerciaux m'a dit qu'il l'avait vue traîner dans Maruyama-chô. Il a dit qu'elle était manifestement en train d'essayer de lever des clients.

– Tu déconnes ! C'est dégueulasse. Et elle ? J'arrive pas à croire qu'il y ait vraiment des hommes prêts à payer pour coucher avec ça.

– Je sais. C'est incroyable, mais apparemment, c'est la vérité. Elle est devenue encore plus repoussante que d'habitude ces derniers temps. Tout le monde évite les toilettes du dixième étage parce que c'est là qu'elle prend son déjeuner. Elle boit directement au robinet des lavabos ; elle ne prend même pas un verre. C'est ce qu'on m'a dit.

– Pourquoi ils ne l'ont pas virée ?

Elles parlaient de moi. J'étais abasourdie et avais la tête qui tournait. Ainsi donc, j'étais devenue le centre de l'attention de mes collègues. Mais avec tous ces hommes et femmes en formation serrée – trois files pour chaque porte – qui attendaient le métro, le regard plongeant vers l'obscurité des voies, elles ne s'aperçurent absolument pas de ma présence. Je fus rassérénée et en même temps un peu déçue. Mais enfin, je n'avais rien fait de mal ! Je tapai sur l'épaule de l'*office lady* au manteau noir.

– Excusez-moi.

Elle se retourna et me fixa, hébétée.

– Je vous ferai savoir que je remplis très correctement toutes mes tâches au sein du Bureau des recherches. Je suis directrice adjointe et, qui plus est, un de mes rapports a remporté un prix de journalisme. Il n'y a aucune raison pour qu'on me vire.

– Je suis désolée.

Les deux femmes sortirent de la file et se précipitèrent vers le bout du quai. Que c'était bon ! Bande de connasses. Aucune chance que je me fasse licencier. Tous les jours, toute la journée, je m'active à découper des articles dans les journaux. Le directeur n'a rien dit à propos des hématomes violacés que j'ai sur la figure après la raclée que j'ai prise la semaine dernière. Tout le monde au bureau n'a qu'à me regarder pour admirer mon travail. Ah ! Je fredonnai gaiement en attendant que la rame s'engouffre dans la station.

J'allai me maquiller dans les toilettes au sous-sol du 109. Les bleus autour de mes pommettes étaient encore légèrement visibles. Je les recouvris d'une épaisse couche de fond de teint. Puis je barbouillai du blush au pinceau sur mes joues. Les faux cils que je collai sur mes paupières supérieures et inférieures m'agrandissaient les yeux. Avec la perruque comme touche finale, j'étais prête. Je me souris dans le miroir. Comme tu es jolie ! Parfaite ! Je m'aperçus que les jeunes femmes autour de moi m'observaient toutes bouche bée. Sans me retourner, je hurlai à leur reflet dans le miroir :

– Qu'est-ce que vous regardez ? C'est pas un cirque, ici, vous savez !

Elles détournèrent les yeux précipitamment et jouèrent les innocentes. L'une d'elles souriait avec dédain, mais je n'en avais que faire. J'écartai brutalement de mon chemin une lycéenne qui faisait la queue devant les toilettes et ressortis.

Le vent soufflait, agitant comme des hochets les cimes des arbres tandis que je peinais dans la montée vers le sommet de

Dogenzaka. Un homme d'âge mûr chargé d'une lourde valise marchait seul, quelques pas devant moi. Je l'accostai en arrivant à sa hauteur :

– Hé, dites, ça vous dirait de prendre un peu de bon temps ?

Il jeta un rapide coup d'œil à mon visage et continua d'avancer comme s'il ne m'avait pas entendue.

– Allez, quoi ! On n'est pas obligés d'y passer des heures. Et ça ne vous coûtera pas très cher.

Il s'arrêta brusquement et grogna :

– Dégage de mon chemin.

Je le regardai un moment comme si je n'avais pas compris.

– Va te faire voir ! cracha-t-il avant de détaler.

C'était quoi, son problème ? Je sentis monter la colère, mais réussis à me contrôler. Un homme d'une cinquantaine d'années marchait dans ma direction, le type même du petit employé de bureau morose.

– Hé, monsieur, vous voulez vous amuser un peu ?

Il passa en me frôlant sans daigner me répondre. Poursuivant mon chemin vers le sommet de la colline, j'interpellai l'un après l'autre tous les hommes d'âge mûr que je croisais. La plupart se contentaient de m'ignorer et poursuivaient leur route. Je tentai même hardiment le coup avec un homme qui n'avait pas encore la trentaine, mais il me dévisagea, dégoûté, et m'écarta d'un revers de la main. Pile à ce moment-là, je sentis quelque chose me heurter le côté du visage avant de tomber à terre. Je baissai les yeux vers le trottoir ; c'était un mouchoir en papier roulé en boule. Quand je levai la tête, je vis un jeune homme en jean ; accoudé à la rambarde le long de la chaussée, il se mouchait. Il se mit à ricaner et lança dans ma direction une seconde boulette de papier souillé. Je m'éloignai en courant. Beaucoup d'hommes s'amusent à tourmenter les prostituées et il vaut mieux se contenter d'essayer de les éviter. Je me précipitai dans une ruelle bordée d'échoppes et agrippai la manche d'un *salaryman* qui sortait d'une taverne minable.

– Hé, vous, vous voulez vous amuser un peu ?

Il me hurla dessus avec une haleine qui empestait l'alcool bon marché :

– Tire-toi de là, morue. Je suis bien et j'ai pas envie que tu me casses l'ambiance.

Les videurs qui gardaient l'entrée du cabaret virent la scène et se payèrent une bonne tranche de rigolade à mes dépens. Ils se donnaient de grandes claques sur l'épaule et me reluquaient d'un œil moqueur.

– Putain, quel monstre ! dit l'un d'entre eux à son collègue.

Qu'est-ce que j'avais de si monstrueux ? Perplexe, je poursuivis mon errance dans la ruelle animée. Alors que je suis à l'endroit précis où Arai m'avait proposé de l'argent pour la première fois, me disais-je, et même si une quantité d'ivrognes s'y trouvent en ce moment, et alors que je suis beaucoup plus jolie que je l'étais ce jour-là, pourquoi faut-il que tous les hommes que j'aborde soient aussi odieux ?

J'arrivai ensuite devant l'immeuble où se trouvait la Framboise Frivole, l'agence d'escortes pour laquelle j'avais travaillé, et me demandai s'ils accepteraient de me reprendre. Mais je me rappelai les circonstances dans lesquelles le régulateur m'avait virée et compris à quel point il était improbable qu'ils me donnent une deuxième chance. Je restai un moment à regarder l'escalier étroit qui menait au bureau, considérant les possibilités qui s'offraient à moi.

Juste au moment où je me décidais, alors que je commençais à monter les marches vers l'agence, la porte s'ouvrit et un homme sortit sur le palier avant de s'engager dans l'escalier. Ce n'était ni le propriétaire, ni le régulateur. Cet homme-là était monstrueusement gras ; son double menton était si massif que je parvenais à peine à voir son visage tandis qu'il descendait vers moi. L'escalier était étroit et j'avais beau être maigre, il n'y avait aucune chance que cet obèse parvienne à se glisser entre le mur et moi. Je revins sur mes pas et attendis impatiemment sur le palier qu'il s'ôte de mon chemin. En passant devant moi, il leva une main en guise de salut.

– Désolé, dit-il en m'inspectant de la tête aux pieds, me jaugeant effrontément.

Sans perdre un instant je sortis mon accroche habituelle :

– Pas de souci. Hé, vous voulez qu'on s'amuse un peu ?

– Vous me faites des avances ? Vous ?

Il ricana. Sa voix était affreusement déplaisante – les sons qu'il produisait étaient comme noyés dans la graisse. Et pourtant, elle me semblait familière. Je penchai la tête de côté, perplexe. Naturellement, je n'oubliai pas de porter un doigt à mon menton dans l'espoir de rendre mon geste aussi charmant que possible. Apparemment, l'homme aussi avait penché la tête de côté, mais avec toute cette graisse, c'était difficile à dire.

– On ne se serait pas déjà vus quelque part ?

– J'étais justement en train de me dire la même chose.

À présent qu'il était parvenu en bas des marches, je vis qu'il était à peine plus grand que moi. Il examina mon visage, le regard impudemment fixé sur moi. Il avait des yeux de serpent.

– Peut-être êtes-vous déjà venue à mon agence. Je suis sûr qu'on se connaît.

Alors qu'il parlait, j'aperçus soudain dans son visage un éclat qui me rappela quelqu'un que j'avais connu. C'était Takashi Kijima, aucun doute. Celui-là même dont j'avais été tellement amoureuse au lycée que je lui avais envoyé des lettres d'amour. Et voilà que ce garçon, autrefois fin comme une lame de couteau, disparaissait maintenant sous une montagne de chairs.

– Attends une seconde ! Tu ne serais pas l'ancienne amie de la sœur de Yuriko ?

Il se frappa la tête d'un air contrarié en essayant de se rappeler mon nom.

– Tu étais dans l'année au-dessus de moi…

– Kazue Satô.

Il fallait que je l'aide un peu, sans quoi on y aurait passé la nuit. Il poussa un long soupir de soulagement.

– Ça alors, ça fait un bail, dis donc ! lança-t-il d'un ton étonnamment amical. Ça doit bien faire une vingtaine d'années que j'ai quitté le lycée.

Je hochai la tête avec agacement, prêtant une attention particulière à sa tenue : pardessus camel qui semblait en cachemire, bague en or incrustée de diamants à la main droite et lourd bracelet au poignet. Sa permanente n'était plus à la mode depuis un moment, mais les affaires avaient tout de même l'air d'aller à merveille pour lui. Alors pourquoi faisait-il toujours le mac ? Et comment avais-je pu être attirée par lui ? Cette seule idée me fit éclater de rire.

– Qu'est-ce qui te fait rire ?

– J'étais juste en train de me demander comment j'avais pu être aussi folle de toi.

– Je me rappelle que tu m'as même écrit. Ces lettres, c'était vraiment quelque chose.

– J'aimerais autant que tu oublies tout ça.

Ç'avait été le moment le plus humiliant de toute ma vie. Mais je retins ma langue, et ma colère avec, puis je réitérai ma proposition :

– Et si on s'amusait un peu tous les deux, Kijima-kun ?

Il commença à agiter vigoureusement une main devant son visage pour tenter de couper court à ma question.

– Ça ne risque pas. Je suis gay et je m'assume. Alors n'essaye même pas.

C'était donc ça ! Quelle imbécile je faisais ! Non seulement je ne l'intéressais pas, mais ce que j'avais espéré n'était même pas du domaine du possible.

– Ah bon ? Bah, à plus tard, alors.

Je haussai les épaules et tournai les talons.

Il se lança à ma poursuite en soufflant comme un phoque et m'attrapa par l'épaule.

– Kazue, attends. Qu'est-ce qui t'est arrivé ?

– Comment ça : qu'est-ce qui m'est arrivé ?

– Enfin, je veux dire… tu as tellement changé. Tu fais la pute, maintenant ? Je croyais que tu t'étais fait embaucher par la Compagnie d'architecture et d'ingénierie G. Qu'est-ce qui s'est passé ?

– Il ne s'est rien passé du tout.

Je dégageai vivement mon épaule.

– J'y bosse toujours. Je suis directrice adjointe du Bureau des recherches.

– Chapeau ! Et la nuit, tu fais des extras au noir ? Vous avez de la chance, vous, les femmes. Vos doubles vies vous rapportent de l'argent.

Je me retournai vers lui.

– Toi aussi, tu as changé, tu sais ? Tu es tellement gros que j'ai failli ne pas te reconnaître.

– Il faut croire que ni toi ni moi ne sommes ce qu'on a été, répondit-il avec un bref reniflement.

C'est faux, protestai-je en silence. Je suis toujours aussi belle et mince. Puis, tout haut :

– J'ai croisé Yuriko l'autre jour. Elle aussi, elle a changé.

– Yuriko ? Sans rire !

Il répéta plusieurs fois son nom, visiblement ému.

– Yuriko… Elle allait bien ? J'ai perdu tout contact avec elle depuis quelque temps et je me demandais justement comment elle s'en sortait.

– Elle est affreuse. Grosse et moche. Je n'arrive pas à croire qu'une fille aussi belle puisse finir aussi laide. Nous deux, c'était vraiment le jour et la nuit. D'ailleurs, c'est toujours le cas ! Sauf qu'aujourd'hui, je n'arrive pas à comprendre comment j'ai pu être aussi jalouse d'elle, ni pourquoi je lui en voulais à ce point.

Il acquiesça en silence.

– Maintenant, elle tapine, comme moi. Elle dit qu'elle a hâte de mourir, qu'elle se fiche de ce qui peut lui arriver. Mais c'est bien toi, au départ, qui l'a poussée dans ce business, je me trompe ?

Il parut blessé par mon accusation. Il fronça les sourcils et tripota les boutons de son pardessus, qui semblaient pouvoir sauter d'un instant à l'autre. Puis il leva les yeux au ciel et poussa un long soupir un peu théâtral.

– Tu travailles ici ? demandai-je.

– Non. Le propriétaire de la Framboise Frivole est une vieille connaissance, alors je suis passé voir comment il allait. Et toi ?

– J'ai travaillé ici un moment. Et maintenant que le temps s'est refroidi, je pensais aller voir s'ils n'auraient pas un poste à m'offrir temporairement. Hé, mais, tu pourrais peut-être glisser un mot en ma faveur au patron ?

Son visage se fermant, il fit non de la tête avec autorité.

– Ça va être difficile. Si j'étais le propriétaire, je ne t'embaucherais pas. Tu n'as plus ce qu'il faut pour être call-girl. Tu es même trop vieille pour ceux qui aiment les femmes mûres. À mon avis, tu ferais mieux d'oublier.

– Pourquoi ? m'écriai-je, indignée.

– Enfin regarde-toi ! Tu as dépassé ta date de péremption. Si tu t'abaisses à faire des avances à quelqu'un comme moi, c'est que tu es vraiment prête à tout. Le trottoir, c'est la seule chose qu'il te reste à faire, maintenant. Et puis, tu fais le boulot que les gamines des agences d'escortes sont trop sensibles et trop névrosées pour accepter.

– Moi aussi, je suis fragile, tu sais. Je suis toujours tourmentée par quelque chose.

Il m'observa d'un œil sceptique, les coins de la bouche tordus vers le bas en un rictus moqueur.

– Mais bien sûr. À te voir, pourtant, on croirait que tu es incapable d'attraper un rhume. Et quand ton adrénaline se met à couler, je parie que rien ne t'arrête. Je suis sûr que tu vas au turf parce que tu aimes ça, pas vrai ? Et ça t'amuse aussi sûrement de faire un pied de nez à tes employeurs.

– Et alors, c'est bien normal, non ? C'est la seule manière pour moi d'avoir un minimum de contrôle sur ma vie. On m'a traitée comme une moins-que-rien à la seconde où je suis arrivée dans ma boîte. Je fais un boulot remarquable, mais comme personne ne me trouve très séduisante, je ne gagne jamais. Et je n'aime pas du tout perdre.

Il m'écouta sans m'interrompre, mais il avait sorti son portable de sa poche et semblait se demander combien de temps j'allais continuer à déblatérer. Je changeai rapidement de sujet.

– Tu as une carte de visite sur toi ? Parce que si c'est le cas, j'aimerais bien en avoir une. Je ne sais pas, je t'appellerai peut-être un jour, si j'ai besoin d'un coup de main.

Il sembla contrarié. Sans doute ne voulait-il rien avoir à faire avec moi.

– Enfin, je veux dire… si Yuriko meurt ou quelque chose comme ça.

L'expression de Kijima se fit soudain grave, et d'un geste vif il récupéra dans son manteau une carte, qu'il me tendit.

– Si tu revois Yuriko, dis-lui de m'appeler.

– Pourquoi ?

– Oh, comme ça, répondit-il d'un air pensif en serrant sa main potelée sur son téléphone portable. Simple curiosité, je suppose.

« Simple curiosité. » Oui, c'était la bonne réponse.

– Kijima-kun, avant, les hommes venaient tous vers moi par curiosité. Alors pourquoi est-ce que les affaires sont si mauvaises pour moi ces derniers temps ? C'est arrivé pratiquement du jour au lendemain.

Il se frotta la joue d'un doigt dodu.

– J'imagine que ceux qui viennent encore te voir aujourd'hui le font parce qu'ils veulent savoir comment tu as pu tomber aussi bas. Je n'appellerais pas ça de la curiosité. Je dirais que c'est autre chose de plus profond, et de plus sordide. Je veux dire… un homme normal aurait peur de la vérité. Ça me fait de la peine de te le dire, mais je doute qu'il y ait un homme par ici qui voudrait payer pour te baiser. Et s'il y en a, tu peux être sûre qu'il a les couilles de regarder le mal au fond des yeux.

– Je suis le mal ? Moi ?

J'étais tellement estomaquée que je ne pus m'empêcher de crier :

– Non mais pour qui tu te prends à m'insulter comme ça ? Je fais ce que je fais pour me venger. Et puis… regarder le mal au fond des yeux ? Quand même, tu exagères !

– Te venger ? De quoi ?

Il parut soudain très intéressé. Il me jeta un regard en coin, puis détourna rapidement les yeux.

– Oh, je sais paaaas ! hurlai-je avec une moue outrancière, en me balançant d'un pied sur l'autre. De tout ! De tout ce qui va mal !

– Qu'est-ce que tu as à jouer les gamines ? me renvoya-t-il en me dévisageant d'un air faussement incrédule. Écoute, il faut que j'y aille. Fais gaffe à toi, Kazue. Tu es vraiment tombée au fond du trou.

Il me salua d'un geste sommaire, tourna les talons et s'engagea dans la ruelle étroite en direction de l'avenue principale.

– Tu n'as pas le droit de me parler comme ça, Kijima ! Tu me prends pour une folle ? C'est ça ? Personne ne m'a encore jamais dit quelque chose comme ça, espèce de salopard ! lui criai-je après, en observant son dos tandis qu'il s'éloignait.

Ma confiance en lambeaux, j'abandonnai tout espoir de retrouver du travail à l'agence, et même de me trouver un client parmi les passants de l'artère principale de Dogenzaka. Je m'enveloppai dans mon imperméable et croisai les bras sur ma poitrine. J'avais hâte de retrouver mon coin de trottoir devant la statue de Jizô. Je préférais encore largement attendre dans la pénombre que mes clients arrivent.

Je coupai par une ruelle bordée de *love hotels,* dans laquelle je remarquai une femme plus vieille que moi qui m'observait depuis un coin sombre. Elle s'avança et me tira gentiment par la manche.

– Vous voulez bien que je vous pose quelques questions ? dit-elle.

Elle portait un chapeau de laine blanche en macramé avec des gants assortis et autour de son manteau gris elle avait drapé une écharpe en polyester au motif floral à la manière d'un col de marin. Sa tenue était si inhabituelle que je ne pus m'empêcher d'éclater de rire. Elle enveloppa tendrement mes mains dans ses mains gantées et chuchota d'une voix suave et aiguë :

– Tu ne devrais pas te laisser aller à une profession aussi déshonorante. L'amour de Dieu est infini. Mais il faut quand même essayer de s'élever jusqu'à Lui par soi-même. Si tu y parviens, tu pourras repartir de zéro. Ta douleur est ma douleur ; ta soumission sera ma soumission. Je prierai pour toi.

C'était agréable de sentir sur mes mains gelées la chaleur de son étreinte, mais je m'en dégageai pourtant.

– Qu'est-ce que vous racontez ? Je me tue déjà au travail pour essayer de m'élever ! Je vous prie de croire que j'étais une étudiante tout à fait brillante.

– Je sais. Je sais. Je le sais si bien que ça fait presque mal.

Je détectai une odeur de pastilles à la menthe de vieille dame quand elle expira.

– Qu'est-ce que vous en savez ? demandai-je avec un rire

moqueur. Je me débrouille très bien sans votre aide. Vous savez, le jour, je travaille dans une grande entreprise.

Je sortis brusquement mon badge d'identification pour le lui montrer, mais elle y jeta à peine un coup d'œil. Au lieu de ça, elle tira du sac qu'elle portait un livre noir qu'elle serra sur sa poitrine.

– Tu aimes vendre ton corps, n'est-ce pas ?

– Oui, j'aime ça. J'aime vraiment ça.

Elle secoua la tête.

– Sauf que ce n'est pas vrai, je me trompe ? Tes mensonges me blessent profondément. Tu aimes que les hommes te traitent avec cruauté ? Ta sottise me fait mal au cœur. Mon cœur saigne chaque fois que je croise une pauvre femme comme toi. Tu as été trompée par tes employeurs, n'est-ce pas, ma petite ? Et la nuit, ce sont les hommes qui te trahissent. Voilà les terribles limbes qu'il te faut affronter. Tu es même trompée par tes propres désirs. Ma pauvre, ma pitoyable chérie ! Dépêche-toi d'ouvrir les yeux à la vérité.

Alors qu'elle caressait ma main, la vieille femme fit valser ma perruque. Je frappai violemment sa main afin qu'elle l'éloigne et criai, folle de rage :

– Pitoyable ? Je ne vous permets pas de le prendre de haut avec moi !

Surprise, elle fit un pas en arrière. Je lui arrachai sa Bible des mains et la lançai contre le mur. Elle le heurta en claquant, puis glissa vers l'asphalte où elle tomba avec un bruit sourd. La femme s'étrangla et se mit à courir pour la ramasser, mais je la poussai de côté et piétinai son livre. J'en sentis les pages fines en papier pelure se déchirer sous mon talon pointu. Je jubilais, car j'étais en train de faire quelque chose que je savais interdit.

Je me mis à courir dans la ruelle sombre. Le vent froid du nord me piquait les joues et le bruit de mes talons aiguilles fracassait le silence tandis que je courais. Ça m'avait fait du bien d'humilier cette femme. J'arrivai devant une épicerie, y entrai pour m'acheter une canette de bière et un paquet de seiche séchée. J'ouvris la canette d'un geste sec et bus ma bière en marchant. Rafraîchie par le liquide glacé qui coulait dans ma gorge, je levai les yeux vers le ciel nocturne. J'étais libre. J'étais plus mince et plus belle encore qu'autrefois. Et je profitais pleinement de mon indépendance.

L'idée d'attendre sous la statue de Jizô me paraissant à présent insupportable, je descendis en courant l'escalier qui menait à la gare de Shinsen. Sur le chemin, je passai devant le terrain vague où je m'étais occupée du S.D.F. J'y entrai et restai un moment à siroter ma bière et à mâchonner mes morceaux de seiche. Je me fichais bien du froid. Une envie pressante se faisant sentir, je m'accroupis sur l'herbe flétrie et me laissai aller. Je me rappelai les toilettes immondes de l'appartement de Zhang. Je préférais largement le terrain vague.

– Hé, cousine ! Qu'est-ce que tu fabriques là-dedans ?

Un homme m'observait depuis l'escalier de pierre. Il devait être complètement soûl parce que le vent glanait l'odeur d'alcool de son haleine et l'apportait jusqu'à l'endroit où je me trouvais.

– Quelque chose de marrant.

– Ah ouais ? Je peux me joindre à toi ?

Il descendit quelques marches en titubant. Je lui proposai mes services :

– Monsieur, on se gèle, ici. Allons quelque part où nous pourrons être à l'intérieur.

Dès que je le vis hocher la tête d'un air aimable, je lui pris le bras et, revenant sur mes pas, le conduisis vers Maruyama-chô. Puis je le fis entrer dans le premier *love hotel* que nous trouvâmes. L'homme avait l'air d'un *salaryman*, la quarantaine bien entamée, peut-être la cinquantaine. Sa peau était chaude grâce à tout le saké qu'il avait bu et il avait le teint terreux. Je le traînai vers le fond du hall d'entrée, il avait du mal à rester debout tellement il titubait, puis je le poussai dans une chambre.

– Mon tarif, c'est trente mille yens.

– Je n'ai pas autant d'argent sur moi.

Il chancela légèrement vers l'avant tandis qu'il fouillait dans ses poches. Il en tira un reçu et sa carte de transport. Je me dis qu'au point où on en était, autant en finir le plus vite possible. Je le poussai sur le lit, grimpai sur lui et plantai un baiser sur ses lèvres alourdies par l'alcool. Il écarta brusquement la tête et me regarda fixement :

– Arrête ça ! protesta-t-il. J'ai changé d'avis, allons-nous-en.

– Une petite seconde. C'est toi qui m'as amenée ici. Je prendrai mes trente mille yens de force avant de te laisser me rouler.

Cela faisait si longtemps que je n'avais pas eu un client que je voulais pas qu'il m'échappe. J'étais prête à tout. L'homme se ravisa et tira plusieurs billets de mille yens de son portefeuille. Puis il baissa la tête.

– Je suis désolé. C'est tout ce que j'ai sur moi. Mais je ne te demande rien de plus. Et maintenant, je m'en vais.

– Hé, je suis une femme d'affaires et je travaille pour une très grande entreprise. Vous n'avez pas envie de savoir pourquoi je me prostitue à la nuit tombée ?

Je me couchai sur le flanc et tentai d'avoir l'air séduisante. Il referma sèchement son portefeuille et enfila son manteau. Je me dépêchai de ramasser mes affaires moi aussi. Je n'avais aucune envie de me retrouver avec la note d'hôtel sur les bras. L'homme quitta la pièce et s'avança d'un pas décidé vers la réception pour négocier le prix de la chambre. Il avait dû dessoûler.

– Nous n'avons rien touché dans la chambre, alors vous pourriez peut-être me la faire à moitié prix. On n'est même pas restés dix minutes.

Le réceptionniste me jeta un regard furtif. C'était un homme d'un certain âge, qui portait visiblement un toupet.

– Bon d'accord, je veux bien descendre jusqu'à mille cinq cents yens.

L'homme lui tendit deux billets de mille avec un soulagement évident. Quand le gardien lui rendit une pièce de cinq cents yens, il lui dit de la garder en guise de pourboire.

– Ce n'est pas grand-chose. Mais j'apprécie votre compréhension.

J'allongeai immédiatement la main.

– Hé, attendez une seconde ! Il me semble que ça m'appartient. Après tout, c'est moi qui ai dû supporter de me faire embrasser pour trois mille malheureux yens !

Le réceptionniste et le client me regardèrent tous deux avec stupéfaction. Mais je ne sourcillai pas une seconde et le gardien de nuit me donna la pièce.

C'était presque l'heure du dernier train. Je m'achetai une autre canette de bière et la vidai d'un trait. Je descendis à nouveau l'escalier de pierre et me dirigeai vers la gare de Shinsen. Ma recette de la soirée s'élevait à trois mille yens, trois mille cinq cents si l'on compte le pourboire que j'avais réussi à soutirer au réceptionniste. Mais avec la bière et la seiche, en fait, j'étais déficitaire. En descendant la rue vers la gare, je vis l'immeuble où habitait Zhang. Je me tournai pour observer les fenêtres du troisième étage. La lumière était allumée dans son unité.

J'entendis une voix derrière moi :

– Comme on se retrouve ! Tu as l'air en forme.

C'était lui. Je jetai ma canette vide dans le caniveau, où elle rebondit avec fracas. Zhang portait son blouson de cuir et un jean, exactement comme l'autre soir. L'expression de son visage était grave. Je regardai ma montre.

– J'ai encore un peu de temps. Vous croyez que vos copains là-haut auront envie de s'amuser ?

– Je suis vraiment désolé, dit-il en faisant mine de s'excuser, mais on ne peut pas dire que tu leur aies beaucoup plu. Dragon et Chen-yi t'ont tous les deux trouvée trop maigre. Ils aiment les femmes un peu plus en chair.

– Ah bon, et vous ?

Zhang roula de grands yeux. Ses sourcils étaient épais et ses lèvres pleines et, en dehors de son front dégarni, c'était vraiment mon genre d'homme. Je ne sais pas pourquoi, mais j'avais envie d'être avec lui.

– Moi, je m'en fiche. Toutes les femmes me vont, dit-il en riant. Toutes les femmes qui ne sont pas ma sœur.

– Dans ce cas, vous voulez bien me prendre dans vos bras ?

Je me jetai contre son corps. Le train pour Shibuya venait d'entrer en gare et les passagers s'entassaient sur le quai. Ils nous regardaient fixement, mais je m'en fichais. Pas Zhang. Avec un regard gêné, il passa ses bras autour de moi tout en essayant de me tenir à distance, mais je continuai à me contorsionner, essayant de m'enfoncer plus profondément dans son étreinte. Je me sentis soudain accablée de chagrin.

– Vous voulez bien être gentil avec moi ? lui demandai-je d'une voix mielleuse.

– Tu veux que je sois gentil avec toi ? Ou tu veux que je te fasse l'amour ?

– Les deux.

Il me repoussa brusquement pour étudier mon expression. Puis il dit calmement :

– Hmm, il faut choisir. Alors, qu'est-ce que ce sera ?

– Sois gentil avec moi.

Dès que j'eus murmuré ma réponse, je sus que je le pensais. Ce n'était pas l'argent qui m'intéressait. Mais alors, qu'est-ce qui m'avait pris d'attendre soir après soir à un coin de rue ? Était-ce seulement parce que je voulais que quelqu'un soit gentil avec moi ? Sûrement pas. J'étais perplexe. Peut-être que j'étais soûle. J'appuyai une main sur mon front.

– Tu veux que je sois gentil avec toi ? Et tu comptes me payer ?

Je levai les yeux sur lui, stupéfaite. Son regard mauvais, dans le noir, lui donnait un air sinistre.

– Pourquoi faudrait-il que je paye ? Ça ne devrait pas être l'inverse ?

– Mais ce que tu me demandes, c'est vraiment tordu. Tu n'aimes personne, je me trompe ? Ni même toi-même. On t'a bernée.

– Bernée ?

J'inclinai la tête de côté, incapable de comprendre ce qu'il voulait dire. Je n'essayai même pas de lui faire ma pose petite fille ; je n'avais plus le courage.

Il continua d'une voix enjouée :

– C'est ça, bernée. C'est un mot qu'on vient de m'apprendre. Techniquement, ça veut dire quelqu'un qui se fait baiser, enfin, escroquer, quoi. Tu te fais berner par tous les gens que tu rencontres... à ton bureau, dans la rue. Et avant, tu t'es fait berner par ton père et ton école.

Le dernier train devait être sur le point de quitter la gare de Shibuya. Tandis que j'écoutais Zhang parler à n'en plus finir, je jetai un œil vers les voies. Je n'avais pas le choix, il fallait que je rentre à la maison. Tout comme il fallait que j'aille au boulot le lendemain matin. Je ne pouvais rien y faire. Me laissais-je vraiment berner par la société ? Je me rappelai ce que m'avait dit la vieille à la Bible : « Ta sottise me fait mal au cœur. »

8

Pendant la saison des pluies, les affaires tournent au mieux au ralenti. Et avec le déluge qui s'abattait en permanence, je n'avais pas envie d'attendre dehors à me faire arroser toute la soirée. Pour couronner le tout, les fronts de basses pressions faisaient gonfler mes paupières et je dormais debout toute la journée. J'avais de plus en plus de mal à m'extirper de mon lit. Tout ce que je voulais, c'était prendre ma journée, et la bataille intérieure que je devais mener tous les matins pour passer la porte de chez moi devenait épuisante. Comment se fait-il que, alors même que l'esprit est d'accord, le corps défaille ? Aujourd'hui, je me suis levée encore plus tard que d'habitude et suis restée longtemps assise à la table de la cuisine, à écouter la pluie. Ma mère avait déjà préparé le petit déjeuner de ma sœur et l'avait accompagnée jusqu'à la porte quand elle était partie travailler. Elle s'était retirée dans sa chambre et la maison était parfaitement silencieuse. Je me suis versé de l'eau de la bouilloire électrique pour me faire un café instantané. Puis, en guise de petit déjeuner, j'ai croqué une pilule de Gymnema. La ceinture de ma jupe bleu marine était désormais si lâche qu'elle tournait toute seule sur mes hanches. J'étais plus svelte que jamais. Plus je perdais du poids, plus j'étais heureuse. À ce rythme-là, j'allais bientôt finir par me volatiliser, purement et simplement. J'étais extatique. La météo avait beau être oppressante, mon humeur était triomphante.

La pluie avait commencé à s'abattre en un torrent continu. Les fleurs du jardin dont ma mère est si fière avaient été aplaties : des hortensias, azalées et roses jusqu'aux plus petites herbes à fleurs. Elles étaient toutes couchées sur le sol. Je me suis tournée vers le jardin et j'ai maudit ces plantes imbéciles. Dès que les pluies cesseraient, elles se relèveraient instantanément, plus fringantes que jamais grâce à toute cette humidité. Petites salopes ! Je méprisais le jardin chéri de ma mère.

Je jetai un œil au ciel. Pour ce soir-là, les affaires s'annonçaient mal, encore une fois. Je n'avais pu travailler qu'une semaine durant tout le mois de mai, ramassant à peine plus de quarante-huit mille yens. J'avais eu quatre clients, parmi lesquels Yoshizaki et un ivrogne. J'avais réussi à soutirer trente mille yens à Yoshizaki, et l'ivrogne m'en avait donné dix mille. Puis il y avait eu deux S.D.F. Le premier était mon client du terrain vague, mais l'autre était un nouveau. Je m'étais occupée des deux en même temps sous un ciel crachotant. J'en étais arrivée à un point où des types payaient pour me regarder pisser dans le terrain vague. Plus rien ne m'importait. Mais j'avais de plus en plus de mal à me concentrer au bureau ; j'étais toujours épuisée. Je restais assise sur ma chaise toute la journée à découper des articles dans les journaux, je ne m'occupais même plus de savoir lesquels. Parfois je m'amusais même à découper des morceaux choisis du programme télé. Mon patron m'observait en permanence du coin de l'œil, mais il ne disait jamais rien. Les autres me regardaient, puis chuchotaient entre eux, mais je m'en fichais. Ils pouvaient parler. Moi, j'étais forte.

J'ouvris le journal du jour, et après un rapide coup d'œil à la météo, je commençai à feuilleter les pages société. Mon regard fut attiré par les miettes de toast que ma sœur avait laissées dans le journal en partant – elle m'avait devancée à la boîte aux lettres. Elle s'était visiblement arrêtée sur cette page. Le gros titre annonçait : LE CORPS D'UNE FEMME DÉCOUVERT DANS UN APPARTEMENT. La victime s'appelait Yuriko Hirata. Yuriko ! Je me souvins brusquement que je ne l'avais pas vue ces derniers temps. Alors comme ça, tu as fini par te faire assassiner. Exactement comme tu l'avais prédit, non ? Toutes mes félicitations. Alors même que je formais ces mots dans mon cœur, j'entendis s'élever un rire. Qui était-ce ? me demandai-je en regardant autour de moi.

L'esprit de Yuriko était suspendu entre le plafond crasseux et la table encombrée de vaisselle de la cuisine. Yuriko me regardait. Seule la moitié supérieure de son corps était visible dans la lueur blanc bleuâtre du néon. Son visage n'était plus celui, gras et laid, que j'avais vu récemment. Elle avait retrouvé la lumineuse beauté de sa jeunesse. Je lui parlai :

– Tout s'est passé exactement comme tu le voulais, hein ?

Elle me sourit, découvrant une rangée de dents d'un blanc éclatant.

– Oui, merci. Désolée, je ne t'ai pas attendue pour mourir. Qu'est-ce que tu vas faire maintenant, Kazue ?

– La vie continue. J'ai encore de l'argent à gagner.

– Quitte ce métier tant que tu le peux encore, dit-elle en riant. Tu ne gagneras jamais assez d'argent pour être satisfaite. Et puis, tôt ou tard l'homme qui m'a tuée te tuera aussi.

– Qui ?

– Zhang.

Aucun doute, c'est bien ce qu'elle avait dit. Mais comment avait-elle pu connaître Zhang ? Je commençai à retourner le problème dans ma tête. Yuriko avait dû l'attirer à elle ; Yuriko est un monstre ; Zhang aime les monstres ; c'était parfaitement logique. Mais si cela s'était bien passé ainsi, Zhang allait-il vraiment me tuer moi aussi ?

L'autre soir quand je m'étais jetée contre lui, il m'avait serrée dans ses bras, non ? Je voulais qu'il soit gentil avec moi. Je voulais qu'il me prenne encore et encore dans ses bras. Yuriko leva un index fin devant son visage et l'agita vigoureusement de droite à gauche.

– Non, non, non, Kazue. Il faut que tu renonces à tous tes désirs. Personne ne sera gentil avec toi. Les hommes ne veulent même plus avoir à te payer. Tu sais, les vieilles putes dans notre genre ne sont bonnes qu'à les forcer à regarder la vérité en face. C'est pour ça qu'ils nous détestent.

– Regarder la vérité en face ?

Avant de prendre conscience de ce que je faisais, j'avais déjà porté un doigt à mon menton et penché la tête de côté.

– Pour l'amour du ciel, Kazue, tu en es encore à essayer de

nous jouer ce cinéma de petite fille ? Arrête un peu, tu veux ? Ça ne sert à rien. Tu n'as toujours pas compris, hein ?

– Mais si. Je comprends très bien. Je comprends que je suis plus mince et donc plus belle que jamais.

– Qui est-ce qui t'a mis cette idée ridicule dans la tête ?

De quoi parlait-elle ? Puis je me souvins qu'elle venait bien de quelqu'un d'autre. Était-ce à l'époque du lycée ? La grande sœur de Yuriko ?

– C'est ta grande sœur.

– Et tu crois encore à une chose qu'on t'a dite il y a si longtemps ?

Elle soupira.

– Ce que tu peux être naïve, ma pauvre Kazue ! Tu es sûrement la personne la plus crédule que je connaisse.

– Peu importe. Yuriko, écoute. Explique-moi ce que tu voulais dire par « regarder la vérité en face ».

– Que tout ça, c'est du vide. Un gros tas de néant.

– Je suis un gros tas de néant, moi ?

À peine avais-je posé cette question que je me surpris à serrer les bras autour de ma poitrine. Je n'étais rien ! Vide. Quand avais-je disparu ? Il ne restait de moi qu'un costume – des vêtements qui appartenaient à une diplômée de l'université de K., à une employée de la Compagnie d'architecture et d'ingénierie G. Il n'y avait rien à l'intérieur. Mais après tout, que devait-il y avoir à l'intérieur ?

Quand je recouvrai mes esprits, j'avais renversé du café partout sur la page à laquelle le journal était ouvert. J'épongeai rapidement la table avec un chiffon. Le journal entier était devenu marron.

– Kazue, qu'est-ce qui ne va pas ?

Je me retournai et vis ma mère qui se tenait dans l'embrasure de la porte du salon. Son visage minuscule et dépourvu de maquillage était déformé par la peur.

– Tu disais quelque chose, là, à l'instant. J'ai entendu ta voix et je me suis dit que tu devais parler à quelqu'un.

– Mais je parlais bien à quelqu'un. Je parlais à cette personne, juste là.

Je montrai du doigt le journal. Mais l'article était maintenant tellement imbibé de café qu'il était devenu difficile de le déchiffrer. Ma mère ne dit rien, se contentant de plaquer une main sur sa bouche pour étouffer un cri. Je n'y prêtai pas attention et m'emparai brusquement du sac à dos accroché au dossier de ma chaise.

– Je dois passer un coup de fil !

Alors que je sortais mon carnet d'adresses de mon sac, un Kleenex encroûté de morve s'en échappa, ainsi qu'un vieux mouchoir sale. Ils atterrirent tous deux à côté de moi. Mère les regarda avec colère, mais je me contentai de la chasser de la cuisine.

– Qu'est-ce que tu regardes comme ça ? Sors d'ici.

– Tu vas être en retard au travail.

– Ce n'est pas bien grave si je suis un petit peu en retard. Le directeur est arrivé avec une bonne heure de retard la semaine dernière. Et la veille, une des assistantes était en retard. Tout le monde le fait, alors pourquoi pas moi ? Pourquoi faut-il toujours que je sois la seule à prendre mon travail autant au sérieux ? J'ai trimé comme une folle toutes ces années pour que tu puisses rester dans cette maison. Mais maintenant, tu comprends, j'en ai ras le bol !

– Kazue, chérie, tout ce que tu fais, tu le fais à cause de moi ? C'est ça ?

Elle bredouillait. Des rides d'inquiétude creusaient son visage tandis qu'elle m'observait.

– Ça n'a rien à voir avec toi ! Si je travaille, c'est parce j'ai le sens du devoir, moi.

D'une voix à peine audible, elle bégaya :

– Oui, c'est vrai.

Elle ne semblait pas vouloir partir, mais s'en retourna finalement vers sa chambre avec un air pincé. Je feuilletai mon agenda à la recherche des pages du répertoire. La grande sœur de Yuriko. Cela faisait plus de dix ans que je n'avais eu aucun contact avec elle, mais soudain je sentis que je serais incapable de me calmer avant d'avoir entendu sa voix. Alors que je composais lentement son numéro, j'essayai de comprendre ce qu'était cette chose que j'avais si désespérément besoin de m'entendre confirmer. J'étais totalement déconcertée.

– Allô. Allô ? C'est qui ?

La voix à l'autre bout du fil était écœurante de morosité, et méfiante. J'annonçai directement le but de mon appel sans m'encombrer de bavardages inutiles.

– C'est moi. Kazue Satô. Euh, j'ai appris que Yuriko-chan s'était fait assassiner.

– Exact.

Sa voix trahissait une légère dépression, mais aussi comme une sorte de tranquillité.

La grande sœur de Yuriko se mit à faire un bruit bizarre à l'autre bout de la ligne. C'était un son grave et constant, comme une moto au ralenti. Elle riait. Son rire était celui de quelqu'un qui savoure un sentiment de soulagement, un rire qui trahissait la joie qu'elle ressentait d'être enfin libérée de Yuriko. C'est aussi ce que je ressentais. Pour moi, elle était mon aînée dans le monde de la nuit et elle était sortie de nulle part pour venir empiéter sur mon territoire : l'ancienne beauté de mon lycée. D'une certaine façon, nous avions toutes les deux le sentiment d'avoir été libérées. Et dans le même temps, quelque chose nous liait à elle.

– Qu'est-ce qui te fait rire comme ça ?

– Oh, rien.

Je ne riais même pas. Qu'est-ce qui lui prenait de me demander ça ? La sœur de Yuriko était folle. Je lui retournai sa question.

– Mais toi, j'imagine que tu es triste, n'est-ce pas ?

– Pas vraiment, non.

– Ah oui, c'est vrai. Yuriko-chan et toi n'étiez pas particulièrement proches, si je me souviens bien. C'était comme si vous n'étiez pas de la même famille, vous deux. D'autres n'auraient jamais remarqué que vous étiez sœurs, mais moi je l'ai tout de suite vu.

La sœur de Yuriko m'interrompit :

– Assez parlé de ça. Alors, qu'est-ce que tu deviens ces temps-ci ?

– Devine.

Je rejetai les épaules en arrière comme par défi.

– J'ai entendu dire que tu avais trouvé un boulot dans une boîte d'ingénierie.

– Tu serais surprise si je t'annonçais que Yuriko-chan et moi étions en fait dans la même branche ?

Pas un bruit à l'autre bout du fil. La grande sœur de Yuriko devait être en train de réfléchir à ce que j'avais dit. Je savais qu'elle était jalouse de moi. C'était une femme qui rêvait de ressembler à Yuriko, mais qui aurait été incapable de l'imiter si sa vie en avait dépendu. Moi, j'étais différente.

– Moi, en tout cas, je compte bien faire un peu plus attention.

Là, elle était mouchée ! Je raccrochai précipitamment. Mais, tout compte fait, de quoi la sœur de Yuriko et moi avions-nous été libérées ? De notre vie ? Je voulais peut-être qu'on me tue de la même manière que Yuriko. Parce que moi aussi, j'étais un monstre. Et j'étais fatiguée de vivre.

La nuit commençait à tomber et la pluie n'avait toujours pas faibli. Je dépliai mon parapluie et me promenai autour de la gare de Shinsen en espérant tomber sur Zhang. Je restai un moment devant son immeuble à regarder son appartement, mais celui-ci était plongé dans le noir. Personne n'était encore rentré. Au moment précis où je pensais abandonner et rentrer à la maison, je vis Chen-yi avancer dans ma direction. Il portait un short et un polo fin de coton blanc et avait aux pieds des sandales de plage, alors même que la pluie avait nettement rafraîchi l'atmosphère. Je m'approchai et me plaçai à côté de lui.

– Bonsoir.

Il m'aperçut et s'arrêta. Derrière ses lunettes, ses yeux lançaient des regards dans toutes les directions, comme si on l'obligeait à contempler quelque chose de répugnant.

– Il faut que je voie Zhang et je me demandais s'il n'était pas à la maison.

– Zhang n'est probablement pas là. Il a changé de travail et maintenant il est absent la journée et le soir. Je ne sais pas quand il rentrera.

– Je peux aller l'attendre là-haut ?

– Non, tu ne peux pas, répondit-il en hochant agressivement la tête. On a beaucoup de monde à la maison. Ça n'ira pas.

Il agissait comme s'il avait honte d'avoir fait l'amour avec moi devant les autres.

– Bon, et j'ai le droit d'aller voir par moi-même ?

Je commençai à m'avancer vers l'escalier, mais Chen-yi m'attrapa sans ménagement et me força à m'arrêter.

– Je vais voir s'il est là. Tu attends ici.

– S'il est là, dis-lui que je l'attends sur le toit.

Chen-yi me jeta un regard méfiant lorsque je repris le chemin de l'escalier, mais je n'en avais rien à faire. Les ordures qui jonchaient les marches entre le troisième étage et le toit s'étaient démultipliées, comme une sorte d'organisme vivant. L'escalier tout entier était maintenant couvert de détritus : vieux papiers, restes de romans en langue anglaise, bouteilles de soda en plastique, boîtes de CD, draps déchirés et vieilles capotes. Je poussai les déchets sur le côté de la pointe d'une chaussure mouillée et me frayai un chemin vers le sommet. Je passai devant la porte de l'appartement de Zhang et poursuivis jusqu'au toit. Le matelas trempé de pluie était étendu sur les marches et dépassait par la porte du toit comme un cadavre – le matelas que le professeur de langues avait abandonné en partant. Le matelas où Zhang était assis à présent, la tête pendante. T-shirt douteux, jean. Ses cheveux lui tombaient sur les oreilles. Il avait l'air de ne pas s'être rasé depuis des jours. Zhang n'était pas si différent des ordures qui pullulaient tout autour. Je revis soudain les plantes du jardin de ma mère démolies par la pluie. Une fois que les pluies cesseraient, elles se redresseraient à la verticale.

– Qu'est-ce que tu fais assis là ?

– Ah, c'est toi ?

Il leva sur moi un regard étonné. Mon œil tomba sur une chaîne en or qui étincelait à son cou.

– C'est le collier de Yuriko, n'est-ce pas ?

– Quoi, ça ?

Il toucha le collier comme s'il venait de se rappeler sa présence.

– Alors comme ça, elle s'appelait Yuriko ?

– Oui, c'était une vieille connaissance. Elle s'habillait toujours exactement comme moi.

– Tiens, c'est vrai, maintenant que tu me le dis.

Il enroula la chaîne autour de son doigt. De l'eau de pluie gouttait de mon parapluie en formant dans un coin enfoncé du matelas une flaque qui ressemblait à une tache en train de s'étendre. Zhang ne semblait pas s'en rendre compte.

– C'est toi qui l'as tuée, hein ?

– J'avoue. Je l'ai tuée parce qu'elle me l'a demandé. C'était pareil pour ma sœur. Je t'ai dit que ma sœur était tombée dans la mer et qu'elle s'était noyée, mais je mentais. C'est moi qui l'ai tuée. Dans le container, pendant la traversée, on a fait l'amour tous les soirs. Elle était dégoûtée à l'idée de devoir vivre comme une bête et elle m'a demandé, les larmes aux yeux, de la tuer. Je lui ai dit de ne pas s'inquiéter à propos de notre relation et je lui ai demandé plusieurs fois de continuer à vivre avec moi au Japon comme mari et femme, mais elle ne voulait pas. Alors je l'ai jetée à l'eau. Je voyais ses mains s'agiter entre les vagues alors qu'elle dérivait toujours plus loin de moi ; c'était comme si elle me disait adieu. Elle souriait. Elle semblait heureuse de dire adieu à la vie qu'elle avait avec moi. On avait emprunté énormément d'argent, rien que pour arriver au Japon. Je n'arrivais pas croire qu'elle puisse être aussi stupide. Bref, chaque fois que je rencontre une femme qui me dit : « Tue-moi », je ne demande pas mieux que de lui rendre service. Si elle n'arrive pas à se faire à cette vie, j'interviens volontiers pour régler le problème pour elle. Et toi, qu'est-ce que tu veux ?

Il fit un léger sourire aux ténèbres. Le vent avait forci et la pluie nous fouettait le visage. Je tournai la tête pour tenter d'éviter les gouttes, mais Zhang se contentait de grimacer, laissant la pluie cingler son visage. Son front scintillait d'humidité.

– Je ne veux pas mourir maintenant. Mais j'en aurai peut-être envie bientôt.

Il prit mes jambes entre ses mains.

– Tu es si maigre ! Un vrai squelette. Je ne comprends pas pourquoi tu ne prends pas quelques kilos. Tu penses que tu es malade ? Ma sœur et cette femme, cette Yuriko, elles étaient toutes les deux bien portantes. Pourquoi est-ce que toi, tu es malade ? C'est triste, tu ne trouves pas ?

– Tu crois que je suis malade ? Je ne veux pas mourir.

– Il y a des gens qui ont déjà pris le chemin de la mort et qui ne le savent même pas. Et il y en a d'autres qui respirent la santé, mais qui choisissent quand même de mourir. Tu ne crois pas ?

Je fus soudain submergée de chagrin. Pourquoi, lorsque je parlais avec lui, me sentais-je toujours si seule, si triste ? Je m'assis sur le matelas crasseux et détrempé. Zhang m'attrapa par les épaules et me tira vers lui. Il sentait la poussière et la transpiration, mais ça ne me gênait pas.

– Sois gentil avec moi. S'il te plaît.

J'enfouis ma tête au creux de son torse, jouant avec la chaîne en or qui brillait à son cou.

– D'accord. Et en échange, tu seras gentille avec moi.

Nous nous sommes serrés l'un contre l'autre en murmurant encore et encore : « Sois gentil. Je t'en prie, sois gentil avec moi. »

9

30 janvier
Shibuya : WA (?), ¥10 000
Shibuya : étranger, ¥3 000

Zhang est un menteur. Un enfoiré. Et un assassin ! Je posai ma canette de bière, mon sachet de seiche séchée, une boîte de pilules de Gymnema sur le comptoir de l'épicerie et pensai à lui.

– Hé !

Quelqu'un me donna un petit coup dans le dos. Je m'aperçus que j'avais dépassé toute la queue, mais je m'en fichais ; je restai là où j'étais et me commandai un bol d'*oden*.

– Mettez-moi une croquette de poisson, du radis et du *konnyaku*... un de chaque. Et remplissez bien le bol de bouillon, hein.

L'homme derrière le comptoir renâcla en signe d'agacement, mais la vendeuse – qui avait l'habitude de me voir – gagna la marmite d'*oden* et prit ce que je voulais avec une expression parfaitement neutre. Les deux jeunes femmes qui faisaient la queue derrière moi marmonnèrent quelque chose – une insulte, une protestation, que sais-je ? – et je me retournai pour leur jeter un regard mauvais. Elles semblèrent intimidées. Je m'en amusai. Depuis peu, je m'étais mise à regarder les gens droit dans les yeux – au bureau, à la maison, partout. Je suis un monstre. Tout le monde me traite comme si j'étais spéciale. Et s'il y en a à qui cela pose un problème, qu'ils essayent donc un peu d'être comme moi !

Je sortis du magasin et lampai rapidement le bouillon. Le liquide brûlant et onctueux glissa au fond de ma gorge. Je savais que sa chaleur rétrécirait mon estomac, qui se recroquevillerait progressivement. Un train passa en grondant sur les voies de la ligne d'Inokashira. Je relevai la tête et le regardai s'engouffrer dans la gare de Shinsen. Peut-être Zhang était-il à bord.

Il s'était écoulé plus d'un semestre depuis la soirée pluvieuse où Zhang et moi nous étions agrippés l'un à l'autre. Nous étions désormais en janvier. L'hiver, jusqu'ici, avait été plutôt doux, ce qui à vrai dire m'arrangeait bien. Chaque fois que j'arrivais près de la gare de Shinsen, je cherchais Zhang du regard. Une fois, alors que j'observais le quai par-dessus la palissade de la rue, j'avais cru voir un homme qui lui ressemblait. Mais je ne l'avais toujours pas revu. C'était aussi bien. Il n'était rien pour moi. Je consacrais toute mon énergie à mon travail nocturne. Zhang, lui, continuerait à vivre dans ce pays, et oublierait qu'il avait tué Yuriko.

Ce soir-là, nous avions été tous les deux éperdument romantiques. Et pourtant, j'avais été obligée d'éclater de rire en entendant son petit soliloque ridicule.

– Je l'aimais, cette pute. Celle que tu appelles Yuriko.

– Arrête un peu de me faire marcher ! C'est assez improbable, tu ne crois pas ? Je veux dire… tu venais à peine de la rencontrer. Et Yuriko n'était qu'une vieille pute défraîchie. En plus je suis sûre que même elle, elle ne t'aurait pas cru. Elle détestait tous les hommes.

Il m'avait saisie à la gorge alors que je me tortillais de rire, comme s'il voulait m'étrangler.

– Ah, tu trouves ça drôle ? Et si je te faisais la même chose, hein, qu'est-ce que t'en dis ? Connasse !

La lueur orange qui éclairait les premières marches de l'escalier s'était reflétée dans ses yeux, les faisant scintiller. On l'aurait cru possédé, j'en avais la chair de poule. Prise de panique, je tapai sur ses mains jusqu'à ce qu'il me lâche et me relevai. La pluie frappa mon visage. Je levai une main pour l'essuyer et me rendis compte que ce n'était pas de l'eau, mais la salive de Zhang. Sperme, salive : une femme recueille ce que les hommes sécrètent.

– Va te faire voir !

Zhang m'avait congédiée d'un geste et je m'étais enfuie du toit en courant. Je m'étais ensuite ruée dans l'escalier glissant, écartant du pied les détritus trempés au cours de ma descente. Qu'y avait-il chez Zhang de si mauvais qu'il me fallait à tout prix le fuir ? Je n'en étais moi-même pas certaine. En arrivant à la porte d'entrée de l'immeuble, j'étais entrée en collision avec un homme qui, lui, se précipitait depuis l'extérieur. Son corps trempé de pluie et de sueur dégageait une odeur très particulière. Son T-shirt noir gorgé d'eau laissait deviner une taille et un torse sveltes. Dragon. J'avais rajusté ma perruque et l'avais interpellé.

– Salut !

Dragon n'avait pas répondu. Au lieu de cela, il m'avait transpercée d'un regard acéré comme une flèche.

– Zhang est sur le toit, lui lançai-je. Tu sais pourquoi il traîne là-haut ? Il doit fuir quelque chose.

J'avais décidé de lui dire que Zhang avait assassiné Yuriko et que c'était pour cela qu'il avait pris la tangente. Mais avant que j'aie le temps d'ouvrir la bouche, Dragon m'avait surprise en me proposant une autre explication.

– C'est nous qu'il essaye d'éviter, l'enfoiré. Il nous a dépouillés de tout notre argent et on lui a dit de ne plus remettre les pieds chez nous tant qu'il ne nous aura pas remboursés.

Le soir où j'avais couché avec Chen-yi et Dragon l'un après l'autre, ce dernier léchait les bottes de Zhang. Mais ce soir-là, il était plein d'arrogance.

– Oui, enfin, il a surtout tué une prostituée. Il l'a tuée dans Shibuya-ku, lui annonçai-je avec un petit sourire en coin.

– Une prostituée ? Il peut tuer toutes les putes qu'il veut, je m'en fous. Ce n'est pas ça qui manque. Mais l'argent, c'est pas pareil !

Il avait secoué son parapluie bon marché en vinyle, essaimant des gouttes de pluie dans tous les sens.

– Ben quoi, c'est pas vrai ?

J'acquiesçai. Sur ce point, il avait raison. L'argent était sans aucun doute plus précieux que la vie. Et pourtant, quand je mourrais, mon argent n'aurait plus aucune importance. Ma mère et ma sœur en hériteraient. Cette idée m'énervait, mais qu'est-ce que je pouvais y faire ? J'étais contrariée par mon incapacité à résoudre un problème aussi simple. Dragon m'avait regardée avant de partir d'un rire moqueur.

– Tu gobes vraiment tout ce que te dit cette ordure ? Zhang est un menteur, tu sais ? Ici, personne ne croit un mot de ce qu'il raconte.

– Tout le monde ment.

– Oui, mais rien de ce que dit ce pourri n'est vrai. Oh, bien sûr, il joue les gros bosseurs. Il raconte qu'il a quitté son village pour aller faire fortune dans les grandes villes. La vérité, c'est qu'il a buté son grand-père, son grand frère et le type avec qui sa sœur allait se marier, et qu'il n'avait pas d'autre choix que de disparaître. Il dit qu'il a forcé sa sœur à se prostituer quand il est arrivé à Hangzou et qu'il a fait passer de la drogue pour la mafia. Il prétend même s'être fait entretenir par la fille d'un politicien pour échapper aux soupçons. C'est un enfoiré. S'il est venu au Japon, c'est uniquement parce qu'il avait les flics au cul.

– Il m'a dit qu'il a tué sa sœur.

Dragon leva la tête, visiblement surpris. Un éclair de stupéfaction traversa son regard.

– Ça alors ! Ben j'imagine que ce fils de pute doit dire la vérité de temps en temps. Parce que ça, il paraît que c'est vrai. Je l'ai entendu de la bouche d'un type qui est arrivé par le même bateau que Zhang. Il m'a dit que Zhang avait fait semblant d'essayer d'attraper la main de sa sœur, mais le type avait l'air de penser que c'était lui qui l'avait poussée par-dessus bord. De toute façon, Zhang est un criminel. Il nous a bien eus, ce fumier.

Dragon s'avança vers l'escalier et je vis les muscles de son dos rouler sous son T-shirt mouillé.

– Hé, Dragon ?

Il se retourna.

– Tu veux pas qu'on s'amuse un peu, tous les deux ?

Une aversion absolue se dessina sur son visage tandis qu'il m'étudiait des pieds à la tête.

– Pas vraiment, non. J'aime autant garder mon argent pour quelqu'un d'un peu mieux. Je préfère les femmes un peu plus en chair.

– Espèce de salaud ! Je sais très bien que tu as pris ton pied avec moi.

Je ramassai le parapluie qu'il avait posé près de l'entrée et j'essayai de le lui jeter à la figure, mais il atterrit à mi-hauteur de l'escalier. Dragon éclata de rire et continua à avancer en direction du toit. Enculé ! Putain d'enculé de ta mère ! Je n'avais jamais, de toute ma vie, pensé des propos aussi grossiers, mais je ne pouvais pas m'en empêcher. Qu'ils crèvent, tous ! Bande d'enculés ! Je revis leur appartement crasseux. Ce soir-là, je m'étais bien dit que je ne reviendrais jamais. Alors pourquoi avais-je tenté de lever Dragon ? Sûrement un simple moment de faiblesse provoqué par cette étreinte agréable un peu plus tôt sur le toit. Ou peut-être était-ce ce que Yuriko avait prédit. Peut-être que ce sont les putes dans mon genre qui démasquent les hommes. J'avais révélé la faiblesse de Zhang et la cruauté de Dragon. J'étais tellement furieuse contre moi-même que je défonçai exprès le rabat qui couvrait la fente de la boîte aux lettres de l'appartement 404.

Je me demandais ce que Zhang était devenu. Voilà ce qui occupait mon esprit tandis que, le sac plastique de l'épicerie se balançant au bout de mon bras, je montais péniblement vers la statue de Jizô. Il était prévu que j'y retrouve Arai. Cela faisait longtemps : quatre mois. Yoshizaki et Arai m'avaient tous les deux invitée à dîner par le passé. Mais maintenant ils refusaient de me voir ailleurs qu'à l'hôtel. D'abord deux fois par mois, puis une, et désormais une fois tous les deux mois environ. Pour compenser cette baisse de fréquence, j'étais résolue à essayer de leur prendre plus d'argent à chaque session.

En m'engageant dans la ruelle qui passait devant la statue de Jizô, j'aperçus le dos courbé d'Arai. Il rôdait dans la pénombre devant la statue, vêtu du même manteau gris qu'il avait porté l'année précédente et encore celle d'avant, son épaule affaissée, comme toujours, sous le poids d'un sac à bandoulière en similicuir noir. Et comme toujours, un hebdomadaire dépassait du bord du sac. Une seule chose avait changé : ses cheveux étaient plus rares et blancs que deux ans plus tôt.

– Monsieur Arai, cela fait longtemps que vous attendez ? Vous êtes en avance, non ?

Il fronça les sourcils en entendant ma voix haut perchée et plaça un doigt sur ses lèvres, signe que je devais me taire. Il n'y avait personne alentour. Pourquoi fallait-il qu'il soit si nerveux ? Peut-être qu'il avait honte d'être vu avec moi en public. Il ne dit rien, se retourna et partit en direction de notre *love hotel* habituel. Ceux de Maruyama-chô étaient les moins chers du coin, trois mille yens pour un séjour de très courte durée. Je fredonnai tout le long du chemin, m'assurant de rester toujours quelques pas derrière lui. J'étais de bonne humeur. Contente qu'Arai se soit décidé à m'appeler. Cela faisait longtemps, mais je sentais que les choses pourraient redevenir comme avant, lorsque j'avais l'impression de régner sur les nuits de Shibuya. Je n'étais peut-être qu'une modeste fille des rues, mais je ne voulais toujours pas mourir. Je ne finirais pas comme Yuriko.

Quand nous arrivâmes dans la chambre, je fis couler de l'eau chaude dans la baignoire et balayai la pièce du regard à la recherche de tout ce qui avait de la valeur et que je pourrais emporter. Je décidai de récupérer le rouleau supplémentaire de papier toilette qui nous était fourni. La ceinture de la robe de chambre pourrait également me servir un jour. Et puis, bien sûr, il y avait les préservatifs posés à côté de l'oreiller. Je vis qu'ils n'en avaient mis qu'un seul cette fois. D'habitude, ils en laissaient deux. J'appelai la réception pour me plaindre et exigeai qu'on m'en monte un deuxième. J'en donnerais un à Arai et empocherais le second.

– Vous prendrez bien une bière, n'est-ce pas, monsieur Arai ?

J'ouvris le sac de courses que je portais, en sortis la canette de bière et les en-cas que j'avais achetés un peu plus tôt et les posai sur la table bancale. L'*oden* étant mon repas du soir, je le mangeai sans lui en proposer.

– Eh bien, on peut dire que tu aimes bien noyer ton *oden* dans le bouillon ! dit-il d'un air dégoûté.

C'était la première fois que nous nous voyions depuis je ne savais combien de temps et c'était tout ce qu'il trouvait à me dire ? Je ne répondis pas. Le bouillon d'*oden* est un plat de régime, tout le monde sait ça ! Ça remplit le ventre et comme ça on ne mange pas des tonnes d'autres choses après. Comment les hommes peuvent-ils ignorer des trucs aussi simples ? Je bus la fin du bouillon. Arai me regarda d'un air agacé et gagna la salle de bains. Lui qui était autrefois si hésitant, toujours terrifié à l'idée de dire quelque chose de travers, et si honteux de ses manières campagnardes : M. Arai de l'usine chimique de Toyama. Quand avait-il changé ? Je restai assise un moment, les yeux perdus dans le vide en y songeant.

– Je veux que cette séance soit notre dernière.

Son ultimatum me prit complètement au dépourvu. Je le dévisageai, sous le choc, mais il évita mon regard.

– Pourquoi ?

– Parce que je vais me retirer de mes fonctions à la fin de l'année.

– Et alors ? Ça ne veut pas dire que tu es obligé de te retirer de moi, si ?

Je ne pus m'empêcher de rire. Entreprise et prostituée étaient une seule et même chose ? Si tel était le cas, j'aurais été une employée le jour, mais aussi la nuit ? Ou peut-être était-ce l'inverse : prostituée la nuit, mais aussi le jour !

– Non, ce n'est pas ce que je voulais dire. Simplement, je serai à la maison en permanence et il me sera plus difficile de m'absenter. Et puis, je ne crois pas que j'aurai beaucoup de problèmes dont j'aurai besoin de me plaindre auprès de toi.

– D'accord, d'accord, je vois, dis-je impatiemment en tendant une main sous son nez. Alors donne-moi ce qui me revient.

Il se dirigea vers le placard où il avait pendu sa veste froissée, fouilla avec un air maussade dans sa poche et en sortit son portefeuille ridiculement mince. Je savais qu'il n'y avait que deux billets de dix mille yens à l'intérieur. Il apportait toujours juste de quoi payer mes quinze mille yens d'honoraires et les trois mille yens de la chambre. Il ne se promenait jamais avec plus d'argent qu'il n'en avait besoin. Yoshizaki, lui aussi, était comme ça. Arai plaça les deux billets dans ma paume retournée.

– Tiens, voilà tes quinze mille yens. Et maintenant, rends-moi ma monnaie.

– C'est pas assez.

Il me dévisagea.

– Qu'est-ce que tu veux dire ? C'est ce que je te donne toujours.

– Ça, c'est mon salaire. Mais si je suis votre employée, alors vous me devez des indemnités de mise en préretraite.

Il fixa longuement ma paume ouverte sans rien dire. Puis il leva les yeux, commençant visiblement à s'énerver.

– Tu es une prostituée. Tu n'y as pas droit !

– Je ne suis pas qu'une prostituée, je suis aussi une employée.

– Oui, oui, je sais : la compagnie G., la compagnie G. Tu n'arrêtes pas de crâner avec ça. Mais je suis sûr que tu es un fardeau énorme pour ton entreprise. Si tu avais travaillé dans ma boîte, on t'aurait renvoyée depuis un bon moment. L'ère de tes débuts est passée depuis longtemps, tu sais ? Tu n'es plus la jeune *office lady* en fleur que tu étais autrefois. Tu es vraiment bizarre, pour tout te dire, et ça empire à vue d'œil. Chaque fois que je couche avec toi, je me demande ce que je fais là. Je n'arrive pas à comprendre. Tu me dégoûtes. Mais après, chaque fois que tu m'appelles, tu me fais tellement pitié que je n'arrive pas à te refuser un rendez-vous.

– Ah, c'est comme ça, hein ? Très bien, alors, pour le moment, je vais me contenter de partir avec ce que tu viens de me donner. Les cent mille yens que tu me dois encore, tu n'auras qu'à les virer directement sur mon compte en banque.

– Rends-moi ça. Salope !

Il m'arracha les billets des mains ; je ne pouvais pas le laisser repartir avec. Si je perdais cet argent, je me perdais moi-même. Mais Arai me gifla violemment, envoyant valdinguer ma perruque.

– Qu'est-ce tu es en train de me faire ?

– C'est précisément ce que je voulais te demander. Tu me fais quoi, là ?

Il respirait bruyamment.

– Tiens, salope, siffla-t-il en me jetant un billet de dix mille yens à la figure. Je m'en vais.

Il enfila d'un geste brusque sa veste de costume et plia son manteau sur son bras.

Lorsqu'il hissa son sac sur son épaule, je lui criai :

– N'oublie pas que tu dois payer la chambre. Et tu me dois sept cents yens pour la bière et les en-cas.

– C'est ça.

Il fouilla dans sa poche et en sortit une poignée de petite monnaie. Il compta les pièces et les jeta sur la table.

– Ne me rappelle plus jamais, dit-il. Plus je te vois, plus tu me fais peur. Tu me donnes envie de vomir.

Tu peux parler, avais-je envie de lui dire. C'était qui, le type qui essayait systématiquement de me faire jouir avec les doigts ? Et ce n'est pas toi, peut-être, qui m'as fait poser devant ton Polaroid ; ou qui m'as attachée parce que les jeux sado-maso t'excitaient ? Et qui est-ce que j'ai dû sucer jusqu'à ce que mon visage en devienne bleu parce qu'il n'arrivait pas à bander ? Tout ça, je l'ai fait pour toi – je t'ai libéré – et c'est comme ça que tu me remercies ?

Arai ouvrit la porte et m'annonça sèchement :

– Satô-san, tu devrais faire attention.

– Comment ça ?

– L'ombre de la mort plane sur toi.

Sur ce, il referma la porte. Une fois seule, je fis des yeux un tour de la pièce. Dieu merci, je n'avais pas tiré la languette de la canette de bière ! Étrangement, c'est la seule pensée qui me vint à ce moment-là. J'étais plus choquée par ce qu'Arai avait dit, par le fait que j'étais l'équivalent d'une entreprise, que par son revirement soudain d'affection. Le travail d'un homme et la prostitution, la même chose ? S'il y a un âge où un homme doit prendre sa retraite du monde de l'entreprise, doit-il aussi se retirer de celui des prostituées ? Ça ressemblait au sermon que m'avait fait la femme dans le Ginza. Bon, assez gambergé ! Je replaçai la bière et les en-cas dans leur sac plastique et fermai le robinet d'eau chaude.

Je retournai à la statue de Jizô. Un homme m'y attendait. Au début je crus qu'Arai avait peut-être changé d'avis, mais cet homme-là était visiblement plus grand, et il portait un jean.

– Tu as l'air en forme, me dit Zhang avec un sourire.

– Tu trouves ?

J'ouvris en grand les pans de mon imperméable. J'avais envie de le séduire.

– J'espérais bien tomber sur toi.

– Pourquoi ça ?

Il leva la main vers ma joue et la caressa doucement. Je vacillai. Sois gentil avec moi. Je retournai en souvenir à cette nuit pluvieuse. Cette fois-ci, je ne le dirais pas. Je détestais les hommes. Mais j'adorais le sexe.

– J'aimerais bien travailler un peu. Qu'est-ce que tu en dis ? Je te ferai un bon prix.

– Trois mille yens ?

Zhang et moi nous mîmes en chemin.

Je tiens dans mon journal de prostituée un registre de tous les hommes avec qui j'ai des liaisons. Mais les notes que j'y ai inscrites ce soir ne sont pas dans le bon ordre, n'est-ce pas ? Tout est à l'envers. Cette fois-ci c'est à côté d'Arai, WA, et non de l'étranger, que j'ai inscrit un point d'interrogation. Ce dernier marque les hommes avec lesquels je ne coucherai probablement plus jamais. En d'autres termes, il marque ceux qui, selon moi, sont des minables.

Zhang et moi nous prîmes par le bras et avançâmes de ruelle sombre en ruelle sombre. Et dépassâmes le commis de cuisine qui m'avait jeté de l'eau en me conseillant d'aller me faire voir ; puis l'homme qui m'avait dit que plus personne ne faisait ça quand j'avais essayé de récupérer la consigne de bouteilles de bière ; puis la propriétaire du magasin de saké qui me traitait toujours honteusement alors que j'allais constamment faire mes emplettes chez elle ; puis les petits cons qui m'éclairaient avec leurs lampes de poche et éclataient de rire alors que j'étais en pleine action dans le terrain vague. Je voulais leur crier à tous : « Regardez-moi maintenant ! Je ne suis pas juste une vieille tapineuse de quartier, une vulgaire catin de bas étage. Je marche désormais la tête haute au bras d'un homme qui m'a attendue devant la statue de Jizô. Un homme qui est gentil avec moi. Je suis convoitée, désirée, expérimentée : je suis la reine du sexe. »

Je couinai de plaisir. Je suis avec Zhang. Je suis une employée de la compagnie G. Mon article a reçu un prix de journalisme. Je suis la directrice adjointe de mon bureau. Comment se fait-il que je n'arrivais jamais à me retenir de dire ces choses-là ? Était-ce simplement que j'avais besoin de les dire à mes clients ? Non, il y avait une autre raison. Je devais dire tout cela parce qu'à ne pas le faire j'aurais eu l'impression qu'ils se moquaient de moi. Je devais absolument être la meilleure dans tout ce que je faisais. Et ça me donnait envie de crâner un peu. Je voulais que les hommes me regardent, qu'ils m'évaluent. Plus encore, je voulais leur approbation. Voilà qui me résumait parfaitement. En dernière analyse, je n'étais en réalité qu'une gentille fille qui avait besoin de l'approbation des autres.

– Qu'est-ce que tu marmonnes dans ton coin ?

Zhang avait les yeux rivés sur moi. Ils étaient immenses et remplis d'incertitude.

– Rien, je parlais toute seule. Tu m'as entendue ? lui demandai-je, surprise par sa question.

Mais il se contenta de secouer sa tête dégarnie.

– Tu te sens bien ? Je veux dire… mentalement ?

Il se prenait pour qui, pour me poser une question pareille ? Évidemment que j'allais bien ! Mes capacités mentales allaient même à merveille ! Ce matin-là, je m'étais levée à l'heure, j'étais montée dans mon train et j'avais travaillé comme l'ambitieuse professionnelle que j'étais, et dans l'une des plus grandes firmes du pays. Le soir venu je m'étais transformée en prostituée convoitée par les hommes. Tout à coup, je me rappelai la dispute que j'avais eue un peu plus tôt avec Arai et m'arrêtai brusquement. Je suis employée le jour *et* la nuit. Ou bien est-ce que je suis une prostituée la nuit et le jour ? Laquelle suis-je ? Laquelle des deux est moi ? Le trottoir devant la statue de Jizô est-il mon siège social ? Mais alors… la sorcière Marlboro en était-elle la PDG jusqu'à ce que je lance une OPA sur son tapin ? L'idée m'amusa tellement que j'éclatai de rire.

– Qu'est-ce que tu fous ?

Zhang se retourna pour me dévisager tandis que je me pliais de rire. En regardant autour de moi, je m'aperçus que nous étions arrivés devant son immeuble. Je posai les mains sur les hanches et déclarai :

– Ce soir, je ne coucherai pas avec tous tes copains !

– Ne t'en fais pas, personne là-haut n'a envie de remettre ça avec toi de toute façon, dit-il. À part moi, bien sûr.

– Dis, tu m'aimes bien ? lui demandai-je, chancelante d'excitation après ce qu'il venait de dire.

Dis-le ! Dis-le-moi ! Dis-moi : « Oui, je t'aime bien. ». Dis-moi : « Tu es quelqu'un de bien. Tu es jolie. » Dis-le !

Il ne dit rien. Il fouilla dans ses poches.

– On va où ? Sur le toit ?

J'avais peur qu'il y fasse trop froid. Je m'appuyai contre un mur et regardai le ciel nocturne. Oui, mais si Zhang était gentil avec moi, je ne sentirais pas le froid. Soudain je fus saisie d'un doute. Qu'est-ce que ça impliquait pour un homme d'être gentil ? Cela voulait-il dire qu'il vous donnait plein d'argent ? Zhang n'en avait pas. Il essaierait même probablement de marchander ses trois mille yens. Était-ce quelque chose qu'on devait ressentir, alors ? J'avais peur de ressentir. C'est vrai, pour une prostituée, tout ne doit être qu'une histoire d'argent.

– Tu as entendu ce que je viens de dire ?

Il dépassa l'immeuble où se trouvait son appartement et s'arrêta devant celui d'à côté. C'était un bâtiment assez curieux. Un bar occupait l'entresol et je pouvais voir la lueur orange s'écouler sur l'asphalte par les fenêtres qui donnaient sur la rue. Jetant un coup d'œil à travers les vitres, je vis des clients assis devant leur verre ; ils avaient la tête à peu près au même niveau que nos pieds. L'immeuble avait trois niveaux, mais il ne semblait pas être beaucoup plus haut qu'un immeuble normal à un étage. Le haut des fenêtres de l'entresol se trouvait au niveau de la rue, et le rez-de-chaussée commençait juste après. Le chahut qui s'élevait du bar semblait étrangement incongru au milieu de la solitude muette des immeubles environnants. Je trouvais cela un peu angoissant. Même si j'étais déjà plusieurs fois montée chez Zhang, je n'avais jamais remarqué ce petit immeuble glauque qui se trouvait pourtant juste à côté.

– Cet immeuble a toujours été là ? demandai-je.

Zhang parut surpris de l'imbécillité de ma question. Il pointa le doigt vers le haut de l'immeuble voisin.

– Oui, il a toujours été là. Regarde là-haut. C'est mon appartement. Je peux voir cet immeuble depuis ma fenêtre.

Je levai les yeux vers le troisième étage de son immeuble et vis deux fenêtres qui s'ouvraient sur l'extérieur comme une paire d'yeux. La première était noire, la seconde éclairée par un néon.

– Tu as une vue plongeante.

– Ça, on peut le dire. Je peux voir si quelqu'un est là ou non. Le gardien de la résidence me donne parfois la clé d'un des appartements.

– Alors, si je vivais dans cet appartement, tu saurais exactement ce que je suis en train de faire à tout moment ?

– Si je voulais, oui.

Cette idée me rendit soudain heureuse. Zhang, de son côté, semblait perplexe. Il laissa rouler sa tête sur son torse. Puis il s'arrêta devant l'appartement à une extrémité de l'autre immeuble défraîchi – le numéro 103 – et sortit une clé de sa poche. L'appartement d'à côté était plongé dans le noir. Apparemment, personne n'y vivait. Et visiblement, il y avait d'autres appartements vacants à l'étage du dessus. Trois boîtes aux lettres d'aspect crasseux étaient collées au panneau de placoplâtre dressé dans l'entrée. Au-dessus se trouvait un panneau qui annonçait : RÉSIDENCE LA VILLA VERTE. Des capotes usagées et des prospectus jonchaient le sol en béton. Je frissonnai. La saleté du porche me rappelait à la fois les ordures étalées sur le toit de l'immeuble de Zhang et la puanteur de ses toilettes. Je pressentis qu'il s'agissait d'un endroit que je n'aurais jamais dû voir, et encore moins visiter. Vraiment, il ne fallait pas.

– Hmm, je me demande si je ne suis pas en train de faire quelque chose que je ne devrais pas faire, dis-je à Zhang, sans réfléchir.

– Je doute qu'il y ait quelque chose dans le monde qui réponde à cette description, répondit-il en ouvrant la porte.

Je regardai à l'intérieur. La pièce sentait comme l'haleine d'une personne âgée. Elle était plongée dans le noir le plus complet ; l'odeur qui m'avait accueillie semblait s'échapper d'une vaste étendue déserte. On pourrait faire ça ici et personne n'en saurait rien, pensai-je en moi-même. Zhang me planta dans l'entrée et disparut dans l'obscurité. Il semblait avoir ses repères. Il devait y avoir déjà amené bon nombre de femmes. Eh bien… je n'allais pas les laisser me damer le pion, pensai-je en me débarrassant au plus vite de mes talons hauts, ce qui les fit partir dans deux directions opposées.

– Il n'y a pas d'électricité, alors fais attention où tu mets les pieds.

Ma bonne éducation me poussa à me retourner pour aligner soigneusement mes chaussures devant la marche du vestibule. Celle-ci était fraîche sous mon pied. Et même si je portais des bas, je sentis qu'elle était couverte de poussière. Zhang était déjà assis sur le tatami de la pièce du fond.

– Je n'y vois rien. J'ai peur, dis-je d'une voix sirupeuse en espérant que Zhang me tendrait la main.

Mais il ne vint pas me chercher. Je tâtonnai jusqu'à la pièce du fond. L'appartement étant entièrement vide, je n'avais aucune raison d'avoir peur de heurter quelque chose. Il ne fallut pas longtemps pour que mes yeux s'habituent à la pénombre. La lumière de la rue filtrait à travers la fenêtre de la cuisine, et l'obscurité n'était donc pas totale. L'appartement était exigu. Je distinguai vaguement la silhouette de Zhang assis en tailleur dans le fond de la pièce de six tatamis. Il leva une main pour me faire signe de le rejoindre.

– Viens ici et enlève tes vêtements.

Je retirai mon imperméable en tremblant de froid. J'enlevai mon tailleur bleu. Je me débarrassai de mes sous-vêtements. Zhang resta assis, habillé de pied en cap, enveloppé dans sa veste en cuir. Je m'allongeai sur le tatami et levai les yeux au plafond. Zhang se pencha sur moi.

– Tu n'as rien oublié ?

– Quoi ? demandai-je en claquant des dents.

– Pourquoi tu as enlevé tes vêtements avant d'avoir eu ton argent ? Tu es bien une prostituée, non ? Je suis ici pour t'acheter, alors tu devrais t'assurer d'avoir ton argent d'abord.

– Bon, eh ben donne-le-moi.

Il répartit trois billets de mille yens sur mon corps. Un sur ma poitrine, le deuxième sur mon ventre et le troisième sur mon entrejambe. Trois mille malheureux yens. J'eus envie de crier : « J'en veux plus ! » Mais d'un autre côté, j'aurais été heureuse de m'occuper de Zhang gratuitement. Je voulais essayer au moins une fois d'avoir une relation normale. Je voulais qu'un homme me serre tendrement dans ses bras. Je voulais faire l'amour.

Comme s'il avait lu dans mon cœur, Zhang me dit :

– Tu ne vaux pas plus de trois mille yens. Qu'est-ce que tu crois ? Tu le veux, cet argent ? Parce que si tu n'en veux pas, tu deviendras une femme normale, pas une prostituée. Mais tu sais que je ne m'intéresse pas aux femmes normales et que je ne couche pas avec elles. Alors, qu'est-ce que tu veux être ? Une pute qui ne vaut pas plus de trois mille yens ou une femme normale que je n'ai pas envie de toucher ?

Je ramassai les billets de mille sur mon corps et m'y accrochai. Je voulais toujours qu'il me prenne dans ses bras. Je l'entendis abaisser la fermeture Éclair de son jean. Et, dans la faible lumière, je vis son sexe dressé. Il me le mit dans la bouche et commença à remuer des hanches. Sa respiration se fit peu à peu plus laborieuse.

– Je ne peux rien faire avec une femme si je ne la paye pas, dit-il. Même si ce n'est que trois mille misérables yens.

Puis il s'allongea à son tour et me pénétra. Il était toujours habillé, il n'y avait qu'à l'intérieur de moi qu'il était chaud. C'était une sensation étrange. Sa veste en cuir était fraîche sur ma peau et à chacun de ses mouvements le frottement de son jean contre mes cuisses me faisait mal.

– Est-ce que tu aimes les prostituées parce que ta sœur en était une ?

Il fit non de la tête.

– Tu n'y es pas. C'est exactement le contraire. C'est parce que j'aimais les prostituées que j'ai fait en sorte que ma sœur en devienne une. Je ne l'ai pas fait parce que je voulais coucher avec ma sœur. Je l'ai fait parce que je voulais coucher avec ma sœur prostituée. Il n'y a rien dans ce monde qui soit vraiment tabou. Mais ceux qui se laissent berner ne peuvent pas comprendre.

Il partit d'un rire aigu et se plaça au-dessus de moi. Je voulais qu'il m'embrasse. Je tendis le cou pour approcher mon visage du sien, mais il tourna la tête, évitant délibérément mes lèvres. Seul le bas de nos corps était en contact, allait et venait, mécaniquement, méthodiquement. Était-ce vraiment ça, le sexe ? Je me sentais incroyablement vide, comme si j'étais sur le point de devenir folle. La fois précédente, il avait été tendre. Et je m'étais sentie comme jamais auparavant. Que se passerait-il cette fois-ci ? J'entendis Zhang se mettre à rire. Il était de plus en plus excité et respirait bruyamment. Il était complètement seul à présent, non ? C'était du sexe, et rien d'autre.

J'entendis Yuriko. Je la vis assise à ma gauche. Elle portait une perruque dont les cheveux lui tombaient jusqu'à la taille. Ses paupières étaient peintes en bleu, ses lèvres en rouge vif. Une prostituée, vêtue comme moi. Elle se mit à chatouiller ma cuisse gauche de ses doigts longs et fins.

– Allez ! Regarde, je t'aide. Je vais t'aider à jouir.

Lentement, doucement, elle commença à me masser la cuisse.

– Merci. Tu es vraiment sympa avec moi. Je suis désolée de t'avoir causé des problèmes au lycée.

– Imbécile, celle à qui on a causé des problèmes, c'est toi. Comment as-tu fait pour ne pas t'en apercevoir ? Tu n'as jamais su voir tes faiblesses, dit Yuriko d'une voix pleine d'amertume. Si tu avais su les voir, peut-être que tu aurais pu être heureuse.

– Peut-être.

Zhang avait commencé à donner de violents coups de reins. Il était de plus en plus lourd et pesait si fort sur ma poitrine que je n'arrivais plus à respirer. Il ne faisait plus attention à la femme qui devait supporter son poids. La plupart des hommes que j'avais comme clients étaient comme ça. Croyaient-ils que j'allais continuer ainsi pour toujours sans jamais remarquer leur mépris ? Le coup de l'argent le faisait éclater au grand jour. Je ne valais vraiment pas plus que ça ? Impossible ! Pas une employée de la compagnie G. qui touchait un salaire annuel de dix millions de yens.

– Il y a pas mal de clients qui sont attirés par une femme comme moi avec un sein en moins. Plutôt étrange, tu ne trouves pas ?

Je me souvenais de cette voix. Surprise, je me tournai vers la droite et me trouvai nez à nez avec la sorcière Marlboro. Elle portait un soutien-gorge noir avec une boule de tissu à l'endroit où son sein aurait dû être – le sein qu'elle avait laissé au cancer. Je voyais son soutien-gorge à travers le nylon de sa veste légère. La sorcière Marlboro commença à me masser la cuisse droite. Ses mains étaient sèches et calleuses, mais puissantes. Le massage était agréable. C'était comme la fois où, dans l'appartement de Zhang, j'avais couché avec Chen-yi. Dragon était sur ma gauche et Zhang sur ma droite, et tous deux me caressaient les cuisses.

– Ne pense plus à rien. Tu penses trop ! Laisse ton corps prendre le contrôle, détends-toi, profite de la vie !

La vieille femme se mit à rire.

– Je t'ai laissé mon turf devant la statue de Jizô parce que je pensais que tu t'en sortirais… en tout cas, mieux que tu ne l'as fait.

– Ce n'est pas vrai ! cria Yuriko à la sorcière Marlboro. Dès le départ, tu savais comment elle finirait.

Elles poursuivirent leur discussion, complètement indifférentes à notre présence. Mais leurs mains ne s'arrêtèrent pas un instant. Elles continuaient à me caresser les cuisses. Zhang approchait de l'orgasme. Il laissa échapper un cri retentissant. Je voulais jouir, moi aussi. J'entendis une voix au-dessus de ma tête :

– Ta sottise me fait mal au cœur.

C'était la vieille folle à la Bible. Je ne savais plus ce que je devais croire. Mon esprit était si embrouillé que je me mis à crier dans les ténèbres :

– Sauve-moi !

Zhang jouit au moment précis où je poussai ce cri. Enfin, haletant bruyamment, il se laissa rouler sur le côté. Au même instant, Yuriko disparut, puis la sorcière Marlboro, et je fus de nouveau seule dans la pièce, abandonnée sur le tatami, complètement nue.

– Tu parles encore toute seule !

Il ouvrit mon sac à main sans rien me demander, en sortit un paquet de mouchoirs et les utilisa tous sur lui. Puis il aperçut le billet froissé de dix mille yens que j'avais soutiré à Arai.

– N'essaye pas de me le voler. C'est à moi.

– Je ne vais pas le voler.

Il gloussa et referma mon sac à main.

– D'ailleurs, je ne vole pas les prostituées.

Menteur. Ne venait-il pas de me dire qu'il n'était pas du genre à s'interdire quoi que soit? J'eus soudain très froid et me levai pour me rhabiller. Les phares d'une voiture qui passait dans la rue balayèrent à toute allure les murs de la pièce. Dans ce flot de lumière, je vis qu'ils étaient couverts de taches et que le papier des cloisons était déchiré. Il était vraiment étrange d'avoir reçu une éducation aussi parfaite que la mienne et de finir dans une pièce comme celle-là. Je penchai la tête de côté. Zhang alla ouvrir la fenêtre de la cuisine et jeta sa capote usagée dehors. Puis il se retourna vers moi.

– Il faudra qu'on revienne ici tous les deux.

Je suis à la maison et j'ai ouvert ce carnet devant moi. Je crois que je ne vais pas tarder à devoir mettre un terme à la rédaction de mon journal. J'étais censée y consigner le récit de mes activités de prostituée, mais je passe de plus en plus souvent des semaines entières sans voir un seul client. Kijima-kun, ces carnets sont pour toi. S'il te plaît, ne me les renvoie pas comme tu l'as fait avec mes lettres d'amour au lycée: ce que tu auras lu dans ce journal est une autre facette de mon vrai visage.

8

MURMURES DE LA CASCADE
DANS LE LOINTAIN :
LE DERNIER CHAPITRE

Bien, vous tous, me voici arrivée au bout de ce long et tortueux récit. Je vous demande encore un peu de patience, le temps de conclure.

J'ai essayé de vous raconter tout ce qu'il m'était possible de dire sur le destin tragique de Yuriko, ma sœur cadette, qui subjuguait par sa beauté tous ceux qui la voyaient : la vie quotidienne au lycée pour jeunes filles de K., quintessence de la discrimination de classe si fermement enracinée dans la société japonaise ; les événements sensationnels auxquels fut mêlée Kazue Satô, une ancienne élève de cette même école, les succès et les revers de Mitsuru et Takashi Kijima, eux aussi des camarades de lycée que le hasard a fait se retrouver bien des années plus tard ; et ce bandit de Zhang, qui assez curieusement traversa les mers pour croiser la route tout à la fois de Yuriko et de Kazue. À cet effet j'ai rendu publics tous les actes, journaux intimes et lettres que j'ai en ma possession. Et j'ai persévéré dans mon récit dans l'espoir que vous comprendriez au moins quelques bribes de mon histoire. Et pourtant – et c'est cela qui m'a donné le plus de mal – pouvez-vous me dire exactement ce que je veux vous faire comprendre ? Moi-même, je n'en suis pas certaine.

Après la mort de Yuriko et Kazue, vous pourriez croire que je cherchais à compenser toute l'humiliation que ce crime, et le procès qui s'en était suivi, procès dont les médias s'étaient si largement fait l'écho, avaient engendrée. Vous auriez tort. Je n'ai ni la bonté ni l'amour de la justice nécessaires. Pourquoi ? Je n'ai pas de réponse bien précise à cette question.

Je ne peux que formuler une hypothèse : peut-être Yuriko, Kazue, Mitsuru et même Takashi font-ils tous partie de moi – qui que « Je » sois. Peut-être n'existé-je que dans l'unique but de rester en arrière tandis que leurs esprits, tout là-haut dans les airs, racontent leur histoire. Si c'est le cas, je suis sûre que certains d'entre vous feront remarquer que mon esprit à moi est bien noir. Et vous auriez raison. Un esprit, sachez-le, n'endosse cette noirceur que peu à peu. Il se colore de haine, se teinte d'amertume, se déforme à travers les malédictions et le ressentiment. C'est pour cela qu'il demeure parmi les vivants. Peut-être pourrait-on dire que mon existence fut semblable à celle d'un dépôt de neige sale tassé au fond du cœur de Yuriko… et de Kazue, de Mitsuru et de Zhang. Cela dit, je me rends compte que je pousse peut-être la métaphore un peu trop loin. Mais je n'ai aucun autre moyen de l'exprimer. Je ne suis faite que de chair et de sang – tout juste une personne ordinaire en proie à l'intolérance, au ressentiment et à la jalousie.

Une fois obtenu mon diplôme de l'université, j'ai pris un chemin radicalement différent de celui qui conduisit ma sœur des couvertures de magazines au trottoir. J'avais choisi une vie discrète. Dans ma situation, la discrétion m'imposait de rester éternellement vierge, de n'être qu'une femme qui n'aurait jamais de contact avec les hommes.

Une éternelle pucelle. Avez-vous idée de ce que cela signifie ? Cela vous semble peut-être pur et sain, mais ce n'était pas tout à fait le cas. Kazue l'explique de manière lumineuse dans son journal : rester vierge, c'est rater sa seule chance d'avoir un jour le pouvoir sur un homme. Le sexe est la seule manière qu'a une femme de contrôler le monde. C'est en tout cas la vision tordue qu'elle en avait. À présent je ne peux m'empêcher de me demander si elle n'a pas raison. Quand un homme me pénètre (l'idée même me paraît plus ridicule encore que je l'imaginais) et éjacule en moi, ne suis-je pas submergée par un sentiment de plénitude… n'ai-je pas l'impression d'être enfin au contact du monde ? C'est ce que j'imagine pour l'instant. Mais c'est une illusion pure et simple. Les illusions naissent dès qu'on croit que la prostitution est le seul moyen, disons… que le seul moyen pour une femme d'avoir un minimum de contrôle sur le monde est de faire comme Kazue. Une fois éveillée à cette vérité, on comprend que tout cela n'est qu'une erreur monumentale.

J'ai dit que je préférais mener une vie insignifiante. En vérité, ce n'est pas tout à fait exact. Tout ce que je voulais, c'était qu'on ne me compare pas à Yuriko. Et puisque j'étais assurée de perdre chaque fois qu'on nous mettrait en concurrence, j'ai décidé de me retirer totalement du jeu. Je savais pertinemment que je vivais pour être l'autre face de Yuriko, son portrait en négatif. Quelqu'un comme moi – un négatif, donc – est particulièrement sensible à la présence d'ombres chez ceux qui vivent dans la lumière. Ces créatures radieuses maintiennent leurs pensées noires dans la clandestinité et refusent que les autres les voient. Mais elles ne peuvent attendre aucune pitié de ma part. Je reconnais immédiatement leur noirceur, ayant moi-même vécu depuis si longtemps la vie d'un négatif. Loin de compatir, il serait plus juste de dire que j'en réchappe grâce aux restes que je parviens à recueillir parmi les ombres projetées de ceux qui vivent au soleil.

Le récit de la vie de prostituée de Kazue est si triste qu'il m'a redonné l'envie de continuer à vivre. Plus elle était triste, plus je lui en voulais. Je me réjouissais de ses échecs. Vous comprenez ? C'est très précisément pour la même raison que le journal de Yuriko ne m'a rien apporté. Sous les apparences, Yuriko était une femme forte et habile. Cela, au moins, m'apparut très vite comme une évidence. Elle était absolument haïssable. Et je n'avais rien à lui opposer.

Elle m'emprisonnait. Je n'avais d'autre choix que de lui courir après toute ma vie durant, comme si j'étais son ombre. Voilà pourquoi la déposition de Zhang ne m'a surprise en rien. Elle est positivement assommante. Ceci parce que, crapule jusqu'au bout des ongles, Zhang ne possédait même pas un soupçon de relief. Il y a des crapules qui vivent dans la lumière.

Le journal de Kazue est différent. La déposition de Zhang était peut-être prévisible, mais pas celle de Kazue. La vie solitaire et dissolue qu'elle y décrit était atroce. Quand j'eus fini de lire son récit, je sentis un changement se produire en moi – quelque chose que je n'avais jamais ressenti auparavant. Avant même d'en avoir conscience, je commençai à verser des larmes de compassion. Moi ! Je ne pus les contenir en pensant à la solitude infinie qu'elle devait ressentir : son apparence si grotesque qu'elle était comme l'Incroyable Hulk. Les échos de son cœur vide faisaient trembler le mien, paralysant jusqu'à ma capacité de parler. Je n'ai jamais connu l'orgasme, mais je me demande si ce n'est pas similaire.

Son journal remplit deux grands cahiers, l'un relié de cuir brun, l'autre noir. Tous les deux sont couverts de caractères soignés et précis et me rappelaient tout à fait ceux qu'elle remplissait déjà au lycée. Kazue y reporte la somme qu'elle reçoit de chacun de ses clients avec une absurde minutie. Elle avait une personnalité si honnête et si méticuleuse qu'elle n'aurait pas pu ne pas décrire ses rencontres en détail. Kazue, l'excellente élève dont la seule ambition était d'être appréciée pour son intelligence, Kazue, la gentille fille qui attendait simplement qu'on admire son éducation impeccable, Kazue, la professionnelle qui aspirait aux responsabilités les plus élevées. Même dans ses meilleurs moments, il lui manquait toujours un petit quelque chose – et voilà qu'elle se dévoile, qu'à son insu elle met son esprit à nu dans les pages de son journal.

Je me rappelai soudain les mots de Mitsuru : « Nous sommes pareilles, toi et moi. Et Kazue aussi. Toutes les trois, nous avons eu le cœur emporté par une illusion. Je me demande comment les autres voyaient tout cela. » Non, elle se trompait. *C'est faux !* hurlai-je au fond de mon cœur. Ne le voyez-vous pas ? « Haine et confusion. » C'est ce que Yurio a dit après avoir touché les carnets de Kazue, et c'est ce que j'avais dans le cœur. On ne pouvait pas s'y tromper. J'étais sensible aux ombres des autres. Alors pourquoi la haine et la confusion étaient-elles en moi ? Les restes sur lesquels je vivais étaient uniquement ceux que je glanais dans le sillage des autres, leur haine, leur confusion. Je n'étais pas comme Kazue. Je n'étais pas ce monstre grotesque.

Je balayai les carnets de Kazue du plateau de la table. Et pour tenter de me calmer, je touchai la bague à ma main gauche, celle dont Mitsuru s'était moquée. Elle est la source même de tous mes sentiments. Pardon ? Oui, c'est vrai, je me contredis. C'est vrai que je me moquais de l'absurdité du système de castes qui avait cours au lycée pour jeunes filles de K. Mais dans le même temps j'aimais cette société-là. Vous ne croyez pas que, d'une manière ou d'une autre, tout le monde vit dans la contradiction ?

– Quelque chose qui ne va pas ?

Yurio, assis à côté de moi, a senti mon tremblement. Il pose ses mains sur mes épaules. C'est un garçon si sensible ! Il couvre mes épaules de ses mains jeunes et puissantes. Je sens la chaleur de ses paumes s'insinuer à travers ma peau. Je me demande si le sexe ressemble à cela. J'appuie nerveusement ma joue sur ses mains. Yurio perçoit l'humidité de mes larmes et me demande d'une voix inquiète :

– Tu pleures, Tante ? Tu as lu quelque chose dans ces carnets qui t'a rendue triste ?

Prise de panique, j'écarte ses mains de mon visage.

– Ils sont bouleversants. Et ils contiennent aussi quelques passages sur ta mère. Mais je ne veux pas que tu saches ce qu'ils disent.

– C'est parce qu'ils parlent de haine et de confusion, n'est-ce pas ? Mais comment ? Dis-moi. Je veux savoir. Je veux connaître dans le détail tout ce qu'il y a dans ces carnets.

Pourquoi Yurio voulait-il savoir ? me demandai-je. Je plongeai mon regard dans ses yeux magnifiques. Ses iris étaient marron avec des petites taches vert émeraude, la couleur la plus sublime que j'aie jamais vue. Ils étaient comme deux étangs aux eaux limpides, ils ne reflétaient rien. Et pourtant, Yurio était comme moi. Il était trop sensible aux ombres noires que projettent les autres. Mais s'il était capable de percevoir instantanément les ténèbres chez les autres et de les transformer en quelque chose qu'il pouvait apprécier en lui-même, alors je voulais absolument partager avec lui le contenu de ces carnets. Je m'étais tellement rassasiée des restes des autres que mon cœur s'était mis à tambouriner. Je voulais salir Yuriko et Kazue avec le poison de mes mots et remplir les oreilles de Yurio de ces derniers pour qu'il puisse grandir avec la vérité. Je voulais que mes gènes me survivent. C'était un peu comme de vouloir donner naissance à un enfant, après tout, car si je parvenais à instiller en Yurio le poison de la vérité, n'était-il pas probable que lui aussi – ce garçon magnifique – devienne exactement comme moi ?

– Le journal de Kazue dépeint un combat qui touche au sublime, celui entre un individu et le reste du monde. Kazue perd la bataille, se retrouve complètement seule et meurt sans avoir assouvi son désir le plus cher – que quelqu'un fasse preuve d'un minimum de bonté à son égard. Tu ne la trouves pas triste, toi, cette histoire ?

Le visage de Yurio est traversé par une onde de choc.

– Et pour ma mère, c'était pareil ?

– Oui. Tu as raison. Tu es né d'une femme exactement comme elle.

Je mentais. Yuriko était loin de ressembler à Kazue. Dès le départ, Yuriko ne s'est jamais fiée au reste du monde – aux autres. Yurio baissa les yeux, retira ses mains de mes épaules et les joignit comme s'il priait.

– Ta mère était faible. Une vraie bonne à rien.

– C'est triste. Si j'avais été là, j'aurais pu l'aider.

– Comment ?

Personne n'aurait rien pu faire, pensai-je. Et puis tu n'étais encore qu'un enfant, tu n'aurais jamais pu comprendre. Je voulais remettre en cause l'idéalisme de Yurio, mais il poursuivit d'une voix déterminée :

– Je ne sais pas ce que j'aurais fait, mais j'aurais fait quelque chose. Si elle se sentait seule, je serais allé habiter avec elle. Je lui aurais choisi des disques et je les lui aurais fait écouter. Et je lui aurais composé des choses plus belles encore. Comme ça, je l'aurais rendue au moins un petit peu plus heureuse.

Le visage de Yurio rayonnait comme s'il venait de trouver la plus parfaite des solutions. Il était tellement beau, tellement gentil que je n'en revenais toujours pas. Ses idées étaient puériles, mais n'étaient-elles pas absolument adorables ? Était-ce là le vrai visage d'un homme ? Avant même que je m'en rende compte, une émotion nouvelle commença à éclore en moi : l'amour. Mais c'est impossible. Yurio est ton neveu ! Et alors ? Qu'est ce qu'il y a de mal à ça ? J'écoutai l'ange et le démon qui sont en moi se livrer bataille.

– Tu as parfaitement raison, Yurio-chan. Ta tante se décourage trop facilement. Je me demande pourquoi Yuriko ne t'a pas pris avec elle. Je n'arrive pas à imaginer ses raisons.

– J'étais assez fort pour ne pas avoir besoin de ma mère.

– Tu insinues que je suis faible ?

Il appuya ses mains sur mes épaules et dans mon dos, comme s'il cherchait à comprendre comment j'étais faite. Je tremblai sous leur poids. C'était un sentiment entièrement nouveau. J'étais évaluée par quelqu'un d'autre. Non, pas évaluée. Vécue par quelqu'un d'autre.

– Je ne pense pas que tu sois faible. Je pense que tu es pauvre.

– Pauvre ? Misérable, oui. Oui, je suis misérable, ça ne fait aucun doute.

– Non. Ce que je veux dire, c'est que ton cœur s'est rétréci. C'est dommage. C'est exactement comme t'a dit cette femme qui est venue ici. Mais il n'est pas trop tard. Là-dessus, je suis d'accord avec elle.

Moi qui avais cru qu'il écoutait son rap, son casque vissé sur les oreilles. Avec son ouïe incroyablement fine, il avait entendu tout ce qu'avait dit Mitsuru. J'eus soudain l'impression qu'elle et lui étaient de mèche, et j'en fus tellement aigrie que mon ressentiment me fit mal.

– Et toi, Yurio-chan, tu es fort ?

– Oui. J'ai toujours été seul.

– Pareil pour moi. Moi aussi, j'ai toujours été seule.

– C'est vrai ?

Yurio pencha la tête vers son épaule.

– Pourtant, j'ai l'impression que tu dépendais beaucoup de ma mère.

Vivre dans l'ombre de Yuriko : était-ce une forme de dépendance ? C'était une forme de faiblesse et d'indigence, en tout cas. La découverte était cinglante. Je fixai les lèvres charnues de Yurio. Dis-m'en plus ! Apprends-moi qui je suis. Guide-moi.

– Au fait, Tante… À propos de l'ordinateur. Quand est-ce que je vais l'avoir ? Si j'en avais un, ça me rendrait la vie beaucoup plus facile.

– Mais je n'ai pas les moyens.

Ses joues se vidèrent de leurs couleurs. La manière dont ses yeux fouillaient le vide – un vide qu'il ne voyait pas – lorsqu'il était perdu dans ses pensées était adorable.

– Tu n'as pas des économies quelque part ?

– J'ai mis à peu près trois cent mille yens de côté. Mais c'est tout ce que j'ai. Et je les garde pour une urgence.

Il se retourna subitement.

– Tiens, le téléphone.

Je n'avais rien entendu, mais soudain l'appareil se mit à sonner. Je savais que Yurio était doué d'une intuition étonnante, mais là, c'était carrément incroyable. Je décrochai le combiné avec un fâcheux pressentiment.

L'appel venait de l'hospice public d'arrondissement. C'était Grand-Père : il venait de s'éteindre quelques minutes plus tôt, à l'âge de quatre-vingt-onze ans. Quel besoin avais-je de m'entendre raconter ses derniers instants ? Dans sa sénilité, il était revenu à l'époque, cinquante ou soixante ans en arrière, où il était encore un jeune homme. Mon grand-père, l'escroc, le malade des bonsaïs, avait tout oublié du suicide de sa fille et n'avait jamais su que sa petite-fille avait été assassinée. Il avait glissé vers la mort, tout à son euphorie sénile. Mais quel sens du timing ! Yurio et moi venions juste de commencer à parler finances. Je songeai que j'allais devoir engloutir mes maigres économies pour payer ses funérailles. Mais il y avait pire. Mon grand-père mort, j'allais devoir libérer l'appartement, puisque le bail était à son nom. Il y aurait les frais du déménagement. Et en plus, il fallait que j'achète un ordinateur.

– Yurio, Grand-Père est décédé. Je ne peux pas te laisser piocher dans mes économies. En plus, il va falloir qu'on déménage. Pourquoi tu ne demanderais pas à Johnson de t'acheter ton ordinateur ?

– Et pourquoi tu n'irais pas gagner de l'argent, plutôt ?

– Gagner de l'argent ?

– Sur le trottoir. Comme ma mère.

Il était devenu fou, ou quoi ? Je le giflai. Pas trop fort, évidemment. Mais quand ma paume heurta sa joue douce, je sentis sous ma main la rangée parfaite de ses dents. Sa jeunesse me fit trembler. Il ne dit rien, mais il appuya une main contre sa joue, puis baissa la tête. Une beauté si fraîche. Exactement comme Yuriko. Je sentis ma poitrine se gonfler d'amour et sus au plus profond de mon cœur que cet argent, je le voulais. Non, ce n'était pas juste l'argent que je voulais. Ni même l'ordinateur. C'était Yurio. Je voulais vivre avec lui pour toujours. Parce que c'était comme ça que je pourrais trouver le bonheur.

Dans son journal, Yuriko formule quelques remarques intéressantes sur la prostitution. Si vous le permettez, je vais les reprendre ici :

« Pour moi, beaucoup de femmes veulent devenir prostituées. Certaines se voient en articles de luxe et préfèrent se vendre tant que le cours est haut. D'autres pensent que le sexe n'a pas de signification intrinsèque et n'a pour seule fin que de permettre à chacun de ressentir la réalité de son corps. Quelques-unes méprisent l'existence qu'elles mènent, l'insignifiance de leur vie étroite et cherchent à s'affirmer en prenant le rôle dominant en matière de sexe, comme le ferait un homme. Il y a aussi celles qui développent des comportements violents, autodestructeurs. Il y en a enfin pour qui c'est un moyen d'offrir du réconfort. Je pense que nombre de femmes trouvent un sens à la vie par des moyens semblables. Mais moi, j'étais différente. »

Oui, Yuriko était différente. Un peu plus bas, elle explique qu'elle est devenue prostituée parce qu'elle était lascive jusqu'au plus profond de son être.

Si moi, je devais devenir une prostituée, ce serait pour une tout autre raison encore. À la différence de Yuriko, je ne suis pas accro au sexe. Je n'aime même pas les hommes. Ils sont sournois et leurs visages, leurs corps, jusqu'à leur façon de penser, sont grossiers. Ils sont égoïstes et prêts à tout pour obtenir ce qu'ils veulent, même si cela signifie qu'ils doivent faire du mal à leurs proches ; ils ne portent absolument aucun intérêt à ce qui se trouve sous la surface. Vous pensez que j'exagère ? Je ne crois pas.

Tous les hommes que j'ai croisés au cours des quarante et quelques années de ma vie étaient à peu de chose près les mêmes. Mon grand-père était quelqu'un d'assez agréable, mais il n'était pas particulièrement séduisant. Tashaki Kijima, lui, était très séduisant, mais complètement tordu.

Mais à présent j'ai trouvé une exception : Yurio. Je ne crois pas qu'il existe un homme aussi beau et aussi doux de caractère que lui. Quand je pense qu'il pourrait devenir un jour un de ces types infects en grandissant, ça me déprime terriblement ! Et si je me prostituais à mon tour ? J'aurais assez d'argent pour m'assurer qu'il ne devienne jamais un de ces hommes répugnants, et nous pourrions vivre heureux tous les deux, pour toujours. Alors, vous en pensez quoi, de ma raison ? Plutôt original, vous ne trouvez pas ? Je me demande à quoi ressemblerait ma vie si j'étais prostituée.

Je me vois marcher dans Maruyama-chô, avec sur ma tête une perruque noire dont les cheveux me descendent jusqu'à la taille, un fard à paupières bleu et un rouge à lèvres rouge vif. Je me coule d'avenues en ruelles. Je vois un homme d'âge mûr debout devant un hôtel, l'air d'attendre quelque chose. Il a beaucoup de poils sur le corps, et pas beaucoup sur la tête. Je l'aborde.

– Je suis vierge, vous savez. Je vous jure que c'est vrai. Une pucelle de quarante ans. Pourquoi vous ne m'essaieriez pas ?

Il me regarde d'un air légèrement agacé, mais je vois bien qu'il est curieux. A-t-il perçu la détermination dans mes yeux ? Soudain son visage devient grave et je me retrouve en train de passer le seuil d'un *love hotel* pour la première fois de ma vie. Inutile de dire qu'à l'idée de ce qui doit arriver ensuite, mon cœur se met à battre la chamade. Mais ma détermination prend le dessus. Je suis depuis un moment en proie à un violent désir de transformation, à la fois de moi-même et de la haine que m'inspire à présent Yurio, qui a commencé à me mépriser. Je peine à reprendre mon souffle sous le poids de l'homme et, tandis que j'accepte ses caresses qui manquent de la plus élémentaire tendresse, vous pouvez être sûrs que c'est à cela que je pense. Devenue laide en vieillissant, Kazue exhibait son corps hideux à tous. Elle se vengeait d'elle-même et du monde entier en obligeant les hommes à l'acheter. Et à présent je vendais mon corps pour la même raison. Yuriko avait tort. Il n'y a qu'une seule raison pour une femme de se livrer à la prostitution : la haine d'autrui, la haine du monde entier. Sans doute est-ce incroyablement triste, mais les hommes savent contrer de tels sentiments chez une femme. Cela dit, si le sexe est le seul moyen de dissoudre ces sentiments, les hommes comme les femmes sont vraiment pitoyables. Je lance mon bateau sur un océan de haine, le regard tendu vers un lointain rivage, sans savoir à quel moment je toucherai terre. Loin devant, j'entends le rugissement de l'eau. Se peut-il que mon bateau se dirige vers une cascade ? Peut-être me faudra-t-il plonger du haut des chutes avant de pouvoir m'engager sur l'océan de la haine ? Niagara ? Iguaçu ? Victoria ? Mon corps tremble. Mais si j'arrive au bout de cette première chute, la voie qui s'ouvrira devant moi sera étonnamment plaisante, non ? C'est ce que Kazue explique dans son journal. Qu'on me laisse donc endosser mon bagage de haine et de confusion et lever les voiles l'esprit tranquille. En l'honneur de mon courage, là-bas, sur l'autre rive, Yuriko et Kazue me font de grands signes, m'encouragent à avancer, applaudissent ma vaillante détermination. Dépêche-toi ! semblent-elles me dire. Je me souviens de ce que Kazue raconte dans son journal et veux moi aussi m'envelopper de l'étreinte d'un homme.

– Sois gentil avec moi, je t'en prie.

– D'accord. Et en échange, tu seras gentille avec moi.

Suis-je avec Zhang ? Les yeux plissés, je tente d'y voir plus clair.

RÉALISATION : PAO ÉDITIONS DU SEUIL
IMPRESSION : NORMANDIE ROTO IMPRESSION S.A.S. À LONRAI
DÉPÔT LÉGAL : JANVIER 2008. N° 93199 (073707)
IMPRIMÉ EN FRANCE

DANS LA MÊME COLLECTION

Alex Berenson
L'Espion fidèle

Bernard Besson
L'Iman bleu

Adam Fawer
Improbable

Chuck Hogan
Le Prince des braqueurs

Juris Jurjevics
La Nuit des abîmes

Natsuo Kirino
Out

Matthew Klein
Ed le pigeon

Jeff Lindsay
Ce Cher Dexter

Elvin Post
Jour de paie

Joshua Spanogle
Zone de confinement

Jess Walter
Où les borgnes sont rois